沈从文（1902-1988）

萧萧

沈从文集

北京出版集团
北京十月文艺出版社

目 录

男子须知

一　第一信

此信用大八行信笺，笺端印有"边防保卫司令部用笺"九字。封套是淡黄色棉料纸做就的，长约八寸，宽四寸余。除同样印有"边防保卫司令部函"八字外，上写着"即递里耶南街庆记布庄转宋伯娘福启"，背面还有"限三月二十一日烧夜饭火以前送到赏钱两吊"字样。信内是这样写着：

> 宋伯娘大鉴：启者今无别事：你侄男拖队伍落草为寇，原非出于本意，这是你老人家所知。你侄男道义存心爱国，要杀贪官污吏，赶打洋鬼子，恢复全国损败了的一切地盘财物，也是像读书明礼的老伯妈以及一般长辈所知而深谅的。无如命不如人，为鬼戏弄，一时不得如意，故而权处穷谷深山，同弟兄们相互劳慰，忍苦忍痛，以待将来。但看近两月来，旧票羊仔放回之多，无条件送他们归家安心睡觉，可以想见你侄男之用意……
>
> 你侄男平素为人，老人家是深知道。少少儿看到长大，身上几块瘢疤，几根汗毛，老人家想来也数得清！今年五月十七满二十四岁了，什么事都莫成就，对老人家很觉得惭愧。学问及不得从省城读书转来的小羊仔，只有一副打得十个以上大汉的臂膊。但说到相貌，也不是什么歪鼻塌眼，总还成个人形！如今在山上，虽不是什么长久事业，将来一有机会，总会建功立业的，这不是你侄男夸口的地方。
>
> 大妹妹今年二十岁了，听说还没有看定一个人家。

当到这兵荒马乱的年程，实在是值得老人家耽心的事。老人家现在家下人口就少，铺面上生意还得靠到几个舅舅，万一有了三病两疼，不是连一个可靠的亲人都没有吗？驻耶的军队，又是时时刻刻在变动，一个二十来岁的大姑娘，陪到一个五六十岁上年纪的老太太身边过活，总不是稳妥的事！

你侄男比大妹妹恰好长四岁，正想找一个照料点细小家事的屋里人，依我看大妹妹人正合式，大概还不致辱没大妹妹。其实说是照料家事，什么事也不有，要大妹妹来，也不过好一同享福罢了。

这事本来想特别请一个会说话一点的"红叶"，来同老人家面谈。恰巧陆师爷上旬上秀山买烟去了，赵参谋又不便进城，沈师爷是不认得老人家，故此你侄男特意写这封信来同老人家商量。

凡事请老人家把利害比较一下，用不着我来多说。

我拟在端午节以前迎接大妹妹上山寨来。太迟不好，太早了我又预备不来。若初三四上山，趁你侄男满二十四岁那天就完婚，也不必选日子，生日那天，看来是顶好。侄男对于一切礼节布置，任什么总对得住老人家，对得住大妹妹。侄男是知道大妹妹性情的，虽然是山上，不成个地方，起居用物，你侄男总能使大妹妹极其舒服，同她在家中一个样子。

大妹妹是娇生惯养长大的，到山上来，会以为不惯吧，那是老人家很可以放心的事！这里什么东西都预备得有：花露水，法国巴黎皂，送饭下肚的鸡肉罐头，牛肉，鱼，火腿，都多得不奈何。大妹妹会弹琴，这里就有几架。留声机，还是外国来的，有好多片子，声音好听到极点。大穿衣镜，里耶地方是买不出的，大到比柜子还大呢。其余一切一切，——总之，只要大妹妹要，开声口，纵山上一时没有，你侄男终会设法找得，决不会使大妹妹失望！

我说的话并不是敢在伯妈面前夸口，一切是真情实意。并且赵参谋太太，军需太太，陆师爷姨太太——就是住小河街的烟馆张家二小姐，她也认得大妹妹，——她们都住在此间。想玩就玩玩。打牌也有人。寂寞是不会有的事。丫头，老妈子，要多少有多少，若不喜欢生人，和大妹妹身边的小丫头送来也好。

弟兄们的规矩，比驻到街上的省军好多了，他们知道服从，懂礼节，也多半是些街上人，他们佩服你侄男懂军事学，他们都是你侄男的死勇。他们对大妹妹的尊敬，是用不到嘱咐，会比你侄男还要加倍尊敬的。大妹妹是我的妻就是他们的皇后，是他们的菩萨。

你侄男得再说：凡事请老人家把来比较一下利害，用不着你侄男来多说。你侄男虽说立过誓，当天当神赌咒，无论如何决不因事来惊动街房邻里，但到不得已时，弟兄们下山，也是不可免避的事！

这得看老人家意思如何。老人家不答应时，弟兄们自然有不怕麻烦的一天。

你侄男的希望，是到时由老人家雇四个小工，把大妹妹一轿子送到山脚来，你侄男自会遣派几个弟兄迎接大妹妹上山。也不必大锣大鼓，惊动街邻，两方省事，大家安宁。若定要你侄男带起弟兄，灯笼火把的冲进街来，同几个半死不活的守备队为难，骇得鸡飞狗走，父老们通宵不能安枕，那时也只能怪老人家的处事无把握。谨此恭叩福安，并候复示！

小侄石道义行礼
三月二十日于山寨大营

送信的并不如小说上所说的喽啰神气。什么青布包头，什么夜行衣，什么腰插单刀，也许那都成了过去某一个时代的事了。这人同平常乡下人一样，头上戴了个斗篷，把眉毛以上的部分隐去了。蓝布衣，蓝布裤，上衣比下衣颜色略深一点，这种衣衫，杂在九个乡下人中去拣选，拣选那顶道地的乡下人时，总脱不了他！然而论伶精，他实在是一个山猴儿。别看他那脚上一对极忠厚的水草鞋，及腰边那一枝短罗汉竹的旱烟管，你就信他是一个上街头买棉纱粉条的小卖人！他很闲适的到庆记布庄去买了三尺多大官青布，在数钱的当儿，顺便把那封信取出，送到柜上去。

"喔，三老板，看这个！"

三老板过来，封面那一行官衔把他愣住了。他望到这信复望到这送信的喽啰，神气怪。声音很细的问：

"打那儿来，这——"

其实他心中清楚。他明白这种信是借粮借饷来的，因为这是里耶的习惯。然而信的内容，这次却确非三老板所料及。

"念给大太太听吧，这个，"喽啰把信翻过来，指给另一行字，"过渡时，问划船的，说刚打午炮，不会烧火煮夜饭吧。请把个收条，我想赶转到三洞桥去歇，好明早上山回信。"

"喝杯酒暖暖吧，"三老板回过头去，"怎么不拿——"正立在三老板身后想听听消息的一个学徒，给三老板一吆喝，打了个撺，忙立定身子。

"不必，三老板不必！送个收条，趁早，走到——南街上我也还有点事。"

三老板把收条并两张玉记油号的票子摺成一贴送到喽啰身边时，同时学徒也端过一杯茶放到柜上了。

"老哥，事情是怎么？"三老板把那一贴薄纸递过去，极亲昵的低声探询那喽啰。

他数点着钱票同收据，折成更小一束，插到麂皮抱肚里去，若不曾听到三老板的问话。

"是要款子——？"三老板又补了一句。

"不，不，你念给大太太听时自知道。要你们二十八以前回山上一个信呢……好，好，"他把斗篷戴上，"谢谢三老板的烟茶，我走了。"

来人当真很匆忙（但并不慌张）的走去了。三老板把信拿进后屋去后，柜上那个有四季花的茶杯里的茶还在出烟。

看信的是庆记布庄的管事，大妹的三舅舅，他把信念给宋伯娘听。那时大妹妹并不在旁边，她到南街吃别一个女人的戴花新酒去了。

二 第二信

接到这信的宋伯娘是有点慌张的。但这个宋伯娘并不胡涂。利害虽比较了下，比较的结果，还是女儿可贵。依她意思，对这信置之不理。然而三老板是晓事的人，男子汉见事也多，知道这是不能用"不理"去结束的事，当时就把大老板也找来，开三头会议。商议的结果，是极委婉的复一封信，措词再三斟酌，拼钱不是，把两千块钱的数目写上去，求宽宥，且加上"若果照来信所说办，只见得两方都不利"的话。然而这话实在是无证据，不过除了这样一说，要找出更其有力的话时，在但会划算盘的三老板手笔下，也不是很容易吧。

信由三老板执笔，写成后，托从八蛮山脚下进城的乡下人带了去，一切一切，还不让大妹妹知道。

道义侄儿英鉴：

二十一那天得到你一个信，舅舅念我听，你意思我通晓得了。你大妹妹有那么大了，我年来又总是病缠身子，也愿意帮她早早找一处合式人家的。

你既喜欢你大妹妹，就把来送给你，我有什么不愿意？但你说是要送上山来，这就太使我为难了！

山上那里是你大妹妹住的地方呢？这不但不是你大妹妹住的，也不是你长久住的！山上不是人住的地方，（阿弥陀佛，我并不是说你现在住到那里，就不是人！）现刻大妹妹就多病瘦弱，要她上山，就是要她速死。

况且，我们是孤儿寡母不中用的人，靠到三两亲戚帮忙，守着你伯伯遗下这点薄薄产业，平时不有事，还时常被不三不四的滥族歪戚来欺侮，借重那些披老虎皮的军队来捐来刮。果真像你所说的话，把你大妹妹一轿子送上山去，事情一张扬，怕他们官兵不深更半夜抄你伯妈的家吗？可怜你伯伯，从小时候受了许多苦，由学徒弟担布担子飘乡起，挨了多少风雪，费了多少心血，积下这一点薄薄产业，不能给自己受用，不能给儿孙受用，还来由你大妹妹的事丢掉！老人家地下还有知觉，心中总也会不安吧。

这都莫说了；我们的铺子，同我这条老命，即或都不要了。但你大妹妹父亲的故土要不要？他们官兵，什么事做不出，他晓得这事，他不会用刨挖你伯伯的坟山暴尸露骨来恐吓人吗？倘若是他们同你当真这样翻脸起来，为你大妹妹一人的原故，把手边守着这点先人血汗一齐丢掉，还得使睡在地下安息了的老骨头暴露，让猪狗来拖，我这病到快完事了的人，一天三不知，油尽灯熄，到地下会到你伯伯，要我拿什么脸来对他？

你纵不怕官兵，我是舍不得你伯伯的故土的。照你的话，宋家的一切是完了，就是你所喜欢的大妹妹，也未必活得下去。

许多事得你照料到，即如前次抢场那一次，街上搅乱得什么样子，宅下却连一匹鸡毛也不失，我们娘女都时常求菩萨保佑你的。大概你也还记得大妹妹的父亲在生时，对你的一些好处。如今你大妹妹的爹不在了，将来的许多事，还都要你看顾！

你年纪有那么大了，本来是应得找个屋里人，将来养儿育女，也好多有点人口。不然，你大哥又才去世，你又是这样跑四方的人，剩下个嫂嫂，躲到乡下去，抱起你大哥灵牌子守节，总不是事！我是平素就喜欢你为人，有作有为，胆子大，聪明强干，大妹妹的父亲在时，也就时常说到你是一个将来的英雄的。你大妹妹虽说读了两句书，从小见面的，想来也是不会不愿意帮助你建功立业！不过你现今走得是这样一条路，就说是暂时，且不出于本心，万一有一天事情不顺手，落到军队手上，他们能原谅你是不出于本心的暂时落草，就让你无事吗？你能把事业放下了，（大丈夫应得建功立业，从大路上走去这是你知道的。）只要你喜欢你大妹妹，大妹妹总还是你的。以后什么事也不要做，守着你大妹妹，在我身边，我是能养得活你的，只要你愿意。

或者，山上实在是寂寞，找不出个人来体贴，我这里拿两千块钱去，请人到别县去买到个好一点的小妇，将来招安后，再慢慢商量也不迟！若是要用钱，我就教人告知龙潭庄上拨付。

这信是我在你大妹妹的三舅旁边口讲，要他代写的。你看到别人欺侮我孤儿寡母，都要来打抱不平，我把这事情照你所说的利害，实在也比较一下了，我说这些话也不尽是为我着想，我这老骨头活到世上也活厌了，要死也很死得了。我的话实在不为你相信时，横顺人是在里耶的，你要来惊动街坊，我也没有法子。

在观音堂住的杨秃子死了，外面人都说是你们绑去撕票的。都是同街长大的几个人，何必多作这种孽，什么地方不可以积阴功增福气？

阿弥陀佛愿菩萨保佑你！

宋刘氏敛衽
三月二十四日

此信于二十五早上收到。

三　第三信

"人来！"大王在参谋处叫人。

"嘛。"一个小喽啰在窗下应着，气派并不比一个大军官的兵弁两样。

山砦的一切，还没有说过，想来大家都愿意知道。这是一个旧庙，在不知几何年就成了无香火的庙了。化缘建庙的人，当时即让他会算，要算到这庙将来会做一个大本营，而且神面前那一张案桌，就是特为他日大王审羊仔奸细用的案桌，怕也不近情理吧。如今是这样：正中一间，三清打坐的地方，就是大王爷同军法判案的地方，案桌上比为菩萨预备时洁净多了，上面不伦不类用一床花绒毡子盖上，绒毡上放签筒，笔架，案桌移出来了一点，好另外摆一把大王坐的"虎皮金交椅"。这正殿很大，所以就用篾子夹成了三间，左边为参谋处，右边为秘书处，大王则住与正殿对面的一个大戏台上。这三处重要地方，都用白竹连纸裱糊得极其干净，白天很明亮，办事方便，夜间这三处都有一盏大洋汽灯，也不寂寞。参谋处比秘书处多了一架钟，秘书处比参谋处却多了一幅大山水中堂；两处相同的是壁上都有四支盒子枪。要说及大王卧室时，那简直是一间——简直是一间……是一间什么？我说不出！顶会做梦的人，恐怕也梦不到这么一间房来吧。房是一个戏台，南方庙中的戏台，都是一个样子，见过别的庙中戏台的，大概也就想得到这个戏台的式样。不过这戏台经大王这一装置，我们认不出它是戏台了。四四方方，每一方各有一口大皮箱，箱就搁到楼板上，像把箱子当成茶几似的，一个箱子上摆了一架大座钟，一个箱子上摆了一个大朱砂红的磁瓶，瓶中插了一把前清分别品级的孔雀尾，瓶口边还露出一个短刀或剑的鞘尖子。其他两个箱子上都不空，近他床那一个箱子上，还有几本书，一本黑色皮面的官话新约。大王的床在中间，占了戏台全面积之三分一，床是漆金雕空花的大梨木合欢床，没有蚊帐，没有棉被，床上重重叠叠堆了十多条花绒毯子。两枝京七响的小手枪，两枝盒子炮，各悬挂于床架上的一角。戏台圆锥形顶上吊起那盏洋汽灯，像佛爷头上那大鹏金翅鸟样，正覆罩在床上。我还忘记说一进房那门帘了，那是一幅值钱的东西。红缎织金，九条龙在上面像要活了的样子。这样顶阔气的门帘，挂到这地方未免可惜，但除了这地方，谁也不配悬挂那么一幅门帘！

这庙一共是二十多间房子，师爷副官的奶奶太太住的剩下来，就都是弟兄伙所有了。至于羊仔的栖身处，那是去此间还有半里路远的另一个灵官殿居住……

大王一个人在参谋处翻了一会羊仔名册，想起什么事了，把弁兵叫进后：

"把第二十三号沙村住的纪小伙子喊来，——听真着了么?"

"回司令，听真着了!"

"那快去!"

"嘁。"喽啰出去了。

不一刻，带进一个瘦怯怯的少年。

"回司令，二十三号票来了。"

大王出来时，瘦少年不知所措的脚腿想屈弯下去。

"不，不，不，不要害怕。你今天可以转去了，我放你回去，家中的款子不必送来了！"

"咪，转去吗？"少年的眼圈红了，"我一连去了几封信，都是催我妈快一点，说是山中正要款子有用，不知他们怎么，总不……"

"朋友，莫那么软巴巴的吧，二十岁的男子汉呀！"喽啰带笑的揶揄，"你不听听司令刚说的话？今天转去了，不要你钱！"

少年误会了"转去"两个字，以为是转老家去的意思，更伤心了。

"听我说！"大王略略发怒了，但气旋平了下来，"你看你，哭是哭得了的？我是同你来说正经话！我看你家中一时实在是找不出款来，我们山上近来也不要什么款，所以我想放你回去，就便帮我办桩事情。庆记布庄你是熟吗？"

"那是表婶娘，——司令是不是说宋老板娘？"

"对了，表婶娘，那我们还是亲戚咧。你下山去，你帮我去说，告给她，回信我收到了。我的意思还是上一次信上的意思。我这里现放到好几万块钱，还正愁无使用处，我要她两千块钱做什么？她说得那些话太说得好听了，以为把那类话诉到我面前，我就把心收下，那是她错了！我同她好商好量她不依，定要惹得我气来，一把火烧她个净净干干，我不是不能做的。我同她好说，就是正因为宋老板以前对我的一些好处。但我也总算对得住她家了。就是这次我要做的事，也并不是想害她全家破败。若说我存心是想害她，我口皮动一下，她产业早就完了。现在你转去，就专为我当面报她个信，请她决定一下，日子快要到了，我已遣人下汉口去办应用东西去了……你记得到我所说的吗？"

"记得！记得！报她司令的意思还是第一次信上所说的意思，不要她那几个钱，只要她——只要她——"

"要她答应那事。"大王笑时，更其和蔼可亲。

"是，只要她答应那事，照所定的日子，司令这方面也不愿同她多谈，说得是本情话，其所以先礼后兵的意思都是为得当年宋老板对司令有些好处——"

"并且是有点亲戚关系。"大王又在旁边添了一句。

"是，并且还有。有点亲戚关系，所以才同表婶娘来好商好量。若表婶娘不懂到司令这方面的好处，不体贴司令，那时司令会发怒，发怒的结果，是带领弟兄们……"少年一口气把大王所嘱咐的使命背完了。

"对了，就是这样。你赶快走——王勇，你拿那枝小令引他出司令部，再要个弟兄送他出关隘，说是这人是我要他下山有事的，——听到了吗？"

"听到了。"一声短劲的回答，小喽啰拉着还想叩一个头的怯少年走了。

第三封信就用怯少年口上传语，意思简单，归拢来是：大妹妹得如他所指定的期内上山，若不遵他所行办理，里耶全地方因此要吃一点亏，不单是庆记布庄。

四　第四信

怯少年纪小伙子下山后四天，这位年青大王，另外又写了封信送宋伯娘，信中的话，就是嘱咐怯少年口传的一件事，不过附带中把上次那个杨秃子的事也说了点，关于杨秃子这个人他信上说：

>……至于上月黄坳杨秃子事，那是因为弟兄们恨他平日无恶不作，为人且是刻薄，吃印子钱，太混账了。有一次你侄男遣派弟兄，下山缝制军服，为他所见，（认得是山上弟兄的人当然很多，但你侄男对本街人总算对得住，他们也从来不相拖扯。）你侄男平日与秃子一无冤、二无仇，谁知鬼弄了他，他竟即刻走到省军营

中报告。这个事情未了，是那两个被捉去的弟兄，受严刑拷打，把脚杆扳断，悬了半天的半边猪，再才牵去到场头上把脑壳砍下来示众。

有别个弟兄亲眼所见，我们被砍的弟兄，首级砍了，还为他们省军开腔破腹，取了胆去。若非杨秃子讨好省军，走去报告，弟兄们那能受此等惨苦？此外他还屡番屡次，到省军营中攻讦你侄男，想害你侄男的命。虽说任他去怎么设计挖坑，你侄男是不怕。但这狗养的我同他有什么深仇？不是当到老人家面前敢放肆，说句不好听的话，我又不同到他妈相好过！……侥幸你侄男元宵夜里，到三门滩去"请客"，有事归来，于渡口碰到了这野杂种，才把他吊上山去。

弟兄们异口同声的说："也不要他银钱，也不要他谷米，也不要他妻女，——我们所要的是他的命！"他自己正像送到我们手边来了，再放他过去，就是我们的罪过！

的的确确，要寻他是寻不到的，如今正是他自己碰到你侄男处来。如今再不送他一点应得的苦吃，他在别一个时候，别一个地方，会有许多夸张！这夸张就是对你侄男他日见面时的下不去。不好好的整治他一番，他时他会拿你侄男来当成前次那两个进城缝衣的弟兄一样：砍了脑壳不算数，还得取出胆来给他堂客治心气痛的病。你侄男的胆难道是为堂客们治心气痛的东西？

依其他火性的弟兄们主张，捉他上山第二天，就要拿他来照省军处治我们弟兄的法子办了。还是你侄男不答应，说要审问他一次。到后审问他时，他哭哭啼啼，只是一味磕头。说是平素就非常钦佩司令为人，还正恨无处进行到手下来做一个小司书，好侍候司令，见一点识面，学习点公文，把楷字也抄好，那里还敢同司令来做对头呢。至于从前事情，那是他全不知情，连梦也不梦见。说是因为他的告密，致令弟兄们受刑就义，这必是别一个同他有仇的人诬冤他，而且诬冤他的总不出两个人以外：一个是同庆记布庄隔壁住家的蒋锡匠，因为蒋锡匠曾偷过他家的鸡，被发觉过。另一个是住白石滩的船夫，这人也同到他不对……

　　还一边磕头，一边诉说怎样怎样的可怜，家中才得小孩，内人又缺奶，这次到渡口去，就是告给得小孩子的事于岳丈，好使他放心。并向岳丈借点钱转家去，为他太太买一只鸡吃，补一补空虚。到后为个弟兄把从他身边搜索出的一卷票子同三张借据掷到他面前，他始不分辨了。然而头还在磕。看那三张字据，明写着"立借字人渡口周大，今因缺钱使用，凭中廖表嫂，借到黄村杨秃子先生名下铜元……"一些字，另一张是吴乡约出名，另一张是吴乡约家舅子出名，一总都写得是他做借主。

　　"这是谁的东西？"问他他不敢说，鼻涕眼泪不知忌惮的只顾流。到末了，且说出极无廉耻的话，愿意把屋里人收拾收拾，送上山来赎罪，且每月帮助白米十石，盐三十斤，只求全一条活命回家去，好让他自新。

　　你侄男同诸弟兄见他那副软弱无耻的样子，砍了他虽不难，但问弟兄们，谁都不愿用英雄的刀去砍这样一个不值价的狗！所以如他希望放了他转去，不期望临出营门时，有个火夫心里不平，以为这样，轻松放他过去太便宜他了；一马刀去就砍了他一只左手。

　　这东西就像故意似的倒到地下晕死过去了。弟兄们以为他当死去，才拖到白狼岩边丢下岩去，谁知这匹狗不晕死也不跌死，于醒转来后居然还奔到家里才落气！这狗养的本来是该千刀万刀剁碎拿去喂山上老鸹吃，才合乎他应得的报应的，算是他祖宗有德，能奔到家里也罢了。昨天你侄男派了两弟兄进城来探听城里的消息，据弟兄说，这次招安的事，不能接洽妥帖，就是说到因为秃子近来死去的事。他的妻竟已告到了营中，说是你侄男害了他，且请省军将你侄男招安以后再设法诱住法办，以图报仇。这婊子女人果真是这样做事狠心，不知死活的要来同你侄男作对，我有天是要做一个样子给她看的。招安成功不成功，你侄男一点儿都不着急，弟兄们也正同是一个意思。山上有得是油盐米酒猪牛，倘若是省军高兴，定要来到山脚下挑战，热热闹闹一番，你俚男是不必同他们客气的。喜欢理他们，要弟兄搁起劈山炮轰他几下，同他敲几枪；不喜欢他们时，关了砦门睡觉。让他们在山下愿意围几个月就围几个月。三个月也好，两个月也好，把派捐得的粮食吃尽，他们自会打起旗子吹起号转原防去！你俚男这里见样东西都有了预备，不怕他们法宝多！

五　第五信

大妹妹禀承母亲的意旨，写信给驻里耶军营中的书记官太太，这位太太是她的同学。三月二十一日所吃的喜酒，就是这位太太出阁做书记官太太以前之一日，如今算来，又是半个多月了。信很简单。大妹妹用她平素最天真乐观的笔调，写出亲昵的诙谐的话，信如下：

四姐：

　　我答应你的话，今天可应验了！我说我妈会念着你请你来我家吃饭的。果不其然呀，她早上要我写信邀你。

　　客并不多，除了你以外只有我：因为这是妈说的。这次算是她老人家请客，所以她把我也请到里头了——到另一次作为我请你时，我把我妈也做成一个客！客既这样少，所以也不特别办什么菜。前次有人送来一个金华腿，我们就蒸火腿吃。此外有你我所极喜欢吃的干红鳜鱼，同菌油豆腐，酸辣子（小米的）。有我所不喜欢但你偏高兴的黑豆腐乳。不少了，再添一点，就是四盘四碗，待新嫁娘也不算麻絮①吧。早来一点，我们可以午时吃各人自己手包的水饺子。我妈还说有话要问你，我想，总不出"姐夫相貌脸嘴怎么样"？老人家是极关心侄女们姑爷这些事的。

---

① 作者自注：麻絮，吝啬简陋。

我看到我三舅舅从外面进来，那一脸鬖鬖胡胡，就想到你——你一吃了早饭就快来吧，我想到细看看你的嘴巴，是不是当真印得有姐夫的胡子印记……

还要看的都在前一行的中了，愿一切快活！

你的妹妹宋。四月七日晨

妈妈的意思，是想从书记官太太谈话中，得到些近来山上同省军议和招安的消息。这一点，写信的大妹妹却不知道，可知关于山上要她做押寨夫人的事，还在睡里梦里！

六　第六信

守备队的副兵送来，从铺上取了个收据回去了。这信封面写呈宋小姐字样。此是请了客以后的初九日。

妹妹：我第一句话要说的是为我谢伯妈。前天太快活了，不知不觉酒也逾了量。回去循生说我脸灼热，不久就睡了。伯妈是请我一次了，妹妹你的主人是那一天才能做？我得时时刻刻厚起脸来问你，免得善忘的妹妹忘记。若是妹妹当真要做一次主人，我请求做主人的总莫把菌油豆腐同火腿忘掉！换别样菜我是不领情的，饺子也得同前天一样。

你报伯妈，她老人家所想知道的事，我拿去问循生，你姐夫说招安是一定了，但条件来得太苛，省军还要听常德军部消息才能定准。如果是两方拿诚心来商量，你姐夫说总不至再复决裂的。近来营部还有开拔消息，也就是好于招安后要山中人移驻到里耶来的原故……

请伯妈安心。循生今天到部里去办事，若有更可靠的信息时，再当函告。

……不久，我将为妹妹贺喜了！
　　…………

　　　　　　　　　　　　　　　　你的四姐　九日

　　信后为妹妹贺喜的话，使大妹有点疑惑了。

　　……招安不成，第一吃亏的是应说全市的人。第二是守备队。第三，第三就是算落到自己家里。但招安以后，又有什么对我可以贺喜的地方？布铺的损失，未必因招安不成而更大。贺喜些什么？贺……？

　　贺喜的事，大妹凭她处女的感觉，猜到一半了，她猜来必是自己的婚姻。凡是一个十六岁以上的女孩儿，你如其对她说贺喜的话时，她会像是一种本能，一想就想到是自己婚事上去的。想到了这事而且脸会为这话灼红，那是免不了的事。

　　大妹一个人研究着这"贺喜"两个字的意义，全身的重量都压在心上，脸上也觉着在烧了。

　　极漠茫的，在眼前幻着许多各样不同的面模来。第一个，她曾在四姐的喜事日，看过的那个蚕业专门毕业的农会长，长长的瘦瘦的身个儿来在面前动着。第二个，守备队那位副官，云南毕业的军官生，时常骑匹马到大街上乱冲，一个痞子样的油滑脸庞。第三个，亨记油号的少老板，雅里学校的学生……还有，三舅舅的儿子，曾做过诗赞美过自己，苍白的小脸，同时也在眼前晃摇。

　　从婚事上出发，她又想出许多与自己像是切近过，或爱慕过的男子来，万没有料到那个山上的大王是她的未婚夫。

　　自己搜索是没有能得何等结果的，到后只好把来信读给母亲听了。到最后，母亲叹了口气，又勉强似的笑了一回。

　　大妹妹觉得母亲正用了一种极有意思的眼光在觑着她，大妹妹躲避着母亲的眼光，最后取的手段是把头低下去望自己的脚。

　　母亲太不原谅人了，将大妹脸灼成两朵山茶花后还在觑！

　　"妈这是什么意思呢？"话轻到自己亦没有听真着的地步。意思是问母亲觑她的原故，也是四姐来信中贺喜两字的用处。

"说什么？"母亲是明看到大妹的口动。

大妹又缩住了。

略停，大妹又想着个假道的法子来了，说：

"妈，我想此间招安以后，沿河下行必不再怕什么了。节后下长沙去补点功课，我好秋季到北京去考女子高师学校。"

"又不要当教员，到外面去找钱来养我，远远的去做什么？"

"你不是答应过我，河道清平以后，就把家搬到汉口去住吗？"

"知道那时河道才能清平？"

"四姐的信，不是才说到招安的事？山上的人既全是可以招安，河道如何不会清平？"

"招了安我们就尤其不能搬走了。"

"怎么招安以后我们倒不能搬走？"这句话大妹并没话出口。

果真是大妹能再进一步，所欲知的事就陈列在面前了。但大妹此话说后所产生的恐惧或惊喜，权衡了一下，怕此时的母亲同自己都载不住，所以不再开口，把一句已在口边的话咽下了。刚来的四姐那封信，还在大妹手上。

"妈，四姐要我们再请她吃饭，是什么日子？"

"就是明天吧。她欢喜火腿，叫厨房王师傅把明天应吃的留下，剩下那半个都拿去送她。菌油也帮她送一罐去。并告她等到有好菌子时我另为她制新鲜的。"

"我想自己去邀她。"

母亲如知道大妹亲自要去邀请四姐的用意那样，且觉得如果大妹是要明了这事，由四姐说出，比自己也要好多了，故说：

"好吧。你自己去，必定要她来，我还有事请她……"

"……"大妹有点意见想申述。

"你有什么话要说，可以同她说。等她来时，她也会告你许多所想知道的话。"

"我没有什么话可说，我看妈意思像心里有——"大妹低低的说。

"心里不快么？不是。不是。妈精神非常子好。找四姐来，她会同你说我要说的话。你们姐姐妹妹可以到另一个地方——书房也好，你自己房中也好——你们可以好好谈一回……"

"妈，你怎么？"大妹见到母亲眼边红湿了，心极其难过。

"没有。没有。妹你今天就去吧，要你四姐今天来……这时就去也好，免得她又出门到别处去。"

"好。"大妹一出房门，就不能再止着想泻出的眼泪了。

七　第七信

四月十六，山上有人到城，送来一信，并一小个拜帖匣子。送信的已不是先前第一次寄信那个喽啰了，这人长袍短褂，一个斯文样子。年纪二十多岁，白白面庞，戴顶极其好看的博士帽。脸上除了嘴巴边留了一小撮胡子外，还于鼻梁上挂了副眼镜。手上一枝小方竹手杖，包有铜头，打着地剥剥的响。后面一个小孩，提了一个小皮包，又拿着一根长长的牙骨烟管……这是个一切都表示地位尊贵的上等人，三老板一见他进铺，以为守备队的秘书，或别处来此什么委员，上门做生意来了，忙立起来。那人一个极和气的微笑，对着三老板：

"阁下想来是三老板了！"同时把信陈列柜台上，另于信旁置了一张小名片。

"哦，陆参谋！请，请，请，请到客厅坐……"

隔个柜台，那来人伸出一只手来，三老板也懂得是要行外国礼握手了，忙也伸过一只手来，相互捏了一会。

那人并不忙着进客厅，把手腕搂着，对布庄柜台上那个大钟的时间旋转拨动手上的手表时，三老板偷瞧了一下，表是金色崭新的。

…………

姓陆的，虽会听到三老板在谦虚中自己把"草字

　　……主任参谋
　　陆　钰
　　金玉酉阳

问珊"提出，但他竟很客气的把三老板称为亲长了。

"请亲长这边凡事预备一下。"那是姓陆的同三老板告别鞠躬时一再说过有几次的话。

那日宋伯娘没有在家。来人受过吩咐，若宋伯娘不能出面，则三老板亦可以，所以就把大王所嘱预备同宋老太所谈的一概与三老板说了，那个拜帖匣中聘礼也都点交件数留下。

夜间在宋伯娘的房中，三老板念山上陆参谋捎来的书信。大妹虽说早已知道此点，但因为对此终有点羞涩，在未念信以前就走开到自己房中去了。

信中口辞变了从前的称呼，开首第一句已把"宋伯妈"三字的空处代上"岳母大人"了。信如下：

岳母大人尊鉴：

敬禀者：前数函知均达览，复示诲以自新之道，且允于招安之后，将大妹妹于归，备主中馈，尤臻爱怜，实增感激！

近来因岳母大人同大妹故，以是婿将对省方提出之条件已特别减至无可再缩的地步，且容纳省方派员将部队枪枝检验之律令。果无临时发生变化，谅招编事已不成问题矣。

编收以后，婿之部伍将全队移住耶市，守备队下拔移驻于花垣，让出防地归婿负责。

沿河一带治安，亦由婿部担任，以后有劫船情事，由婿察缉，察缉无从，则应由婿部赔偿。此条虽将婿责加重，但为地方安宁，婿固当有所牺牲也。

此后支队部（改为清乡第十支队司令），婿意拟设于天王庙，地势好点，亦可备万一别种事情发生时，退守方便……十八至二十，三天中，婿所部全队，即可开进耶市大街，到时再来谒见大人。

大妹喜事，婿拟照先时所约定之日举行。岳母方面，亦不必多事花费，婿知道岳母极爱热闹，到时此间有许多兵士，固能帮助一切也。

前派陆参谋来同省中代表接洽一切，并嘱其将此函并些须聘礼饰物呈达于长者。所有未尽之意，统由陆参谋面呈，此人系婿至友，亦由学校出身，祈大人略加以颜色，婿实幸甚！谨此恭叩福安。

小婿道义谨禀

附　聘礼饰物单如左
赤金钏镯一对
赤金戒四枚（二枚嵌小宝石）
赤金丝大珍珠耳环一对
赤金簪押发各一件
赤金颈链一件
赤金颈链一件（有宝石坠子）
净圆珍珠颈链一件
金打簧手表一枚
白金结婚戒一枚
白金结婚心形胸饰一枚
白金镶钻石扣针一枚
上等法国香水两瓶（瓶旁悬小纸签标明每瓶价值，一值二十四元，一值六十元）
法国香粉二盒（标明值三十元）

此即大王在另一函中，曾经提过，说是派人往湖北去办的。那位老太，听着三老板把信同聘礼单念完，看看桌上那一堆各在一个小盒子里的东西，忽然放声大哭了。

这时的泪，不是觉得委屈了女儿，也不是觉得委曲了自己，或是对不住大妹的父亲。她是像把一件重的石头，压在心上，骤然取去，忽然想到过去的惶恐同将来的欢喜，心里载不住这两种不同的压力，不知不觉从眼眶中挤出泪了。

哭了不久，这老太就走到大妹的房中去送大妹看信。

既不怕抄家，也不怕谁来刨挖大妹父亲的坟山，在这位老太太看来，真是没有什么理由来说不愿意将大妹嫁给一个大王的话了！何况大王如今又已成了正果，所以老太太把信掷到大妹妹面前时，眼中已无些子泪痕。

八 大妹妹的婚事

热闹，阔绰，出了里耶人经验以外。一切布置的煊赫，也出了宋伯娘在期待中所能猜想的以外。迎亲那日，八个黄色呢制服的人，斜斜佩着红绿绸子，骑在马上，各扛着一面绸国旗，都是副官之类……

一对喇叭，后面一队兵士；一对喇叭，后面一队兵士……

几乎近于是迎接"抚台"那样，一直从天王庙支队司令部起，到宋家门前止，新的灰线布制服上佩着一朵红纸花的，是昨日的喽啰（今日的兵士）。军队是这样接接连连。满地红的小爆仗，也是那么接接连连，毫不休息。喇叭是嘀嘀哒哒吹着各样喜庆的曲子，当花轿过路时……亲事一接此后天下太平了。

由宋宅杀了两只猪六只羊去犒赏兵士还不够，到后还加了两只肥猪才分得开堂①，即此一端，参预此番喜事的人多已可知了。

大王是彪壮、年青、有钱，里耶市中人尽他们所能夸赞的话拿去应用还总觉得不够，到后只好把类于妒嫉的羡慕落到那宋家母女身上。

九 第八信

结了婚约有两个月，大妹有给驻花垣守备队营中书记官太太的一封信。

---

① 开堂，周到。

四姐：我不知要同你说些什么话。关于我的事。这时想来可笑极了。在以前，我刚知道他要强迫我妈行他所欲行的事时，我想着一切的前途，将葬送到一个满烧着魔鬼的火的窟中，伤心几乎想实行自杀了。

　　四姐你是知道的，一个女人，为一点比这小许多的事也会以死做牺牲的。但我当时还想着我妈，我妈已是这么可怜的人，若是我先死，岂不是把悲哀都推给她身上了吗？我想走，当时我就想走，到后又把这希望用自己良心去平衡，恐怕即能走脱，他也会把我妈捉去，所以后来走也不想走了……日子一天一天过去，拼我死命，等那宣告我刑罚的可咒的五月初五来到，我身不由己的为母亲原故跌进一个坟坑里。在期待中，想死不能时，我也是同一般为许多力量压着不能挣扎的女人一样；背着母亲，在自己的房中去低声的哭，已不知有过多少次了。我那时悬想他，一个杀人放火无事不做的大王，必是比书上所形容那类恶人还可怕！必是黑脸或青脸，眼睛绯红，比庙中什么判官还可怕！真是除了哭没有法子。眼泪是女人的无尽宝藏，再多流一点也不会干，所以我在五月五日以前，是只知道终日以泪洗面的……过去的都是做梦样子过去：雷霆是当日的雷霆，风雨也是当日的风雨，不必同四姐说了；我只告你近来的情形。近来要我说我又不知怎么来说起。我不是怕羞，在四姐跟前，原是不应当再说到害羞的事的。我真不知要得怎样的来说一个同我先时所拟想的地狱极相反的一种生活！你不要笑！我自己觉得是很幸福的人，我是极老实的同你说，我生活是太幸福了。幸福不是别的，是他——我学你说，是你妹夫。你妹夫以前是大王，每日做些事，是撒旦派下来的工作，手上终日染着血，吃别人的血与肉，把自己的头用手提着，随时有送给另一个人的恐惧绕在心中。但他比我所猜的恶处离远了。他不是青脸同黑脸，他没有庙中判官那么凶恶。他样子同我三舅舅的儿子一个面貌，我说他是很标致，你不会疑我是夸张……

　　他什么事都能体贴，用极温柔驯善的颜色，侍奉我，听我所说，为我去办一切的事。(他对外是一只虎，谁都怕他；又聪明有学识。谁都爱敬他。)他在我面前却只是一匹羊，知媚它的主人是它的职务。他对我的忠实，超越了我理想中情人的忠实……

前几天，我们俩到他以前占据的山砦看望一次，住了两天。那里还有一连人把守。四姐，你猜那里像个什么样子呢？比唱戏还可笑，比唱戏还奇怪。

一切一切，你看了不会怕，不会战抖，只有笑！不伦不类的一切一切，你看从七侠五义一类小说上所写的人物景致，到这里都可见到了。我问你妹夫以前是怎么来生活，他告我，有时手上抱着两枝枪打盹。我们那天就到他那间奇奇怪怪的房中睡了一晚。第二天，又到各处去看，又走了半天。

…………

一个女人所应得到的男子的爱，我已得到了，我还得了一些别的人不能得到的爱。若是这时是四姐面前，我真要抱住你用哭叫来表示我生命的快适了！

四姐呵，同姐夫说说，转里耶来住两天吧，我可以要他派几个人来接，我妈还会为你办菌油豆腐吃！

我妈近来也很好，你不要挂念！

你妹同你妹夫照来张相赠你，快制一个木框，好悬挂在墙上，表示你还不忘记你妹妹。你妹妹是无一时能忘记你的，就是他，这时也在我写信桌子的旁边，要我替他问你同姐夫的好。

　　　　　　　　　　　　　　　你的妹　七月十日

十　结束

大妹，近来就是这样，同一个年青、彪壮、有钱、聪明、温柔，会体贴她的大王生活着，相互在华贵的生活中，光荣的生活中，过着恋的生活，一切如春天，正像她自己信上所说样：雷霆是当日的雷霆，风雨是当日的风雨，都不必再去说了。过去的耽心，疑虑，眼泪，都找到比损失更多许多倍数的代价了。至于那些里耶人呢，凡是在那年五月五日对宋家母女有过妒嫉的心的，无用的妒嫉，还是依然存在。

一九二六年于西山

本篇曾以《在别一个国度里——关于八蛮山落草的大王娶讨太太与宋家来往的一束信件》为篇名发表于1926年4月24日，5月1日，5月8日，5月15日，《现代评论》第3卷，第72～75期。署名从文。

学吹箫的二哥

　　像是他第二，其他的犯人都喊他做二哥，我也常常二哥二哥的随了众人喊起他来了。

　　二哥是白脸长身全无乡村气的一个人。并没有进过城入过学堂，但当时，我比他认的字要少得多。他又会玩各种乐器。我之所以同二哥熟，便是我从小时就有着那种爱听人吹唢呐拉四胡的癖好。因为二哥的指导，到如今，不拘一管箫，我都能呜呜的吹出声音来，虽然是不会怎样好，但二哥对我，可算送了一件好的要忘也无从忘的悲哀礼物了。在近来，人的身体不甚好，听到什么地方吹箫，就像很伤心伤心，固然身体不好把心情弄得过于脆薄，是容易感动的原因之一种，但，同时也是有了二哥过去的念头，经不着撩拨，才那么自由的让不快的情绪在心中滋长！我有时，还这样想：在这世界中，缺少了力，让事实自由来支配我们一切软弱得如同一块粑的人，死或不死，岂不是同类异样的一个大惨剧么？忽然会生出足以自吓的慈悲心，也许便是深深的触着了这惨剧的幕角原因吧。

　　想着二哥，我便心有悲戚，如同抓起过去的委屈从新来受的样子。二哥的脸相，竟像是模糊得同孩时每早上闭眼所见葵花黄光一样，执了意要它清楚一点就不能，但当不注意时，忽而明朗起来，也是常有的事。不必要碰时候我也容易估定的，便是二哥样子是颇美，各部分，尤其是鼻子，和到眉眼耳朵。或者，正因其是美，这印象便在我心上打下结实的桩来，使我无从忘怀吧。我对于这样的自疑，也缺少自护的气力，有一时，我是的确只有他的性情与模样的美好温良据在我心中，我始觉到人生颇为刻酷的。

这我得回头说一些我们相识的因缘。

民国七年，我出了故乡，随到一群约有一千五百的同乡伯伯叔叔哥子弟兄们，扛了刀刀枪枪，向外就食，大地方没有占到，于是我们把黔游击队放弃了的芷江的东乡几个大一点的村镇分头占领了。正因为是还有着所谓军民两长的清乡剿匪的委令，我们的同乡伯伯叔叔们，一到了砦里，在未来以前已有了命令，所传的保甲团总，把给养就接接连连送上来了。初到的四五天，我们便是在牛肉羊肉里过的生活，大吃大喝，甚至于有过颇多的忘了节制的弟兄们，为了不顾命的喝吃，得了颇久的病。不是为了大吃大喝，谁想离了有趣的家乡？吃以外我们一到像是还得的很多的钱。这钱立时就由团长伯伯为分配下来，按营按连，都很公平，照了职务等次，多少不等。营长叔叔是不是也拿？我可不知道了。团长伯伯的三百元，我是见到告示，说是全赏给普通弟兄们让大家瓜分的。我那时也只能怪我身个儿同年龄太小，用补充兵的名义，所以我第一次得来的钱，是三块七毛四。这只是比伙夫多七毛四分的一个数目而已。但也是我可喜的事。人家年长得多，身体又高又大，又曾打过仗，还比我这才入伍的孥孥①多得块多钱哩。

三块多钱处分的情形，除了我请过一次棚内哥弟吃过一对鸭子外，我记不清楚了。

我们就是那么活下来，非常调谐，非常自然。

住处是杨家祠堂。这祠堂大得怕人。差不多有五百人住下，却还有许多空处。住了一年，我是甚至于有好些地方还不敢一人去，不单是鬼，就是那种空洞寥阔，也是异样怕人的。不知是怎么意思，当真把队伍扯出去打匪虽是不必做的事，但是，却连我最怕的每日三操也像是团长伯伯可怜我们而免了。把一根索子，缠了布片，将索子从枪眼里穿过，用手轻轻的拖过去，这种擦枪的工作，自然是应得像消遣自己来做

---

① 孥孥，凤凰土语，指弟弟，老弟。

25

做，不过又不打靶，是这样镇日的擦，各人的枪筒的来复线，也会就是那么擦融吧。当真是把枪口擦大，又怎么办？不久，我们的擦枪工作于是也就停下来了。

不知是那一个副官做得好事，却要我们补充兵来学打拳。这真是比在大田坪叉了手去学走慢步还要坏的一件事情！在吹起床号之后就得爬起，十分钟以内又得到戏台下去集合，接着是站桩子，练八进八退，拳师傅且口口声声说最好是大家学"金鸡独立"（到如今我还不知道这金鸡独立，把一只脚高高举起，是有什么用处）。把"金鸡独立"学会时，于是与我一样大小的人每天无事就比起久来了。小聪明我还有一点，是以我总能把许多大的小的比败。师傅真是给了我们一种娱乐。因为起得早，到空旷处吸了颇多的干净空气，身体像是日益强壮了，手膊子成了方形，吃饭也不让人，在我过去的全生活中，要算那时为最康健与快乐了吧。

我们第四棚，是经副官分配下来，住在戏台下左边的。楼上是秘书处，又是军法处，他们的人数总有我们两倍多，但也像并没有许多事可以送那些师爷们去做，从书记处那边栏杆空处，就时常见到飞下那类用公文纸画上如同戏台边的木刻画的东西来，这可以见出大家正是同样的无聊。我还记得我曾拾了两张白纸颇为细致的画像，一为大战杨再兴，一为张翼德把守芦花荡，最动人的是张飞，胡子朝两边分开，凶神恶煞，但又不失其为天真。据一个弟兄说这是军法长画的，我于是小心又小心，用饭把来妥妥帖帖粘在我睡处的墙上了。住处虽无床，用新锯的还有香气的柏木板子铺成，上头再用干稻草垫上，一个人一床棉被，也不见得冷。大家睡时是脚并脚头靠头，睡下来还可以轻轻的谈笑话的，这笑话不使楼上人听到，而大家又可乐。到排长来察时，各人把被蒙了头，立时假装的鼾声这里那里就起了。排长其实是在外面已听了许久。可是虽然知道我们假装，也从不曾发过气。他果真是要骂人，到明天大家上后山去玩，不和他亲热，他就会找到不能受的寂寞了。说到排长也真好笑。因为年纪并不比我们大几多，还是三月间二师讲武堂毕的业，有两个兵士是他的叔叔辈，点名到我们这一排时，常受窘到脸红，真难为他!"四叔,我们钓鱼去呀!"这是一个笑话。因为排长对他的兵士曾这样又恭敬又可怜的邀约过,以后见到排长,一说到"四叔,我们……"排长就笑着走开了。

在放肆得像一匹小马一样的生活中,经过半年,我学会了泅水,学会了唱山歌,学会了嗾狗上山去撵野鸡,又学会了打野物的几样法术(这法术,因为没有机会来试,近来也就全忘了)。

有一天,像是九月十四样子,副官忽然督工人在我们住处近边建起一座棚栏来了。当那些大木枋子搬来时,大家还说是为我们做床,到才知道是特为囚犯人的屋子的。不是为恐怕我们寂寞才来把临时监牢建筑到这里,真是没有什么理由。"把监牢来放在我们附近,这不是伯伯叔叔有意做得可笑的事么?"于是用话激了丁桂生,丁桂生,是营长的二少爷,也是我们的同班补充兵,还说:

"去呀,到七叔那里去说!"

那小子,当真便走到军法长那里去抗议。不过,结果是因为犯人越来越多,而且所来的又多半是"肥猪",于是在戏台旁筑监牢的理由就很充分的无从摇动了。

第二天,午时以前,监牢做成后,下午就有三个新来的客,不消说看管的责任就归了我们。逃脱是用不着担心的。这些人你让他逃也不敢。这原故是这类人并不是山上的大王或喽啰。他们的罪过只是因为家中有了钱而且太多。你不好好的为他们安置到一个四围是木柱子的屋子里,要钱真不是一件容易事情呵!果真是到了这屋子还想生什么野心逃走,那就请便吧,回头府上的房子同田地再得我们来收拾。把所有的钱捐一点儿出来,大家仍然是客客气气的吃酒拉炕。关于用力量逼迫到这类平时坏透了的士绅拿出钱来,是不是这例规还适用于另一个世界,我可不知,但在当时,我是觉得从良心上的批准,像这样来筹措我们的饷项,是顶合式而又聪明的办法了。

桂生回头时诉说他是这样的办的交涉:

"七叔,怎么要牢?"

"我七叔就说：牢是押犯人的！"

"我又说：并没见一个犯人；犯人该杀的杀，该放的放，牢也是无用！"

"七叔又说：那些不该杀又不能放的，我们把他押起来，他钱就屙马屎样的出来了。不然大家怎么有饷关呢？"

"我就说：那么，牢可以放到别处去，我们并不是来看管犯人的。"

"这些都是肥猪，平常同叔叔喝酒打牌，要你们少爷去看管也不是委屈你们——七叔又是这么说。"

"我也无话可说，只好行个礼下来了。"

"好，我们就做看犯人的牢头，也有趣。"这是听了桂生报告后大家说的。

有趣是有趣，但正当值日那时节，外面的热闹，可不能去看了。

第二天副官便为我们分配下来，每两人值日一天，五天后轮到各人一次。值日的人，夜间也只能同那派在一天的弟兄分到来瞌睡。不知道的，会以为是这样就会把我们苦了吧，其实是相反的。你不高兴值夜班，不拘是谁都愿意来相替。第一个高兴为人替到守夜的便是桂生，以前日子，他就每夜非说笑话到十二点不能合眼。值夜班后，他七叔又为我们立了一个新规例，凡是值夜的人得由副官处领取点心钱两毛：牺牲一个通宵，算一回什么事？有两个两毛钱合拢来是四毛，两毛钱去办烧鸡卤肉之类，一毛钱去打酒，剩一毛钱拿去大厨房向包伙食的陈大叔匀饭同猪油，后园里有的是不要钱买的萝卜和芫荽，打三更后，便你一杯我一杯的喝将起来，酒喝完了，架三块砖头来炒油炒饭，不是一件顶好玩的事情么？并且，到酒饭完了，想要去睡时，天也快要亮了。

我之所以学会喝酒，便是从此为始。

下面我说一段我们同我们的犯人的谈话：

"胡子，你怎么还不出去？这里老人家住起来是太不合宜了！"

"谷子卖不出钱，家中又没有现的——你给我个火吧。"

我给了他一根燃着的香，那犯人便吸起旱烟来了。

桂生又问："你家钱多着咧，听军法长说每年是有万多担谷子上仓，怎么就莫有钱？"

"卖不出钱！"

"你家中地下必定埋得有窖，把银子窖了！"一个姓齐的说。

"莫有，可以挖，试试看。"

"那我们明天就要派人去挖看！"桂生和我同声的吓他。

"可以，可以……"

其实我们一些小孩子说要明天去挖，无论如何是不会成为事实的，但胡子土财主，说到可以可以时，全身就已打战了。这胡子在同我们谈话的三天以后，像是真怕军队会去挖他窖藏的样子，找到了保人，承认了应缴的五千块钱捐款，就大摇大摆拿了旱烟袋出去了。这胡子像是个坐牢的老手，极其懂得衙门中规矩似的，出去之后，又特送了我们弟兄一百块洋钱。我们没有敢要，到后他又送到军法长处去，说是感谢我们的照料，军法长仍然把钱发下来，各人八块，排长十六，伙夫四块，一百元是那么支配的，补充兵第二次的收入，便是当小禁子得来的八元！对于那胡子，所给我们的钱，这时想来；却对胡子还感到一点愤恨，在当时，因为他有着许多钱，我们全队正要饷，把他押起来，至少在我们十个年青小孩天真的眼光看起来，是一种又自然又合理的事，但胡子，却把我们待成了真的以靠犯人赏赐的禁子样子，且多少有一点儿见了我们对他不虐待眼见得就是为要钱的原故，这老东西真侮辱了我们了。守犯人是一件可以发财的差使，真不是我们那时所想到的事。并且我们在那时，发财两个字也不是能占据到心中，我们需要玩比需要钱还利害。或者，正因其为我们缺少那种人生的发财的欲望与技术，所以司令官才把我们派去办理那样事情吧。

牢中一批批大富户渐渐变成小富户了，这与我们却无关。所拘的除了疯子吵吵闹闹会不让我们能睡觉以外，以后的是一个乞丐，我们也会仍能在同一情形下当着禁子吧。

不久，小富户由三个变成两个，两个而一个，过一日，那仅有的一个也认了罚款出去了。于是我们立时便忽然觉到寂寞起来。习惯了的值夜在牢已空了之后当然无从来继续，大的损失便是大家把吃油炒饭的权利失去了根据了。"来一个呦，来一个哟"，大家各自的在暗中来祈祷，盼望不拘是大富小富，只要来一个在木棚栏里住，油炒饭的利益就可以恢复。

可是犯人终不来，一直无聊无赖过了那阴雨的十月。

天气是看看冷下来了；大家每天去山上玩，随意便捡柴割草，多多少少每一人一天总带了一捆柴草回营盘。这一点我是全不内行的一个人。正因了不内行，就也落得了快活。别人所带回的是冬天可以烤火的松香或别的枯枝，我则总是扛了一大束山果，回营来分给凡是我相熟的人。有时折回的是花，则连司令那里，桂生家爹，同他七叔处，差遣棚杨伯伯，传达处，大厨房陈叔，一处一大把，得回许多使我高兴的奖语谢语，一个人夜里在被盖中温习享受。不过在我们刚能用别的事情把我们充禁子无从得的怅惘拭去时，新的犯人却来了。

我记到我是同一个姓胡的在一株大的楠木树上玩，桂生同另一个远远的走来，"呀"他大声嚷着，"来了，来了，我才看到押了五个往司令部去"！从楠木上溜下来就一同跑回去看。桂生家七叔正在审讯。

"预备呀！"我是一见到那墙角三块为柴火熏黑的砖，就想起今晚上的油炒饭。

因为看审案是一件顶无趣味的事，于是，我们几个先回了营的人，便各坐在自己铺上等候犯人的下来。

"今天是应轮到我！"大家都对于这有趣的勤务愿意来担负。

夜里是居然有了五个犯人。新的热闹，是给了我们如何的欢喜啊！我记得这夜是十个人全没有睡觉，玩了一个通宵，像庆祝既失的地盘重复夺还的样子，大家一杯又一杯的喝着，楼上桂生的七叔喊了又喊"大家是要睡"，在每一次楼上有了慈爱的温和的教训后，大家又即刻把声音抑下来。但谁都不能去睡！我们又相互轮到谈笑话，又挑对子两个人来练习打架。兴儿还不曾尽，天是就发白了，接着，祠堂门前卫兵棚的号兵，也在吹起床喇叭了。

五个犯人之中就有二哥在。到两天以后我们十个人便全同二哥耍起好来了。知道是二哥之所以坐牢不是为捐款，是为了仇家的陷害，不久便可以昭雪，以后，便觉得二哥真是一个好人，而且这样的好人，是比桂生家七叔辈还要好。大致或者二哥之善于说话，也是其所以使我们同情的一种吧。他告我们是离此不到二十里的石门寨上人，有妈没有父亲。这仇家是从远祖上为了一个女人结起的，这女人就是二哥的祖母，因为是祖母在先原许了仇家，到后毁约时打了一趟堡子，两边死了许多子侄，仇就是那么结下，以后，那一边受了他们祖宗的遗训，总是不能忘记当年毁约的耻辱，二哥家父亲就有过两次被贼攀赃污盗，虽到后终得昭雪，昭雪后不久也就病死了。二哥这次入监，也已经是第二次，他说是第一次在黔军军法处只差一分一秒险见就被绑了哩。

问他："那你怎不求军队或衙门伸冤反坐？"

他说："仇家势力大，并且军队是这个去了那个来，也是枉然。"

又问他："那就何不迁到县里去住？"

说是："想也是那么想，可是所有田坡全是在乡里，又非自己照料不可。"

"那你就只可听命于天了！"

他却轻轻的对我说："除非是将来到军队里做事也像你们的样子。"

二哥是想到做一个兵来免除他那不可抵抗的随时可生的危险的。但二哥此时却还正是一个犯人。怎么有法子就可以来当兵？他说的话桂生也曾听到，桂生答应待他无事出狱后，就为他到其爹处去说情。

因为是同二哥相好，我们每夜的消夜总也为他留下一份。他只能喝一杯酒。他从木窟窿里伸出头来我们就喂他菜喂他酒，其实他手是可以自己拿的，但是这样办来，两边便都觉得有趣。像是不好意思多吃我们的样子，吃了几筷子，头便团鱼样缩进去了。"二哥，还多咧，不必客气吧。"于是又不客气的把头伸来。在消夜过后，二哥就为我们说在乡下打野猪以及用药箭射老虎的一些事。有时不同他说话他仍然也是睡不下去，或者，想到家中的妈吧。在我们还没有同二哥很熟时，二哥的妈就来过一次，一个五十多岁的高大乡下人，穿蓝色衣服，在窟窿边同二哥谈了一些话，抹着眼泪就去了。以后就没有再来，问二哥才知道那就是他妈，知道这边并无大危险，所以回家去照料山坡去了。他妈第二次来时，我们围拢去同她说话，才看出这妇人竟与二哥一个模样，都是鼻梁骨高得极其合式，眉毛微向上略飞，大脚大手，虽然是乡下人样子，却不粗卤。这次来时为二哥背了一背笼红薯，一大口袋板栗，二哥告她在此是全得几个副爷相看护，这一来却把老太太感动了。一个一个来作揖，又用母亲样的眼光来觑我们，且说自己把事做错了，早知道，应当要庄上人担一挑红薯来给大家夜里无事烧起吃。最后这老太太便强把特为她儿子带来的一袋栗子全给了我们，背起空背笼走了。其实是纵不把我们，二哥的东西，我们是仍然要大家不分彼此的让着来吃的。

不知道是怎么样的原故，每次要桂生去他七叔处打听二哥的案件，总说是还有所候，危险虽不有，也得察明才开释。既然是全无危险，二哥也像没有什么不愿意久住的道理了。我们可没有替别人想当到大家都去山上打雀儿时，一个人住在这棚栏子里是怎样寂寞。照我们几个人的意思，二哥就是那么住下来，也没有什么不好的，若果真是二哥一日开释，回了家乡，我们的寂寞，真是一件不可受的寂寞呀！

有一天，不知姓齐的那猴子到什么地方抢来一个竹管子，这管子我们是在故乡时就见到过的。管子一共是七个眼，同箫样，不过大小只能同一枝夺金标羊毫笔相比。在故乡吃了晚饭后，大街上就常有那类四十来岁的中年男子汉，腰带上插了许多大大小小的东西，一面走一面把手中的管子来吹起，声音呜呜喇喇，比唢呐还要脆，价值大概是两个铜子一枚，可是学会吹的总得花上一些儿工夫。桂生见到那管子了，抢过来吹，却作怪不叫。我拿过来也一样的不服我管理。

"我来，我来！"二哥听到外面吵着笑着，伸出头来见了说。

"送二哥试来吹吹！"桂生又从我手里抢过去。

呵，棚栏里，忽然呜呜喇喇起来了。大家都没有能说话。各人把口张得许多大，静静的来听。不一会，楼上也知道了，一个胡子书记官从栏杆上用竹篾编好黄连纸糊就的窗口上露出个头来，大声问是谁吹这样动人的东西！大家争着告他是犯人。二哥听到有人问，却悄悄的把管子递出来了。桂生接过拿上楼去给那胡子看，下来时高兴的说七叔告二哥再吹几个曲子吧。二哥是仍然吹起来。变了许多花样。竟像比大街上那卖管子的苗老庚还吹得动人。楼上的师爷同楼下的副爷，就呆子样听二哥吹了一个下午。

到明天，又借得一枝箫来要二哥试吹，还是一样的好听。待到大家听饱了以后，就勒着要二哥为指点，大家争到来学习，不过，学到两三天，又觉到厌烦放下了。可是我因此就知道了吹箫的诀窍，不拘一枝什么箫，到我手上时，我总有法子使它出声了。这全是得二哥传的法。二哥还告我们他家中是各样乐器都有的：琵琶，筝，箫，笛子，只缺少一个笙，在乡中，笙是见也无从见到的，但他预备将来托下常德卖油的人去带，说是慢慢的自己来照到书去学。

音乐的天禀，在二哥，真是异样的。各样的乐器，他说都是从人家办红白喜事学来的。一个曲折颇多的新曲，听一遍至两遍也总可熟习，再自己练习一会，吹出来便翻了许多更动人的声音。单凭了耳朵，长的复杂的曲子也学会了许多。自己且会用管子吹高腔，摹仿人的哼着的调子。又可以摹仿喇叭。关于军歌也是异常熟习。本来一个管子最多总不会吹出二十个高低音符的，但二哥却像能把这些三个或四个音揉碎捏成一个比原来的更壮大，又像把一个音分成两个也颇自然的。

像是有了规则的样子，虽然上头也同我们一样的明知二哥的案子全是被了别的贼匪所诬赖，仇家买合的匪是把头砍下了，但平安无事的二哥，仍然还得花上一百元名为乐捐的罚款，才能出门。真是无聊呵，像才嫁了女的家中，当二哥出去以后！

二哥是在吃了早饭时候出去，到夜里，又特意换了一件干净衣服，剃了一回发，来到我们棚里看我们的。不过这时我却出了门。二哥便同桂生谈笑了一阵，桂生为他打了半斤酒，买来一些卤牛肉，说是"还刚被一个人扯到喝了一顿呢"，但也勉强同桂生喝了一小茶盅酒。他又要桂生为他去试问问营里，若是不为什么资格所限的话，是愿意自己出钱买一枝枪来同我们做补充兵的。桂生同其他几个是同声说果若是二哥能来到营里，班长的位置是非二哥来做不可的。我们正少一个班长哩。到我回营时，二哥却已返到一个亲戚家去了。

因为是记到二哥说的明日便当返石门寨去看看妈，过几天稍稍把家事清理一下就又返身来候信，所以虽然是一对着棚栏便念着像嫁去的二哥，但总料想第二次见到二哥时，我们便要更其放肆的来一同喝酒说笑了。我是因了二哥允许我的一枝箫，便更觉念念，恐怕是二哥来了后一时不能入营，就时时刻刻催到桂生到他爹处去撒赖，桂生七叔是也知道二哥的为人的，经他帮到一说，事情便是这样妥帖了。只等二哥从石门寨回来，枪不必自己买，桂生家七叔就做了保人补上一个名字。

至少是当时的我，异样的在一种又欢欣又不安的期待中待着二哥的！我知道时间是快要下雪了。一到雪后，我们就可以去试行二哥所告我们的那种法术，用鸟枪灌了细豆子去打班鸠，桂生的爹处那两匹狗，也将同我们一样高兴，由二哥领队，大家去追赶那雪里的黄山羊！若是追赶的是野猪，我们爬到大树上去，看二哥用耳巴子宽的矛子去刺野猪，那又是如何动人的一幕戏同一张画！

一天，两天，……二哥终于不见来，到第四天桂生从他七叔处得来一个坏消息，二哥的妈在二哥出牢第三天，就有一个禀，说是儿子正预备着一切要来当个兵，夜里几个脸上抹了烟子的人，把儿子从家中拖出去跑了……第二个禀贴便是说已在坳上为人发现了儿子的死掉了的尸，头和手脚却已被人用刀解了下来束成在一处，挂在一株桐子树上，显然是仇杀，只要求为儿子伸冤。桂生说完，大家全哭了。若是二哥还是坐在监牢里，总不至于这样吧。这不消说是仇家见到二哥这次又没有为军队认做匪，自己的陷害不成功，眼看到二哥是仍然平平安安回到家里来；并且二哥行将来营里当兵的消息，总又是那位爽直的老太太透露了出去，所以仇家就出了这样一个毒计策，买人把二哥割了。

……箫是不必学了！我们那一棚的班长也只好让他那样缺着下去了！桂生呵，要你爹把那两匹狗打了吃掉吧！没有二哥，山羊是赶不成了！

桂生听着我的伤心的话语，一面抹着眼泪，一面爬到凳子上头去，把墙头上悬着那一大捆带壳的细绿豆，取下来掷到地上后，用脚踩的满地是豆子。

"要这东西是有什么用处？将来谁再打班鸠就是狗养的！……"

这夜对着空的监牢，我们才感到以前未曾经过的大的空虚。同样的心情，就是二姊死了让尸身塞到棺木以后，眼见得为几个肮脏伕子抬去后，那样的欲哭不能的到堂屋里去烧夜香时候！

在快要过年了的那几天，我们是正用着生的棕布包了脚，在那没膝的厚雪里走动开差到麻阳县去的。在路上，见着那白的雪上山狸子的一串脚踪迹，经我悄悄的指点给桂生，不久是大家也都见到了。大家都会意。因为这样小小的印子，引起了我们对二哥的怀念，又无一个人敢提出关于二哥的话语，觉得都很惨戚。山狸子的脚迹是在雪消后就会失去的，二哥却在我们十个人心上，留下一个不容易为时间拭去的深的影子了。

到近来，使我想起死的朋友们而辄觉惘然的，是已有了差不多近十个。二哥算是我最初一个好朋友。还是能吃能喝活着的当年那九个副爷们，虽然是活的方法同趣味也许比往日要长进了许多，像桂生同小齐是在前年见着时就已经穿了上尉制服的，不过，我们的当年那种天真的稚气，却如同二哥一样早已死去成灰了。想大家再一同来酒呀肉呀你一杯我一筷的不客气的兄弟样吃喝，是一件比做皇帝还要难的事。就是真实的过去，也成了梦幻似的传奇似的事情，在此时要去当兵的年青人，谅亦无从去找到那同样浪漫的不羁的生活教训了。

死不甘心生又不能的吉弟，在无可奈何中往东北陆军第二旅当兵去了。送他去时，见到他眼泪婆娑的一个人进那二旅司令部，回头在车子上，我想到我在比他还幼小的年龄出门入伍的情形，又想到不期望在我如今居然却来改了业，而改业后仍然还不能忘情于过去，心里忽然酸楚起来，泪便堕在大褂前幅上面了。吉弟呵，勇敢一点吧。这里的军中不比家庭，官佐上司不是父母，同队弟兄也与我们朋友是异样，这一次我希望是我最后见到你的小孩子的眼泪，以后你就能把眼泪收拾起来，学做一个大人！我是像你这样十七岁的年纪时，便已管理十个比我还大的人，充班长每日训练别人了。你当随时小心又小心，莫让人拿你来做整理军纪的证明。凡事都得耐烦去做，忍了痛对你生活去努力。你应当用力量固执着你的希望向前去奋斗，到力尽气竭为止。你当认清你生活周围的敌人：时时想打仗的军阀？不是的！穿红绿衣裳用颜料修饰眼眉的女人么？不是的！在不合理的社会制度下养成的一切权威，就是你的敌人！在两样的命运下，我是希望你没有为枪呀炮呀打死，傲倖能活下找得出对于这世界施以一种酷刻的报复的。在生活的侮辱下糟踏，与其每天每天去尽了全力与柴米油盐来打仗，结果胜负还是未可知，不如走这士大夫所不齿的一条路，还是于你我都适宜。一切的站到幸运上的人，周围的事实是已把他们思想铸定成为了那样懦怯与自私，他们那能知道一个年青的人在正好接受智慧的时候为生活压下而继续死去是普遍的事实？他们那能知道他以外的还有生活的苦战？那类口诵着陈旧的格言说是"好男不当兵"的圆脸凸肚绅士们，我是常常的梦到我正穿起灰衣在大街上见一个就是一个耳刮的。这可笑的梦我竟常常要做。呵，小的弟弟，那类绅士的教训，若是在你心中居然生了足以使你自惭的坏影响，真是不应该！目下的，在此几个穷苦朋友们，还梦着呓语着，要在艺术上建设什么，找寻什么，在追求中却为了饥饿而僵仆，让冬的寒风在头上代表人类做冷峭的狞笑，这样的结果一无所得，抱着苦恼死去的朋友们，这里那里全是，从这种悲剧的继续中，已给了我们颇大的真而善的教训了，当兵，便是我们这类人从梦中找不到满足复仇的一条大路！虽然这并不是一条平坦的路，但比之于类乎"秀才造反"的途径，已是异样的清楚了。吉弟，好好的对着新的生活努力吧。你好好的学一个大人，不要时时眼泪婆娑，不要如我六弟那样莽，我同你村哥也就可以放心了。我们是在同一命运下竭着力量来同生活抗拒的人，看了为可怕的时间所捏碎我们的天真与青春，真是只有抚着脸儿来痛哭，但是，向渺茫的那一点儿光明去看吧。过去的是已经成为过去了。好好的运用着未来也不为迟！得你来信，说是除了带皮帽子大家骤然相对时要不禁微笑外一切都还好过，你会不知道我在接到你这信以后是怎样在喜悦与惆怅中眷念着我过去的自己！恐怕你仍然免不了初离开我们的寂寞，我才来写这一篇我的入伍生活，愿你有好的朋友，也能如我当时，只是不要到了我这样年纪时，却来改了业，写当年的一切给你小的朋友看！

本篇发表于 1927 年 1 月 1 日《现代评论》（第二周年纪念增刊）。署名沈从文。

连 长

一

军营中的上灯喇叭声音在夏天时能使马听熟了也知道归回塞堡，入冬来，就只作了风的唿哨同伴无聊无赖消失到那四面山林里去了。

天降了雪后，喇叭声音更低郁，住远一点的，就不能听到，这给了许多茅屋下面孩子的寂寞。

然而在军队中呆过的大人，就不闻号声，也能断出时间的，若尽靠营里喇叭打知会，那离营略远一点的地方就去不成了。指定时间的钟表一类东西不是凡是军人都有的，官佐也都看人来，而驻扎到此乡间这砦那砦喝酒吃肉是免不了常有的事情，在便利中找熟人谈天学古或者打一点小牌，也是军中许可的娱乐，还有不定要明白公开的各以其方法找个把情人，这纵为长官知道也都成了通融的例子，（一些是在别的村子五魁八马，一些是在学猪悟能招亲姜子牙与申公豹斗法事，一些又是在陪到妇人身边唱小调）若对于时间太无估计的能力，则类乎点名那种事情一误再误总太难为情了吧。这里的军营中人，要紧的事是不拘离营三里两里内外到晚上点名时节，总能预先赶到营中站立在那坪里让那值日连附喊到自己名字大应一个到，才成其为营中的体统。地方是乡村，既清净，不必同土匪打仗，又无贼，当然像那每日三操二讲堂的常备兵苛刻军规，在此是用不着的！然而每天点三次名还误事，挨一点骂或罚一点钟立正，这在驻扎于此间的军队官佐士兵夫全体良心都以为是应得而且为必要的了。在普通军营中，点名是早午晚，于晚上那次，是九点左右，即吹熄灯号以前不久，这里因为九点不适宜于全体的浪漫兴趣，于是又由连长连附集议改为与起更号相接近，这一来，还误名，则对自己也像对不起似的了。是以这里的军人，于上灯时间的知识，更准确。

此时是，一个红着脸的穿着不相称的大灰布棉衣的号手，又站在那旗杆下头墩子石上吹他极得意的起更号时节了。凡是兵，就说驻扎在这旧庙里的一连人，已经各按照惯例，站到那盖满了雪的坪中。队伍成单行，班长则站在其一班的后面。行列中，因为习惯各人能记到自己地位，有些人告了假赴别地出差，就临时空出些地位来，经班长喊一声靠拢，其一班便即时缩短了。大家排了班以后，号音还未毕，值日连附就忙匆匆的从那蒙有格子花银封纸的一扇新白门内里出来，因为忙，帽子也不很正当。大家全爱喝一杯御寒，连附也免不了此，这时就正是从那羊肉火锅子边抽身出来办公的！连附拿着一本名册出来了，领头班长喊一声立正，各人重新端正起来振作精神把藏在厚重棉衣下的身子弄成一块碑模样，雪是不容情的乘此就进衣领了。随即是稍息，聪明一点的兵士，懂得头向后昂便能拒绝雪片的浸入，就不妨装作搔痒或整理腰带来逃难。

喊一声人名，就有一个人从队伍中骤的立正答应到，连附于是便在其名字下用铅笔一划。其喊过一次二次以后并无应声的，班长就上前解释。点名完毕照例短短的训词，大家又得笔直起身来默听。最后是，又稍息，又立正；解散了。

队伍解散后，连附便同班长之类，围到炉边继续喝那羊杂碎的火锅酒，弟兄各分开，那大坪里雪尽落，却再无一个人用颈部肯去承受了。

照营规，点了这次名以后，这一天算已告了结束，大家一直可以挨到明天清早点名再见面，因此凡是这里土著有着那军营中朋友情人的，听到吹号以后就可各以路途远近猜详他们的到来。喇叭的意义，在这里，又是怎样异于战地啊！

二

管领这一百个自由兵士的，是十个班长，每人手下有十人，如同自己的手指。在班长上面有三个连附，一个为中尉阶级，二个属少尉。连附上面是一个连长，按照例规有大操，或战事发生，连长就得统率这一百余子弟指挥其进退，但是驻扎到这个地方，还有什么事要统率？做连长的除了拇战就是应团总约上山打野猪那工作了。然而这也只是连长一人事。做连长的真是简直闲到比庙里的僧还少事做，若非亏他能够找出一些方法消磨这日子，恐怕早已生病倒床了。

连长究竟做些什么消遣？是有的。按照通常习惯一个长官总比其他下属多有一倍或是数倍机会得那驻在地方人民尊敬和切齿。这位连长也正是如此。譬如说，初初把队伍开到此地扎营到一处住户家中时，恰恰这位主人是一个年青寡妇，这寡妇，又正想从这些雄纠纠的男子汉中选那合意的替手，希望得到命运所许可的爱情与一切享受，那么总是先把她的身体奉献给那个位尊的长官。连长是正如所譬因了年青而位尊，在来此不久，就得到一个为本地人艳称的妇人青盼，成了一个专为供给女子身体与精神二方面爱情的人物了。关于军营中的事越少，则足以使连长感到于新发见的职务越多。女人住的地方系在营盘一里外，入冬来，连长的勤务，就几乎是每天早晚二蹚来去！若非关于伙食账目得常常同司务长清算，连长似乎不回也无不可的。照一个班长说法，连长是为女人已经迷到愿意放弃全部职务于中尉连附身上，不必充当管领百人的长官，自己单想侍候妇人终生让那妇人管领自己就有了。

就令当真是如此，这算连长的罪吗？

从连长年龄体貌上作价，都正适宜于同一个妇人纠缠为缘。命运把他安排到这小地方来，又为安排一个年龄略长的女人于此地，这显见连长再要关住爱情于心中，也不是神所许可的事！

要一个纯粹青年军官受过良好军人教育的上尉，忘了自己的生活目的，迷恋妇人到不顾一切，如同一个情呆子，仍然是不可能的事情。且照常情说，如若短短分离不但不为爱情的障碍，且正可以藉此休息从那终日拥抱得来的疲倦，则连长三日五日始能在营外别人家中宿一次，也是很自然的了。但把身子留在营中心上仍然挂念着别处，年青人，究竟还是年青！

因了不能把身子同心分开在两地，有时节，连长是在夜静也曾偷偷起身或是装作察哨溜过妇人处宿的。连长在这事上头，是一个诗人又是个英雄。当其轻轻敲着那门妇人已经听出连长声音拥着薄薄白的单衣开门时，妇人松散着发髻，以及惺忪的情态，在连长眼中，全成了神圣的诗质。一个缺少力在文字上表现他的灵感的人是能加倍在他行为中表现出他灵感的，因此连长在这妇人的面前，便把那军营中火气全化尽，越变越成温柔了。妇人呢？从连长那面来的不可当的柔情使妇人做着无涯涘的梦，正同一个平常妇人在她年青情人身上一个样，自己是已像把心交给这个人，后来终生都是随着这人跑，就到天涯地角也愿意了。当连长因了一点小事未能在妇人处宿，约到吃早饭号吹音完以后出营时，那早上吃饭喇叭便同专为连长情妇所吹一个样。妇人也是年青人，人其所以谓之为年青，这事便是一种凭证！

连长看妇人，像是本营少校上司官，自己应直隶其调度。妇人是把连长当作未来的丈夫，全让连长占据了自己。爱这东西是没有因为人类事业不同而荒疏了某种人，在一个都市上精致青年男女应酬宴会中，能生长的根芽在此同样的也会发育完全开花结果了。

若把连长当作这里的总督，总督夫人的位置，在兵士心中，也都一致认定是这妇人了。

三

天落雪，气候冷到溪里水也结了冰，在雪中去嗾狗赶野兔，或者披了蓑衣用雪盖在蓑衣上面伏在林里打斑鸠，那种游戏如今只有一个老年纪的连附同到几个兵士有这种的趣味了。大多数的兵士是在营里围到火柴堆喝酒。少数的兵士是往别的人家打牌或找女人去谈谑。我们的上尉，不消说是正在情妇这边勾留！

用栗子下本地的烧酒，两人同在一个火塘旁边坐下来，连长就用一个军人经验谈着他的过去一切与驻扎各地不同的习惯。从葫芦里倒一杯酒到杯子中时，妇人总只喝五分之一，余下全到连长肚中去。从午时点名以后到如今，一葫芦酒有两斤，快完了。

"我瞧你今天吃酒量不同，怪！"

的确是不同。本来预备作两顿的一次就快完。妇人手摇着那长把漆有黑色花纹的酒器，奇怪了。

连长不作声，把空了的杯子送到妇人面前去，妇人无可如何似的于是又筛了一杯。又自解的说是天气太寒多吃一点也并不碍事。

连长不说话，接着又是两口喝下了。

妇人担心望连长："已经没有酒了。我看你脸色不好，醉了就睡吧。"

"不。"是不醉，不睡，并且不承认有什么不好过的地方，答词只是一个不。

然而事实是连长因多喝了酒，从酒中引起一些烦恼了。

"我要回营了，劳你驾，为我把雨衣从钩上取下！"

"营里又无事，莫转去了呀。"

"非转去不可。喂，劳驾！"

在往日，也有这种的情形。连长忽然想到要回营，像心上有一件事正要做，但劝一两次，虽然还在脸上保留着那放心不下的颜色，就仍然留下，是妇人所知道的脾气。说非转去不可，妇人就采用那往日所取的阵略，故意的说道：

"是又不满意我了？"

连长听此话，颜色变得越发难看了。妇人即刻就知道所说的话是误了方向，就改口说天气冷，又快要断黑，有事明早回也得。

"好歹我要走。我同你说你也不明白。趁到天未即断黑，不用灯，我就走！"

妇人愕然了。但从过去性格认识连长并非就能够固持到底，仍然打趣模样的说纵有事，也总不外同到你们连里那位司务长算伙食账。

"我要走！"连长在语气上表明不是为酒醉。给妇人明白。

妇人问："为什么？"

"为什么？说不定在这样天气下头忽然会奉到上司旅长命令开拔到边界上去，我们还得走长路！"

"你胡思乱想。"

"我胡思乱想?"

从反复的一句话上,妇人听着忽然像为一个炸雷把耳震聋了。

连长见到妇人愣住的情形,也悟出是自己答话太近乎真要开差了,就补充说这是恐怕会有的一种猜想。

"恐怕是。"这虽足以解释去那"当真是"还距离得有多远,然而无意中把开差事情嵌进到这一团火热的胸中,两人要拔出这虚无的刺却不是一时可作得到了。

"我不走了,"连长说,还把酒杯推过去,"请为我再倒一杯。"

妇人极颓丧的倒出葫芦一杯酒。虽然在把酒筛好以后就诚诚实实接过来,却又并不即时朝嘴边送去,连长为了自己一句话也打伤了。

连长掉头过去避开妇人的目光。外面风,飘着雪的片,从窗口望去,是像正有人在空中轻轻撒下棉花那样的轻盈,又像并不是下落,有些还正在上升。那窗子格上,是砌了好些雪了,还有些雪一粘到玻璃上面就融化不见。因为屋里温度高,窗子下面的一块玻璃,在屋中这面,便糊上了一层薄纱那样不再透明的冰雾,有两个小孩手掌的大小。

若不是落雪,天气已应当黑了。因了地上屋上遍是雪,一同反着哑的沉静的光辉,就不见得天气和平时的晚。这时屋里人相对着脸都还很分明,但是渐渐的,屋中角落以及那些桌子下面坛罐器皿却已全为黑暗偷偷悄悄搂着了。

两人不说话,两人便都听到外面的雪落地作极微极匀声音,又可听到屋后竹园大堆的雪下坍以后竹子弹起的声音。此外可是全无响动了。全村子里没有狗叫,也没有人声,也没有锣鼓唢呐,一个村子里面的一切全像睡着,又像全死了。

天色渐渐暗下来,屋子中慢慢颜色暗默,火塘内的炽着的炭却益发加熊明了。

两人都能知道对方是在追索那句开差的话的意义,就是细细称量那未来而又必然要来的忧愁分量。

连长借了足下炽炭的光望妇人,触目的是那双垂着的白手。把手拿过来，握着了。妇人也不声。葫芦是为妇人放在桌子上，连长即时又抽出一只手去倒酒。妇人那只空手就去抢。连长声音戚戚的说：

"你就让我索性喝醉吧。"

先是劝，这时妇人不知怎样不愿连长再喝了。

"你让我，"连长说，"这样我好过一点。"

"酒完了。"

"多着咧。"

"你不能喝了，"妇人移开葫芦使连长手取不到，就摩连长的下巴，"瞧，全像火，醉了不吃亏么？"

"酒逢知己千杯少。"这意思，连长在另外一个情形下，所感到的与此时完全不同。有过多回的过去，在连长，已就明白而且承认"千杯少"的话是实话了，但今天则真应喝尽无数杯。平常为功名，为遇合，为人生牢骚，得用酒来浇，如今为女人，连长以为最好为酒淹死了。

四

在把一种温柔女性的浓情作面网，天下的罪人，没有能够自夸说是可以陷落在这网中以后是容易逃遁。学成了神仙能腾云驾雾飞空来去自如的久米仙人，为一眼望到妇女的白胫也失了他的法术，何况我们凡人秉承了爱欲的丰富遗产，怎么能说某一类人便不会为这事情所缚缠？在把身子去殉情恋的道路上徘徊的人，其所有缠缚纠纷的苦闷，凡圣实没有很大区别的。一个皇帝同一个兵士，地位的不同，是相差到几乎用手可以摸得出，但一到恋着一个人，在与女人为缘的应有心灵上的磨难，兵士所有的苦闷的量与皇帝可并不两样。一个状元同一个村塾师也不会不同。一个得文学博士的人同一个杂货店徒弟也总只会有一种头痛。因此在连长的身分上，就不必怎样去加以此时那尽量饮酒的解释，也很容易明白了。

露水的夫妇，是正因为那露水的易消易灭，对这固持的生着那莫可奈何的恋恋难于舍弃的私心，自然的事啊！

没有酒可喝的连长，借着身边炭盆飘着微微蓝焰的火光，望到妇人的侧身轮廓，终无一语。旋又极无聊赖将那散在膝上桌上以及炭盆边旁的花生栗子壳扫盖到那炽炭上，先是发着烟，爆响着，不久就全体燃着火燎熊熊了。从火光中连长见到妇人白白脸上流泻着眼泪，就摇摆那个剃得光光的军人式的头，哑声说是已依命令就不回营了。

妇人苦笑着。倒出葫芦里余酒，自己一口气喝尽。

"说不有酒又有了！"连长责难似的嚷妇人。

"我不愿你吃了。"

"那你也莫喝。"

答应说是不，把葫芦摇着，一转眼间又倒出些到杯中。妇人正欲去拿时，连长手快先抢到。朝火里一浇。酒是只剩下一些余沥，与火接触忽然便变成火焰向上炎。妇人把手掩了脸。腕上套有银麻花圈镯，这时像真金。也不是因为连长把酒抢了去不让喝就生了气，但在掩着脸以后，妇人忽然幽幽哭咽起来了。

"我答应不走，你又哭呀。"

还是哭，并非不曾听到连长的话语。再哭下去把连长反而哭走，也是妇人所能料得到的事。然而连长说不走，是这时。终久仍然还得走啊！妇人想到这些本不必想的未来情形，不由得更伤心了。好歹都得走，所有的情义，到时便当全丢下，这未来的必不可免的寂寞，使妇人把眼前怎样束缚连长的方法全忘记。若是连长真若为烧酒淹死，则妇人非把身子泡到泪中不可了。连长是，因了妇人一哭倒觉能将预支的苦恼支票拒绝，心上反而轻松一点了。连长望着妇人的抽咽，怔怔的，不知其办法，就立起身来。妇人虽用手掩脸，可是距离近，听得出。

"要走你就走，横顺要散场！"

"说不走了呀！"本来是想立起身来伸一个懒腰，怕误会就不。说是说不走了呀，那是为这因立起身子响声得来的误会加一种解释。

然而妇人为了自己一句话，索性嚎啕了。

要连长，去持刀杀一个人，其为困难不会像这时情形。

浇在炭上的酒是只一條的光明，所有的果壳，也无从持久，屋中是随即恢复以前黑暗了。从光明中骤来的黑暗，各人是把对面的人轮廓也全体失去，妇人在黑暗中像是连长已真离开了她哭得更浓了。

一个军人关于哄嗫妇人的方法，比较起来是笨拙到像嗾兔拉车，连长不久就用手去拭额边的汗，酒醒一半了。

连长求助于手去抚慰妇人，妇人就拖着那手用牙齿啃着。

"不痛吗?"连长反问那妇人。

"痛到你手上，我的心子被你啃了有多久!"

连长用嘴擦妇人腮边的泪，两人莽莽撞撞抱着了。

五

到腊月二十三，各家准备灶马糖送灶神上天的时节，连长办公改了个地方。从此司务长得一天一趟来到连长家中清算一次伙食账。点名号仍然是每日吹三次，但从此以后，不再能使连长太太听到这声音心跳了。

重阳后五日于北京

本篇发表于 1927 年 10 月 24—26 日《晨报副刊》第 2100 ～ 2102 号。署名璇若。

雪

——在叔远的乡下，你同叔远同叔远母亲的一件故事

天气变到出人的意外，晚上同叔远，分别时，还约到明早同到去看
枥树林里捕野狸机关，就是应用的草鞋，同到安有短矛子的打狗獾子的
军器，也全是在先夜里就预备整齐了。把身子钻到新的山花絮里呼呼的
睡去。人还梦到狸子兔子对我作揖心情非常的愉快，因为是最新习惯，
头是为棉被蒙着，不知到天亮已多久，待到为一个人摇着醒来时，揎开
被看已经满房光辉了。

叔远就站在我面前笑。

他又为我把帐子挂好，坐到床边来。

"还不醒！"

"我装的。"

"装的？"

"那只怪你这被太暖和。因为到这里来同到一茂睡，常常得防备他
那半夜三更猛不知一脚。又要为他照料到被免得他遭凉，总没有比昨晚
的好过。所以第一次一人来此舒服地方睡觉，就自然而然忘记醒转了。"

"我娘还恐怕你晚上会冷，床头上还留有一毯子，你瞧那不是吗？"

"那我睡以后，你还来到这里了！"

"来了你已经打鼾，娘不让我来吵你，我把毯子搭在你脚上，随即
也就去睡了。"

因为是纸窗，我还不知道外面情形，以为是有了大黄太阳时候太晏
了，看狸子去不成了，就懊丧我醒来的太晚，又怪叔远不早催我醒。

"怎么，落雪多久了！我刚从老屋过来，院中的雪总有五六寸，瓦
上全成了白颜色，你还不知吗？"

"落雪？"

"给你打开窗子看，"叔远就到窗边去，把两扇窗槅打开，"还在大落特落呢，会要有一尺，真有趣极了。"

叔远以为我怕冷，旋即又把窗关上。我说不，落了雪，天气倒并不很冷。于是就尽它开着。

雪是落得怪热闹，像一些大小不等的蝶蛾在飞，并且打着旋。

房中矮脚火盆中的炭火炽爆着火星，叔远在那盆边钩下身子用火箸尽搅。

"我想我得起来了。"

"不。早得很。今天我们的机关必全已埋葬在雪里，不中用，是不去看了。呆会儿，我们到外踏雪去。"

我望到床边倚着那两枝军器，就好笑。我还满以为在今天早上拿这武器就可到叔远的栎林里去击打那为机关掯着后腿的野物！

我就问叔远，"下了雪不成，那我们见到玛加尔先生他捕狐不就正是在雪中么？"

"那是书上的事情，并且是俄国。我的天，你为了想捉一匹狸子，也许昨天晚上就曾做过那个可怜玛加尔捉狐的梦了！"

听到叔远的话我有些忸怩起来。我还不曾见过这活的狸子在木下挣扎情形。只是从那本书上，我的确明明白白梦过多次狐狸亮亮的眼睛在林中闪烁的模样了。

叔远在炭盆热的灰里煨了一大捧栗子，我说得先来漱漱口，再吃这东西。

"真是城里人呵。"

叔远是因为我习惯洗脸以后才吃东西揶揄我，正像许多地方我用"真是乡下人啊"的话取笑他一样。因为不让我起床，就不起来了。叔远把煨熟的栗子全放在一个竹筒子内送到床上来，我便靠在枕上抓剥栗子吃。叔远仍然坐床枋。

"我告你，乡巴老有些地方也很好受用的，若不是我娘说今天要为你炒鹌鹑吃，在这时节我们还可以拿猪肠到火上来烤吃呢。"

"那以后我简直无从再能取笑乡下人了。这里太享福。"

"你能住到春天那才真叫好玩！我们可以随同长年到田里去耕田，吃酸菜冷饭，（就拾野柴烤雀儿吃也比你城里的有趣。）我们钓鱼一得总就是七斤八斤，你莫看不起我们那小溪，我的水碾子前那坝上的鱼，一条有到三斤的，不信吧。"

我说："就是冬天也还好得多，比城里，比学校，那简直是不消说了。"

"不过我不明白我的哥总偏爱住城里。娘说这有多半是嫂嫂的趣味，我以为我哥倒比嫂嫂还挂念城里。"

关于叔远的哥的趣味，我是比叔远还不明白，我不说了。我让我自己来解释我对于城乡两者趣味的理由。先前我怕来此处。总以为，差不多是每天都得同到几个朋友上那面馆去喝一肚子白酒，回头又来到营里打十轮庄的扑克的我，一到了乡下，纵能勉强住下也会生病！并且这里去我安身地方是有四百来里路，在此十冬腊月天气还得用棕衣来裹脚走那五六天的道，还有告假离营又至多不会过两月，真像不很合算似的！然而经不得叔远两兄弟拖扯，又为叔远把那乡间许多合我意的好处来鼓动我心，于是我就到这个地方来了。到了这乡下以后，我把一个乡间的美整个的啃住，凡事都能使我在一种陌生情形下惊异，我且能够细细去体会这在我平素想不到的合我兴味的事事物物，从一种朴素的组织中我发现这朴素的美，我才觉得我是虽从乡下生长但已离开的时间太久，在我所有的乡下印象已早融化到那都市印象上面了。到这来了又得叔远两弟兄的妈把当作一个从远处归来的儿子看待，从一种富厚慈善的乡下老太太心中出来的母性体贴，只使我自己俨然是可以到此永久就得住下去的趋势。我想我这个冬天，真过一个好运的年了。

叔远见我正在想什么，又自笑，就问我笑的原故是什么。

"我想我今年过了一个顶舒服的年，到这来，得你娘把我待得这样好，运气太好就笑了。"

"娘还怕你因为一茂进城会感到寂寞，所以又偷偷教我告我大哥一到十几就派人把一茂送来的。"

一茂是叔远大哥的儿子。一个九岁的可爱结实孩子。聪明到使人只想在他脸上轻轻的扭掐。因为叔远大哥是在离此四十五里的县城里住，所以留下他来陪我玩。在一茂进城以前，我便是同一茂一床睡。日里一茂叔远同我三人便像野猫各处跑。一茂照例住乡不久又得进城去跟他的妈同爹住一阵，所以昨天就为人接进城了。如今听到叔远说是他娘还搭信要一茂早点来，我想因为我来此，把人母子还分离一会，就非常不安。

我说："再请为我写一信到你大哥处去，让一茂在城里久玩下，莫让嫂嫂还怨你大哥说是老远一个客来分开他们母子！"

叔远就笑着摇头，说是那不成。一茂因为你来就不愿进城。你还得趁今年为他学完《聊斋》！

我想就因了一茂这乖孩子，我心中纵有不安，也得在这个乡里多呆一个月了。

一竹筒栗子，我们平分不知不觉就已吃完了。望到窗边雪是还不止。叔远恐怕我起床时冷，又为加上两段炭。

栗子吃完我当然得起身了，爬起来抓取我那棉袄子。

"那不成。"叔远回头就把我挂在床架上的衣取到远处去，"时候早得很，你不听听不是还不曾有人打梆子卖糕声音吗？卖糕的不来，我不准你起。炭才加上让它燃好再起身也成。"

"我们可以到外面去玩。"望到雪，我委实慌了。

"那时间多着。让我再拿一点家伙来吃吃。我就来，你不准起身，不然我不答应你。"

叔远于是就走出去了。耳朵听到他的脚步踏在雪里沙沙的声音渐远去了。我先是照着他嘱咐，就侧面睡下，望到那窗外雪片的飘扬。等一会，叔远还不来。雪是像落得更大。听到比邻人家妇人开门对雪惊诧的声音，又听到屋后树枝积雪卸下的声音，又听到远远的鸡叫，要我这样老老实实的安睡享棉被中福，是办不到的事了。

火盆中新加的白炭，为其他的炽炭所炙着，剥剥爆着响，像是在催我，我决定要起床了。

然而听到远远院子的那端，有着板鞋踏雪的声音，益近到我住的这房子，恐怕叔远抖那小脾气，就仍然规规矩矩平睡到床上。声音在帘外停止了。过了一会不做声，只听到为寒气侵袭略重的呼吸。

　　我说："叔远，我听到你的脚步，怎么去得这样久？"

　　然而搢开帘子是一个女人，叔远的母亲。我笑了。赶忙要起床，这老伯娘就用手止住。老人一进房，就用手去弹那蓝布包头上的雪。

　　"我以为你不曾醒，怕他们忘了帮你加盆中炭火，起来又受凉，来看看。昨夜是不是睡得好？"

　　"谢谢伯妈，一夜睡得非常好，醒以前我还不知天已落了雪呢。"

　　"我也不想到。"这老太太见到窗子不关以为是昨晚忘了，"怎么叔远晚上窗子也忘关！"

　　"不，是刚才开的，落的是浮雪，天并不冷了。"

　　"当真一点都不冷。你瞧我这上年纪的人，大毛皮衣还担受不住，是人老成精，也是天气的改变，哈。"

　　到这老伯妈，把手来炭盆边交互捏着烘着时，我们适间所吃的栗子，剥到地下盆边的栗壳，已为老太太见到了。老太太笑。我记起叔远说的娘是不准拿东西到早上吃，担心这时叔远不知道他娘在此，适于此时高高兴兴捧了一堆果子冒昧从外面进来，又无从起来止住叔远，就很急。

　　叔远的娘似乎看出我的神气了。就微笑解释似的说："我已见到叔远，正捧了不少粑同腊肉，我知道他是拿到这来，这孩子见了我就走了。我告他今天早饭我们炒辣子鹌鹑，不准多吃别的零东西，这孩子又骗我！栗子吃熟的还不要紧，不过像我们老人吃多了就不成。你是不是这时饿了想吃粑？我可以帮你烧几个拿来。"

　　当到这老太太含着笑说这话时，我心上真不好意思惶恐到要命！明明叔远又告了我是早饭菜有鹌鹑，娘已要我们莫吃别的东西，我却尽量同到叔远分吃烧栗子。并且叔远这时若果拿粑来，设或把粑放到火上烤成黄色，包上猪肉，我也总不会拒绝，至少又得吃三个。等一会，吃早饭时又吃不下咽，这不是故意同老人家抬杠？然而背了老人两人偷偷吃的栗子赃证全在地板上，分辩说是并不曾吃过，只是剥来烧着玩，当然不是实在话。虽说幸好还只吃一点栗子，粑还不到口，然而纵不入口仍然也为老人所知道，我到这时真有点儿恨起叔远不孝的意思来了。我们自己以为使鬼聪明可以背了老伯妈做的事谁知全为她知道。我从她的眼中看出她是相信我至少也是同情于叔远的取粑同腊肉主张，并且曾安慰我似的说若果是想吃则可以为我烧几个，我还好意思说就吃也不妨？

我答应她的话是："不，我并不想吃。"我一面在心中划算，"今天吃早饭我若不再多吃两碗来表明我栗子吃得并不多，真是不配在此受人款待了"。

她看着我忸怩神气，怕我因此难过，就又把话移到另外一桩事上去，说到在雪里打白绵的情形。

"你不知白绵那东西，狡极了，爬上树以后，见到狗在树跟就死捱不下树，这时节，总又有好多机会得到这东西了。我要廖七到村里去问，若有人打得就匀一腿来，我为你同叔远作白绵蒸肉，欢喜用小米拌和也好，这算顶好味道一种菜，一茂这小子就常嚷要，不是落雪也得不到！"

若果是今天晚饭有白绵蒸肉吃，我想过午我又得少吃一点东西，好在饭量上赎我所有的罪了。

听到院中有人踹雪的声音，我断定这真是叔远了，老太也听到，就从窗口望出去。

"又不怕冷呀。你瞧手都冻红了，还不来烤烘！"

叔远即刻负着一身雪片进房了。我因他妈望别处，就努目示意，告他栗子事已为老人发觉。

叔远装作不在意那样，走近炉边去，说：

"娘，我先还以为挂在那檐下的棕袋里栗子不干，谁知甜极了。"

"你是又忘娘的话，同从文吃烧栗子了。"

"并不多，只几颗儿。"

娘望到地下那些空壳，听到"几颗儿"的话，就不信任似的抿嘴笑。我也不得不笑了。

叔远坐在火边反复烤着那些肿成小胡萝卜的手指,娘就怜惜十分为纳到自己暖和的掌中捏着。叔远一到他娘的面前,至少就小了五岁,天真得与一茂似乎并不差有多少了。

我是非得起床不可了。叔远说是为到东院去叫人送洗脸水,他娘就说让她过去顺便叫一声,娘于是走了。

我站到床上,一面扣衣一面说:"我问你,你拿的粑同腊肉?"

叔远把头摇,知道是母亲已告了我。然而又狡滑的笑。

"怎么?还有什么吧?"我看叔远那身上,必定还有赃。

"瞧,"果不出所料,叔远从抱兜里把雪枣坯子抓出七八条,"小有所获,君,仍然可以!"

接着叔远说是只怪娘为人太好,所以有些地方真像是不应当的顽皮。

"还说!你真不孝!"

洗脸水还不见来,我们二人又把放在灰里捞好的东西平分吃完了。

本篇发表于 1927 年 10 月 27—29 日,31 日《晨报副刊》第 2103 ~ 2105 号,第 2107 号。署名沈从文。

船上岸上

写在《船上岸上》的前面

十二月九日，是叔远南归四年的一个纪念日。

同叔远北来，是四年又四个月。叔远南归是四年。南归以后的叔远，死于故乡又是二十个月了。

在北京，我们是一同住在一个小会馆，差不多有两个半月都是分吃七个烧饼当每日早餐。天气寒，无法燃炉子，每日进了我们体面早餐后，又一同到宣内大街那京师图书分馆看书。遇到闭馆则两人藏在被里念我们史记。在这样情形下他是终于忍受不来这磨难，回家了。我因无家可回不得不在北京耽下来。

谁知无家可归者，倒并不饿死；回家的他却真回到他的"老家"去了。生来就多灾多难的我，居然还来吊叔远，真是意料不到的事！

哭自己，哭别人，我是没有眼泪了。今天写这点东西，是我想从过去的小事上追想我们的友谊，好让我心来痛一次。以前我能劝别人莫哭，如今我是懂得自劝了。

休　某

船停了。

停到十八湾。十八湾是长长的一条平潭。说十八湾地名应作"失马湾"者，那当去志书上找证据。从地形上看，比从故事上看方便了许多，所以人人都说这是十八湾。潭长有七里，湾拐本极多，但要说十八的数是顶确实，那也并不一定吧。不说十二二十五，说十八，一面言其多，一面谐"失马"的音，不算极无意义了。

船到十八湾多停，因为是辰溪河船舶往来一极方便停船的所在。下行停到此地，则明天可以在晚饭左右抵泸溪。上行则从辰溪县上游潭湾地方开船。此为第一天一顶合式停船码头。

我们船是下行的。

船停在码头边成一队，正如一队兵。大船排极右，其他船只依次来。这是说我们所有下行船一帮。虽然这只是一帮，船就有了四十只，各把船头傍了岸，一个石头堆成的码头也早挤满不能再容别的船舶了。别的船，原有别的帮，也就有别的码头让它们泊岸，不相关。

停了船，不上岸不成。

坐船久了的，一爬上岸也总觉得地原是在脚下动。无形中把在船上憩着为水荡摇成为新习惯，一上岸，就反而觉岸是在动了。实则所动的是自己身子。但是谁能不疑心是地动呢。

岸是上了，上了岸也无可作，就坐在岸边石墩子上看到一帮船。船的头尾全已站了人，凡是日间在篷里呆睡呆坐的，这时全出到舱面来了。各个船上都全在煮饭，在船头，在船尾，无一个不腾起白的烟气。一些煮好了饭的，锅中就炒菜，有油落在锅里炸爆的声音，有切菜的声音。有些用顶罐煮饭，米已熟，把罐提起将米汤倾倒到河中去。又有人蹲在船篷上唱戏。坐在岸边看看天夜了。

"远，我们怎么样？"我意思想上船了。

他说饭还不曾熟，随到他们到上面街上买一点东西，看有什么买什么。我是不会不答应。我们就上街。

天呵，这是什么街！一共不到二十家铺子，听人说这算南街。再过去，转一个拐直入山上去，有一个小石堡子门，进堡子门零零落落一些人家，比次而成一直行，算东街。

"看不出，铺子小，生意倒不错咧。"远说着就笑，我也笑。

从麻阳下行的船，到高村可以将一切应用东西备好，如像猪肉呀，猪油呀，盐同辣子呀，高村全可买。从辰州上行的船，一切东西也办得整齐丰富，在路上要买就只买小菜。那么这里生意应当萧条了。

猪肉一类东西这地方销路实际上似乎真不怎样好，看看屠案上，所有的猪肉，就全像从别个乡村赶场趸来的东西！牛肉有是有，是更来得路程远一点，色变紫色了。

但这地方另有生意真可以搭股分呢。凡是码头顶好的生意，并不是屠户。只要是这地方有船停泊，卖小吃东西的总不会亏本。从五十六十里路大市口上趸来的半陈点心，一到这地方来成了奇货可居了。鸡蛋糕，雪枣，寸金糖，芝麻薄饼，以至于能够扯得多长的牛皮糖，全都有，全易卖。从搭客到船上火头师傅，对于这类东西都会感生极浓的趣味。小孩子则还要更凶。大家争着买，抢着拿，因此一来价钱更可以提起。

还有卖纸烟的哩，卖大烟的哩，全是门前堆了不少的人，像是抢粑粑！①

我们到一个卖梨子花生的摊子边买梨。

问那老妇人：“怎么卖？”

“四十钱一堆。”说了又在我同远身上各加以眼睛的估价。

一堆梨有十来个，只去铜元四枚，未免贱，就出钱一共买四堆。

“不，先生，这一共买就只要百二十钱。”

“怎么？”

“应当少要点。”

望到那诚实忧愁面貌，我想起这老妇人有些地方像我的伯妈。伯妈也有这样一个团脸，只不知这妇人有不有伯妈那一副好心肝。

“那我们多把你这点钱也不要紧。”我就一面用草席包梨，一面望那妇人的脸。

远也在望她。

---

① 作者自注：抢粑粑，乃放敛口后施鬼食，人人可以抢，皆俗也。

妇人是全像我伯妈了。她说既然多给钱也应多添几个梨子。

一种诚朴的言语，出于这样一种乡下妇人口中，使我就无端发愁。为什么乡下同城里凡事都得两样？为什么这妇人不想多得几个钱？城里所谓慈善人者，自己待遇与待人是——城里的善人，有偷偷卖米照给外国人赚点钱，又有把救济穷民的棉衣卖钱作自己私有家业的。这人也为世所尊视，脸上有道德光辉所照，多福多寿。乡下人则多么笨拙。这诚实，这城中人所不屑要的东西，为什么独留在一个乡下穷妇人的心中盘据？良心这东西，也可说是一种贫穷的原素，城市中所谓道德家其人者，均相率引避不欲真有一时一事纠缠上身，即小有所自损，则亦必张大其词使通国皆知其在行善事：以我看，不是这妇人太傻，便是城市中人太聪明能干！

远似乎也为这妇人感触着一种心思，望到这妇人又把筐中的梨捡出到簸箕，平均兼扯的摆成一堆，摆好后，要我们抓取，不愿抓，就轻轻嘘了一口气。

我们把梨包好我们走。

我在路上问远："你瞧这妇人，那种诚实坦白的样子，真使人想起生无限感慨——你怎么？我见你也望她！"

"这人太蠢了。"

远的话的幽默使我作一度苦笑。

我们一旁走，一旁从席包中掏出梨来啃，行为像一个船夫。也只有水手才吃这梨！梨子味酸得极浓，却正是我们所嗜，若非知道吃饭有鳜鱼，我们每人会非吃十个不知道止了。

到岸边。

天是渐夜了。日头沉到对河山下去，不见日头本体后，天空就剩一些朱红色的霞。一些霞，时时变，从黄到红，又从红到紫，不到一会儿已成了深紫，真是快夜了。

我们仍然坐在那码头上石墩上，我们的船离我们不到五丈，船上煎鱼的油味，风投机时就可以闻到。

在空中，有一些黑点，像摆得极匀，在那灰云作背景的天空匆匆移向对岸远汀去。我猜它是雁，远却猜是鸟。然而全猜错。直到渐渐小去才听到它叫出轲格轲格声音来，原来这是渔鹭鸶！弯嘴渔鹭鸶值钱，这些便是那打鱼人用不着的直嘴鹭鸶，算作野鸟了。

望到鹭鸶我想起远家中的那只大白鹤，就问远，是不是还欠挂那只鸟。

"怎么不？还有狗，还有那火枪，都会很寂寞。"狗是为远追逐田兔的，枪是不知打过多少山鸡的，所以远说到时就当真俨然见着他家那只黑狗卧在门前顶无聊似的。

"我也念它呢。"我说，"我念它第一次咬我吓了我，第二次同我亲热时扑上身来又吓了我！"

我们全笑了。

当真这时的家中的狗也许极无聊。此时正是吃夜饭时节，人既离了家，则狗同谁到夜饭桌边去闹？若远的侄子在家，还可以来一同抢掉在地下的鸡头，若家中尽剩他母亲一人，那就有苦受了！因此我又想起那黑狗吓了我后为远的母亲用杖挞它时伏于地面不动的情形。是，这是一匹狗，还有比狗更可恋的许多许多东西在！人一来，有谁再去仓上看我们的钓竿？此后砖坝上有鱼，谁去钓，鱼不也会寂寞么？

简直不堪设想了，就是远的母亲，那笑脸，那一副慈祥心肠，把儿子一走，那老人的笑脸同这好心肠给谁受用？

不想吧，也不成。于是我们谈着一切顶有趣的故事，从远的母亲到远家长年的一只草鞋，因这只草鞋曾为远拿起打着一只斑鸠……

谈也谈不完。

到船上煎鱼姜辣香味为我闻及时，对河的岸同水面，已全为一种白色薄薄烟雾笼罩，天是呈青色，有月亮可以看得出了。

我们上船把饭吃，吃鳜鱼，还用一杯酒。船上规矩有鱼不吃酒不行，所以照规矩两人勉强吃下。

吃了饭以后，又上到岸，月是更明了。在月下，有傍了各帮的船尾划着小艒的人曼声喊猪蹄子粉条声音，这声音，只像他是为唱歌而唱歌，竟不像是卖东西。桨的拍水声，也像是专为这歌声搭拍而起。

在水上远处，又可听到摧橹的歌声，又极清，又极远，声是非常美。

有船从上游下驶，赶到这地方湾泊，这便是这奇怪歌声来源了。虽有月，初七初八的月光是非常澹，所以总先听到歌声从水面飞来，不见船，不见人，到认清来船形体时节，这时歌声已快止，变了调，更急了。

一切光景过分的幽美，会使人反而从这光景中忧愁，我如此，远也正如此。我们不能不去听那类乎魔笛的歌，我们也不能不有点儿念到渐渐远去的乡下所有各样的亲爱东西。这样歌，就是载着我们年青人离开家乡向另一个世界找寻知识希望的送别挽歌！歌声渐渐不同，也像我们船下行一样，是告我们离家乡越远。我们再不能在一个地方听长久不变的歌声，第二次，也不能了！

两人默默的呆着，话是没有说的。

这时别的船上也有不少人在岸上坐。且有唱戏的，一面拉琴一面唱，声作麻阳腔。

远轻轻的说："从文，你听，这是文公走薛！麻阳人最长的是摇橹唱歌打号子，一到唱戏，这简直像猪叫了。"

琴既是嗡嗡拉着，且有一个掌梢模样的人为拍板，一时是决不会止了。我想起要看看那卖梨子的妇人此时是不是还在作生意，就说我们可以再到街上去玩玩。远答应，我们就第二次上街。

月光下的街上美多了。

一切全变样，日里人家疏，屋显陋小，此时则灯光疏疏正好看。街道为月光映着，也极其好看。

屠户关了门，只从门罅露出点黄色灯光，单听到里面数钱声音，若不是那张大案桌放在门外，我们就会疑心这是大的钱铺。听到他们数钱才知道他们生意仍然不坏，并不如我们先时所想。

其他的人家，已有上过铺板的，却知道是门里仍然有人做生意。其他不曾关门的，生意却依然是忙乱着，一盏高脚丹凤朝阳煤油灯，在那灯光下各样坛子微微返着光，还有那在灯光下摇去摇来扁长头颅的影子，皆有一种趣味。我们就朝到那有灯光处走去，每一个灯下全看看是卖什么样东西。全没有买却全都看到，十多个摊子是看尽了。

到卖梨子妇人摊旁，见这老妇人正坐在一小板凳上搓一根绳，腰躬着，因为腰躬着，那梨子簸里那桐油灯便照着她的头发，像一个鸟窠。

听到我们走近摊子旁，妇人才抬头。大约以为我们是来买梨，就说梨是好吃的，可以试。

“我们买得许多了。”

“哦，是才来买的，我真瞎眼了！”妇人知道我们不是要梨子，原是上街玩，就让我们坐。

当然是不坐。

本来是预备来同这妇人说说话的我，且想送她一点钱，到此又像这想头近于稚，且看看这妇人生活，听她谈及还很过得去，钱是不送她，我们随即又转身到河边码头了。

上船来，同远睡在一块儿，谈到这妇人，远想起他妈，拥着薄被哭。哭，瞒不了我，为我知道了，我只能装大人笑他“不济”。

十二月北京

本篇发表于1927年12月29—31日《晨报副刊》第2165～2167号。署名休芸芸。

上城里来的人

一

　　"三月十六日的事。一个坏运气落到了众人头上，来了一些——谁知道这应当用什么称呼为恰当呢——总之他们是来了。不报信，就来了。把一些人从梦中惊醒，但是醒来他们已到寨子中了。狗叫是空的。狗这时似乎也知道叫是空叫，各个逃到空园中去了。人可逃不及。

　　"于是不用什么名义就动手。知道'动手'这两字的用意吧。他们动手了，他们有刀，有枪，只有'请便'可以说了。

　　"他们是体面的。只要不这么慌张，不这么混乱，成群排队到村中大街上走，吹号打鼓的在前引路，骑马匹的放在后面，我可以赌咒说我不敢疑心他们是——

　　"我决定说他们能够这么办的，做得体体面面，在另一时节。"

二

　　"我不是说动手么？

　　"轮到了牛，轮到了羊，轮到了财物。……当真，应当轮到我们了。

　　"我们是妇人，妇人是有'用处'的。

　　"他们是斯斯文文的，这大致是明白附近无其余的他们。说，'来！'我们就过去一个，我忘了告你是在喊来以前我们妇人是如牛羊一样，另外编成一队的了。如今是指定叫谁谁就去。我赌气，说我不害怕。这是平常事，是有过的事。

　　"但我看到我们的大表妹子——该死的老子这样大年纪还不打发她

出门——她脸色变得真难看。还没有喊她，一双脚只是摇，像纺纱车轴。我的天，你这样胆小，一个女人总有一次的事，怕什么？我是不怕的。用过了，他们就会走路，不是么？

"我轻轻的说，妹子，别这样，你大表嫂也在此，婶婶也在此，不要怕。让他吃，让他用，衙门做官的既不负责，庙里菩萨又不保佑，听他们去，不过一顿饭久就完事。

"他们决不是土匪，不会把我们带去——带去只有累赘他们——所以我心稳稳的。"

三

"像害了一场病，比疟疾还轻松一点的病，我成了今天的我了。

"所以我说，我家中原是有两头母牛，四头羊，二十匹白麻布，二十匹棉家机布，全副银首饰，仍然得上城来帮人做工。这理由，你当然明白了。他们拿去了一切，留下我同我的男子，我又是害病。你们从城里下乡或者当是另外一个理由，因为你们还可以回转城里。

"我就是因此到城里来了。我的牛羊同家产，可不知道随了他们到什么地方去。我顶不放心那匹黑牛，它左脚有病，是真的。我的男人他因此当兵去了，他临动身时说，他将来总会作他们作过的事，说这话时好像生了点气。

"我记到他的话，我告他：若是别人家的牛脚上有病，可为别人留下不要拉走。有病的牛走远路是不相宜的，要这东西随队伍开差，也怪可怜。

"也许他得过一头牛了，就因为记到我的话不把牛牵走。他是好人，我可以同你打赌，尽你去问我村子里的每个人，看有一个人说坏话没有。"

四

"你们城里人真舒服。

"成天开会，说妇女解放，说经济独立，说……我明白，我懂。我记得到，那有就忘记的道理！你不信我念那段话给你听。你告我的我全记得到。'我们妇女也是人，有理由做男子一切做着的事。'……这我可不明白了，我不知道使我们村子里妇人所害的病，有法子在解放以后就不害它不？

"她们不能全搬进城来住。乡下的她们比城里似乎多多了。

"她们有牛，羊，麻布，棉布，而他们就有刀，枪，小手枪，小手榴弹。他们是这样多，衣服一色。上城来告状又不是办法，我们告谁？"

…………

五

"不说起，我不记到这些事的。好像是忘了，过去的事忘了倒好点。

"可惜我那牛，我知道它是不愿同我们离开的。临走时被他们牵着打着（我睡到这样想），它必定还流眼泪。我们原来多久就已成为一家人，太熟了。

"若到什么地方碰到它，我断定它还认得我。它是又聪明又懂事的东西，我说得是那只黑色的。唉，可是恐怕我的那男人，我再不会认识他了，这是整五年，从那出门一天算起——不，应当从我害病那天算起。"

十七年八月于上海

（登在上海《中央日报·红与黑》第十号）

本篇发表于 1928 年 8 月 17 日上海《中央日报·红与黑》第 10 号。署名茹椒。

柏 子

把船停顿到岸边，岸是辰州的河岸。

于是客人可以上岸了，从一块跳板走过去。跳板一端固定在码头石级上，一端搭在船舷，一个人从跳板走过时，摇摇荡荡不可免。凡要上岸的全是那么摇摇荡荡上岸了。

泊定的船太多了，沿岸泊，桅子数不清，大大小小随意矗到空中去，桅子上的绳索像纠纷到成一团，然而却并不。

每一个船头船尾全站得有人穿青布蓝布短汗褂，口里噙了长长的旱烟杆，手脚露在外面让风吹——毛茸茸的像一种小孩子想象中的妖洞里喽啰毛脚毛手。看到这些手脚，很容易记起"飞毛腿"一类英雄名称。可不是，这些人正是……桅子上的绳索揩定活车，拖拉全无从着手时，看这些飞毛腿的本领，有得是机会显露！毛脚毛手所有的不单是毛，还有类乎钩子的东西，光溜溜的桅，只要一贴身，便飞快的上去了。为表示上下全是儿戏，这些年青水手一面整理绳索一面还将在上面唱歌，那一边桅上，也有这样人时，这种歌便来回唱下去。

昂了头看这把戏的，是各个船上的伙计。看着还在下面喊着。左边右边，不拘要谁一个试上去，全是容易之至的事，只是不得老舵手吩咐，则不敢放肆而已。看的人全已心中发痒，又不能随便爬上桅子顶尖去唱歌，逗其他船上媳妇发笑，便开口骂人。

"我的儿，摔死你！"

"我的孙，摔死了你看你还唱！"

"……"

全是无恶意而快乐的笑骂。

仍然唱，且更起劲了一点。但可以把歌唱给下面骂人的人听，当先若唱的是"一枝花"，这时唱的便是"众儿郎"了。"众儿郎"却依然笑嘻嘻笑嘻嘻的昂了头看这唱歌人，照例不能生气的。

可是在这情形中，有些船，却有无数黑汉子，用他的毛手毛脚，盘着大而圆的黑铁桶，从舱中滚出，也是那么摇摇荡荡跌到岸边泥滩上了。还有作成方形用铁皮束腰的洋布，有海带，有鱿鱼，有药材……这些东西同搭客一样，在船上舱中紧挤着卧了二十天或十二天，如今全应当登岸了。登岸的人各自还家，各自找客栈，各自吃喝，这些货物却各自为一些大脚婆子走来抱之负之送到各个堆栈里去。

在各样匆忙情形中，便正有闲之又闲的一类人在。这些人住到另一个地方，耳朵能超然于一切嘈杂声音以上，听出桅子上人的歌声——可是心也正忙着，歌声一停止，唱歌地方代替了一盏红风灯以后，那唱歌的人便已到这听歌人的身边。桅上用红灯，不消说是夜里了。河边夜里不是平常的世界。

落着雨，刮着风，各船上了篷，人在篷下听雨声风声，江波吼哮如癫子，船只纵互相牵连互相依靠，也簸动不止，这一种情景是常有的。坐船人对此决不奇怪，不欢喜，不厌恶，因为凡是在船上生活，这些平常人的爱憎便不及在心上滋生了。（有月亮又是一种趣味，同晚日与早露，各有不同。）然而他们全不会注意。船上人心情若必须勉强分成两种或三种，这分类方法得另作安排。吃牛肉与吃酸菜，是能左右一般水手心情的一件事。泊半途与湾口岸，这于水手们情形又稍稍不同。不必问，牛肉比酸菜合乎这类"飞毛腿"胃口，船在码头停泊他们也欢喜多了！

如今夜里既落小雨，泥滩头滑溜溜使人无从立足，还有人上岸到河街去。

这是其中之一个，名叫柏子，日里爬桅子唱歌，不知疲倦，到夜来，还依然不知道疲倦，所以如其他许多水手一样，在腰边板带中塞满了铜钱，小心小心的走过跳板到岸边了。先是在泥滩上走，没有月，没有星，细毛毛雨在头上落，两只脚在泥里慢慢翻——成泥腿，快也无从了——目的是河街小楼红红的灯光，灯光下有使柏子心开一朵花的东西存在。

灯光多无数，每一小点灯光便有一个或一群水手，灯光还不及塞满这个小房，快乐却将水手们胸中塞紧，欢喜在胸中涌着，各人眼睛皆眯了起来。沙喉咙的歌声笑声从楼中溢出，与灯光同样，溢进上岸无钱守在船中的水手耳中眼中时，便如其他世界一样，反应着欢喜的是诅咒。那些不能上岸的水手，他们诅咒着，然而一颗心也摇摇荡荡上了岸，且不必冒滑滚的危险，全各以经验为标准，把心飞到所熟习的楼上去了。

酒与烟与女人，一个浪漫派文人非此不能夸耀于世人的三样事，这些喽啰们却很平常的享受着。虽然酒是醨洌的酒，烟是平常的烟，女人更是……然而各个人的心是同样的跳，头脑是同样的发迷，口——我们全明白这些平常时节只是吃酸菜南瓜臭牛肉以及说点下流话的口，可是到这时也粘粘糍糍，也能找出所著于心各样对女人的谄谀言语，献给面前的妇人，也能粗粗卤卤的把它放到妇人的脸上去，脚上去，以及别的位置上去。他们把自己沉浸在这欢乐空气中，忘了世界，也忘了自己的过去与未来。女人则帮助这些可怜人，把一切穷苦一切期望从这些人心上挪去。放进的是类乎烟酒的兴奋与醉麻。在每一个妇人身上，一群水手同样作着那顶切实的顶勇敢的好梦，预备将这一月贮蓄的金钱与精力，全倾之于妇人身上，他们却不曾预备要人怜悯，也不知道可怜自己。

他们的生活，若说还有使他们在另一时反省的机会，仍然是快乐的吧。这些人，虽然缺少眼泪，却并不缺少欢乐的承受！

其中之一的柏子，为了上岸去找寻他的幸福，终于到一个地方了。

先打门，用一个水手通常的章法，且吹着哨子。

门开后，一只泥腿在门里，一只泥腿在门外，身子便为两条胳膊缠紧了，在那新刮过的日炙雨淋粗糙的脸上，就贴紧了一个宽宽的温暖的脸子。

这种头香油是他所熟习的。这种抱人的章法，先虽说不出，这时一上身却也熟习之至。还有脸，那么软软的，混着脂粉的香，用口可以吮吸。到后是，他把嘴一歪，便找到了一个湿的舌子了，他咬着。

女人挣扎着，口中骂着：

"悖时的！我以为你到常德府被婊子尿冲你到洞庭湖了！"

"老子把你舌子咬断！"

"我才要咬断你……"

进到里面的柏子，在一盏"满堂红"灯下立定。妇人望他痴笑。这一对是并肩立着，他比她高一个头，他蹲下去，像整理橹绳那样扳了妇人的腰身时，妇人身便朝前倾。

"老子摇橹摇厌了，要推车。"

"推你妈！"妇人说，一面搜索柏子身上的东西。搜出的东西便往床上丢去，又数着东西的名字。"一瓶雪花膏，一卷纸，一条手巾，一个罐子——这罐子装什么？"

"猜呀！"

"猜你妈，忘了为我带的粉吗？"

"你看那罐子是什么招牌！打开看！"

妇人不认识字，看了看罐上封皮，一对美人儿画相。把罐子在灯前打开，放鼻子边闻闻，便打了一个嚏。柏子可乐了，不顾妇人如何，把罐子抢来放在一条白木桌上，便擒了妇人向床边倒下去。

灯光明亮，照着一堆泥脚迹在黄色楼板上。

外面雨大了。

张耳听，还是歌声与笑骂声音。房子相间多只一层薄薄白木板子，比吸烟声音还低一点的声音也可以听出，然而人全无闲心听隔壁。

柏子的纵横脚迹渐干了，在地板上也更其分明。灯光依然，对一对横搁在床上的人照得清清楚楚。

"柏子，我说你是一个牛。"

"我不这样，你就不信我在下头是怎么规矩！"

"你规矩！你赌咒你干净得可以进天王庙！"

"赌咒也只有你妈去信你，我不信。"

柏子只有如妇人所说，粗卤得同一只小公牛一样。到后于是喘息了，松弛了，像一堆带泥的吊船棕绳，散漫的搁在床边上。

肥肥的奶子两手抓紧，且用口去咬。又咬她的下唇，咬她的膀子，咬她的大腿……一点不差，这柏子就是日里爬桅子唱歌的柏子。

妇人望到他这些行为发笑，妇人是翻天躺的。

过一阵，两人用一个烟盘作长城，各据长城一边烧烟吃。

妇人一旁烧烟一旁唱《孟姜女》给柏子听，在这样情形下的柏子，喝一口茶且吸一泡烟，像是作皇帝。

"婊子我告给你听，近来下头媳妇才标得要命！"

"你命怎么不要去，又跟船到这地方来？"

"我这命送她们，她们也不要。"

"不要的命才轮到我。"

"轮到你，你这……好久才轮到我！我问你，到底有多少日子才轮到我？"

妇人嘴一扁，举起烟枪把一个烧好的烟泡装上，就将烟枪送过去塞了柏子的嘴，省得再说混话。

柏子吸了一口烟，又说："我问你，昨天有人来？"

"来你妈！别人早就等你。我算到日子，我还算到你这尸……"

"老子若是真在青浪滩上泡坏了，你才乐！"

"是，我才乐！"妇人说着便稍稍生了气。

柏子是正要妇人生气才欢喜的。他见妇人把脸放下，便把烟盘移到床头去。长城一去情形全变了。一分钟内局面成了新样子。柏子的泥腿从床沿下垂，绕了这腿的上部是用红绸作就套鞋的小脚。

一种丑的努力，一种神圣的愤怒，是继续，是开始。

柏子冒了大雨在河岸的泥滩上慢慢的走着，手中拿的是一段燃着火头的废缆子，光旺旺的照到周围三尺远近。光照前面的雨成无数返光的线，柏子全无所遮蔽的从这些线林穿过，一双脚浸在泥水里面——把事情作完了，他回船上去。

雨虽大，也不忙。一面怕滑倒，一面有能防雨——或者不如说忘雨的东西吧。

他想起眼前的事心是热的。想起眼前的一切，则头上的雨与脚下的泥，全成为无须置意的事了。

这时妇人是睡眠了，还是陪别一个水手又来在那大白木床上作某种事情，谁知道。柏子也不去想这个。他把妇人的身体，记得极其熟习；一些转弯抹角地方，一些幽僻地方，一些坟起与一些窟窿，恰如离开妇人身边一千里，也像可以用手摸，说得出尺寸。妇人的笑，妇人的动，也死死的像蚂蝗一样钉在心上。这就够了。他的所得抵得过一个月的一切劳苦，抵得过船只来去路上的风雨太阳，抵得过打牌输钱的损失，抵得过……他还把以后下行日子的快乐预支了。这一去又是半月或一月，他很明白的。以后也将高高兴兴的作工，高高兴兴的吃饭睡觉，因为今夜已得了前前后后的希望，今夜所"吃"的足够两个月咀嚼，不到两月他可又回来了。

他的板带钱已光了，这种花费是很好的一种花费。并且他也并不是全无计算，他已预先留下了一小部分钱，作为在船上玩牌用的。花了钱，得到些什么，他是不去追究的。钱是在什么情形下得来，又在什么情形下失去，柏子不能拿这个来比较。总之比较有时像也比较过了，但结果不消说还是"合算"。

轻轻的唱着《孟姜女》，唱着《打牙牌》，到得跳板边时，柏子小心小心的走过去，预定的《十八摸》便不敢唱了——因为老板娘还在喂小船老板的奶，听到哄孩子声音，听到吮奶声音。

辰州河岸的商船各归各帮，泊船原有一定地方，各不相混。可是每一只船，把货一起就得到另一处去装货，因此柏子从跳板上摇摇荡荡上过两次岸，船就开了。

（选自《雨后》）

本篇发表于 1928 年 8 月 10 日《小说月报》第 19 卷第 8 号。署名甲辰。

雨　后

"我明白你会来，所以我等。"

"当真等我？"

"可不是。我看看天，雨是要落了。谁知道这雨要落多大多久。天又是黑的，我喊了五声，或者七声。我说，四狗，四狗，你是怎么啦！雨快要落了，不怕么？全不曾回声。我以为你回家了。我又算……雨可真来了。这里树叶子响得怕人，我不怕，可只担心你。我知道你是不会拿斗篷的。雨水可真大。我是躲在那株大楠木下的。就是那株楠木，我们俩……忘记了么？你装。我要问你到底打那儿来。身上也不湿多少，头又是光的，我问你，躲到什么洞里。"

四狗笑。四狗不答。他不说从家中来，她便明白的。

他坐到那人身边去，挤拢去坐，坐的是桐木叶。

这时雨已过前山，太阳复出了，还可以看前山成块成片的云，像追赶野猪，只飞奔。四狗坐处四围是虫声，是树木枝叶上积雨下滴的声音。上是个棚，雨后太阳蒸得山头出热气，四狗头上却阴凉。头上虽凉心却热，四狗的腰被两只手围着了。

"四狗——"想说什么不及说，便打一声唿哨。

因为对山有同伴，同伴这时正吹着口哨找人。

同伴是在雨止以后又散在山头摘蕨，这时陪四狗坐的也是摘蕨人。

在两人背后有一背笼，是她的。四狗便回头扳那背笼看。

"今天怎么只得这一点？……喔，花倒得了不少。还有莓咧。我正渴，让我吃莓吧。下了一阵雨，莓是洗淡了，这个可是雨前摘的。我喂你一颗。算我今天赔礼，不成吗？"

"要你赔礼？我才……"

她把围着四狗的腰的两只手放松了，去采地上的枯草。

"我告你，我也总有一天要枯的——一切也要枯，到八月九月。我总比你们枯得更早。"

四狗，莫名其妙。他说道：

"我的天，我听不懂你的话。"

"我也不一定要你懂，你总有一天懂的。"

"让我在这儿便懂，成不成？"

"你要懂，就懂了，载不得我说。"她又想，"聋子耳边响大雷"，就哧的笑了。

四狗不再吃莓了，用手扳并排坐的人头。黑色的皮肤，红红的嘴，大大的眼睛与长长的眉，四狗这时重新来估价。鼻子小，耳朵大，下巴是尖的，这些地方四狗却放过了。他捏她辫子，辫子是在先盘在头上，像一盘乌梢蛇，这时这蛇挂在背后了，四狗不怕蛇咬人，从头捏至尾。

"你少野点。"说了却并不回头。

因为蛇尾在尾脊骨下，四狗的手不得到警告以前，已随随便便到……

四狗渐渐明白自己的过错了。通常便如此，非使人稍稍生气，不会明白的。于是他亲她的嘴——把脸扭着不让这么办，所亲的只是耳下的颈子。四狗为这个情形倒又笑了，他算计得出，这是经验过的，像看戏一样，每戏全有打加官。打加官以后是……末了杂戏热闹之至。

稍停停，不让四狗看见，背了脸，也笑了，四狗不必看也清楚。

四狗说："莫发我的气好了。"

"怎么还说人发你的气。女人敢惹男子吗？……嘘，七妹子，你莫癫！"

后面的话声音提得极高，为的是应付对山一个女人的唱歌。对山七妹子，知道这一边山草棚下有阿姐与四狗在，就唱歌弄人。

四狗是不常常唱歌的，除非是这时人隔一重山——然而如今隔一层什么？他的手，那只拈吃过特意为他摘来的三月莓的手，已大胆无畏从她胁下伸过去，抓定一只奶了。

但仍然得唱，唱的是：

> 大姐走路笑笑底，一对奶子翘翘底，
> 心想用手摩一摩，心子只是跳跳底。

四狗的心跳，说大话而已。习惯事情不能心跳了，除非是把桐木叶子作她的褥，四狗的身作她的被，那时得使四狗只想学狗打滚。

对山的七妹，像看清四狗唱这歌情形下的一切，便大声的喊：

"四狗！四狗！你又撒野了，我要告！"

"七妹你再发疯你让我捶你！"

作妹的怕姐，经过一阵吓，便顾自规规矩矩扯蕨去了。这里的四狗不久两只手全没了空。

像捉鱼，这鱼是活的，却不挣，是四狗两手的感觉。

四狗不认字，所以当前一切却无诗意。然而听一切大小虫子的叫，听掠干了翅膀的蚱蜢各处飞，听树叶上的雨点向地下的跳跃，听在身边一个人的心跳，全是诗的。

"请你念一句诗给我听。"因为是她读过书，而且如今还能看小说，四狗就这样请。

明白她是读书人，也就容易明白先时同四狗说话的深意了。她从书上知道的事，全不是四狗从实际上所能了解的事。为是要枯了，女人只是一朵花。真要枯。知道枯比其他快，便应当更深的爱。然而四狗不是深深的爱吗？虽然深深的爱，总还有不够，这是认字的过错。四狗幸好不认字，不然这一对，当更不知道在这样天气下找应当找的乐了。

说是请念一句诗，她就想。

念深了又不能懂，浅了又赶不上山歌好，她只念："落花人独立，微雨燕双飞。"景不洽，但情绪是这样情绪。总还有比这个更好的诗，她不能一一去从心中搜了。

四狗说这诗好——不是说诗好，他并不懂诗。是说念诗的人与此时情景好罢了。他说不出他的快乐，借诗泄气。

手是更其撒野了，从奶子滑下去，停到裤带边。

"这样天气是不准人放荡的天气，不知道么？"

四狗听到说天气，才像去注意天气一样，望望天。天是蓝分分，还有白的云，白的云若能说是羊，则这羊是在海中走的。四狗没见过海，但是那么大，那么深，那么一望无边，天也可以说是海了。

"我说天气太好了，又凉，又清，又……"

"你要成痨病才快活。"

"我成痨病时，你给我的要好多！"四狗意思是身体强，纵听过人说年青人不注意身体就会害痨病，然而痨病不是一时起的事。

"给你的——给你的什么？呸！"

到底给什么，四狗也说不出口。于是被呸了也不争这一口气。说出来，难道算聪明么？

到后他想到另外一个事情，要她把舌子让他咬。顽皮的章法，是四狗以外的别一个也想不出，不是四狗她也不会照办。

"四狗你真坏，跟谁学到这个？"

四狗不答。仍然呦。那么馋嘴，那么粘糍，活像狗。

"四狗……你去好了。"

"我去，你一个人在这里呆着成？"

她却笑。望四狗。身子只是那么找不到安置处，想同四狗变成一个人。她去捏四狗在平时不能轻易尽人损害的一样东西，像生气的是附属于四狗的那个它。

她把眼闭了，还是说："四狗你去了吧。"

四狗要走，可也得呆一会儿。

他看她着急。这是有经验的。他仍然不松不紧的在她面前缠，则结果她将承认四狗在她面前放肆是必要的一件事。四狗坏，至少在这件事上是坏的，然而这是有纵容四狗坏的人在，不应当由四狗一人负责。

"我让你摆布，四狗可是你让我……"

一切照办，四狗到后被问到究竟给了他多少，可胡涂得红脸了。头上是蓝分分海样的天，压下来，然而有席棚挡驾，不怕被天压死。女人说，四狗你把我压死了吧。也像有这样存心，到后可同天一样，作被盖的东西总不是压得人死的。

四狗得了些什么？不能说明。他得了她所给他的快活，然而快活是用升可以量还是用秤可以称的东西呢？他又不知道了。她也得了些，她得的更不是通常四狗解释的快乐两字。四狗给她一些气力，一些强硬，一些温柔，她用这些东西把自己醉，醉到不知人事。

一个年青女人，得到男子的好处，不是言语或文字可以解说的，所以她不作声。仰天望，望得是四狗的大鼻子同一口白牙齿，然而这是放肆过后的事了。

"四狗，不许到井边吃。那个冷水！"

在草棚的她向下山的四狗遥喊时，四狗已走到竹子林中，被竹子拦了她的眼睛了。

天气还早，不是烧夜火时候。雨是不落了，她还是躺，也不去采蕨。

本篇发表于 1928 年 9 月 10 日《小说月报》第 19 卷第 9 号。署名甲辰。

有学问的人

　　这里，把时间说明，是夜间上灯时分。黄昏的景色，各人可以想象得出。

　　到了夜里，天黑紧，绅士们，不是就得了许多方便说谎话时不会为人从脸色上看出么？有灯，灯光下总不比日光下清楚了，并且何妨把灯捻熄。

　　是的，灯虽然已明，天福先生随手就把它捻熄了，房子中只远远的路灯光从窗间进来，稀稀的看得清楚同房人的身体轮廓。他把灯捻熄以后，又坐到沙发上来。

　　与他并排坐的是一个女人，一个年青的，已经不能看出相貌，但从声音上分辨得出这应属于标致有身份的女人。女人见到天福先生把灯捻熄了，心稍稍紧了点，然而仍坐在那里不动。

　　天福先生把自己的肥身镶到女人身边来，女人让；再进，女人再让；又再进。局面成了新样子，女人是被挤在沙发的一角上去，而天福先生俨然作了太师模样了，于是暂时维持这局面，先是不说话。

　　天福先生在自己行为上找到发笑的机会，他笑着。

　　笑是神秘的，同时却又给了女人方面暧昧的摇动。女人不说话，心想起所见到男人的各样丑行为。她料得当前的男子是什么样的一个人，所采取的是什么样的行动，她待着这事实的变化，也不顶害怕，也不想走。

　　一个经过男子的女人，是对于一些行为感到对付容易，用不着忙迫无所措手足的。在一些手续不完备的地方男子的卤莽成为女人匿笑的方便，因了这个她更不会对男子的压迫生出大的惊讶。她能看男子的呆处，虽不动心，以为这呆，因而终于尽一个男子在她身体上生一些想头，作一些呆事，她似乎也将尽他了。

"黄昏真美呵!"男子说，仿佛经过一些计算，才有这样精彩合题的话。

"是的，很美。"女人说了女人笑，就是笑男子呆，故意在找方便。

"你笑什么呢?"

"我笑一些可笑的事同可笑的人。"

男子觉得女人的话有刺，忙退了一点，仿佛因为女人的话才觉到自己是失礼，如今是在觉悟中仍然恢复了一个绅士应有的态度了。

他想着，对女人的心情加以估计，找方法，在言语与行为上选择，觉得言语是先锋，行为是后援，所以说:

"虽然人是有年纪了，见了黄昏总是有点惆怅，说不出这原由……哈哈，是可笑呵!"

"是吧……"女人想接下去的是"并不可笑"，但这样一说，把已接近的心就离远了。这是女人的损失，所以她不这样说。她想起在身边的人，野心已在这体面衣服体面仪容下跃跃不定了，她预备进一步看。

女人不是怎样憎着天福先生的，不过自己是经过男子的人，而天福先生的妻又是自己同学，她在分下有制止这危险的必需。她的话，像做诗，推敲了才出口，她说:"只有黄昏是使人恢复年青心情的。"

"可是你如今仍然年青，并不为老。"

"二十五六岁的女人还说年青吗?"

"那我是三十五六了。"

"不过……"

女人不说完，笑了，这笑也同样是神秘，摇动着一点暧昧味道。

他不承认这个。说不承认这个，是他从女人的笑中看出女人对于他这样年龄还不失去胡思乱想的少年勇敢的嘲弄。他以为若说是勇敢，那他已不必支吾，早卤莽的将女人身体抱持不放了。

女人继续说:"人是应当忘记自己年纪来作他所要作的事情的——不过也应把他所有的知识帮到来认清楚生活。"

"这是哲学上的教训话。"

"是吗？事实是……"

"我有时……"他又坐拢一点了，"我有时还想作呆子的事。"

女人在心上想，"你才真不呆呀！"不过，说不呆，那是呆气已充分早为女人所看清了。女人说，"呆也并不坏。不过看地方来。"

天福先生听这话，又有两种力量在争持了，一是女人许他呆，一是女人警他呆到此为止：偏前面，则他将再进一点，或即勇敢的露出呆子像达到这玩笑的终点。偏后面，那他是应当知趣。不知趣，再呆下去，不啻将自己行为尽人机会在心上增长鄙视，太不合算了。

他迟疑。他不作声。

女人见到他徘徊，女人心想男子真无用，上了年纪胆子真小了，她看出天福君的迟疑原故了，也不作声。

在言语上显然是惨败，即不算失败，说向前，依赖这言语，大致是无望吧。本来一个教物理学的人，是早应当自知用言语作矛，攻打一个深的高的城堡原是不行的。他想用手去，找那接触的方便。他这时记起毛里哀的话来了，"口是可以攻进女人的心的，但不是靠说话"。

不是靠说话，那么，把这口，放到女人……这敢么？这行么？

女人方面这时也在想到不说话的口的用处了，她想这呆子，话不说，若是另外发明了口的用处，真不是容易对付的事。若是他有这呆气概，猛如豹子擒羊，把手抱了自己，自己除了尽这呆子使足呆性以外，无其他方法免避这冲突。

若果天福先生这样作，用天福先生本行的术语说，物理的公例是……但是他不作，也就不必引用这话了。

他不是爱她，也不是不爱她；若果爱是不必在时间上生影响，责任只在此一刻，他将说他爱她，而且用这说爱她的口吻她的嘴，作为证据，吻以外，要作一点再费气力的事，他也不吝惜这气力。若果爱是较亲洽的友谊，他也愿说他爱她。

可是爱了，就得……到养孩子。他的孩子却已经五岁了。他当然不能再爱妻的女友。

那就不爱好了。然而这时妻却带了孩子出了门，保障离了身，一个新的诱惑俨若有意凑巧而来。且他能看出，面前的女人不是蠢人。

他知道她已看出的年青的顽皮心情，他以为与其说这是可笑，似乎比已经让她看出自己心事而仍怯着的可笑为少。一个男子是常常因为怕人笑他呆而作着更大的呆事的，这事情是有过很多的例了，天福先生也想到了。想到这样，更呆也呆不去，就不免笑起来了。

他笑他自己不济。这之间，不无"人真上了年纪"的自愧，又不无"非呆不可"的自动。

她呢，知道自己一句话可以使全局面变卦，但不说。

并不是故意，却是很自然，她找出一句全不相干的言语，说："近来密司王怎么样？"

"我们那位太太吗？她有了孩子就丢了我……作母亲的照例是同儿子一帮，作父亲的却理应成天编讲义上实验室了。"

话中有感慨，是仍然要在话上找出与本题发生关系的。

女人心想这话比一只手放到肩上来的效力差远了，她真愿意他勇敢一点。

她于是又说："不过你们仍然是好得很！"

"是的，好得很，不像从前几年一个月吵一回的事了。不过我总思若同她仍然像以前的情形，吵是吵，亲热也就真……唉，人老了，真是什么都完了。"

"人并不老！"

"人不老，这爱情已经老了。趣味早完了。我是很多时候想我同她的关系，是应维持在恋爱上，不是维持在家庭上的，可是——"

说到这里的天福先生，感慨真引上心了，他叹气。不过同时他在话上是期待着当成引药，预备点这引药，终于燃到目下两人身上来的。

女人笑。一面觉得这应是当真的事，因为自己生活的变故，离婚的苦也想起来了，笑是开始，结束却是同样叹息的。

那么，一面尽那家庭是家庭，一面来补足这阙陷，从新来恋爱吧。这样一来在女人也是有好处的，天福先生则自然是好。

女人是正愿意这样，所以尽天福先生在此时作呆样子的。她要恋爱。她照到女人通常的性格，虽要攻击是不能，她愿意在征服下投降。虽然心上投了降，表面还总是处处表示反抗，这也是这女人与其他女人并不两样的。

在女人的叹息上，天福先生又找出了一句话，——

"密司周，你是有福气的，因为失恋或者要好中发生变故，这人生味道是领略得多一点。"

"是吧，我就在成天领略咀嚼这味道，也咀嚼别的。"

"是，有别的可咀嚼的就更好。我是……"

"也总有吧。一个人生活，我以为是一些小的，淡的，说不出的更值得玩味。"

"然而也就是小的地方更加见出寂寞，因为其所以小，都是软弱的。"

"也幸好是软弱，才处处有味道。"

女人说到这里就笑了，笑得放肆。意思仿佛是，你若胆子大，就把事实变大吧。

这笑是可以使天福先生精神振作来干一点有作有为的大事的，可是他的头脑塞填的物理定律起了作用，不准他撒野。这有学问的人，反应定律之类，真害了他一生，看的事是倒的，把结果数起才到开始，他看出结果难于对付，就不呆下去了。

他也笑了，他笑他自己，也像是舍不得这恰到好处的印象，所以停顿不前。

他停顿不前，以为应当的，是这人也并不缺少女人此时的心情，他也要看她的呆处了。

她不放松，见到他停顿，必定就又要向前，向前的人是不知道自己的好笑处胡涂处，却给了"勒马不前"的人以趣味的。

天福先生对女人，这时像是无话可说了，他若是非说话不可，就应当对他自己说，"谁先说话谁就是呆子"！他是自己觉得自己也很呆，但只是对女人无决断处置而生出嘲弄自己的理由的。在等候别人开口或行为中，他心中痒着，有一种不能用他物理学的名词来解释的意境的。

女人想，同天福先生所想相差不远，虽然冒险心比天福先生来得还比较大，只要天福先生一有动作，就准备接受这行为上应有的力的重量。然而要自己把自己挪近天福先生，是合乎谚语上的"码头就船"，是办不到的。

我们以为这局面便永远如此哑场下去，等候这家的女主人回来收场么？这不会，到底是男子的天福先生，男子的耐心终是有限，他要话说！并且他是主人，一个主人待客的方法，这不算一个顶好的顶客气的方法！

且看这个人吧。

他的手，居然下决心取了包围形势，放到女人的背后了。然而还是虚张声势，这只手只到沙发的靠背而止，不能向前。再向前，两人的心会变化，他不怕别的，单是怯于这变化，也不能再前进了。

女人是明白的。虽明白，却不加以惊讶的表示，不心跳，不慌张，一半是年龄与经验，一半自然还是有学问，我们是明白有学问的人能稳重处置一切大事的。这事我们不能不承认是可以变为大事的一个手段啊！

天福先生想不出新计策，就说道：

"密司周，我们适间说的话真是有真理。"

"是的。难道不是么？我是相信生活上的含蓄的。"

"譬如吃东西——吃酒，吃一杯真好，多了则简直无味，至于不吃，嗅一嗅，那么……"

"那就看人来了，也可以说是好，也可以说不好。"

"我是以为总之是好的，只怕不有酒！"

天福先生打着哈哈，然而并不放肆，他是仍然有绅士的礼貌。

他们是在这里嗅酒的味道的。同样喝过了别的一种酒，嗅的一种却是新鲜的，不曾嗜过的，只有这样觉得是很好。

他们谈着酒，象征着生活，两人都仿佛承认只有嗅嗅酒是顶健全一个方法，所以天福先生那一只准备进攻的手，不久也偃旗息鼓收兵回营了。

黄昏的确是很美丽的，想着黄昏而惆怅，是人人应当有的吧。过一时，这两人，会又从黄昏上想到可惆怅的过去，像失了什么心觉到很空呵！

黄昏是只一时的，夜来了，黑了，天一黑，人的心也会因此失去光明理知的吧。

女人说："我要走了，大概密司王不会即刻回来的。我明天来。"

说过这话，就站起。站起并不走，是等候天福先生的言语或行为。她即或要走，在出门以前，女人的诱惑决不会失去作用！

天福先生想，乘此一抱什么问题都解决了，他还想象抱了这女人以后，她会即刻坐沙发上来，两人在一块亲嘴，还可以听到女人说"我是也爱你，但不敢"的话。

他所想象是不会错的，如其他事情一样，决不会错。这有学问的上等人，是太能看人类的心了。只是他不做。女人所盼望的言语同行为，他并不照女人希望去作，却呆想。

呆想也只是一分钟以内的事，他即刻走到电灯旁去，把灯明了。

两人因了灯一明，俨然是觉得灯用它的光救了这危难了，互相望到一笑。

灯明不久，门前有人笑着同一个小孩喊着的声音，这家中的女主人回来了。

女主人进了客厅，他们诚恳亲爱的握手，问安，还很诚恳亲爱的坐在一块儿。小孩子走到爹爹边亲嘴，又走到姨这一旁来亲嘴，女人抱了孩子不放，只在这小嘴上不住温柔偎熨。

"福，你同密司周在我来时说些什么话。"

"哈，才说到吃酒。"他笑了，并不失了他的尊严。

"是吗，密司周能喝酒吧？"女主人仿佛不相信。

"不，我若是有人劝，恐怕也免不了喝一口。"

"我也是这样——式芬，（他向妻问）我不是这个脾气吗？"

女人把小主人抱得更紧，只憨笑。

本篇发表于 1928 年 9 月 12 日上海《中央日报·红与黑》第 24 期。署名沈从文。

龙　朱

写在"龙朱"一文之前

这一点文章，作在我生日，送与那供给我生命，父亲的妈，与祖父的妈，以及其同族中仅存的人一点薄礼。

血管里流着你们民族健康的血液的我，二十七年的生命，有一半为都市生活所吞噬，中着在道德下所变成虚伪庸懦的大毒，所有值得称为高贵的性格，如像那热情、与勇敢、与诚实，早已完全消失殆尽，再也不配说是出自你们一族了。

你们给我的诚实，勇敢，热情，血质的遗传，到如今，向前证实的特性机能已荡然无余，生的光荣早随你们已死去了。皮面的生活常使我感到悲恸，内在的生活又使我感到消沉。我不能信仰一切，也缺少自信的勇气。

我只有一天忧郁一天下来。忧郁占了我过去生活的全部，未来也仍然如骨附肉。你死去了百年另一时代的白耳族王子，你的光荣时代，你的混合血泪的生涯，所能唤起这被现代社会蹂躏过的男子的心，真是怎样微弱的反应！想起了你们，描写到你们，情感近于被阉割的无用人，所有的仍然还是那忧郁！

第一　说这个人

白耳族苗人中出美男子，仿佛是那地方的父母全曾参预过雕塑阿波罗神的工作，因此把美的模型留给儿子了。族长儿子龙朱年十七岁，为美男子中之美男子。这个人，美丽强壮像狮子，温和谦驯如小羊。是人中模型。是权威。是力。是光。种种比譬全是为了他的美。其他的德行则与美一样，得天比平常人都多。

提到龙朱相貌时，就使人生一种卑视自己的心情。平时在各样事业得失上全引不出妒嫉的神巫，因为有次望到龙朱的鼻子，也立时变成小气，甚至于想用钢刀去刺破龙朱的鼻子。这样与天作难的倔强野心却生之于神巫，到后又却因为这美，仍然把这神巫克服了。

白耳族，以及乌婆、猩猩、花帕、长脚各族，人人都说龙朱相貌长得好看，如日头光明，如花新鲜。正因为说这样话的人太多，无量的阿谀，反而烦恼了龙朱了。好的风仪用处不是得阿谀（龙朱的地位，已就应当得到各样人的尊敬歆羡了）。既不能在女人中煽动勇敢的悲欢，好的风仪全成为无意思之事。龙朱走到水边去，照过了自己，相信自己的好处，又时时用铜镜观察自己，觉得并不为人过誉。然而结果如何呢？因为龙朱不像是应当在每个女子理想中的丈夫那么平常，因此反而与妇女们离远了。

女人不敢把龙朱当成目标，做那荒唐艳丽的梦，并不是女人的错。在任何民族中，女子们，不能把神做对象，来热烈恋爱，来流泪流血，不是自然的事么？任何种族的妇人，原永远是一种胆小知分的兽类，要情人，也知道要什么样情人为合乎身分。纵其中并不乏勇敢不知事故的女子，也自然能从她的不合理希望上得到一种好教训。相貌堂堂是女子倾心的原由，但一个过分美观的身材，却只作成了与女子相远的方便。谁不承认狮子是孤独？狮子永远是孤独，就只为了狮子全身的纹彩与众不同。

龙朱因为美，有那与美同来的骄傲不？凡是到过青石冈的苗人，全都能赌咒作证，否认这个事。人人总说总爷的儿子，从不用地位虐待过人畜，也从不闻对长年老辈妇人女子失过敬礼。在称赞龙朱的人口中，总还不忘同时提到龙朱的相貌。全砦中，年青汉子们，有与老年人争吵事情时，老人词穷，就必定说，我老了，你青年人，干吗不学龙朱谦恭待长辈？这青年汉子，若还有羞耻心存在，必立时遁去，不说话，或立即认错，作揖赔礼。一个妇人与人谈到自己儿子，总常说，儿子若能像龙朱，那就卖自己与江西布客，让儿子得钱花用，也愿意。所有未出嫁的女人，都想自己将来有个丈夫能与龙朱一样。所有同丈夫吵嘴的妇人，说到丈夫时，总说你不是龙朱，真不配管我磨我；你若是龙朱，我做牛做马也甘心情愿。

还有，一个女人同她的情人，在山峒里约会，男子不失约，女人第一句赞美的话总是"你真像龙朱"。其实这女人并不曾同龙朱有过交情，也未尝听到谁个女人同龙朱约会过。

一个长得太标致的人，是这样常常容易为别人把名字放到口上咀嚼！

龙朱在本地方远远近近，得到的尊敬爱重，是如此。然而他是寂寞的。这人是兽中之狮，永远当独行无伴！

在龙朱面前，人人觉得是卑小，把男女之爱全抹杀，因此这族长的儿子，却永无从爱女人了。女人中，属于乌婆族，以出产多情多才貌女子著名地方的女人，也从无一个敢来在龙朱面前，闭上一只眼，荡着她上身，同龙朱挑情。也从无一个女人，敢把她绣成的荷包，掷到龙朱身边来。也从无一个女人敢把自己姓名与龙朱姓名编成一首歌，来到跳年时节唱。然而所有龙朱的亲随，所有龙朱的奴仆，又正因为美，正因为与龙朱接近，如何的在一种沉醉狂欢中享受这些年青女人小嘴长臂的温柔！

"寂寞的王子，向神请求帮忙吧。"

使龙朱生长得如此壮美，是神的权力，也就是神所能帮助龙朱的唯一事。至于要女人倾心，是人为的事啊！

要自己，或他人，设法使女人来在面前唱歌，狂中裸身于草席上面献上贞洁的身，只要是可能，龙朱不拘牺牲自己所有何物，都愿意。然而不行。任怎样设法，也不行。七梁桥的洞口终于有合拢的一日，有人能说在这高大山洞合拢以前，龙朱能够得到女人的爱，是不可信的事。

不是怕受天责罚，也不是另有所畏，也不是预言者曾有明示，也不是族中法律限止，自自然然，所有女人都将她的爱情，给了一个男子，轮到龙朱却无分了。民族中积习，折磨了天才与英雄，不是在事业上粉骨碎身，便是在爱情中退位落伍，这不是仅仅白耳族王子的寂寞，他一种族中人，总不缺少同样故事！

在寂寞中龙朱用骑马猎狐以及其他消遣把日子混过了。

日子过了四年，他二十一岁。

四年后的龙朱，没有与以前日子龙朱两样处，若说无论如何可以指出一点不同来，那就是说如今的龙朱，更像一个好情人了。年龄在这个神工打就的身体上，加上了些更表示"力"的东西，应长毛的地方生长了茂盛的毛，应长肉的地方增加了结实的肉。一颗心，则同样因年龄所补充的，是更其能顽固的预备要爱了。

他越觉得寂寞。

虽说七梁洞并未有合拢，二十一岁的人年纪算青，来日正长，前途大好，然而什么时候是那补偿填还时候呢？有人能作证，说天所给别的男子的，幸福与苦恼，也将同样给龙朱么？有人敢包，说到另一时，总有女子来爱龙朱么？

白耳族男女结合，在唱歌。大年时，端午时，八月中秋时，以及跳年刺牛大祭时，男女成群唱，成群舞，女人们，各穿了峒锦衣裙，各戴花擦粉，供男子享受。平常时，在好天气下，或早或晚，在山中深洞，在水滨，唱着歌，把男女吸到一块来，即在太阳下或月亮下，成了熟人，做着只有顶熟的人可做的事。在此习惯下，一个男子不能唱歌他是种羞辱，一个女子不能唱歌她不会得到好的丈夫。抓出自己的心，放在爱人的面前，方法不是钱，不是貌，不是门阀也不是假装的一切，只有真实热情的歌。所唱的，不拘是健壮乐观，是忧郁，是怒，是恼，是眼泪，总之还是歌。一个多情的鸟绝不是哑鸟。一个人在爱情上无力勇敢自白，那在一切事业上也全是无希望可言，这样人决不是好人！

那么龙朱必定是缺少这一项，所以不行了。

事实又并不如此。龙朱的歌全为人引作模范的歌，用歌发誓的男子妇人，全采用龙朱誓歌那一个韵。一个情人被对方的歌窘倒时，总说及胜利人拜过龙朱作歌师傅的话。凡是龙朱的声音，别人都知道。凡是龙朱唱的歌，无一个女人敢接声。各样的超凡入圣，把龙朱摒除于爱情之外，歌的太完全太好，也仿佛成为一种吃亏理由了。

有人拜龙朱作歌师傅的话，也是当真的。手下的用人，或其他青年汉子，在求爱时腹中歌词为女人逼尽，或者爱情扼着了他的喉咙，歌不出心中的事时，来请教龙朱，龙朱总不辞。经过龙朱的指点，结果是多数把女子引到家，成了管家妇。或者到山峒中，互相把心愿了销。熟读龙朱的歌的男子，博得美貌善歌的女人倾心，也有过许多人。但是歌师傅永远是歌师傅，直接要龙朱教歌的，总全是男子，并无一个青年女人。

龙朱是狮子，只有说这个人是狮子，可以作我们对于他的寂寞得到一种解释！

年青女人到什么地方去了呢？懂到唱歌要男人的，都给一些歌战胜，全引诱尽了。凡是女人都明白情欲上的固持是一种痴处，所以女人宁愿意减价卖出，无一个敢屯货在家。如今是只能让日子过去一个办法，因了日子的推迁，希望那新生的犊中也有那不怕狮子的犊在。

龙朱是常常这样自慰着度着每个新的日子的。我们也不要把话说尽，在七梁桥洞口合拢以前，也许龙朱仍然可以遇着与这个高贵的人身分相称的一种机运！

第二　说一件事

中秋大节的月下整夜歌舞，已成了过去的事了。大节的来临，反而更寂寞，也成了过去的事了。如今是九月。打完谷子了。打完桐子了。红薯早挖完全下地窖了。冬鸡已上孵，快要生小鸡了。连日晴明出太阳。天气冷暖宜人。年青妇人全都负了柴耙同笼上坡耙草。各处坡上都有歌声。各处山峒里，都有情人在用干草铺就并撒有野花的临时床上并排坐或并头睡。这九月是比春天还好的九月。

龙朱在这样时候更多无聊。出去玩，打鸠本来非常相宜，然而一出门，就听到各处歌声，到许多地方又免不了要碰到那成双的人，于是大门也不敢出了。

无所事事的龙朱，每天只在家中磨刀。这预备在冬天来剥豹皮的刀，是宝物，是龙朱的朋友。无聊无赖的龙朱，是正用着那"一日数摸挲剧于十五女"的心情来爱这宝刀的。刀用油在一方小石上磨了多日，光亮到暗中照得见人，锋利到把头发放到刀口，吹一口气发就成两截，然而还是每天把这刀来磨的。

　　某天，一个比平常日子似乎更像是有意帮助青年男女"野餐"的一天，黄黄的日头照满全村，龙朱仍然磨刀。

　　在这人脸上有种孤高鄙夷的表情，嘴角的笑纹也变成了一条对生存感到烦厌的线。他时时凝神听察堡外远处女人的尖细歌声，又时时望天空。黄的日头照到他一身，使他身上作春天温暖。天是蓝天，在蓝天作底的景致中，常常有雁鹅排成八字或一字写在那虚空。龙朱望到这些也不笑。

　　什么事把龙朱变成这样阴郁的人呢？白耳族，乌婆族，猓猓，花帕，长脚，……每一族的年青女人都应负责，每一对年青情人都应致歉。妇女们，在爱情选择中遗弃了这样完全人物，是委娜丝神不许可的一件事，是爱的耻辱，是民族灭亡的先兆。女人们对于恋爱不能发狂，不能超越一切利害去追求，不能选她顶欢喜的一个人，不论是白耳族还是乌婆族，总之这民族无用，近于中国汉人，也很明显了。

　　龙朱正磨刀，一个矮矮的奴隶走到他身边来，伏在龙朱的脚边，用手攀他主人的脚。

　　龙朱瞥了一眼，仍然不做声，因为远处又有歌声飞过来了。

　　奴隶抚着龙朱的脚也不做声。

　　过了一阵，龙朱发声了，声音像唱歌，在揉和了庄严和爱的调子中挟着一点愤懑，说："矮子你又不听我话，做这个样子！"

　　"主，我是你的奴仆。"

　　"难道你不想做朋友吗？"

　　"我的主，我的神，在你面前我永远卑小。谁人敢在你面前平排？谁人敢说他的尊严在美丽的龙朱面前还有存在必须？谁人不愿意永远为龙朱作奴作婢？谁……"

龙朱用顿足制止了矮奴的奉承，然而矮奴仍然把最后一句"谁个女子敢想爱上龙朱"恭维得不得体的话说毕，才站起。

矮奴站起了，也仍然和平常人跪下一般高。矮人似乎真适宜于作奴隶的。

龙朱说："什么事使你这样可怜?"

"在主面前看出我的可怜，这一天我真值得生存了。"

"你太聪明了。"

"经过主的称赞呆子也成了天才。"

"我问你，到底有什么事?"

"是主人的事，因为主在此事上又可见出神的恩惠。"

"你这个只会唱歌不会说话的人，真要我打你了。"

矮奴到这时，才把话说到身上。这个时候他哭着脸，表示自己的苦恼失望，且学着龙朱生气时顿足的样子。这行为，若在别人猜来，也许以为矮子服了毒，或者肚脐被山蜂所螫，所以作这样子，表明自己痛苦，至于龙朱，则早已明白，猜得出这样的矮子，不出赌输钱或失欢女人两事了。

龙朱不作声，高贵的笑，于是矮子说：

"我的主，我的神，我的事瞒不了你的，在你面前的仆人，是又被一个女子欺侮了。"

"你是一只会唱谄媚曲子的鸟，被欺侮是不会有的事!"

"但是，主，爱情把仆人变蠢了。"

"只有人在爱情中变聪明的事。"

"是的，聪明了，仿佛比其他时节聪明了点，但在一个比自己更聪明的人面前，我看出我自己蠢得像猪。"

"你这土鹦哥平日的本事在什么地方去了?"

"平时那里有什么本事呢，这只土鹦哥，嘴巴大，身体大，唱的歌全是学来的歌，不中用。"

"把你所学的全唱过，也就很可以打胜仗了。"

"唱过了，还是失败。"

龙朱就皱了一皱眉毛，心想这事怪。

然而一低头，望到矮奴这样矮；便了然于矮奴的失败是在身体，不是在咽喉了，龙朱失笑的说：

"矮东西，莫非是为你相貌把你事情弄坏了？"

"但是她并不曾看清楚我是谁。若说她知道我是在美丽无比的龙朱王子面前的矮奴，那她定为我引到老虎洞做新娘子了。"

"我不信你。一定是土气太重。"

"主，我赌咒。这个女人不是从声音上量得出我身体长短的人。但她在我歌声上，却把我心的长短量出了。"

龙朱还是摇头，因为自己是即或见到矮人在前，至于度量这矮奴心的长短，还不能够的。

"主，请你信我的话，这是一个美人，许多人唱枯了喉咙，还为她所唱败！"

"既然是好女人，你也就应把喉咙唱枯，为她吐血，才是爱。"

"我喉咙是枯了，才到主面前来求救。"

"不行不行，我刚才还听过你恭维了我一阵，一个真真为爱情绊倒了脚的人，他决不会又能爬起来说别的话！"

"主啊，"矮奴摇着他的大的头颅，悲声的说道，"一个死人在主面前，也总有话赞扬主的完全的美，何况奴仆呢。奴仆是已为爱情绊倒了脚，但一同主人接近，仿佛又勇气勃勃了。主给人的勇气比何首乌补药还强十倍。我仍然要去了。让人家战败了我也不说是主的奴仆，不然别人会笑主用着这样的蠢人，丢了白耳族的光荣！"

矮奴就走了。但最后说的几句话，激起了龙朱的愤怒，把矮子叫着，问，到底女人是怎样的女人。

矮奴把女人的脸，身，以及歌声，形容了一次。矮奴的言语，正如他自己所称，是用一支秃笔与残余颜色，涂在一块破布上的。在女人的歌声上，他就把所有白耳族青石冈地方有名的出产比喻净尽。说到像甜酒，说到像枇杷，说到像三羊溪的鲫鱼，说到像狗肉，仿佛全是可吃的东西。矮奴用口作画的本领并不蹩脚。

在龙朱眼中，是看得出矮奴饿了，在龙朱心中，则所引起的，似乎也同甜酒狗肉引起的欲望相近。他因了好奇，不相信，就为矮奴设法，说同到矮奴一起去看。

正想设法使龙朱快乐的矮奴，见到主人要出去，当然欢喜极了，就着忙催主人快出砦门到山中去。

不到一会这白耳族的王子就到山中了。

藏在一积草后面的龙朱，要矮奴大声唱出去，照他所教的唱。先不闻回声。矮奴又高声唱，在对山，在毛竹林里，却答出歌来了。音调是花帕族中女子的音调。

龙朱把每一个声音都放到心上去，歌只唱三句，就止了。有一句留着待唱歌人解释。龙朱就告给矮奴答复这一句歌。又教矮奴也唱三句出去，等那边解释，歌的意思是：凡是好酒就归那善于唱歌的人喝，凡是好肉也应归善于唱歌的人吃，只是你好的美的女人应当归谁？

女人就答一句，意思是"好的女人只有好男子才配"。她且即刻又唱出三句歌来，就说出什么样男子是好男子的称呼。说好男子时，提到龙朱的名，又提到别的个人的名，那另外两个名字却是历史上的美男子名字，只有龙朱是活人，女人的意思是：你不是龙朱，又不是××××，你与我对歌的人究竟算什么人？

"主，她提到你的名！她骂我！我就唱出你是我的主人，说她只配同主人的奴隶相交。"

龙朱说："不行，不要唱了。"

"她胡说，应当要让她知道是只够得上为主人搓脚的女子！"

然而矮奴见到龙朱不作声，也不敢回唱出去了。龙朱的心是深深沉到刚才几句歌中去了，他料不到有女人敢这样大胆。虽然许多女子骂男人时，都总说，"你不是龙朱"。这事却又当别论了。因为这时谈到的正是谁才配爱她的问题，女人能提出龙朱名字来，女人骄傲也就可知了。龙朱想既然是这样，就让她先知道矮奴是自己的用人，再看情形是如何。

于是矮奴照到龙朱所教的，又唱了四句。歌的意思是：吃酒糟的人何必说自己量大，没有根柢的人也休想同王子要好，若认为掺了水的酒总比酒糟还行，那与龙朱的用人恋爱也就可以写意了。

谁知女子答得更妙，她用歌表明她的身分，说，只有乌婆族的女人才同龙朱用人相好，花帕族女人只有外族的王子可以论交，至于花帕苗中的自己，是预备在白耳族与男子唱歌三年，再来同龙朱对歌的。

矮子说："我的主，她尊视了你，却小看了你的仆人，我要解释我这无用的人并不是你的仆人，免得她耻笑！"

龙朱对矮奴微笑，说："为什么你不说应当说'你对山的女子，胆量大就从今天起来同我龙朱主人对歌'呢？你不是先才说到要她知道我在此，好羞辱她吗？"

矮奴听到龙朱说的话，还不很相信得过，以为这只是主人的笑话。他哪里会想到主人因此就会爱上这个狂妄大胆的女人。他以为女人不知对山有龙朱在，唐突了主人，主人纵不生气，自己也应当生气。告女人龙朱在此，则女人虽觉得羞辱了，可是自己的事情也完了。

龙朱见矮奴迟疑，不敢接声，就打一声吆喝，让对山人明白，表示还有接歌的气概，尽女人起头。龙朱的行为使矮奴发急，矮奴说："主，你在这儿我是没有歌了。"

"你照到意思唱，问她胆子既然这样大，就拢来，看看这个如虹如日的龙朱。"

"我当真要她来？"

"当真！要来我看是什么女人，敢轻视我们白耳族说不配同花帕族女子相好！"

矮奴又望了望龙朱，见主人情形并不是在取笑他的用人，就全答应下来了。他们于是等待着女子的歌声。稍稍过了些时间，女子果然又唱起来了。歌的意思是：对山的雀你不必叫了，对山的人你也不必唱了，还是想法子到你龙朱王子的奴仆前学三年歌，再来开口。

矮奴说："主，这话怎么回答？她要我跟龙朱的用人学三年歌，再开口，她还是不相信我是你最亲信的奴仆，还是在骂我白耳族的全体！"

龙朱告矮奴一首非常有力的歌，唱过去，那边好久好久不回。矮奴又提高喉咙唱。回声来了，大骂矮子，说矮奴偷龙朱的歌，不知羞，至于龙朱这个人，却是值得在走过的路上撒花的。矮子烂了脸，不知所答。年青的龙朱，再也不能忍下去了。小小心心，压着了喉咙，平平的唱了四句，声音的低平仅仅使对山一处可以明白，龙朱是正怕自己的歌使其他男女听到，因此哑喉半天的。龙朱的歌意思就是说："唱歌的高贵女人，你常常提到白耳族一个平凡的名字使我惭愧，因为我在我族中是最无用的人，所以我族中男子在任何地方都有情人，独名字在你口中出入的龙朱却仍然是独身。"

不久，那一边像思索了一阵，也幽幽的唱和起来了，歌的是：你自称为白耳族王子的人我知道你不是，因为这王子有银钟的声音，本来拿所有花帕苗年青的女子供龙朱作垫还不配，但爱情是超过一切的事情，所以你也不要笑我。所歌的意思，极其委婉谦和，音节又极其整齐，是龙朱从不闻过的好歌。因为对山的女人不相信与她对歌的是龙朱，所以龙朱不由得不放声唱了。

这歌是用白耳族顶精粹的言语，自白耳族顶纯洁的一颗心中摇着，从白耳族一个顶甜蜜的口中喊出，成为白耳族顶热情的音调，这样一来所有一切声音仿佛全哑了。一切鸟声与一切远处歌声，全成了这王子歌时和拍的一种碎声，对山的女人，从此沉默了。

龙朱的歌一出口，矮奴就断定了对山再不会有回答。这时等了一阵，还无回声，矮奴说："主，一个在奴仆当来是劲敌的女人，不在王的第二句歌已压倒了。这女人不久还说到大话，要与白耳族王子对歌，她学三十年还不配！"

矮奴问龙朱意见，许可不许可，就又用他不高明的中音唱道：

> 你花帕族中说大话的女子，
> 大话是以后不用再说了，
> 若你欢喜作白耳族王子仆人的新妇，
> 他愿意你过来见他的主同你的夫。

仍然不闻有回声。矮奴说，这个女人莫非害羞上吊了。矮奴说的只是笑话，然而龙朱却说出过对山看看的话了。龙朱说后就走，向谷里下去。跟到后面追着，两手拿了一大把野黄菊同山红果的，是想做新郎的矮奴。

矮奴常说，在龙朱王子面前，跛脚的人也能跃过阔涧。这话是真的。如今的矮奴，若不是跟了主人，这身长不过四尺的人，就决不会像腾云驾雾一般的飞！

第三　唱歌过后一天

"狮子我说过你，永远是孤独的！"白耳族为一个无名勇士立碑，曾有过这样句子。

龙朱昨天并没有寻到那唱歌人。到女人所在处的毛竹林中时，不见人。人走去不久，只遗了无数野花。跟到各处追。还是不遇。各处找遍了，见到不少好女子，女人见到龙朱来，识与不识都立起来怯怯的如为龙朱的美所征服。见到的女子，问矮奴是不是那一个人，矮奴总摇头。

到后龙朱又重复回到女人唱歌地方。望到这个野花的龙朱，如同嗅到血腥气的小豹，虽按捺到自己咆哮，仍不免要憎恼矮奴走得太慢。其实则走在前面的是龙朱，矮奴则两只脚像贴了神行符，全不自主，只仿佛像飞。不过女人比鸟儿，这称呼得实在太久了，不怕白耳族王子主仆走得怎样飞快，鸟儿毕竟是先已飞到远处去了！

天气渐渐夜下来，各处有鸡叫，各处有炊烟，龙朱废然归家了。那想作新郎的矮奴，跟在主人的后面，把所有的花丢了，两只长手垂到膝下，还只说见到了她非抱她不可，万料不到自己是拿这女人在主人面前开了多少该死的玩笑。天气当时原是夜下来了。矮奴是跟在龙朱王子的后面，望不到主人的颜色。一个聪明的仆人，即或怎样聪明，总也不会闭了眼睛知道主人的心中事！

龙朱过的烦恼日子以昨夜为最坏。半夜睡不着，起来怀了宝刀，披上一件豹皮褛，走到堡墙上去外望。无所闻，无所见，入目的只是远山上的野烧明灭。各处村庄全睡尽了。大地也睡了。寒月凉露，助人悲思，于是白耳族的王子，仰天叹息，悲叹自己。且远处山下，听到有孩子哭，好像半夜醒来吃奶时情形，龙朱更难自遣。

龙朱想，这时节，各地各处，那洁白如羔羊温和如鸽子的女人，岂不是全都正在新棉絮中做那好梦？那白耳族的青年，在日里唱歌疲倦了的心，作工疲倦了的身体，岂不是在这时也全得到休息了么？只是那扰乱了白耳族王子的心的女人，这时究竟在什么地方呢？她不应当如同其他女人，在新棉絮中做梦。她不应当有睡眠。她应当这时来思索她所歆慕的白耳族王子的歌声。她应当野心扩张，希望我凭空而下。她应当为思我而流泪，如悲悼她情人的死去。……但是，这究竟是什么人的女儿？

烦恼中的龙朱，拔出刀来，向天作誓，说："你大神，你老祖宗，神明在左在右：我龙朱不能得到这女人作妻，我永远不与女人同睡，承宗接祖的事我不负责！若是爱要用血来换时，我愿在神面前立约，砍下一只手也不悔！"

立过誓的龙朱，回到自己的屋中，和衣睡了。睡了不久，就梦到女人缓缓唱歌而来，穿白衣白裙，头发披在身后，模样如救苦救难观世音。女人的神奇，使白耳族王子屈膝，倾身膜拜。但是女人却不理，越去越远了。白耳族王子就赶过去，拉着女人的衣裙，女人回过头就笑。女人一笑龙朱就勇敢了，这王子猛如豹子擒羊，把女人连衣抱起飞向一个最近的山洞中去。龙朱做了男子。龙朱把最武勇的力，最纯洁的血，最神圣的爱，全献给这梦中女子了。

白耳族的大神是能护佑于青年情人的，龙朱所要的，业已由神帮助得到了。

今日里的龙朱，已明白昨天一个好梦所交换的是些什么了，精神反而更充足了一点，坐到那大凳上晒太阳，在太阳下深思人世苦乐的分界。

矮奴走进院中来，仍复来到龙朱脚边伏下，龙朱轻轻用脚一踢，矮奴就乘势一个斤斗，翻然立起。

"我的主，我的神，若不是因为你有时高兴，用你尊贵的脚踢我，奴仆的斤斗决不至于如此纯熟！"

"你该打十个嘴巴。"

"那大约是因为口牙太钝，本来是得在白耳族王子跟前的人，无论如何也应比奴仆聪明十倍！"

"唉，矮陀螺，你是又在做戏了。我告了你不知道有多少回，不许这样，难道全都忘记了么？你大约似乎把我当做情人，来练习一精粹的谄媚技能吧。"

"主，惶恐！奴仆是当真有一种野心，在主面前来练习一种技能，便将来把主的神奇编成历史的。"

"你是近来赌博又输了，总是又缺少钱扳本。一个天才在穷时越显得是天才，所以这时的你到我面前时话就特别多。"

"主啊，是的，是输了。损失不少。但这个不是金钱，是爱情！"

"你肚子这样大，爱情总是不会用尽！"

"用肚子大小比爱情贫富，主的想象是历史上大诗人的想象。不过……"

矮奴从龙朱脸上看出龙朱今天情形不同往日，所以不说了。这据说爱情上赌输了的矮奴，看得出主人有出去的样子，就改口说：

"主，今天这样好的天气，是日神特意为主出游而预备的天气，不出去像不大对得起神的一番好意！"

龙朱说："日神为我预备的天气我倒好意思接受，你为我预备的恭维我可不要了。"

"本来主并不是人中的皇帝，要倚靠恭维而生存。主是天上的虹，同日头与雨一块儿长在世界上的，赞美形容自然是多余。"

"那你为什么还是这样唠唠叨叨?"

"在美的月光下野兔也会跳舞，在主的光明照耀下我当然比野兔聪明一点儿。"

"够了！随我到昨天唱歌女人那地方去，或者今天可以见到那个人。"

"主呵，我就是来报告这件事。我已经探听明白了。女人是黄牛寨寨主的姑娘。据说这寨主除会酿好酒以外就是会养女儿。据说姑娘有三个，这是第三个，还有大姑娘二姑娘不常出来。不常出来的据说生长得更美。这全是有福气的人享受的！我的主，当我听到女人是这家人的姑娘时，我才知道我是癞蛤蟆。这样人家的姑娘，为白耳族王子擦背擦脚，勉勉强强。主若是要，我们就差人抢来。"

龙朱稍稍生了气，说："滚了吧，白耳族的王子是抢别人家的女儿的么？说这个话不知羞么？"

矮奴当真就把身卷成一个球，滚到院的一角去。是这样，算是知羞了。然而听过矮奴的话以后的龙朱，怎么样呢？三个女人就在离此不到三里路的寨上，自己却一无所知，白耳族的王子真是怎样愚蠢！到第三的小鸟也能到外面来唱歌，那大姐二姐是已成了熟透的桃子多日了。让好的女人守在家中，等候那命运中远方大风吹来的美男子作配，这是神的意思。但是神这意见又是多么自私！白耳族的王子，如今既明白了，也不要风，也不要雨，自己马上就应当走去！

龙朱不再理会矮奴就跑出去了。矮奴这时正在用手代足走路，作戏法娱龙朱，见龙朱一走，知道主人脾气，也忙站起身追出去。

"我的主，慢一点，让奴仆随在一旁！在笼中蓄养的雀儿是始终飞不远的，主你忙有什么用？"

龙朱虽听到后面矮奴的声音，却仍不理会，如飞跑向黄牛寨去。

快要到寨边，白耳族的王子是已全身略觉发热了，这王子，一面想起许多事，还是要矮奴才行，于是就蹲到一株大榆树下的青石墩上歇憩。这个地方再有两箭远近就是那黄牛寨用石砌成的寨门了。树边大路下，是一口大井。溢出井外的水成一小溪活活流着，溪水清明如玻璃。井边有人低头洗菜，龙朱望到这人的背影是一个女子，心就一动。望到一个极美的背影还望到一个大大的髻，髻上簪了一朵小黄花，龙朱就目不转睛的注意这背影转移，以为总可有机会见到她的脸。在那边，大路上，矮奴却像一只海豹匍匐气喘走来了。矮奴不知道路下井边有人，只望到龙朱深恐怕龙朱冒冒失失走进寨去却一无所得，就大声嚷：

"我的主，我的神，你不能冒昧进去，里面的狗像豹子！虽说白耳族的王子原是山中的狮子，无怕狗道理，但是为什么让笑话留给这花帕族。"

龙朱也来不及喝止矮奴，矮奴的话却全为洗菜女人听到了。听到这话的女人，就嗤的笑。且知道有人在背后了，才抬起头回转身来，望了望路边人是什么样子。

这一望情形全了然了。不必道名通姓，也不必再看第二眼，女人就知道路上的男子便是白耳族的王子，是昨天唱过了歌今天追跟到此的王子，白耳族王子也同样明白了这洗菜的女人是谁。平时气概轩昂的龙朱看日头不映眼睛，看老虎也不动心，只略把目光与女人清冷的目光相遇，却忽然觉得全身缩小到可笑的情形中了。女人的头发能系大象，女人的声音能制怒狮，白耳族王子屈服到这寨主女儿面前，也是平平常常的一件事啊！

矮奴走到了龙朱身边，见到龙朱失神失态的情形，又望到井边女人的背影，情形明白了五分。他知道这个女人就是那昨天唱歌被主人收服的女人，且知道这时候无论如何女人也明白蹲在路旁石墩上的男子是龙朱，他不知所措对龙朱作呆样子，又用一手掩自己的口，一手指女人。

龙朱轻轻附到他耳边说："聪明的扁嘴公鸭，这时节，是你做戏的时节！"

矮奴于是咳了一声嗽。女人明知道了头却不回。矮奴于是把音调弄得极其柔和，像唱歌一样，说道：

"白耳族王子的仆人昨天做了错事，今天特意来当到他主人在姑娘面前赔礼。不可恕的过失是永远不可恕，因为我如今把姑娘想对歌的人引导前来了。"

女人头不回却轻轻说道：

"跟到凤凰飞的乌鸦也比锦鸡还好。"

"这乌鸦若无凤凰在身边，就有人要拔它的毛……"

说出这样话的矮奴，毛虽不被拔，耳朵却被龙朱拉长了。小子知道了自己猪八戒性质未脱，忙赔礼作揖。听到这话的女人，笑着回过头来，见到矮奴情形，更好笑了。

矮奴望到女人回了头，就又说道：

"我的世界上唯一良善的主人，你做错事了。"

"为什么？"龙朱很奇怪矮奴有这种话，所以问。

"你的富有与慷慨，是各苗族全知道的，所以用不着在一个尊贵的女人面前赏我的金银，那不要紧的。你的良善喧传远近，所以你故意这样教训你的奴仆，别人也相信你不是会发怒的人。但是你为什么不差遣你的奴仆，为那花帕族的尊贵姑娘把菜篮提回，表示你应当同她说说话呢？"

白耳族的王子与黄牛寨主的女儿，听到这话全笑了。

矮奴话还说不完，才责了主人又来自责。他说：

"不过白耳族王子的仆人，照理他应当不必主人使唤就把事情做好，是这样也才配说是好仆人——"

于是，不听龙朱发言，也不待那女人把菜洗好，走到井边去，把菜篮拿来挂到屈着的肘上，向龙朱眼了一下眼睛，却回头走了。

矮奴与菜篮，全像懂得事，避开了，剩下的是白耳族王子同寨主女儿。

龙朱迟了许久才走到井边去。

本篇发表于 1929 年 1 月 10 日《红黑》第 1 期。署名沈从文。

阿　金

　　黄牛寨十五赶场，鸦拉营的地保，在场头一个狗肉铺子里，向一个预备与寡妇结婚的阿金进言。这地保说话的本领原同他吃狗肉的本领一样好，成天不会厌足。

　　"阿金管事，我直得同一根葱一样把话全说尽了，听不听全在你。我告你的事清清楚楚。事情摆在你面前，要是不要，你自己决定。你已经不是小孩子了。你懂得别人不懂的许多事——譬如划算盘，就使人佩服。你头脑明白，不是醉酒。你要讨老婆，这是你的事，不用别人出主意。不过我说，女人脾气不容易摸捉。我们看过许多会管账的人管不了一个女人。我们又得承认许多人管兵时有作为，有独断，一到女人面前就糟糕，为什么巡防军的游击大人被官太罚跪的笑话会遐迩皆知？为什么有人说知县怕老婆还拿来搬戏？为什么在鸦拉营地方为人正直的阿金也……"

　　地保一番好心告给阿金，说有些人不宜讨媳妇的。所谓阿金者，这时似乎有点听厌烦了，站起身来，正想走去。

　　地保隔桌子一手把阿金拉着，不即放手。走是不行的了。地保力气大，能敌两个阿金。

　　"别着急！你得听完我的话，再走不迟！我不怕人说我有私心，愿意在鸦拉营正派人阿金作地保的侄婿。我不图财，不图名，劝你多想一天两天。为什么这样忙？我的话你不能听完，将来你能同那女人相处长久？"

　　"我的哥，你放我，我听你说！"

　　地保笑了，他望阿金笑，笑阿金为女人着迷，到这样子，全无考虑，就只想把女人接进门。又笑自己做老朋友的，也不很明白为什么今天特别有兴致，非把话说完不可。见阿金样子像求情告饶，倒觉得好笑起来了。不拘是这时，是先前，地保对阿金原完完全全是一番好意的。

除了口多，爱说点闲话，这地保在鸦拉营原被所有人称为好人的。就是口多，爱说说这样那样，在许多人面前，也仍然不算坏人啊！爱说话，在他自己无好无坏。一个地保，他若不爱说话，成天到各处去吃酒坐席，仿佛一个哑子地保的身分，还在什么地方可以找寻呢？一个知县的本分，照本地人说来，只是拿来坐轿子下乡，把个结结实实的身体，给那些轿夫压一身臭汗。一个地保不长于语言可真不成其为地保！

地保见阿金重复又坐下了，他把拉阿金那一只右手，拿起桌上的刀来就割，割了就往口里送。（割的是狗肉！）他嚼着那肥肥的狗肉，从口中发出咀嚼的声音，把眼睛略闭了一会又复睁开，话又说到了阿金的婚事。

"……"

总而言之他要阿金多想一天。就只一天，老朋友的建议总不能不稍加考虑！因为不能说不赞成这事，文地保到后桌方提出那么一个办法，等明天才说。仿佛这一天有极大关系存在，一到明天就"革命"似的使世界一切发生了变化。这婚事，阿金原是预备今晚上就定规的，抱兜里的钱票一束，就为的是预备下定钱用的东西。这乡下人手摸钞票洋钱摸厌了，一双数惯钱钞的手，如今存心想摸摸妇人身上的一切，算不得是怎样不合理的欲望！但是经不着地保用他的老友资格一再劝告，且听说的只是一天的事，想一天，想不想还是由乎自己，不让步真像对不起这好人，他到后只好答应下来了。

为了使地保相信，——也似乎为了使地保相信方能脱身的原因，阿金管事举起酒杯，喝了一杯白酒，当天赌了咒，说今天不上媒人家走动，绝对要回家考虑，绝对要想想利害。赌过咒，地保方面得到保障，到后便满意的微笑着，近于开释的把阿金管事放走了。

阿金在场上，各处走动了一阵，苗族女人格外多。各处是年青的风仪，年青的声音，年青的气味，因此阿金更不能忘情那一身白肉寡妇。乌婆族的女人是妖是神，比酒还使人沉醉，那不承认是不行的。这管事，打量讨进门的女人，就正是乌婆族中身体顶壮肌肤顶白的一个女子！

在别的许多地方，一个人有了点积蓄时，照例可以作许多事情，或者花五百银子，买一匹名为拿破仑的狼狗，或者花一千银子，买一部宋版书。阿金是苗人，生长在苗地，他不明白这些事情。他只按照一个平常人的希望，要得到一种机会，将自己的精力，用在一个妇人身上去。精致的物品只合那有钱的人享用，这句话凡是世界上用货币的地方都通行，这妇人的身体值五头黄牛，凡出得起这个价钱的人都有作她丈夫的资格。阿金管事既不缺少这份金钱，自然就想娶这个精致体面妇人作老婆。

妇人新寡，在本地出名的美丽。大致因为美，引起了许多人的不平。许多无从与这个妇人亲近的汉子中，就传述了一种只有男子们才会有的谣言，地保既是阿金的老友，因此一来自然就觉到一分责任了。地保劝阿金，不是为自己有侄女看上了阿金，也不是自己看上了那妇人，这意思是得到了阿金管事谅解的。既然谅解了老友，阿金当真觉得不大方便在今天上媒人家了。

知道了阿金不久将为那美妇人的新夫的大有其人。这些人，今天同样的来到了黄牛寨场上会集，见了阿金就问："阿金管事什么时候可吃酒？"这正直乡下人，在心上好笑，说是："快了吧，在一个月以内吧。"答着这样话时的阿金管事，是显得非常快乐。因为照本地规矩一面说吃酒，一面就有送礼物道贺意思。如今刚好进十月，十月正是各处吹唢呐接亲的一个好节季。

说起这妇人，阿金管事就仿佛捏到了妇人腿上的白肉，或拧着了妇人的脸，有说不出的兴奋。他的身子虽在场坪里打转，他的心是在媒人那一边的。

虽然赌了小咒，说决定想一天再看，然而终归办不到。不由自主又向做媒那家走去了。走到了街的一端狗肉摊前时遇见了地保，地保把手一摊拦住了去路。

"阿金管事，这是你的事，我本来不必管。不过你答应了我想一天!"

原来地保等候在那里。他知道阿金会翻悔的。阿金一望到那个大酒糟鼻子,连话也不多听就回头走了。

地保一心为好候在那去媒人家的街口,预备拦阻阿金,这关切真来得深。阿金明白这种关切意思,只有回头一个办法。

他回头时就绕了这场坪,走过卖牛羊处去,看别人做牛羊买卖。认得到阿金管事的,都来问他要不要牛羊。他只要人。他预备的是用值得六只牯牛的钱换一个身体肥胖胖白蒙蒙的妇人的。望到别人牛羊全成了交易,心中有点难过,不知不觉又往媒人家路上走去。老远就听得那地保与他人说话的声音,知道那好管闲事的人还守在那里,像狗守门,所以第二次又回了头。

第三次已走过了地保身边,却被另一人拉着讲话,所以又被地保见到,又不能进媒人家里。

第四次他还只起了心,就有另一个熟人来,说是地保还坐在那狗肉摊边不动,与人谈天。谈到阿金的事,阿金便不好意思敢再过去冒险了。

地保的好心肠的的确确全为的是替阿金打算。他并不想从中叨光,也不想拆散鸳鸯。究竟为什么不让阿金抱兜中钱,送上媒人的门,是一件很不容易明白的事。但他总有他的道理的,好管闲事的脾气,这地保平素虽有一点也不很多,恰恰今天他却特别关心到阿金的婚事。为什么缘故?因为妇人太美,相书上写明"克夫"。老朋友意思,不大愿意阿金勤苦多年积下的一注财产一分事业为一个妇人毁去。

为了避开这麻烦,决计让地保到夜炊时回家,再上媒人家去下定钱,阿金管事无意中走到赌场里面去。一个心里有事的人,赌博自然不大留心,阿金一进了赌场,也同别的许多下人一样,很豪兴的玩了一阵出来时天当真已入夜了。这时节看来无论如何那个地保应当回家吃红炖猪脚去了。但阿金抱兜已空,所有钱财业已输光,好像已无须乎再上媒人家商量迎娶了。

过了几天,鸦拉营为人正直的地保,在路上遇到那为阿金做媒的人，问起阿金管事的婚事究竟如何，媒人说阿金管事出不起钱，妇人已归一个远方绸商带走了。亲眼见到阿金抱兜里一大束钞票的地保，还以为必是阿金已觉得美妇人不能做妻，因此将亲事辞了。地保自以为自己做了一件很对得起朋友的事情，即刻就带了一大葫芦烧酒，走到黄牛寨去看阿金管事，为老朋友的有决断致贺。

十七年十二月写成

（选自《旅店及其他》）

本篇发表于 1929 年 1 月 10 日《新月》第 1 卷第 11 号。署名沈从文。

媚金·豹子·与那羊

不知道麻梨场麻梨的甜味的人，告他白脸的女人唱的歌是如何好听也是空话。听到摇舻的声音觉得很美是有人。听到雨声风声觉得美的也有人。听到小孩子半夜哭喊，以及芦苇在小风中说梦话那样细细的响，以为美，也总不缺少那呆子。这些是诗。但更其是诗，更其容易把情绪引到醉里梦里的，就是白脸族苗女人的歌。听到这歌的男子，把流血成为自然的事，这是历史上相传下来的魔力了。一个熟习苗中掌故的人，他可以告你五十个有名美男子被丑女人的好歌声缠倒的故事，他又可以另外告你五十个美男子被白脸苗女人的歌声唱失魂的故事。若是说了这些故事的人，还有故事不说，那必定是他还忘了把媚金的事情相告。

媚金的事是这样。她是一个白脸苗中顶美的女人，同到凤凰族相貌极美又顶一切美德的一个男子，因唱歌成了一对。两方面在唱歌中把热情交流了。于是女人就约他夜间往一个洞中相会。男子答应了。这男子名叫豹子。豹子答应了女人夜里到洞中去，因为是初次，他预备牵一匹小山羊去送女人，用白羊换媚金贞女的红血，所作的纵是罪恶，似乎神也许可了。谁知到夜豹子把事情忘了，等了一夜的媚金，因无男子的温暖，就冷死在洞中。豹子在家中睡到天明才记起，赶即去，则女人已死了，豹子就用自己身边的刀自杀在女人身旁。尚有一说则豹子的死，为此后仍然常听到媚金的歌，因寻不到唱歌人，所以自杀。

但是传闻全为人所撰拟，事情并不那样。看看那遗传下来据说是豹子临死前用树枝画在洞里地面沙上最后的一首诗，那意思，却是媚金有怨豹子爽约的语气。媚金是等候豹子不来，以为自己被欺，终于自杀了。豹子是因了那一只羊的原故，爽了约，到时则媚金已死，所以豹子就从媚金胸上拔出那把刀来，陷到自己胸里去，也倒在洞中。至于羊此后的消息，以及为什么平时极有信用的豹子，却在这约会上成了无信的男子，是应当问那一只羊了。都因为那一只羊，一件喜事变成了一件悲剧，无怪乎白脸族苗人如今有不吃羊肉的理由。

但是问羊又到什么地方去问？每一个情人送他情妇的全是一只小小白山羊，而且为了表示自己的忠诚，与这恋爱的坚固，男人总说这一只羊是当年豹子送媚金姑娘那一只羊的血族。其实说到当年那一只羊，究竟是公山羊或母山羊，谁也还不能够分明。

让我把我所知道的写来吧。我的故事的来源是得白大盗吴柔。吴柔是当年承受豹子与媚金遗下那只羊的后人，他的祖先又是豹子的拳棍师傅，所传下来的事实，可靠的自然较多。后面是那故事。

媚金站在山南，豹子站在山北，从早唱到晚。山就是现在还名为唱歌山的山。当年名字是野菊，因为菊花多，到秋来满山一片黄。如今还是一样黄花满山，名字是因为媚金的事而改了。唱到后来的媚金，承认是输了，是应当把自己交把与豹子，尽豹子如何处置了，就唱道：

　　红叶过冈是任那九秋八月的风，
　　把我成为妇人的只有你。

豹子听到这歌，欢喜得踊跃。他明白他胜利了。他明白这个白脸族中最美丽风流的女人，心归了自己所有，就答道：

　　白脸族一切全属第一的女人，
　　请你到黄村的宝石洞里去。
　　天上大星子能互相望到时，
　　那时我看见你你也能看见我。

媚金又唱：

> 我的风，我就照到你的意见行事。
> 我但愿你的心如太阳光明不欺，
> 我但愿你的热如太阳把我融化。
> 莫让人笑凤凰族美男子无信，
> 你要我做的事自己也莫忘记。

豹子又唱：

> 放心，我心中的最大的神。
> 豹子的美丽你眼睛曾为证明。
> 豹子的信实有一切人作证。
> 纵天空中到时落的雨是刀，
> 我也将不避一切来到你身边与你亲嘴。

天是渐渐夜了。野猪山包围在紫雾中如今日黄昏景致一样。天上剩一些起花的红云，送太阳回地下，太阳告别了。到这时打柴人都应归家，看牛羊人应当送牛羊归栏，一天已完了。过着平静日子的人，在生命上翻过一页，也不必问第二页上面所载的是些什么，他们这时应当从山上，或从水边，或从田坝，回到家中吃饭时候了。

豹子打了一声呼哨，与媚金告别，匆匆赶回家，预备吃过饭时找一只新生的小羊到宝石洞里去与媚金相会。媚金也回了家。

回到家中的媚金，吃过了晚饭，换过了内衣，身上擦了香油，脸上擦了宫粉，对了青铜镜把头发挽成了个大髻，缠上一匹长一丈六尺的绉绸首帕，一切已停当，就带了一个装满了酒的长颈葫芦，以及一个装满了钱的绣花荷包，一把锋利的小刀，走到宝石洞去了。

宝石洞当年，并不与今天两样。洞中是干燥，铺满了白色细沙，有用石头做成的床同板凳，有烧火地方，有天生凿空的窟窿，可以望星子，所不同，不过是当年的洞供媚金豹子两人做新房，如今变成圣地罢了。时代是过去了。好的风俗是如好的女人一样，都要渐渐老去的。一个不怕伤风，不怕中暑，完完全全天生为少年情人预备的好地方，如今却供奉了菩萨，虽说菩萨就是当年殉爱的两人，但媚金豹子若有灵，都会以为把这地方盘据为不应当吧。这样好地方，既然是两个情人死去的地方，为了纪念这一对情人，除了把这地方来加以人工，好好布置，专为那些唱歌互相爱悦的少男少女聚会方便外，真没有再适当的用处了。不过我说过，地方的好习惯是消灭了，民族的热情是下降了，女人也慢慢的像中国女人，把爱情移到牛羊金银虚名虚事上来了，爱情的地位显然是已经堕落，美的歌声与美的身体同样被其他物质战胜成为无用的东西了，就是有这样好地方供年青人许多方便，恐怕媚金同豹子，也见不惯这些假装的热情与虚伪的恋爱，倒不如还是当成圣地，省得来为现代的爱情脏污好！

如今且说媚金到宝石洞的情形。

她是早先来，等候豹子的。她到了洞中，就坐到那大青石做成的床边。这是她行将做新妇的床。石的床，铺满了干麦秆草，又有大草把做成的枕头，干爽的穹形洞顶仿佛是帐子，似乎比起许多床来还合用。她把酒葫芦挂到洞壁钉上，把绣花荷包放到枕边，（这两样东西是她为豹子而预备的）就在黑暗中等候那年青壮美的情人。洞口微微的光照到外面，她就坐着望到洞口有光处，期待那黑的巨影显现。

她轻轻的唱着一切歌，娱悦到自己。她用歌去称赞山中豹子的武勇与人中豹子的美丽，又用歌形容到自己此时的心情与豹子的心情。她用手揣自己身上各处，又用鼻子闻嗅自己各处，揣到的地方全是丰腴滑腻如油如脂，嗅到的气味全是一种甜香气味。她又把头上的首巾除去，把髻拆松，比黑夜还黑的头发一散就拖地。媚金原是白脸族极美的女人，男子中也只有豹子，才配在这样女人身上作一切撒野的事。

这女人，全身发育到成圆形，各处的线全是弧线，整个的身材却又极其苗条相称。有小小的嘴与圆圆的脸，有一个长长的鼻子。有一个尖尖的下巴。还有一对长长的眉毛。样子似乎是这人的母亲，照到荷仙姑捏塑成就的，人间决不应当有这样完全的精致模型。请想想，再过一点钟，两点钟，就应当把所有衣衫脱去，做一个男子的新妇，这样的女人，在这种地方，略为害着羞，容纳了一个莽撞男子的热与力，是怎样动人的事！

生长于二十世纪，一九二八年，在中国上海地方，善于在朋友中刺探消息，各处造谣，天生一张好嘴，得人怜爱的文学家，聪明伶俐为世所惊服，但请他来想想媚金是如何美丽的一个女人，仍然是很难的一件事。

白脸族苗女人的秀气清气，是随到媚金减了多日了。这事是谁也能相信的。如今所见的女人，只不过是下品中的下品，还足使无数男子倾心，使有身分的汉人低头，媚金的美貌也就可以仿佛得知了。

爱情的字眼，是已经早被无数肮脏的虚伪的情欲所玷污，再不能还到另一时代的纯洁了。为了说明当时媚金的心情，我们是不愿再引用时行的话语来装饰，除了说媚金心跳着在等候那男子来压她以外，她并不如一般天才所想象的叹气或独白！

她只望豹子快来，明知是豹子要咬人她也愿意被吃被咬。

那一只人中豹子呢？

豹子家中无羊，到一个老地保家买羊去了。他拿了四吊青钱，预备买一只白毛的小母山羊，进了地保的门就说要羊。

地保见到豹子来问羊，就明白是有好事了，问豹子说：

"年青的标致的人，今夜是预备作什么人家的新郎？"

豹子说：

"在伯伯眼中，看得出豹子的新妇所在。"

"是山茶花的女神，才配为豹子屋里人。是大鬼洞的女妖，才配与豹子相爱。人中究竟是谁，我还不明白。"

"伯伯，人人都说凤凰族的豹子相貌堂堂，但是比起新妇来，简直不配为她做垫脚蒲团！"

"年青人，不要太自谦卑。一个人投降在女人面前时，是看起自己来本就一钱不值的。"

"伯伯说的话正是！我是不能在我那个人面前说到自己的。得罪伯伯，我今夜里就要去作丈夫了。对于我那人，我的心，要怎样来诉说呢？我来此是为伯伯匀一只小羊，拿去献给那给我血的神。"

地保是老年人，是预言家，是相面家，听豹子在喜事上说到血，就一惊。这老年人似乎就有一种预兆在心上明白了，他说：

"年青人，你神气不对。"

"伯伯呵！今夜你的儿子是自然应当与往日两样的。"

"你把脸到灯下来我看。"

豹子就如这老年人的命令，把脸对那大青油灯。地保看过后，把头点点，不做声。

豹子说：

"明于见事的伯伯，可不可以告我这事的吉凶？"

"年青人，知识只是老年人的一种消遣，于你们是无用的东西！你要羊，到栏里去拣选，中意的就拿去吧。不要给我钱。不要致谢。我愿意在明天见到你同你新妇的……"

地保不说了，就引导豹子到屋后羊栏里去。豹子在羊群中找取所要的羔羊，地保为掌灯相照。羊栏中，羊数近五十，小羊占一半，但看去看来却无一只小羊中豹子的意。毛色纯白又嫌稍大，较小的又多脏污。大的羊不适用那是自然的事，毛色不纯的羊又似乎不配送给媚金。

"随随便便吧，年青人，你自己选。"

"选过了。"

"羊是完全不合用么？"

"伯伯，我不愿意用一只驳杂毛色的羊与我那新妇洁白贞操相比。"

"不过我愿意你随随便便选一只，赶即去看你那新妇。"

"我不能空手，也不能用伯伯这里的羊，还是要到别处去找！"

"我是愿意你随便点。"

"道谢伯伯，今天是豹子第一次与女人取信的事，我不好把一只平常的羊充数。"

"但是我劝你不要羊也成。使新妇久候不是好事。新妇所要的并不是羊。"

"我不能照伯伯的忠告行事，因为我答应了我的新妇。"

豹子谢了地保，到别一人家去看羊。送出大门的地保，望到这转瞬即消失在黑暗中的豹子，叹了一口气，大数所在这预言者也无可奈何，只有关门在家等消息了。他走了五家，全无合意的羊，不是太大就是毛色不纯。好的羊在这地方原是如好的女人一样，使豹子中意全是偶然的事！

当豹子出了第五家养羊人家的大门时，星子已满天，是夜静时候了。他想，第一次答应了女人做的事，就做不到，此后尚能取信于女人么？空手的走去，去与女人说羊是找遍了全个村子还无中意的羊，所以空手来，这谎话不是显然了么？他于是下了决心，非找遍全村不可。

凡是他所知道的地方他都去拍门，把门拍开时就低声柔气说出要羊的话。豹子是用着他的壮丽在平时就使全村人皆认识了的，听到说要羊，送女人。所以人人无有不答应。像地保那样热心耐烦的引他到羊栏去看羊，是村中人的事。羊全看过了，很可怪的事是无一只合式的小羊。

在洞中等候的媚金着急情形，不是豹子所忘记的事。见了星子就要来的临行嘱托，也还在豹子耳边停顿。但是，答应了女人为抱一只小羔羊来，如今是羊还不曾得到，所以豹子这时着急的，倒只是这羊的寻找，把时间忘了。

想在本村里找寻一只净白小羊是办不到的事，若是一定要，那就只有到离此三里远近的另一个村里询问了。他看看天空，以为时间尚早。豹子为了守信，就决心一气跑到另一村里去买羊。

到别一村去道路在豹子走来是极其熟习的，离了自己的村庄，不到半里，大路上，他听到路旁草里有羊叫的声音。声音极低极弱，这汉子一听就明白这是小羊的声音。他停了。又详细的侧耳探听，那羊又低低的叫了一声。他明白是有一只羊掉在路旁深坑里了，羊是独自留在坑中有了一天，失了娘，念着家，故在黑暗中叫着哭着。

豹子藉到星光拨开了野草，见到了一个地口。羊听到草动，就又叫，那柔弱的声音从地口出来。豹子欢喜极了。豹子知道近来天气晴明，坑中无水，就溜下去。坑只齐豹子的腰，坑底的土已干硬了，豹子下到坑中以后稍过一阵，就见到那羊了。羊知道来人便叫得更可怜，也不走拢到豹子身边来，原来羊是初生不到十天的小羔，看羊人不小心，把羊群赶走，尽它掉下了坑，把前面一只脚跌断了。

豹子见羊已受了伤，就把羊抱起，爬出坑来，以为这羊无论如何是用得着了，就走向媚金约会的宝石洞路上去。在路上，羊却仍然低低的喊叫。豹子悟出羊的痛苦来了，心想只有抱它到地保家去，请地保为敷上一点药，再带去。他就又反向地保家走去。

到了地保家，拍门时，正因为豹子事无从安睡的老人，还以为是豹子的凶信来了。老人隔门问是谁。

"伯伯，是你的侄儿。羊是得到了，因为可怜的小东西受了伤，跌坏了脚，所以到伯伯处求治。"

"年青人，你还不去你新妇那里吗？这时已半夜了，快把羊放到这里，不要再耽搁一分一秒吧。"

"伯伯，这一只羊我断定是我那新妇所欢喜的。我还不能看清楚它的毛色，但我抱了这东西时，就猜得这是一只纯白的羊！它的温柔与我的新妇一样，它的……"

那地保真急了，见到这汉子对于无意中拾来一只受伤的羊，像对这羊在做诗，就把门闩抽去砰的把门打开。一线灯光照到豹子怀中的小羊身上，豹子看出了小羊的毛色。

羊的一身白得像大理的积雪。豹子忙把羊抱起来亲嘴。

"年青人，你这是作什么？你忘记了你是应当在今夜做新郎了。"

"伯伯，我并不忘记！我的羊是天赐的。我请你赶紧为设法把脚搽一点药水，我就应当抱它去见我的新人了。"

地保只摇头，把羊接过手来在灯下检视，这小羊见了灯光再也不喊了，只闭了眼睛，鼻孔里咻咻的出气。

过了不久豹子已在向宝石洞的一条路上走着了。小羊在他怀中得了安眠。豹子满心希望到宝石洞时见到了媚金，同到媚金说到天赐这羊的事。他把脚步放宽，一点不停，一直上了山，过了无数高崖，过了无数水涧，走到宝石洞。

到得洞外时东方的天已经快明了。这时天上满是星，星光照到洞门，内中冷冷清清不见人。他轻轻的喊：

"媚金，媚金，媚金！"

他再走进一点，则一股气味从洞中奔出，全无回声，多经验的豹子一嗅便知道这是血腥气。豹子愕然了。稍稍发痴，即刻把那小羊向地下一掼，奔进洞中去。

到了洞中以后，向床边走去，为时稍久，豹子就从天空星子的微光返照下望到媚金倒在床上的情形了。血腥气也就从那边而来。豹子扑拢去，摸到媚金的额，摸到脸，摸到口；口鼻只剩了微热。

"媚金！媚金！"

喊了两声以后，媚金微微的嘤的应了一声。

"你做什么了呢?"

先是听嘘嘘的放气，这气似乎并不是从口鼻出，又似乎只是在肚中响，到后媚金转动了，想爬起不能，就幽幽的继续的说道：

"喊我的是日里唱歌的人不?"

"是的，我的人！他日里常常是忧郁的唱歌，夜里则常是孤独的睡觉；他今天这时却是预备来做新郎的……为什么你是这个样子了呢?"

"为什么?"

"是！是谁害了你?"

"是那不守信实的凤凰族年青男子，他说了谎。一个美丽的完人，总应当有一些缺点，所以菩萨就给他一点说谎的本能。我不愿在说谎人前面受欺，如今我是完了。"

"并不是！你错了！全因为凤凰族男子不愿意第一次对一个女人就失信，所以他找了一整夜才无意中把那所答应的羊找到，如今是得了羊倒把人失了。天啊，告我应当在什么事情上面守着那信用！"

临死的媚金听到这语，知道豹子迟来的理由是为了那羊，并不是故意失约了，对于自己在失望中把刀陷进胸膛里的事是觉得做错了。她就要豹子扶她起来，把头靠到豹子的胸前，让豹子的嘴放到她额上。

女人说：

"我是要死了……我因为等你不来，看看天已快亮，心想自己是被欺了……所以把刀放进胸膛里了……你要我的血我如今是给你血了。我不恨你……你为我把刀拔去，让我死……你也乘天未大明就逃到别处去，因为你并无罪。"

豹子听着女人断断续续的说到死因，流着泪，不做声。他想了一阵，轻轻的去摸媚金的胸，摸着了全染了血的媚金的奶，奶与奶之间则一把刀柄浴着血。豹子心中发冷，打了一个战。

女人说：

"豹子，为什么不照到我的话行事呢？你说是一切为我所有，那么就听我的命令，把刀拔去了，省得我受苦。"

豹子还是不做声。

女人过了一阵，又说：

"豹子，我明白你了，你不要难过。你把你得来的羊拿来我看。"

豹子就好好把媚金放下，到洞外去捉那只羊。可怜的羊是无意中被豹子掼得半死，也卧在地下喘气了。

豹子望一望天，天是完全发白了。远远的有鸡在叫了。他听到远处的水车响声，像平常做梦日子。

他把羊抱进洞去给媚金，放到媚金的胸前。

"豹子，扶我起来，让我同你拿来的羊亲嘴。"

豹子把她抱起，又把她的手代为抬起，放到羊身上。"可怜这只羊也受伤了，你带它去了吧……为我把刀拔了，我的人。不要哭……我知道你是爱我，我并不怨恨。你带羊逃到别处去好了……呆子，你预备做什么？"

豹子是把自己的胸也坦出来了，他去拔刀。陷进去很深的刀是用了大的力才拔出的。刀一拔出血就涌出来了，豹子全身浴着血。豹子把全是血的刀扎进自己的胸脯，媚金还能见到就含着笑死了。

天亮了，天亮了以后，地保带了人寻到宝石洞，见到的是两具死

113

尸，与那曾经自己手为敷过药此时业已半死的羊，以及似乎是豹子临死以前用树枝在沙上写着的一首歌。地保于是乎把歌读熟，把羊抱回。

白脸苗的女人，如今是再无这种热情的种子了。她们也仍然是能原谅男子，也仍然常常为男子牺牲，也仍然能用口唱出动人灵魂的歌，但都不能作媚金的行为了！

本篇发表于 1929 年 1 月 20 日《人间》创刊号。署名沈从文。

旅　店

只有醒的人，去看睡着了的另一种人，才会觉到有意思的。他们是从很远一个地方走来，八十里，或一百里的长途，疲劳了他们的筋骨，因此为熟睡所攫，张了口，像死尸，躺在那用干稻草铺好的硬炕上打鼾。他们在那里做梦，不外乎梦到打架、口渴、烧山、赌钱等等事。他们在日里时节，生活在一种已成习惯了的简单形式中，吃、喝、走路、骂娘，一切一切觉得已够，到可以睡时就把脚一伸，躺下一分钟后就已睡好了。

这样的人在各处全不缺少。生在都会中人是即或有天才也想不到这些人生在同一世界的。博士是懂得事情极多的一种上等人，他也不会知道这种人的存在的。俄国的高尔基，英国的萧伯讷，中国的一切大文学家，以及诗人，一切教授，出国的长虹，讲民生主义的党国要人，极熟习文学界情形的赵景深，在女作家专号一书中客串的男作家，他们也无一个人能知道。革命文学家，似乎应知道了，但大部分的他们，去发现组织在革命情绪里的爱去了，也仿佛极其茫然。

中国的大部分的人，是不单生活在被一般人忘记的情形下，同时是也生活在文学家的想象以外的。地方太宽，打仗还不容易，其余无从来发现，这大概也是当然的道理了。这里一件事，就是把中国的中心南京作起点，向南走五千里，或者再多，因此到了一个异族聚居名为苗寨的内地去，这里是说那里某一天的情形的。

天已快亮。

在主人名字名为黑猫的小店中，有四个走长路的人，还睡在一个长大木床上做梦。他们从镇远以上，一个产纸的地方，各人肩上扛了一担纸下来，预备到屈原溯江时所停船的辰阳地方去。路走了将近一半。再有十一天他们就可以把纸卖给铺子回头了。做着这样仿佛行脚僧事业的人是为了生儿育女的原故，长年得奔走的。每一次可以休息十天，通计一年之中有四分之三在各地小旅店中过夜。习惯把这些人变成比他一种商人更能耐劳，旅店与家也近乎是同样的一种地方了。

这旅店开设在山脚，过湖南界下辰州的是应翻山过去的，走了长路的因此多数在此住宿，预备在一夜中把疲倦了的身体恢复过来，蓄了力上这高山。主人是二十七岁的妇人，属于花脚苗。这妇人为什么被人取名为黑猫，是很难于追溯的事。大概是肌肤微黑，又逗人欢喜的原故，所以称为黑猫。这名字好像又是这妇人丈夫所取的，为自己妇人取下了这样好名字的丈夫，料不到很早的就死去，却把名字留给一切过往客人呼唤了。把名字留给过往客人的呼唤，原是不什么要紧，黑猫的身体，自从丈夫死了以后，倒并不如名字那样被一般人所有！

欢喜白肉，苗族中并不如汉人嗜好之深。对于黑的认识，在白耳族中男子是比任何中国人还有知识的。然而黑猫自从丈夫死了以后，继续了店中营业，卖饭、卖酒，且款待来往远方的客人住宿，却从不闻谁个人对黑猫能有皮肤以内的认识。凡是出门经商作事的人全不是无眼睛的人，眼睛大部分全能注意到生意以外的妇女们脸孔，但对于黑猫，总像她真是个猫，与男女事无关，与爱情无分。事情也并不怎样奇怪，她不是平常的花脚族妇女。乌婆族妇女的风流娇俏，在这妇人身上并不缺少，花脚族妇女的热情，她也秉赋很多，同时她有那猓猓族妇女的自尊与精明，死去了的丈夫让他死去，她在一种选择中做着寡妇活下来了。

她在寡妇的生活中过了三年，没有见到一个动心的男子。白耳族男子的相貌在她身边失了诱人的功效，巴义族男子的歌声也没有攻克得这妇人心上的城堡。土司的富贵并不是她所要的东西，烟土客的挥霍她只觉得好笑。为了店中的杂事，且为了保镖须人，她用钱雇了一个有了四十多岁的驼背人助理一切。来到这里的即或心怀不端，也不能多有所得，相约不来则又是办不到的事。这黑猫的本身就是一件招徕生意的东西，至于自黑猫手中做出的菜，吃来更觉得味道真好，也实有其人。

因为这样，黑猫在众人所不能忘的情形下生活，自然幸福与忧患是同时都有得到的方便，她应得到的全来了。在营业上心怀上占了优势的黑猫，在身体上灾难上不可免的也来了。用歌声，与风仪与富贵，完全克服不了黑猫的心，因此有人想起用力来作最后一举的事了。亏了黑猫的机警，仍然不至于被人遂心，其中故事不少……故事数毕到了最近的今天。

照例天一发白，黑猫是就应当同那驼子起身，为客人热水洗脸，或烫一壶酒，让客人在灶边火光中把草鞋套上，就来开门送客的。把客送走，天若早，又为冬天，还可以再把身子卷到棉絮中睡一觉。若系三月到九月中任何一日，则大清早各处全是雾，也将走到大路旁井边去担水，把水缸中贮满清水为止。担水的事是黑猫自作的。

黑猫今天特别醒得早，醒时把麻布蚊帐一挂，把床边小小窗子推开，见得是满天星子，满院子虫声，冷冷的风吹来使人明白今天的天气晴朗是一定。虫声像为露水所湿，星光也像湿的，天气是太美丽了。这时节，不知正有多少女人轻轻的唱着歌送她的情人出门越过竹林！不知有多少男子这时听到鸡叫，把那与他玩嬉过一夜的女人从山峒中送转家去！又不知道有多少人在那分别时流泪赌咒！黑猫想起了这些，倒似乎奇怪自己起来了。别人作过的事她不是无份分！别一个作店主妇人的都有权利在这时听一点负心男子在床边发的假誓，她却不能做。别的妇人都有权利在这时从一个山峒中走出，让男子脱下襄衣代为披上送转家中，她也不能做。

一个二十多岁的妇人，结实光滑的身体，长长的臂，健全多感的心，不完全是特意为男子夜来用的么？可是一个有权享受她的男子，却安安静静睡到土里四年，放弃这权利了。其余呢，又都不济。

今天的黑猫真有点不同往常，在星光下想起的却是平时不曾想到的男女事情。她本应在算账这些纠葛上感觉到客人好坏的，这时却从另一些说不分明的印象上记起住宿的客人来了。四个客，每年来去约在十五六次左右，来去全在此住宿也已经有数年了。因为熟，她把每一个人的家事全知道得清清楚楚，这些人全有家室是她早知道了的。只要中了意，把家中撇开，来做一点只有夫妻可以有的亲密，不拘形迹的事体，那原无妨于事的。山高水长两人分手又是一个月，正因为难于在一处或者也就更有意思。这些事，在另一时本来她就想到了，不行的仍然是男子中还无一个她所要的男子在。此时的四个纸客，就无一个像与她可以来流泪赌咒的。她即或愿意在这四碗菜中好歹选取一碗，这男子因为太与主人相熟，也就很难自信在这个有名规矩的妇人身上，把野心提起！

但奇怪的是今天这黑猫性情，无端的变了。

一种突起的不端方的欲望，在心上长大，黑猫开始来在这四个客人上面思索那可以光身的人了。她要得是一种力，一种圆满健全的、而带有顽固的攻击，一种蠢的变动，一种暴风暴雨后的休息。过去的那个已经安睡在地下的男子，所给她的好经验，使她回忆到自己失去的权利，生出一种对平时矜持的反抗。她觉得应当抓定其中一个，不拘是谁，来完成自己的愿心，在她身边作一阵那顶撒野的行为。她思索这样事情在这当儿似乎听得有人上山的声音了。

她又从窗口去望天上的星，大小的星群无从数清，极大的星子放出的光作白色，山头上照得出庙宇的轮廓，无论如何天是快明了。

听到鸡叫的声音，听到远处水磨的呜咽声音，且听到狗的声音。狗叫是显然已有人乘早凉上路了。在另一时，她这时自然应当下床了，如今却想到狗的叫声也有是为追逐那无情客人而怀了愤恨的情形的，她懒懒的又把窗关上了。

那驼子原是一个极准确的钟，人上了年纪，一到天亮他非起床不行，这时已在那厨灶边打火镰燃灯，声音为黑猫所听到了。

黑猫在床上，像是生了气，说："驼子，你这样早是做些什么事？"

"不早了，我知道。今天天气又好，今年的八月真是菩萨保佑！"

驼子照例把灯一燃，就拿灯到客人房中去，于是客人也醒了。

一个客人问驼子："天气怎么样？"

"好天气！这种天气是引姑娘上山睡觉，比走长路还合式的天气！"

驼子的话把四个客人中有三个引笑了，一个则是正在打哈欠。这打哈欠的人只顾到打哈欠，所以听不真。驼子像有意说话给这四个客人以外另一个人听，接口说：

"如今是变了，一切不及以前好。近来的人成天早早起来做事，从前二十年，年青人的事是不少，起来的也更早，但这件事情却是从他相好的被里爬出回家，或是送女人回家。他们分了手，各在山坡上站立，雾大对面不见人，还可以用口打哨唱歌。如今是完了，女人也很少情浓心干净的女人了。"

主人黑猫在后房听到驼子的话，大声喊他，说："驼子，你把水烧好，少在那里说呆话！"

"噢，噢。"这驼子答应了，还向这四个客人做一个烂脸神气，表示他所说的话不是无根，主人就是一个不知情趣的女人。他一旁走一旁自言自语，说的是"世界变了，女人不好好的在年青时唱歌喝酒，倒来作饭店主人。作了饭店主人，又不……"他不把话说完，因为已到了灶边，有灶王菩萨在。大约是天气作的怪，这个人，今天也分外感到主人安分守寡为不应当了。

听到驼子发了感慨的黑猫，她这时已起了床，趿了鞋过客人这边房来，衣服还未扣好，一头的发随意盘在头上蓬起像鹰窠，使人想象到在山峒狼皮褥上仰卧的媚金，等候情人不来自杀以前的样子。客人中之一，适听到驼子的不平言语，见到黑猫的苗条身段，见到黑猫的一对胀起的奶，起了点无害于事的想头，他说：

"老板娘，你晚来睡得好！"

她说："好呀！我是无晚上不好！"

"你若是有老板在一处，那就更好。"

黑猫在平时，听到这种话，颜色是立刻就会变成严肃的。如今却斜睨这说笑话的客人笑。她估量这客人的那一对强健臂膊，她估他的肩、腰以及大腿，最后才望到这客人的那个鼻子，这鼻子又长又大。

客人是已起床了，各人在那里穿衣，系带，收拾好的全到房外灶边去套草鞋。说笑话的那个客人独在最后。在三个伙伴出去以后，黑猫望到这大鼻子客人，真有一口咬下这大鼻头的潜意识在，所以自己用手揣到自己的奶，把身子摇摆，想同客人说两句话。

这客人虽曾与黑猫说了一句笑话，是想不到黑猫此时欲望的。伙伴去后见到黑猫在身边，倒无一句可说的话了。他慢慢把裹腿绑好，就走出房了，黑猫本应在这时来整理棉被，但她只伏到床上去嗅，像一个装醉的人作的事。

另一个客人，因为找那扎在床头的草烟叶，从外面走来，黑猫赶即起来为客人拿灯照烛，客人把烟叶找到，也像不注意到这妇人的大与往日不同处，又走出去了。

黑猫拿了灯跟出房来，把灯放在灶上，去瞧水缸。水所剩不多了，她得去担水，就拿了扁担在手，又从方桌下拖水桶。

把店门开了，外面的街有两三只狗走过身，她又忙把门关上。"驼子，近来怎么野狗又多起来了！"

"每年一到秋天就来了，我说了多久，要装一个药弩，总不得空。我听人说野狗皮在辰州可卖三四两银子一个，若是打到一对狐种狗，我就可以发财了。"

那大鼻子客人说："岂止三四两银子？我是亲眼见到有人花十块钱买一个花尾獾子的。"

"这话信不得。"另一个客人则有疑惑，因为若果这话可靠，那这纸生意可以改为猎狐生意了。

"谁说谎？他们卖獭是二十两银子，我亲眼见的，可以赌咒。"

"你亲眼见些什么呢？许多事你就不会亲眼见到。若是你有眼睛，早是——"这话是黑猫说的。说了她就笑。

他们都不知道她所说意义何所在，也不明白为什么而笑。但这个大鼻子客人，则仿佛有所会心了，他在一种方便中，为众人所忽略时，摸了一下黑猫的腰，黑猫不作声，只用目瞅着这人的鼻子，好像这鼻子是能作怪的一种东西。

虽然有野狗，野狗不是能吃大人的兽物，本用不着害怕的，所以不久黑猫又开门出去担水去了。大鼻客人也含了烟杆跟了出去，预备打狗或者解溲，总有事。这一担水像是在一里路以外挑回的，回来时黑猫一句话不说，坐在灶边烤火，驼子见大鼻客人转来更慢，却说以为客人被狗吃了。或者狗，或者猫，某一个地方总也真有那种能吃人的猫狗吧。被狗吓的是有人，至于猫，那是并不像可怕的东西了，有人问到时大鼻客人是说得出的。

洗完脸，主人不知何故又特意来为客人煮了一碗鸡蛋，把蜂糖放在鸡蛋里吃完后，送了钱，天已大亮，四个客人把扁担扛上了肩，翻山去了，黑猫主人痴立在门边半天，又坐到灶边去半天，无一句话同驼子可说。

过了一个月左右，旅店中又有人住宿，卖纸人四个中不见了那位大鼻子，问起原故才知道人是在路上发急症死了。过了十个月，这旅店中多了一个小黑猫，一些人都说这是驼子的儿子，驼子因为这暧昧流言，所以在小黑猫出世以后，做了黑猫的丈夫。

黑猫是到后真应了那不幸的大鼻客人的话，有老板人更好了。那三个纸客，还是仍然来往住宿到这旅店中，一到了这店里，见到驼子的样子，总奇怪这个人能使黑猫欢喜的理由不知在什么地方。这些事谁能明白？譬如说，以前是同伴四个，到后又成为三个，这件事就谁也不知道清楚。

一月十日作（病中）

本篇发表于 1929 年 2 月 10 日《新月》第 1 卷第 12 号。署名沈从文。

七个野人与最后一个迎春节

迎春节，凡属于北溪村中的男子，全是为家酿烧酒醉倒了。据说在某城，痛饮是已成为有干禁例的事了，因为那里有官，有了官，凡是近于荒唐的事是全不许可了。有官的地方，是渐渐会兴盛起来，道义与习俗传染了汉人的一切，种族中直率慷慨全会消灭，迎春节的痛饮禁止，倒是小事中的小事，算不得怎样可惜，一切都得不同了！将来的北溪，也许有设官的一天吧？到那时，人人成天纳税，成天缴公债，成天办站，小孩子懂到见了兵就害怕，家犬懂到不敢向穿灰衣人乱吠，地方上每个人皆知道了一些禁律，为了逃避法律人人全学会了欺诈，这一天终究会要来吧。什么时候北溪将变成那类情形，是不可知的，然而这一天是年青人大约可以见到的一天了。地方上，勇敢如狮的人，徒手可以搏野猪，对于地方的进化，他们是无从用力制止的。年高有德的长辈，眼见到好风俗为大都会文明侵入毁灭，也是无可奈何的。凡是有地位一点的人，皆知道新的习惯行将在人心中生长，代替那旧的一切了，在这迎春节，用烧酒醉倒是普遍的事！他们要醉倒，对于事情不再过问，在醉中把恐吓失去，则这佳节所给他们的应有的欢喜，仍然可以在梦中得到了。

仍然是耕田，仍然是砍柴栽菜，地方新的进步只是要他们纳捐，要他们在一切极琐碎极难记忆的规则下走路吃饭，有了内战时，便把他们壮年能作工的男子拉去打仗，这是有政府时对于平民的好处。什么人要这好处没有？族长，乡约或经纪人，卖肉的屠户，卖酒的老板，有了政府他就得到幸福没有？做田的，打鱼的，行巫术的，卖药卖布的，政府能使他们生活得更安稳一点没有？

他们愿意知道的，是牛羊在有了官的地方，会不会发生瘟疫？若牛羊仍然得发瘟，那就证明无须乎官了。不过这时他们还能吃不上税的家酿烧酒，还能在这社节中举行那尚保留下来的风俗，聚合了所有年青男女来唱歌作乐，聚合了所有老年人在大节中讲述各样的光荣历史与渔农知识，男子还不曾出去当兵，女子也尚无做娼妓的女子，老年人则更能尽老年人的责任。未来的事谁知道呢？过去的不能挽回，未来的无从抵当，也是自然的事！"醉了的，你们睡吧，还有那不会醉倒的，你们把葫芦中的酒向肚中灌吧。"这个歌近来唱时是变成凄凉的丧歌，失去当年的意思了。

照到这办法把自己灌醉的是太多了，只有一个地方的一群男子不曾醉倒。他们面前没有酒也没有酒葫芦，只是一堆焚得通红的火。他们人一共是七个，七个之中有六个年纪青青的，只有一个约莫有四十五岁左右。大房子中焚了一堆柴根，七个人围着这一堆火坐下，火中时时爆着小小的声音，那年长的男子便用长铁箸拨动未焚的柴尽它跌到火中心去。

房中无一盏灯，但熊熊的火光已照出这七个朴质的脸孔，且将各个人的身躯向各方画出不规则的暗影了。

那年长的汉子，拨了一阵火，忽然又把那铁箸捏紧向地面用力筑，愤愤的说道：

"一切是完了，这一个迎春节应当是最后一个了。一切是……喝呀，醉呀，多少人还是这样想！他们愿意醉死，也不问明天的事。他们都不愿意见到穿号衣的人来此！他们都明白此后族中男子将堕落女子也将懒惰了！他们比我们是更能明白许多许多事的。新的制度来代替旧的习惯，到那时，他们地位以及财产全摇动了……但是这些东西还是喝呀！喝呀！……"

全屋默然无声音，老人的话说完这屋中又只有火星爆裂的微声了。

静寂中，听得出邻居划拳的嚷声，与唱歌声音。许许多人是在一杯两杯情形中伏到桌上打鼾了。许许多人是喝得头脑发眩伏在儿子肩上回家了。许许多人是在醉中痛哭狂歌了。这些人，在平时，却完完全全是有业知分的正派人，一年之中的今日，历来为神核准的放纵，仅有的荒唐，把这些人变成另外一个种族了。

奇怪的是在任何地方情形如彼，而在此屋中的众人却如此。年长人此时不醉倒在地，年青人此时不过相好的女人家唱歌吹笛，只沉闷的在一堆火旁，真是极不合理的一件事！

迎春节到了最后的一个，即或如所说，在他人，也是更非用沉醉狂欢来与这唯一残余的好习惯致别不可的。这里则七个人七颗心只在一堆火上，且随到火星爆裂，终于消失了。

诸人的沉默，在沉默中可以把这屋子为读者一述。屋为土窑屋，高大像衙门，闳敞如公所。屋顶高耸为泄烟窗，屋中火堆的烟即向上窜去。屋之三面为大土砖封合，其一面则用生牛皮作帘，帘外是大坪。屋中除有四铺木床数件粗木家具及一大木柜外，壁上全是军器与兽皮。一新剥虎皮挂在壁当中，虎头已达屋顶尾则拖到地上。尚有野鸡与兔，一大堆，悬在从屋顶垂下的大藤钩上，巍然不动。从一切的陈设上看来，则这人家是猎户无疑了。

这土屋，主人即属于火堆旁年长的一位。他以打猎为业，那壁上的虎皮就是上月他一个人用猎枪打毙的。其余六人则全是这人的徒弟。徒弟从各族有身分的家庭中走来，学习设阱以及一切拳棍医药，这有学问的人则略无厌倦的在作师傅时光中消磨了自己壮年。他每天引这些年青人上山，在家中时则把年青人聚在一处来说一切有益的知识。他凡事以身作则，忍耐劳苦，使年青人也各能将性情训练得极其有用。他不禁止年青人喝酒唱歌，但他在责任上教给了年青人一切向上的努力，酒与妇人是在节制中始能接近的。至于徒弟六人呢？勇敢诚实，原有的天赋，经过师傅德行的琢磨，智慧的陶冶，一个完人应具的一切，在任何一个徒弟中全不缺少。他们把这年长人当作父亲，把同伴当作兄弟，遵守一切的约束，和睦无所猜忌，日在欢喜中过着日子。他们上山打猎，下山与人作公平的交易。他们把山上的鸟兽打来换一切所需要的东西；枪弹，火药，箭头，弦，酒，无一不是用所获得的鸟兽换来。他们运气好时，还可以换取从远方运来的戒子绒帽之类。他们作工吃饭，在世界上自由的生活，全无一切苦楚。他们用枪弹把鸟兽猎来，复用歌声把女人引到山中。

这属于另一世界的人，也因为听到邻近有设了官设了局的事情，想起不久这样情形将影响到北溪，所以几个年青人，本应在迎春节各穿新衣，把所有野鸡、毛兔、山菇、果狸等等礼物送到各人相熟的女人家中去的，也不去了。这师傅本应到庙坛去与年长族人喝酒到烂醉如泥，也不去了。

六个年青人服从了师傅的命令，到晚不出大门，围在火前听师傅谈天，师傅把话说到地方的变更，就所知道的其余地方因有了法律结果的情形说了不少，师傅心中的愤慨，不久即转为几个年青人的愤慨了。年青人各无所言，但各人皆在此时对法律有一种漠然反感。

到此年长的人又说话了，他说：

"我们这里要一个官同一队兵有什么用处？我们要他们保护什么？老虎来时，蝗虫来时，官是管不了的。地方起了火，或涨了水，官是也不能负责的。我们在此没有赖债的人，有官的地方却有赖债的事情发生。我们在此不知道欺骗可以生活，有官地方每一个人可全靠学会骗人方法生活了。我们在此年青男女全得做工，有官地方可完全不同了。我们在此没有乞丐盗贼，有官地方是全然相反，他们就用保护平民把捐税加在我们头上了。"

官是没有用处的一种东西，这意见是大家一致了。

他们结果是约定下来，若果是北溪也有人来设官时，一致否认这种荒唐的改革。他们愿意自己自由平等的生活下来，宁可使主宰的为无识无知的神，也不要官。因为神永远是公正的，官则总不大可靠。而且，他们意思是在地方有官以后，一切事情便麻烦起来了，他们觉得生活并不是为许多麻烦事而生活的，所以这也只有那欢喜麻烦的种族才应当有政府的设立必要，至于北溪的人民，却普遍皆怕麻烦，用不着这东西！

为了终须要来的恶运，大势力的侵入，几个年青人不自量力，把反抗的责任放到肩上了。他们一同当天发誓，必将最后一滴的血流到这反抗上。他们谈论妥帖，已经半夜，各自就睡了。

若果有人能在北溪各处调查，便可以明白这一个迎春节所消耗的酒量真特别多，比过去任何一个迎春节也超过，这里的人原是这样肆无忌惮的行乐了一日，不久过年了。

不久春来了。

当春天，还只是二月，山坡全发了绿，树木苗了芽，鸟雀孵了卵，新雨一过随即是温暖的太阳，晴明了多日，山阿田中全是一旁做事一旁唱歌的人，这样时节从边县里派有人来调查设官的事了。来人是两个，会过了地方当事人，由当事人领导往各处察看，带了小孩子在太阳下取暖的主妇皆聚在一处谈论这事，来人问了无数情形，量丈了社坛的地，录下了井灶，看了两天就走了。

第二次来人是五个，情形稍稍不同：上一次是探视，这一次可正式来布置了。对于妇女特别注意，各家各户去调查女人，人人惊吓不知应如何应付，事情为猎人徒弟之一知道了，就告了师傅。师傅把六个年青人聚在一处，商量第一步反对方法。

年长人说："事情是在我们意料中出现了，我们全村毁灭的日子到了，这责任是我们的责任，应当怎办，年青人可各供一个意见来作讨论，我们是决不承认要官管理的。"

第一个说："我们赶走了他完事。"

第二个说："我们把这些来的人赶跑。"

第三四五六意见全是这样。既然来了，不要，仿佛是只有赶走一法了。赶不走，倘必须要力，或者血，他们是将不吝惜这些，来为此事牺牲的。单纯的意识，是不拘问什么人，都是不需要官的，既然全不要这东西，这东西还强来，这无理是应当在对方了。

在这些年青简单的头脑中，官的势力这时不过比虎豹之类稍凶一点，只要齐心仍然是可以赶跑的。别的人，则不可知，至于这七人，固无用再有怀疑，心是一致了。

然而设官的事仍然进行着。一切的调查与布置，皆不因有这七人而中止。七个人明示反抗，故意阻碍调查人进行，不许乡中人引路，不许一切人与调查人来往，又分布各处，假扮引导人将调查人诱往深山，结果还是不行。

一切反抗归于无效，在三月底税局与衙门全布置妥了，这七个人一切计划无效，一同搬到山洞中去了。照例住山洞的可以作为野人论，不纳粮税，不派公债，不为地保管辖，他们这样做了。

地方官忙于征税与别的吃喝事上去了，所以这几个野人的行为，也不曾引起这些国家官吏注意。虽也有人知道他们是尚不归化的，但王法是照例不及寺庙与山洞，何况就是住山洞也不故意否认王法，当然尽他们去了。

他们几个人自从搬到山洞以后，生活仍然是打猎。猎得的一切，也不拿到市上去卖，只有那些凡是想要野味的人，就拿了油盐布匹衣服烟草来换。他们很公道的同一切人在洞前做着交易，还用自酿的烧酒款待来此的人。他们把多余的兽皮赠给全乡村顶勇敢美丽的男子，又为全乡村顶美的女子猎取白兔，剥皮给这些女子制手袖笼。

凡是年青的情人，都可以来此地借宿，因为另外还有几个小山洞，经过一番收拾，就是这野人等特为年青情人预备的。洞中并且不单是有干稻草同皮褥，还有新鲜凉水与玫瑰花香的煨芋。到这些洞里过夜的男女，全无人来惊吵的乐了一阵，就抱得很紧舒舒服服睡到天明。因为有别的原故，向主人关照不及时，就道谢也不说一声就走去，也是很平常的事。

他们自己呢，不消说也不是很清闲寂寞，因为住到这山洞的意思，并不是为修行而来的。他们日里或坐在洞中磨刀练习武艺，或在洞旁种菜舀水，或者又出到山坡头湾里坳里去唱歌。他们本分之一，就是用一些精彩嘹亮的歌声，把女人的心揪住，把那些只知唱歌取乐为生活的年青女人引到洞中来，兴趣好则不妨过夜，不然就在太阳下当天做一点快乐爽心的事，到后就陪到女人转去，送女人下山。他们虽然方便却知道节制，伤食害病是不会有的。

在这些年青人身上所穿的衣裤，以及麂皮抱兜，就是这些多情的女人手上针线为做成。他们送女人则不外乎山花山果，与小山狸皮。他们几个人出猎以前，还可以共同预约，得山羊便赠谁个最近相交的一个女人，得野狗又算谁的女人所有。他们的口除了亲嘴就是唱赞美情欲与自

127

然的歌，不像其余的中国人还要拿来说谎的。他们各人尽力作所应作的工，不明白世界上另外那些人懒惰就是享福的理由。他们把每一天看成一个新生的天，所以在每一天中他们除了坐在洞中不出，其余的人是都得在身体与情绪上调节的极好，预备来接受这一天他们所不知道的幸福与灾难的。他们不迷信命运，却能够在失败事情上不固执。譬如一天中间或无法与一小山鸡相遇，他们到时也仍然回洞，不去死守的。又譬如唱歌也有失败时，他们中不拘是谁，知道了这事情无望，却从不想到用武力与财产强迫女子倾心过。

因为一切的平均，一切的公道，他们嫉妒心也很薄弱，差不多看不出了。

那师傅，则教给这几个年青人以武艺与渔猎知识外，还教给这些年青人对于征服妇人的法宝。为了要使情人倾心，且感到接近以后的满意，他告他们在什么情景下唱什么歌，以及调节嗓子的技术。他又告他们如何训练他的情人，方能使女人快乐。他又告他们如何保养自己，才能成为一个忠于爱情的男子。他像教诗的夫子指点他们唱歌，像教体操战术的教官指点他们对付女人，到后还像讲圣谕那么告诫他们不可用不正当方法骗女人的爱情与他人的信任。

师傅各事以身作则，所以每晨起身就独早。打老虎他必当先。擒蛇时他选那大的。泅水他第一个泅过河。爬树他占那极难上的。就是于女人，他也并不因年纪稍长而失去勇敢与热诚！凡是一个女子命令到几个年青人办得下的，与他好的女子要他去做，也总不故意规避的。

人类的首领，像这样真才是值得敬仰的首领！

日子是一天一天过下来了，他们并不觉得是野人就有什么不好处。至于显而易见的好处，则是他们从不要花一个钱到那些安坐享福的人身上去。他们也不撩他，不惹他，仍然尊敬这种成天坐在大瓦屋堂上审案、罚钱、打屁股的上等人。

国家的尊严他们是明白的，但他们在生活上用不着向谁骄傲，用不着审判，用不着要别人坐牢挨打，所以他们不有一个官管理，也自己能照料活一世下来了。

他们是快快乐乐活下来了，至于北溪其余的人呢？

北溪改了司，一切地方是王上的土地，一切人民是王上的子民了，的确很快的便与以前不同了。迎春节醉酒的事真为官方禁止了。别的集社也禁止了。平时信仰天的，如今却勒令一律信仰大王，因为天的报应不可靠，大王却带了无数做官当兵的人，坐在极高大极阔气的皇城里，要谁的心子下酒只轻轻哼一声，就可以把谁立刻破了肚子挖心，所以不信仰大王也不行了。

还有不同的，是这里渐渐同别地方一个样子，不久就有种不必做工也可以吃饭的人了。又有靠说谎话骗人的大绅士了。又有靠狡诈杀人得名得利的伟人了。又有人口的卖买行市，与大规模官立鸦片烟馆了。地方的确兴隆得极快，第二年就几几乎完全不像第一年的北溪了。

第二年迎春节一转眼又到了，荒唐的沉湎野宴，是不许举行的，凡不服从国家法令的则有严罚，决无宽纵。到迎春节那日，凡是对那旧俗怀恋，觉得有设法荒唐一次必要的，人人皆想起了山洞中的野人。归籍了的子民有遵守法令的义务，但若果是到那山洞去，就不至于再有拘束了。于是无数的人全跑到山洞聚会去了，人数将近两百，到了那里以后，作主人的见到来了这样多人，就把所猎得的果狸、山猪、白绵野鸡等等，薰烧炖炒办成了六盆佳肴，要年青人到另一地窖去抬出四五缸陈烧酒，把人分成数堆，各人就用木碗同瓜瓢舀酒喝，用手抓菜吃。客气的就合当挨饿，勇敢的就成为英雄。

众人一旁喝酒一旁唱歌，喝醉了酒的就用木碗覆到头上，说是做皇帝的也不过是一顶帽子搁到头上，帽子是用金打就的罢了，于是赞成这醉话的其余醉人，头上全是木碗瓜瓢以至于一块猪牙帮骨了，手中则拿得是山羊腿骨与野鸡脚及其他，作为做官做皇帝的器具，忘形笑闹跳掷，全不知道明天将有些什么事情发生。

第二天无事。

第三天，北溪的人还在梦中，有七十个持枪带刀的军人，由一个统兵官用指挥刀调度，把野人洞一围。用十个军人伏侍一个野人，于是将七个尸身留在洞中，七颗头颅就被带回北溪，挂到税关门前大树上了。

出告示是图谋倾覆政府，有造反心，所以杀了。凡到吃酒的，自首则酌量罚款，自首不速察出者，抄家，本人充军，儿女发官媒卖作奴隶。

这故事北溪人不久就忘了，因为地方进步了。

三月一日于申城

本篇发表于 1929 年 5 月 10 日《红黑》第 5 期。署名沈从文。

牛

有这样事情发生，就是桑溪荡里住，绰号大牛伯的那个人，前一天居然在荞麦田里，同他的耕牛为一点小事生气，用木榔槌打了那耕牛后脚一下。这耕牛在平时是仿佛他那儿子一样，纵是骂，也如骂亲生儿女，在骂中还不少爱抚的。但是脾气一来不能节制自己，随意敲了一下，不平常的事因此就发生了。当时这主人还不觉得，第二天，再想放牛去耕那块工作未完事的荞麦田，牛不能像平时很大方的那么走出栏外了。牛后脚有了毛病，就因为昨天大牛伯主人那么不知轻重在气头下一榔槌的结果。

大牛伯见牛不济事，有点手脚不灵便了，牵了牛系在大坪里木桩上，蹲到牛身下去，扳了那牛脚看。他这样很温和的检察那小牛，那牛仿佛也明白了大牛伯心中已认了错，记起过去两人的感情了，就回头望到主人，眼中凝了泪，非常可怜的似乎想同大牛伯说一句有主奴体裁的话，这话意思是，"老爷，我不冤你，平素你待我很好，你打了我把我脚打坏，是昨天的事，如今我们讲和了"。

可是到这意思为大牛伯看出时，他很狡猾的用着习惯的表情，闭了一下左眼。他不再摩抚那只牛脚了。他站起来在牛的后臀上打了一拳，拍拍手说：

"坏东西，我明白你。你会撒娇，好聪明！从什么地方学来的，打一下就装走不动路？你必定是听过什么故事，以为这样当家人就可怜你了，好聪明！我看你眼睛，就知道你越长心越坏了。平时做事就不肯好好的做事，吃东西也仿佛不肯随便，这脾气是我都没有的脾气！"

说过很多聪明主人的话语了，他就走到牛头前去，当面对牛，用手指那牛头：

"你不好好的听我管教，我还要打你这里一下，在右边。这里，左边也得打一下。小孩不上学，老师有这规矩打了手心，还要向孔夫子拜，向老师拜，不许哭。你要哭吗？坏东西呀！你不知道这几天天气正好吗？你不明白五天前天上落的雨是为天上可怜我们，知道我们应当种荞麦了，为我们润湿土地好省你的气力吗？……"

大牛伯，一面教训他的牛，一面看天气。天气太好了，就仍然扛了翻犁，牵了那被教训过一顿据说是撒娇偷懒的牛，到田中去做事。牛虽然是有意同他主人讲和，当家也似乎看清楚了这一点，但实在是因为天气太好，不做事可不行，所以到后那牛就仍然瘸着在平田中拖犁，翻着那为雨润湿的土地了。大牛伯虽然是像管教小学生那么管束到他那小牛，仍然在它背上加了犁的轭，但是人在后面，看到牛一瘸一拐的一句话不说的向前奔时，心中到底不能节制自己的悲悯，觉得自己做事有点任性，不该那么一下了。他也像做父亲的所有心情。做错了事表面不服输，但心中就竟过意不去，于是比平时更多用了一些力，与牛合作，让大的汗水从太阳角流到脸上，也比平时少骂那牛许多——在平时，这牛是常常因为觑望了别处风景或过路人，转身稍迟，大牛伯就创作出无数希奇古怪的名词辱骂过它的。照例天下事是这样，要求人了解，再没有比"沉默"这一件事为合式的。有些人总以为天生了人的口，就是为说话用，有心事，说话给人听，人就了解了。其实如果口是为说话才用得着一种东西，那么大牛小鸟全有口，大的口已经有那么大，说"大话"也够了，为什么又不能数一二三四呢？并且说"小话"，小鸟也赶不上人，这些事在牛伯的见解下是不会错的。

我说的在沉默中他们才能互相了解，这是一定的，如今的大牛伯同他的小牛，友谊就成立在这无言中。这时那牛一句话不说，也不呻唤，也不嚷痛，也不说"请老爷赏一点药或补几个药钱"（如果是人他必定有这样正当的于自己有利益的要求的）。这牛并且还不说到"我要报仇，非报仇不可"，那样恐吓主人的话语，就是态度也缺少这切齿的不平。它只是仍然照老规矩做事，用力拖犁，使土块翻起。它嗅着新土的清香气息。它的努力在另一些方法上使主人感到了，它因为努力喘着气，因为脚跟痛苦走时没有平时灵便。但它一个字不说，它"喘气"却不"叹气"。到后大牛伯的心完全软了。他懂得它一切，了解它，不必靠那只供聪明人装饰自己的言语。

不过大牛伯心一软，话也说不出了。他如说，"朋友，是我错"，也许那牛还疑心这是谎话，这谎话一则是想用言语把过错除去，一则是谎它再发狠做事。人与人是常常有这样事情的，并不止牛可以这样多疑。他若说，"已经打过了，也无办法，我是主人，虽然是我的任性，也多半是你的服从职务不十分尽力，我们如今两抵，以后好好生活吧"，这样说，牛若听得懂他的话，牛是也不甘心的。因为它是常常自信已尽过了所能尽的力，一点不敢怠惰，至于报酬，又并不争论，主人假若是有人心，是就不至于挨一榔槌的。并且用家伙殴打，用言语抚慰，这样事别的不能证明，只恰恰证明了人类做老爷主子的不老实罢了。他们会说话。他们先是用说话把工作骗到别个身上了，到后又因为会说话，才在开口以先随意虐待了为他们作工的东西，最后的防线是说话，用言语装饰自己的道德仁慈，又用言语作惠，虽惠不费。如今的牛是正因为主人一句话不说，不引咎自责，不辩解，也不假托这事是吃醉了酒以后发生的不幸，明白了主人心情的。有些人是常常用"醉酒"这样字言作过一切岂有此理坏事的。他只是一句话不说，仍然同牛在田中来回的走，仍然嘘嘘的督促到它转弯，仍然用鞭打背。但他昨天所作的事使他羞惭，特别的用力推了犁，又特别表示在他那照例的鞭子上。他不说这罪过是谁想明白这责任，他只是处处看出了它的痛苦，而同时又看到天气。"我本来愿意让你休息，全是因为下半年的生活才不能不做事。"这种情形是他不说话中被他的牛看出了的，若是要他来说，它就反而很有理由生一种疑心，疑惑这话不甚忠实了。这大约因为太多人的说话照例是不能忠实，所以听话的人才能作这样想法的。

他同它仍然做了半天事，他没有提到过如它所意思想说"讲和"的话，但他们到后真是讲和了。

犁了一块田，他同那牛停顿在一个地方，释了牛背上的轭，他才说话。

他说："我这人老了，人老了就要做蠢事。我想你玩半天，养息一会，就能好。"

他就让牛在有水草的沟边去玩，吃草饮水，自己坐到犁上想事情。他的的确确是打量他的牛明天就会全好了的。他还没有把荞麦下田，就计算到新荞麦上市的价钱。他又计算到别的一些事情，这些事情说起来全都近于很平常的。他打火镰吸烟，吸烟看天，天蓝得怕人，高深无底，白云散布四方，大日炙人背上如春天。这时是九月，去真的春天还远。

那只牛，在水边，立了一会，水很清冷，草是枯草，它脚有苦痛，工作疲倦了这忠厚动物，它到后躺在斜坡下坪中睡了。它被太阳晒着，非常舒服的做了梦。梦到主人穿新衣，它自己则角上缠红布，两个大步的从迎春的砦里走出，预备回家。这是一只牛所能做的最光荣的好梦，因为这梦，不消说它就把一切过去的事全忘了，把脚上的痛处也忘了。

正午，山上砦子有鸡叫了，大牛伯牵他的牛回家。

回家时，它看到他主人似乎很忧愁，明白是它走路的跛足所致。它曾小心的守着老规矩好好走路，它希望它的脚快好，就是让凶恶不讲道理的兽医揉搓一阵也很愿意。

他呢，的确是有点忧愁了，就因为那牛休息时，侧身睡到草坪里，他看到它那一只被木榔槌所敲打过的腿时时缩着，似乎不是一天两日自然会好的事，又看到犁同那牛与合作所犁过的田，新翻起的土壤如开花，于是为一种不敢十分去猜想的未来事吓呆了，"万一……?"那么，荞麦价不与自己相干了，一切皆将不与自己相干了。

他在回家到路上，看到小牛的步伐，想到的事完全是麦价以外的事。究竟这事是些什么？他是不能肯定的。总而言之，万一就这样了，那么，他同他的事业就全完了。这就像赌输了钱一样，同天打赌，好的命运属于天，人无分，输了，一切也应当完了。假若这样说吧，就是这牛因为这脚无意中被一榔槌，从此跛了，医不好了，除了做菜或作牛肉干，切成三斤五斤一块，用棕绳挂到灶头去熏，要用时再从灶头取下切细加辣子炒吃，没有别的意义，那末，大牛伯也死得了。

把牛系到院中木桩旁，到箩筐里去取红薯拌饭煮时的大牛伯，心上的阴影还是先前一样。

到后，抓了残食洒在院中喂鸡，望到那牛又睡下去把那后脚缩短，大牛伯心上阴影更厚了。

吃过了早饭，他就到两里外场集上去找甲长，甲长是本地方小官，也是本地方牛医。甲长如许多有名医生一样，显出非常忙迫而实在又无什么事的样子。他们是老早很熟了的。

他先说话，他说："甲长，我牛脚出了毛病。"

甲长说："这是脚癀，拿点药去一擦就好。"

他说："不是的。"

"你怎么知道不是，近来患脚癀的极多，今天有两个桑溪人的牛都有脚癀。"

"不是癀，是伤了的。"

"我有伤药。"这甲长意思是大凡是脚只有一种伤，就是碰了石，他的伤药也就是为这一种伤所配合的。

大牛伯到后才说这是他用木榔槌打了一下的结果。

他这样接着说：

"……我恐怕那么一下太重了，今天早上这东西就对我哭，好像要我让它放工一天。你说怎样办得到？天雨是为方便我们落的。天上出日头，也是方便我们，不在这几天耕完，我们还有什么时候？我仍然扯了它去。一个上半天我用的力气还比它多，可是它不行了，睡到草坪内，样子就很苦。它像怕我要丢了它，看到我不作声，神气忧愁，我明白这大眼睛所想说的话，以及所有的心事。"

甲长答应同他到村里去看看那牛，到将要出门，别处送命令来了，说县里有军队过境，召集甲长会议，即刻就到会。

这甲长一面用一个乡绅的派头骂娘，一面换青泰西缎马褂，喊人备马，喊人为衙门人办点心，忙得不亦乐乎，大牛伯叹了一口气，一人回家了。

回到家来他望到那牛，那牛也望到他，两个真正讲了和，两个似乎都知道这脚不是一天可好的事了，在自己认错，大牛伯又小心的扳了一回牛脚，看那伤处，用了一些在五月初五挖来的平时给人揉跌打损伤的草药，敷在牛脚上去，用布片包好，牛像很懂事，规规矩矩尽主人处理，又规规矩矩回牛棚栏里去睡。

晚上听到牛龅草声音，大牛伯拿了灯到照过好几次，这牛明白主人是因为它的原故晚睡的，每遇到大牛伯把一个圆大的头同一盏桐油灯从棚栏边伸进时，总睁大了眼睛望它主人。

他从不问它"好了吗?"或"吃亏么?"那一类话，它也不告他"这不要紧"或"我请你放心"那类话，他们的互相了解不在言语，而他们却是真真很了解的。

这夜里牛也有很多心事，它是明白他们的关系的。他用它帮助，所以同它生活，但一到了他看出不能用到它的时候，它就将让另外一种人牵去了。它还不很清楚牵去了以后将做什么用途，不过间或听到主人的愤怒中说"发瘟的"，"作牺牲的"，"到屠户手上去"，这一类很奇怪的名字时，总隐隐约约看得出只要一与主人离开，所得的痛苦就不止是诅骂同鞭打了。为了这不可知的未来，它如许多蠢人一样，对这问题也很想了一些时间，譬若逃走离开那屠户，或用角触那凶人同他拼命，又或者……它只不会许愿，因为许愿是人才懂这个事，并且凡是许愿求天保佑，多说在灾难过去幸福临门时，杀一只牛或杀猪杀羊，至少必须一只鸡，假如人没有东西可许（如这一只牛，却什么也没有是它自己的，只除了不值价的从身上取出的精力），那么天也不会保佑这类人的。

这牛迷迷胡胡时就又做梦，梦到它能拖了三具犁飞跑，犁所到处土皆翻起如波浪，主人则站在耕过的田里，膝以下皆为松土所掩，张口大笑。当到这可怜的牛做着这样的好梦时，那大牛伯是也在做着同样的梦的。他只梦到用四床大晒谷簟铺在坪里，晒簟上新荞堆高如小山，抓了一把褐色荞子向太阳下照，荞子在手上皆放乌金光泽。那荞就是今年的收成，放在坪里过斛上仓，竹筹码还是从甲长处借来的，一大捆丢到地下，哗的响了一声。而那参预这收成的功臣，——那只小牛，就披了红站在身边，他于是向它说话，他说话的神气如对多年老友。他就说：

"朋友，今年我们好了。我们可以把这围墙打一新的了；我们可以换一换那腰门了；我们可以把坪坝栽一点葡萄了；我们……"他全是用"我们"的字眼，是仿佛这一家的兴起，那牛也有分，或者是光荣，或者是实用。他于是俨然望到那牛仍然如平时样子，水汪汪的眼睛中写得有字，说是"完全同意"。

好梦是生活的仇敌，是神给人的一种嘲弄，所以到大牛伯醒来，他比起没有做梦的平时更多不平。他第一先明白了荞麦还不上仓，其次就记起那用眼睛说"完全同意"的牛是还在栏中受苦了，天还不曾亮，就又点了灯到栏中去探望那"伙计"。他如做梦一样，喊那牛做伙计，问它上了药是不是好了一点。牛不做声，因为它不能说它正做什么梦。它很悲惨的看到主人，且记起了平常日子的规矩，想站起身来，跟到主人出栏。

它站起走了两步，他看它还是那样瘸跛，唪的把灯吹熄，叹了一口气，走向房里躺在床上了。

他们都在各自流泪。他们都看出梦中的情形是无希望的神迹了，对于生存，有一种悲痛在心。

到了平时下田的早上，大牛伯却在官路上走，因为打听得十里远近的得虎营有师傅会治牛病，特意换了一件衣，用红纸封了两百钱，预备走到那营砦去请牛医为家中伙计看病。到了那里被狗吓了一阵，师傅又不凑巧，出去了，问明白了不久会回来，他想这没有办法，就坐到那砦子外面大青树下等。在那大青树下望到别人翻过的田，八十亩，一百亩，全在眼前炫耀，等了半天，师傅才回家，会了面，问到情形，这师傅也一口咬定是牛癀。

大牛伯说："不是，我是明白我那一下分量稍重了点，或打断了筋。"

"那是伤转癀，拿这药去就行。"

大牛伯心想，癀药我家还少？要走十里路来讨这东西！把嘴一瘪，做了一个可笑的表情。

说也奇怪，先是说得十分认真了，决不能因这点点事走十里路。到后大牛伯忽然想透了，明白是包封太轻了，答应了包好另酬制钱一串，这医生心活动，就不久同大牛伯在官路上奔走，取道回桑溪了。

这名医与大城中名医并不两样，到了家，先喝酒取暖，吃点心饭，饭用过以后，剔完牙齿，又吃一会烟，才要主人把牛牵到坪中来，把衣袖卷到肘上，拿了针，由帮手把牛脚扳举，才略微用手按了按伤处，看看牛的舌头同耳朵。因为要说话，他就照例对于主人的冒失，加以一种责难。说是这东西打狠了是不行的。又对主人随便把治人伤药敷用到牛脚上认为是一种将来不可大意的事情。到后是在牛脚上扎了两针把一些药用口嚼烂敷到针所扎处。包了杉木皮，说是过三天包好的话，嘱帮手拿了预许的一串白铜制钱扛到肩上，游方僧那么摇摇摆摆走了。

把师傅送走，站到门外边，一个卖片糖的本乡人从那门前大路下过身，看到了大牛伯在坎上门前站，就关照说：

"大牛伯，大牛伯，今天场上有好牛肉，知道了没有？"

"见鬼！"他这样轻轻的答应了那关照他的卖糖人，走进大门匆的把门关了。

他愿意信仰那师傅，所以想起师傅索取那制钱时一点不勉强的就把钱给了那人。但望到从官路上匆匆走去的那师傅背影尤其是那在帮手肩上的制钱一串，他有点对于这师傅惑疑，且像自己是又做错了事，不下于打那小牛一榔槌了，就懊悔起来。他以为就是这么一针也值一串二百钱，一顿点心，这显然是一种欺骗，为天所不许的欺骗，自己是上当了。那时就正有点生气，到后又为卖糖人喊到"牛肉"更不高兴了，走进门见到那牛睡在坪里，就大声辱骂："明天杀了你吃，看你脚会好不好！"

那牛正因为被师傅扎了几针，敷了药，那只脚疼痛不过，见寒见热，听到主人这样气愤愤的骂它，睁了眼见到主人样子，心里很难过，又想哭。大牛伯见到这牛，才觉得自己仍然做错了事，不该说这话了，就坐到院坪中石碌碡上，一句话不说，以背对太阳，尽太阳炙背。天气正是适宜于耕田的天气，他想同谁去借牛把其余的几亩土地翻松一下，好落种，想不出当这样时节谁家有可借的牛。

过了一会他不能节制自己，又骂出怪话来了，他向那牛说：

"就是三只脚，你也要做事！"

它有什么可说呢？它并不是故意。它从不知道牛有理由可以在当忙的日子中休息，而这休息还是借故。天气这样好，它何尝不欢喜到田里去玩。它何尝不想为主人多尽一点力，直到了那粮食满屋满仓"完全同意"的日子。就是如今脚不行了，它何尝又说过"我不做""我要休息"一类话。主人的生气它也能原谅，因为这生气，不比其他人的无理由胡闹。可是它有什么可说呢？它能说"我明天就好"一类话吗？它能说"我们这时就去"一类话吗？它既没有说过"我要休息"，当然也不必来说"我可以不休息"了。

它一切尽主人，这是它始终一贯的性格。这时节主人如果是把犁扛出，它仍然会跟了主人下田，开始做工，无一点不快的神气，无一点不耐烦。

可是说过好歹要工作的主人，到后又来摩它的耳朵，摩它的眼，摩它的脸颊了，主人并不是成心想诅咒它入地狱，他正因为不愿意它同他分手，把它交给一个屠户，才有这样生气发怒的时候！它的所以始终不说一句话，也就是它能理解它的主人，它明白主人在它身上所做的梦。它明白它的责任。它还料得到，再过三天脚还不能复元，主人脾气忽然转成暴躁非凡，也是应当的事。

当大牛伯走到屋里去取镰刀削犁把上小栓时，它曾悄悄的独自在院里绕了圈走动，试试可不可以如平常样子。可怜的东西，它原是同世界上有些人类一样，不惯于在好天气下休息赋闲。只是这一点，大牛伯却缺少理解这伙计的心，他并没有想到它还为这息工事情难过，因为做主人的照例不能体会到做工的人畜。

大牛伯削了一些木栓，在大坪中生气似的敲打了一阵犁头，想了想纵然伙计三天会好也不能尽这三天空闲，因为好的天气是不比印子钱，可以用息金借来的，并且许愿也不容易得到好天气，所以心上活动了一阵，就走到别处去借牛。他估定了有三处可以说话，有一处最为可靠，有了牛他在夜间也得把那田马上耕好。

他就到了第一个有牛的熟人处去，向主人开口。

"老八，把你牛借我两三天，我送你两斗麦子。"

主人说："伯伯，你帮我想法借借牛吧，我正要找你去，我愿意出四斗麦子。"

"怎么货？你牛不是好好的么？"

"有癀……"

"有癀？"

"请牛医看过了。"

主人知道牛伯的牛很健壮，平素又料理得极好，就反问他为什么事缺少牛用。没有把牛借到的牛伯，自然仍得一五一十的把伙计如何被自己一榔槌的故事学学，他在叙述这故事中不缺少自怨自艾的神气，可是用"追悔"是补不来"过失"的，他到没有话可说，就转到第二家去。

见到主人，主人先开口问他是不是把田已经耕完。他告主人牛生了病，不能做事。主人说：

"老汉子，你谎我。耕完了就借我用用，你那小黄是用木榔槌在背脊骨上打一百下也不会害病的。"

"打一百下？是呀，若是我在它背脊骨上打一百下，它仍然会为我好好做事。"

"打一千下？是呀也挨得下，我算定你是槌不坏牛的。"

"打一千下？是呀……"

"打两千下也不至于。"

"打两千下，是呀……"

说到这里两人都笑了，因为他们在这闲话上随意能够提出一种大数目，且在这数目上得到一点仿佛是近于"银钱""大麦的斛数"那种意味。他到后，就告给了主人，还只打"一下"，牛就不能行动自然了。主人还不相信，他才再来解释打的地方不是背脊，却是后脚湾。本意是来借牛，结果还是说一阵空话了事。主人的牛虽不病可是无空闲，也正在各处设法借牛乘天气好赶天气。

迫到第三处熟人家就是牛伯以为最可靠的一家去时，天色已夜了，主人不在家，下了田还没回来，问那家的女人，才明白主人花了一斛麦子借了一只牛，连同家中一只牛在田中翻土，到晚还不能即回。

转到家中，牛伯把伙计的脚检察，又想解开药包看看，若不是因为小牛有主张，表示不要看的意思，日来的药金又恐怕等于白费了。

各处皆无牛可借，自己的牛又实在不能作事，这汉子无法了，到夜里还走到附近庄子里去请帮工，用人力拖犁，说了很长的时候，才把人工约定。工人答应了明天天一亮就下田，一共雇妥两个人，加上自己，三个人的气力虽仍然不及一只牛；但总可以乘天气把土翻好了。牛伯高高兴兴的回了家，喝了一小葫芦水酒，规规矩矩用着一个虽吃酒却不闹事的醉人体裁横睡到床上，根据了田已可以下种一个理由，就胡胡涂涂做了一晚发财的梦。半夜那伙计睡不着，以为主人必定还是会忽然把一个大头同灯盏从栅栏外伸进来，谁知到天亮了以后有人喊主人名字了主人还不曾醒。

三个人用两个人在前一个人在后耕了半天田，小牛却站在田塍上吃草眺望好景致。它那情形正像小孩子因牙痛不上学的情形，望到其他学生背书，费大力气，自己才明白做学生真不容易。不过往日轮到它头上作的事，只要伤处一复元，也仍然是免不了的一件事。

在几个人合作耕田时，牛伯在后面推犁，见到伙计站在太阳下的寂寞，是曾说过"朋友你也来一角吧"那样话语的，若果这不是笑话，它绝不会推辞这个提议，但主人因为想起昨天放在医生的手背上那一串放光的制钱，所以不能不尽小牛玩了。

不过单是一事不作，任意的玩，吃草，喝水，睡卧，毫无拘束在日光下享福，这小牛还是心里很难受的。因为两个工人在拉犁时，就一面谈到杀牛卖肉的事情，他们竟完全不为站在面前的小牛设想。他们说跛脚牛如何只适宜于吃肉的理由，又说牛皮制靴做皮箱的话。这些坏人且口口声声说只有小牛肚可以下酒，小牛肉风干以后容易煨烂，小牛皮做的抱兜佩带舒服。这些人口中说的话，是无心还是有意，在小牛听来是分不清楚的。它有点讨厌他们，尤其是其中一个年青一点的人，竟说"它的病莫非是假装"那些坏话，有破坏主人对牛友谊的阴谋，虽然主人不会为这话所动，可是这人坏处是无疑了。

到了晚上，大家回家了，当主人用灯照到它时，这牛就仍然在它那水汪汪的大眼睛上，解释了自己的意思，它像是在诉说，"老爷，我明天好了，把那花钱雇来的两个工人打发了吧。我听不惯他们的讥诮和侮辱。我愿意多花点气力把田地赶出，你放心，我一定不让好天气带来的好运气分给了一切人，你却独独无分。"

主人是懂这样意思的，因为他不久就对牛说话了，他说：

"朋友，是的，你会很快的就好了的，医生说你至多三天就好。下田还是我们两个作配手好，我们赶快把那点地皮翻好，就下种。因为你的脚不方便，我请他们来帮忙，你瞧，我花了钱还只耕得一点点。他们那里有你的气力？他们做工的人，近来脾气全为一些人放纵坏了，一点旧道德也不用了，他们人做的事情当不到你牛一半，却问我要钱用，要酒喝，且有理由到别处去说，'我今天为桑溪大牛伯把我当牛耕了一天田，因为吃饭的原故我不得不做事，可是现在腰也发疼了，只差比牛少挨一鞭子'。这话是免不了要说的，我是没有办法才要他们来帮忙的。"

它想说："我愿意我明天就会好，因为我不欢喜那向你要钱要酒饭的汉子。他们的心术似乎都不很好。"主人不等它说先就很懂了，主人离开栅栏时就肯定而又大声说道："我恨他们，一天花了我许多钱，还说小牛皮做抱兜相宜，真是土匪强盗！"

小牛居然很自然的同主人在一块未完事的田中翻土了，是四天以后的事，好天气还像是单因为牛伯一个人幸福的原故而保留到桑溪。他们大约再有两天就可以完事。牛伯因为体恤到伙计的病脚不敢悭吝自己气力，小牛也因为顾虑到主人的原故，特别用力气只向前奔，他们一天所耕的田比用工人两倍还多。

于是乎，回到了家中，两位又有理由做那快乐幸福的梦了，牛伯为自己的梦也惊讶了，因为他梦到牛栏里有四只牛，有两只是花牛，生长得似乎比伙计更其体面，第二天一早起来他就走到栏边去看，且大声的告给"伙计"，说：

"朋友，你应当有伴才是事，我们到十二月再看。"

伙计想十二月还有些日子就点点头："好，十二月吧。"

到了十二月，荡里所有的牛全被衙门征发到一个不可知的地方去了，大牛伯只有成天到保正家去探信一件事可做。顺眼无意中望到弃在自己屋角的木榔槌，就后悔为什么不重重的一下把那畜生的脚打断。

本篇发表于 1929 年 9 月 10 日《新月》第 2 卷第 6、7 期合刊。署名沈从文。

会　明

　　排班站第一，点名最后才喊到，这是会明。这个人所在的世界，是没有什么精彩的世界。一些铁锅，一些大箩筐，一些米袋，一些干柴，把他的生命消磨了三十年，他在这些东西中把人变成了平凡人中的平凡人了。他以前是农夫，民国革命，改了业。改业后，他做的是火夫，在一个军队中，烧火，担水，挑担子走长路，除此以外没有别的可做。

　　他样子是那么的——

　　身高四尺八寸。长手长脚长脸，脸上那个鼻子分量也比他人的长大沉重。长脸的下部分，生了一片胡子，这个本来长得像野草，因为剪除，所以不能下垂，却横横的蔓延发展成为一片了。

　　这品貌，若与身分相称，他应当是一个将军。若把胡子也作为将军必须条件之一时，这个人的胡子，还有两个将军的好处。许多人，在另一时，因为身上或脸上一点点东西出众，从平凡中跃起，成为一时代中要人，原是很平常的事。这人却似乎正因为这些特长，把一生毁了。

　　他是陆军第四十七团三十三连一个火夫。提起三十三连，很容易使人同时记起当洪宪帝制时代国民军讨袁时在黔湘边界一带的血战。事情已十年了。那时会明是火夫，无事时烧饭炒菜，战事一起则运输子弹，随连长奔跑。一直到这时，他还仍然在原有位置上任事。一个火夫应做的事他没有不做，他的名分上的收入，也仍然并不与其余火夫两样。

　　如今的三十三连，全连中只剩余会明一人同一面旗帜十年前参预过革命战争，这光荣的三十三连俨然只是为他一人而有了。旗在会明身上谨谨慎慎的缠裹着，会明则在火夫的职分上按照规矩做着粗重肮脏的杂务，便是本连的长官也仿佛把这过去历史忘掉多久了。

野心的扩张，若与人本身成正比，会明有作司令的希望。然而主持这人类生存的，俨然是有一个人，用手来支配一切，有时因高兴的缘故，常常把一个人赋与了特别夸张的体魄，却又在这峨然巍然的躯干上安置一颗平庸的心。会明便是如此被处治的一个人了。他一面发育到使人见来生出近于对神鬼的敬畏，一面却天真如小狗，循良如母牛。若有人想在这人生活上，找出那屯塞运音的根原，这天真同和善，就是其所以使这个人永远是火夫的一种极正当理由。在躯体上他是一个火夫，在心术上他是一个好人。人好时，就不免有人拿来当呆子惹。被惹时，他在一种大度心情中看不出可发怒的理由，但这不容易动火的性格，在另一意义上，却仿佛人人都比他聪明十分，所以他只有永远当火夫了。

军队中，总不缺少四肢短小如猢狲，却同时又不缺少猢狲聪明那类同伴的。有了这同伴，会明便显得更呆相更元气了。这一类人一开始，随后是全连一百零八个好汉，在为军阀流血之余，人人把他当呆子款待，用各样绰号称呼他，用各样工作磨难他，渐渐的，使他把世界对于呆子的待遇一一尝到了，没有办法，他便自然而然也越来越与聪明离远了。

从讨袁到如今整十年。十年来，在别人看来他只长进了他的呆处，除此以外完全无变动。他正像一株极容易生长的大叶杨，生到这世界地面上，一切的风雨寒暑，不能摧残它，却反而促成他的坚实长大。他把一切戏弄放在脑后，眼前所望所想只是一幅阔大的树林，树林中没有会说笑话的军法，没有爱标致的中尉，没有勋章，没有钱，此外嘲笑同小气也没有，树林印象是从都督蔡锷一次训话所造成，这树林，所指的是中国边境，或者竟可以说是外洋，在这好像外洋地方，军队为保卫国家驻了营，作着所谓伟大事业，一面垦辟荒地，一面生产粮食。

在那种地方，也有过年过节，也放哨，也打仗，也有草烟吃，但仿佛总不是目下军中的情形。那种生活在什么时候就出现，怎么样就出现，问及他时是无结论的。或者问他，为什么这件事比升官发财有意义，他也说不分明。他还不忘记都督尚说过"把你的军旗插到堡上去"那一句话。军旗在他身上，是有一面的，他所以保留下来，就是相信有一天用得着这东西。到了那日，他是预备照所说方法做去的。

被人谑作"呆"，那一面宝藏的军旗，与那理想，都有一部分责任了。他似乎也明白，到近来，旗子事情从不与人提起了。他那伟大的想望，除供自己玩味以外，也不与另外人道及了。

因为打倒军阀打倒反革命，三十三连被调到黄州前线。

这时所说的，就是他上了前线的情形。

打仗不是可怕的事，在中国当兵，不拘如何胆小，都不免在一年中有到前线去的机会。这火夫，有了十年的经验，这十年来是中国在这新世纪别无所为只成天互相战争的时代，新时代的纪录是流一些愚人的血升一些聪明人的官。他看到的事情太多，死人算什么大不了的事。若他有机会知道"君子远庖厨"一类话，他将成天嘲笑人类怜悯是怎么一回事了。流汗，挨饿，以至于流血腐烂，这生活，在军队以外的人配说同情吗？他不为同情，不为国家迁都或党的统一，——他只为"冲上前去就可以发三个月的津贴"，这呆子，他当真随了好些样子很聪明的人冲上前去了。

到前线了，他的职务还是火夫。他预备在职分上仍然参预这热闹事情。他老早就编好了草鞋三双。还有绳子，铁饭碗，成束的草烟，都预备得完完全全。他另外还添制了一个火镰，是用了大的价钱向一个卖柴人匀来的。他算定这热闹快来了。望到那些运输辎重的车辆，很沉重的从身边过去时，车轨深深的埋在泥沙里，他就呐喊，笑那拉车的马无用。他在开向前防的路上，肩上的重量不下一百二十斤，但他还唱歌，一歇息，就大喉咙说话。

军队两方还无接触的事，各处队伍，以连为单位分驻各处，三十三连被分驻在一小山边。他同平时一样，挑水洗菜煮饭每样事都是他作，凡是用气力的他总有分。事情作过了，司务长兴豪时，在那过于触目了的大个儿体格上面，加以地道的嘲弄，把他喊作"枪靶"，他就只做着一个火夫照例在上司面前的微笑，问连长什么时候动手。为什么动手他却不问。因为自然是革命救国打倒军阀才有战事，不必问也知道，这个人，有些地方他已不全呆了。

驻到前线三天，一切却无动静。这事情仿佛与自己太有关系了，他成天总想念到这件事。白天累了，草堆里一倒就睡死，可是忽然在半夜醒来时，他的耳朵就像为什么枪声引起了注意才醒的。他到这时节就不能再睡了。他就想，或者这时候前哨已有命令到了？或者有夜袭的事发生了？或者有些地方已动了手，用马刀互相乱砍，用枪刺互相乱刺？他打了一个冷战，爬起身来，悄悄的走出去望了一望帐篷外的天气，同时望到守哨的兵士鹄立在前面，或者是肩上扛了枪来回的走。他不愿意惊动了这人，又似乎不能不同这人说一句话，就咳嗽，递了一个知会。他的咳嗽是无人不知道的，自然守哨的人即刻就明白是会明了，到这时，遇守哨人是个爱玩笑的人呢，就必定故意的说："口号！"他在无论何时是不至于把本晚上口号忘去的。但他答应的却是"火夫会明"。军队中口号不同是自然的事，然而这个人的口号却永远是"火夫会明"四个字。把口号问过，无妨了，就走近哨兵身边。他总显着很小心的神气，问："大爷，怎么样，没有事情么？""没有。"答应着这样话的哨兵，走动了。"我好像听见枪声。""你在做梦。""我醒了很久。""说鬼话。"问答应当小住了，这个人，于是又张耳凝神听听远处，然而稍过一会，总仍然又要说："听，听，大爷，好像有点不同，你不注意到么？"假若答的还是"没有"，他就像顽固的孩子气的小声说，"我疑心是有，我听到马嘶。"那答的就说，"这是你出气。"被骂了，仍然像是放心不下，还是要说。……或者，另外又谈一点关于战事死人数目的统计，以及生死争夺中的轶闻。这火夫，直到不得回答，身上也有点感觉发冷，到后看看天，天上全是大小星子，看不出什么变化，就又好好的钻进帐篷去了。

战事对于他也可以说是有利益的，因为在任何一次行动中，他总得到一些疲倦与饥渴，同一些紧张的欢喜。就是逃亡，退却，看到那种毫无秩序的纠纷，可笑的慌张，怕人的沉闷，都仿佛在他是有所得的。然而他期待前线的接触，却又并不因为这些事了。他总以为既然是预备要打，两者已经准备好了，那么乘早就动手，天气合宜，人的精神也较好。他还记得去年在鄂西的那回事情，时间正是六月，一倒下，气还不断，糜碎处就发了臭，再过一天，全身就是小蛆的爬行，否则头脸发紫，涨大如斗，肚腹肿高，旋即爆裂出肠。一个军人，自己的生死虽应置之度外，可是死后那么难看，那么发出恶臭流水生蛆，虽然是敌人，还是另一时用枪拟过自己的头作靶，究竟也是不很有意思的事！如今天气是显然一天较一天热，再不打，过一会，真就免不了要像去年情形了。

为了那太难看太不与鼻子相宜的六月情形，他愿意动手的命令即刻就下。

然而前线的光景，却不能如会明所希望的变化。先是已有消息令大队在××集中，到集中以后，局面反而和平了许多，又像是前途还有一线光明希望了。

这和平，倘若当真成了事实，真是一件使他不大高兴的事。单是为他准备战事起后那种服务的梦，这战争的开端，只顾把日子延长下去，已就是许多人觉得是不可忍受的一件事了。人人都并不欢喜打仗。但都期望从战事中得到一种解决：打赢了，就奏凯；败了，退下。总而言之一到冲突，真的和平也就很快了。至于两方支持原来地位下来呢，在军人看来却感到十分无聊。他与他们心情并不差异的，就是死活都以即刻解决为妙，维持原防，不进不退，是不行的。谁也明白六月天气真不行！

他实在愿意打起来，似乎每打一仗，便与他从前所想的军人到西北去屯边救国的事实走近一步了，于是他在白天，逢人就问究竟是要什么时候开火。他那种关心好像一开火后就可以擢升营长。可是这事谁也不清楚，谁也不能作决定的回答。人人就想知道这一件事，然而照例在命令到此以前，军人是谁也无权过问这日子的。看样子，非要在此过六月不可了。

五天了，还没动静。

六天了，一切还是同过去的几天一样情形。

一连几天不见变动，他对于夜里的事渐渐不大关心了。遇到半夜醒来出帐篷解溲，同哨兵谈话的次数也渐渐少了。

　　去他们驻防处不远是一个小村落，这村落因为地形的原故，没有争夺的必要，所以不驻一兵。然而住在村落中的人，却早已全数迁往深山中去了。数日来，看看情形不甚紧张，渐渐的，数日前迁往深山的乡下人，就有很多悄悄的仍然回到村中看视他们的田园的人，又有乡下人敢拿鸡蛋之类陈列在荒凉的村前大路旁，来同这些军人冒险做生意的。

　　会明为了火夫的本分，在开火以前，是仍然可以随时各处走动的。村中已经有了人做生意，他就常常到村子里去。他每天走几次，一面是代连上的弟兄买一点东西，一面是找一个把乡下上年纪的人谈一谈话。而且村中更有使他欢喜的，是那本地种的小叶烟，颜色简直是金子，味道又不坏。既然不开火，烟总是要吸的，有了本地烟，则返回原防时，那原有三束草烟还是原束不动，所得好处的确已不少了，所以他虽然不把开火的事忘却，但每天到村中去谈谈话，尽村中人款待一点很可珍贵的草烟，也像这日子仍然可以过得去了。

　　村子里还有酒，从地窖中取出的陈货，他量不大，但喝一杯也令人心情欢畅。

　　他一到了那村落里，把谈话的人找到了，因为那满嘴胡子，别人总愿意知道他胡子的来处，这好人，就很风光的说及十年前的故事。把话说滑了口有时也不免小小吹了一点无害于事的牛皮，譬如本来只见过蔡锷两次，他说顺了口，就说是四五次。然而说过这样话的他，比听的人先把这话就忘记了到脑后，这也不算是罪过了。当他提起蔡锷时，说到那伟人的声音颜色，说到那伟人的精神，他于是记起了腰间一面旗，他就想了一想，很老成的望了一望对方人的颜色。本来这一村，这时留到这里的全是有了年纪的人，照例同他在一起谈话的总是老头子，因为望到对方人眼睛是诚实的眼睛，他笑了。他随后做的事是把腰间缠的小小三角旗取下来了。"看，这个！"看的人眼睛露出吃惊的神气，他得意了。"看，这是他送我们的，他说'嗨，勇敢点，插到那个地方去！'你明白插到那个地方去吗？"听的人，自然是摇头，而且有愿意明白"他"

是谁以及插到什么地方去的意思。他就慢慢的一面含着烟管一面说……听这话的人，于是也仿佛到了那个地方，看到这一群勇敢的军人，在插定旗子下面生活，旗子一角被风吹得拨拨作响的情形。若不是怕连长罚在烈日下立正，这个人，为了使这乡下人多明白一点，早已在这村落中一个土阜上面把旗子竖起，让这面旗子当真来在风中拨拨作响了。有时候，他人也许还问到："这是到日本到英国？"他就告他们："不拘那一国，总之不是湖南省，也不是四川省。"他想到那种树林，那种与中国相远，以为大概不是英国总就是日本国的。

至于俄国呢，他不说的，因为那里可怕，军队中照例是不许说这个国名的。

就好像是因为这慷慨的谈论，他把一切友谊同这村落中人交换了，有一次，他忽然得到一个人赠送的一只母鸡，带回帐篷了。那送鸡的人，告他这鸡每天会从拉屎的地方掉下一个卵来，他把鸡捧回时，就用一个无用处的白木子弹箱安置了它，到第二天一早，果然木箱中多了一个鸡卵。他把鸡卵取去好好的收藏了，喂了鸡一些饭粒，等候第二个鸡卵，第三天果然又是一个。当他把鸡卵取到手中时，便对那母鸡做着"我佩服你"的神气。鸡也懂事，应下的卵从不悭吝过一次。

鸡卵每天增加一枚，他每天抱母鸡到村子里尽公鸡轻薄一次，他为一种新的兴味所牵引，把战事的一切完全忘却了。

自从产业上有了一只母鸡以后，这个人，他有些事情，已近于一个做母亲人才需要的细心了。他同别人讨论这只鸡时，是也像一个母亲与人谈论儿女一样的。他夜间做梦，就梦到有二十只小鸡旋绕脚边吱吱的叫。梦醒来，仍然是凝神听，但所注意的已不是枪声是其他，他担心有人偷取鸡卵，有野猫拖鸡。

鸡卵到后当真已积到了二十枚。

会明除了公事以外多了些私事。预备孵小鸡，他各处找找东西，仿佛做父亲的人着忙看儿子从母亲大肚中卸出。对于那伏卵的母鸡，他也从"我佩服你"的态度上转到"请耐耐烦烦"的神情，似乎非常客气了。

日子在他的期待中，在其他人的胡闹中，在这世界上另一地方许多人的咒骂歌唱中，又糟蹋二十余天了。小鸡从薄薄的蛋壳里出到日光下，一身嫩黄乳白的茸毛，啁啾的叫喊，把会明欢喜到快成疯子。他很高兴，如果这时他被派的地方，就是平时神往的地方，他能把这一笼小鸡带去，即或别无其他人作伴，也将会很勤的一个人在那里竖旗子地方住下了。

知道他有了一窝小鸡，本连上小兵，就成天有人来看他的小鸡的。还有那爱小意思的兵士，就有向他讨取的事情发生了。对于这件事他不悭吝的就答应了人，却附下了条件，虽然指派定这鸡归谁那鸡归谁，却统统仍然由他管理。他在每一小鸡身上作一个不同的记号，却把它们一视同仁的喂养下来。他走到任何帐篷里去都有机会告给旁人小鸡近来如何情形，因为每一个帐篷里面总有一个人向他要过小鸡。

白天有太阳，他就把小鸡雏同母鸡从木箱中倒出来，尽这母子在帐篷附近玩，自己却赤了膊子咬着烟管看鸡玩，或者举起斧头劈柴，把新劈的柴堆成塔形。

遇到进村里去，他便把这笼鸡也带去，他预备给那原来的主人看，像那人是他的亲家。小鸡雏的健康活泼，从那旧主人口中得到一些动人的称赞后，他就非常荣耀骄傲的含着短烟管微笑，还极谦虚的说："这完全是鸡好，它太懂事了，它太乖巧了。"为此一来，则仿佛这光荣对于旧主人仍然有分，旧主人觉悟到这个，就笑笑，会明感动到眼角噙了两粒热泪。

"大爷，你们是不打了吗？"

"唔，命令不下来。"

"还不听到什么消息吗？"

"或者是六月要打的。"

"若是要打，怎么样？"这老人意思所指，是这一窝鸡雏的下落。

会明也懂到这个意思了，就说："这是连上一众所有的。"他且为把某只小鸡属于某一个人——指点给那人看。"要打吧，也得带它们上前去。它们不会受惊的。你不相信吗？我从前带过一匹猫，这猫同我们在壕沟中过了两个月，是一只黑猫。"

"猫不怕炮火么?"

"它像人,到了那里就不知道怕。"

"我听说外国狗也打仗!"

"是吧,狗也能打仗吧。狗比人还聪明的。我亲眼看过一只狗有小牛大,拉车子。"

虽然说着猫呀狗呀的过去的事,看样子,为了这一群鸡雏发育的方便,会明已渐渐的倾向于"非战主义"者一面,也是很显然的事实了。

白日里,还同着鸡雏旧主人说过这类话的会明,返到帐篷中时坐在鸡箱边吸烟,正幻想着这些鸡各已长大飞到帐幕顶上打架的情形,有人来传消息了。人从连长处来,站在门口,说这一连已得到命令,今晚上就应当退却。会明跑出去把人拉着了,"嗨,你说谎!"来人望了望是会明,把身挣脱,走到别一帐幕前去了。他没有追这人,却一直向连长帐篷那一方跑去。

在连长帐篷前遇到他的上司了。

"连长,这是正经话吗?"

"什么话是正经话?"

"我听到他们说……"

连长不做声。这火夫,已经跑得气息发喘,见连长不说话,从连长的肩膊上望过去,才注意到有人在帐篷里面收拾东西,他抿抿嘴唇,很得意的跑回去了。

和议的局势成熟,一切作头脑的讲了和,地盘分派妥当,照例约好各把军队撤退,各处标语全扯去,天下太平了。会明的财产上多一个木箱,多一个鸡的家庭,他们队伍撤回原防时,会明的伙食担上一端是还不曾开始用过的三束草烟叶,一端就是那些小儿女。本来应当见到血,见到糜碎的肢体,见到腐烂的肚肠,没有一人不这样想!但料不到的是这样开了一次玩笑,一切的忙碌,一切精力的耗费,一切悲壮的预期,结果无事,等于儿戏。

在前线,会明是火夫,回到原防会明仍然也是火夫。不打仗,他仿佛觉到去那大树林涯很远,插旗子到堡上,望到这一面旗被风吹的日子还无希望。但他喂鸡，很细心的料理它们，多余的草烟至少能对付四十天，他是很幸福的。六月来了，这一连人没有一个腐烂，会明望到这些人微笑时，那微笑的意义，是没有一个人明白的。

十八年作二十三年改

（选自《从文甲集》）

本篇发表于 1929 年 9 月 10 日《小说月报》第 20 卷第 9 号。署名沈从文。

菜　园

玉家菜园出白菜，因为种子特别，本地任何种菜人所种的都没有那种大卷心。这原因从姓上可以明白，姓玉本是旗人，菜是当年从北京带来的菜。北京白菜素来著名的。

辛亥革命以前，来城候补的是玉太爷，单名讳琛。当年来这小城时带了家眷也带了白菜种子。大致当时种来也只是为自己吃。谁知太爷一死，不久革命军推翻了清室，清宗室平时在国内势力一时失尽，顿呈衰败景象。各处地方皆有流落的旗人，贫穷窘迫，无以为生。玉家却在无意中得白菜救了一家人的灾难。玉家卖菜，从此玉家菜园成为人人皆知的地方了。

主人玉太太，年纪有五十岁，年青时节应是美人，所以到老来还可以从余剩风姿想见一二。这太太有一个儿子是白脸长身的好少年。年纪二十一，在家中读过书，认字知礼，还有世家风范。虽本地新兴绅士阶级，因切齿过去旗人的行为，极看不起旗人，如今又是卖菜佣儿子，很少同这家少主人来往。但这人家的儿子，总仍然有与平常菜贩儿子两样处。虽在当地得不到人亲近，却依然受人相当尊敬。

玉家菜园园地的照料，另雇得有人。主人设计每到秋深便令长工把园中挖窖，冬天来雪后白菜全入窖，从此一年四季城中人皆有大白菜吃。菜园廿亩地方除了白菜也还种了不少其他菜蔬，善于经营的主人，使本城人一年任何时节都可得到极好的蔬菜。也便因此，收入数目不小。十年来，因祸得福，渐渐成为小康之家了。

仿佛因为种族不同很少同人往来的玉家母子，由旁人看来，除知道这人卖菜有钱以外，其余一概茫然。

夏天薄暮，这个富于林下风度的中年妇人，穿件白色细麻布旧式衣服，拿把宫扇，朴素不华的在菜园外小溪边站立纳凉。侍立在身边的是穿白绸短衣袴的年青男子。两人常常沉默着半天不说话，听柳上晚蝉拖长了声音飞去，或者听溪水声音。溪水绕菜园折向东去，水清见底，常有小虾小鱼，鱼小到除了看玩就无用处。那时节，鱼大致也在休息了。

动风，晚风中混有素馨兰花香，茉莉花香。菜园中原有不少花木的，在微风中掠鬓，向天空柳枝空处数点初现的星，做母亲的想着古人的诗歌。想不起谁曾写下形容晚天如落霞孤鹜一类好诗句，又总觉得有人写过这样恰如其境的好诗，便笑着问那个男子，是不是能在这样情境中想出两句好诗。

"这景象，古今相同。对它得到一种彻悟，一种启示，应当写出几句好诗的。"

"这话好像古人说过了，记不起这个人。"

"我也这样想。是谢灵运，是王……不能记得，我真上年纪了。"

"母亲你试作七绝一首，我和。"

"那么，想想吧。"

做母亲的于是当真就想下去，低吟了半天，总像是没有文字能解释当前这一种境界。所谓超于言语，正如佛法，心印默契，不可言传，所以笑了。她说：

"这不行。"

稍过，又问：

"少琛，你呢？"

男子笑着说，这天气是连说话也觉得可惜的天气，做诗等于糟蹋好风光。听到这样话的母亲莞尔而笑，过了桥，影子消失在白围墙后不见了。

不过在这样晚凉天气下，母子两人走到菜园去，看工人作瓜架子，督促舀水，谈论到秋来的菜种，萝卜的市价，也是很平常的事。他们有时还到园中去看菜秧，亲自动手挖泥舀水。一切不造作处，较之斗方诗人在瓜棚下坐一点钟便拟赋五言八韵田家乐，虚伪真实，相去真不可以道里计。

冬天时，玉家白菜上了市，全城人皆吃玉家白菜。在吃白菜时节，有想到这卖菜人家居情形的，赞美了白菜总同时也就赞美了这人家母子。一切人所知有限，但所知的一点点便仿佛使人极其倾心。这城中也如别的城市一样，城中所住蠢人比聪明人多十来倍，所以竟有那种人，说出非常简陋的话，说是每一株白菜，皆经主人的手抚手摸，所以才能够如此肥茁，这原因是有根有柢的。从这样呆气的话语中，也仍然可以看出城中人如何闪耀着一种对于这家人生活优美的企羡。

做母亲的还善于把白菜制各样干菜，根叶心皆可以用不同方法制作成各种不同味道。少年人则对于这一类知识，远不及其对于笔记小说知识丰富。但他一天所做的事，经营菜园的时间却比看书写字时间多。年青人，心地洁白如鸽子毛，需要工作，需要游戏，所以菜园不是使他厌倦的地方。他不能同人锱铢必较的算账，不过单是这缺点，也就使这人变成更可爱的人了。

他不因为认识了字就不作工，也不因为有了钱就增加骄傲。对于本地人凡有过从的，不拘是小贩他也能用平等相待。他应当属于知识阶级，却并不觉得在作人意义上，自己有特别尊重读书人必要。他自己对人诚实，他所要求于人的也是诚实。他把诚实这一件事看做人生美德，这种品性同趣味却全出之于母亲的陶冶。

日子到了应当使这年青人定婚的时候了，这男子尚无媳妇。本城的风气，已到了大部分皆男女自相悦爱才结婚，然而来到玉家菜园的仍有不少老媒人。这些媒人完全因为一种职业的善心成天各处走动，只愿意事情成就，自己从中得一点点钱财谢礼。因太想成全他人，说谎自然也就成为才艺之一种，眼见用了各样谎话都等于白费以后，这些媒人方死了心，不再上玉家菜园。

然而因为媒人的串掇，以及另一因缘，认识过玉家青年人，愿意作玉家媳妇私心窃许的，本城女人却很多很多。

二十二岁的生日，作母亲的为儿子备了一桌特别酒席，到晚来两人对坐饮酒。窗外就是菜园，时正十二月，大雪刚过，园中一白无际。已经摘下还未落窖的白菜，全成堆的在园中，白雪盖满，正像大坟。还有尚未摘取的菜，如小雪人，成队成排站立雪中。母子二人喝了一些酒，谈论到今年大雪同菜蔬，萝卜白菜皆须大雪始能将味道转浓。把窗推开了。

窗开以后园中一切皆可望到。

天色将暮，园中静静地。雪已不落了，也没有风。上半日在菜畦觅食的黑老鸹，不知到什么地方去了。母亲说：

"今年这雪真好！"

"今年刚十二月初，这雪不知还有多少次落呢。"

"这样雪落下人不冷，到这里算是希奇事。北京这样一点点雪可就太平常了。"

"北平听说完全不同了。"

"这地方近十年也变得好厉害！"

这样说话的母亲，想起二十年来在本地方住下的经过人事变迁，她于是喝了一口酒。

"你今天满二十二岁，太爷过世十八年，民国反正十五年，不单是天下变得不同，就是我们家中，也变得真可怕。我今年五十，人也老了。你爹若在世，就太好了。"

在儿子印象中只记得父亲是一个手持"京八寸"①人物。那时吸纸烟真有格，到如今，连做工的人也买美丽牌，不用火镰同烟杆了。这一段长长的日子中，母亲的辛苦从家中任何一事皆可知其一二。如今儿子也教养成人了，二十二岁，命好应有了孙子。听说"母亲也老了"这类话的少琛，不知如何，忽想起一件心事来了。他蓄了许久的意思今天才有机会说出。他说他想过北京。

北京方面他有一个舅父，宣统未出宫以前，还在宫中做小管事，如今听说在旗芹章胡同开铺子，卖冰，卖西洋点心，生意不恶。

听说儿子要到北京去，作母亲的似乎稍稍吃了一惊。这惊讶是儿子料得到的，正因为不愿意使母亲惊讶，所以直到最近才说出来。然而她

---

① "京八寸"指流行于北京的一种长约八寸的旱烟袋管。

也挂念着那胞兄的。

"你去看看你三舅，还是做别的事？"

"我想读点书。"

"我们这人家还读什么书？世界天天变，我真怕。"

"那我们俩去！"

"这里放得下吗？"

"我去三个月又回来，也说不定。"

"要去，三年五年也去了。我不妨碍你。你希望走走就走走，只是书，不读，也不什么要紧。做人不一定要多少书本知识。像我们这种人，知识多，也是灾难！"

这妇人这样慨乎其言的说后，就要儿子喝一杯，问他预备过年再去还是到北京过年。

儿子说赶考，是今年走好，且乘路上清吉，也极难得。

虽然母亲同意远行，却认为事情不必那么匆忙，因此以后仍然决定正月十五以后，再离开母亲身边。把话说过，回到今天雪上了，母亲记起忘了的一桩事情，她要他送一坛酒给做工人，因为今天不是平常的日子。八个工人喝着酒时，都很快乐。

不久过年了。

过了年，随着不久就到了少琛动身日子了。信早已写给北京的舅父，于是坐了省河小轿，到××市坐车，转武汉，再换火车，到了北京。

时间过了三年。

在这三年中，玉家菜园还是玉家菜园。但渐渐的，城中便知道玉家少主人在北京大学读书，极其出名的事了。其中经过自然一言难尽琐碎到不能记述。然而在本城，玉家还是出白菜。在家中一方面稍稍不同了的，是作儿子的常常寄报纸回来，寄书回来，作母亲的一面仍然管理菜园的事务，兼喂养一群白色母鸡，自己每天无事时，便抓玉米喂鸡，与鸡雏玩，一面读从北京所寄来的书报杂志。

地方一切新的变故甚多，革命，北伐……于是死到野外无人收尸因而烂去了的英雄，全成了志士先烈……于是地方的党部工会成立了……于是"马日事变"年青人都杀死，工会解散党部换了人……于是北京改成了北平。

地方改了北平，北方已平定，仿佛真命天子出世，天下快太平了，在北平地方的儿子，还是常常有信来，寄书报则稍稍少了一点。

在本城的母亲，每月寄六十块钱去，同时写信总在告给身体保重以外顺便问问有不有那种相合的女子可以订婚，母亲年纪渐老，自然对于这些事也更见其关心。大热天，三年来的母亲还是同样的不失林下风度。因儿子的原故，多知了许多时事，然而一切外形，属于美德的没有一种失去。且因一种方便，两个工人得到主人的帮助，都接亲了。母亲把这类事告给儿子时，儿子来信说这样作很对。

儿子也来过信，说是母亲不妨到北平看看，把菜园交给工人，是一样的。虽说菜园的事也不一定放不下手，但不知如何，这老年人总不曾打量过北行的事。

当这母亲接到了儿子的一封信，说本学期热天可以回家来住一月时，欢喜极了。来信还只是四月，从四月起作母亲的就在家中为儿子准备一切。凡是这老年人想到可以使儿子愉快的事皆计划到了。一到了七月，就成天盼望远行人的归来。又派人往较远的××市去接他，又花了不少钱为他添办了一些东西，如迎新娘子那么期待儿子的归来。

如期儿子回来了，更出于意外惊喜的，是同时还有一个媳妇回来。这事情直到进了家门母亲才知道，一面还在心中作小小埋怨，一面把"新客"让到自己的住房中去，作母亲的似乎人年青了十岁。

见到脸目略显憔悴的儿子，把新媳妇指点给两个工人夫妇，说"这是我们的朋友"时，母亲欢喜得话说不出。

儿子回家的消息不久就传遍了本城，美丽的媳妇也不久就为本城人全知道了。因为是从北京方面回来的，虽然绅士们的过从仍然缺少，但渐渐有绅士们的儿子到玉家菜园中的事了。还有本地教育局，在一次集会中，也把这家从北平回来的男子与媳妇请去开会了。还有那种对未来有所倾心的年青人，从别的事情上知道了玉家儿子的姓名，因为一种倾慕，特邀集了三五同好来奉访的事了。

从母亲方面看来，儿子的外表还完全如未出门以前，儿子已慢慢是个把生活插到社会中去的人了。许多事皆仿佛天真烂漫，凡是一切往日的好处完全还保留在身上，所有新获得的知识，却融入了生活里，找不出所谓痕迹。媳妇则除了像是过分美丽不适宜于做媳妇值得忧心以外，简直没有疵点可寻。

时间仍然是热天，在门外溪边小立，听水听蝉，或在瓜棚豆畦间谈话，看天上晚霞，五年前母子两人过的日子如今多了一人。这一家仍然仿佛与一地方人是两种世界，生活中多与本城人发生一点关系，不过是徒增注意及这一家情形的人谈论到时一点企羡而已。

因为媳妇特别爱菊花，今年回家，拟定看过菊花，方过北平，所以作母亲的特别令工人留出一块地种菊花，各处寻觅佳种，督工人整理菊秧，母子们自己也动动手。已近八月的一天，吃过了饭，母子们皆在园中看菊苗，儿子穿一件短衣，把袖子卷到肘弯以上，用手代铲，两手全是泥。

母亲见一对年青人，在菊圃边料理菊花，便作着一种无害于事极其合理的祖母的幻梦。

一面同母亲说北平栽培菊花的，如何使用他种蒿草干本接枝，开花如斗的事情，一面便同蹲在面前美丽到任何时见及皆不免出惊的夫人用目光作无言的爱抚。忽然县里有人来说，有点事情，请两个年青人去谈一谈。来人连洗手的暇裕也没有留给主人，把一对年青人就"请"去了。从此一去，便不再回家了。

做母亲的当时纵稍稍吃惊，也仍然没有想到此后事情。

第二天，作母亲的已病倒在床，原来儿子同媳妇，已与三个因其他原故而得着同样灾难的青年人，陈尸到教场的一隅了。

第三天，由一些粗手脚汉子为把那五个尸身一起抬到郊外荒地，抛在业已在早一天掘就因夜雨积有泥水的大坑里，胡乱加上一点土，略不回顾的扛了绳杠到衙门去领赏，尽其慢慢腐烂去了。

做母亲的为这种意外不幸晕去数次，却并没有死去。儿子虽如此死了，办理善后，罚款，具结，她还有许多事得做。三天后大街上贴了告示，才使她同本城人同时知道儿子是××党，仿佛还亏得衙门中人因为想到要白菜吃，才没有把菜园充公。这样打量着而苦笑的老年人，不应当就死去，还得经营菜园才行，她于是仍然卖菜，活下来了。

秋天来时菊花开遍了一地。

主人对花无语，无可记述。

玉家菜园或者终有一天会改作玉家花园，因为园中菊花多而且好，有地方绅士和新贵强借作宴客的地方了。

骤然憔悴如七十岁的女主人，每天坐在园里空坪中喂鸡，一面回想一些无用处的旧事。

玉家菜园从此简直成了玉家花园。内战不兴，天下太平，到秋天来地方有势力的绅士在园中宴客，吃的是园中所出产的素菜，喝着好酒，同赏菊花。因为赏菊，大家在兴头中必赋诗，有祝主人有功国家，多福多寿，比之于古人某某典雅切题的好诗，有把本园主人写作卖菜媪对于旧事加以感叹的好诗，好诗皆题壁，或镌石，预备嵌墙中作纪念。名士伟人，相聚一堂，人人尽欢而散，扶醉归去，各人回到家中一定还有机会作与五柳先生猜拳照杯的梦。

玉家菜园改称玉家花园，是主人在儿子死去三年后的事。这妇人沉默寂寞的活了三年，到儿子生日那一天，天落大雪，想这样活下去日子已够了，春天同秋天不用再来了，忽然用一根丝缘套在颈子上，便缢死了。

本篇发表于 1929 年 10 月 10 日《小说月报》第 20 卷第 10 号。署名沈从文。

夫　妇

移住到××村，以为可以从清静中把神经衰弱症治好的璜，某一天，正在院子中柚树边吃晚饭。对于过于注意自己饮食的居停主人，所办带血的炒小鸡感到束手。忽然听到有人在外面喊叫道："看去看去，捉了一对东西！"声音非常迫促，真如出了大事，全村中人皆有非去看看不可的声势。不知如何，本来不甚爱看热闹的璜，也随即放下了饭碗，手拿着竹筷，走过门外大塘边看热闹去了。

出了门，还见人向南跑，且匆匆传语给路人说：

"在八道坡，在八道坡，非常好看的事！要去，就走，不要停了，恐怕不久会送到团上去！"

究竟是怎么回事，他是不得分明的。惟以意猜想，则既然人人皆想一看，自然是一件有趣味的消息了。然而在乡下，什么事即"有趣"，想来是不容易使城中人明白的。

他以为或者是捉到了两只活野猪，也想去看看了。

随了那一旁走路一旁与路上人说话的某甲，脚步匆匆过了一些平时所不经踏过的小山路走去，转弯后，见到小坳上的人群了。人群莫名其妙的包围成一圈，究竟这事是什么事还是不能即刻明白。那某甲，仿佛极其奋勇的冲过去，把人用力掀开，原来这聪明人看着璜也跟来看，以为有应当把乡下事情给城中客人看看的必需了，所以便很奋勇的排除了其余的人。乡下人也似乎觉得这应给外客看看，着忙各自闪开了一些。

一切展在眼前了。

看明白所捉到的，原来是两个乡下人，把看活野猪心情的璜分外失望了。

但许多人正因有璜来看，更对于这事本身似乎多了一种趣味。人人皆用着仿佛"那城里人也见到了"的神气，互相作着会心的微笑，还有对了他近于奇怪的洋服衬衫感到新奇的乡下妇人，作着"你城中穿这样衣服的人也有这事么"的疑问。璜虽知道这些乡下人望到他的头发，望到他的皮鞋与起棱的薄绒裤，所感生兴味正不下于绳缚着那两人的事情，但仍然走近那被绳捆的人面前去了。

到了近身才使他更吓，原来所缚定的是一对年青男女。男女全是乡下人，皆很年青，女的在众人无怜悯的目光下不作一声，静静的流泪。不知是谁还把女人头上插了极可笑的一把野花，这花几几乎是用藤缚到头上的神气，女人头略动时那花冠即在空中摇摆，如在另一时看来当有非常优美的好印象。

望着这情形，不必说话事情也分明了，假若他们犯了罪，他们的罪一定也是属于年青人才有的罪过。

某甲是聪明人，见璜是"城里客人"，却来为璜解释这件事。事情是这样：有人过南山，在南山坳里，大草集旁发现了这一对。这年青人不避人大白天做着使谁看来也生气的事情，所以发现这事的人，就聚了附近的汉子们把人捉来了。

捉来了，怎么处置？捉的人可不负责了。

既然已经捉来，大概回头总得把乡长麻烦麻烦，在红布案桌前，戴了墨镜坐堂审案，这事人人都这样猜想。为什么非一定捉来不可，被捉的与捉人的两方面皆似乎不甚清楚。然而属于流汗喘气事自己无分，却把人捉到这里来示众的汉子们，这时对女人是俨然有一种满足，超乎流汗喘气以上的。妇女们走到这一对身边来时，便各用手指刮脸，表示这是可羞的事，这些人，不消说是不觉得天气好就适宜于同男子作某种事情应当了。老年人看了则只摇头，大概他们都把自己年青时代性情中那点孩气处与憨气处忘掉，有了儿女，风俗有提倡的必需了。

微微的晚风刮到璜的脸上，听着山上有人吹笛，抬头望天，天上有桃红的霞。他心中就正想到风光若是诗，必定不能缺少一个女人。

他想试问问被绳子缚定垂了头如有所思那男子，是什么地方来的人，总不是造孽。

男子原先低头，已见到璜的黑色皮鞋了。皮鞋不是他所习见的东西，故虽不忘却眼前处境，也仍然肆意欣赏了那黑色方嘴的皮鞋一番，且出奇那小管的裤子了。这时听人问他，问的话不像审判官，语气十分温和，就抬头来望璜。人虽不认识，但这人已经看出璜是与自己同情的人了，把头略摇，表示这事所受的冤抑。且仿佛很可怜的微笑着。

"你不是这地方人么？"

这样问，另外就有人代为答应，说"决对不是"。这说话的人自然是不至于错误的。因为他认识的人比本地所住人还多。尤其是女人，打扮的样子并不与本村年青女人相同。他又是知道全村女子姓名相貌的。但在璜没有来到以前，已经过许多人询问，皆没有得到回答。究竟是什么地方人，那好事的人也说不出。

璜又看看女人。女人年纪很青，不到二十岁。穿一身极干净的月蓝麻布衣裳。浆洗得极硬，脸上微红，身体硕长，风姿不恶。身体风度都不像个普通乡下女人。这时虽然在流泪，似乎全是为了惶恐，不是为了羞耻。

璜疑心或者这是两个年青人背了家人的私奔事也不一定，就觉得这两个年青人很可怜。他想如何可以设法让两人离开这一群疯子才行。然而做居停主人的朋友进了城，此间团总当事人又不知是谁。并且在一群民众前面，或者真会作出比这时情形更愚蠢的事也不可知。这时这些人就并不觉得管闲事的不合理。正这样想已经就听到有人提议了。

有个满脸疙疸再加上一条大酒糟鼻子的汉子，像才喝了烧酒，把酒葫芦放下来到这里看热闹的样子，从人丛中挤进来，用大而有毛的手摸了女人的脸一下，在那里自言自语，主张把男女衣服剥下，一面拿荆条打，打够了再送到乡长处去。他还以为这样处置是顶聪明合理的处置。这人不惜大声的嚷着，拥护这奇怪主张，若非另一个人扯了这汉子的裤头，指点他有"城里人"在此，说不定把话一说完，不必别人同意就会做他所想做的事。

另外有较之男子汉另有切齿意义，仿佛因为女人竟这样随便同男子在山上好风光下睡觉，极其不甘心的妇女，虽不同意脱去衣裤，却赞成"挞"。都说应结结实实的挞一顿，让他们明白胡来乱为的教训。

小孩子听到这话莫名其妙的欢喜，即刻便竞往各处寻找荆条去了。他们是另一时常常为家中父亲用打牛的条子，把背抽得次数太多，所以对于打贼打野狗野猫一类事，分外感到趣味。

璜看看这情形太不行了，正无办法。恰在此时跑来一个行伍中出身军人模样的人物。这人一来群众就起了骚动，大家争告给这人事件的经过，且各把意见提出。大众喊这人作"练长"，璜知道这必定是本村有实力的人物了，且不作声，听他如何处置。

行伍中人摹仿在城中所常见的营官阅兵神气，双眉皱着，不言不语，忧郁而庄严的望到众人，随后又看看周围，璜于是也被他看到了。似乎因为有"城中人"在，这汉子更非把身分拿出不可了，于时小孩子与妇人皆围近到他身边成一圈，以为一个出奇的方法，一定可从这位重要人物方面口中说出。这汉子，却出乎众人意料以外的喝一声："站开！"

因这一喝各人皆跟跟跄跄退远了。众人都想笑又不敢笑。

这汉子，就用手中从路旁扯得的一根狗尾草，拂那被委屈的男子的脸，用税关中人盘诘行人的口吻问道：

"从那里来的？"

被问的男子，略略沉默了一会，又望望那练长的脸，望到这汉子耳朵边有一粒朱砂痣。他说：

"我是窑上的人。"

好像有了这一句口供已就够了的练长，又用同样的语气问女人，他问她姓。

"你姓什么？"

那女子不答，抬头望望审问她的人的脸，又望望璜。害羞似的把头下垂，看自己的脚，脚上的鞋绣得有双凤，是只有乡中富人才会穿的好鞋。这时有在夸奖女人的脚的，一个无赖男子的口吻。那练长用同样微带轻薄的口吻问：

"你从那里来的，不说我要派人送你到县里去！"

乡下人照例怕见官，因为官这东西在乡下人看来总是可怕的一种东西。有时非见官不可，要官断案，也就正有靠这凶恶威风把仇人压下的意思。所以单是怕走错路，说进城，许多人也就毛骨悚然了。

然而女人被绑到树下，与男子捆在一处，好像没有办法，也不怕官了，她仍然不说话。

于是有人多嘴了，说"挞"。还是老办法，因为这些乡下人平时爱说谎，在任何时见官皆非大板子皮鞭竹条不能把真话说出，所以他们之中也就只记得挞是顶方便的办法，乘混乱中就说出了。

又有人说找磨石来，预备沉潭。这自然是一种恐吓。

又有人说喂尿给男子吃，喂女子吃牛粪。这自然是笑谑。

…………

完全是这类近于孩子气的话。

大家各自提出种种虐待的办法，听着这些话的男女皆不做声。不做声则仿佛什么也不怕。这使练长激动了，声音放严厉了许多，仍然用那先前别人所说过的恐吓话复述给两人听，又像在说"这完全是众人意见，既然有了违反众人的事，众人的裁判是正当的，城里做官的也不能反对"。

女人摇着头，轻轻的轻轻的说：

"我是从窑上来的人，过黄坡看亲戚。"

听到女人这样说话的那男子，也怯怯的说话了，说：

"同路到黄坡。"

那裁判官就问：

"同逃？"

女人对于逃字觉得用得大非事实，就轻轻的说：

"不是。是同路。"

在"同路"不"同逃"的解释上，众人皆知道这是因为路上相遇始相好的意义，大家哄笑。

捉奸的乡下人一个，这时才从团上赶来，正各处找不到练长，回来见到练长了，欢喜得如见大王报功。他用他那略略显得狡滑的眼睛，望练长睐着，笑眯眯的说怎样怎样见到这一对无耻的年青人在太阳下所做的事。事情并不真正希奇，希奇处自然是"青天白日"。因为青天白日在本村的人除了做工就应当打盹，别的似乎都不甚合理，何况所做的事更不是在外面做的事。

听完这话，练长自然觉得这是应当供众人用石头打死的事了，他有了把握。在处置这一对男女以前，他还想要多知道一点这人的身家，因为凡是属于男女的事，在方便中皆可以照习惯法律，罚这人一百串钱，或把家中一只牛牵到局里充公，他从中也多少可叨一点光。有了这种思想的他，就仍然在那里讯取口供，不殚厌烦，而且神气也温和多了。

在无可奈何中男子一切皆不能隐瞒了。

这人居然到后把男子的家中的情形完全知道了，财产也知道了，地位也知道了，家中人也知道了，便很得意的笑着。谁知那被捆捉的男子，到后还说了下面的话。他说他就是女子的亲夫。虽是亲夫妇，因为新婚不久，同返黄坡女家去看岳丈，走过这里，看看天气太好，两人皆太觉得这时节需要一种东西了，于是坐到那新稻草集旁看风景，看山上的花。那时风吹来都有香气，雀儿叫得人心腻，于是记起一些年青人可做的事，于是到后就被捉了。

到男子说完这话，众人也仿佛从这男女情形中看得出不是临时匹配的两个了。然而同时从这事上失了一种浪漫趣味的众人，就更觉得这是非处罚不行了。对于罚款无分的，他们就仍然主张挞了再讲。练长显然也因为男子说出是真夫妇，成为更彻底了的。

正因为是真实的夫妇，在青天白日下也不避人的这样做了一些事情，反而更引起一种只有单身男子才有的愤恨骚动，他们一面想望一个女人无法得到，一面却眼看到这人的事情，无论如何将不答应的，也是自然的事。

从明白了头至尾这事的璜，先是也出于意外的一惊的，这时同练长来说话了。他要这练长，把这人放下才是。听过这话的练长，望着璜的脸，大约必在估计璜"是不是洋人的翻译"。看了一会，璜皮裤带边一个党部的特别证被这人见到了，这人不愿意表示自己是纯粹乡下人，就笑着，想伸手给璜捏。手没有握成，他就在腿上搓自己那只手，起了小小反感，说：

"先生，不能放。"

"为什么？"

"我们要罚他，他欺侮了我们这一乡。"

"做错了事，陪陪礼，让人家赶路好了，没有什么可罚的！"

那糟鼻子在众人中说："那不行，这是我们的事。"虽无言语但见到了璜在为罪人说话的男女，听到糟鼻子的话，就哄然和着。然而当璜回过头去寻找这反对的敌人时，糟鼻子心有所内恶赶忙把头缩下，蹲于人背后抽烟去了。

糟鼻子一失败，于是就有人附和了璜，代罪人为向练长说好话的人来了。这中也有女人，就是非常害怕"城里人"那类平时极爱说闲话的中年妇人，可以谥之为长舌妇而无愧的。其中还有知道璜是谁的，就扯了练长黑香云纱的衣角，轻轻的告练长这是谁。听到了话的练长，点着头，心软了，知道敲诈的事不行，但为维持自己在众人面前的身分虽知道面前站得是"老爷"，也仍然装着办公事人神气说：

"璜先生您对。不过我们乡下的事我不能作主，还有团总。"

"我去见你团总，好不好？"

"那也好吧，我们就去。我是没有什么的，只是莫让本乡人说话就好了。"

练长狡滑处，璜早就看透了，说是要见团总，把事情推到团总身上去，他就跟了这人走。于是众人闪开了，预备让路。

他们同时把男女一对也带去。一群人皆跟在后面看，一直把他们送到团总院子前，许多人还不曾散去。

天色渐渐的夜了。

从团总处交涉得到了好的结果。狡滑的练长在璜面前无所施其伎俩，两个年青的夫妇缚手绳子在团总的院中解脱了。那练长，作成卖人情的样子，向那年青妇人说：

"你谢谢这先生，全是他替你们说话。"

女人正在解除头上乡下人恶作剧时缠上的那一束花，听过这话后，就连花为璜作揖。这花束她并不弃去，还拿在手里。那男子见了，也照样作揖，但却并不向练长有所照应。练长早已借故走去，这事情就这样喜剧的形式收场了。

璜伴送这两个年青乡下人出去，默无言语，从一些还不散去守在院外的愚蠢好事乡下人前面过身，因为是有了璜的原故，这些人才不敢跟随。他伴送他们到了上山路，站到那里不走了，才想到说话，问他们肚中饿了没有，两人中男子说到达黄坡时赶得及夜饭。他又告璜这里去黄坡只六里路，并不远，虽天夜了，靠星光也可以走得到他的岳家。说到星光时三人同时望天，天上有星子数粒，远山一抹紫，黄昏正开始占领地面的一切，夜景美极了。这样的天气，似乎就真适宜于年青男女们当天作可笑的事。

璜说："你们去好了，他们不会与你为难了。"

那乡下男子说："先生住在这里，过几天我来看你。"

女人说："天保佑你这好先生。"

那一对年青夫妇就走了。

独立在山脚小桥边的璜，因微风送来花香，他忽觉得这件事可留一种纪念，想到还拿在女人手中的那一束花了，于是遥遥的说：

"慢点走，慢点走，把你们那一把花丢到地下，给了我。"

那女人似乎笑着为把花留在路旁石头上，还在那里等候了璜一会，见璜不上来，那男子就自己往回路走，把花送来了。

人的影子失落到小竹丛后了，得了一把半枯的不知名的花的璜，坐在石桥边，嗅着这曾经在年青妇人头上留过很希奇过去的花束，不可理解的心也为一种暧昧欲望轻轻摇动着。

他记起这一天来的一切事，觉得自己的世界真窄。倘若自己有这样的一个太太，他这时也将有一些看不见的危险伏在身边了。因此开始觉得住在这里是厌烦的地方了。地方风景虽美，乡下人与城市中人一样无味，他预备明后天进城。

十八年七月十四作
二十二年十一月改

本篇发表于 1929 年 11 月 10 日《小说月报》第 20 卷第 11 号。署名沈从文。

烟　斗

　　下午五点钟，王同志从被服厂出来到了大街上。

　　四点钟左右，稽查股办事室中，那个像是怜悯这大千世界，无时不用着一双忧愁眼睛看人的总稽查，正同他谈话。他站在那要人办事桌前面，心中三四五六不定，那个人，一面做些别的事，一面随意询问着这样那样，他就谨谨慎慎一一答应。有时无意中反质那个人一句，因为话语分量略重，常常使那汉子仿佛从梦中醒转身来，更忧愁的瞅着他，没有什么回答，就像是表示"已经够了，不许多言"的神气，他这样在稽查室中整整消磨了一点钟，到后一切已问清楚，那总稽查才说"王同志，我们事明天再谈"，他就出来了。

　　到了大街上，他仍然不忘记那些质问的话语。记起那总稽查的询问，同时那个人很可笑的极端忧郁的神态，也重现到他的回想上来。他把平时走路的习惯稍稍变更了，因为那询问意义，过细想来却并不如那汉子本身可笑。

　　平时他欢喜在一些洋货铺子前面站站，又很满意那些烟铺玻璃橱窗里陈列的深红色大小烟斗，以及灰色赭色的小牛皮烟荷包。他虽然不能够从这样东西上花个三块五块钱，却因为特别关心，那些东西的价值，每件都记得清楚明白。他站在橱窗外时，一面欣赏那些精致的烟具，一面就把那系在物品上面小小圆纸片，用铅笔写好的洋码弄得清清楚楚。间或有另外什么人也挨近窗边，对烟斗引起了同样趣味，却有想明白这东西价钱的神气——不消说，那时恰是系在货物上的小纸片有字一面覆着的时候，——他先看看这个人，看出不是本地的空头了，就像是为烟店花钱雇来职员那么热心亲切的来为另一人解释，第某号定价若干，某号烟斗又如何与某号烟丝袋相配。他毫不自私，恰恰把自己所欢喜的都指点给了别人。更不担心别人万一看中了意，把这烟斗买去。

从这些小事上，就可以看出这汉子的为人可爱处。但今天他却不再注意烟斗烟袋了。虽然从那铺子前面过身，见有人正在那里欣赏烟斗，也不把脚步稍停，来为人解释价钱作义务顾问了。

想起了稽查处受盘问的事情，他的心情起了小小变动。

他只想回转家里去，似乎一到了家，向那小小住房中唯一的一张旧木太师椅上一坐，面对单色总理遗像，和壁上挂的石印五彩汉寿亭侯关云长像，以及站立在汉寿亭侯身后露出一个满脸野草似的胡子大睁圆眼的周仓憨样子，在这个相熟的环境中，心一定，凡事就有了解决希望了。

一回想起稽查室的一席话，他心被搅乱了。他为人心平气和，不敢惹是生非，为什么那稽查长把他喊去，问他"属于何党"这件事？为什么还盘问在"工厂办事以外还做些什么事"的话？为什么同时还用着那全然绝望的眼睛，像非常悲悯的瞅着自己？经稽查长一问，他一面自然得诚诚实实的把自己属于办事以外的许多行为都告给那要人，他因为那稽查长似乎不需要知道从他工厂回家中路上那一段情形，所以他生活上一切几几乎都说尽了，却不曾把留恋到烟铺外面的一件事提起。他隐昧了这样一件小小秘密，那稽查长自然全不注意。问题不是这件事。他心乱的却是正当那人问他属于何党何派时，他记起了三天前所抄写的一件公文，知道开除了一个同志，这办事人开除的详细理由虽不明白，但那考语上面股长却加了一行"××是××分子"。他知道近来总经理和副理事长属的党系，总以为这人被开除原因，完全是股长批的结果。因为派别不同，被服厂虽属国有，然而小组织的势力近日在任何事业任何机关中，都明目张胆的活动，既然与厂长系统不同，随时就有被开除的危险。因此一来，他就有点软弱，仿佛非赶忙回到住处，想不出保护自己的办法。

他在厂中每月拿薪津四十四元。每日的职务是低着头流汗抄写册表公文，除了例假平时不能一日过九点钟到厂。劳作与报酬之不相称，正如其他地方其他机关的下级办事人一样，有时看来，真为这些人的忍耐服从种种美德惊讶。因为生活的羁绊，一月只能拿这样一点点钱，所住的地方又是生活程度最高的地方。照例这些人虽有不少在另一时也受过很好的教育，或对党务尽过力，有过相当的训练，但革命成功的今日，他们却只有一天一天愚蠢下来，将反抗的思想转入到拥护何人即可以生活的打算上，度着一种很可悲的岁月了。在这样情形下的他，平庸无能显着旧时代衙门中公务人员的性格，无事时但把值不到十块钱的烟斗作为一种幸福的企求，稍有风声，又为职业动摇感到一种不遑宁处的惶恐，也是很自然的了。

回到了家里，他没有事作，等候包饭处送饭来，就把一册《古诗选》取出来读一读。左太冲《咏史》，阮步兵《述怀》，信手翻去，信口来读，希望从古人诗句中得到一点安慰，忘记公文程式。正咿咿哦哦读时，那赤膊赤脚肮脏到极点的小子，从楼梯口出现，站在他房外轻轻的叩着门喊："先生先生饭来了！"正读着《前出塞诗》的他，仍然用读诗的声音说："小孩，饭拿进来！"肮脏小子推门进到再不能容第三个来人的小亭子间，连汤带水把两个仿佛从十里外拿来的冰冷的下饭菜，放在预先铺了一张《申报》纸的方桌上去，病猫似的走了，他就开始吃饭。饭一吃过，收了碗放到门外梯边，等那孩子来取。这时候，二房东已经把电灯总开关开放，他开了灯，在灯下便一面用那还是两年前到汉口花六毛钱买来的烟斗，吸着乌丝杂拌烟，一面幻想起什么时候换一个好烟斗一类事情。

他的日子过得并不与其余下级办事人两样，说起来也就并不可以引起他人注意和自己注意的理由。不过今天实在不同了一点，他自己不能不注意到自己这些情形来了。

他觉得心上画圈儿老不安宁，吃过了饭，看书无意思，吸烟也似乎无意思。

问题是：假如明天到厂就有了知会，停了职，此后怎么办？

想了半天，没有得到解决。墙上的总理不做声，汉寿亭侯也不做声，周仓虽然平素莽憨著名，这时节对他却完全没有帮助。仿佛诸事已定，无可挽回。

一切真好像无可挽救，才作退一步想。他身边还积得有六十五块大洋钱，是每月三块两块那么积下的。因为这钱，他隐约在自己将来生活上看出了一点光明。他可以拿这个钱到北平去。他想：那里是旧都，不比这势利地方……他还想，那里或者党也如地方一样，旧的好处总还保留了一些。到了那里，找得一个两个熟人，同去区部报到，或者可以希望得到一点比这里反而较有希望的工作。这时既不以为自己的希望是愚蠢的希望，就对于停职的事稍稍宽了心。

……总理很光荣的死了，而且很热闹的埋了，没有死的为了××而活，为了××而……

这样糊糊涂涂的想下去，便睡着了。

第二天，因为睡眠极好，身心已健康了些，昨天事仿佛忘记了，仍然按时到厂中去，坐在自己原有位置上，等候科长把应办公事发下来，便动手作事。纸预备好了，墨磨好了，还无事可作，就用吸墨纸包了铜笔帽擦着，三个铜笔帽都闪着夺目的银光。

一个办公室中的同事全来到了，只有科长还不来。

他想起了昨天的事，询问近身一张桌上周同志：

"周同志，昨天稽查长叫你过去问话没有？"

周同志不懂这句话的意义，答非所问。他说他不曾作错什么事，不会过稽查股去。

"你听说我们这里什么风声没有？我好像听说改组……"

"这事情可不明白。你呢？"

他想了一下，抿口莞尔而笑。

笑过后又复茫然如有所失，因为他仿佛已经被停了职，今天是最后到这里来的一天了。他忽然向那同事说：

"我要走了。"

"要高升么？"

"那不是。恐怕非走不可。因为我是个××。你知道的。和老总不同系，我们老总是×××。古人说：'道不同不相为谋'，不相为谋，那就只有各自挟卵走路。"

"你到什么地方去？"

"远了，我想过北平，因为余叔岩杨小楼……"

"一定要去么，那我来饯行，明天还是后天到福兴居吃馆子，自己定个日子吧。"

"不忙。不一定！"

"还不批准么？"

"我不是告假。"

"但不听说要换什么人，你不要神经过敏。"

"昨天有人把我叫到稽查处去。问了半天。"

因为照习惯，没有什么问题的人，是不会叫到那地方取供问话的。所以听到他被问了许多，周同志也觉得有点不对了，才开始注意他那要过北平的话中意义。

周同志用着一个下级办事员照例对于党对于一切所能发生的小小牢骚，发挥着那种很可怜的无用议论，什么"应当彻底改组呀"，"应当拥护某同志回国呀"，"应当打倒某某恶化势力呀"，完全一些空话。这样说着，一面像是安慰了王同事，一面自己胸中也就廓然一清了。

一会儿，科长来了。把帽脱了。大衣脱了。口含着淡黄色总统牌雪茄烟，大踏步到桌边去，开始办公。年纪还轻的科长，完全如旧官僚习气，大声喝着应答稍迟的工友，把一叠拟稿妥帖应当送过老总处画行的公文推到工友手上去。两手环抱公文的公丁，弯着腰一句话不说，从房中出去了。（这公丁，今天比平时不同，留到王同志脑中的是一个灰色憔悴的影子。）他还得等候那公丁返身时才有公文可抄，就在这空暇中生出平常所没有的对科长的反感。好像正面侧面全看过了，这科长都不应当这样很自然的把旧时代官僚资本家的脾气拿来对待厂中的工友。况且还据说是从外国受着好教育回来，一面在平时尚常常以极左倾同志自居，有这样子脾气就尤其不合理。

可是这科长的行为，并不是今天才如此，唯独在今天，才为他注意到罢了。他虽然极不平的把那被科长凌辱了的工友用同情的眼光送出去，仍然得小心听着那科长呼唤。他猜想科长今天必定有什么话对他说，而所说到的又必与自己职务相关，就略显矜持在自己位置上，且准备着问题一发生时，如何就可以在一句反质言语中，做到仿佛一击使这科长感到难堪的事。

这些无言语的愤怒，这些愚而不智的计划，在科长那一面说来，当然是意外，决没料想到。

同事之一被科长"周同志""周同志"的喊过去，把科长请客单一叠拿上手退回原处后，咯咯咯咯的磨着墨，砚石就在桌上发着单调的极端无聊的声音。事情不要他作，其中好像就有一种特别原因，他把这原因仍然放到自己要停职那一件事上去。他明白科长是××××而他却是××。科长口上喊他"同志"，就像出于十分勉强。

过了许久，送文件的公丁还是不曾回来，与往日情形似乎稍稍不同。科长扬扬长长走过三楼副理事长室去了。

他听科长皮鞋声音已上了楼梯，就叫唤坐在前面的同事：

"周同志，又是请客帖子？"

"王同志，哈，这一叠！"说时这办事人举起那未曾写过的请客帖，眉毛略皱，表示接受这分意外差事近于小小冤屈。

"他请些什么人？"

"谁知道？让我念念吧，（这人就把请客柬一纸总单念着）王处长仙舟，周团长篷甫，宋委员次珊……好热闹事情，下星期四，七点半，这一场热闹恐怕要两个月薪水吧。"

他听同事数着客单上的名字，且望到这同志而兼同事脸上的颜色，不知如何一来却对这人也生出种极大反感。便显得略略生气的说：

"周同志，这事你可做可不做，为什么不拒绝这件差事？"

周同志笑着，好像不明白他说拒绝的理由。他对那同志脸上望了一会，再低头自己把砚腹注了多量的水，露着肘，咯咯咯咯磨起墨来了。他用力磨墨，不许自己想别的事。一会儿，科长回来了，公丁也回来了，还依然用力把墨磨着。

科长像是刚从副理事长处来，对他有一种不利处置，故意作成和气异常的样子，把公文亲自送到他桌边来。若在往日这种事他将引为一种荣宠，今天却不以为意。

科长说："王同志，你今天是什么事情在心上，好像不大高兴？"

他斜眼看了科长一眼，表示不需要这种安慰。

科长不以为意，又像是故意取笑他："王同志，我听理事长说，似乎你有调到稽查股的事情。这是升级，你不知道这件事么？"

"升级么，要走就走。我姓王的革命十年，什么不见过——"像有什么东西咽在喉边，说不下去了。

他显然是在同科长开始作一种反抗，大有"拉倒"的神气。可是科长是故作夷然无事，笑着说："王同志，升级是可贺喜的一件事！"

那个在写请客柬的同事，听到了，记起先前他所说的要走的话，暂时放下了工作。"王同志，科长说您高升，这应当是真事。"

他回过头来看着写客单的周同志，努力装着一种近于报仇的刻毒样子，毫不节制自己的感情说：

"我又不会巴结人，帮人白尽过义务，那里会得人在上司前保举。"

"王同志，你怎么说——"

"我怎么样？你说我怎么的？姓王的顶天立地，声家清白，不吸鸦片烟，不靠裙带……"

科长说："王同志，你今天……"

"总而言之要走就走，谁也不想这里养老，把这事当铁饭碗。"

办公室空气骤见紧张，使三个人心中都非常不安。那年青科长，对这办事员今天的脾气有点异常，还以为是先前说到了升级使他疑心受了讥笑，以为是运动旁人的结果。写请客柬的周同志，则以为王同志是在讥诮他代科长办私事。至于他自己呢，又以为是两人皆知道了他行将停职，故意把被叫到稽查股问话的事情提出来，作为开心嘲笑。

风波无端而来，使三人都误会了。年青的科长，不欲再在这不愉快事情上加以解释，觉得这小办事员没有受过多少教育，不能在分派公文外多谈一句话，就气势不凡的坐到自己桌上办公去了。

他把科长所分派的三件公函同两件答复外省询问购买呢制军服办法的回信原稿一一看着，心中非常颓丧。科长妄自尊大的神气，尤给他心中难堪。他想在通知来到以前，应当如何保留自己一点人格。他想用言语来挽回他认为在科长面前已经失去的尊严。因为他自觉是一个忠实同志，一个因为不能同流合污被人排挤的人物。

要他把公文如平时一般做下去，在他是办不到的事。他一面看着公事，却一面想他的心事。

过一会科长在屋角一方很冷淡的用着完全上司的口吻，不自然的客气的向他说话：

"王同志，那两件信你写好了，请先送过来。那是急要的两件，今天就得寄发。"

本来已经在开始动手了，一听这话，反而把笔捏着不接写下去了。他有得到一个同科长顶嘴的机会。他喊那正在低头写"月之几日"请客帖的同事：

"周同志，我同你说，若果你那请客帖不急要，这两件公文，我们两个人一个办一件如何？"

那同事听到了，望着科长。科长也听到了，只鼻子动动冷冷的笑着。

他这时节已准备一切决裂，索性把写就的一张信笺捏成一团丢到桌下去，曲肘在桌上，扶着个大头，抓弄头上的短发。

科长沉默的把烟含在口里，像在计划一种对于这不敬的职员的处置，另一老同事本来是同他站在一条线上，对于被驱使着有着同忾，这时节仿佛被他一说，也站到科长一边去了。

大家无话可说，都非常勉强按捺着自己火性。科长虽说年少气盛，然而因为年青，仍然没有失去作学生的本色，这时节也就不知道要怎样拿出所谓上司的身分，只好沉默着。

总务股送通知的人来了。照例接过通知，应在回单簿上盖章，是王同志办的事，今天却由那周同志代做。同事把通知接过手，大略一看，不作声，送给科长去了。

看过通知的科长，冷笑着，把通知随意搁放在一旁。过了好一会才开口说道：

"王同志，今天你是最后到这里了，你高升了。过去半年，大家能够同心合作努力，真真难得。你高升了。"

他明白对于他停职的处分通知已来了，脸发着烧，放下了笔，走到科长这一面来，看通知上所写的是些什么考语。

看过通知他愕然了。

他明白他错误了。因为通知单上写的是这汉子意外的几句话。王世杰同志，忠于职务，着调稽查股，月薪照原数支领另加二十四元。……写得非常明白，毫不含糊。

忽然感着兴奋。他望着科长："科长，科长，我真是个老胡涂，我真是个王八蛋。"科长不作声，掉头去看一件公文。

"我错了，科长。我以为是因为……被停职！"

"赶快把事情备好，等着你！"

一天风云消散，仿佛为补救自己在科长面前的过失，把公文寄完后，他咬着下唇还很高兴的为科长写一部分请客束。一面写，一面心上说："我真是个呆子！只胡思乱想！就不惜在一些过去了的事务上找出许多自嘲的故事。"且痛切的想着近于奢望的幸福。在街窗的一面，留连于烟斗烟袋那些事，也全想到了。

第二天，他的办公地当真移到稽查股了，因为一点事情过××科，照习惯好像作客，见旧科长和同事时，他口中却衔着一个芝麻黑色不灰木烟斗，颜色很新。周同志问："王同志，什么时候买的，多少钱？"

他不答话，却把一个崭新的鼠灰色皮包从中山装口袋里掏出，很细致的拉着那皮包上的镀银细链条，皮包开了口，同事才知道是贮烟丝的荷包。

因为纪念这升级，他当天晚上下了大大决心，将贮蓄总数六分之一的十元数目，买了一套吸烟用具了。若果这个人善于回忆自己心情上的矛盾时，在这烟斗上，他将记忆到一些近于很可笑的蠢事。北平近来怎么样了呢？不管它怎么样，他没有旁想过北平了。有了这样精细烟具的他，风度气概都与前些日子大不相同了。

本篇曾以《同志的烟斗故事》为篇名发表于1929年12月10日《小说月报》第20卷第12号。署名沈从文。

萧　萧

　　乡下人吹唢呐接媳妇，到了十二月是成天有的事情。

　　唢呐后面一顶花轿，四个伕子平平稳稳的抬着，轿中人被铜锁锁在里面，虽穿了平时不上过身的体面红绿衣裳，也仍然得荷荷大哭。在这些小女人心中，做新娘子，从母亲身边离开，且准备作他人的母亲，从此将有许多事情等待发生。像做梦一样，将同一个陌生男子汉在一个床上睡觉，做着承宗接祖的事情，当然十分害怕，所以照例觉得要哭，就哭了。

　　也有做媳妇不哭的人。萧萧做媳妇就不哭。这女人没有母亲，从小寄养到伯父种田的庄子上，出嫁只是从这家转到那家。因此到那一天这女人还只是笑。她又不害羞，又不怕，她是什么事也不知道，就做了人家的媳妇了。

　　萧萧做媳妇时年纪十二岁，有一个小丈夫，年纪三岁。丈夫比她年少九岁，还在吃奶。地方规矩如此，过了门，她喊他做弟弟。她每天应作的事是抱弟弟到村前柳树下去玩，饿了，喂东西吃，哭了，就哄他，摘南瓜花或狗尾草戴到小丈夫头上，或者亲嘴，一面说，"弟弟，哪，唵。再来，唵。"在那满是肮脏的小脸上亲了又亲，孩子于是便笑了。孩子一欢喜，会用短短的小手乱抓萧萧的头发。那是平时不大能收拾蓬蓬松松到头上的黄发。有时垂到脑后一条有红绒绳作结的小辫儿被拉，生气了，就挞那弟弟，弟弟自然嚅的哭出声来，萧萧便也装成要哭的样子，用手指着弟弟的哭脸，说，"哪，不讲理，这可不行！"

　　天晴落雨日子混下去，每日抱抱丈夫，也时常到溪沟里去洗衣，搓尿片，一面还捡拾有花纹的田螺给坐到身边的丈夫玩。到了夜里睡觉，便常常做世界上人所做过的梦，梦到后门角落或别的什么地方捡得大把大把铜钱，吃好东西，爬树，自己变成鱼到水中溜扒，或一时仿佛很小很轻，身子飞到天上众星中，没有一个人，只是一片白，一片金光，于是大喊"妈!"人醒了。醒来心还只是跳。吵了隔壁的人，就骂着，"疯子，你想什么"! 却不作声只是咕咕笑着。也有很好很爽快的梦，为丈夫哭醒的事。那丈夫本来晚上在自己母亲身边睡，吃奶方便，但是吃多了奶，或因另外情形，半夜大哭，起来放水拉稀是常有的事。丈夫哭到婆婆不能处置，于是萧萧轻脚轻手爬起来，眼屎朦胧，走到床边，把人抱起，给他看灯光，看星光。或者仍然啴啴的亲嘴，互相觑着，孩子气的"嗨嗨，看猫呵"，那样喊着哄着。于是丈夫笑了。慢慢的阖上眼。人睡了，放上床，站在床边看着，听远处一传一递的鸡叫，知道天快到什么时候了。于是仍然蜷到小床上睡去。天亮了，虽不做梦，却可以无意中闭眼开眼，看一阵空中黄金颜色变幻无端的葵花。

萧萧嫁过了门，做了拳头大丈夫的媳妇，一切并不比先前受苦，这只看她半年来身体发育就可明白。风里雨里过日子，像一株长在园角落不为人注意的蓖麻；大叶大枝，日增茂盛。这小女人简直是全不为丈夫设想那么似的长大起来了。

夏夜光景说来如做梦。坐到院心，挥摇蒲扇，看天上的星同屋角的萤，听南瓜棚上纺织娘子咯咯咯拖长声音纺车，禾花风悠悠吹到脸上，正是让人在自己方便中说笑话的时候。

萧萧好高，一个人常常爬到草料堆上去，抱了已经熟睡的丈夫在怀里，轻轻的轻轻的随意唱着那使自己也快要睡去的歌。

在院中，公公婆婆，祖父祖母，另外还有帮工汉子两个，散乱的坐，小板凳无一作空。

祖父身边有烟包，在黑暗中放光。这用艾蒿作成的长火绳，是驱逐长脚蚊东西，蜷在祖父脚边，就如一条黑色长蛇。

想起白天场上的事，那祖父开口说话：

"听三金说前天有女学生过身。"

大家就哄然笑了。

这笑的意义何在？只因为大家都知道女学生没有辫子，像个尼姑，穿的衣服又像洋人，吃的，用的……总而言之一想起来就觉得怪可笑！

萧萧不大明白，她不笑。所以祖父又说话了。他说：

"萧萧，你将来也会做女学生！"

大家于是更哄然大笑起来。

萧萧为人并不愚蠢，觉得这一定是不利于己的一件事情了，所以接口便说：

"我不做女学生！"

"不做可不行。"

"我不做。"

众口一声的说："非做女学生不行！"

女学生这东西，在本乡的确永远是奇闻。每年热天，据说放"水"假日子一到，便有三三五五女学生，由一个荒谬不经的热闹地方来，到另一个远地方去，取道从本地过身，从乡下人眼中看来，这些人皆近于另一世界中活下的人，装扮如怪如神，行为也不可思议。这种人过身时，使一村人皆可以说一整天的笑话。

祖父是当地人物，因为想起所知道的女学生在大城中的生活情形，所以说笑话要萧萧也去作女学生。一面听到这话就感觉一种打哈哈趣味，一面还有那被说的萧萧感觉一种惶恐，说这话的不为无意义了。

女学生由祖父方面所知道的是这样一种人：她们穿衣服不管天气冷暖，吃东西不问饥饱，晚上交到子时才睡觉，白天正经事全不作，只知唱歌打球，读洋书。她们一年用的钱可以买十六只水牛。她们在省里京里想往什么地方去时，不必走路，只要钻进一个大匣子中，那匣子就可以带她到地。她们在学校，男女一处上课，人熟了，就随意同那男子睡觉，也不要媒人，也不要财礼，名叫"自由"。她们也做官；做县官，带家眷上任，男子仍然喊作老爷，小孩子叫少爷。她们自己不养牛，却吃牛奶羊奶，如小牛小羊，买那奶时是用铁罐子盛的。她们无事时到一个唱戏地方去，那地方完全像个大庙，从衣袋中取出一块洋钱来（那洋钱在乡下可买五只母鸡），买了一小方纸片儿，拿了那纸片到里面去，就可以坐下看洋人扮演影子戏。她们被冤了，不赌咒，不哭。她们年纪有老到二十四岁还不肯嫁人的，有老到三十四五还好意思嫁人的。她们不怕男子，男子不能使她们受委屈，一受委屈就上衙门打官司，要官罚男子的款，这笔钱她可以同官平分。她们不洗衣煮饭，有了小孩子也只化五块钱或十块钱一月，雇人专管小孩，自己仍然整天看戏打牌。……

总而言之，说来都希奇古怪，岂有此理。这时经祖父一为说明，听过这话的萧萧，心中却忽然有了一种模模糊糊的愿望，以为倘若她也是个女学生，她是不是照祖父说的女学生一个样子去做那些事？不管好歹，做女学生极有趣味，因此一来却已为这乡下姑娘体念到了。

因为听祖父说起女学生是怎样的人物，到后萧萧独自笑得特别久。笑够了时，她说：

"祖爹，明天有女学生过路，你喊我，我要看。"

"你看，她们捉你去作丫头。"

"我不怕她们。"

"她们读洋书你不怕？"

"我不怕。"

"她们咬人你不怕？"

"也不怕。"

可是这时节萧萧手上所抱的丈夫，不知为什么，在睡梦中哭了，媳妇用作母亲的声势，半哄半吓说：

"弟弟，弟弟，不许哭，不许哭，女学生咬人来了。"

丈夫还仍然哭着，得抱起各处走走。萧萧抱着丈夫离开了祖父，祖父同人说另外一样话去了。

萧萧从此以后心中有个"女学生"。做梦也便常常梦到女学生，且梦到同这些人并排走路。仿佛也坐过那种自己会走路的匣子，她又觉得这匣子并不比自己跑路更快。在梦中那匣子的形体同谷仓差不多，里面有小小灰色老鼠，眼珠子红红的。

因为有这样一段经过，祖父从此喊萧萧不喊"小丫头"，不喊"萧萧"，却唤作"女学生"。在不经意中萧萧答应得很好。

乡下里日子也如世界上一般日子，时时不同。世界上人把日子糟塌，和萧萧一类人家把日子吝惜是同样的，各人皆有所得，各人皆为命定。城市中文明人，把一个夏天全消磨到软绸衣服精美饮料以及种种好事情上面。萧萧的一家，因为一个夏天，却得了十多斤细麻，二三十担瓜。

　　作小媳妇的萧萧，一个夏天中，一面照料丈夫，一面还绩了细麻四斤。这时工人摘瓜，在瓜间玩，看硕大如盆上面满是灰粉的大南瓜，成排成堆摆到地上，很有趣味。时间到摘瓜，秋天已来了，院中各处有从屋后林子里树上吹来的大红大黄木叶。萧萧在瓜旁站定，手拿木叶一束，为丈夫编小笠帽玩。

　　工人中有个名叫花狗，抱了萧萧的丈夫到枣树下去打枣子。小小竹杆打在枣树上，落枣满地。

　　"花狗大，莫打了，太多了吃不完。"

　　虽这样喊，还不动身。到后，仿佛完全因为丈夫要枣子，花狗才不听话。萧萧于是又喊她那小丈夫：

　　"弟弟，弟弟，来，不许捡了。吃多了生东西肚子痛！"

　　丈夫听话，兜了一堆枣子向萧萧身边走来，请萧萧吃枣子。

　　"姊姊吃，这是大的。"

　　"我不吃。"

　　"要吃一颗！"

　　她两手那里有空！木叶帽正在制边。工夫要紧，还正要个人帮忙！

　　"弟弟，把枣子喂我口里。"

　　丈夫照她的命令作事，作完了觉得有趣，哈哈大笑。

　　她要他放下枣子帮忙捏紧帽边，便于添加新木叶。

　　丈夫照她吩咐作事，但老是顽皮的摇动，口中唱歌。这孩子原来像一只猫，欢喜时就得捣乱。

　　"弟弟，你唱的是什么。"

　　"我唱花狗大告我的山歌。"

　　"好好的唱给我听。"

丈夫于是就唱下去，照所记到的歌唱：

> 天上起云云起花，
> 包谷林里种豆荚，
> 豆荚缠坏包谷树，
> 娇妹缠坏后生家。

> 天上起云云重云，
> 地下埋坟坟重坟，
> 娇妹洗碗碗重碗，
> 娇妹床上人重人。

丈夫唱歌中意义全不明白，唱完了就问好不好。萧萧说好，并且问从谁学来的。她知道是花狗教他的，却故意盘问他。

"花狗大告我，他说还有好歌，长大了再教我唱。"

听说花狗会唱歌，萧萧说：

"花狗大，花狗大，您唱一个歌我听听。"

那花狗，面如其心，生长得不很正气，知道萧萧要听歌，人也快到听歌的年龄了，就给她唱"十岁娘子一岁夫"。那故事说的是妻年大，可以随便到外面作一点不规矩事情，夫年小，只知道吃奶，让他吃奶。这歌丈夫完全不懂，懂到一点儿的是萧萧，把歌听过后，萧萧装成"我全明白"那种神气，她用生气的样子，对花狗说：

"花狗大，这个不行，这是骂人的歌！"

花狗分辩说："不是骂人的歌。"

"我明白，是骂人的歌。"

花狗难得说多话，歌已经唱过了，错了赔礼，只有不再唱。他看她已经有点懂事了，怕她回头告祖父，就把话支开，扯到"女学生"。他问萧萧，看不看过女学生习体操唱洋歌的事情。

若不是花狗提起，萧萧几乎已忘却了这事情。这时又提到女学生，她问花狗近来有不有女学生过路。

花狗一面把南瓜从棚架边抱到墙角去，告她女学生唱歌的事，这些事的来源就是萧萧的那个祖父。他在萧萧面前说了点大话，说他曾经到官路上见到四个女学生，她们都拿得有旗帜，走长路流汗喘气之中仍然唱歌，同军人所唱的一模一样。不消说，这完全是笑话。可是那故事把萧萧可乐坏了。

花狗是会说会笑的一个人。听萧萧带着歆羡口气说："花狗大，您膀子真大。"他就说："我不止膀子大。"

"你身个子也大。"

"我全身无处不大。"

到萧萧抱了她的丈夫走去以后，同花狗在一起摘瓜，取名字叫哑叭的，开了平时不常开的口。他说：

"花狗，你少坏点。人家是黄花女，还要等十二年才圆房！"

花狗不做声，打了那伙计一掌，走到枣树下捡落地枣去了。

到摘瓜的秋天，日子计算起来，萧萧过丈夫家有一年了。

几次降霜落雪，几次清明谷雨，都说萧萧是大人了。天保佑，喝冷水，吃粗砺饭，四季无疾病，倒发育得这样快。婆婆虽生来像一把剪，把凡是给萧萧暴长的机会都剪去了，但乡下的日头同空气都帮助人长大，却不是折磨可以阻拦得住。

萧萧十四岁时高如成人，心却还是一颗糊糊涂涂的心。

人大了一点，家中做的事也多了一点。绩麻纺车洗衣照料丈夫以外，打猪草推磨一些事情也要作。还有浆纱织布：两三年来所聚集的粗细麻和纺就的纱，已够萧萧坐到土机上抛三个月的梭子了。

丈夫已断了奶。婆婆有了新儿子，这五岁儿子就像归萧萧独有了。不论做什么，走到什么地方去，丈夫总跟到身边。丈夫有些方面很怕她，当她如母亲，不敢多事。他们俩"感情不坏"。

地方稍稍进步，祖父的笑话转到"萧萧你也把辫子剪去"那一类事上去了。听着这话的萧萧，某个夏天也看过一次女学生了，虽不把祖父笑话认真，可是每一次在祖父说过这笑话以后，她到水边去，必用手捏着辫子末梢，设想没有辫子的人那种神气，那点趣味。

因为打猪草，带丈夫上螺蛳山的山阴是常有的事。

小孩子不知事，听别人唱歌也唱歌。一唱歌，就把花狗引来了。

花狗对萧萧生了另外一种心，萧萧有点明白了，常常觉得惶恐。但花狗是男子，凡是男子的美德恶德皆不缺少，所以一面使萧萧的丈夫非常欢喜同他玩，一面一有机会即缠在萧萧身边，且总是想方设法把萧萧那点惶恐减去。

山大人小，平时不知道萧萧所在，花狗就站在高处唱歌逗萧萧身边的丈夫，丈夫小口一开，花狗穿山越岭就来到萧萧面前了。

见了花狗，小孩子只有欢喜，不知其他。他原要花狗为他编草虫玩，做竹箫哨子玩，花狗想方法支使他到一个远处去，便坐到萧萧身边来，要萧萧听他唱那那使人红脸的歌。她有时觉得害怕，不许丈夫走开；有时又像有了花狗在身边，打发丈夫走去也好一点。终于有一天，萧萧就给花狗变成了妇人了。

那时节，丈夫走到山下采刺莓去了，花狗唱了许多歌，到后却向萧萧说，我想了你二三年。他又说，我为你睡不着觉。他又说，我赌咒不把这事情告给人。听了这些话仍然不懂什么的萧萧，眼睛只注意到他那一对膀子，耳朵只注意到他最后一句话。末了花狗大便又唱歌给她听，她心里乱了。她要他当真对天赌咒，赌了咒，一切好像有了保障，她就一切尽他。到丈夫返身时，手被毛毛虫螫伤，肿了一片，走到萧萧身边，萧萧捏紧这一只小手，且用口去呵它，吮它，想起刚才的糊涂，才仿佛明白作了一点糊涂事。

花狗诱她做坏事情是麦黄四月，到六月，李子熟了，她欢喜吃生李子。她觉得身体有点特别，碰到花狗，就将这事情告给他，问他怎么办。

讨论了多久，花狗全无主意。虽以前自己当天赌得有咒，也仍然无主意。这家伙个子大，胆量小，个子大容易做错事，胆量小做了错事就想不出办法。

到后，萧萧捏着自己那条辫子，想起城里了。她说：

"花狗，我们到城里去过日子，不好么？"

"那怎么行？到城里去做什么？"

"我肚子大了。"

"我们找药去。"

"我想……"

"你想逃？"

"我想逃吗？我想死！"

"我赌咒不辜负你。"

"负不负我有什么用，帮我个忙，拿去肚子里这块肉吧。我害怕！"

花狗不再做声，过了一会，便走开了。不久丈夫从他处回来，见萧萧一个人坐在草地上哭，眼睛红红的，丈夫心中纳罕。看了一会，问萧萧：

"姊姊，为什么哭？"

"不为什么，灰尘落到眼睛里，痛。"

"你瞧我，得这些这些。"

他把从溪中捡来的小蚌小石头陈列萧萧面前，萧萧用泪眼看了一会，笑着说："弟弟，我们要好，我哭你莫告家中。"到后这事情家中当真就无人知道。

第二天，花狗不辞而行，把自己所有的衣裤都拿去了。祖父问同住的哑叭知不知道他为什么走路，走那儿去。哑叭只是摇头，说，花狗还欠了他两百钱，临走时话都不留一句，为人少良心。哑叭说他自己的话，并没有把花狗走的理由说明，因此这一家希奇一整天，谈论一整天。不过这工人既不偷走物件，又不拐带别的，这事过后不久自然也就把他忘了。

萧萧仍然是往日的萧萧。她能够忘记花狗，就好了。但是肚子真有些不同了，肚中东西使她常常一个人干发急，尽做怪梦。

她脾气似乎坏了一点，这坏处只有丈夫知道，因为她对丈夫似乎严厉苛刻了好些。

仍然每天同丈夫在一处，她的心，想到的事自己也不十分明白。她常想，我现在死了，什么都好了。可是为什么要死？她还很高兴活下去，愿意活下去。

家中人不拘谁在无意中提起关于丈夫弟弟的话，提起小孩子，提起花狗，都像使这话如拳头，在萧萧胸口上重重一击。

到八月，她担心人知道更多了，引丈夫庙里去玩，就私自许愿，吃了一大把香灰。吃香灰时被她丈夫见到了，丈夫说这是做什么事，萧萧就说这是肚痛，应当吃这个。萧萧自然说谎。虽说求菩萨保佑，菩萨当然没有如她的希望，肚子中长大的东西仍在慢慢的长大。

她又常常往溪里去喝冷水，给丈夫见到了，丈夫问她她就说口渴。

一切她所想到的方法都没有能够使她与自己不欢喜的东西分开。大肚子只有丈夫一人知道，他却不敢告这件事给父母晓得。因为时间长久，年龄不同，丈夫有些时候对于萧萧的怕同爱，比对于父母还深切。

她还记得那花狗赌咒那一天里的事情，如同记着其他事情一样。到秋天，屋前屋后毛毛虫更多了，丈夫像故意折磨她一样，常常提起几个月前被毛毛虫所螫的话，使萧萧难过。她因此极恨毛毛虫，见了那小虫就想用脚去踹。

有一天，又听人说有好些女学生过路，听过这话的萧萧，睁了眼做过一阵梦，愣愣的对日头出处痴了半天。

萧萧步花狗后尘，也想逃走，收拾一点东西预备跟了女学生走的那条路上城。但没有动身，就被家里人发觉了。

家中追究这逃走的根源，才明白这个十年后预备给小丈夫生儿子继香火的萧萧肚子，已被另外一个人抢先下了种。这真是了不得的大事。一家人的平静生活为这一件事全弄乱了。生气的生气，流泪的流泪。悬梁，投水，吃毒药，诸事萧萧全想到了，年纪太小，舍不得死，却不曾做。于是祖父想出了个聪明主意，把萧萧关在房里，派两人好好看守着，请萧萧本族的人来说话，看是沉潭还是发卖？萧萧家中人要面子，就沉潭淹死，舍不得死就发卖。萧萧既只有一个伯父，在近处庄子里为人种田，去请他时先还以为是吃酒，到了才知道是这样丢脸事情，弄得这家长手足无措。

大肚子作证，什么也没有可说。伯父不忍把萧萧沉潭，萧萧当然应当嫁人作二路亲了。

这处罚好像也极其自然，照习惯受损失的是丈夫家里，然而却可以在改嫁上收回一笔钱，当作赔偿损失的数目。那伯父把这事告给了萧萧，就要走路。萧萧拉着伯父衣角不放，只是幽幽的哭，伯父摇了一会头，一句话不说，仍然走了。

没有相当的人家来要萧萧，就仍然在丈夫家中住下。这件事情既经说明白，倒又像不什么要紧，大家反而释然了。先是小丈夫不能再同萧萧在一处，到后又仍然如月前情形，姊弟一般有说有笑的过日子了。

丈夫知道了萧萧肚子中有儿子的事情，又知道因为这样萧萧才应当嫁到远处去。但是丈夫并不愿意萧萧去，萧萧自己也不愿意去，大家全莫名其妙，像逼到要这样做，不得不做。

在等候主顾来看人，等到十二月，还没有人来。

萧萧次年二月间，坐草生了一个儿子，团头大眼，声响宏壮，大家把母子二人照料得好好的，照规矩吃蒸鸡同江米酒补血，烧纸谢神。一家人都欢喜那儿子。

生下的既是儿子，萧萧不嫁别处了。

到萧萧正式同丈夫拜堂圆房时，儿子年纪十岁，已经能看牛割草，成为家中生产者一员了。平时喊萧萧丈夫做大叔，大叔也答应，从不生气。

这儿子名叫牛儿。牛儿十二岁时也接了亲，媳妇年长六岁。媳妇年纪大，方能诸事作帮手，对家中有帮助。唢呐吹到门前时，新娘在轿中呜呜的哭着，忙坏了那个祖父，曾祖父。

这一天，萧萧抱了自己新生的月毛毛，却在屋前榆蜡树篱笆看热闹，同十年前抱丈夫一个样子。

本篇发表于 1930 年 1 月 10 日《小说月报》第 21 卷第 1 号；1936 年 7 月 1 日《文季月刊》第 1 卷第 2 期，7 月号。署名均为沈从文。

灯

　　因为有个穿青衣服底女人，到×住处来，见×桌上的一个灯，非常旧且非常清洁，想知道这灯被主人敬视的理由，所以他就告给这青衣女人关于这个灯的一件故事。

　　两年前我住到这里，在××教了一点书，仍然是这样两间小房子，前面办事后面睡觉一个人住下来。那时正是五月间，不知为什么事情，住处的灯总非常容易失职。一到了晚间，或者刚刚把饭碗筷子摆上了桌子，认清楚了菜蔬，正想由那形色方面，对于我厨子加以一点不失诚实的称赞，灯忽然一熄，晚饭就吃不成了。有时是饭后正预备开始做一点事或看看书的时节，有时是有客人拿了什么问题同我来讨论的时节，就像有意捣乱那种神气，灯会忽然熄灭了的。有几回，正当我同一个朋友，把一段不下注解的章草，从那形体上加以估计的当儿，或者是把一个印章考察它的真伪中间，灯骤然熄灭，朋友同我皆非常扫兴。从来不曾开口骂过人的书画家××，也不能节制这点愤怒，把电灯公司对于市民的不尽职，加以不容恕的指摘了。

　　这事情发生了几几乎有半个月，似乎有人责问过电灯公司，公司方面的答复，放在当地报纸上登载出来，情形仿佛是完全推诿到由于"天气"。既不是公司的那一方面的过失，所以小换钱铺子的洋烛，每包便忽然比上月贵了五个铜子了。洋烛涨价这件事，是从为我照料饮食的厨子方面知道的。这当家人对于上海人故意居奇的行为，每到晚上为我把饭菜拿来，唯恐电灯熄灭，在预先就点上一枝洋烛的情形下，总要同我说过一次的。

　　这人是一个非常忠诚的中年人。这人年纪很青的时节，就随同我的父亲到过中国的西北东北，出过蒙古，上过四川。他一个人又走过云南广西。在家乡，且看守过我祖父的坟墓，很有了些年月。上年随了北伐军队过山东，在济南府眼见××军队对于济南省平民所施的暴行，那时他在七十一团一个连上作司务长，一个晚上被机关枪的威胁，胡胡涂涂走出了团部，把一切东西全损失了。人既空手逃回南京，听到一个熟人说我在这里住，所以就写了信来，说是愿意来待候我。我告给他来玩玩是很好的，要找事做恐怕不行，我生活也非常简单，来玩玩，住一会，想要回去了，我或者能设点法，只是莫希望太大。到后人当真就来了。初次见到，一身灰色中山布军服，衣服又小又旧，好像还是三年前国民革命军初过湖南时节缝就的。一个巍然峨然的身体，就拘束到这军服中间。另外随身的只一个小小包袱，一个热水瓶，一把牙刷，一双黄杨木筷子，热水瓶像千里镜那么佩到身边，牙刷是放在衣袋里，筷子是仿照军营中老规矩插在包袱外面，所以我能够一望就知道的。这真是我日夜做梦的伙计！这个人，一切都使我满意，一切外表以及隐藏在这样外表下的一颗单纯优良的心，我不必同他说话也就全部清楚了！

既来到了我这里，我们要谈的话可多了。从我祖父谈起，一直到我父亲同他说过的还未出世的孙子为止，他都想在一个时节里同我说及。他对于我家里的事情永远不至于说厌，对于他自己的经历又永远不会说完。实在太动人了，请想想，一个差不多用脚走过半个中国的五十岁的人物，看过庚子的变乱，看过辛亥的改革，参加过多少战争，跋涉过多少山水，吃过多少异样的饭，睡过多少异样的床，简直是一部永远翻看不完的名著！我的嗜好即刻就很深很深的染上了。只要一有空闲我即刻就问他这样那样，只要问到，我所得的经验都是些动人的事实。

因为平常时节我的饮食是委托了房东娘姨包办的，所以十六块钱一个月，每天两顿，一些菜蔬总是任凭这江北妇人意思安排。这主人看透了我的性格，知道我对于饮食不大苛刻，今天一碟大蚕豆，明天一碟小青蚶，到后天又是一碟蚕豆。总而言之蚕豆同青蚶是少不了的好菜。另外则吃肉时无论如何总不至于忘记加一点儿糖，吃鱼多不用油煎，只放到饭上去蒸，就拿来加点酱油摆上桌子。本来像做客的他，吃过了两天空饭，到第三天实在看不惯，问我要了点钱。从我手上拿了十块钱去的他，先是不告我这钱的用处，到下午，把一切吃饭用的东西通通买来了。这事在先我还一点不知道，一直到应当吃晚饭时节，这老兵，仍然是老兵打扮，恭恭敬敬的把所有由自己两手做成的饭菜，放到我那做事桌上来，笑眯眯的说这是自己试做的，而且声明以后也将这样做下去。从那人的风味上，从那菜饭的风味上，都使我对于过去的军营生活生出一种眷念，就一面吃饭一面同他谈军中事情。把饭吃过后，这司务长收拾了碗筷，回到灶房去，过一阵，我正坐在桌边凭藉一支烛光看改从学校方面携回的卷子，忽然门一开，这老兵闪进来了，像本来原知道这不是军营，但忽然因为电灯熄灭，房中代替的是烛光，坐在桌边的我还缺少一个连长的风度，这人恢复了童心，对我取了军中上士的规矩，喊了一声"报告"，站在门边不动。"什么事情？"听到我问他了，才走近我身边来，呈上一个单子，写了一篇账。原来这人是同我来算伙食账的！我当时几几乎要生气了，望到这人的脸，想起司务长的职务，却只有笑了。"怎么这样同我麻烦？""我要弄明白好一点。我要你知道，自己做，我们两个人每月都用不到十六块钱。别人每天把你蚌壳吃，每天是过夜的饭，你还送十六块！""这样你不是太累了吗？""累！煮饭做菜难道是下河抬石头？你真是少爷！"望望这好人的脸，我无话可说了。我不答应是不行的。所以到后做饭做菜就派归这个老兵了。

这老兵，到都会上来，因为衣服太不相称，我预备为他缝一点衣，问他欢喜要什么样子，他总不做声。有一次，知道我得了许多钱，才问我要了十块钱，到晚上，不知往什么地方买了两套呢布中山服，一双旧皮靴，还有刺马轮，把我看时非常满意。我说："你到这地方何必穿这个？你不是现役军官，也正像我一样，穿长衣好！""我永远是军人。"我有一个军官厨子，这句话的来源是这样发生的。

电灯的熄灭，在先还只少许时间，一会儿就恢复了光明，到后来越加不成样子，所以每次吃饭都少不了一枝烛。但是这老兵，不知从什么地方又买来了一个旧灯，擦得罩子非常清洁，把灯头剪成圆形，放到我桌子上来了。因为我明白了他的脾气，也不大好意思说到上海地方用灯是愚蠢事情。电灯既然不大称职，有这灯也真给了我不少方便。因为不愿意受那电灯时明时灭的作弄，索性把这灯放在桌上，到了夜里，望着那清莹透明的灯罩，以及从那里放散的薄明微黄的灯光，面前又站得是那古典风度的军人，总使我常常幻想到那些驻有一营人马的古庙，同小乡村的旅店，发生许多幻想。我是曾经太与那些东西相熟，因为都市生活的缠缚，又太与那些世界离远了的。我到了这些时候，不能不对于目下的生活，感到一点烦躁了。这是什么生活呢？一天爬上讲台去，那么庄严，那么不儿戏，也同时是那么虚伪，站在那小四方木榻上，谈这个那个，说一些废话谎话，这本书上如此说，那本书上又如此说。说了一阵，自己仿佛受了催眠，渐渐觉得是把问题引到严重方面去。待听到下面什么声音一响，憬然有所觉悟，再注意一下学生，才明白原来有几个快要在本学期终了就戴方帽儿的学士某君，已经伏在桌上打盹，这一来，头绪完为这现象把它纷乱了。到了教员休息室里，一些有教养的绅士们，一得到机会，就是一句聪明询问："天气好，又有小说材料！"在他们自己，或者还非常得意，以为这是一种保持教授身分的雅谑，但是听到这个蠢话，望望那些扁平的脸嘴，觉得同这些吃肉睡觉打哈哈的人，不能有所争持，只得认了输，一句话不说，走出外面长廊下去晒太阳。到了外面，又是一些学生，取包围声势走拢来，谈天气，谈这个那个，似乎我因为教了点课，就必得负了一种义务，随时来告他们所谓作家们的佚事，似乎就说点这些空话，他们也就算了解文学了。从学校返回家里，坐近满是稿件以及各处寄来的新书新杂志的桌前，很努力的把桌面匀出一个位置，放下从学校带回的一束文章，一行一行的来过目，第一篇，五个"心灵儿为爱所碎"，第二篇有了七个，第三篇是革命的了，有泪有血，仍然不缺少"爱"。把一堆文章看过一小部分，看看天气有夜下来的样子，弄堂对过王寡妇家中三个年青女儿，照例到了时候把话匣子一开，意大利情歌一唱，我忽然感到小小冤屈，什么事也不能做，觉得自己究竟还是从农村培养长大的人，现在所处的世界，仍然不是自己所习惯的世界，都会生活的厌倦，生存的厌倦，愿意同这世界一切好处离开，愿意再去做十四吊钱的屠税收捐员，坐到团防局，听为雨水汇成小潭的院中青蛙叫，用夺金标笔写《索靖出师颂》同《钟繇宣示表》了。但是当我面对这煤油灯，当我在煤油灯不安定的光度下，望到那安详的和平的老兵的脸，望到那古典的家乡风味的略显弯曲的上身，我忘记了白日的辛苦，忘记了当前的混乱，转成为对于这个人的精神发生极大兴味了。

"怎么样？是不是懂得军歌呢？"我这样问他，同他开一点小小玩笑。

他就说："怎么军人不懂军歌？我不懂洋歌。"

"不懂也很好，山歌懂不懂？"

"看是什么山歌。"

"难道山歌有两样山歌吗？'天上起云云重云'，'天上起云云起花'，① 全是好山歌，我小时不明白。后来在游击支队司令杨处做小兵，太放肆了，每天吃我们所说过的那种狗肉，唱我们现在所说的这种山歌，真是小神仙。"

"我们是不好意思唱那种山歌的。一个正派军人，这样撒野算是犯罪。"

"那我是罪恶滔天了。可是我很挂念那些新从父母身边盘养大的人，因为不知这时在这样好天气下，还有这种歌在一些人口中唱着没有？"

"好的都完了！好人同好风俗，都被一个不认识的运气带走了。就像这个灯，我在上年同老爷到乡下去住，就全是这样灯。"

老兵到这些事上，有了因为清油灯的消灭，使我们常常见到的乡绅一般的感慨了。

我们这样谈着，凭了这诱人的空气，诱人的声音，我正迷醉到一个古旧的世界里，非常感动，可是这老兵，总是听到外面楼廊房东主人的钟响了九下，即或是大声的叱他，要他坐到椅子上，把话继续谈下去也不行。一到时候了，很关心的看了看一下我的卧室，很有礼貌的行了个房中的军人礼，用着极其动人的神气，站在那椅子边告了辞，就走下楼到亭子间睡去了。这是为什么？他怕担搁我的事情，恐我睡得太迟，所

---

① 作者原注：是两阕山歌第一句。

以明明白白有许多话他很欢喜谈到的，他也必得留到第二天来继续。谈闲话总不过九点，竟是这个老兵的军法，一点不能通融，所以每当到他走去后，我总觉得有一些新的寂寞安置到心上一角，做事总不大能够安定。

因为当到我面前，这个老兵以他五十年的生活经验，吓人的丰富，消化入他的脑中，同我谈及一切。平常时节对于以农村因经济影响到社会组织来写成的短篇小说，是我永远不缺少兴味的工作，但如今想要写一个短篇的短篇，也像是不好下笔了。我有什么方法可以把这个人的单纯优美的灵魂，平平的来安置到这纸上？望到这人的颜色，听到这人的声音，我感觉过去另外一时所写作的人生的平凡。我实在懂得太少了。单是那眼睛，带一点儿忧愁，同时或不缺少对于未来作一种极信托的乐观，看人时总像有什么言语要从那无睫毛的微褐的眼眶内流出，我是缺少气力来为作一种说明的。望着他一句话不说，或者是我们正谈到那些战事，那些把好人家房子一把火烧掉，牵了农人母牛奏凯回营的战事，这老兵忽然想起了什么，不再说话。我猜想他是要说一些话的，但言语在这老兵头脑中好像不大够用，一到这些事情上，他便哑口了。他只望到我！或者他也能够明白我对于他的同意，所以后来总是很温柔的也很妩媚的一笑，把头点点就转移了一个方向，唱了一个四句头的山歌。他那里料得到我在这些情形下所生的动摇！我望着这老兵一个动作，就觉得看见了中国多数愚蠢的朋友，他们是那么愚蠢，同时又是那么正直，那最东方的古民族和平灵魂，为时代所带走，安置到这毫不相称的战乱世界里来，那种忧郁，那种拘束，把生活妥协到新的天地中，所做的梦，却永远是另一个天地的光与色，我简直要哭了。

有时，就因为这些感觉扰乱了我，我不免生了小小的气，似乎带了点埋怨神气，要他出去玩玩，不必尽呆在我房中，他就像一尾鱼那么悄悄的溜出去，一句话不说。看到那样子我又有点不安，就问他，"是不是到看戏？"恐怕他没有钱了，就一面送了他两块钱，说明白这是可以拿去随意花到大世界或者什么舞台之类地方的。他仍然望了我一下，很不自然的做了一个笑样子，把钱拿到手上，走下楼去了。我照例做事多数到十二点才上床，先是听到这个老兵，开了门出去，大约有十点多样子，又转来了。我以为若不是看过戏，一定也是喝了一点酒，或者照例在可以作赌博的事情上狂了一会，把钱用掉回来了，也就不去过问。谁知第二天，午饭时就有了一钵清蒸母鸡放在桌上，对于这鸡的来源，我不敢询问，我们就相互交换了一个微笑，在这当儿我又从那褐色眼睛里看到流动了那种说不分明的言语。我只能说："应当喝一杯，你不是很能够喝么？""已经买得了的，这里的酒是火酒，亏我找，到后找到了一家乡亲铺子，才得那么一点点米酒。"仿佛先是不好意思劝我喝，听到说及酒，于是忙匆匆的走下楼去，用小杯子倒了半杯白酒，并且把那个酒瓶也拿来了。"你喝一点点，莫多吃。"本来不能喝酒不想喝酒的我，也不好意思拒绝这件事了。把酒喝下，接过了杯子，自己又倒了小半杯，向口中一灌，抿抿嘴，对我笑了一会儿，一句话不说，又拿着瓶子下楼去了。第二天还是鸡，就因为上海的鸡只须要一块钱一只。

学校的事这老兵士像是漠不关心的。他问过我那些大学生将来做些什么事，是不是每人都去做县长。他又问过我学校每月应当送我多少钱，这薪水是不是像军队请饷一样，一起了战争就影响。但他的意思全不是对于学校的关心。他想知道学生是不是都去做县长，只是要明白我有多少门生是将来的知事老爷。他问欠薪不欠薪，只是要明白我究竟钱够不够用。他最关心的是我的生活。这好人，越来越不守本分，对于我的生活，先还是事事赞同，到后来，好像找出了许多责任，不拘是我愿不愿意，只要有机会总就要谈到了。即或不是像一些不懂事故的长辈那种偏见的批评，但对那些问题，他的笑，他的无言语的轻轻叹息，都代表了他的语言，使我感受不安。我当然不好生他的气，我不能把他踢下楼梯去，也不好意思骂他。他实在又并不加上多少意见，对于我的生活，他就只是反抗，就只是否认，对于我这样年龄，还不打量找寻一个太太，他比任何人皆感觉到不平。在先我只装做不懂他的意思，尽他去自言自语，每天只同他讨论点军中生活，以及各地各不相同的风俗习惯。到后来他简直有点麻烦了，并且他那麻烦，又永远使人感到他是诚实的麻烦。所以我只得告他我是对于这件事毫无办法的，因为做绅士的方便我得不到，做学生的方便我也得不到，所以不能注意这些空事情。我还以为同他这样一说，自然就一切谅解，此后就不再也不会受他的批评了。谁知因此一来更糟了。他仿佛把责任放在他自己身上去，从此对于与我来往的女人，皆被他所注意了。每一个来我住处的女人，或者是朋友，或者是学生，在客人谈话中间，不待我的呼唤，总忽然见到他买了一些水果，把一个盘子装来，非常恭敬的送上，到后就站到门外楼梯上去听我们谈话，待到我送客人下楼时，常常又见他故意做成在梯边找寻什么东西神情，目送客人出门，客人走去后，总又装成无意思的样子，从我口中探寻这女人一切，且窥探我的意思，他并且不忘记对这客人的风度言语加以一种批评，常常引用他所知道的"麻衣相法"，论及什么女人多子，什么女人聪明贤惠，若不是看出我的厌烦，决不轻易把问题移开。他虽然这样关心这件事情，暗示了我什么女人多福，什么女人多寿，但他总还以为他用的计策非常高明。他以为这些关心是永远不会为我明白的，他并不是不懂得到他的地位。这些事在先我实在也是不曾注意的，不过稍稍长久一点，我可就看出这好管闲事的人，是如何把同我来往的女人加以分析了。对于这种行为他所给我的还是忧愁，我不能恨他，又不能同他解释，又不能同他好好商量，只有少同他谈到这些事情为妙。

这老兵，在那单纯的正直的脑中，还不知为我设了多少法，尽了帮助我得到一个女人的多少设计的义务！他那欲望隐藏到心上，以为我完全不了解，其实我什么都懂。他不单是盼望他可以有一个机会，把他那从市上买来的呢布军服穿得整整齐齐，站到亚东饭店门前去为我结婚日子的迎宾主事，还非常愿意穿了军服，把我的小孩子，打扮得像一个将军的儿子，抱到公园中去玩！他在我身上，一定还做得最夸张的梦，梦到我带了妻儿，光荣，金钱，回转乡下去，他骑了一匹马最先进城，对于那些来迎接我的同乡亲戚朋友们，如何询问他，他又如何飞马的走去，一直跑到家里，禀告老太太，让一个小小县城的人如何惊讶到这一次的荣归！他这些希望，十余年前放到我的父亲身上，失败了，后来又放到我的哥哥身上，哥哥又失败了，如今是只有我可以安置他这可怜希望了。他那对于我们父兄如何从衰颓家声中爬起恢复原来壮观的希望，在父亲方面受了非常的打击，父亲是回家了，眼看到那老主人，从西北，从外蒙，带了因与马贼作战的腰痛，带了沙漠的荒凉，带了因频年争斗的衰老，回到家乡去作那默默无闻的上校军医正了。他又看到哥哥从东北，从那些军队生活中，得到奉天省人的粗豪，与黑龙江人的勇迈坚忍，从流浪中，得到了上海都市生活的嚣杂兴味，也转到家乡作画师去了。还有我的弟弟，这老兵认为同志却尚无机会见到的弟弟，从广东得了冰冷的铁与热烈的革命的血两种揉和的经验，用起码下级军官的名分，打岳州，打武昌，打南昌，打龙潭，侥幸中的安全，引起了对生存深的感喟，带了喊呼，奔突，死亡，腐烂，一时代人类愚蠢行为各种印象，也寂寞的回到家乡，在那参军闲散职分上过着休息的日子了。他如今只认为我这无用人，可以寄托他那最无私心最诚恳的希望。他以为我做的事比父兄们的都可以把它更夸张的排列到故乡人眼下，给那些人一些歆羡，一些惊讶，一些永远不会忘记的豪华光荣。

我在这样一个人面前，感到忧郁也十分感到羞惭。因为那仿佛由于自己脑中成立的海市，而又在这海市景致中对于海市中人物的我的生活加以纯然天真的信仰，我不好意思把这老兵的梦戳破，也好像缺少那戳破这个梦的权利了。

可是我将怎么来同这老兵安安静静生活下去？我做的事太同我这老家人的梦离远了。我简直怕见他了。我只告他现在做点文章教点书，社会上对我如何好，在他那方面，又总是常常看到体面的有身分朋友同我来往，还有那更体面的精致如粉如奶作成的年青女人到我住处来，他知道我许多关于表面的生活，这些情形就坚固了他的好梦。他极力在那里忍耐，保持着他做仆人的身分，但越节制到自己，也就越容易对于我的孤单感到同情。这另一世界长大的人，虽然有了五十岁，完全不知道我们的世界是与他的世界两样。他没有料得到来我处的人同我生活的距离是多远，他没有知道我写一个短篇小说得费去多少精力，他没有知道我如何与女人疏隔，与生活幸福离开。他像许多人那样，看到了我的外表，他称赞我，也如一般人所加的赞美一样，以为我聪明，以为我待人很好，以为我不应当太不讲究生活，疏忽了一身的康健。这个人，他还同意我的气概，以为这只是一个从军籍中出身才有的好气概！凡是这些他全在另一时用口用眼睛用行动都表示到了的。许多时候当这个人面前时节，我觉得无一句话可说，若是必须要做些什么事，最相宜的，倒真是痛痛的打他一顿较好。

那时到我处来往次数最多的，是一个穿蓝衣服的女孩子，好像一年四季这人都穿得是蓝颜色，也只有蓝色同这女人相称。这是我一个最熟的人，每次来总有很多话说，一则因为这女子是一个××分子，一则是这人常常拿了文章来我处商量。因为这女人把我当成一个最可靠的朋友，我也无事不与她说到。我的老管家私下在暗地里注意了这女人许多日子，他看准了这个人一切同我相合。他一切同意。就因为一切同意，比一个做母亲的还细腻，每次当这客人来到时，他总故意逗留到我房中，意思很愿意我向女人提及他。他又常常采用了那种学来的官家体裁，在我面前问女人这样那样。我不好对于他这种兴味加以阻碍，自然同女人谈到他的生活，谈到他为人的正直，以及经验的丰富等等事情，渐渐的，时间一长，女人对于他自然也发生一种友谊了。可是这样一来，当他同我两个人在一块时，这老兵，这行伍中风霜冰雪死亡饥饿打就的结实的心，到我婚姻问题上，完全柔软如蜡了。他觉得我若是不打量同那蓝衣女人同住，简直就是一种罪过。他把这些意见带着了责备样子很庄严的来同我讨论过。

先是这老兵还不大好意思同女人谈话，女人问到这样那样，像请他学故事那么把生活经验告给她听时，这老兵，总还用着略略拘束的神气，又似乎有点害羞，非常矜持的同女人谈话。后来因为一熟习，竟同女人谈到我的生活来了！他要女人劝我做一个人，劝我少做点事，劝我稍稍顾全一点穿衣吃饭的绅士风度，劝我……，虽然这些话谈及时，总是当着我的面前，却又取了一种在他以为是最好的体裁来提及的。他说的只是我家里父亲以前怎么样讲究排场，我弟兄又如何亲爱为乡下人所敬视，母亲又如何贤慧温和。他实正在用了一种最笨拙的手段，暗示到女人应当明白做这人家的媳妇是如何相宜的。提到这些，因为那稍稍近于夸张处，这老兵虑及我的不高兴，一面谈说总一面对我笑，好像不许我开口。把话说完，看看女人，仿佛看清楚了女人已经为他一番话所动摇，责任已尽，这人就非常满意，同我飞了一个眼风，奏凯似的橐橐走下楼预备点心去了。

他见我写信回到乡下去，总问我，是不是告给了老太太有一个非常……的女人？他意思是非常"要好"非常"相称"这一类名词，当发现我眉毛一皱，这老兵，就"吓""吓"的低低喊着，带着"这是笑话，也是好意，不要见怪"的要求神气赶忙站远了一点，占据到屋角一隅去，好像怕我会要当真动手攫了墨水瓶掷到他头上去。

然而另外任何时节，他是不会忘记谈到那蓝衣女子的。

我能在这些事上有什么办法？我既然不能像我的弟弟那样，处置多嘴的副兵用马粪填口，又不能像我的父亲，用费话去支使他走路。我一见了这老兵就只有苦笑，听他谈到他自己生活同谈到我的希望，都完全是这个样子。这人并不是可以请求就能缄默的。就是口哑了，但那一举一动，他总不忘记使你看出他是在用一幅善良的心为你打算一切。他不缺少一个戏子的天才，他的技巧，使我见到只有感动。

有一天，穿蓝衣的女人来到我的住处，第一次我不在家，老兵同女人说了许多话（从后来他的神气上，我知道他在与女人谈话时节，一定是用了一个对主人的恭敬而又亲切的态度应答着的）。因为恐怕我不能即刻回家，就走了。我回来时老兵正同我讨论到女人，女人又来了。那时因为还没有吃晚饭，这老兵听说要招待这个女客了，显然十分高兴，走下楼去，到吃饭时，菜蔬排列到桌上，却有料不到的丰盛。不知从什么地方学得了规矩，知道了女客不吃辣子，平素最欢喜用辣子的煎鱼，也做成甜醋的味道排上桌子了。

把饭吃过，这老兵不待呼唤又去把苹果拿来，把茶杯倒满了从酒精炉子烧好的开水，一切布置妥帖了，趑趄了好一会才走出去。他到楼下喝酒去了。他觉得非常快乐。他的梦展开在他眼前，一个主人，一个主妇，在酒杯中，他一定还看到他的小主人，穿陆军制服，像在马路上所常常见到的小洋人，走路挺直，小小的皮靴套在白嫩的脚上，在他前面忙走，他就用一个军官的姿势，很有身分很觉尊贵的在后面慢慢跟着。他因为我这个客人的来临，把梦肆无忌惮的做下去了。可是，真可怜，来此的朋友，是告我她的爱人W君的情形，他们在下个月过北平去，他们将在北平结婚的！无意中，这结婚的字言，断章取义的又为那尖耳朵老战马听去，他自以为一切事果不出其所料，他相信这预兆，也非常相信这未来的事情，到女人走去，我正伏到桌子旁边，为这朋友的好消息感到喜悦也感到一点应有的惆怅时节，喝了稍稍过量的酒的好人，一个红红的脸在我面前晃动了。

"今天你喝多了，你怎么忽然有这样好菜，客人说从没有吃过这样菜。"

本来要笑的他，听到这个话样子更像猫儿了。他说："今天我快乐。"

我说："你应当快乐。"

他分辩，同我故意争持："怎么叫做应当？我不明白！我从来没有今天快乐！我喝了半瓶白酒了！"

"明天又去买，多买一瓶存放身边，你到这里别的不有，酒总是当要让你喝够量！"

"这样喝酒我从不曾有过。我应当快乐！为什么应当？我常常是不快乐！我想起老爷，那种运气，快乐不来了。我想起大少爷，那种体格，也不能快乐了。我想起三少爷，我听人说到他一点儿，一个豹子，一个金钱豹，一个有脾气有作为的人，我要跟到他去打仗，我要跟到他去冲锋，捏了枪，爬过障碍物，吼一声杀，把刺刀刳到北佬胸膛里去。我要向他请教，手榴弹七秒钟的引线，应当如何抛去。但同他们在一处的都烂了，都埋成一堆，我听到人家说，四期黄埔军官生在龙潭作战的全烂了，两个月从那里过身，还有使人作呕臭气味，三少爷命好，他仍然能够骑马到黄罗寨打他的野猪，一个英雄！我不快乐，因为想起了他不作师长。你呢，我也不快乐。你身体多坏！你为什么不——"

"早睡点好不好？我要做点事情，我心里不大高兴。"

"你瞒我。你把我当外人。我耳朵是老马耳朵，听得懂得，我知道我要吃喜酒，你这些事都不愿意同我说，我明天回去了。"

"你听到什么？有什么事说我瞒你？"

"我懂我懂，我求你——你还不知道我这时的心里像什么样子！"

说到这里，这老兵哭了。那么一个中年人，一个老军人，一个……，他真像一个小孩子哭了。但我知道这哭是为欢喜而流泪的。他以为我快要与刚走去不久的女人结婚。他知道我终久不能瞒他也不愿意瞒他。他知道还有许多事我都不能缺少他。他知道这事情不拘大小要他尽力的地方很多。他有了一个女主人，从此他的梦更坚固更实在的在那单纯的心中展开，欢喜得非哭不可了。他这感情是我即刻就看清楚了的。他同时也告给我哭的理由了，一面忙匆匆的又像很害羞的用那有毛的大手掌拭他的眼泪，一面就问我是什么日子，是不是要到吴瞎子处去问问，也选择一下，从一点俗。

一切事都使我哭笑两难。我不能打他骂他。他实在又不是吃醉了酒的人。他只顽固的相信我对于这事情不应当瞒他，还劝我打一个电报，把这件事即刻通知七千里外的几个家中人。他称赞那女人，他告我白天就同女人谈了一些话，很懂得这女人一定会是老太太所欢喜的媳妇。

我不得不把一切事在一种极安静的态度下为他说明。他望到我，把口张着，听完我的解释，信任了我的话，后来看到他那颜色惨沮的样子，我不得不谎了他一下，又告他我另外有了一个女人，相貌性情都同这穿蓝衣的女人差不多。可是这老兵，只愿意相信我前面那一段说明，对于后一段明白是我的谎话。我把话谈到末了，他毫不做声，那黄黄的小眼睛里，酿了满满的一泡眼泪，他又哭了。本来是非常强健的身体，到这时显出万分衰弱的神情了。

楼廊下的钟已经响了十点。

"睡去，明天我们再谈好不好？"

听到我的请求，这老兵忽然又像觉悟了自己的冒失，装成笑样子，自责似的说自己喝多点酒就像颠子，且赌咒以后一定要戒酒，又问我明天欢喜吃鲫鱼没有。我不做声，他懂得我心里难过处，他望到桌上那一个建漆盘子里面的苹果皮，拿了盘子，又取了鱼的溜势，溜了出去，悄悄的把门拉拢，一步一步走下楼梯去了。听到那衰弱的脚，踏着楼梯的声音，我觉得非常悲哀。这中年人给我的一切印象，都使我对于人生多一个反省的机会，且使我感觉到人类的关系，在某一姿态下，所谓人情的认识，全是酸辛，全是难于措置的纠葛。这人走后听响过十二点钟我还没有睡觉，正思索到这些琐碎人情上，失去了心上的平衡。忽然楼梯上有一种极轻的声音，走近了门口，我猜得着这必定是他又来扰我了，他一定是因为我的不睡觉，所以来督促我上床了，就赶忙把桌前的灯扭小，就听到一个低低的叹息起自门外。我不好意思拒绝这老兵好意了，我说："你听吧，我事情已经做完，就要睡了。"外面没有声音，待一会儿我去开门，他已经早下楼去了。

经过这一次喜剧的排场，老兵性格变更了。他当真不再买酒吃了，问他为什么原故，就只说市上全是搀火酒的假酒。他不再同我谈女人，女客来到我处，好像也不大有兴味加以注意了。他对我的工作，把往日的乐观成分抽去，从我的工作上看出我的苦闷，我不做声时，他不大敢同我说及生活上的希望了。他把自己的梦，安置到一个新的方向上来，却仿佛更大方更夸诞了一点，做出很高兴的样子，但心上那希望，似乎越缩越小得可怜了。他不再责备我储蓄点钱预备留给一个家庭支配，也不对于我的衣服缺少整洁加以非难了。

我们互相了解得多一点，我仍然是那么保持到一种同世界绝缘的寂寞生活，并不因为气候时间有所不同，在老兵那一方面，由于从我这里，他得到了一些本来不必得到的认识，那些破灭的梦，永远无法再用一个理由把它重新拼合成为全圆，老兵的寂寞，比我更可怜了。关于光明生活的估计，从前完全由他提出，我虽加以否认也毫无办法挫折他的勇气，但后来反而需要我来为他说明那些梦的根据，如何可以做到如何可以满意，帮助他把梦继续来维持了。

但是那蓝衣女人，预备过北平结婚去了，到我住处来辞行，老兵听说女人又要到此吃饭，却只在平常饭菜上加了一样素菜，而且把菜拿来时节那种样子，真是使人不欢的样子。这情形只有我明白。不知为什么，我那时反而不缺少一点愉快，因为我看到这老兵，在他名分上哀乐的认真。一些情感上的固执，决对不放松，本来应当可怜他，也应当可怜自己，但因为本来就没有对那女人作另外打算的我，因为老兵胡涂的梦，几几乎把我也引到烦恼里去，如今看到这难堪的脸嘴，我好像报了小小的仇，忘记自己应当同情他了。

从此蓝衣女人在我的书房绝了踪迹，而且更坏的是两个青年男女，到天津皆被捕了。我没有把这件事告过老兵，那老兵也从不曾问到过。我明白他不但有点恨那女人，而且也似乎有点恨我的。

本来是答应同我在七月暑假时节，一块儿转回乡下去，因为我已经有八年不曾看过我那地方的天空，踹过我那地方的土泥，他也有了六年没有回去了，可是到仅仅只有十八天要放假的六月初，福建方面起了战事，他要我送他点路费，说想到南京去玩玩。我看他脾气越来越沉静，不能使他快乐一点，并且每天到灶间去做菜做饭，又间或因为房东娘姨欢喜随手拖取东西，常常同那娘姨吵闹。我想就尽他到南京去玩几天也好。可是这人一去就不回来了。我不愿意把他的故事结束到那战事里去。他并不死，如许多人一样，还是活着，还是做他的司务长，驻扎到一个庙里，大清早就同连上的火夫上市镇去买菜，到相熟的米铺去谈谈天，到河边去看看船，一到了夜里，就坐在一个子弹箱上，靠一盏满堂红灯照着，同排长什长算日里的伙食账，用草纸记下那数目，为一些小小数目上的错误赌发着各样的重誓，睡到硬板子的高脚床上去，用棉絮包裹了全身，做梦必梦到同点验委员喝酒，或下乡去捉匪，过乡绅家吃蒸鹅。这人应当永远这样活到世界上，这人至少还应当在中国活二十年，所以他再不同我来信问候我，我总以为他仍然还是在这个世界上。

这就是我桌上有这样一盏灯的理由了。这灯我仍然常常用它。当我写到我所熟习的那个世界上一切时，当我愿意沉溺到那生活里面去时节，把电灯扭熄，燃好这个灯，我的房子里一切便失去了原有的调子，我在灯光下总仿佛见到那老兵的红脸，还有那一身军服，一个古典的人，十八世纪的老管家——更使我不会忘记的，是从他小小眼睛里滚出的一切无声音的言语。

故事说完时，穿青衣服的女人，低低的叹了一声气，走过那桌子边旁去，用纤柔的手去摩娑那盏小灯。女人稍稍吃惊了，怎么两年来还有油？但×是说过了的，因为在晚上，把灯燃好，就可在灯光下看到那个老行伍中人的声音颜色。女人好奇似的说晚上要来试试看，是不是也可以看得出那司务长，显然的是女人对于主人所说的那老兵是完全中意了。

到了晚上，×的房间里，那旧洋灯放了薄薄光明，火头微微的动摇，发出低微的滋滋声音，用惯了五十枝烛光的人，在这灯光下是感到一切情调皆非常阒默模糊的。主人×同穿青衣女人把身体搁在两个小小圈椅里，主人又说起了那灯，且告给女人，什么地方是那老兵所站的地方，老兵说话时是如何神气，这灯罩子在老兵手下是擦得如何透明清澈，桌上那时是如何混乱，……末了，他指点那蓝衣女人的坐处，恰恰正是这时她的坐处。

听到这个话的穿青衣女人，笑了又复仍然轻轻的叹着。过了一会，忽然惋惜似的说：

"这人一定早死了！"

男子×说："是的，这人一定死了，在穿蓝衣人心上这人也死了的，但他活在你的心上，他一定还那么可爱的活在你心上，是不是？"

"很可惜我见不着这个人。"

"他也应当很可惜不见你！"

"我愿意认识他，愿意同他谈话，愿意……"

"那有什么用处！不是因为见到，便反而将给许多人的麻烦么？"

女人觉得有些事情应当红脸下来。

于是两人在灯光中沉默下来。

另外一个晚上，那穿青衣的女人忽然换了一件蓝色衣服来了，×懂得这是为凑成那故事而来的，非常欢喜。两人皆像这件事全为的使老兵快乐而作的，没有言语，年青人在一种小小惶恐情形中抱着接了吻。到后女人才觉得房中太明亮了，询问那个灯，今晚为什么不放在桌上，×笑了。

"是嫌电灯光线太强么？"

"是要司务长看另外一个穿蓝衣服的人在你房里的情形!"

听到这个俏皮的言语,×想下楼去取灯,女人问他:

"放在楼下么?"

"是在楼下的。"

"为什么又放到楼下去?"

"那是因为前晚上灯泡坏了不好做事,借他们楼下娘姨的,我再去拿来就是了。"

"是娘姨的灯吗?"

"不,我好像说过是老兵买的灯!"男子×加以分辩,还说,"你知道这灯是老兵买的!"

"但那是你说的谎话!"

"若谎话比真实美丽……并且,穿蓝衣的人如今不是有一个了么!"

女人承认"穿蓝衣的虽有一个,但她将来也一定不让老兵快乐"。

"我赞成你这个话,倘若真有这个老兵,实在不应当好了他。"

"真是一个坏人,原来说的全是空话!"

"可是有一个很关心他的听差,而且仅仅只把这听差的神气样子告给别人,就使这人对于那主人感到兴味,十分同情,这坏人……!"

女人忍不住笑了。他们于是约定下个礼拜到苏州去,到南京去,男的还答应了女人,这种旅行为的是探听那个老司务长的下落。

（选自《从文子集》）

本篇发表于 1930 年 2 月 10 日《新月》第 2 卷第 12 号。署名沈从文。

绅士的太太

　　　　我不是写一个可以用你们石头打她的妇人，我是为你们高等人造一面镜子。

他们的家庭

　　一个曾经被人用各样尊敬的称呼加在名字上面的主人，国会议员，罗汉，猪仔，金刚，后来又是顾问，参议，于是一事不作，成为有钱的老爷了。

　　人是读过书，很干练的人，在议会时还极其雄强，常常极声厉色的与政敌论辩，一言不合就祭起一个墨盒飞到主席台上去，又常常做一点政治文章到金刚月刊上去发表，现在还只四十五岁。四十多岁就关门闭户做绅士，是因为什么原故，很少有人明白的。

　　绅士为了娱悦自己，多数念点佛，学会静坐，会打太极拳，能谈相法，懂鉴赏金石书画，另外的事情，就是喝一点酒，打打牌。这个绅士是并不把自己生活放在例外的地位上去的，凡是一切坏绅士的德性他都不会缺少。

　　一栋自置的房子，门外有古槐一株，金红大门，有上马石安置在门外边（因为无马可上，那石头，成为小贩卖冰糖葫芦憩息的地方了）。门内有门房，有小黑花哈叭狗，门房手上弄着两个核桃，又会舞石槌，哈叭狗成天寂寞无事可作，就蹲到门边看街。房子是两个院落的大小套房子，客厅里有案软的沙发，有地毯，有写字台，壁上有名人字画，红木长桌上有古董玩器，同时也有打牌用的一切零件东西。太太房中有小小宫灯，有大铜床，高镜台，细绢长条的仕女画，极精致的大衣橱。

僻处有乱七八糟的衣服，有用不着的旧式洋伞草帽，以及女人的空花皮鞋。

绅士有个年纪不大的妻，有四个聪明伶俐的儿女，妻曾经被人称赞过为美人，儿女都长得体面干净，因为这完全家庭，这主人，培养到这逸乐安全生活中，再无更好的理由拒绝自己的发胖了。

绅士渐渐胖下来，走路时肚子总先走到，坐在家中无话可说时就打呼睡觉，吃东西食量极大，谈话时声音滞呆，太太是习惯了，完全不感觉到这些情形是好笑的。用人则因为凡是有钱的老爷天南地北都差不多是这个样子，也就毫不引起惊讶了。对于绅士发生兴味的，只有绅士的儿子，那个第三的，看到爹爹的肚子同那神气，总要发笑的问，这里面是些什么东西。绅士记得苏东坡故事，就告给儿子，这是满腹经纶。儿子不明白意思，请太太代为说明，遇到太太兴致不恶的时节，太太就告给儿子说这是"宝贝"，若脾气不好，不愿意在这些空事情上唠叨，就大声喊奶妈，问奶妈为什么尽少爷牙痛，为什么尽少爷头上长疙瘩。

少爷大一点是懂事多了的，只爱吃零碎，不欢喜谈空话，所以做母亲的总是欢喜大儿子。大少爷因为吃零碎太多，长年脸庞黄黄的，见人不欢喜说话，读书聪明，只是非常爱玩，九岁时就知道坐到桌子边看牌，十岁就会"挑土"，为母亲拿牌，绅士同他太太都以为这小孩将来一定极其有成就。

绅士的太太，为绅士养了四个儿子，还极其白嫩，保留到女人的美丽，从用人眼睛估计下来，总还不上三十岁。其实三十二岁，因为结婚是二十多，现在大少爷已经是十岁了。绅士的儿子大的十岁，小的三岁，家里按照北京做官人家的规矩，每一个小孩请娘姨一人，另外还有车夫，门房，厨子，做针线的，抹窗子扫地的，一共十一个下人。家里常常有客来打牌，男女都有，把桌子摆好，人上了桌子，四双白手争到在桌上洗牌，抱引小少爷的娘姨就站到客人背后看牌，待到太太说，娘姨，你是看少爷的，怎么尽呆到这里？这三河县才像记起了自己职务，把少爷抱出外面大街，看送丧事人家大块头吹唢呐打鼓打锣去了。引少爷的娘姨，厨子娘姨，虽不必站在桌边看谁输赢，总而言之是知道到了晚上，汽车包车把客人接走以后，太太是要把人喊在一处，为这些下等人分派赏号的。得了赏号这些人就按照身分，把钱用到各方面去，厨子照例也欢喜打一点牌，门房能够喝喝酒，车夫有女人，娘姨们各个还有瘦瘦的挨饿的儿子，同到一事不作的丈夫，留在乡下，靠到得钱吃饼过日子。太太有时输了，不大高兴，大家就不做声，不敢讨论到这数目，也不敢在这数目上作那种荒唐打算，因为若是第二次太太又输，手气坏，这赏号分给用人的，不是钱，将只是一些辱骂。实在说来使主人生气的事情也太多了，这些真是完全吃闲饭的东西，一天什么事也不作，什么也不能弄得清楚，这样人多，还是胡胡涂涂，有客来了，喊人摆桌子也找不到，每一个人又都懂得到分钱，不忘记伸手。太太是常常这样生气骂人的，用人从不会接嘴应声，人人皆明白骂一会儿，回头不是客来就是太太到别处去做客，太太事情多，不会骂得很久，并且不是输了很多的钱也不会使太太生气，所以每个下人都懂得做下人的规矩，对于太太非常恭敬。

太太是很爱儿子的，小孩子哭了病了，一面打电话请医生，一面就骂娘姨，因为一个娘姨若照料得尽职，像自己儿子一样，照例小孩子是不大应当害病爱哭的。可是做母亲的除了有时把几个小孩子打扮得齐全，引带小孩子上公园吃点心看花以外，自己小孩子是不常同母亲接近的。另外时节母亲事情都像太多了，母亲常常有客，常常做客，平时又有许多机会同绅士吵嘴抖气，小孩子看到母亲这样子，好像也不大愿意亲近这母亲了。有时顶小的少爷，一定得跟到母亲做客，总得太太装成生气的样子骂人，于是娘姨才能把少爷抱走。

绅士为什么也缺少这涵养，一定得同太太吵闹给下人懂到这习惯？是并不溢出平常绅士家庭组织以外的理由。一点点钱，一次做客不曾添制新衣，更多次数的，是一种绅士们总不缺少的暧昧行为，太太从绅士的马褂袋子里发现了一条女人用的小小手巾，从朋友处听到了点谣言，从娘姨告诉中知道了些秘密，从汽车夫处知道了些秘密，或者，一直到了床上，发现了什么，都得在一个机会中把事情扩大，于是骂一阵，嚷一阵，有眼睛的就流眼泪，有善于说谎赌咒的口的也就分辩，发誓，于是本来预备出去做客也就不去了，本来预备睡觉也睡不成了。哭了一会的太太，若是不甘示弱，或遇到绅士恰恰有别的事情在心上，不能采取最好的手段赔礼，太太就一人出去到别的人家做客去了，绅士羞惭在心，又不无小小愤怒，也就不即过问太太的去处。生了气的太太，还是过相熟的亲戚家打牌，因为有牌在手上，纵有气，也不是对于人的气了。过一天，或者吵闹是白天，到了晚上，绅士一定各处熟人家打电话，问太太在不在。有时太太记得到这行为，正义在自己身边，不愿意讲和，就总预先嘱咐那家主人，告给绅士并不在这里。有时则虽嘱咐了主人，遇到公馆来电话时，主人知道是绅士想讲和了，总仍然告给了太太的所在地方，于是到后绅士就来了，装作毫无其事的神气，问太太输赢，若旁人说赢了，绅士不必多说什么，只站在身后看牌，到满圈，绅士一定就把太太接回家。若听到人说输了呢，绅士懂得自己应做的事，是从皮包里甩一百八十的票子，一面放到太太跟前去，一面挽了袖子自告奋勇，为太太扳本。既然加了股份，太太已经愿意讲和，且当到主人面子，不好太不近人情，自然站起来让坐给绅士。绅士见有了转机，虽很欢喜的把大屁股贴到太太坐得热巴巴的椅子上去，仍然不忘记说："莫走莫走，我要你帮忙，不然这些太太们要欺骗我这近视眼！"那种十分得体的趣话，主人也仿佛很懂事，听到这些话总是打哈哈笑，太太再不好意思走开，到满圈，两夫妇也仍然就回家了。遇到各处电话打过，太太的行动还不明白时节，主人照例问汽车夫，照例汽车夫受过太太的吩咐，只说太太并不让他知道去处，是要他送到市场就下了车的。绅士于是就坐了汽车各家去找寻太太。每到一个熟人的家里，那家公馆里仆人，都不以为奇怪，公馆中主人，姨太太，都是自己才讲和不久，也懂得这些事情，男主人照例袒护绅士，女主人照例袒护太太，同这绅士来谈话。走到第二家，第三家，有时是第七家，太太才找着。有时找了一会，绅士新的气愤在心上慢慢滋长，不愿意再跑路了，吼着要回家（或索性到那使太太出走的什么家中去玩了一趟）。回到家中躺在柔软的大椅子上吸烟打盹，这方面一坚持，太太那方面看看无消息，有点软弱惶恐了，或者就使那家主人打电话回家来，作为第三者转圜，使绅士来接，或者由女主人伴送太太回家，且用着所有绅士们太太的权利，当到太太把绅士教训了一顿。绅士虽不大高兴，既然见到太太归来了，而且伴回来的又正说不定就是在另一时方便中也开了些无害于事的玩笑过的女人，到这时节，利用到机会，把太太支使走开，主客相对会心的一笑，大而肥厚的柔软多脂的手掌，把和事老小小的善于搅牌也善于做别的有趣行为的手捏定，用人不在客厅，一个有教养的绅士，总得对于特意来做和事老的人有所答谢，一面无声的最谨慎的做了些使和事老忍不着笑的行为，一面又柔声的喊着太太的小名，用"有客在怎么不出来"这一类正义相责，太太本来就先服了输，这时又正当到来客，再不好坚持，就出来了。走出来了，谈了一些空话，因为有了一主一客，只须再来两个就是一桌，绅士望到客人做了一个会心的微笑，赶忙去打电话邀人，坐在家里发闷的女人正多，自然不到半点钟，这一家的客厅里又有四双洁白的手同几个放光的钻戒在桌上唏唎哗喇乱着了。

关于这家庭战争，由太太这一面过失而起衅，由太太这一面错误来出发，这事是不是也有过？也有过。不过男子到底是男子，一个绅士，学会了别的时候以前先就学会了对这方面的让步。所以除了有时无可如何才把这一手拿出来抵制太太，平常时节是总以避免这冲突为是的。因为绅士明白每一个绅士太太，都在一种习惯下，养成了一种趣味，这趣味有些人家是在相互默契情形下维持到和平的，有些人家又因此使绅士得了自由的机会，总而言之太太们这种好奇的趣味，是可以使绅士阶级把一些友谊僚谊更坚固起来的，因这事实绅士们装聋装哑过着和平恬静的日子，也就大有其人了。这绅士太太，是缺少这样把柄给丈夫拿到，所以这太太比其余公馆的太太更使绅士尊敬畏惧了。

另外一个绅士的家庭

因为做客，绅士太太做到西城一个熟人家中去。

也是一个绅士，有姨太太三位，儿女成群，大女儿在大学念书，小女儿在小学念书，有钱有势，儿子才从美国回来，即刻就要去新京教育部做事。绅士太太一到这人家，无论如何也有牌打，因为没有客这个家中也总是一桌牌。小姐从学校放学回来，争着为母亲替手，大少爷还在候船，也常常站到庶母后面，间或把手从隙处插过去，抢去一张牌，大声吼着，把牌掷到桌上去。绅士是因为疯瘫，躺到藤椅上哼，到晚饭上桌时，才扶到桌边来吃饭的。绅士太太是到这样一个人家来打牌的。

到了那里，看到瘫子，用自己儿女的口气，同那个废物说话：

"伯伯这几天不舒服一点吗？"

"好多了。谢谢你们那个橘子。"

"送小孩子的东西也要谢吗？伯伯吃不得酸的，我那里有人从上海带来的外国苹果，明天要人送点来。"

"不要送，我吃不得。××近来忙，都不过来。"

"成天同和尚来往。"

"和尚也有好的，会画会诗，谈话风雅，很难得。"

自己的一个姨太太就笑了，因为她就同一个和尚有点熟。这太太是不谈诗画不讲风雅的，她只觉得和尚当真也有好人，很可以无拘束的谈一些话。

那从美利坚得过学位的大少爷，一个基督教徒，就说：

"和尚都该杀。"

绅士把眼睛一睁，很不平了：

"怎么，乱说！佛同基督有什么不同吗？不是都要渡世救人吗？"

少爷记起父亲是废物了，耶稣是怜悯老人的，取了调和妥协的神气："我说和尚不说佛。"

姨太太A说："我不知道你们男人为什么都恨和尚。"

这少爷正想回话，听到外面客厅一角有电话铃响，就奔到那角上接电话去了。这里来客这位绅士太太就说："伯伯媳妇怎么样？"废物不作声，望到大小姐，因为大小姐在一点钟以前还才同爹爹吵过嘴。大小姐笑了。大小姐想到这件事，就笑了。

姨太太B说："看到相片了，我们同大小姐到他房里翻出相片同信，大小姐读过笑得要不得。还有一个小小头发结子，不知是谁留下的，还有……"

姨太太С不知为什么红了脸，借故走出去了。

大小姐追出去："三孃[1]，婶婶来了，我们打牌！"

绅士太太也追出去，走到廊下，赶上大小姐："慢走，我同你说。"

大小姐似乎懂得所说的意思了，要绅士太太走过那大丁香树下去。两人坐到那小小绿色藤椅上去，两人互相望着对方白白的脸同黑黑的眼珠子，大小姐笑了，红脸了，伸手把绅士太太的手捏定了。

"婶婶，莫逼我好吧。"

"逼你什么？你这丫头，那么聪明，你昨天装得使我认不出是谁了。我问你，到过那里几回了？"

"婶婶你到过几回？"

"我问你！"

"只到过三次，万千莫告给爹爹！"

"我先想不到是你。"

"我也不知道是婶婶。"

"输了赢了？"

"输了不多。姨姨输二千七百，把戒子也换了，瞒到爹爹。"

"几姨？"

"就是三孃。"

三孃正在院中尖声唤大小姐，到后听到这边有人说话，也走到丁香花做成的花墙后面来了。见到了大小姐同绅士太太，就说："请上桌子，摆好了。"

绅士太太说："三孃，你手气不好，怎么输很多钱。"

这妇人为妓女出身，会做媚笑，就对大小姐笑，好像说大小姐不该把这事告给外人。但这姨太太一望也就知道绅士太太不是外人了，所以说："××去不得，一去就输，还是大小姐好。"又问，"太太你常到那里？"绅士太太就摇头，因为她到那里是并不为赌钱的，只是监察到绅

---

① 三孃，孃，读作 niāng。湘西方言，称姑母为孃，三孃，即三姑。

士丈夫，这事不能同姨太太说，不能同大小姐说，所以含混过去了。

她们记起牌已摆上桌子了，从花下左边小廊走回内厅，见到大少爷在电话旁拿着耳机，说洋话，疙疙瘩瘩，大小姐听得懂是同女人说的话，就嘻嘻的笑，两个妇人皆莫名其妙，也好笑。

四个人哗喇哗喇洗牌，分配好了筹码，每人身边一个小红木茶几，上面摆纸烟，摆细料盖碗，泡好新毛尖茶，另外是小磁盘子，放得有切成小片的美国橘子。四个人是主人绅士太太，客人绅士太太，姨太太B，大小姐。另外有人各人背后站站，谁家和了就很伶俐的伸出白白的手去讨钱，是"做梦"的姨太太C。废人因为不甘寂寞，要把所坐的活动椅子推出来，到厅子一端，一面让姨太太A捶背，一面同打牌人谈话。

大少爷打完电话，穿了洋服从厅旁过身，听到牌声洗得热闹，本来预备出去有事情，也在牌桌边站定了。

"你们大学生也打牌!"

"为什么不能够陪妈陪婶婶?"

客人绅士太太就问大少爷："春哥，外国有牌打没有?"

主人绅士太太笑了："岂止有牌打，我们这位少爷还到美国做教师，那些洋人送他十块钱一点钟，要他指点!"

"当真是这样我将来也到美国去。"

大小姐说："要去等我毕业了，我同婶婶一路去。我们可以……慢点慢点，一百二十副。妈你为什么不早打这张麻雀，我望这麻雀望了老半天了，哈哈，一百二!"说了，女人把牌放在嘴边亲了那么一下，表示这么索同自己的感情。

母亲像是不服气样子，找别的岔子："玉玉，怎么一个姑娘家那么野?"

大小姐不做声，因为大少爷捏着她的膀子，要代一个庄，大小姐就嚷："不行不行，人家才第一个上庄!"

大少爷到后坐到母亲位置上去，很热心的洗着牌，很热心的叫骰子，和了一牌四十副，才哼着美国学生所唱的歌走去了。

这一场牌一直到晚上，到后又来了别的一个太太，二姨太让出了缺，仍然是五个人打下去。到晚饭时许多鸡鸭同许多精致小菜摆上了桌子，在非常光亮的电灯下，打牌人皆不必调换位置，就仍然在原来座位上吃晚饭。废人也镶拢来了，问这个那个的输赢，吃了很多的鱼肉，添了三次白饭，还说近来厨子所做的菜总是不大合口味，因为在一钵鸡中发现了一只鸡脚没有把外皮剥去，就叫厨子来，骂了一些吃冤枉饭的大人们照例骂人的话，说是怎么这东西还能给人吃，要把那鸡收回去，厨子把一个大磁盆拿回到灶房，看看所有的好肉已经吃尽，也就不说什么话，回头上房喊再来点汤，于是又在那煨鸡缸里舀了一盆清汤送上去了。

吃过了晚饭，晚上的时间觉得尚长，大小姐明早八点钟得到学校去上课，做母亲的把这个话提出来，在客人面前不大好意思同母亲作对，于是退了位，让姨太太C来补缺，四人重新上了场，不过大小姐站到母亲身后不动，一遇到有牌应当上手时，总忽然出人意外的飞快的把手从母亲肩上伸到桌中去，取着优美的姿势，把牌用手一摸，看也不看，嘘的一声又把牌掷到桌心去。母亲因为这代劳的无法拒绝，到后就只有让位了。

八点了，二少爷三小姐三少爷不忘记姐姐日里所答应的东道，选好了××主演的《妈妈趣史》电影，要大小姐陪到去做主人。恰恰一个大三元为姨太太C抢去单吊，非常生气，不愿意再打，就伴同一群弟妹坐了自己汽车到××去看影戏去了，主人绅士太太仍然又上了桌子。

大少爷回来时，废物已回到卧房里睡觉去了。大少爷站到姨太太C身后看牌，看了一会，走去了。姨太太C到后把牌让姨太太B打，说要有一点事，也就走去了。

于是客人绅士太太一面砌牌一面说："伯母，你真有福气。"

主人绅士太太说："吵闹极了，都像小孩子。"

另外来客也有五个小孩，就说："把他们都走到学校去也好，我有三个是两个礼拜才许他们回来一次的。"这个妇人却料不到那个大儿子每星期到××饭店跳舞两次。

"家里人多也好点。"

"我们大少爷过几天就要去南京，做什么'边事'，不知边些什么。"

"有几百一个月？"

"听说有三百三，三百三他那里够，好的是也可以找钱，不要老子养他了。"

"他们都说美国回来好，将来大小姐也应当去。"

"她说她不去美国，要去就去法国。法国女人就只会妆扮，这个丫头爱好。"

轮到绅士太太，做梦赋闲了，站到红家身后看了一会，又站到痞家身后看了一会，吃了些糖松子儿，又喝了口热茶，想出去方便一下，就从客厅出去，过东边小院子。过圆门。过长廊。那边偏院辛夷树开得花朵动人，在月光里把影子通通映在地下，非常有趣味。辛夷树那边是大少爷的书房，听到有人说话，引起了一点好奇的童心，就走过那边窗下去，只听到一个极其熟习的女人笑声，又听到说话，声音很小，像在某一种情形下有所争持。

"小心一点……"

"你莫把手挡着我就……"

听了一会，绅士太太忽然明白这里是不适宜于站立的地方，脸上觉得发烧，悄悄的又走回到前面大院子来，月亮挂到天上，有极小的风吹送花香，内厅里不知是谁一个大牌和下了，只听到主客的喜笑与搅牌的热闹声音，绅士太太想起了家里的老爷，忽然不高兴再在这里打牌了。

听到里面喊丫头，知道是在找人了，就进到内厅去，一句话不说，镶到主人绅士太太的空座上去补缺，两只手皆放到牌里去乱合。

不到一会儿，姨太太C来了，悄静无声的，极其矜持的，站到另外那个绅士太太背后，把手搁到椅子靠背上，看大家发牌。

另外一个绅士太太，一面打下一张筒子，一面鼻子皱着，说："三嬢，你真是使人要笑你，怎么晚上也擦得一身这样香。"

姨太太C不做声，微微的笑着，又走到客人绅士太太背后去。绅士太太回头去看姨太太C，这女人就笑，问赢了多少。绅士太太忽然懂到为什么这人的身上有浓烈的香味了，把牌也打错张了。

绅士太太说："外面月亮真好，我们打完这一牌，满圈了，出去看月亮。"

姨太太Ｃ似乎从这话中懂得一些事情，用齿咬着自己的红红嘴唇，离开了牌桌，默默的坐到较暗的一个沙发上，把自己隐藏到松软的靠背后去了。

一点新的事情

××公馆大少爷到东皇城根绅士家来看主人，主人不在家，绅士太太把来客让到客厅里新置大椅上去。

"昨天我以为婶婶会住到我家里的，怎么又不打通夜？"

"我恐怕我们家里小孩子发烧要照应。"

"我还想打四圈，那晓得婶婶赢了几个就走了。"

"那里，你不去南京，我们明天又打。"

"今天就去也行，三孃总是一角。"

"三孃同……"绅士太太忽然说滑了口，把所要说的话都融在一个惊讶中，她望到这个整洁温雅的年青人呆着，两人互相皆为这一句话不能继续开口了。年青人狼狈到无所措置，低下了头去。

过了一会大少爷发现了屋角的一具钢琴，得到了救济，就走过去用手按琴键，发出高低的散音。小孩子听到琴声，手拖娘姨来到客厅里，看奏琴，绅士太太把小孩子抱在手里，叫娘姨削几个梨子苹果拿来，大少爷不敢问绅士太太，只逗着小孩，要孩子唱歌。

到后两人坐了汽车又到××废物公馆去了，在车上，绅士太太，很悔自己的失言，因为自己也还是年青人，对于这些事情，在一个二十六七岁的晚辈面前，做长辈的总是为一些属于生理上的种种，不能拿出长辈样子，这体面的年青人，则同样也因为这婶婶是年青女人，对于这暧昧情形有所窘迫，也感到无话可说了。车到半途，大少爷说，"婶婶，莫听他们谣言。"绅士太太就说，"你们年青人小心一点。"仍然不忘记那从窗下听来的一句话，绅士太太把这个说完时，自己觉得脸上发烧得很，因为两个人是并排坐得那么近，身体的温皆互相感到，年青人，则从绅士太太方面的红脸，起了一种误会，他那聪明处到这时仿佛起了一个新的合理的注意，而且这注意也觉得正是救济自己一种方法，到了公馆，下车时，先走下去，伸手到车中，一只手也有意那么递过来，于是轻轻的一握，下了车，两人皆若为自己行为，感到了一个憧憬的展开扩大，互相会心的交换了一个微笑。

到了废物家，大少爷消失了，不到一会又同三孃出现了。绅士太太觉得这三孃今天特别对她亲切，在桌边站立，拿烟拿茶剥果壳儿，两人望到时，就似乎有些要说而不必用口说出的话，从眼睛中流到对方心里去，绅士太太感到自己要做一个好人，要为人包瞒打算，要为人想法成全，要尽一些长辈所能尽的义务：这是为什么？因为从三孃的目光里，似乎得到一种极其诚恳的信托，这妇人，已经不能对于这件事不负责任了。

大小姐已经上坤范女子大学念书去了，少爷们也上学了，今天请了有两个另外的来客，所以三孃不上场，到绅士太太休息时，三孃就邀绅士太太到房里去，看新买的湘绣。两人刚走过院子，望见偏院里辛夷，开得如红火，一大树花灿烂夺目，两人皆不知忌讳走到树下去看花。

"昨夜里月光下这花更美。"绅士太太在心上说着，微微的笑。

"我想不到还有人来看花！"姨太太Ｃ也这样想着，微微的笑。

书房里大少爷听到有人走路声音，忙问是谁。

绅士太太说："××，不出去么？"

"是婶婶吗？请进来坐坐。"

"太太就进去看看，他很有些好看的画片。"

于是两个妇人就进到这大少爷书房了，一个并不十分阔大的卧室，四壁裱得极新，小小的铜床，小小的桌子，四面皆是书架，堆满了洋书，红绿面子，印金字，大小不一，似乎才加以整理的神情，稍稍显得凌乱。床头一个花梨木柜橱里，放些女人用的香料，一个高脚维多利亚式话匣子，上面一大册安置唱片的本子，本子上面一个橘子，橘子边旁一个烟斗。大少爷正在整理一个像小钟一类东西，那东西就搁到窗前桌上。

"有什么用处？"

"无线电盒子，最新从美国带回的，能够听上海的唱歌。"

"太太，大少爷带得一个小闹表，很有趣味。"

"哎呀，这样小，值几百？"

"一百多块美金，婶婶欢喜就送婶婶。"

"这么好意思，你只买得这样一个，我怎么好拿。"

"不要紧，婶婶拿去玩，还有一个小盒子，这种表只有美国一家专利，若是坏了，拿到中央表店去修理，不必花钱，因为世界凡是代卖这钟表公司出品的都可以修理。"

"你留到自己玩吧，我那边小孩子多，掉到地下也可惜。"

"婶婶真是当做外人。"

绅士太太无话可说。因为姨太太C已经把那个表放到绅士太太手心里，不许她再说话了。这女人，把人情接受了，望一望全房情景，像是在信托方面要说一句话，就表示大家可以开诚布公作商量了，就悄悄的说道：

"三孃，你听我说一句话，家里人多了，凡事也小心一点。"

三孃望到大少爷笑："我们感谢太太，我们不会忘记太太对我们的好处。"

大少爷，这美貌有福的年轻人，无话可说，正翻看到一本日日放在床头的英文圣经，不做声，脸儿发着烧，越显得娇滴滴红白可爱，忽然站起来，对绅士太太作了三个揖，态度非常诚恳，用一个演剧家扮演哈孟雷特青年的姿势，把绅士太太的左手拖着，极其激动的向绅士太太说道：

"婶婶的关心地方，我不会忘记到脑背后。"

绅士太太右手捏着那钮扣大的小表，左手被人拖着，也不缺少一个剧中人物的风度，谦虚的而又温和的说："小孩子，知道婶婶不是妨碍你们年青人事情就行了，我为你们耽心！我问你，什么时候过南京有船?"

"我不想去，并不是没有船。"

"母亲也瞒到?"

"母亲只知道我不想去，不知道为什么事情，她也不愿意我就走，所以帮同瞒到老瘫子说是船受检查，极不方便。"

绅士太太望望这年青侄儿，又望望年青的姨太太C，笑了："真是一对玉合子。"

三孃不好意思，也嗤的笑了。"太太，今夜去××试试赌运，他们那里主人还会做很好的点心，特别制的，不知尝过没有?"

"我不欢喜大数目，一百两百又好像拿不出手——××，美国有赌博的?"

"法国美国都有，我不知道这里近来也有了，以前我不听到说过。婶婶也熟习那个吗?"

"我是悄悄的去看你的叔叔，我装得像妈子那样带一副墨眼镜，谁也不认识，有一次我站到我们胖子桌对面，他也看不出是我。"

"三孃今天晚上我们去看看，婶婶莫打牌了。假装有事要回去，我们一道去。"

姨太太C也这样说："我们一道去。到那里去我告给太太巧方法扎七。"

事情就是这样定妥了。

到了晚上约莫八点左右，绅士太太不愿打牌了，同废物谈了一会话，邀三孃送她回去，大少爷正有事想过东城，搭乘了绅士太太的汽车，三人一道儿走。汽车过长安街，一直走，到哈德门大街了，再一直走，汽车夫懂事，把车向右转，因为计算今天又可以得十块钱特别赏赐，所以乐极了，把车也开快许多了。

三人到××，留在一个特别室中喝茶休息，预备吃特制点心，三姨太太悄悄同大少爷说了几句话，扑了一会粉，对穿衣镜整理了一会头发，说点心一时不会做来，先要去试试气运，拿了皮篦想走。

绅士太太说："三孃你就慌到输!"

大少爷说："三孃是不怕输的，顶爽利，莫把皮箧也换筹码输去才好。"

姨太太Ｃ走下楼去后，小房中只剩下两个人。两人说了一会空话，年青人记起了日里的事情，记起同姨太太Ｃ商量得很好了的事情，感到游移不定，点心送来了。

"婶婶吃一杯酒好不好？"

"不吃酒。"

"吃一小杯。"

"那就吃甜的。"

"三孃也总是欢喜甜酒。"

当差的拿酒去了，因为一个方便，大少爷走到绅士太太身后去取烟，把手触了她的肩。在那方，明白这是有意，感到可笑，也仍然感到小小动摇，因为这贵人记起日里在车上的情形，且记起昨晚上在窗下窃听的情形，显得拘束，又显得烦懑了，就说：

"我要回去，你们在这里吧。"

"为什么忙？"

"为什么我到这里来？"

"我同婶婶要说一句话，又怕骂。"

"什么话？"

"婶婶样子像琴雪芳。"

"说瞎话，我是戏子吗？"

"是三孃说的，说美得很。"

"三孃顶会说空话。"虽然这么答着，侧面正是一个镜台，这绅士太太，不知不觉把脸一侧，望到镜中自己的白脸长眉，温和的笑了。

男子低声的蕴藉的笑着，半天不说话。

绅士太太忽然想到了什么的神情，对着了大少爷："我不懂你们年青人做些什么鬼计。"

"婶婶是我们的恩人，我……"那只手，取了攻势，伸过去时，受了阻碍。

女人听这话不对头，见来势不雅，正想生气，站在长辈身分上教训这年青人一顿，拿酒的厮役已经在门外轻轻的啄门，两人距离忽然又远了。

把点心吃完，到后两人用小小起花高脚玻璃杯子，吃甜味橘子酒。三嬢太太回来了，把皮篓掷到桌上，坐到床边去。

绅士太太问："输了多少？"

三嬢不作答，拿起皮篓欢欢喜喜掏出那小小的精巧红色牙骨筹码数着，一面做报告，一五一十，除开本，赢了五百三。

"我应当分三成，因为不是我陪你们来，你一定还要输。"绅士太太当笑话说着。

大少爷就附和到这话说："当真婶婶应当有一半，你们就用这个做本，两人合份，到后再结算。"

"全归太太也不要紧，我们下楼去，现在热闹了点，张家大姑娘同到张七老爷都来了，×总理的三小姐也在场。五次输一千五，骄傲极了，越输人越好看。"

"我可不下去，我不欢喜使她知道我在这里赌钱。"

"大少爷？"

"我也不去，我陪婶婶坐坐，三嬢你去吧，到十一点我们回去。"

"……莫走！"

…………

回到家中，皮篓中多了一个小表，多了四百块钱，见到老爷在客厅中沙发上打盹，就骂用人，为什么不喊老爷去睡。当差的就说，才有客到这里谈话刚走不久，问老爷睡不睡觉，说还要读一点书，等太太回来再叫，他所以不敢喊叫。绅士见到太太回了家，大声的叱娘姨，惊醒了。

"回来了，太太！到什么人家打牌？"

绅士太太装成生气的样子，就说："运气坏极了，又输一百五。"

绅士正恐怕太太追问到别的事，或者从别的地方探听到了关于他的消息，贼人心虚，看到太太那神气，知道可以用钱调和了，就告给绅士太太明天可以还账，且安慰太太，输不要紧，又同太太谈各个熟人太太的牌术和那属于打牌的品德，这贵人日里还到一个饭店里同一个女人鬼混过一次，待到太太问他白天做些什么事时，他就说到佛学会念经，因为今天是开化老和尚讲楞严日子。若是往日，绅士太太一定得诈绅士一阵，不是说杨老太太到过佛学会，就是说听说开化和尚已经上天津，绅士照例也就得做戏一样，赌一个小咒，事情才能和平了结，解衣上床。今晚上因为赢了钱，且得了一个小小金表，自己又正说着谎话，所以也就不再追究谈楞严谈到第几章那类事了。

两人回到卧室，太太把皮箧子收到自己小小的保险箱里去，绅士作为毫不注意的神气，一面弯腰低头解松绑裤管的带子，一面低声的摹仿梅畹华老板的天女散花摇板，用节奏调和到呼吸。

到后把汗衣剥下，那个满腹经纶的尊贵肚子因为换衣的原因，在太太眼下，用着骄傲凌人的态度，挺然展露于灯光下，暗褐色的下垂的大肚，中缝一行长长的柔软的黑毛，刺目的呈一程图案调子，太太从这方面得到一个联想，告绅士，今天西城××公馆才从美国回来不久的大少爷来看过他，不久就得过南京去。

绅士点点头："这是一个得过哲学硕士的有作为的年青人，废物有这样一个儿子，自己将来不出山，也就不妨事了。"

绅士太太想到别的事情，就笑，这时也已经把袍子脱去，夹袄脱去，鞋袜脱去，站在床边，对镜用首巾包头，预备上床了。绅士从太太高硕微胖的身材上，在心上展开了一幅美人出浴图，且哗哗的隔房浴室便桶的流水声，也仿佛是日里的浴室情景，就用鼻音做出褒声，告太太小心不要招凉。

更新的事情

约有三天后，××秘密聚乐部的小房子里又有三个人在吃点心，那三嬢又赢了三百多块钱，分给了绅士太太一半。这次绅士太太可在场了，先是输了一些，到后大少爷把婶婶邀上楼去，姨太太Ｃ不到一会儿就追上来，说是天红得到五百，把所输的收回，反赢三百多，绅士太太同大少爷除了称赞运气，并不说及其他事情。

绅士太太对于他们的事更显得关切，到废物公馆时，总借故到姨太太C房中去盘旋，打牌人多，也总是同三孃合手，两股均分，输赢各半。

星期日另外一个人家客厅里红木小方桌旁，有西城××公馆大小姐，有绅士太太，大小姐不明奥妙，问绅士太太，知不知道三孃近来的手气。

"姊姊不知道么？我听人说她输了五百。"

"输五百吗？我一点不明白。"

"我听人说的，她们看到她输。"

"我不相信，三孃太聪明了，心眼玲珑，最会看风色，我以为她扳了本。"

大小姐因为抓牌就不说话了，绅士太太记到这个话，虽然当真不大相信，可是对于那两次事情，有点小小怀疑起来了。到后新来了两个客，主人提议再拼成一桌，绅士太太，主张把三孃接来。电话说不来，有小事，今天少陪了，绅士太太要把耳机接线拿过身边来，捏了话机，用着动情的亲昵调子：

"三孃，快来，我在这里！"

那边说了一句什么话，这边就说："好好，你来，我们打过四圈再说。"

说是有事的姨太太C，得到绅士太太的嘱咐，仍然答应就来了，四个人皆拿这事情当笑话说着，但都不明白这友谊的基础建筑到些什么关系上面。

不到一会三孃的汽车就在这人家公馆大门边停住了，客来了，桌子摆在小客厅，三孃不即去，就来在绅士太太身后。

"太太赢了，我们仍然平分，好不好？"

"好，你去吧，人家等得太久，张三太快要生气了。"

三孃去后大小姐问绅士太太：

"这几天婶婶同三孃到什么地方打牌?"

绅士太太摇头喊:"五万碰,不要忙!"

休息时三孃扯了绅士太太,走到廊下去,悄悄的告她,大少爷要请太太到××去吃饭。绅士太太记起了大小姐先前说的话,问姨太太C:

"三孃,你这几天又到××去过吗?"

"那里,我这两天门都不出。"

"我听谁说你输了些钱。"

"什么人说的?"

"没有这回事就没有这回事,我好像听谁提到。"

三孃把小小美丽嘴唇抿了一会,莞尔而笑,拍着绅士太太肩膊:"太太,我谎你,我又到过××,稍稍输了一点小数目。我猜这一定是宋太太说的。"

绅士太太本来听到三孃说不曾到过××,以为这是大小姐或者明白她们赢了钱,故有意探询,也就罢了。谁知姨太太C又说当真到过,这不是谎话的谎话,使她不能不对于前两天的赌博生出疑心了。她这时因为不好同三孃说破,以为另外可去问问大少爷,就忙为解释,说是听人说过,也记不起是谁了。她们到后都换了一个谈话方向,改口说到花,一树迎春颜色黄澄澄地像碎金缀在枝头上,在晚风中摇摆,姿态绝美,三孃为折了一小枝来替绅士太太插到衣襟上去:

"太太,你真是美人,我一看到你,就好像自己会嫌自己肮脏卑俗。"

"你太会说话了,我是中年人了,那里敌得过你们年青太太们。"

到了晚上,两人借故有事要走,把两桌牌拼戍一桌,大小姐似乎稍稍奇怪,然而这也管不了许多,这位小姐是对于牌的感情太好了,依旧上了桌子摸风,这两人就坐了汽车到××饭店去了。××饭店那面,大少爷早在那里等候了许久,人来了,极其欢喜,三孃把大少爷扯到身边,咬着耳朵说了两句话,大少爷望到绅士太太只点头微笑,两个人不久就走到隔壁房间去了。房里剩下绅士太太一个人,襟边的黄花掉落到地下,因为拾花,想起了日里三孃的称誉,回头去照镜子,照了好一会，又用手抹着自己头上光光的柔软的头发，顾影自怜，这女人稍稍觉得有点烦恼，从生理方面有一些意识模糊的反抗，想站起身来走过去，看两个人在商量些什么事情。

推开那门，见到大少爷坐在大椅上，三孃坐在大少爷腿上，把头聚在一处，蜜蜜的接着吻。绅士太太不待说话，心中起着惊讶，就缩回来了，仍然坐到现处，就听到两人在隔壁的笑声，且听到接吻嘴唇离开时的声音。三孃走过房中来了，一只手藏在身后，一只手伏在绅士太太肩上，悄悄的说：

"太太，要看我前回所说那个东西没有？"

"你怎么当真？"

"不是说笑话。"

"真是丑事情。"

三孃不再作声，把藏在身后那只手所拿的一个摺子放到绅士太太面前，翻开了第一页。于是第二页，第三页……两人相对低笑，大少爷，轻脚轻手，已经走到背后站定许久了。

…………

回家去，绅士太太向绅士说头痛不舒服，要绅士到书房去睡。

一年以后

绅士太太为绅士生养了第五个少爷，寄拜给废物三姨太太作干儿子，三孃送了许多礼物给小孩，绅士家请酒，客厅卧房皆摆了牌，小孩子们皆穿了新衣服，由娘姨带领，来到这里做客。绅士家一面举行汤饼宴，一面接亲家母过门，头一天是女客，废物不甘寂寞也接过来了。废物在客厅里一角，躺在那由公馆抬来的轿椅中，一面听太太们打牌嚷笑，一面同绅士谈天，讲到佛学中的果报，以及一切古今事情，按照一个绅士身分，采取了一个废人的感想，对于人心世道，莫不有所议及。绅士同废人说一阵，又各处走去，周旋到妇人中间，这里看看，那里玩玩，院子中小客人哭了，就叹气，大声喊娘姨，叫取果子糖来款待小客人。因为女主人不大方便，不能出外走动，干妈收拾得袅袅婷婷，风流俏俊，代行主人的职务，也像绅士一样忙着一切。

到了晚上，客人散尽，娘姨把各房间打扫收拾清楚，绅士走到太太房中去，忙了一整天，有点疲倦了，就坐到太太床边，低低的叹了一声气。看到桌上一些红绿礼物，看到干妈送来的大金锁同金寿星，想起那妇人飘逸风度，非常怜惜似的同太太说：

"今天干妈真累了，忙了一天！"

绅士太太不做声，要绅士轻说点，莫惊吵了后房的小孩。

似乎因为是最幼的孩子，这孩子使母亲特别关心，虽然请得有一个奶娘，孩子的床就安置在自己房后小间，绅士也极其爱悦这小小生命的嫩芽。正像是因为这小孩的存在，母亲同父亲互相也都不大欢喜在小事上寻隙缝吵闹，家庭也变成非常和平了。

因为这孩子是西城××公馆三孃太太的干儿子，从此以后三孃有一个最好的理由来到东城绅士公馆了。因这贵人的过从，从此以后绅士也常常有理由同自己太太讨论到这干亲家母的为人了。

有一天，绅士从别处得到了一个消息，拿来告给了太太。

"我听到人说西城××公馆的大少爷，有人做媒。"

太太略略惊讶，注意的问："是谁？"

两人在这件事情上说了一阵，绅士也不去注意到太太的神气，不知为什么，因为谈到消息，这绅士记起另外一种消息，就笑了。

太太问："笑什么？"

绅士还是笑，并不作答。

太太有点生气样子，其时正为小孩子剪裁一个小小绸胸巾就放下了剪刀，一定要绅士说出。

绅士仍然笑着，过了好一会，才嚅嚅滞滞的说："太太，我听到有笑话，说那大少爷灯……有点……"

绅士太太愕然了，把头偏向一边，惊讶而又惶恐的问："怎么，你说什么？！"

"我是听人说的，好像我们小孩子的……"

"怎么，说什么?！你们男子的口!!"

绅士望到太太脸上突然变了颜色，料不到这事情会有这样吓人，就忙分辩说："这是谣言，我知道！"

绅士太太要哭了。

绅士赶忙匆匆促促的分辩说："是谣言，我是知道的！我只听说我们的孩子干妈三孃，特别同那大少爷谈得合式，听到人这样说过，我也不相信。"

绅士太太放了一口气，才明白谣言所说的原是孩子的干妈，对于自己先前的态度忽然感到悔恨，且非常感到丈夫的可恼了，就骂绅士，以为真是一个堕落的人，那么大年纪的人了，又不是年轻小孩子，不拘到什么地方，听到一点毫无根据的谰言，就拿来嚼咀。且说：

"一个绅士都不讲身分，亏得你们念佛经，这些话拿去随便说，拔舌地狱不知怎么容得下你们这些人。"

绅士听到这教训，一面是心中先就并不缺少对于那干亲家母的一切憧憬，把太太这义正辞严的言语，嵌到肥心上去后，就不免感到一点羞惭了。见到太太样子还很难看，这尊贵的人，照老例，做戏一样陪了礼，说一点别的空话，搭搭讪讪走到书房继续做阿难伽叶传记的研究去了。

绅士太太好好保留到先前一刻的情形，保留到自己的惊，保留到丈夫的谦和，以及那些前后言语，给她的动摇，这女人，再把另外一些时节一些事情追究了一下，觉得全身忽然软弱起来，发着抖，再想支持到先前在绅士跟前的生气崛强，已经是万万办不到了。于是她就哭了，伏在那尚未完成的小孩子的胸巾上面，非常伤心的哭了。

悄悄溜到门边的绅士，看到太太那情形，还以为这是因为自己失去绅士身分的责难，以及，物丧其类底痛苦，才使太太这样伤心，万分羞惭的转到书房去，想了半天主意，才亏得想出一个计策来，不让太太知道，出了门雇街车到一个亲戚家里去，只说太太为别的事使气，想一个老太太装作不知道到他家里，邀她往公园去散散。把计策办妥当后，这绅士又才忙忙的回到家中，仍然去书房坐下，拿一本陶渊明的诗来读，读了半天，听到客来了，到上房去了，又听到太太喊叫拿东西，过了一会又听到叫把车子预备，来客同太太出去以后，绅士走到天井中，看看天气，天气非常好，好像很觉得寂寞，就走到上面房里去，看到一块还未剪裁成就的绸子，湿得像从水中浸过，绅士良心极其难过，本来乘到这机会，可以到一个相好的妇人处去玩玩，也下了决心，不再出门了。

绅士太太回来时，问用人，老爷什么时候出去，什么时候回来，用人回答太太，是老爷并不出门，在书房中读书，一个人吃的晚饭。太太忙到书房去，望着老爷正跪在佛像前念经，站到门边许久，绅士把经念完了，回头才看到太太。两人皆有所内恶，都愿好好的讲了和，都愿意得到对方谅解，绅士太太极其温柔的走到老爷身边去。

"怎么一个人在家中，我以为你到傅家吃酒去了。"

绅士看到太太神气，是讲和的情形，就做着只有绅士才会做出的笑样子，问到什么地方去玩了来，明白是到公园了，就又问到公园什么馆子吃的晚饭，人多不多，碰到什么熟人没有。两人于是很虚伪又很诚实的谈到公园的一切，白鹤，鹿，花坛下围棋的林老头儿，四如轩的水饺子，说了半天，太太还不走去。

"累了，早睡一点。"

"你呢？"

"我念了五遍经，近来念经真有了点奇迹，念完了神清气爽。"

听着这样谎话的绅士太太，容忍着，不去加以照例的笑谑，沉默了一阵，一个人走到上房去了。绅士在书房中，正想起傅家一个婢女打破茶碗的故事，一面脱去袜子，娘姨走来了，静静的怯怯的说："老爷，太太请您老人家。"绅士点点头，娘姨退出去了，绅士不知为什么原故，很觉得好笑，在心中搅起了些消失了多年的做新郎的情绪，趿上鞋，略显得匆促的向上房走去。

第二天，三嬢来看孩子，绅士正想出门，在院子里遇到了，绅士红着脸，笑着，敷衍着，一溜烟走了，三嬢是也来告给绅士太太关于大少爷的婚事消息的，说了半天，到后接到别处电话，来约打牌，绅士太太却回绝了。

两个人在家中密谈了一些时候，小孩子不知为什么哭了，绅士太太叫把小孩子抱来，小孩子一到母亲面前就停止了啼哭，望到这干妈，小小的伶精的黑眼仁，好像因为要认清楚这女人那么注意集中到三孃的脸。三孃把孩子抱在手上，哄着喝着：

"小东西，你认得我！不许哭！再哭你爹爹会丢了你！"

绅士太太不知为什么原因，小孩子一不哭泣，又教奶妈快把孩子抱去了。

本篇发表于 1930 年 3 月 10 日《新月》第 3 卷第 1 期，特大号。署名沈从文。

丈　夫

　　落了春雨，一共有七天，河水涨大了。

　　河中涨了水，平常时节泊在河滩的烟船妓船，离岸极近，船皆系在吊脚楼下的支柱上。

　　在楼上"四海春"茶馆喝茶的闲汉子，伏身在临河一面窗口，可以望到对河的宝塔烟雨红桃好景致，也可以知道船上妇人陪客烧烟的情形。因为那么近，上下都方便，有喊熟人的声音，从上面或从下面喊叫，到后是互相见到了，谈话了，取了亲昵样子，骂着野话粗话，于是楼上人会了茶钱，从湿而发臭的甬道走去，从那些肮脏地方走到船上了。

　　上了船，花钱半元到五块，随心所欲吃烟睡觉，同妇人毫无拘束的放肆取乐，这些在船上生活的大臀肥身的年青女人，就用一个妇人的好处，服侍男子过夜。

　　船上人，她们把这件事也像其余地方一样称呼，这叫做"生意"。她们都是做生意而来的。在名分上，那名称与别的工作，同样不与道德相冲突，也并不违反健康。她们从乡下来，从那些种田挖园的人家，离了乡村，离了石磨同小牛，离了那年青而强健的丈夫的怀抱，跟随了一个熟人，就来到这船上做生意了。做了生意，慢慢的变成为城市里人，慢慢的与乡村离远，慢慢的学会了一些只有城市里才需要的恶德，于是妇人就毁了。但那毁，是慢慢的，因为需要一些日子，所以谁也不去注意了。而且也仍然不缺少在任何情形下还依然好好的保留到那乡村气质的妇人，所以在市的小河妓船上，决不会缺少年青女子的来路。

　　事情非常简单，一个不亟亟于生养孩子的妇人，到了城市，能够每月把从城市里两个晚上所得的钱送给那留在乡下诚实耐劳种田为生的丈夫，在那方面就过了好日子，名分不失，利益存在，所以许多年青的丈夫，在娶妻以后，把妻送出来，自己留在家中安分过日子，竟是极其平常的事了。

这种丈夫，到什么时候，想及那在船上做生意的年青的妻，或逢年过节，照规矩要见见妻的面了，自己便换了一身浆洗干净的衣服，腰带上挂了那个工作时常不离口的烟袋，背了整箩整篓的红薯糍粑之类，赶到市上来，像访远亲一样，从码头第一号船上问起，一直到认出自己女人所在的船上为止。问明白了，到了船上，小心小心的把一双布鞋放到舱外护板上，把带来的东西交给了女人，一面便用着吃惊的眼睛，搜索女人的全身。这时节，女人在丈夫眼下自然已完全不同了。

大而油光的发髻，用小钳子由人工扯成的细细眉毛，脸上的白粉同绯红胭脂，以及那城市里人派头城市里人的衣服，都一定使从乡下来的丈夫感到极大的惊讶，有点手足无措。那呆像是女人很容易看到的。女人到后开了口，或者问："那次五块钱得了么？"或者问："我们那对猪养儿子了没有？"女人说话时口音自然也完全不同了，就是变成城市里做太太的大方自由，完全不是做媳妇的神气了。

但听女人问到钱，问到家乡豢养的猪，这做丈夫的看出自己做主人的身分，并不在这船上失去，看出这城里奶奶还不完全忘记乡下，胆子大了一点，慢慢的摸出烟管同火镰。第二次惊讶，是烟管忽然被女人夺去，即刻在那粗而厚大的掌握里，塞了一枝哈德门香烟的原故。吃惊也仍然是暂时的事，于是这做丈夫的，一面吸烟一面谈谈，……

到了晚上，吃过晚饭仍然在吸那有新鲜趣味的香烟，来了客，一个船主或一个商人，穿生牛皮长统靴子，抱兜一角露出粗而发亮的银链，喝过一肚子烧酒，摇摇荡荡的上了船。一上船就大声的嚷要亲嘴要睡觉，那宏大而含胡的声音，那势派，皆使这做丈夫的想起了村长同乡绅那些大人物的威风，于是这丈夫不必指点，也就知道怯生生的往后舱钻去，躲到那后梢舱上去低低的喘气。一面把含在口上那枝卷烟摘下来，毫无目的的眺望河中暮景。夜把河上改变了，岸上河上已经全是灯，这丈夫到这时节一定要想起家里的鸡同小猪，仿佛那些小小东西才是自己的朋友，仿佛那些才是亲人，如今与妻接近，与家庭却离得很远，淡淡的寂寞袭上了身，他愿意转去了。

当真转去没有？不。三十里路路上有豺狗，有野猫，有查夜放哨的团丁，全是不好惹的东西，转去实在做不到。船上的大娘自然还得留他上三元宫看夜戏，到"四海春"去喝清茶，并且既然到了市上，大街上的灯同城市中的人皆不可不去看看。于是留下了，坐在后舱看河中景致取乐，等候大娘的空暇。到后要上岸了，就由小阳桥攀援篷架到船头，玩过后，仍然由那旧地方转到船上，小心小心使声音放轻，省得留在舱里躺到床上烧烟的客人发怒。

到要睡觉的时候，城里起了更，西梁山上的更鼓咚咚响了一会，悄悄的从板缝里看看客人还不走，丈夫没有什么话可说，就在梢舱上新棉絮里一个人睡了。半夜里，或者已睡着，或者还在胡思乱想，那太太抽空爬过了后舱，问是不是想吃一点糖。本来非常喜口含冰糖的脾气，是做太太不能忘却的，所以即或说已经睡觉，已经吃过，也仍然还是塞了一小片糖在口里。太太用着略略抱怨自己那种神气走去了，丈夫把冰糖含在口里，正像仅仅为了这一点理由，就得原谅妻的行为，尽她在前舱陪客，自己仍然很和平的睡觉了。

这样丈夫在黄庄多着！那里出强健女子同忠厚男人，女子出乡卖身，男人皆明白这做生意的一切利益。他懂事，女子名分仍然归他，养得儿子归他，有了钱也总有一部分归他。

那些船，排列在河下，一个陌生人，数来数去永远无法数清的。明白这数目，而且明白那秩序，记忆得出每一个船与摇船人样子，是五区一个老水保。

水保是个独眼睛的人，这独眼据说在年青时节杀过人，因为杀人，同时也就被人把眼睛抠瞎了。但两只眼睛不能分明的，他一只眼睛却办到了。一个河里都由他管事。他的权力在这些小船上，比一个中国的皇帝在地面上的权力还统一集中。

涨了河水，水保比平时似乎忙多了。他得各处去看看，是不是有些船上做父母的上了岸，小孩子在哭奶了，是不是有些船上在吵架，是不是有些船因照料无人，有溜去的危险。在今天，这位大爷，并且要到各处去调查一些从岸上发生影响到了水上的事情。岸上这几天来发生三次小抢案，据公安局那方面人说，凡地上小缝小罅皆找寻到了，还是毫无痕迹。地上小缝小罅都亏那些体面的在职人员找过，于是水保的责任便到了。他得了通知，就是那些说谎话的公安局办事处通知，要他到半夜会同水面武装警察上船去搜索。

　　水保得到这个消息时是上半天。一个整白天他要做许多事，他要先尽一些从平日受人款待好酒好肉而来的义务了，于是沿了河岸，从第一号船起始，每一个船上去谈谈话。他得先调查一下，得问问这船上是不是留容得有不端正的外乡人。

　　做水保的人照例是水上一霸，凡是属于水面上的事他无有不知。这人本来就是一个吃水上饭的人，是立于法律同官府对面，按照习惯被官吏来利用，处治这水上一切的。但人一上了年纪，世界成天变，变去变来这人有了钱，成过家，喝点酒，生儿育女，生活安舒，这人慢慢的转成一个和平正直的人了。在职务上帮助了官府，在感情上又亲近了船家，在这些情形上面他建设了一个道德的模范。他受人尊敬不下于官，他做了许多妓女的干爹。

　　他这时正从一个木跳板上跃到一只新油漆过的花船头，那船位置在较清静的一家莲子铺吊脚楼下。他认得这只船归谁管业，一上船就喊"七丫头"。

　　没有声音，年青的女人不见出来，年老的掌班也不见出来，老年人很懂事情，以为或者是大白天有年青男子上船做呆事，就站在船头眺望，等了一会。

　　过一阵他又喊了两声，又喊伯妈，喊五多；五多是船上的小毛头，人很瘦，声音尖锐，平时大人上了岸就守船，买东西煮饭，常常挨打，爱哭。但是喊过五多了，也仍然得不到结果。因为听到舱里又似乎实在有声音，类人出气，不像全上了岸，也不像全在做梦，水保就偻身窥觑舱口，向暗处询问是谁在里面。

里面还是不作答。

水保有点生气了，大声的问："那一个？"

里面一个很生疏的男子声音，又虚又怯，说："是我。"接着又说，"都上岸去了。"

"都上岸么？"

"上岸了的。她们……"

好像单单是这样答应，还深恐开罪了来人，这时觉得有一点义务要尽了，这男子于是从暗处爬出来，在舱口，小心小心扳着篷架，非常拘束的望着来人。

先是望到那一对峨然巍然似乎是为柿油涂过的猪皮靴子，上去一点是一个赭色柔软鹿皮抱兜，再上去是一双回环抱着的毛手；手上一颗其大无比的黄金戒指，再上去才是一块正四方形像是无数橘子皮拼合而成的脸膛。这男子，明白这是有身分的主顾了，就学着城市里人说话，"大爷，您请里面坐坐，她们就来"。

从那说话的声音，以及干浆衣服的风味上，这水保一望就明白这个人是才从乡下来的种田人。本来女人不在船就想走，但年青人忽然使他发生了兴味，他留着了。

"你从什么地方来的？"他问他，为了不使人拘束，水保取得是做父亲的和平样子，望到这年青人。"我认不得你。"

他想了一下，好像也并不认得客人，就回答，"我昨天来的。"

"乡下麦子抽穗了没有？"

"麦子吗？水碾子前我们那麦子，哈，我们那猪，哈，我们那……"

这个人，像是忽然明白了答非所问，记起了自己是同一个有身分的城里人说话，不应当说"我们"，不应当说我们"水碾子"同"猪"。把字眼儿用错，所以再也接不下去了。

因为不说话，他就怯怯的望到水保微笑，他要人了解他，原谅他。

水保懂得这个意思的。且在这对话中，明白这是船上人的亲戚了，他问年青人，"老七到什么地方去了，什么时候可以回来？"

这时，这年青人答语小心了。他仍然说"是昨天来的"。他又告水保，他"昨天晚上来的"。末了才说，老七同掌班同五多上岸烧香去了，要他守船。因为守船必得把守船身分说出，他还告给了水保，他是老七的"汉子"。

因为老七平常喊水保都喊干爹，这干爹第一次认识了女婿，不必年青人挽留，再说了几句，不到一会儿两人皆爬进舱中了。

舱中有个小小床铺，床上有锦绸同红色印花洋布铺盖，折叠得整整齐齐，来客皆应当坐在床沿，光线从舱口来，所以在外面以为舱中极黑，在里面却一切分明。

年青人，为客找烟卷，找自来火，毛脚毛手打翻了身边一个贮栗子的小坛子，圆而发乌金光泽的板栗便在薄明的船舱里各处滚去，年青人各处用手去捕捉，仍然放到小坛中去，也不知道应当请客人吃点东西。但客人却毫不客气，从舱板上把栗拾起咬破了吃，且说这风干的栗子真好。

"这个很好，你不欢喜么？"因为水保见到主人并不剥栗子吃。

"我欢喜。这是我屋后栗树上长的。去年生了好多，乖乖的从刺球里爆出来，我欢喜。"他笑了，近于提到自己儿子模样，很高兴说这个话。

"这样大不容易得到。"

"我选出来的。"

"你选？"

"是的，因为老七欢喜吃这个，我才留下到今年。"

"你们那里有猴栗？"

"什么猴栗？"

水保就把故事所说的"猴子在大山上住，被人辱骂时，抛下拳大栗子打人，人想这栗子，就故意去山下骂丑话，预备捡栗子"——说给乡下人听。

因为栗子，正苦无话可说的年青人，得到同情他的人了。他又说到地名栗坳的新闻。他又说到一种栗木作成的犁且如何结实合用。这个人太需要说说这些了。昨天来一晚上都有客人吃酒烧烟，把自己关闭在小船后梢，同五多说话，五多睡得成死猪。今天一早上，本来应当有机会同妻谈到乡下事情了，女人又说要上岸过七里桥烧香，派他一个人守船。坐船上等了半天，还不见人回，到后梢去看河上景致，一切新奇不同，全只给自己发闷。先一时，正睡在舱里，就想这满江大水若到乡下去涨，鱼梁上不知道应当有多少鲤鱼上梁！把鱼捉来时，用柳条穿鳃到太阳下去晒，正计算那数目，总算不清楚，忽然客人来到船上，似乎一切鱼都跳进水中去了。

来了客人，且在神气上看出来是并不拒绝这些谈话的，所以这年青人，凡是预备到同自己的妻说的各样事情，这时得到了一个好机会，都拿来同水保谈着。

他告给水保许多乡下情形，说到小猪捣乱的脾气，叫小猪名字是乖乖，又说到新由石匠整治过的那付石磨，顺便告给了一个石匠的笑话。又提起一把失去了多久的镰刀，一把水保梦想不到的小镰刀，他说：

"你瞧，奇怪不奇怪？我赌咒我各处都找到了。我们在床下，门枋上，谷仓里，什么不找到？它躲了。我为这件事骂过老七。老七哭过。可是仍然不见。鬼打岩，朦朦眼，它在饭箩里！半年躲在饭箩里！它吃饭！一身锈得像生疮。这东西多坏！我说这个你明白我没有？怎么会到饭箩里半年？那是一只做样子的东西，挂到斗窗上。我记起那事了，是我削尖劈，手上刮了皮，流了血，生了大气，抖气把刀一丢。……到水上磨了半天，还不错；仍然能吃肉，你一不小心，就得流血。我还不曾同老七说到这个，她不会忘记那哭得伤心的一回事。找到了，哈哈，真找到了。"

"找到它就好了。"

"是的，得到了它那是好的。因为我总疑心这东西是老七掉到溪里，不好意思说明。我知道她不骗我了。我明白了。我知道她受了冤屈，因为我说过：'找不出么？那我就要打人！'我并不曾动过手。可是生气时也真吓人。她哭了半夜！"

"你不是用得着它割草么?"

"嗨,那里,用处多咧,是小镰刀,那么精巧,你怎么说割草! 那是削一点薯皮,刮刮篶:这些这些用的。它小得很,值三百钱,钢火妙极了。我们都应当有这样一把刀放到身边,不明白么?"

水保说:"明白明白,都应当有一把,我懂你这个话。"

他以为水保当真懂的! 因此再说下去,什么也说到了,甚至于希望明年来一个小宝宝,这样只合宜于同自己的妻睡到一个枕头上的话也说到了。年青人毫无拘束的还加上许多粗话蠢话,说了半天,水保起身要走了,他记起问客人贵姓。

"大爷,您贵姓? 留一个片子到这里,我好回话。"

"你告她有这么一个大个儿到过船上,穿这样大靴子,告她晚上不要接客,我要来。"

"不要接客,你要来?"

"就是这样说,我一定要来的。我还要请你喝酒。我们是朋友。"

"好,我们是朋友。"

水保用他那大而肥厚的手掌,拍了一下年青人的肩膊,从船头上岸,走到别一个船上去了。

在水保走后,年青人就一面等候一面猜想到这个大汉子是谁。他还是第一次同这样尊贵的人物谈话,他不会忘记这很好的印象的。人家今天不仅是同他谈话,还喊他做朋友,答应请他喝酒! 他猜想这人一定是老七的熟客。他猜想老七一定得了这人许多钱。他忽然觉得愉快,感到要唱一个歌了,就轻轻的唱了一首山歌,用四溪人体裁,他唱的是"水涨了,鲤鱼上梁,大的有大草鞋那么大,小的有小草鞋那么小"。

但是等了一会还不见老七回来,一个鬼也不回来,他又想起那大汉子的丰彩言谈了。他记起那一双靴子,闪闪发光,以为不是极好的山柿油涂到上面,是不会如此体面好看的。他记起那黄而发沉的戒子,说不分明那将值多少钱,一点不明白那宝贝为什么如此可爱。他记起那伟人点头同发言，一个督抚的派头，一个军长的身分——这是老七的财神！他于是又唱了一首歌。用杨村人不庄重口吻，唱得是"山坳里团总烧炭，山脚里地保爬灰；爬灰红薯才肥，烧炭脸庞发黑"。

到午时，各处船上皆已有人烧饭。湿柴烧不燃，烟子各处窜，使人流泪打嚏，柴烟平铺到水面时如薄绸。听到河街馆子里大师傅用铲敲打锅边的声音，听到邻船上白菜落锅的声音，老七还不见回来。可是船上烧湿柴的本领年青人还没有学到，小钢灶总是冷冷的不发吼。做了半天还是无结果，只有拿它放下一个办法了。

应当吃饭时候不得吃饭，人饿了，坐到小凳上敲打舱板，他仍然得想一点事情。一个不安分的估计在心上滋长了，正似乎为装满了钱钞便极其骄傲模样的抱兜，在他眼下再现时，把和平已失去了。一个用酒槽同红血所捏成的橘皮红色四方脸，也是极其讨厌的神气，保留在印象上。并且，要记忆有什么用？他记忆得到那嘱咐，是当到一个丈夫面前说的！"今晚上不要接客，我要来。"该死的话，是那么不客气的从那吃红薯的大口里说出！为什么要说这个？有什么理由要说这个？……

胡想使他心上增加了愤怒，饥饿重复揪着了这愤怒的心，便有一些原始人不缺少的情绪，在这个年青简单的人反省中长大不已。

他不能再唱一首歌了。喉咙为妒嫉所扼，唱不出什么歌。他不能再有什么快乐。按照一个种田人的身分，他想到明天就要回家。

有了脾气再来烧火，更不行了，于是把所有的柴全丢到河里去了。

"雷打你柴！要你到洋里海里去！"

但那柴是在两丈以外便被别个船上的人捞起了的。那船上人似乎正等待一点从河面漂流而来的湿柴，把柴捞上，即刻就见到用废缆一段引火，且即刻满船发烟，火就带着小小爆裂声音燃好了。眼看这一切，新的愤怒使年青人感到羞辱，他想不必等待人回船就要走路。

在街尾遇到女人同小毛头五多两个人，牵了手走来，五多手上拿得有一把胡琴，崭新的样子，这是做梦也不曾遇到的一个好家伙！

"你走那里去?"

"我——要回去。"

"要你看船船也不看,要回去,什么人得罪了你,这样小气?"

"我要回去,你让我回去。"

"回到船上去!"

看看妻,样子比说话还硬,并且看到那一张胡琴,明知道这是特别买来给他的,所以不能坚持,摸了摸自己发烧的额角,幽幽的说"转去也好,转去也好"。就跟了妻的身后跑转船上。

掌班大娘也赶来了,原来提了一付猪肺,好像东西只是乘便偷来的,深恐被人追上带到衙门里去。所以颧骨发了红,喘气不止。大娘一上船,女人在舱中就喊:

"大娘,你瞧,我家汉子想走!"

"谁说的,戏也不看就走!"

"我们到街口碰到他,他生气样子,一定是怪我们不回来。"

"那是我的错;是菩萨的错,是屠户的错。我不该同屠户为一个钱吵闹半天,屠户不该肺里灌了这样多水。"

"是我的错。"陪男子在舱里的女人,这样说了一句话,坐下了,对面是男子汉:她于是有意的在把衣服解换时,露出极风情的红绫胸褡。

男子觑着。不说话,有说不出的什么东西,在血里窜着涌着。

在后梢,听到大娘同五多谈着柴米。

"怎么,柴都被谁偷去了!"

"米是谁淘好的?"

"一定是火烧不燃……姊夫是乡下人,只会烧松香。"

"我们不是昨天才解散了一捆柴么?"

"都完了。"

"去前面搬一捆,不要说了。"

"姊夫知道淘米!"

听到这些话的年青汉子,一句话不说,静静的坐在舱里望着那一把新买来的胡琴。

女人说："弦早配好了，试拉拉看。"

先是不作声，到后把琴搁在膝上，查看松香，调琴时，生疏的音响从指间流出，拉琴人便快乐的微笑了。

不到一会满舱是烟，男子被女人喊出，仍然把琴拿到外面去，站据船头调弦。

到吃中饭时，五多说：

"姊夫你回头拉《孟姜女哭长城》，我唱。"

"我不会。"

"我听你拉得很好，你骗我谎我。"

"我不骗你。"

大娘说："我听老七说你拉得好，所以到庙里，一见这琴，我才说就为姊夫买回去吧。是运气，烂贱就买来了。这到乡里一块钱还恐怕买不到，不是么？"

"是的，值多少钱？"

"一吊六。他们都说值得！"

五多搭嘴说："谁说值得？"

大娘很生气的说："毛丫头，谁说不值得？你知道？"

因为这琴是从一个卖琴熟人手上拿来，一个钱不花，听到大娘的谎话，五多分辩，大娘就骂五多，老七却笑了。男子以为这是笑大娘不懂事，所以也在一旁笑着。

男子先把饭吃完，就动手拉琴，新琴声音又清又亮，五多放下碗筷唱将起来，被大娘结结实实打了一筷子头，才忙着吃饭收碗洗锅子。

到了晚上，前舱盖了篷，男子拉琴，五多唱歌，老七也唱歌，美孚灯罩子有红纸剪成的遮光帽，全舱灯光如办大喜事作红颜色，年青人在热闹中像过年，心上开了花。有兵士从河街过身，喝得烂醉，听到这声音了。

两个醉鬼踉踉跄跄到了船边，两手全是污泥，用手扳船，口含胡桃那么混混胡胡的嚷叫：

"什么人唱，报上名来！好，赏一个五百。不听到么，老子赏你五百?!"

里面琴声戛然而止，沉静了。

醉鬼用脚踢船，蓬蓬蓬发钝而沉闷的声音，且想推篷，搜索不到篷盖接榫处，"不要赏么，婊子狗造的？装聋，装哑？什么人敢在这里作乐？我怕谁？王帝我也不怕。大爷，我怕王帝么？我不是人！……"

另一个喉咙发沙的说道：

"骚婊子？出来拖老子上船！"

且即刻听到用石头打船篷，大声的辱骂祖宗，一船人皆吓慌了，大娘忙把灯扭小一点，走出去推篷，男子听到那汹汹声气，挟了胡琴就往后舱钻去。不一会，醉人已经进到前舱了，两个人一面说着野话一面还要争夺同老七亲嘴，同大娘五多亲嘴，且听到有个哑嗓子问是谁在此唱歌作乐，把拉琴的抓来再唱一个歌。

大娘不敢作声，老七也无主意了，两个酒疯子就大声的骂人。

"臭货，喊龟子出来，跟老子拉琴，赏一千，英雄盖世的曹孟德也不会这样大方！我赏一千，一千个红薯，快来，不出来我烧掉你们船。听着没有，老东西?!赶快，莫使老子们生了气，认不得人！"

"大爷，这是我们自己家几个人玩玩，不！……"

"不？不？不？老婊子，你不中吃。你老了。快叫拉琴的来！杂种！我要拉琴，我要自己唱！"一面说一面便站起身来，想向后舱去搜寻，大娘弄慌了，把口张大合不拢去。老七急了，拖着那醉鬼的手，安置到自己的大奶上。醉鬼懂到这意思，又坐下了。"好的，妙的，老子出得起钱，老子今天晚上要到这里睡觉！"

这一个在老七左边躺下去了，另一个不说什么，也在右边躺下去了。

年青人听到前舱仿佛安静了一会，在隔壁轻轻的喊大娘。正感到一种侮辱的大娘，爬过去，男子还不大分明是什么事情。

"什么事?"

"营上的副爷，醉了，像猫，等一会儿就得走。"

"要走才行。我忘记告你们了，今天有一个大方脸人来，好像大官，吩咐过我，他晚上要来，不许留客。"

"是大皮靴子，说话像打锣么？"

"是的。是的。他手上还有一个大金戒子。"

"那是干爹，他今早上来过了么？"

"来过的。他说了半天话才走，吃过些干栗。"

"他说些什么事？"

"他说一定要来，一定莫留客……还说一定要请我喝酒。"

大娘想想，难道是水保自己要来歇夜？难道是老对老，水保注意到……？想不通，一个老鸨虽一切丑事做成习惯，什么也不至于红脸，但被人说到"不中吃"时，是多少感到一种羞辱的。她悄悄的回到前舱，看前舱的事情不成样子，伸伸舌头骂了一声猪狗，终归又转到后舱来了。

"怎么？"

"不怎么。"

"怎么，他们走了？"

"不怎么，他们睡了。"

"睡——？"

大娘虽不看清楚这时男子的脸色，但她很懂得这语气，就说："姊夫，我们可以上岸玩玩去，今夜三元宫夜戏，我请你坐高台子，戏是秋胡《三戏结发妻》。"

男子摇头不语。

兵士走后，五多大娘老七皆在前舱灯光下说笑。说那兵士的醉态。男子留在后舱不出来。大娘到门边喊过了二次不答应，不明白这脾气从什么地方发生。大娘回头就来检查那四张票子的花纹，因为她已经认得出票子的真假了。票子倒是真的，她在灯光下指点给老七看那些记号，那些花，且放近鼻子上嗅嗅，说这个一定是清真馆子里找出来的，因为有牛油味道。

五多第二次又走过去："姊夫，姊夫，他们走了，我们应当把那个唱完，我们还得……"

女人老七像是想到了什么心事，拉着了五多，不许她说话。

一切沉默了，男子在后舱先还是正用手指扣琴弦，作小小声音，这时手也离开那弦索了。

四个人都听到从河街上飘来的锣鼓唢呐声音，河街上一个做生意人办喜事，客来贺喜，大唱堂戏，一定有一整夜的热闹。

过了一会，老七一个人轻脚轻手爬到后舱去，但即刻又回来了。

大娘问："怎么了？"

老七摇摇头，叹了一口气。

先以为水保恐怕不会来的，所以仍然睡了觉，大娘老七五多三个人在前舱，只把男子放到后面。

查船的在半夜时，由水保领来了，鸦雀无声，四个警察守在船头，水保同巡官进到前舱。这时大娘已把灯捻明了，她懂得这不是大事情。老七披了衣坐在床上，喊干爹，喊老爷，要五多倒茶，五多还只想到梦里在乡下摘三月莓。

男子被大娘摇醒，揪出来，看到水保，看到一个穿黑制服的大人物，嘎吓得不能说话，不晓得有什么事情发生。

"什么人？"

水保代为答应："老七的汉子，才从乡下来的。"

老七补说道："老爷，他昨天才来的。"

巡官看了一会儿男子，又看了一会儿女人，仿佛看出水保的话不是谎话，就不再说话了，随意在前舱各处翻翻，注意到那个贮风干栗子的小缸子，水保便抓了一把栗子塞进巡官那件体面制服的大口袋里去，巡官只是笑。

一伙人一会儿就走到另一船上去了。大娘刚要盖篷，一个警察回来了。

"大娘，你告老七，巡官要回来过细考察她一下，懂不懂？"

大娘说："就来么？"

"查完夜就来。"

"当真吗?"

"我什么时候同你这老婊子说过谎?"

大娘很欢喜的样子,使男子奇怪,因为他不明白为什么巡官还要回来考察老七。但这时节望到老七睡起的样子,上半晚的气已经没有了,他愿意讲和,愿意同她在床上说点话,商量件事情,就傍床沿坐定不动。

大娘像是明白男子的心事,明白男子的欲望,也明白他不懂事,故只同老七打知会,"巡官就要来的"。

老七咬着嘴唇不作声,半天发痴。

男子一早起来就要走路,沉默的一句话不说,端整了自己的草鞋,找到了自己的烟袋。一切归一了,就坐到那矮床边沿像是有话说又说不出口。

老七问他:"你不是昨晚上答应过干爹,今天到他家中吃中饭吗?"

"……"摇摇头不作答。

"人家特意为你办了酒席!"

"……"

"戏也不看看么?"

"……"

"满天红的荤油包子,到半日才上笼,那是你欢喜的包子!"

"……"

一定要走了,老七很为难,走出船头呆了一会,回身从荷包里掏出昨晚上那兵士给的票子来,点了一下数,一共四张,捏成一把塞到男子左手心里去,男子无话说,老七似乎懂到那意思了,"大娘,你拿那三张也把我"。大娘将钱取出。老七又将这钱塞到男子右手心里去。

男子摇摇头,把票子撒到地下去,两只大而粗的手掌捂着脸孔,像小孩子那样莫名其妙的哭了。

五多同大娘看情形不好,逃到后舱去了,五多心想这真是怪事,那么大的人会哭,好笑!她站在船后梢看挂在梢舱顶梁上的胡琴,很愿意唱一个歌，可是也总唱不出声音来。

　　水保来船上请远客吃酒时，只有大娘同五多在船上，问及时，才明白两夫妇一早皆回转乡下去了。

　　　　　　　　　　　　　十九年四月十三作于吴淞
　　　　　　　　　　　　　二十三年七月廿一改于北平
　　　　　　　　　　　　　　　　（选自《从文子集》）

　　本篇发表于 1930 年 4 月 10 日《小说月报》第 21 卷第 4 号。署名沈从文。

一个女人

在近亲中，三翠的名字是与贤惠美德放在一块的。人人这样不吝惜赞美她，因为她能做事，治家，同时不缺少一个逗人心宽的圆脸。

小的，白皙的，有着年青的绯色的三翠的脸，成为周遭同处的人欢喜原因之一，识相的，就在这脸上加以估计，说将来是有福气的脸。似乎也仿佛很相信相法那样事的测断，三翠对于目下生活完全乐观。她成天做事，做完了——不，是做到应当睡觉的时候了，——她就上到家中特为预备的床上，这床是板子上垫有草席，印花布的棉被，她除了热天，全是一钻进了棉被就睡死了。睡倒了，她就做梦，梦到在溪里捉鱼，到山上拾菌子，到田里检禾线，到菜园里放风筝。那全是小时做女儿时的事的重现。日里她快乐，在梦中她也是快乐的。在梦中，她把推磨的事忘掉了，把其余许多在日里做来觉得很费神的事也忘掉了。有时也有为恶梦惊吓的时候，或者是见一匹牛发了疯，用角触人，或者是涨了水，满天下是水，她知道是梦，就用脚死劲抖，即刻就醒了。醒了时，她总是听到远处河边的水车声音，这声音是像同谁说话，成天絮絮叨叨的，就是在梦中，她也时常听到它那俨然老婆子唱歌神气的声音。虽然为梦所吓，把人闹醒，但是，看看天，窗边还是黑魆魆的不见东西，她就仍然把眼睛闭上，仍然又梦到溪里捉鱼去了。

她的房后是牛栏，小牛吃奶大牛嚼草的声音，帮助她甜睡。牛栏上有板子，板子上有一个年纪十八岁的人，名字是苗子，她喊他做哥哥，这哥哥是等候这比他小五岁的三翠到十五岁后，就要同她同床的。她也知道这回事了。她不怕，不羞，只在无别个人在他们身边，他说笑话说两年以后什么时，她才红脸的跑了。她有点知道两年以后的事情了。她才是十三岁的女孩子。她夜里醒时听到牛栏上的打鼾声音，知道他是睡得很好的。

白天，她做些什么事？凡是一个媳妇应做的事她全做了。间或有时也挨点骂，伤心了，就躲到厨房或者溪边去哭一会儿，稍过一阵又仍然快乐的做事了。她的生活是许多童养媳的生活，凡是从乡下生长的，从内地来的，都可以想象得到。就是她那天真，那勤快，也是容易想象得到的事。稍不同的是许多童养媳成天在打骂折辱中过日子，她却是间或被做家长的教训罢了。为什么这样幸福？因为上面只有一个爹爹。至于那个睡在牛栏上的人呢，那是"平衡"的人，还不如城市中知道男子权利的人，所以她笑的时候比其余的童养媳就多了。

鸡叫了，天亮了，光明的日头渐渐由山后爬起，把它的光明分给了地面，到烟囱上也镀了金黄的颜色时，她起床了。起了床就到路旁井边去提水，身后跟的是一只小狗。露水湿着脚，嗅着微带香气的空气，脸为湿湿的风吹着，她到了井边，把水一瓢一瓢的舀到桶中。水满了桶，歪着身，匆促的转到家中，狗先进门。即刻用纸煤把灶肚内松毛引燃了。即刻锅中有热水了。狗到门外叫过路人去了。她在用大竹帚打扫院子了。这时在牛栏上那个人起身了，爹爹起身了，蹲到院落里廊檐下吸烟，或者编草鞋耳子，望到三翠扫地。不到一会，三翠用浅边木盆把洗脸水舀来了，热气腾腾，放到廊下，父子又蹲着擦脸，用那为三翠所手作的牛肚布帕子，拧上一帕，掩覆到脸上。盆边还有皂荚，捶得稀融，也为三翠所作。洗完脸，就问家长："煮茗还是煮饭？""随便。"或者在牛栏上睡觉那个人说，"饭"，而爹爹又说"吃红薯"，那她折衷，两者全备，回头吃的却是茗伴饭。吃的东西有时由三翠出主意，就是听到说"随便"以后，则三翠较麻烦，因为自己是爱好的人，且知道他们欢喜的东西。把早饭一吃，大家出门。到山上的上山，到田中的下田，人一出门，牛也出门，狗也出门了，家中剩三翠一人。检拾碗筷，检拾……她也出门了。她出门下溪洗衣，或到后园看笋子，摘菜花，预备吃中饭用。

到了午时把饭预备好，男子回家了。到时不回，就得站到门外高坎上去，锐声的喊爹喊苗哥。她叫那在牛栏上睡的人叫苗哥，是爹爹所教的。喊着，像喊鸡，于是人回来了。三翠欢喜了，忙了。三人吃中饭。小猫咪咪叫着，鸡在桌子脚下闹着，为了打发鸡，常常停了自己吃饭，先来抓饭和糠，用手拌搅着，到院中去。"翠丫头，菜冷了！"喊着。"来了。"答应着。真来了。但苗哥已吃完了，爹也吃完了，她于是收碗，到灶屋吃去。小猫翘起了尾，跟在身后到灶屋，跃到灶头上，竟吃碗中的饭，就抢到手上忙吃，对小猫做凶样子。"小黑，你抢我饭，我打你！"虽然这样说，到后却当真把饭泡汤给猫吃了，自己卷了袖子在热水锅里洗碗。

夜间，仍然打发人，打发狗，打发猫，……春天同夏天生活不同，但在事务繁杂琐碎方面却完全一样。除了做饭，烧水，她还会绩麻，纺棉纱，纳鞋，缝袜子。天给她工作上的兴趣比工作上的疲劳还多，所以她在生活中看不出她的不幸。

她忙着做事，仍然也忙着同邻近的人玩。舂碓的，推磨的，浆洗衣裳的，不拘什么事人要她帮忙时，她并不想到推辞。

见到这样子活泼，对三翠，许多人是这样说过了。"三翠妹子，天保佑你，菩萨保佑你，有好丈夫，有福气。"听到了，想起好笑。什么保佑不保佑？那睡在牛栏上打鼾的人！有福气；戴金穿绸，进城去坐轿子，坐在家中打点牌，看看戏，无事可作就吃水烟袋烤火，这是乡下人所说的福气了。要这些有什么好处？她想：这是你们的，"你们"指的是那夸奖过了她的年长伯妈婶婶。她自己是年青，年青人并不需要享福。

她的门前是一条溪。水落了，有蚌壳之类在沙中放光，可以拾作宝贝玩。涨了水，则由坝上掷下大的水注，长到一尺的鱼有时也可以得到。这溪很长，一直上到五里以上十里以上的来源。她还有一件事同这溪有关系的，就是赶鸭子下水。每早上，有时还不到烧水那时，她就放鸡放鸭，鸡一出笼各处飞，鸭子则从屋前的高坎上把它赶下溪边。从高下降，日子一多，鸭子已仿佛能飞了，她每早要这鸭子飞！天气热，见到鸭子下水时，欢欢喜喜的呷呷地叫，她就拾石子打鸭子，一面骂："扁毛，打死你，你这样欢喜！"其实她在这样情形下，自己也莫名其妙的欢喜快乐了。她在这溪边，并且无时不快乐到如鸭子见水。

时间过去。

三翠十四岁了。

除了身个子长高，一切不变：所做的事，地方所有的习惯，溪中的水。鸡鸭每早上遗留在笼中的卵，须由三翠用手去探取，回头又得到溪边洗手，这也不变。

是冬天。天冷，落了雪，人不出门，爹爹同苗哥在火堆边烤火取暖。在这房子里，可以看出这一家人今年的生活穷通。火的烟向上窜，仿佛挡了这烟的出路的，是无数带暗颜色的成块成方的腊肉。肉用绳穿孔悬在那上面钩上。还有鸡、鸭、野兔、麂子，一切的为过年而预备的肉，也挂在那里，等候排次排件来为三翠处置成下酒的东西。

爹爹同苗哥在烤火，在火边商量一件事。

"苗子，你愿意，就看日子。"

爹爹说着这样话时，三翠正走过房门外。她明白看日子的意义，如明白别的事一样，进到房中，手上拿的是一碗新蒸好的红薯，手就有点抖。她把红薯给爹爹，笑，稍稍露出忸怩的神气。

"爹。有锅巴了。这次顶好。"

爹取了，应当给苗哥，她不给，把碗放到桌上走出去。慢慢的走。她不知自己是怎么回事，同时想起是今早上听到有接亲的从屋前过去吹唢呐。

"丫头，来，我问你。"

听到爹喊，她回来了，站到火边烘手。

爹似乎想了一会，又不说话，就笑了。苗哥也笑。她也笑。她又听着远处吹唢呐的声音了，且打铜锣，还放炮，炮仗声音虽听不到，但她想，必定有炮仗的。还有花轿，有拿缠红纸樿把的伴当，有穿马褂的媒人，新嫁娘则藏在轿里哭娘，她都能想得出。

见到两个人鬼鬼的笑，她就走到灶屋烧火处去了，用铁铗搅灶肚内的火，心里有刚才的事情存在。

她想得出，这时他们必定还是在说那种事情的话，商量日子，商量请客，商量……

以后，爹爹来到灶房了，要她到隔邻院子王干爹家去借历书，她不做声，就走到王家去。王家先生是教书的秀才，先生娘是瘫子，终日坐到房中大木椅中，椅子像桶，这先生娘就在桶中过日子，得先生服侍，倒养得肥胖异常。三翠来了，先到先生娘身边去。

"干妈，过午了?"

"翠翠，谢你昨天的粑粑。"

"还要不要? 那边屋里多唰，多会放坏。"

"你爹不出门?"

"通通不出门。"

"翠翠，你胖了，高了，像大姑娘了。"

"……"她笑，想起别的事。

"年货全了没有?"

"爹爹进城买全了，有大红曲鱼，干妈，可以到我那里过年去。"

"这里也有大鱼，村里学生送的。"

"你苗哥?"

"他呀，他——"

"爹爹?"

"他要我来借历书。"

"做什么? 是不是烧年纸?"

"我不知道。"

"这几天接媳妇的真多。(这瘫婆子又想了一会。) 翠丫头，你今年多少年纪?"

"十四,七月间满的。干妈为我做到生日，又忘了!"

"进十五了，你像个大姑娘了。"

说到这话，三翠脸有点发烧。她不做声，因为谈到这些事上时照例小女子是无分的，就改口问:"干妈，历书在不在?"

"你同干爹说去。"

她就到教书处厢下去，站到窗下，从窗子内望先生。

先生在教《诗》。说"关关雎鸠",解释那些书上的字义。三翠不即进去,她站在廊下看坪中的雪,雪上有喜鹊足迹。喜鹊还在树上未飞去,不喳喳的叫,只咯咯的像老人咳嗽。喜鹊叫有喜。今天似乎是喜事了,她心中打量这事,然而看不出喜不喜来。

先生过一会,看出窗下的人影了,在里面问,"是谁呀?"

"我。三翠。"

"三,你来干吗?"

"问干爹借历书看日子。"

"看什么日子?"

"我不知道。"

"莫非是看你苗哥做喜事的日子。"

她有点发急了。"干爹,历书有不有?"

"你拿去。"

她这才进来,进到书房,接历书。一眼望去一些小鬼圆眼睛都望到自己,接了历书,走出门她轻轻的呸了一口。把历书得到,她仍然到瘫子处去。

"干妈,外面好雪!"

"我从这里也看得到,早上开窗,全白哩。"

"可不是。一个天下全白了……"

远处又吹唢呐了。又是一个新娘子。她在这声音上出了神。唢呐的声音,瘫子也听到了,瘫子笑。

"干妈你笑什么?"

"你真像大人了,你参怎么不——"

她不听。借故事忙,忙到连这一句话也听不完,匆匆的跑了。跑出门就跌在雪里。瘫子听到滑倒的声音,在房里问:

"翠翠,你跌了?忙什么?"

她站起掸身上的雪,不答应,走了。

过了十四天,距过年还有七天,那在牛栏上睡觉打呼的人,已经分派与三翠同床,从此在三翠身边打呼了。三翠作了人的妻,尽着妻的义务，初初像是多了一些事情，稍稍不习惯，到过年以后，一切也就完全习惯了。

她仍然在众人称赞中做着一个妇人应做的事。把日子过了一年。在十五岁上她就养了一个儿子，为爹爹添了一个孙，让丈夫得了父亲的名分。当母亲的事加在身上时，她仍然是这一家人的媳妇，成天做着各样事情的。人家称赞她各样能干，就是在生育儿子一事上，也可敬服，她只有笑。她的良善并不是为谁奖励而生的。日子过去了，她并不会变。

但是，时代变了。

因为地方的变动，种田的不能安分的种田，爹爹一死，作丈夫的随了人出外县当兵去了。在家中依傍了瘫子干妈生活的三翠，把儿子养大到两岁，人还是同样的善良，有值得人欢喜的好处在，虽身世遭逢，在一个平常人看来已极其不幸，但她那圆圆的脸，一在孩子面前仍然是同小孩子一样发笑。生活的萧条不能使这人苦楚成另一种人，她才十八岁！

又是冬天。教书的厢房已从十个学生减到四个了，秀才先生所讲的还是"关关雎鸠"一章。各处仍然是乘年底用花轿接新娘子，吹着唢呐打着铜锣的来来去去。天是想落雪还不曾落雪的阴天。有水的地方已结了薄冰，无论如何快要落雪了。

三翠抱了孩子，从干妈房中出来，站在窗下听讲书。她望到屋后那曾有喜鹊作巢的脱枝大刺桐树上的枝干。时正有唢呐声音从门前过身，她就追出门去看花轿，逗小孩子玩，小孩见了花轿就嚷嫁娘嫁娘。她也顺到孩子口气喊。到后，回到院中，天上飞雪了，小孩又嚷雪。她也嚷雪。天是落雪了，到明天，雪落满了地，这院子便将同四年前一个样子了。

抱小孩抱进屋，到了干妈身边。

"干妈，落雪了，大得很。"

"已经落了吗？"

"落雪明天就暖和了，现在正落着。"

因为干妈想看雪，她就把孩子放到床上，去开窗子。开了窗，干妈不单是看到了落雪的情形，也听到唢呐了。

"这样天冷，还有人接媳妇。"

三翠不作答，她出了神。

干妈又说："翠翠，过十五年，你毛毛又可以接媳妇了。"

翠翠就笑。十五年，并不快，然而似乎一晃也就可以到眼前，这妇人所以笑了。说这话的干妈，是也并不想到十五年以后自己还活在世界上没有的。因为雪落了，想开窗，又因为有风，瘫子怕风。

"你把窗户关了，风大。"

照干妈意思，她又去把窗子关上，小孩这时闹起来了，就忙过去把小孩抱起。

"孩子饿了？"

"不。喂过奶了。他要睡。"

"你让他睡睡。"

"他又不愿意睡。"

小孩子哭，大声了，似乎有冤屈在胸中。

"你哭什么？小毛，再哭，猫儿来了。"

作母亲的抱了孩子，解衣露出奶头来喂奶，孩子得了奶，吮奶声音如猫吃东西。

"干妈，落了雪，明天我们可做冻豆腐了。"

"我想明天好做点豆豉。"

"我会做。今年我们腊肉太淡了，前天煮那个不行。"前天煮腊肉，是上坟，所以又接着说道，"爹爹在时腊肉总爱咸。他欢喜盐重的，昨天那个他还吃不上口！"

"可惜他看不到毛毛了。"

三翠不答，稍过，又说道："野鸡今年真多，我上日子打坟前过身，飞起来四只，咯咯咯叫，若是爹爹在，有野鸡肉吃了。"

"苗子也欢喜这些。"

"他只欢喜打毛兔。"

"你们那枪为什么不卖给团上？"

"我不卖它的。放到那里，几时要几时可用。"

"恐怕将来查出要罚，他们说过不许收这东西。我听你干爹说过。"

"他们要就让他们拿去，那值什么钱。"

"听说值好几十！"

"哪里，那是说九子枪！我们的抓子，二十吊钱不值的。"

"我听人说机关枪值一千。一杆枪二十只牛还换不到手。军队中有这东西。"

"苗子在军队里总看见过。"

"苗子月里都没有信！"

"开差到××去了，信要四十天，前回说起过。"

这时，孩子已安静了，睡眠了，她们的说话声也轻了。

"过年了，怎么没有信来。苗子是做官了，应当……（门前有接亲人过身，放了一炮，孩子被惊醒，又哭了。）少爷，莫哭了。你参带银子回来了。银子呀，金子呀，宝贝呀，莫哭，哭了老虎咬你！"

作母亲的也哄着。"乖，莫哭。看雪。落雪了。接嫁娘，吹唢呐；呜呜喇，呜呜喇。打铜锣；铛，团！铛，团！看喔，看喔，看我宝宝也要接一个小嫁娘喔！呜呜喇，呜呜喇。铛，团！铛，团！"

小孩仍然哭着，这时是吃奶也不行了。

"莫非吹了风，着凉了。"

听干妈说，就忙用手摸那孩子的头，吮那小手，且抱了孩子满房打圈，使小孩子如坐船。还是哭。就又抱到门边亮处去。

"喔，要看雪呀！喔，要吹风呀！婆婆说怕风吹坏你。吹不坏的。要出去吗？是，就出去！听，宝宝，呜呜喇……"

她于是又把孩子抱出院中去。下台阶，稍稍的闪了身子一下，她想起上前年在雪中跌了一交的事情了。那时干妈在房中间的话她也记起来了。她如何跑也记起来了。她就站着让雪在头上落，孩子头上也有了雪。

再过两年。

出门的人没有消息。儿子四岁。干爹死了，剩了瘫子干妈。她还是依傍在这干妈身旁过日子。因了她的照料，这瘫妇人似乎还可以永远活下去的样子。这事在别人看来是一件功果还是一件罪孽，那还不可知的。

天保佑她，仍然是康健快乐。仍然是年青，有那逗人欢喜的和气的脸。仍然能做事，处理一切，井井有条。儿子长大了，能走路了，不常须人照料了，她的期望，已从丈夫转到儿子方面了。儿子成了人才真是天保佑了这人。她在期望儿子长成的时间中，却并不想到一个儿子成人母亲已应如何上了年纪。

过去的是四年，时间似乎也并不很短促，人事方面所有的变动已足证明时间转移的可怕，然而她除了望日子飞快的过去，没有其他希望了。时间不留情不犹豫的过去，一些新的有力的打击，一些不可免的惶恐，一些天灾人祸，抵当也不是容易事。然而因为一个属于别人幸福的估计，她无法自私，愿意自己变成无用而儿子却成伟大人物了。

自从教书的干爹死了以后，瘫人一切皆需要三翠。她没有所谓不忍之心始不能与这一家唯一的人远离，她也没有要人鼓励才仍然来同这老弱瘫疲妇人住在一起。她是一个在习惯下生存的人，在习惯下她已将一切人类美德与良心同化，只以为是这样才能生活了。她处处服从命运，凡是命运所加于她的一切不幸，她不想逃避也不知道应如何逃避。她知道她这种生活以外还有别种生活存在，但她却不知道人可以选择那机会不许可的事来做。

她除了生活在她所能生活的方式以内，只有做梦一件事稍稍与往日不同了。往日年幼，好玩，羡慕放浪不拘束与自然戏弄的生活，所以不是梦捉鱼就是梦爬山。一种小孩子的脾气与生活无关的梦，到近来已不做了。她近来梦到的总是落雪。雪中她年纪似乎很轻，听到人说及做妇人的什么时，就屡屡偷听一会。她又常常梦到教书先生，取皇历，讲"关关雎鸠"一章。她梦到牛栏上打鼾的那个人，还仍然是在牛栏上打鼾，大母牛在反刍的小小声音也仿佛时在耳边。还有，爹爹那和气的脸孔，爹爹的笑，完全是四年前。当有时梦到这些事情，而醒来又正听到远处那老水车唱歌的声音时，她想起过去，免不了也哭了。她若是懂得到天所给她的是些什么不幸的戏弄，这人将成天哭去了。

做梦有什么用处？可以温暖自己的童心，可以忘掉眼前，她正像他人一样，不但在过去甜蜜的好生活上做过梦，在未来，也不觉得是野心扩大，把梦境在眼前展开了。她梦到儿子成人，接了媳妇。她梦到那从前在牛栏上睡觉的人穿了新衣回家，做什长了。她还梦到家中仍然有一只母牛，一只小花黄牛，是那在牛栏上睡觉的人在外赚钱买得的。

日子是悠悠的过去，儿子长大了，居然能用鸟枪打飞起的野鸡了，瘫子更老惫不中用了，三翠在众人的口中的完美并不消失。

到了后来。一只牛，已从她两只手上勤快抓来了。一个儿媳已快进门了。她做梦，只梦到抱小孩子，这小孩子却不是睡在牛栏上那人生的。

她抱了周年的孙儿到雪地里看他人接新嫁娘花轿过身时，她年纪是三十岁。

本篇发表于 1930 年 9 月 1 日《妇女杂志》第 16 卷第 9 号。署名沈从文。据《妇女杂志》编入。

三个男子和一个女人

中尉连附罗义，略略显得忧郁而又诙谐的说道：

有什么人知道我们的开差，为什么要落雨的理由么？

我们自己是找不出那理由的。或者这理由团部的军需才能够知道，因为没有落雨时候，开差草鞋用得很少，落了雨，草鞋的耗费就多了。但落了雨才开差，对于军需是利益还是损失，我们是又不大能够说得清楚的。照例那些事非常复杂，照例那些事团长也不大知道，因为团长是穿皮靴的。不过每次开拔总同落雨有一种密切关系，这是今年来我们遇到很巧妙事情之一种。

在大雨中作战，还有许多勇敢的人，所以在雨里开差，我们是不应当再有怨言了。雨既然时落时止，我们的油布雨衣，都很完全，我们前面办站的副官，从不因为借故落雨，便不把我们的饮食预备妥当。我们的营长，骑在马上，尽雨淋湿全身，也不害怕发生疟疾。我们在雨中穿过竹林，或在河边等候渡船，因为落雨，一切景致实在也比平常日子美丽许多。

泥浆是落雨才有的，但滑滑的走着长路，并不使人十分难过。我们是因为这样，才把应走的里数缩短的。我们还可以在方便中，借故走到一个有青年妇人的家里去，说几句俏皮话，顺便讨取几张棕衣，包到脚上。我们因为落雨，才可以随便一点，同营长在一个小盆里洗脚。一个兵士还能有机会同营长在一个盆里洗脚，这出乎军纪风纪以上的放肆，在我们那时节，是不什么容易得到的机会！

我们走了四天，到了我们所要到的地点。天气是很有趣味的天气，等到队伍已经达到目的地，忽然放了晴，有了太阳了。一定有许多人是正在嘲骂这太阳的，一定有许多人要笑它，以为太阳是故意同我们作对，好吧，这个我们可管不了许多，我们是移到这里来填防的，原来所驻的军队早已开走了，我们所以到这地方来补缺，别人做什么无聊事我们还是要继续来作。

乘到满天红霞夕阳照人时，我们有一营人留在此地了。另外一营人，今天晚上虽然也留在此地，明天还得开拔到一个五十里外的镇上去。明天还要开拔的，这时全驻扎到各小客栈同民房，我们却各处去找寻应当驻宿的地点。因为各个部队已经分配好了，我们的旗子插到杨家祠堂，我们一连人中谁也不知道这杨家祠堂的方向，只是在街中乱抓别的一连的兵士询问。

原来杨家祠堂有两个，我们找了许久，找到的还是好像不对。因为这祠堂太小，太坏，内中极其荒凉。但连长有点生气了，他那尊贵的脚不高兴再走一步了。他说，这里既然是空的，就歇息一下，再派人去问吧。我们全是走了一整天长路的人，我们还看到有许多兵士，在民房里休息，用大木盆洗脚，提干鱼匆匆忙忙的向厨房走去。别人倦了饿了，都得到了解决，只有我们都在这市镇街上各处走动，像一队无家可归的游民。现在既然有歇脚地方，并且这时又已经快夜了，我们所以谁也不以为意，都在祠堂外廊下架了枪，许多人都坐在那石狮子下，松解身上的一切东西。

一个年青号兵不知从什么地方得来了一个葫芦，满葫芦烧酒，一个人很贪婪的躲到墙边喝它。有些兵士见到了这件事都去抢这葫芦，到后葫芦就打碎了，所有的酒也泼在还不十分干燥的石地上了，号兵大声的辱骂，而且追打抢劫他的同伴。

连长听到这个吵闹，想起号兵的用处了，就要号兵吹号探问团部。号兵爬到石狮子上去，一手扳到那为夕阳所照及的石狮，一手拿着那紫铜短小喇叭，吹了一通问答的曲子，声音飘荡到这晚风中，极其抑扬动人。

这时满天是霞，各处人家皆起了白白的炊烟，在屋顶浮动。许多年青妇人带着惊讶好奇的神气，穿的是新浆洗过的月蓝布衣裳，挂着扣花的围裙，抱了小孩子，远远的站在人家屋檐下看热闹。

那号兵，把喇叭吹过后，不久就得到了驻在山头庙里团部的回音。连长又要号兵，问询是不是就在这祠堂歇脚。那边的答复还是不能使我们的连长满意，于是那号兵，第三次又鼓着那嘴唇，吹他那紫铜喇叭。

在街的南端，来了两只狗，有壮伟的身材，整齐的白毛，聪明的眼睛，如两个双生小孩子一样，站在一些人的面前，这东西显然是也知道了祠堂门前发生了什么事情，特意走来看看的。

我们都对这狗起了一种野心，我们是走到任何地方看到了一只肥狗，心上就即刻有一个杀机兴起，极难遏止的。可是另外还有使人注意的，是听到有一个女子的声音喊"阿白"，清朗而又脆弱，喊了两声，那两只狗对我们望望，仿佛极其懂事，知道这里不能久玩，返身就跑去了。

天气快晚了。

在我们之间发生了一个意外的变故。那号兵，走了一整天的路，到了地，大家皆坐下休息了，这年青人还爬到石狮上去吹了好几次号。到后脚腿一发麻，想跳下石狮，谁知两脚已毫无支持他那身体的能力，跳到地下就跌倒不能爬起，因此双脚皆扭伤了筋，再也不能照平常人的方便走路了。

这号兵是我的一个同乡，我们在一个堡砦里长大，一条河里泅水过着夏天，一个树林子里拾菌消磨长日，如今便应当轮到我来照料了。

一个二十岁的人，遇到这样不幸，那有什么办法可言？因为连长也是同乡，号兵的职务虽不革去，但这个人却因为这不幸的事情，把事业永远陷到号兵的位置上了。他不能如另外号兵，在机会中改进干部学校再图上进了，他不能再有资格参加作战剿匪的种种事情了，他不能再像其他青年兵士，在半夜里爬过墙去与本地女子相会了。总而言之，是这个人做人的权利，因为这无意中一摔，一切皆消灭无余，无从补救了。

我因为同乡原故，总是特别照料到这个人。我那时是一个什长，只能在一班兵士中有点职权，我就把他放在我那一棚里。这年青人仍然每早得在天刚发白时候爬起，穿上军衣，弄得一切整齐，走到祠堂外边石阶上去，吹天明起床号一通。过十分钟，又吹点名号一通。到八点又吹下操号一通。到十点又吹收操号一通。……此外还有许多次数，都不能疏忽。军队到了这里，半月来是完全不下操的，但照规矩那号兵总得尽号兵的职。他每次走到外边去吹他的喇叭时，都得我照扶他。我或者没有空闲，这差事就轮到班上的火夫了。

我们都希望他慢慢的会好的，营部的外科军医，还把十分可信的保证送给我们同这个不幸的人。这年青人两只腿皆被用杉木板子夹好，皆被军医放过血，揉搓过许久，且用药烧灼过无数次。日子一天一天的过去，还是得不到少许效验，我们都有点失望了，他自己却不失望。

他说他会好的，他只要过两个月就可以把杉木夹板取去，可以到田里去追野兔了。听到这个话军医也笑了，因为军医早知道这件事，是这个人永远无可希望的事情，不过他遵守着他做医生的规则，且法律又正许可这类人说谎，所以他约许的种种利益，有时比追兔子还夸张得不合事实。

过了两个月，这年青人还是完全不济事。伤处的肿是已经消了，血毒症的危险不会有了，伤部也不至于化脓溃烂了，但这个号兵，却已完全是一个瘸脚人了。他已经不要人照料，就可以在职务上尽力了。他仍然住在我的棚里，因为这样，我们两人之间，成立了一种最好的友谊。

我们所驻在的市镇，并不十分热闹，但比起湘边各小城市，却另有一种风味。这里只四条大街，中央一个鼓楼操纵到全城。这里如其他地方一样，有药铺同烟馆，有赌博地方同喝酒地方。我每天差不多都同这个有残疾的号兵在一处过活，出去时总在一块，喝酒是两人帮忙，赌博两人拉伴平分。

若是不开拔，这年青人是仍然有一切当兵人的幸福的。凡是一个兵士能做到的事，他仍然可以有分。他要到那些有妇人的住处去，同妇人调笑，妇人们却不敢得罪他。他坐上桌子赌五十文一注的二十一点扑克，别人也不好意思行使欺骗。他要吹号，凡是在过去没有赶得过他的，如今还是不会超过他。大家知道这个号兵的不幸，还不约而同的帮助这个人。

但他的性情，在我看来，有些地方却变了。他是一个号兵，照例一个号兵，对于他的喇叭应当有一种特殊嗜好，无事时到各处走去，喇叭总不能离身。他一定还是一个动作敏捷活泼喜事的人。他可以在晨光微曦中，爬到后山头或城堡上去试音，到了夜里，还要在月光下奏他的曲子，同远远的另一连互相唱和，别的连上的号手，在逢场时节，还各人穿了整齐的制服，排队到场上游行，成列的对本城人有所炫耀，说不定其中就有意外的幸运发生，给那些藏在腰门后面，露出一个白白的额同黑亮的眼睛的妇女们注了意。还有，他若是行动自由而且方便，拿喇叭到山上去吹，会有多少小孩子，带着微微的害怕，围拢来欣赏这大人物的艺术，他就可以同那些小孩子成立了一种友谊。慢慢地，他就得到许多小朋友了。

属于号兵分外的好处，一切都完了，他仅有的只是一点分内的职务。平时好动喜事的他，有点儿阴郁，有点儿可怜，他的脚已经瘸了，连长当到人面前就大声的喊瘸子。一切人不好意思当面叫这名称，背地里就免不了要喊他为"瘸脚号兵"。为了一种方便，为了在辨别上容易认出，自从这号兵一瘸，大家都在他的号兵名字上加了"瘸子"两字，本连火夫也有了一种权利，对这个人存轻视心，轻轻的互相批评这不幸的人，且背地里学这人的行动，作为娱乐了。

在先，对于号兵的职务，他仍然如一个好人一样，按时站到祠堂门外，或内面殿堂前石阶上，非常兴奋的奏他的喇叭。后来因为本连补下一个小副手，等到小号兵已经能够较正确的吹完各样曲子时，他就不常按时服务了。

他同我每天都到南街一个卖豆腐的人家去，坐在那大木长凳上，看铺子里年青老板推浆打豆腐。这铺子对面是一个邮政代办所，一家比本城各样铺子还阔气的房子，从对街望去，看得见铺子里许多字画，许多贴金洒金的对联。最初来的那一天，我们所见到的那两只白色大狗，就是这家所豢养的东西。这狗每天蹲在门前，遇到熟人就站起身来玩一阵，到后就是听到有人的叫唤，两只狗皆显得匆匆忙忙，走到有金鱼缸的门里的天井去了。

我们难道是靠着白吃一碗豆浆，就成天来赖到这铺子里面么？我们难道当真想要同这年青老板结拜兄弟，所以来同这人要好么？

　　我们来到这里是有别的原因！但是，两个兵士，一个是废人，一个虽然被人家派为什长，站班时能够走出队伍来喊报名，在弟兄中有一种权利，在官长方面也有一种权利，俨然是一个预备军官，更方便处是可以随意用各样希奇古怪的名称，辱骂本班的火夫，作为脾气不好时节的泄气东西，可是一到外面，还有什么威武可说？一个班长，一连有十个或十二个，一营就有三十六个，一团就有一百以上。什长的肩章领章，在我们这类人身上，只是多加一层责任罢了。一个兵士的许多利益，因为是班长，却无从得到了。一个兵士有许多放肆处，一个班长也不许可了。让我说，班长也是一个废物，是一个不幸的职位吧，因为若有人知道作战时班长同排长的责任，谁也将承认班长的可怜悯了。我到这儿是不以班长自居的，我擅用了一个兵士的权利，来到这豆腐铺。虽然我们每天总不拒绝由那个单身的强健的年青人手里，接过一碗豆浆来喝，我们可不是为吃豆浆而上门的。我们原来是看中了那两只狗，同那狗的女主人了。

　　真是一个标致的女人！在我生来还不曾见到有第二个这样的女子。我看到许多师长的姨太太，看到许多学生。第一种人总是娼妓出身，或者做了太太，变成娼妓。第二种人壮大得使我们害怕，她们跑路，打球，或者做一些别的为我所料不到的事情，都成了水牛。她们都不文雅，不窈窕。至于这个人呢？我说不出那完全合意的是些什么地方，可是我从不说谎，我总觉得这是一朵好花，一个仙人。

　　我们一面也服从营规，一面服从自己的欲望，在这城里我们是不敢撒野的，因为这样我们就每天到这豆腐铺子里来坐下了。我们一面同年青老板谈天，或者帮助他推磨，上浆，包豆腐，一面就盼望到那女人出来。我们常常在那二门天井大鱼缸边，望到白衣的一角，心就大跳，血就在全身管子里乱窜。我们每天又想方设法花了钱买了些东西，送给那两只狗吃，同这个畜生要好。在先，这畜生竟像知道我们存心不良，送它的东西嗅了一会就走开了。但到后来这东西由豆腐铺老板丢过去时，这畜生很聪明的望了一下老板，好像看得出这并不是毒药，所以吃下了。

这一定有人要问，为什么我们要在这无希望的努力上用心？因为按照我们的身分，我们即或能够同这个人家的两只狗要好，也仍然无从与那狗主人接近的。这人家是本地邮政代办所的主人，也就是这小城市唯一的绅士，他是商会的会长，铺子又是本军的兑换机关。时常见到这人家请客，到此赴席的全是体面有身分的人物，团长同营长，团副官，军法军需，无不在场。平常时节也常常见到营部军需同书记官，到这铺子里来玩，同到那主人吃酒打牌。

因为我们问到豆腐铺的老板，才知道那女人是会长最小的姑娘，年纪还只十五岁。我们知道一切无望了，还是每天来坐到豆腐铺里，找寻方便，等候这娇生惯养的小姑娘出外来，只要看看那明艳照人的女人，我们就觉得快乐了。或者一天没有机会见到，就是单听到那脆薄声音，喊叫她家中所豢养狗的名字，叫着大白二白，我们仿佛也得到了一种安慰。我们总是痴痴的注意到那鱼缸，因为从那里常常见到白的衣角，就知道那小姑娘是在家中天井里玩的。

那两只狗到后同我们做朋友了，带着一点谨慎小心的样子，走过豆腐铺来同我们玩。我们又恨这畜生又爱这畜生，因为即或玩得很好，只要听到那边喊叫，就离开我们走去了。可是这畜生是那么驯善，那么懂事！不拘什么狗是都永远不会同兵士要好的，任何种狗都与兵士作仇敌，不是乘隙攻击，就是一见飞跑；只有这两只狗竟做了我们的朋友。我们还因为它们是每天同女人接近的，所以更对这个畜生增加了不少爱慕。

我曾说过了这个豆腐铺老板是一个年青人，这人强健坚实，沉默少言，每天愉快的作工，同一切人做生意，晚上就上了店门睡觉。好像他是除了守在铺子面前，什么事情也不理，除了做生意，什么地方也不去。我初初看来竟不知道这人什么时候吃饭，什么时候去买办他制豆腐的黄豆。他虽不大说话，可是一个主顾上门时节，他总不至于疏忽一切的对答，我们问他一切不知道的事情时，他答应得也非常满意。

我们曾邀约他喝过酒，等到会钞时，我走到柜上去算账，却听说豆腐老板已先付了账。第二次我们又请他去，他就毫不客气的让我们出钱了。

我们只知道他是从乡下搬来的，间或也有乡下亲戚来到他的铺子里，看那情形，这人家中一定也不很穷。他生意做得不坏，他告诉我说，他把积下的钱都寄回乡下去，问他是不是预备讨一个太太，他就笑了。他还会唱一点歌，唱得很好，声音调门都比我们营里人为高明，这是我们有一次下午邀约到河边玩时，才知道的。他又会玩一盘棋，这人并不识字，"车""马""象""士"却分得很清楚。他做生意从未用过账簿，但赊欠来往数目，他都能用记忆或别的方法记着，不至于使它错误。他把我们当成朋友看待，不防备我们，也不谄谀我们。我们来到他的铺子里，虽然是好像单为了看望那商会会长的小姑娘，但若是没有这样一个同我们合得上的人，也不会每天不问晴雨到这铺子里混了！

我同到我那同伴瘸脚号兵，在他豆腐铺里谈到对面人家那姑娘，有时免不了要说出一些粗话蠢话，或者对于那两只畜生常常又要做出一点可笑的行为，这个年青老板，总是微微的发笑，在他那微笑中我们却看不出什么恶意，我总就要说：

"你笑什么？你不承认她是美人么？你不承认这两只狗比我们幸福么？"照例这句话是不会得到回答的。即或回答了，也仍然只是忠厚诚实而几几乎还像是有女性害臊神气的微笑。这照例是使我不平的，我将说：

"为什么还是笑？你们乡下人，完全不懂到美！你们一定欢喜大奶大臀的妇人，欢喜母猪，欢喜水牛，因为肥大合用。但是这因为你不知道美人，不知道好看的东西。"

有时那跛子号兵，也要说："我只愿意变一只小狗。"且故意窘那豆腐铺老板，问他愿不愿意，也变成一只狗，好得到一种每天与那小姑娘亲近的机会。

照例到这些时节，这年青人一面便特别勤快的推磨，一面还是微笑。

谁知道这是什么意思？谁又一定要追寻这意思？

我们的日子可以说是过得很快乐的。因为我们除了到这里来同豆腐老板玩，喝豆浆看美丽女人以外，还常常去到场坪看杀人。我们的团部，每五天逢场，总得将由各处乡村押解来到的匪犯，选择几个有做坏事凭据的，牵到场头大路上去砍头示众。从前驻扎在××，杀人时，若是分派到本连护围，派一排兵押犯人，号兵还得在队伍前面，在大街上吹号。到场时，队伍取跑步向前，还得吹冲锋号，使情形转为严重。杀过人以后，收队回营，从大街上慢慢通过，也仍然得奏着得胜曲子。如今这事情瘸子号兵已无分了。如今护围的完全归卫队，就是平常时节团长下乡剿匪时保护团长平安的亲兵，属于杀人的权利也只有这些人占有了。我们只能看看那悲壮的行列，与流血的喜剧了。我也不能再用班长资格，带队押解犯人游街了。可是这并不是我的损失！我们既然不在场护卫，就随时可以走到那里去看那些杀过后的人头，我们可以停顿在那地方很久，不须即时走开。

有一次，我们把豆腐老板拉去了，因为这个人平素是没有胆量看这件事的。到那血迹殷然的地方，四具死尸躺在坪里，上衣全剥去了，如四只死猪。许多小兵正穿着不相称的军服，脸上显着极其顽皮的神气，拿了小小竹杆，刺拨死尸的喉管。一些狗远远的蹲在一旁，望到这边的一切新奇事情，非常出神。

号兵就问豆腐老板，对于这个害不害怕，这年青乡下人的回答，却仍然是那永远神秘永远无恶意的微笑。看到这年青人的微笑，我们为我们的友谊感到喜悦，正如听到那女子的声音，感到生命的完全一个样子。

因为非常快乐，我们的日子也极其容易过去了。

一转眼，我们守在这豆腐铺子看望女人的事情就有了半年。

我们同豆腐老板更熟了，同那两只狗也完全认识了。我们有机会可以把那白狗带到营里去玩，带到江边去玩，也居然能够得到那狗主人的同意了。

因为知道了女人毫无希望（这是同豆腐老板太熟习了，才从他口中探听到不少事情的），我们都不再说蠢话，也不再做愚蠢的企图了。仍然每天到豆腐铺来玩，帮助到这个朋友，做一切事情，我们完全学会制造豆腐的方法，我们能辨别豆浆的火候，认识黄豆的好坏了。我们还另外同许多本地主顾也认识了，他们都愿意同我们谈话，做我们的朋友。遇到主顾是兵士时，我们的老板，总要我多多的给他们豆腐，且有时不接受主顾的钱。我们一面把生活同豆腐生意打成一片，一面便同那两只白狗成了朋友，非常亲昵，非常要好。那小姑娘的声音，虽仍然能够把狗从我们身边喊叫回去，可是有时候我们吹着哨子，也依然可以嗾使狗飞奔的从家中跑出来。

我们常常见到有年青的军官，穿着极其体面的毛呢军服，白白的脸庞，带着一点害羞的红色，走路时胸部向前直挺，用那有刺马轮的长统黑皮靴子，磕着街石，堂堂的走进那人家二门里去，就以为这其中一定有一些故事发生。我到底是懂事一点的人，受了这个打击还知道用别的方法安慰到自己，可是我的同伴瘸脚号兵，却因此更忧郁了。

我常常见到他对那些年青官佐，在那些人背后，捏起拳头来作打下的姿式。又常常见到他同豆腐老板谈一些我不注意到的事情。

我说过这样的话，在有一次到一个小馆子里，各人皆喝多了一点酒的时候，我向那跛脚的残废人说：

"你是废人，我的朋友；我的庚兄；你是废人！一个小姐是只合嫁给我们的年青营长的。我们试去水边照照看，就知道这件事我们是无分了。我们是什么东西？七块钱一月，开差时就在泥浆里走路，驻扎下来就点名下操，夜间睡到稻草席垫上，口是吃牛肉同酸菜的口，手只合捏那冰冷的枪筒。……我们年青，可是万万不及从学校出身的营长美貌多才。我们只是一些排成队伍的猪狗罢了，为什么对于这姑娘有一种野心？为什么这样不自量？……"

我那次是的确有点醉了，我不知道我应当节制的语言，只是糊糊涂涂，教训这个平时非常听好话的朋友。我似乎还用了许多比喻，提到他那一只脚。那时只是我们两个人在一处，到后，不知为什么理由，这朋友忽然改变了平常的脾气，完全像一只发疯了的兽物，扑到我的身上来了。我们于是就揪打到一堆，各人扭着对方的耳朵，各人毫不虚伪的打了一顿。我实在是醉了，他也是有点醉了。我们都无意思的骂着闹着，到后有兵士从门外过身，听到里面的吵闹，像是自己的人，才走进来劝解。费了许多方法我们才分开了，两人皆由另外兵士照扶回到连上去。

回到连上，各人呕了许多，半夜里，我们酒醒了，各人皆因为口渴，爬起来到水缸边拿水喝。我们喝了好些冷水，皆恍恍惚惚记起上半夜的事情，两人都哭了。为什么要这样斗殴？什么事使我们这样切齿？什么事必须要这样作？我们又哭又笑，披了新近领下的棉军服，一同走到天井去，看快要下落的月亮，如一个死人的脸庞。天空各处有流星下落，作美丽耀目的明光。各处有鸡在叫。我们来到这里驻防，我这个朋友跌坏了腿的那时，还是四月，如今已经是十月了。

第二天，两人各望着对方的浮肿的脸，皆非常不好意思，连上有人知道了我们的殴打，一定还有人担心到我们第二次的争斗，可料不到昨夜醉里的事，我们两人早已忘记了。我们虽然并不忘却那件事，但我们正因为这样，把友谊更坚固的成立了。

两人到后仍然到了豆腐铺，使豆腐老板初初见到，非常惊讶，以为我们之间发生重大的事故。因为我们两人的脸有些地方抓破了，有些地方还是浮肿，我们自己互相望到也要发笑。

到后还是我来为我们的朋友把事情说明，豆腐老板才清楚这原委。我告诉他说，我恍惚记忆得到我说了许多实话，我还骂他是一只瘸脚公狗，到后，不知为什么两人就揉在一处了。幸好是两人皆醉了，两个醉人手脚都无气力，毫不落实，虽然行动激烈，却不至于打破头部。

这时那个姑娘正走出门来，站在她的门前，两只白狗非常谄媚的在女人身边跳跃，绕着女人打圈，又伸出红红的舌头舐女人的手。

我们暂时都不说话了，三个人皆望到对面，到后那女人似乎也注意到我们两个人的脸上，有些蹊跷，完全不同往日了，她望到我们微笑；她似乎毫不害怕我们，也毫不疑心到我们对她有所不利。可是，那微笑，竟又俨然像知道我们昨晚上的胡闹，是为了一些什么理由！

我那时简直非常忧郁，因为这个小姑娘竟全不以我们为意，在那小小的心里，说不定还以为我们是为了赚一点钱，同这豆腐老板合股做生意，所以每天才到这里的！我望了一下那号兵，他的样子也似乎极其忧郁，因为他那只瘸腿是早已为人家所知道了的，他的样子比我又坏了一点，所以我断定他这时心上是很难受的。

至于豆腐老板呢，我不知道他是有意还是无意，他这时正露着强健如铁的一双臂膊，扳着那石磨，检察石磨的中轴，有无损坏。这事情似乎还是第三次了，另一回，也是在这类机会发现时，这年青诚实单纯的男子，也如今天一样检察他的石磨！

我想问他却没有开口的机会。

不到一会儿，人已经消失到那两扇绿色贴金的二门里不见了。如一颗星，如一道虹，一瞬之间即消逝了，留在各人心灵上的是一个光明的符号。我刚要对着我的瘸腿朋友作一个会心的微笑，我那朋友忽然说：

"义哥，哥哥，你昨晚上骂得我很对，骂得我很对！我们是猪狗！我们是阴沟里的蛤蟆！……"

因为这号兵那惨沮样子，我反而觉得要找寻一些话语，安慰这个不幸的废人了。我说：

"不要这样说吧，这不是男子应说的话。我们有我们的志气，凭这志气凡事都无有不可以做到。我们要做总统，做将军，一个女人，算不了什么希奇？"

号兵说："我不打量做总统，因为那个事情太难办到。我只要做一个人，……"

"谁不许你做人？你的脚将来会想法子弄好的，你还可以望连长保荐到干部学校去念书。你可以同他们许多学生一样，凭本领挣到你的位置。"

"我是比狗都不如的东西。我这时想，如果我的脚好了，我要去要求连长，为我补正兵的名额。我要成天去操坪锻炼……"

"慢慢的自然可以做到，"我转头向豆腐老板望着，因为这年青人已经把石磨安置妥当，又在摇动着长木的推手了，"我们活下来同推磨一样，你的意思以为怎么样？"

这汉子，对于我说的话好像以为同我的身分不大相称，也不大同他的生活相合，还是完全同别一时节别一事情那样向我微笑。

我明白了，我们三个人皆同样的爱上了这个女子。

十月十四，我被派到七十里外总部去送一件公文，另外还有些别的工作，在××候信住了一天，路上来回消磨了两天。

回到本城，把回文送到团部，销了差，正因为这一次出差，得了六块钱奖赏，非常快乐，预备回连上去打听是不是有人返乡，好把钱寄四块回去办冬天的腊肉。到了连上见到瘸子，我还不能开口说出我的欢喜，那号兵就说：

"那个女人死了！"

这是什么话？难道我的耳朵，是准备受人来这样戏弄取乐的么？这些不合人情的谰言，这些无道理的谎话，我还应当有一种义务去相信么？

可是，我一面从容的俯下去脱换我的草鞋，瘸子站在我面前，又说了一些话，使我不得不认真了。我听清楚这话的意义了，我忽然立起，简直可说是非常粗暴的揪着了这人的领部，大声的问这事真伪。到后他要我用耳朵听听，因为这时远处正有一个人家，办丧事敲锣打鼓，一个唢呐非常凄凉的颤动着吹着那高音。我一只脚光了脚板，一只还笼在湿草鞋里，就拖了瘸子出门。我们几乎是用救火的速度向豆腐铺跑去，也不管号兵的跛脚，也不管路人的注意。但没有走到，我已知道那唢呐锣鼓声音，便是由那豆腐铺对门人家传出。我全身皆在发寒，我的头脑好像被谁重重的打击了一下，耳朵发哄哄的声音，眼睛起了无数金光，……

到后我能静静的坐在那豆腐铺的长凳上了。我能接过了朋友给我的一碗热豆浆吃下了。我望到对面，这个人家大门前，凭空多了许多人，门前挂了丧事中的白布，许多小孩子头上缠了白包头，在门外购买东西吃。我还看到那大鱼缸边，有人躬身用长铗夹着银锭，火光熊熊向上冒，纸灰飞得很高，才为二门上的白布帘所遮掩，无从见到了。

我知道这些事情都是真实，就全身拘挛，然而笑了。

我望到那豆腐老板，这个人这时却不如往天那样乐观，显然也受了一种打击，有点支持不住了。他作为没有见到我的样子，回过脸去。我又望号兵，号兵却做出一种讨人厌烦的样子。我不知道为什么我这时有点厌烦这跛脚的人，我心中想打他一拳，可是我到底没有做过这种蠢事。

到后我问，才知道昨天这女子吞金死了。为什么吞金，同些什么事情有关系，我们当时一点也不明白，直到如今也仍然无法明白。许多人是这样死去，活着的人毫不觉得奇怪的。女人一死，我们各人皆觉得损失了一种东西，但先前不会说到，却到这时才敢把这东西的名字提出。我们先是很忧郁的说及，说到后来大家都笑了，到分手，我们简直互相要欢喜到相打了。

为什么使我们这样快乐也是说不分明的。似乎各人皆知道女人正像一个花盆，不是自己分内的东西，这花盆一碎，先是免不了有小小惆怅，然而当大家讨论到许多花盆被一些混账东西所占据，凡是花盆终不免为权势所独占，这花盆却碎到地下，我们自然而然又似乎得到一点放心了。

可是，回到营里，我们是很难受的。从此我们生活破坏无余了。从此再也不会为一些事心跳，在一些梦上发痴了。我们的生活，将永远有一个缺口，一处补丁，再也不是完全的生活了。

其实这样女人活在世界上同死去，对于我们有什么关系？假使人还是好好的活下，开差移防的命令一到，我们还有什么希望可言？我们即或驻扎到这里再久，一个跛脚的号兵，一个什长，这样两个宝贝，还有什么机会，能够使我们同那两只狗认识以外，有何种伟大企图？

第二天，两人很早的起来了，互相坐在铺上对望，沉默不能言语。各人皆似乎在努力想把自己安置到空阔处去，不再为过去的记忆围困。各人皆要生气，却不知道为什么忽然脾气就坏到这样子。

"为什么眼睛有点发肿？你这个傻瓜！"

号兵因为我嘲笑他，却不取反攻姿式，只非常可怜的望到我。

我说："难道人家死了，你还要去做孝子么？"

他还是那样，似乎想用沉默作一种良心的雄辩，使我对于他的行为注意。

我了解这点，但我却不放弃我嘲骂他的权利。

末了他只轻轻的问我："是不是死了的人还会复活？"因这一句痴话我又说了他一顿。

两人到豆腐铺时，却见到对面铺门极其冷清，我们的朋友，那个年青老板，坐到长凳上用手扶了头，人家来买豆腐时，就请主顾自己用钢刀铲取板上的豆腐。见到我们来了，他有了一点生气，好像是遮掩到自己的伤痕，仍然对我笑着。他的笑，还是说明他的健康与善良的人格。

"为什么？"

"埋了，埋了，一早就埋了！"

"早上就埋了么？"

"天还不大亮就出门了的。"

"你有了些什么事情，这样不快乐？"

"我什么也不。"

他说了后，忙着为我们去取碗盏，预备盛豆浆给我们吃。

坐到那豆腐铺子里，望到对面的铺子，心中总像十分凄凉，我同号兵坐了一会儿，就离开这个豆腐铺子，走到一个本地妇人处去打牌。我们从那里探听得到这女人所埋葬的地点，在离城两里的鲢鱼庄上。

不知为什么我望到那号兵忧郁样子，就使我生气要打他骂他。好像这个人的不欢样子，侮辱到我对那小姑娘的倾心一样。好像他这样子，简直是在侮辱我。我实在不愿意再同他坐在一个桌上打牌了，我自走回连上，躺到草垫上睡了。

这夜里朋友竟没有回到连上来，他曾告我不想回连上去睡，我知道他一定在那妇人处过夜了，也不觉得稀奇。第二天，我还是不愿意出门，仍然静静的躺在床上。到下午来我的头有点发烧，全身也像害了病，心中又不甚想进饮食。我在连上吃过一点草药。因为必须蒙头取汗，到全身为汗水湿透人醒来时，天气已经夜了。

我爬身到大殿后面园里去小便，正是雨后放晴，夕阳挂到屋角，留下一片黄色，天空一角白云，为落日烘成五彩，望到这暮景，望到那个在人家屋上淡淡的炊烟，听到鸡声同狗声，听到军营中喇叭声音，我想起了我们初来到此地的那一天发生的事情。我想起我这个朋友的命运，以及我们生活的种种，很有点怅惘。我有一个疑问的弧号隐藏在心上，对于人生，我的思想自然还可以说是单纯而不复杂。

我到后仍然回去睡了，不想吃饭，不想说话，不想思索。我仍然睡下去不知道有多少久时间，只是把棉被蒙了头颅，隐隐约约听到在楼上兵士打牌吵闹的声音，迷迷糊糊见到许多人，又像是我们已经开了差，已经上了路，已经到了地。过去的事重复侵入我的记忆，使我重新看到号兵跌倒时的神气。醒回时好像有人坐在我的身边，把被丢去，才知道灯已经熄了，只靠着正殿上的大油灯余光，照得出有一个人影，坐在我身边不动。

"瘫子，是你吗?"

"是我。"

"为什么这时才回来?"

他把脸藏在黑暗里，没有做声。我因为睡了多久，这时候究竟已经是什么时候，也依然不很分明，就问他有了几点钟。他还是好像不曾听到我的话样子，毫无动静。

过了一会，他才说: "义哥，放哨的差一点把我打死了。"

"你不知道口令么?"

"我那里会知道口令?"

"难道已经是十二点过了么?"

"我不知道。"

"你今天到些什么地方去，这时才回来?"

他又不做声了。我见到放在米桶上兵士们为我预备的一个美孚灯，把灯头弄得很小，还可以使它光亮，就要他捻一下灯。他先是并不动手，我第二次又请他做这件事。

灯光大了一点，我才望到这号兵，全身是黄泥，极其狼狈，脸上正如刚才不久同人殴打过样子，许多部分都牵制着显著受伤的痕迹。我奇异而又惊讶，望到这朋友，不知道如何问他这一天来究竟到过些什么地

274

方，做了些什么事情。我的头脑这时也实在还是有点糊涂，因为先一时在迷糊中我还梦到他从石狮上滚到地下的情形，所以这时还仿佛只是一个梦。

他轻轻的轻轻的说："义哥，哥哥，坟不知道被谁挖掘了。"

"谁的坟呢。"

"好像是才挖掘不久的，我看得很清楚。"他的话，带着顽固神气，使我疑心他已经发了狂。

我说："你讲什么人的坟？在什么地方，为什么你又知道？"

"为什么我又不知道吗？我听人说埋在那里，我要去看看。我昨天到过一次，还是很好的。我今天晚上又去，我很分明记到那一条路，那座坟，不知道已经被谁挖了。"

如不是我有点发狂，一定就是我这个朋友发了狂，我忽然明白他所指的坟是谁埋葬在那里了，我像一个疯人，就跳了起来，"你到过她的坟上么，你到过她的坟上么？"

这朋友，却毫不惊讶，静静的幽悄的说："是的，我到过她的坟上，昨天到过今天又到过。我不是想做坏事的人！我可以赌咒，天王在上，我并不带了什么家伙去。我昨晚上还看到那个土堆，今天晚上变了。我可以赌咒，看到的是昨晚那座坟，却完全不是原有样子。不知是谁做了这样事情，不知是谁把她从棺木里掏出，背走了。"

我听到这个吓人的报告，却忽然想起一个人来了。但我并不说出口，因为这个人还只在我的心上一闪，就又即刻消失了。我起了一个疑问，以为是这个女子复活，因为重新生回，所以从棺木中挣扎奔出，这时或者已经跑到家中同她的爹爹妈妈说话了。我疑心她是假死，所以草草的埋葬，到后另外一个人就又把她掘出，把她救走了。我疑心这个事一定在我这个朋友有了错误，因为神经的错乱，忘记了方向和地位，第一次同第二次并不是在一个地方，所以才会发生这误会。我用许多估计去解释，以为这件事并不完全真实。

到后我问他为什么要到坟边去，他很虚怯，以为我是疑心这事他一定已经知道，或者至少事后知道这主谋人是谁，他一连发了七种誓言，要求各样天神作证，分辩他并无劫取女尸的意思。他只是解释他并不预先拿何种铁器作掘墓的人犯。他极力分辩他的行为，他把话说完了，望见我非常阴沉，眼睛里含有一种疑惧神色，如果我当时还不能表示对他的信托，他一定可以发狂把我扼死。

我的病已完全吓走了，我计算应当如何安置到这个行将疯狂的朋友。我用许多别的话解释，且找出许多荒唐故事安慰到这个破碎的心灵。说到后来这人忽然哭了。他的血慢慢的冷静，一切兴奋过去后，非常悲哀的哭了。他担心惊吵了外面铺上的别人，只是抽咽。他告给我他实在也有过这种设想，因为听到人说吞金死去了的人，如是不过七天，只要得到男子的偎抱，便可以重新复活。他告我第一天，他还只是想象他到了坟边，听得到有呼救声音，便来作一次侠义事，从坟墓中把人救出。第二天，他因为听到这个话，才到那里去，预备不必有呼救声音，也把女人掘出。可是到了那里坟头已经完全变了样子，棺木的盖掀到一旁，一个空棺张着大口等候吃人。他曾跳到棺里去看过一下，除了几件衣服以外什么也不见到。一定是有人在稍前一些时候做了这事情，一定把坟掘开，这人便把女子的尸身背走了。

他已经不再请天神作他的伪证了。他诚实而又巨细无遗的同我说到过去一切，我听到了他这些话，找不出任何话来安慰他。我对于这件事还是不甚相信，我还是在心中打量，以为这事情一定是各人皆身在梦中。我以为即或不是完全的梦，到了明天早上，这号兵也一定要追悔今晚所说的话语，因为这种欲望谁也无从禁止，行诸事实总仍然不近人情。

他因为追悔他的行为，把我杀死灭口也做得出。我这样想着不免有所预防，可是，这个人现在软弱得如一个妇人，他除了忏悔什么也不能做了。我们有一个问题梗到心上来了，就是我们此后对于这件事如何处置，是不是要去禀告一声，还尽那个哑谜延长？两人商量了一会，靠着简单的理智，认为这发现我们无权利去过问，且等到天明到豆腐铺看看。走了许多夜路的号兵，一只瘸腿已经十分疲倦了，回来又哭了许久，所以到后就睡了。我是白天睡了一整天的人，这时无论如何也不能再睡了，望到这个残废苦闷的脸，肮脏的身，我把灯熄了，坐到这朋友身边，等候天明。

到豆腐铺时间已经不早了，却不见到那年青老板开门。昨晚上我所想到的那件事，又重新在我心上一闪。门是向外反锁，分明不是晏起，或在家中发生何等事故了，我的想象或将成为事实，我有点害怕，拉了号兵跑回连上，把这估计告给了那起过非凡野心的他。他不甚相信事情一定就是这样子，一个人又跑出了许久，回来时，脸色哑白，说他已经探听了别一个人家，知道那老板的确是昨天晚上就离开了他的铺子的。

我们有三天不敢出去，到后听到有人在营里传说一件新闻，这新闻生着无形的翅翼，即刻就全营皆知了。"商会会长女儿的新坟被人刨掘，尸骸为人盗去。"另一个新闻，是"这少女尸骸有人在去坟墓半里的石峒里发现，赤身的安全的卧到洞中的石床上，地下身上各处撒满了蓝色野菊"。

这个消息加上人类无知的枝节，便离去了猥亵转成神奇。

我们为这消息愣住了。

从此我们再不能到那豆腐铺里去，坐到长凳上，喝那年青朋友做成的豆浆，也再不曾见到这个年青诚实的朋友。至于我那个瘸子同乡，他现在还是第四十七连的号兵，他还是跛脚，但他从不同人说到过这件事情。他是不曾犯罪的，但别一个人的行为，使他一生悒郁寡欢。至于我，还有什么意见没有？我现在已经有了三个儿子，连长缺出，便应轮到我了。我实在有点忧郁，有点不能同年青合伴的脾气，因为我常常要记起那些过去事情。

十九年八月廿四日

本篇发表于 1930 年 10 月 15 日《文艺月刊》第 1 卷第 3 号。署名沈从文。

山道中

　　他们是三个同乡人，从云南军队中辞了差，预备回家。

　　走到第八天的路，三个人的脚走成半跛了。天气很热，走了不远，一到树荫下就得坐在路旁石头上歇气，或者买甜酒米豆腐吃，喝一瓢卖点心人从远方用木桶担来的凉水，止了渴又即刻上路。不上路，担心"落伍"。在边省走路，是不适宜于休息的。走的全是山路！再过五天应当到贵阳了。各人巴望到贵阳。到了这地方，算是近家了。实则家去贵阳还有十三站路。总之若到了贵阳，便算得是家边了。十三站！他们已经走过八天，到贵阳还要五天，也正是十三站。

　　他们从云南省动身到××走了六天，其中一个伴，给烧热病攻倒，爬不起身了，于是乎三人一同在一家小旅馆中歇下来。请医生。买药。煎药。找生姜灯草作药引子。发烧的人成天胡言谵语，把药吃下去以后就呼呼的睡去，全身出汗。住了十天，感谢天，这小地方医生居然会把病人治好了。他们第二次又上了路。所谓走了八天，就是从××算起，每天一亮走起，到日头寂寞的落下山后为止，除了饮食，除了树荫下小坐，全是不能停顿的。每天走一大站，路为六十里，里是等于平常里数的三倍，名为"蛮路"的。每到天将断黑，一落店，洗脚，吃饭，倒在铺有厚草荐与硬棉絮床上去，睡眠便把人征服了。第二天，鸡叫第二声，便爬起身来，在灯下算账，套上草鞋，太阳还未露头又上了路。

　　他们在行路时，是沉默的。从洞边过，从溪边过，从茅屋边过，路上所见全是一种寂寞荒凉情形。茨堆上忽然一朵红花。草地里忽然满是山莓。一条行路的蛇。一只伏在路旁见人来始惊讶飞去的山鸡。一间被兵匪焚去的屋。一堆残败的泥墙。一个死尸。一群乌鸦。所见所闻使人耳目一新的很多，使人心上不安的也不少。在一条长长的寂寞的路上行走的人，原是不能有所恐怖的。执刀械拦路的贼，有毒的蛇，乘人不备从路旁扑出袭人的恶犬，盘据在山洞中的山豹，全不缺少。这些东西似乎无时不与过路人为难，然而他们全曾遇到，也全曾平安过去。

天保他们，让他们在一切灾难中得到安全。

他们沿着大道走去。在这里，所谓大道，就是每天有远行人，小商贩，牛客，纸客，送灵榇的小小队伍，联络不绝的各在路上来去的道路。在路上，能遇到灾难以外还可以遇到此辈的道路①。全是在深山中，人家很少，坡是荒废的。间或有密密的树林，无人管理的菜园，破败坍毁的水磨。路上所见的本地人，几乎全是褴褛不成人形，脸上又不缺少一种阴暗如鬼的颜色。小站小村虽然沿路都有，但到行旅十人以上时，若想在小站上住下，米同盐与住处全将发生问题。

这时节他们正过一条小溪，两岸极高。溪上一条旧木桥，行人走过时便轧轧作声，傍溪山腰老树上有猴子叫喊。水流汩汩。远处的山雀飞起时朋朋振翅声音也仿佛可以听到。溪边有座灵官庙，石屋上尚悬有几条红布，庙前石条上过路人可以休息。

"我要歇歇，慢走一点。"一个走在第一年龄独小的青年说。他先过了桥，便把背上包袱卸下，坐在石条上不走了。

第二个正在过桥，"不要懒，这里不行"！然而过得桥来，仍然也停着了。

第三个像大哥，没有过桥，就留在溪南边。昂头望，望到山崖藤葛间一群的猴子了。猴子正如有所警戒呼唤着，又像在哭啼。"看，巴屁股老三！"其余两人也就昂头看那猴子。猴子是那么一群，于是他们数点那数目。七个，八个，十一个，搜索着，数点着。

"什长，过来坐坐，这里很凉快！"

"不能久坐！"

---

① 此句原文如此。经作者校订的花城出版社 1983 年版，改为："在路上，能遇到灾难以外还可以遇到陌生的小小人群。"

"天气早，不怕的。"

什长过桥了。背上是一个巴斗大包袱。过了桥便把包袱掷到灵官菩萨座前，且注意那神前褪了红色的小木匾。他认识字，于是念道：

"保佑行旅。宣统三年庚申吉日立。三湘长沙府郑多福率子小福盥手敬献。——呀，是个乡亲！"

听到什长的说话，坐在石条上的青年也站起了。他也念，且想爬上神龛验看那菩萨的额角间的一只竖眼，是否能移动。

"老弟，莫上去，坐一坐，我们走路。"

"三湘长沙府——这是沙头①。有十五年了。他说盥手，（他认盥做盆字）什长，我们也洗一个手吧，溪里水好得很，不用盆，可以洗脸。"

第二个过桥的人，正坐在石条上整理草鞋，自言自语说："这地方风景真好。"这时，听到年幼的同伴读"盆手"，就笑了，开口说，"庆庆，是洋磁盆是木盆？"

"不是盆字是什么？"

他站起来了，望望匾上的字，哈哈大笑。

什长说："读'款'。这字同浣差不多。庆弟，你的书读到九霄云去了。"

"千字文上并不有这个字。"

"有。你记不来罢了。"

"你念我听。"

"我也记不来了。"

三人就哈哈笑着。字的出处三个退伍兵士都找不出，却找到这字的意义，"盥是洗浣"，他们将下溪洗手洗脸。庆弟先下去，绕了路，从一个坎旁到了溪中，一面用手试水，一面喊。

"什长，什长，水冷得很，可以做凉粉！"

"快洗吧，要走路！"

"我想洗洗脚。"

---

① 沙头，指长沙人。

"莫洗脚，山水洗不得脚，会生病的！"

"还有小鱼！多得很；一只，二只，七只……"

"快一点！我们要走路，太晚了不行！"

"有鱼咧。有小螃蟹。真多。莫非是灵官的水兵？看它们成队玩！"

"上来吧，水舀一碗上来。把帕子打湿。我们不下溪了。"

"下来看看吧，好玩的。"

"庆庆你不上来，我们就先走了。"

"那我就不上来了，坐到水里等你们回来。这里好玩。多凉。有花石子！"

"你不上来当真我们走了的，你太不行了，这不是玩的地方。"什长的话有点威风，就因为他是一个什长。

年青人，天真烂漫的，一手拿着那个洋磁碗，一手折得一枝开成一串的紫色山花，上到路边了。把水给年长的什长喝，又把湿面巾送给另一同伴。他自己就把花插在包袱上面，样子很快乐，似乎舍不得那水中的小鱼小蟹，还走到桥边向下望。

"什长，下面水是镜子。有人刻得有字在石头上。瞧，是篆字！"

话说得很多，什长不理，另一伙计心被说动了，也赶过桥边来俯瞰。

天正当午。然而在两山夹壁中，且有大的树，清风从谷中来，全不像是六月天气。若不必赶路，在石条上睡睡，真是做神仙人所享的清福了。风太凉爽，地方适宜午睡，年青的庆庆想到了的。他听远处有砍木头声音。有点疲倦，身上发松，他说："这里好睡觉。"什长只擦脸，不做声。那一同伴又说："什长，这里像我们乡下。"

"这里还离湖南境十七天。"

"我们到底还要走多远？"

"二十四天，二十二天……我们已经走过小半了。"

"今天到落店时应当喝一杯。几天不喝酒，走路也无脚劲。"

"到贵州省我们可以上馆子，我的钱还够请你们吃那里的烧鸡！"

"到贵阳要几天？"

"八天就够了。今天歇老坡寨，明天枫林场，后天……"

在他们原来的路上，四个卖棉纸的人，肩上是长大扁担，两头是成捆的薄纸，来到对溪。他们因为见到庙前有人休息，所以过了桥，把肩上的东西用竖架撑起，各人也休息下来。各人用围在腰边的布片抹脸上身上的汗，各用头上的细篾遮阳扇凉。他们不互相交言，沉默的望了望几个原来休息的也是走远路的人，便放下担子不顾，各走到溪中洗脸吃水去了。

庆弟同什长说话："什长，这些人也是到贵阳吗？"

"全是同路。"

"他们为什么那么远去卖纸，这纸值什么钱。"

"他们不一定靠卖纸。他们褡裢里有银子。顺便挑一担纸压压肩，预备下去办货，回头就赚钱了。"

"不怕抢？"

"他们褡裢里有银子，身边有刀子，性命是同银子在一块儿的！"

"今天来往人多，你瞧，又来两个了。"

那两个人也过桥了。同他们一样，一种老营伍中人的精神，遮阳草鞋皆极其精致整洁，背上的白色包袱虽小却很沉重，腰下挂刀，像赶差事。匆匆的过了桥，来到庙前，其中一个白脸的，见歇憩人多，就口上打嗯哨，主张歇歇。另一个黑脸的，虽然停着，却露出迟疑不定的神气。

"让我吸一口烟，讨个火，大哥。"

那黑脸大哥不作声，走过灵官神座前，看那木匾。即刻且坐到那高神座上休息了。白脸人就很和气的走来，问什长讨自来火。

"哥，能不能借一个火？"

"对不起。我们全不吃烟。"

"对不起……是到贵阳么？"

"还远的，贵阳是一半路。从昆明来。"

"啊呀呀！小朋友也走这样的长路？"

那下溪洗脚的生意人，有一个从溪边爬上坎了，口中正含着一枝旱烟管，人口中冒烟，烟斗口中也冒烟。白色的烟被风所刮，奔飞的散去，白脸汉子又到那人身边去，"朋友，把你火镰借用一下"。那生意人取下火镰同竹管中纸煤，白脸汉子便以身背风取火，把卷烟吸燃，且递给黑脸汉子。

黑脸汉子也望到山上的猴子了，作声吓猴子，长长的声音，在谷中回应多久，猴子援枝向背僻处隐了。那大汉子似乎因为那空谷回声感生了趣味，又发着长啸，到吸烟时为止。

他们自己在说话：

黑脸说："今天是什么时候了？"

白脸说："刚才不久听到有鸡叫。日头当天，影子已圆，午时了。"

黑脸又说："近来路上清吉，来往人多，比去年强得远。"

白脸又说："我四年前八月间从此过身，跟随团长，有八个兵士。那时八个兵士有枪，还胆怯！"

……"近来不怕了。"

……"三月间剿过一次，杀了四百多人，洗了三个村子。"

……"什么人带的兵？"

……"听说是王营长，游击队的，一共带四连人，打了个五六天，毁了三个堡子，他妈连鸡犬也不留他一个。"

……"地方太苦了。剿一次，地方也更荒凉了。"

…………

几个做生意人全从溪下爬上来，各人扭着那湿布巾且向空气中抖着，慢慢的系它在腰边，又慢慢的从腰边取下火镰，旱烟具，预备吃烟。

庆庆坐在石条上打哈欠，只想睡觉。

什长看看这不成。把包袱背好。"走，不许停！"

"我想睡。"庆庆真想用包袱作枕头倒下去，躺个四平八稳。

"不行，庆弟，你不走我们就走了。"

"我们同纸客一路走，好歹是一路落站。"

什长不再说话，先走了。继着把包袱背好，也动身了的是另一同伴。余下年青人同那包袱，他无办法，一面叫"等到等到"，一面也站起身来，匆匆把包袱背好，赶上前去了。

他们上了道。几个纸客就坐在那石条上吸烟。军官模样之一的白脸汉子，也下到溪边洗面巾了。追上前去的年青人，略显得跟跄，一面同前途的旅伴说话一面赶路。

"什长，等等，天气早哩。"

"早到一点就可以得到好住处。"

"你说我们应当换草鞋不应当？我们草鞋全坏了。那苗婆娘骗人，我们上了当。草鞋咬我的脚跟，不换换我走不动了。我们应当多出点钱，买好货物。伙计，你为什么这样忙？你跌了。掉到溪中可不是玩。水极冷，很深，你不能泅。有蛇，你瞧，一条花蛇在水面溜哩。多快呀。什长哥，当真的事，蛇在水上！"

说着。走着。什长把脚步放慢，让年青人追及了。他退开一点，让年青人先走，自己跟在后面上路。什长略略生气的说道：

"庆弟，应当勇敢点。道路还远。今天应当早早赶到站口。你不要丢高坳地方人的大丑。吃得，饿得，走得，干得，挨冷挨热得，这是高坳人口号。"

年青人回了头："什长，那两个黑白脸男子，是跑江湖的，是不是？"

"你走路吧。"

"我听他们说话，这路上倒像极其熟习。"路是走的，话也仍然要说。"他们说什么地方剿过，杀了四百人，恐怕就是先前走过的那村子。那样大村落，不见一个人，不见狗，不见鸡，真是怪事。为什么杀那样多人？是四百，要许多时间才杀得完。还有小孩子，娘子，老太婆。老太婆也杀。他们说……"说着，忘了看面前的路，脚趾踢在石尖上，一个跟跄差点作了狗抢屎。

就蹲到地上揉脚。脚已出了血，扯路旁的青草嚼烂了傅上，便笑了，又傅上路旁的干土。什长迈步向前了。

"什长，慢一点。还是我打先走吧。遵照大路打先锋，不会错。"

什长有点不忍，就停着。"不许说话。好好上路！"

"嘛。"

"不许——"

"嘛。"

三人笑着，前进了。另一伙伴为年青人背了包袱，受伤的走空路。走空路，肩上轻松，在太阳下微跛的脚步，仍然走得捷速而有力。

出了山壁。回头一望已不见来处。

"什长，人多走路热闹一点。可以不疲倦。"

"你走路吧。"

"我说走路的事！一个人我是不敢走这长路的。我猜你也未必一定敢走。不怕匪，不怕老虎，来一个鬼，穿白衣白裤，有一丈高，天又快夜，这怎么办？我们过路那些破庙地方都有棺材，这些东西一到夜，不会起来找人吃吗？便说有刀，哗的把刀抽出，訇的跳过来，就吵的砍去，但是鬼对你迷迷笑，这怎么办？你喊，谁答应你？你哭，鬼也不怕。你除非会念咒，或是剑仙。什长，你说到底有剑仙没有？花蝴蝶采花，能够一纵身跳上屋顶，不闻声音。我听说北京城房子瓦上跑马也行，那是什么房子。北京有宫殿，有太监是割了……"

一面说，一面又走错了路，应当沿山下去，却走到山上小路去了。在后面的什长不做声，尽年青人走，却在指路碑上等着。

"什长，我家里有一把关刀。一百六十斤重，是铁打的。周仓扛过，那黑大哥真有劲（他因为不曾听到后面的脚步声音，回了头）。什长，怎么？走不动了！赶路！"

"赶路吧，你自己赶上去。我们要下山了。"两个人笑着先走了。

"嗨，走错了吗？（他一口气冲到岔路上，见到了路碑。）什长，大哥，等等。我错了。妖精迷了我的路，好家伙。三步，两步，一，二，三，四，（追及了）我在中间走。不说话。可以赌咒。"

暂时，这小子当真就是不说了。

过了一会。经过了一处烧坏了的大房子，在一堵还未完全倒坍的高墙下边，有一个干瘪瘪的老年妇人搭了个小小草棚，在草棚前卖绿荫荫的酸李子。

"买。"年青人停了，想从板带里掏钱。

"不能，吃生李子肚子会痛。你吃水太多了。"

"……"

"走！"

走了。回头还望望那老妇人舍不得那李子。又说话了。

"这叫什么村？"

什长不答理，人在前面，吹着哨子，模仿喇叭的行军曲。

"……"庆庆不作声了，默默的如在操场时被领头带着散步走进的情形，且默默的数"一二""一二"。

行过十里中不曾遇到一个人。

行过廿里中无一个村落。行过廿五里太阳快要向一个荒凉小山后下沉时候，三人进了一个小小的青石堆砌的砦堡。看见一匹马，马上还有鞍辔。到站了。应当休息了。庆庆欢喜了。

"什长，到了，找好地方喔。有臭虫是不行的。太脏是不行的。你瞧这里不错。是县分咧。有知事告示。不知道衙门在那里？什长，这里来吧，倒好，挂得有牌。进去吧。（他自己也进那屋子了。）老板，有住处没有？三个人。一个大木床行了。要干净一点。"

出来的是一个中年人。蓝竹布长衫，旧得很，仿佛像卖卦人身分，和气的声音说："是乡亲！就住到这里！请坐！"

坐下了。什长一条，庆庆同那伴当一条，是大白木板凳，很新很粗的还有松香气味。主人进去取烟取茶。烟来时，客不吸烟，就自己用着。

"尊姓是？"什长问主人。

"张。字问渔。湖南省桃源县人。"

"喔，真是乡亲！我们通是湖南人。好极了。今天真好。"

"真不容易。三生有幸。几位是从云南来了。"

"是的。是走十来天了。"

"请教是……"

"贱姓侯……"

"好极了，今天。"主人搓着两只瘦手，口上的咬着的烟管冒着烟子，又出去找人去了。

不到一刻三人在洗脚了。一个脚盆里，五只泥腿在滚热水中烫着。庆庆另一只脚不敢落水，主人见到了，忙问。知道受了伤，就即刻取伤药来。异乡的骨肉，原应关心到如自己的亲人。

从谈话中才知道主人是县公署科长，县长也就是住在这小店中。每天到一个旧庙中审点案，判断一些小生意人的争持，晚上就回到小店中住处来吃饭睡觉，上床以前读读《庄子》，无事时则过各处小乡绅家中去喝点酒，作县长的五日一场才有新鲜猪肉吃。县长无处可去无事可作时，就下点棋或种种瓜菜。本县城内共计一百卅二户，大小人口三百四十四人，还将县长本身算在这一个数目里面。

"有军队没有？"问主人有不有军队，因为自己是兵的原故。

"有警备队。一共二十个。有十枝枪。"主人说时也笑了。

"地方清静不清静？"

"这里倒好。太荒凉，容不下大股匪。土匪是不能挨饿的，养得起兵的地方也停得住匪。不过有时也有人在路上被抢。最近不久还听说——"

县长回来了，一个穷秀才样子，穿了件旧的浅蓝竹布长衫，罩上半新的黑色羽纱之类小袖马褂，鼻小眼明，样子和蔼，与来客拱手作礼，古意盎然。

科长作东，县长作陪，三个在异乡异县跋涉远道的人，吃了一顿意想不到的晚饭，夜间，上了床，另一室中县长《秋水篇》的朗吟，把庆庆等三人送到梦境里去了。

庆庆梦中下了溪里洗澡，泅水的有县长同几个纸客在内。此外还有猴子，小鱼，也能泅水打余子。

第二天一亮，几个人起身整备行李时，他们从主人处知道一件严重的事情。昨天较晚南来的行路人，投县报告了一个消息：有几个纸客被抢了。还死了两个人。死了的是个军官，因为有钱，有刀，不服抄掠，便被杀死了。地点是瓮谷的灵官庙前桥头上，出山猴子地方。县长准备去验尸，各处找轿夫找警备队。

三个人皆呆了。

当天仍然上了路，他们的家乡离那里还有二十天！

本篇发表于 1930 年 12 月 10 日《小说月报》第 21 卷第 12 号。署名沈从文。

神巫之爱

第一天的事

　　云石镇砦门外边大路上，有一群花帕青裙的美貌女子，守候一个侍候神的神巫来临。人数约五十，全是极年青，不到二十三岁以上，各打扮得像一朵鲜花。人人猜疑到神巫必然带来神的恩惠给全村，却带了自己的爱情给女人中某一个。因此凡是砦中年青貌美的女人，都愿意这幸福能落在她头上。她们等候那神巫来到，希望幸运留在自己身边，失望分给众人，结果就把神巫同神巫的马引到自己的家中；马安顿在马房，用麦秆草喂马，神巫安顿在她自己的房里，床间有新麻布帐子山棉作絮的房里。

　　在云石镇的女人心中，把神巫款待到家，献上自己的身，给这神之子受用，是以为比作土司的夫人还觉得荣幸的。

　　云石镇的住民，属于花帕族。花帕族的女人，正仿佛是为全世界上好男子的倾心而生长得出名美丽，下品的下品至少还有一双大眼睛与长眉毛，使男子一到面前就甘心情愿作奴当差。今天的事，却是许多稍次的女人也不敢出面竞争了。每一个女人，能多将神巫的风仪想想，又来自视，无有不气馁失神，嗒然归去的。

　　在一切女人心中，这男子应属于天上的人。纵代表了神，往各处降神的福佑，与自己的爱情，却从不闻这男子恋上了谁个女人。各处女人用颜色或歌声尽一切的诱惑，神巫直到如今还是独身。神巫大约在那里有所等候的天知道他等候谁。

　　神巫是在等待谁？生在人世间的人，不是都得渐渐老去么？美丽年青不是很短的事么？眼波樱唇，转瞬即已消逝，神巫所挥霍抛弃的女人的热情，实在已太多了。便是今天的事，五十人中倘若有一个为神巫加了青眼，也就有其余四十九人对这青春觉到可恼。美丽的身体若无炽热的爱情来消磨，则这美丽也等于累赘。花帕族，及其他各族，女人之所以精致如玉，聪明若冰雪，温柔如棉絮，也就可以说是全为了神的儿子神巫来注意的。

好的女人不必用眼睛看，也可以从其他感觉上认识出来的。神巫原是一个有眼睛的人，就更应当清楚各部落里美中完全的女人是怎样多。为完成自己一种神所派遣到人间来的意义，他一面为各族诚心祈福，一面也应当让自己的身心给一个女人所占有！

是的，这男子明白这个。他对于这事情比平常人看得更分明。他并无奢望，只愿意得到一种公平的待遇。在任何部落中总不缺少那配得他上的女人，眯着眼，抿着口，做成那欢迎他来摆布的样子。他并不忘记这事情！许多女人都能扰乱他的心，许多女人都可以差遣他流血出力。可是因为另外一种理由，终于把他变成骄傲如皇帝了。他因为做了神之子，就仿佛无做人间好女子丈夫的分了。他知道自己的风仪是使所有的女人倾倒，所以本来不必伟大的他，居然伟大下来了。他不理任何一个女人，就是不愿意放下了那其余许多美丽女子去给世上坏男子脏污。他不愿意把自己身心给某一女人，意思就是想使所有世间好女人都有对他长远倾心的机会。他认清楚神巫的职分，应当属于众人，所以他把他自己爱情的门紧闭，独身下来，尽众女人爱他。

每到一处遇有女人拦路欢迎，这男子便把双眼闭下，拒绝诱惑，女人却多以为因自己貌陋，无从使神巫倾心，引惭退去。落了脚，找到一个宿处后，所有野心极大的女人，便来在窗外吹笛唱歌，本来窗子是开的，神巫也必得即刻关上，仿佛这歌声烦恼了他，不得安静。有时主人自作聪明，见到这种情形，必定还到门外去用恶声把逗留在附近的女人赶走，神巫也只对这头脑单纯的主人微笑，从不说主人已做错了事。

花帕族的女人，在恋爱上的野心等于猡猡族男子打仗的勇敢，所以每次闻神巫来此作傩，总有不少女人在砦外来迎接这美丽骄傲如狮子的神巫。人人全不相信神巫是不懂爱情的男子，所以上一次即或失败，这次仍然都不缺少把神巫引到家中的心思。女子相貌既极美丽，又非常胆大，明白这地方女人的神巫，骑马前来，在路上就不得不很慢很慢的走了。

时间是烧夜火以前。神巫骑在马上，看看再翻一个山，就可以望到云石镇的砦前大梧桐树了，他勒马不前，细细的听远处唱歌声音。原来那些等候神巫的年青女人，各人分据在路旁树荫下，盼望得太久，大家无聊唱起歌来了。各人唱着自己的心事，用那像春天的莺的喉咙，唱得所有听到的男子都沉醉到这歌声里，神巫听了又听，不敢走动。他有点害怕，前面的关隘似乎不容易闯过，女子的勇敢热情推这一镇最出名。

追随在他身后的一个仆人，肩上扛的是一切法宝，正感到沉重，压得肩背沉甸甸的，想到进了砦后找到休息的快活，见主人不即行动，明白主人的意思了。仆人说道：

"我的师傅，请放心，女人不是酒，酒这东西是吃过才能醉人的。"他意思是说女人想起才醉人，当面倒无妨。原来这仆人是从龙朱的矮奴领过教的，说话的聪明机智处许多人不能及。

可是神巫装作不懂这仆人的聪明言语，很正气的望了仆人一眼。仆人在这机会上就向主人微笑，表示他什么事全清清楚楚，瞒不了他。

神巫到后无话说，近于承认了仆人的意见，打马上前了。

马先是走得很快，然而即刻又慢下来了。仆人追上了神巫，主仆两人说着话，上了一个个小小山坡。

"五羊，"神巫喊着仆人的名字，说，"今年我们那边村里收成真好！"

"做仆人的只盼望师傅有好收成，别的可不想管他。"

"年成好，还愿时，我们不是可以多得到些钱米吗？"

"师傅，我需要铜钱和白米养家，可是你要这个有什么用？"

"没有钱我们不挨饿吗？"

"一个年青男人他应当有别一种饥饿，不是用钱可以买来的。"

"我看你近来一天脾气坏一天，说的话怪得很，必定是吃过太多的酒把人变胡涂了。"

"我自己那知道？在师傅面前我不敢撒谎。"

"你应当节制，你的伯父是酒醉死的，那时你我都很小，我是听黄牛寨教师说的。"

"我那个伯父倒不错！酒也能醉死人吗？"他意思是女人也不能把主人醉死，酒算什么东西。

神巫却不在他的话中追究那另外意义，只提酒。他说：

"你总不应当再这样做。在神跟前做事的人，荒唐不得。"

"那大约只是吃酒，师傅！另外事情——像是天许可的那种事，不去做也有罪。"

"你真在亵渎神了，你这大蒜！"

照例是，主人有点生气时，就会拿用人比蒜比葱，以示与神无从接近，仆人就不开口了。这时节坡已上了一半，还有一半上完就可以望到云石镇，在那里等候神巫来到的年青女人，是在那里唱着歌，或吹着芦管消遣这无聊时光的。快要上到山顶，一切也更分明了。这仆人为了救济自己的过失，所以不久又开了口。

"师傅，我觉得这些女人好笑，全是一些蠢到无以复加的东西！"

随又自言自语说道："学竹雀唱歌谁希罕？"

神巫不答理，骑在马上腰身略弯伸手摘了路旁土坎上一朵野菊花，把这花插在自己的发边。神巫的头上原包有一条大红锦绸首巾，配上一朵黄菊，显得更其动人的妩媚。

五羊见到神巫打扮得如此华贵，也随手摘了一朵野花安插在包头上。他头上缠裹的是深黄布首巾，花是红色。有了这花仆人更像蒋平了。他在主人面前，总愿意一切与主人对称，以便把自己的丑陋衬托出主人的美好。其实这人也不是在爱情上落选的人物，世界上就正有不少龙朱矮奴所说的"吃搀了水的酒也觉得比酒糟还好的女人"，来与这神巫的仆人啮臂论交！

翻过坡，坡下峇边女人的歌声更分明了。神巫意思在此间等候太阳落坡，天空有星子出现，这些女人多数因回家煮饭去了，他就可以赶到族总家落脚。

他不让他的马下山，跳下马来，把它系在一株冬青树下，命令仆人也把肩上的重负放下休息。仆人可不愿意。

"我的主，一个英雄他应当在日头下出现！"

"五羊，我问你，老虎是不是夜间才出到溪涧中喝水？"

仆人笑，只好把一切法宝放下了。因为平素这仆人是称赞师傅为老虎的，这时不好意思说虎不是英雄。他望到他主人坐到那大青石上沉思，远处是柔和的歌声，以及忧郁的芦笛，就把一个镶银漆朱的葫芦拿给主人，请主人喝酒。

神巫是正在领略另外一种味道的，他摇头，表示不需要酒。

五羊就把葫芦的嘴亲着自己的嘴，仰头咽嘟咽嘟喝了许多酒，用手抹了一抹葫芦的嘴又抹自己的嘴，也坐在那石头上听山下唱歌。

清亮的歌，呜咽的笛，在和暖空气中使人迷醉。

日头正黄黄的晒满山坡，要等候到天黑还有大半天的时光！五羊有种脾气，不走路时就得吃喝，不吃喝时就得打点小牌，不打牌时就得睡！如今天气正温暖宜人，什么事都不宜作，五羊真愿意睡了。五羊又听到远处鸡叫狗叫，更容易引起睡眠的欲望，因此当到他主人面前张着嘴一连打了三个哈欠。

"五羊，你要睡就睡，我们等太阳落坡再动身。"

"师傅，你说的极有道理。可是你的命令我反对一半承认一半。我实在愿意在此睡一点钟或者五点钟，可是我觉得应当把我的懒惰逐去，因为有人在等候你！"

"我怕她们！我不知道这些女人为什么独对我这样多情，我奇怪得很。"

"我也奇怪！我奇怪她们对我就不如对师傅那么多情了。如果世界上没有师傅，我五羊或者会幸福一点，许多人也幸福一点。"

"你的话是流入诡辩的，鬼在你身上把你变成更聪明了。"

"师傅，你过奖我了。我若聪明，早应当把一个女人占有了师傅，好让其余女子把希望的火蹿熄，各自找寻她的情夫！可是如今却怎么样？因了师傅，一切人的爱情全是悬在空中。一切……"

"五羊，够了。我不是龙朱，你也莫学他的奴仆，我要的用人只是

293

能够听命令的人。你好好为我睡了吧。"

仆人于是听命不再作声，又喝了一口酒，把酒葫芦搁在一旁，侧身躺在大石上，用肘作枕，准备安睡。但他仍然有话说，他的口除了用酒或别的木楂头塞着时总得讲话的。他含含糊糊的说道：

"师傅，你是老虎！"

这话是神巫听厌了的，并不理他。

仆人便半像唱歌那样低低哼道：

> 一个人中的虎，因为怕女人的缠绕，不愿在太阳下见人……
> 不敢在太阳下见人，要星子嵌在蓝天上时才敢下山……
> 没有星子，我的老虎，我的主，你怎么样？

神巫知道这仆人有点醉意了，不作理会。还以为天气实在太早，尽这个人哼一阵又睡一阵也无妨于事，所以只坐到原处不动，看马吃路旁草。

仆人一面打哈欠一面又哼道：

> 黄花岗的老虎，人见了怕；猩猩族的老虎，它只怕人。

过了一会仆人又哼道：

> 我是个光荣的男子，花帕族小嘴长臂白脸庞女人，你们全来爱我！
> 把你们那张小小的嘴唇，把你们两条长长的手臂，全送给我，我能享受得下！
> 我的光荣随了我主人而来……

他又不唱了。他每天唱了一会就歇歇，像神巫在山神前念诵祷词一样。他为了解释他有理由消受女人的一切温柔，旋即把他的资格唱出。

他说：

> 我是千羊族长的后裔，黔中神巫的仆人，女人都应归我。
> 我师傅怕花帕族的女人，却还敢到云石镇上行法事，我的
> 光荣……
> 我师傅勇敢的光荣，也就应当归仆人有一分。

这个仆人哼哼唧唧时是闭上眼睛不望神巫颜色的。因了葫芦中一点酒，使他完全忘了形，对主人的无用处开起玩笑来了。

远处花帕族女人唱的歌，顺风来时字句听得十分清楚，在半醉半睡情形中的仆人耳中，还可以得其仿佛，他于是又唱道：

> 你有黄莺喉咙的花帕族妇人，为什么这样发痴？
> 春天如今早过去了，你不必为他歌唱。
> 我师傅虽是美丽的男子，但并不如你们所想象的勇敢与骄傲；
> 因为你们的歌同你们那唱歌的嘴唇，他想逃遁，他逃遁了。

一会儿，仆人的鼾声代替了他的歌声，安睡了。这个仆人在朦胧中唱的歌使神巫生了一点小小的气，为了他在仆人面前的自尊起见，他本想上了马一口气冲下山去。更其使他心中烦恼的，却是那山下的花帕族年青女人歌声，那样缠绵的把热情织在歌声里，听歌人却守在一个醉酒死睡的仆人面前发痴，这究竟算是谁的过错呢？

这时节，若果神巫有胆量，跳上了马，两脚一夹把马跑下山，马项下铜串铃远远的递了知会与花帕族所有年青女人，那在大路旁等候那瑰奇秀美的神巫人马来到面前的女人，是各自怎么样心跳血涌！五十颗年青的，母性的，灼热的心，在腔子里跳着，然而那使这些心跳动的男子，这时节却默然坐在那大路旁，低头默想种种逃遁的方法，人间可笑的事情，真没有比这个更可笑了。

他望到仆人五羊甜睡的脸，自己又深恐有人来不敢睡去。他想起那

砦边等候他来的一切女人情形，微凉的新秋的风在脸上刮，柔软的殡人的歌声飘荡到各处，一种暧昧的新生的欲望摇撼到这个人的灵魂，他只有默默的背诵着天王护身经请神保佑。

神保佑了他的仆人，如神巫优待他的仆人一样，所以花帕族女人不应当得到的爱情，仍然没有谁人得到。神巫是在众人回家以后的薄暮，清吉平安来到云石镇的。

到了住身的地方时，东家的院后大刺桐树上，正叫着猫头鹰。五羊放下了肩上的法宝，摇着头说：

"猫头鹰，猫头鹰，白天你虽然无法睁开眼睛，不敢飞动，你仍然不失其为英雄啊！"

那树上的一匹猫头鹰，像不欢喜这神巫的仆人的赞美，扬起翅膀飞去了。神巫望到这个从龙朱矮奴学来乖巧的仆人微笑，坐下去，接受老族总双手递来的一杯蜜蜂茶。

到了夜晚，云石镇的箭坪前便成立了一座极堂皇的道场。

晚上的事

松明，火把，大牛油烛，依秩序一一燃点起来，照得全坪通明如白昼。那个野猪皮鼓，在五羊手中一个皮捶重击下，蓬蓬作响声闻远近时，神巫戎装披挂上了场。

他头缠红巾，双眉向上直竖。脸颊眉心擦了一点鸡血，红缎绣花衣服上加有朱绘龙虎黄纸符箓。手执铜刀和镂银牛角。一上场便在场坪中央有节拍的跳舞着，还用呜咽的调子念着娱神歌曲。

他双脚不鞋不袜，预备回头赤足踹上烧得通红的钢犁。那健全的脚，那结实的腿，那活泼的又显露完美的腰身旋折的姿势，使一切男人羡慕一切女子倾倒。那在鼓声蓬蓬下拍动的铜叉上圈儿的声音，与牛角呜呜喇喇的声音，使人相信神巫的周围与本身，全是精灵所在。

围看跳傩的将近一千人，小孩子占了五分之一，女子们占了五分之二，成年男子占了五分之二，一起在神坛边成圈站定。小孩子善于唱歌的，便依腔随韵，为神巫凑歌。女子们则只惊眩于神巫的精灵附身半疯情形，把眼睛睁大，随神巫身体转动。

五羊这时节虽已酒醒了。但他又沉醉到一种事务中，全部精神集中在主人的踊跃行为上，匀匀的击打着身边那一面鼓。他把鼓槌按拍在鼓边上轻轻的敲，又随即用力在鼓心上打。他有时用鼓槌揉着鼓面，发出一种殢人的声音，有时又沉重一击戛然停止。他脸为身边的焚柴火堆薰得通红，头像个饭箩摇摆又摇摆。平时一见女人即发笑的脸上，这时却全无笑容，严重得像武庙那尊泥塑的关夫子了。

神巫把身一踊，把把一脚，再把牛角向空中画一大圈，五羊把鼓声压低下去，另外那个打锣的人也打锣稍停，忽然像从一只大冰柜中倾出一堆玻璃，神巫用他那银钟的喉咙唱出歌来了。

神巫的歌说：

> 你大仙，你大神，睁眼看看我们这里人！
> 他们既诚实，又年青，又身无疾病，
> 他们大人能喝酒，能作事，能睡觉，
> 他们孩子能长大，能耐饥，能耐冷，
> 他们牯牛肯耕田，山羊肯生仔，鸡鸭肯孵卵，
> 他们女人会养儿子，会唱歌，会找她心中欢喜的情人！
>
> 你大神，你大仙，排驾前来站两边！
> 关夫子身跨赤兔马，
> 尉迟恭手拿大铁鞭！
>
> 你大仙，你大神，云端下降慢慢行！
> 张果老驴上得坐稳，
> 铁拐李脚下要小心！
>
> 福禄绵绵是神恩，

和风和雨神好心，
美酒白饭当前陈，
肥猪肥羊火上烹！

洪秀全，李鸿章，
你们在生是霸王，
杀人放火尽节全忠各有道，
今来坐席又何妨！

慢慢吃，慢慢喝，
月白风清好过河！
醉时携手同归去，
我当为你再唱歌！

神巫歌完锣鼓声音又起，人人拍手迎神，人人还呐喊表示欢迎那个
唱歌的神的仆人。神巫如何使神驾云乘雾前来降福，是人不能明白知道
的事，但神巫的歌声，与他那种优美迷人的舞蹈，却已先在云石镇上人
人心中得到幸福与欢喜了。

神巫迎神歌唱完，帮手的宰好的猪羊心献上，神巫在神面前作揖，
磕头，风车般翻了三十六个筋斗，鼓声转沉，神巫把猪羊心丢到铁锅里
去，用手咬诀，喷一口唾沫，第一趟法事就完结了。

神巫退下坛来时，坐到一张板凳上休息，把头上的红巾除去，首事
人献上蜜茶，神巫一手接茶一手抹除额上的汗渍。这时节，一些顽皮小
孩子，已把五羊包围着了，争着抢五羊手上的鼓槌，想打鼓玩。五羊站
到一张凳上不敢下来，大声咤叱那顶顽皮的正在扯他裤头的孩子。神巫
这一面，则有族总，地保，甲长，与几个上年纪的地方老人陪着。

场坪上，各处全是火炬，树上也悬挂得有红灯，所以凡是在场的人
皆能互相望到。神巫所在处，靠近神像边，有大如人臂的天烛，有火
燎，有七星灯；所以更见得光明如昼。在火光下的神巫，虽作着神的仆

人的事业，但在一切女人心中，神不可知的则数目也不可知，有凭有据的神却只应有一个，就是这神巫。他才是神。因为他有完美的身体与高尚的灵魂。神巫为众人祈福，人人皆应感谢神巫，不过神巫歌中所说的一切神，从玉皇大帝到李鸿章，若果真有灵，能给云石镇以幸福，就应人把神巫分给花帕族所有的好女子，至少是这时节应当让他来在花帕族女人面前，听那些女人用敷有蜜的情歌摇动他的心，不合为一些年老男子包围保护！

这样的良夜，风又不冷，满天是星，正适宜于年青人在洞中幽期蜜约，正适宜于在情妇身边放肆作一切顽皮的行为，正适宜于倦极做梦，把来到云石镇唱歌娱神的神巫，解下了法衣，放下了法宝，科头赤足来陪一个年青花帕族女人往无人处去，并排坐到一个大稻草积上看天上的流星，指点那流星落去的方向，或者用药面喂着那爱吠的黄狗，悄悄从竹园爬过一重篱到一个女人窗下去轻轻拍窗边的门，女人把窗推开援引了这人进屋，神见到这天气，见到这情形，神也不至于生气！

为了神巫外貌的尊严，以及老年人保护的周密，一切女人真是徒然有了这美貌，徒然糟蹋了这一年无多几日的天气。各人的野心虽大，却无一个女人能勇敢的将神巫从火光下抢走。虽说"爱情如死之坚强"，然而任何女人，对这神巫建设的堡垒，也无从下手攻打。

休息了一会，第二次神巫上场，换长袍为短背心，鼓声蓬蓬打了一阵，继着是大铜锣铛铛的响起来，神巫吹角，角声上达天庭，一切情形复转热闹，正做着无涯好梦的人全惊醒了。

第一次法事为献牲，第二次法事为祈福。

祈福这一堂法事，情形与前一次完全两样了，照规矩，神巫得把所有在场的人叫到身边来，瞪着眼，装着神的气派，询问这人想神给他什么东西，这人实实在在说过愿心后，神巫即向鬼王瞪目，再问天神磕头，用铜剑在这人头上一画完事。在场的人若太多时，则照例只推举十来个人出场，受神巫的处治，其余也同样得到好处了。因为在大傩中的人，请求神的帮助，不出几件事：要发财，要添丁，要家中人口清吉，要牛羊孳乳，要情人不忘恩负义；纵有些人也有希望凭了神的保佑将仇人消灭的，这类不合理要求，当然无从代表，然而互相向神纳贿，则互相了销，神的威灵仿佛独于这一件无应验，所以受神巫处治的纵多，也不能出二十个人以上。

锣鼓惊天动地的打，神巫跷起一足旋风般在场中转，只要再过一阵，把表一上，就应推举代表向前请愿了，这时在场年青女人，都有一种野心，想在对神巫诉愿时，说着请求神把神巫给她的话。在神巫面前请求神许可她爱神巫，也得神巫爱她，是这样，神就算尽了保佑弱小的职分了。在场一百左右年青女人，心愿莫不是要神帮忙，使神巫的身心归自己一件事，所以到了应当举出年青女人向神请愿时，因为一种隐衷，人人皆说事是私事，只有各自向神巫陈说最好。

众女人为这事争持着，尽长辈排解也无法解决，显然明白今夜的事情糟。男子流血女人流泪全是今夜的事。他只默然不语，站在场坪中火堆前，火光照曜到这英雄如一个天神。他四顾一切争着要祈福的女人，全有着年青美健的身体与洁白如玉的脸额，全都明明白白的把野心放在衣外，企图与这年青神之子接近。各人的竞争，即表明各人的爱心的坚固，得失之间各人皆具有牺牲的决心。

族中当事人，也有女侄在内，情形也大体明白了，劝阻无效，只有将权利付之神巫自己。

那族中最年高的一个，见到自己两个孙女也包了花格子布巾在场，照例族中的尊严，是长辈也无从干预年青人恋爱，他见到这事情争持下去也不会有结果，于是站到凳上去，宣告自己的意见。

他先拍掌把一切的纷扰镇平，演说道：

"花帕族的姊妹们，请安静，听一个痴长九十一岁的人说几句话。

对于祈福你们不愿意将代表举出，这是很为难的。你们的意见，是你们至上的权利，花帕族女人纯洁的心愿，我不能用高年来加以干预。我并不是不明白你们的意思。只是很为难，今天这大傩是为全镇全族作的，并不是我个人私有；也不是几个姊妹们私有。这是全镇全族的利益。这傩事，应当属于在场的公众，所以凡近于足以妨碍傩事的个人利益要求，我们是有商量考虑的必要。

如今的夜晚天气并不很长，这还是新秋，这事也请诸位注意。若果照诸位希望，每一个人，（有女人就说，并不是每一人，是我们女人！）是的，单是女子，让我来数数吧，一五，一十，十五，二十……这里像你们这样年青的姑娘，共七十五个。或者还不止。试问七十五个女人，来到神巫身前，把心愿诉尽，又得我们这可敬爱的神巫一一了愿，是作得到的事么？你们这样办，你们的心愿神巫是知道了，（他觉得说错了话又改口说）你们的心愿神已知道了，只是你们不觉得使神巫过于疲倦是不合理的事吗？这样一来到天亮还不能作第三堂法事，你们不觉得这是妨碍了其他人的利益与事务吗？

我花帕族的女人，全知道自由这两个字的意义的。她知道自己的权利也知道别人的权利，你们可以拿你们自己所要求的去想想。"

有女人就说："我们想过了，这事情我们愿意决定于神巫，他必能给我们公平的办法。"演说的老人就说道：

"这是顶好的，既然这样，我们就把这事请我们所敬爱的神巫来解决。来，第二的龙朱，告我们事情应当怎么办。（他向神巫）你来说一句话，事情由你作主。（女人听到这个话后全体拍手喊好。）

不过，姊妹们，不要因为太欢喜忘了我们族中的女子美德了！诸位应记着花帕族女人的美德是热情的节制，男子汉才需要大胆无畏的勇敢！我请你们注意，就因为不要为我们尊敬的神巫见笑。

诸位，安静一点，听我们的师傅吩咐吧。"

女人中，虽有天真如春风的，听族长谈到花帕族女人的美德，也安静下来了。全场除了火燎爆裂声外，就只有谈话过多的老年族总喉中发喘的声音。

神巫还是身向火燎低头无语，用手扣着那把降魔短剑。

打鼓的仆人五羊，低声说道：

"我的主，你不要迟疑了，我们的神对于年青女人请求从不曾拒绝，你是神之子，应照神意见行事。"

"神的意见是常常能使他的仆人受窘的！"

"就是这样也并无恶意！应当记着龙朱的言语；年青的人对别人的

爱情不要太疏忽，对自己的爱情不要太悭吝。"

神巫想了一会，就抬起头来，朗朗说道：

"诸位伯叔兄弟，诸位姑嫂姊妹，要我说话我的话是很简单的。神是公正的，凡是分内的请求他无拒绝的道理。神的仆人自然应为姊妹们服务，只请求姊妹们把希望容纳在最简单的言语里，使时间不至于耽搁过多。"

说到此，众人复拍手，五羊把鼓打着，神巫舞着剑，第一个女人上场到神巫身边跪下了。

神巫照规矩瞪眼厉声问女人，仿佛口属于神，眼睛也应属于神，自己全不能审察女人口鼻眼的美恶。女人轻轻的战栗把她的愿心说出，她说：

"师傅我并无别的野心，我只请求神让我作你的妻，就是一夜也好。"

神巫听到这吓人的愿心，把剑一扬，喝一声"走"，女人就退了。

第二个来时，说的话却是愿神许他作她的夫，也只要一天就死而无怨。

第三个意思也不外乎此，不过把话说得更委婉一点。

第四第五……照秩序下去全是一个样子，全给神巫瞪目一喝就走了。人人先仿佛觉到自己无希望说给这人听过后，心却释然。以为别的女子也许野心太大请神帮忙的是想占有神巫全身，所以神或者不能效劳，至于自己则所望不赊，神若果是慈悲的，就无有不将怜悯扔给自己的道理。人人仿佛向神预约了一种幸福，所有的可以作为凭据的券就是临与神巫离开时那一瞪。事情的举行出人意料的快，不到一会在场想与神巫接近一致心事的年青女人就全受福了。女人事情一毕，神巫稍稍停顿了跳跃，等候那另外一种人的祈福，在这时，忽然跑过了一个不到十六岁的小女孩，赤了双脚，披了长长的头发，像才从床上爬起，穿一身白到神巫面前跪下，仰面望着神巫。

神巫也瞪目望女人，望到女人一对眼，黑睛白仁像用宝石镶成，才从水中取出安置到眶中，那眼眶，又是庄子一书上的巧匠手工做成的。

她就只把那双眼睛瞅定神巫，她的请求简单到一个字也不必说，而又像是已经说得太多了。

他这光景下有点眩目，眼睛虽睁大，不是属于神，应属于自己了。他望到这女人眼睛不旁瞬，女人也不做声，眼中却像是那么说着："跟了我去吧，你神的仆，我就是神！"

这神的仆人，可仍然把心锁住了，循例的大声的喝道：

"什么事，说！"

女人不答应还是望到这神巫，美目流盼，要说的依然像是先前那种意思。

这神巫有点迷乱，有点摇动了，但他不忘却还有一百左右的花帕族美貌年青女子在周围，故旋即吼问了一声是为什么事。

女人不作答，从那秀媚通灵的眼角边浸出两滴泪来了。仆人五羊的鼓声催得急促，天空西南角上正坠下一大流星光芒如月，神巫望到这眼边的泪，忘了自己是神的仆人了，他把声音变成夏夜一样温柔，轻轻的问道：

"洞府中的仙姊妹，你有什么事你尽管说。"

女人不答理，他又更柔和的说道：

"你仆人是世间一个蠢人，有命令，吩咐出来我照办。"

女人到此把宽大的衣袖，擦干眼泪，把手轻轻抚摩神巫的脚背，不待神巫扬起铜剑先自退下了。

神巫正想去追赶她，却为一半疯老妇人拦着请愿，说是要神帮她把战死的儿子找回，神巫只好仍然作着未完的道场，跳跳舞舞把其余一切的请愿人打发完事。

第二堂休息时，神巫蹙着双眉坐在仆人五羊身边。五羊看师傅神色不大对劲，蹲到主人脚边低声问主人为什么这样忧郁。这仆人说：

"我的主，我的神，什么事使你烦恼到这样子呢？"

神巫说："五羊我这时比往日颜色更坏吗？"

"在一般女人看来，你比往日更显得骄傲。"

"我的骄傲若使这些女人误认而难堪，那我仍得骄傲下去。"

"但是，难堪的或者是另外一个人！一个人能勇敢爱人，在爱情上勇敢即失败也不会难堪的。难堪只是那些无用的人所有的埋怨。不过，师傅，我说你有的却只是骄傲。"

"我不想这样骄傲了，无味的贪婪我看出我的错来了。我愿意做人的仆，不愿意再做神的仆了。"

五羊见到主人的情形，心中明白必定是刚才请愿祈福一堂道场中，主人听出许多不应当听的话了，这乖巧仆人望望主人的脸，又望望主人插到米斗里那把降魔剑，心想剑原来虽然挥来挥去，效力还是等于面杖一般。大致一切女人的祈福，归总只是一句话，就是请神给这个美丽如鹿骄傲如鹤的神前仆人，即刻为女人烦恼而已。神显然是答应了所有女人的请愿，所以这时神巫当真烦恼了。

祈了福，时已夜半，在场的人，明天有工做的男子，都回家了，玩倦了的小孩子，也回家了，应当照料小孩饮食的有年纪女人，也回家了。场中人少了一半，只剩下了不少青年女人，预备在第四堂法事末尾天将明亮满天是流星时与神巫合唱送神歌，就便希望放在心上向神预约下来的幸福，询问神巫是不是可以实现应当如何努力方能实现。

看出神巫的骄傲，是一般女子必然的事，但神巫相信那最后一个女人，却只会看出他的忧郁。在平时，把自己属于一人或属于世界，良心的天秤轻重分明，择重弃轻他就尽装骄傲活下来。如今天秤已不同了。一百个或一千个好女人，虚无的倾心，精灵的恋爱，似乎敌不过一个女子实际的物质的爱较受用了。他再也不能把在世界上有无数青年女子对他倾心的事引为快乐，却甘心情愿自己对一个女人倾心来接受烦恼了。

他把第三堂的法事草草完场，于是到了第四堂。在第四趟末了唱送神歌时，大家应围成一圈，把神巫圈在中间，把稻草扎成的蓝脸大鬼抛掷到火中烧去，于是打鼓打锣齐声合唱。神巫在此情形中，去注意到那穿白绒布衣的女人，却终无所见。他不能向谁个女子探听那小女孩属姓，又不能把这个意思向族总说明，只在人中去找寻。他在许多眼睛中去发现那熟习的眼睛，在一些鼻子中发现鼻子，在一些小口中发现那小口，结果全归失败。

把神送还天上，天已微明了。道场散了，所有花帕族的青年女子除了少数性质坚毅野心特大的还不愿离开神巫，其余女人均负气回家睡觉去了。

随后神巫便随了族总家扛法宝桌椅用具的工人返族总家，神巫后面跟得是一小群年青女人，天气微寒，各人皆披了毯子，这毯子本来是供在野外情人作坐卧用的东西，如今却当衣服了。女人在神巫身后，低低的唱着每一个字全像有蜜作馅的情歌，直把神巫送到族总的门外。神巫却颓唐丧气，进门时头也不曾掉回。

第二天的事

神巫思量在云石镇逗留三天，这意见直到晚上做过第二堂道场才决定。这神的仆人，当真愿意弃了他的事业，来作人的仆人了。

他耳朵中听过上一千年青女人的歌声，还能矜持到貌若无动于心。他眼见过一千年青女人向他眉目传语，他只闭目若不理会。就是昨晚上，在第二堂道场中，将近一百个女人，来跪到这骄傲人面前诉说心中的愿望，他为了他的自尊与自私，也俨然目无所睹耳无所闻，只大声咤叱行使他神仆的职务。但是一个不用言语诉说的心愿，呆在他面前不到两分钟，却为他猜中非寻找这女人不可了。

见到主人心不自在的仆人五羊，问他主人说：

"师傅，你试差遣你蠢仆去做你要做的那件事吧，天上人参果，地下八宝精，你要我便找得着！"

"事情是神所许可的事，却不是我应当做的事！"

"既然神也许可，人还能违逆神吗？逆违神的意见，地狱是在眼前的。"

"你是做不到这事的，因为我又不愿意她以外另一人知道我的心事。"

"我准可以做到，只要师傅把那人的相貌说出来，我一定要她来同师傅相会。"

"你这个人只是舌头勇敢，别无能耐！"

"师傅！你说！你说！金子是在火里炼得出来的，我的能力要做去才知道。"

"你这人，我对你的酒量并不怀疑，只是吃酒以外的事简直无从信托你。"

"试试这一次吧。师傅你若相信各样的强盗也可以进爱情的天堂，那么，一个欢喜喝一杯两杯酒的人为什么不能当一点较困难的差事呢？"

神巫不是龙朱，五羊却已把矮奴的聪明得到，所以神巫不能不首肯了。

神巫就告给他仆人，说是那白衣的女人他一见就如何钟情。因为女人是最后一个来到场中受福，五羊也早将这女人记在心上了。五羊说这多容易。请师傅放心，在此等候好消息，神巫只好点首应允，五羊笑了笑就去了。

去了半天还不回来，神巫心上有点着急。天气实在太好了，在这样日光下杀人也像不是罪过。神巫想自己出门走走，又恐怕没有那个体己仆人在身边，外面碰到花帕族女人包围时无法脱身。他悔不该把五羊打发出门，因为他知道这地方的烧酒十分出名，五羊还不知到什么时候始能醉醺醺的回家。

族总知道神巫极怕女人麻烦，所以特把他安置到一个单独院落里。

神巫因为寂寞，又不能睡觉，就从旁门走过族总住的正院去找人谈话，到了那边，人全出门了，只见一个小孩坐在堂屋青石板地下不起，用手蒙脸哭唤。这英雄把孩子举起来逗孩子发笑，孩子见了生人抱他，便不哭了，只睁了眼睛看望神巫。神巫忽然觉得这眼睛是极熟习的谁一个人的眼睛了。他想了一会，记起了昨夜间那个人。他又望望孩子身上所穿的衣服，也就正是昨夜那女人所穿一个样子白色。他正在对小孩子发痴，以为这凑巧很可注意，那一边门旁一个人赫然出现，他手忙脚乱不知所措，把小孩放下怔怔望着那人无言无语。原来这就正是昨夜那个请愿求神的少年女子。在日光下所见到的女人颜色，如玉如雪，更其分明。女人精神则如日如霞。这晤面显然也出于她的意外，微惊中带着惶恐，用手扶定门框，对神巫出神。

"我的主人，昨夜里在星光下你美丽如仙，今天在日光下你却美丽如神！"

女人好像腼腆害羞，不作回答，还是站立在那里不动。

神巫于是又说道：

"神啊！你美丽庄严的口辅，应当为命令愚人而开的，我在此等候你的使唤。我如今已从你眼中望见了天堂，就即刻入地狱也死而无怨。"

小孩子，这时见到了女人，踊跃着要女人抱他，女人低头无声走到孩子身边来，把孩子抱起，放在怀中，用口吮着小孩的小小手掌，温柔如观音菩萨。

神巫又说道：

"我生命中的主宰，一个误登天堂用口渎了神圣的尊严的愚人，行为如果引起了你神圣的憎怒，你就使他到地狱去吧。"

女人用温柔的眼睛，望了望这个人中模型善于辞令的美男子，却返身走了。

神巫是连用手去触这女人衣裙的气概也消失了，见到女人走时也不敢走上去把女人拦住，也不能再说一句话，女人将身消失到芦帘背后以后，这神的仆人，惶遽情形比失去了所有法宝还可笑，一无可作，只站到堂屋正中搓手。

他不明白这是神的意思，还是因为与神意思相反，所以仍然当面错过了这个机会。

照花帕族的格言而说："凡是幸运它同时必是孪生。"神巫想起这个格言，预料到这事只是起始，不是结局，所以并不十分气馁，回到自己住屋了。

但他的心是不安定的，他应当即刻就知道一切详细。他不能忍耐等到仆人五羊回来，报告消息，却决定要走出去找五羊向他方面打听去了。

正准备起身出门时节，五羊却忙匆匆的跑回来了，额上全是大汗，一面喘气一面用手抹额上的汗，脸上笑容荡漾像迎喜时节的春官。

"舌头勇敢的人，你得了些什么好消息了呢？"

"主的福分，我把师傅要知道的全得到了。我在三里外一个地方见到那人中的神了，我此后将一唱赞美我自己眼睛有福气的歌。"

"我只怕你见到的是你自己眼中的酒神？还是喝一辈子的酒吧。"

"我可以赌咒，请天为我作证人。我向师傅撒谎没有利益可言。我这时的眼睛有光辉照耀，可以证明我所见不虚。"

"在你眼中放光的，我疑心那只是一匹萤火虫，你的聪明是只能证实你的眼浅的。"

"冤枉！谁说天上日头不是人人明白的东西？世上瞎眼人也知道日头光明，你当差的就蠢到这样吗？"这时他想起另外证据来了，"我还有另外证据在这里，请师傅过目。这一朵花它是有来由的。"

仆人把花呈上，一朵小小的蓝野菊，与通常遍地皆生的东西一个样子，看不出它有什么特异处。

"饶舌的东西，我不明白这花有什么用处？"

"你当然不明白它的用处。让我来替这菊花向师傅诉说吧。我命运是应当在龙朱脚下揉碎的，谁知给一个姑娘带走了，我坐到姑娘发上有半天，到后跌到了一个……哈哈，这样的因缘我把这花带回来了。我只请我主，信任这不体面的仆人，天堂的路去此正自不远，流星虽美却不知道那一条路径。"

"我恐怕去天堂只有一条路径。"神巫意思是他自己已先到过天堂了。

"就是这不体面仆人所知道的一条！"

"有小孩子没有？"

"师傅，罪过！让我这样说一句撒野的话吧，那'圣地'是还无人走过的路！那宝田还不曾被谁下种！"

神巫听到此时不由得不哈哈大笑，微带嗔怒的大声说道：

"不要在此胡言谵语了，你自己到厨房找酒喝去吧。你知道酒味比知道女人多一点。你这家伙的鼻子是除了辨别烧酒以外没有其他用处的。你去了吧！你只到厨房去，在喝酒以前，为我探听族总家有几个姑娘年在二十岁以内，还有一个孩子是这个人的儿子。听清我的话没有？"

仆人五羊把眼睛睁得多大，不明白主人的用意。他还想分辩他所见到的就是主人所要的一个女人。他还想在知识上找出一点证据。可是神巫把这个人轻轻一推，他已跟跟跄跄跌到门限外了。他喊道："师傅，听我的话！"神巫却訇的把门关上了。这仆人站到门外多久，想起必是主人还无决心，又想起那厨房中大缸的烧酒，自己的决心倒拿定了，就撅嘴蹩脚向大厨房走去。

五羊去了以后，神巫把那一朵小小蓝菊花拿在手上，这菊花若能说话就好了！他望到这花觉到无涯的幸福，这幸福倒是自己所发现，并不必靠自谦为不体面的仆人所禀白的。他不相信他刚才所见到的是另外一个女人，他不相信仆人的话有一句可靠。一个太会说话了的人，所说的话常常不是事实，他不敢信任五羊仆人也就是这种理由。

不过，平时诚实的五羊，今日又不是大醉，所见到的人当然也必美得很。这女人可是谁家的女人？若这花真是从那女人头上掉下，则先一刻在前面院子所见到的又是谁？如果"幸福真是孪生"，女人是孪生姊妹，神巫在选择上将为难不知应当如何办了。在两者中选取一个，将用什么为这倾心的标准？人世间不缺少孪生姊妹。可不闻有孪生的爱情。

他胡思乱想了大半天。

他又觉得这决不会错误，眼睛见到的当然比耳朵听来的更可靠，人就是昨夜那个人！但是这儿子属于谁的种根？这女子的丈夫是谁？……这朵花的主人又究竟是谁？……他应当信任自己，信任以后又有何方法处置自己？

这时节，有人在外面拍掌，神巫说："进来！"门开了，进来一个人。这人从族总那边来，传达族总的言语，请师傅过前面谈话。神巫点点头，那人就走了。神巫一会儿就到了族总正屋，与族总相晤于院中太阳下。

"年青的人呀，如日如虹的丰神，无怪乎世上的女人都为你而倾心，我九十岁的老人了一见你也想作揖！"

神巫含笑说：

"年深月久的树尚为人所尊敬，何况高年长德的人？江河的谦虚因而成其伟大，长者对一个神前的仆人优遇，他不知应如何感谢这人中的大江！"

"我看你心中的有不安样子，是不是夜间的道场疲倦了你？"

"不，年长的祖父。为地方父老作的事，是不应当知道疲乏的。"

"是饮食太坏吗？"

"不，这里厨子不下皇家的厨子，每一种菜单单看看也可以使我不厌！"

"你洗不洗过澡了？"

"洗过了。"

"你想到你远方的家吗？"

"不，这里住下同自己家中一样。"

"你神气实在不妥，莫非有病。告给我什么地方不舒畅？"

"并无不舒畅地方，谢谢祖父的惦念。"

"那或者是病快发了，一个年青人照例免不了常被一些离奇的病缠倒的。我猜必定是昨晚上那一群无知识的女人扰乱了你。这些年青女孩子，是常常因为人太热情的原故，忘了言语与行动的节制的。告给我，她们中谁个有在你面前说过狂话的没有？"

神巫仍含笑不语。

族总又说：

"可怜的孩子们！她们太热情了，也太不自谅了。她们都以为精致的身体应当尽神巫处治成为妇人。都以为把爱情扔给人间美男子为最合理的事。她们不想想自己野心的不当，也不想想这爱情的无望。她们直到如今还只想如何可以麻烦神巫就如何做，我这无用的老人，若应当说话，除了说妒忌你这年青好风仪以外，不知道尚可以说什么话了。"

"祖父，若知道晚辈的心如何难过，祖父当同情我到万分。"

"我为什么不知道你难过处？众女子千中选一，并无一个够得上配你，这是我知道的。花帕族女子虽出名的美丽，然而这仅是特为一般年青诚实男子预备的。神为了显他的手段，仿照梁山伯身材造就了你，却忘了造那个祝英台了!"

"祖父,我倒并不这样想!为了不辜负神使我生长得中看的好意,我应当给一个女子作丈夫的。只是这女子……"

"爱情不是为怜悯而生,所以我并不希望你委屈于一个平常女子脚下。"

"天堂的门我已无意中见到了,只是不知道应当如何进去。"

"那就非常好!体面的年青人,我愿意你的聪明用在爱情上比用在别的事还多,凡是用得到我这老人时老人无有不尽力帮忙。"

"……"神巫欲说不说,蹙了双眉。

"不要愁!爱情是顶顽皮的,应当好好去驯服。也不要把心煎熬到过分。你烦闷,何不出去走走呢?若想打猎,拿我的枪,骑我的马,同你仆人到山上去吧。这几日那里可以打到很肥的山鸡,怕人注意你顶好戴一个面具去。不过我想来这也无多大用处,一个瞎子在你身边也会觉得你是体面的。就是这样子去吧。乘此可以告给一切女人,说心已属了谁,那以后或者也不至于出门受麻烦了。天气实在太好了,不应当辜负这好天气。"

…………

神巫骑马出门了,马是自己那一匹,从族总借来的长枪则由五羊扛上。扛着长枪跟在马后的五羊,肚中已灌满麦酒与包谷酒了,出得门来听到各处山上的歌声,这汉子也不知不觉轻轻的唱起来。

他停顿了一脚,望望在前面马上的主人,却唱道:

> 你用口成天唱歌的花帕族女人,
> 你们的爱情全是失败了。
> 那骑白马来到镇上的年青人,
> 已为一个穿白衣女人用眼睛抓住了。
> …………
> 你花帕族的男人,
> 要情人到别处赶快找去!

从今天起始族中的女人，
　　　把爱情将完全变成妒嫉！

神巫回过头来说：
"好好为我把口合拢，不然我要用路上的泥土塞满你的嘴巴了！"
五羊因为有点儿醉了，慢一步，停留下来，稍与神巫距离远一点，
仍然唱道：

　　　我能在山中随意步行，
　　　全得我体面师傅的恩惠，
　　　我师傅已不怕花帕族女人，
　　　我决不见女人就退。
　　　…………
　　　你唱歌想爱神巫的乖巧女人，
　　　此后的歌应当改腔改调！
　　　那神巫如今已为一个女子的情人，
　　　你的歌当问他仆人"要爱情不要"？

神巫在马上仍然听到这歌了，又回过头来，望着这醉人情形，带嗔
的说道：
"五羊，你当真想吃马屎是不是？"
五羊忙解释，说只是因为牙齿发酸，非哼哼不行，所以一哼就成
歌了。
"既然这样，我明天当为你把牙齿拔去，看还痛不痛。"
"师傅，那么我以后因为拔牙时疼痛的原故，可以成年哼了。"
神巫见这仆人醉时话比醒时多一倍，不可理喻，就只有尽他装牙痛
唱歌。自己打马上前走了。马一向前跑，谁知这仆人因为追马，倒仿佛
牙齿即刻就不发酸歌也唱不出了。一跑跑到了个溪边，一只水鸭见有人
来振翅乎乎飞去，五羊忙收拾枪交把主人，等到主人举枪瞄准时，那水

鸟已早落到远处芦丛中不见了。

"完了。龙朱仆人说：凡是笼中畜养的鸟一定飞不远。这只水鸭子可不是家养的！我们慢慢的沿这小溪向前走吧，师傅。"

神巫等候了一阵，不见这水鸭子出现，只好照五羊意见走去。这时五羊在前，因为溪边路窄，他牵马。走了一会五羊好像牙齿又发生了毛病，哼起来了。

> 笼中畜养的鸟它飞不远，
> 家中生长的人却不容易寻见。
> 我若是有爱情交把女子的人，
> 纵半夜三更也得敲她的门。

神巫在五羊说出门字以前就勒着了马。他不走了，昂首望天上白云，若有所计划。

"主人，古怪，你把马一勒，我这牙齿倒好了，要唱歌也唱不来了。"

"你少作怪一点！你既然说那个人的家，离这里不远，我们就到她家中去看看吧。"

"要去也得一点礼物，我们应向山神讨一双小白兔才像样子！"

"好，照你主意吧，你安置一下。"

五羊这时可高兴了。照习惯打水边的鸟时可以随便，至于猎取山上的小兽与野鸡，便应当同山神通知一声。通知山神办法也很简便，只是用石头在土坑边或大树下砌一堆，堆下压一绺头发与青铜钱三枚，设此的人略一致术语，就成了。有了通知便容易得到所想得的东西。故此时五羊即来办理这件事。他把石头找得，扯下自己头发一小绺，摸出三个小钱，蹲下身去，如法炮制。骑在马上的神巫，等候着，望着遥天的云彩，一声不响。

不知是山神事忙，还是所有兔类早得了山神警戒不许出穴，主仆两人在各处找寻半天的结果，连一匹兔的影子也不曾见到。时间居然不为世界上情人着想，夜下来了。黄昏薄暮中的神巫，人与马停顿在一个小土阜上面，望云石镇周围各处人家升起的炊烟，化成银色薄雾，流动如水如云，人微疲倦，轻轻打着唿哨回了家。

第二天晚上的事

回家的神巫，同他的仆人把饭吃过后，坐在院中望天空。蓝天里全是星子。天比平时仿佛更高了。月还不上来，在星光下各地各处叫着纺车娘，声音繁密如落雨，在纺车娘吵嚷声中时常有妇女们清呖宛转的歌声，歌声的方向却无从得知。神巫想起日间的事，说：

"五羊，我们还是到你说的那个地方去看看吧。"

"主人，你真勇敢！一出门，不怕为那些花帕族女人围困吗？"

"我们悄悄从后面竹园里出去！"

"为什么不说堂堂正正从前门出去？"

"就从前门出去也不要紧！"

"好极了，我先去开路。"

五羊就先出去了，到了山外边，耳听岗边有女人的嘻笑，听到芦笛低低的呜咽。微风中有栀子花香同桂花香。举目眺望远处，一堆堆白衣裙隐显于大道旁，不下数十，全是想等候神巫出门的痴心女人。这些女人不知疲倦的唱歌，只想神帮助她们，凭了好喉咙把神巫的心揪住，得神巫见爱。她们将等候半夜或一整夜，到后方各自回家。天气温暖宜人，正是使人爱悦享乐的天气。在这样天气下，神巫的骄傲，决不是神许可的一件事，因此每个女人的自信也更多了。

神巫的仆人五羊，见到这个情形，打算打算，心想还是不必要师傅勇敢较好，就走转身向神巫住处走去报告外面一切光景。

"看到了些什么了呢？"

"……"五羊只摇头。

"听到了些什么了呢？"

"……"五羊仍然摇头。

神巫就说：

"我们出去吧，若等待绊脚石自己挪移，恐怕等到天亮也无希望出去了。"

五羊微带忧愁答道：

"倘若有办法不让绊脚石挡路，师傅，我劝你还是采用那办法吧。"

"你不还讥笑我说那是与勇敢相反的一种行为么？"

"勇敢的人他不躲避牺牲，可是他应当躲避麻烦。"

"在你的聪明舌头上永远见出师傅的过错，却正如在龙朱仆人的舌头上永远见出龙朱是神。"

"就是一个神也有为人麻烦到头昏情形的时候，这应当是花帕族女人的罪过，她们不应当生长得这样美丽又这样多情！"

"骗子，少说闲话吧。一切我依你了。我们走。"

"是吧，就走。让花帕族所有年青女人因想望神巫而烦恼，不要让那被爱的花帕族一个女人因等候而心焦。"

他们于是当真悄悄的出了门，从竹园翻篱笆过田坎，他们走的是一条幽僻的小路。忠实的五羊在前，勇壮的神巫在后，各人用牛皮面具遮掩了自己的脸庞，匆匆的走过了女人所守候的砦门，走过了女人所守候的路亭。到了无人的路上时，五羊回头望了一望，把面具从脸上取下，向主人憨笑着。

神巫也想把面具卸除，五羊却摇手。

"这时若把它取下，是不会有人来称赞我主的勇敢的！"

神巫就听五羊的话，暂时不脱面具。他们又走了一程。经过一家门前，一个稻草堆上有女人声音问道：

"走路的是不是那使花帕族女人倾倒的神巫？"

五羊代答道：

"大姊，不是，那骄傲的人这时应当已经睡觉了。"

那女人听说不是，以为问错了，就唱歌自嘲自解，歌中意思说：

一个心地洁白的花帕族女人，

因为爱情她不知道什么叫作羞耻。
她的心只有天上的星能为证明，
她爱那人中之神将到死为止。

神巫不由得不稍稍停顿了一步。五羊见到这情形，恐怕误事，就回头向神巫唱道：

年青人不是你的事你莫管，
你的路在前途离此还远。

他又向那草堆上女人点头唱道：

好姑娘你心中凄凉还是唱一首歌，
许多人想爱人因为哑可怜更多！

到后就不顾女人如何，同神巫匆匆的走去了。神巫心中觉得有点难过，然而不久又经过了一家门外，听到竹园边窗口里有女人唱歌：

你半夜过路的人，是不是神巫的同乡？
你若是神巫的同乡，足音也不要去得太忙；
我愿意用头发把你脚上的泥擦揩，
因为它是从那神巫的家乡里带来。

五羊听完伸伸舌头，深怕那女人走出来见到主人，或者就实行用头发擦脚的话，拖了神巫就走，担心走慢了点就不能脱身。神巫无法只好又离开了第二个女人。

第三个女人唱的是希望神巫为天风吹来的歌。第四个女人唱的是愿变神巫的仆人五羊。第五个女人唱的是只要在神巫跟前作一次呆事就到地狱去尽鬼推磨也无悔无忌。一共经过了七个女人，到第八个就是神巫所要到的家了。远远的望到那从小方窗里出来的一缕灯光，神巫心跳着不敢走了。

他说："五羊，不要走向前了吧，让我看一会天上的星子，把神略定再过去。"

主仆两人就在那人家三十步以外的田坎上站定了。神巫把面具取下，昂头望天上的星辰镇定自己的心。天上的星静止不动，神巫的心也渐渐平定了。他嗅到花香，原来那人家门外各处围绕的是夜来香同山茉莉，花在夜风中开放，神巫在一种陶醉中更像温柔熨帖的情人了。

过一会，他们就到了这人家的前面了，神巫以为或者女人是正在等候他，如同其余女子一样的。他以为这里的女人也应当是在轻轻的唱歌，念着所爱慕的人名字。他以为女人必不能睡觉。为了使女人知道有人过路，神巫主仆二人故意把脚步放缓放沉走过那个屋前。走过了不闻一丝声息，主仆二人于是又回头走，想引起这家女人注意。

来回三次全无影响，一片灯光又证明这一家男子全睡了觉，妇女却还在灯光下做工。事情近于不可理解。

五羊出主意，先越过山茉莉作成的低篱，到了女人有灯光的窗下，听了听里面，就回头劝神巫也到窗下来。神巫过来时，五羊就伏在地上，请主人用他的身体作为垫脚东西，攀到窗边去探望探望这家中情形。神巫不应允，五羊却不起来，所以到后就只得照办了。因为这仆人垫脚，神巫的头刚及窗口，他就用手攀了窗边慢慢的小心的把头在窗口露出。那个窗子原是敞开的，一举头房中情形即一目了然。神巫行为的谨慎，以至于全无声息，窗中人正背窗而坐，低头做鞋，竟毫无知觉。

神巫一看女人正是日间所见的女人，虽然是背影，也无从再有犹豫。心乱了。只要他有勇敢，他就可以从这里跳进去，作一个不速之客。他这样行事任何人都不会说他行为的荒唐。他这种行为或给了女人一惊，但却是所有花帕族年青女人都愿意在自己家中得到机会的一惊。

他望着，只发痴入迷，他忘了脚下是五羊的肩背。

女人正在用稻草心编制小篮，如金如银颜色的草心，在女人手上复柔软如丝绦，神巫凝神静气看到一把草成一只小篮，把五羊忘却，把自己也忘却了。在脚下的五羊，见神巫忍气屏息的情形，又不敢说话，又不敢动，头上流满了汗。这忠实仆人，料不到神巫把应做的事全然忘去，却用看戏心情对付眼前的。

到后五羊实在不能忍耐了，就用手扳主人的脚，无主意的神巫记起了垫脚的五羊，以为五羊要他下来了，就跳到地上。

五羊低声说：

"怎么样？我的主。"

"在里边！"

"是不是？"

"我眼睛若已瞎了，嗅她的气味也知道这个人是谁。"

"那就大大方方跳进去！"

神巫迟疑了。他想起大白天族总家所见到的女子了。那女子才真是夜间最后祈福的女子。那女子分明在族总家中，且有了孩子，这女人却未必就是那一个。是姊妹，或者那样吧，但谁一个应当得到神巫的爱情？天既生下了这姊妹两个，同样的韶年秀美，谁应当归神巫所有？如果对神巫用眼睛表示了献身诚心的是另一人，则这一个女人是不是有权利侵犯？

五羊见主人又近于徘徊了，就激动神巫说道：

"勇敢的师傅，我不希望见到你他一时杀虎擒豹，只愿意你此刻在这里唱一首歌。"

"你如果以为一个勇敢的人也有躲避麻烦的理由，我们还是另想他法或回去了吧。"

"打猎的人难道看过老虎一眼就应当回家吗？"

"我不能太相信我自己，因为也许另一个近处那只虎才是我们要打的虎！"

"虎若是孪生，打孪生的虎要问尊卑吗？"

"但是我只要我所想要的一个，如果有两个可倾心的人，那我不如仍然作往日的神巫，尽世人永远倾心好了。"

五羊想了想，又说道：

"主人决定虎有两只么?"

"我决定这一只不是那一只。"

"不会错吗?"

"我的眼睛对日头不晕眩,证明我不会把人看错。"

…………

五羊要神巫大胆进到女人房里去,神巫恐怕发生错误,将爱情误给了另一个人可不甘心。五羊要神巫在窗上唱一首歌,逗女人开口,神巫又怕把柄落在不是昨夜那年青女人手中,将来成一种笑话,故仍不唱歌。

这时既是夜间,这一家男子白天上山作工疲倦已全睡了。惊吵男当家人既像极不方便,主仆二人就只有站在窗下等待天赐的机会,以为女人或者会到窗边来。其实到窗边来又有什么用处?女人不止过一会儿后即如所希望到窗边来,还倚伏在窗前眺望天边的大星!藏在山茉莉花树下的主仆二人,望到女人仿佛在头上,唯恐惊了女人,不敢作声。女人数了又数天上的星,神巫却度量女人的眼眉距离,因为天无月光不能看清楚女人样子,仍然还无结论。

女人看了一会星,把窗关上,关了窗后不久,就只见一个影子像是脱衣情形在窗上晃,五羊正待要请主人再上他的肩背探望时,灯光熄了。

五羊心中发痒,忍不住了,想替主人唱一首歌,刚一发声口就被神巫用手蒙着了。

"你想作什么蠢事?"

"我将为主人唱一曲歌给这女子听!"

"你不记到着龙朱主仆说的许多聪明话吗?为什么就忘掉,蓄养在笼中的鸟飞不远那句话呢?"

"主人,口本来不是为唱歌而生的,不过你也忘了多情的鸟绝不是哑鸟的话了!"

"大蒜!"

在平时,被骂为大蒜的仆人,是照例不能再开口,要说话也得另找一个方向才行的。可是如今的五羊却撒野了。他回答他的主人,话说得妙,他说:"若尽是这样站下来等着,就让我这'大蒜'生根抽苗也还是无办法的。"

神巫生了气，说："那我们回去。"

"回去也行！他日有人说到某年某月某人的事，我将搀一句话说我的主张只有这一次违逆了主人的命令，我以为纵回去也得唱一首歌，使花帕族女人知道今天晚上的情形，到后是主人不允许，我只得……"

五羊一面后退一面说，一直退到窗下，离神巫有六步后，却重重的咳了一声嗽，又像有意又像无心，头触了墙。激于义愤的五羊，见到主人今夜的妇人气概，想起来真有点不平！

神巫见五羊已到了窗下，恐怕他还要放肆，就赶过去。五羊见神巫走近时，又赶快伏身贴地，要主人作先前的事情。神巫用脚轻轻踢了一下这个热心的仆人，仆人却低声唱道：

> 花帕族的女人，你们来看我勇敢的主人！
> 小心到怕使女人在梦中吃惊，
> 男子中谁见到过如此勇敢多情？

神巫急了，就用脚踹五羊的头，五羊还是昂头望主人笑。

在这时，忽然窗中灯光又明了。神巫为之一诧，抓了五羊的肩，提起如捉鸡，一跃就跳过那山茉莉的围篱，到了大路上。

窗中灯光明亮后，且见到窗上人影子，神巫心跳着，如先前初到此地时情形相同。五羊目睹此时情形哑口无声，且只想蹲下去，希望女人推窗推开时可以不为女人见到。女人似已知道屋外有人的事情了。

过了一会，女人当真又到了窗边把窗推开了，立在窗前望天空吁气，却不曾对大路上注意。神巫为一种虚怯心情所指挥，依旧把身体低藏到路旁树下去。他只要女人口上说出自己的名字一次，就预备即刻跃出到窗下去与女人会面，使女人见到神巫时，为自天而下的神巫一惊。

女人的行为，又像是全不知道路上有望她的人，看了一会星，又把窗关上，灯光稍后又熄了。

神巫放了一口气，身心全像掉落在大海里。他仍然不能向前，即或一切看得分明也不行。

五羊忧郁的向神巫请求道：

"主人，让那其余时节口的用处是另一事，这时却来唱一句歌吧。"

神巫又想了半天，只为了不愿意太对不起今夜，点了头。他把声音压低，仰面向星光唱道：

> 瞅人的星我与你并不相识，
> 我只记得一个女人的眼睛；
> 这眼睛曾为泪水所湿，
> 那光明将永远闪耀我心。

过了一会，他又唱道：

> 天堂门在一个蠢人面前开时，
> 徘徊在门外那蠢人心实不甘；
> 若歌声是启开这爱情的钥匙，
> 他愿意立定在星光下唱歌一年。

这种歌反复唱了二十次，三十次，窗中却无灯光重现，也再不见那女人推窗外望，意外的失败，使神巫仆主全愕然了。显然是神巫的歌声虽如一把精致钥匙，但所欲启开的却另是一把锁，纵即或如歌中所说，唱一年也不能得到如何结果了。

神巫在爱情上的失败这还是第一次，他懊恼他自己的失策。又不愿意生五羊的气，打五羊一顿，回到家中就倒到床上睡了。

第三天的事

五羊在族总家的厨房中，与一个肥人喝酒。时间是大清早上。吃早饭以后，那胖厨子已经把早上应做事做完，他们就在那灶边大凳上，各用小葫芦量酒，满葫芦酒咕咽嘟嘟嘟向肚中灌，各人都有了三分酒意。这个人，全无酒意时是另外一种人，除了神巫同谁也难多说话的。到酒在肚中涌时，五羊不是通常五羊了。不吃酒的五羊，话只说一成，聪明的人可以听出两成，五羊有了酒他把话说一成，若不能听五成就不行了。

肥人既然是厨子，原应属于半东家之列的，也有了一点酒意，就同五羊说：

"五羊大爷，我问你，你那不懂风趣的师傅，到底有不有一个女子影子在他心上？"

五羊说：

"哥你真问的怪，我那师傅岂止——"

"有三个——五个——十五个——一百个？"肥人把数目加上去，仿佛很容易。

五羊喝了一口酒不答。

"有几个？哥你说，不说我是不相信的。"

五羊又喝了一口酒，装模作样把手一摊说：

"哥，你相信吧，我那师傅是把所有花帕族女子连你我情人全算在内，都搁在心头上的。他爱她们，所以不将身体交把那一个女子。一个太懂爱情的人都愿意如此做男子，做得到做不到那就看人来了，可是我那师傅——"

"为什么他不把这些女人引到山上每夜去睡一个？"

"是吧，为什么我们不这样办？"

肥人对五羊的话奇怪了，含含糊糊的说：

"哈，你说我们，是吧，我们就可以这样办。天知道，我是怎么处治了爱我的女人！不瞒大哥，不多不少一共十一个。你别瞧我只会炒菜。哥，为什么你不学你的师傅！"

"他学我就好了。"

"倘若是学到了你的相貌，那可就真正糟糕。"

"丑人多福相，受麻烦的人却是相貌很好的人。"

"那我倒很愿意受一点麻烦，把相貌变标致一点。"

"为什么你疑心你自己不标致呢？许多比你更坏的人他都不疑心自己的。一个麻子的脸上感觉是自己的，并不是别人，不然为什么不当麻子的面时我们全不觉到麻子可笑呢？"

"哥你说的对，请喝！"

"哥你喝！"

两人一举手，葫芦又逗在嘴上了。仿佛与女人亲嘴那么热情，两人的葫芦都一时不能离开自己的口。与酒结缘是厨子比五羊还来得有交情的，五羊到后像一堆泥，倒到烧火凳旁冷灰中了，厨子还是一口一口的喝。

厨子望到五羊弃在一旁的葫芦已空，又为量上一葫芦，让五羊抱在胸前，五羊抱了这葫芦却还知道与葫芦口亲嘴，厨子望到这情形，只把巴掌拍着个大肚皮痴笑。

厨子结结巴巴的说：

"哥，听说人矮了可以成精，这精怪你师傅能赶走不能？"

睡在灰中的五羊，只含胡的答道："是吧，用木棒打他，就走了。"

"不能打！我说用的是道法！"

"念经吧。"

"不能念经。"

"为什么不能？唱歌可以抓得住精怪，念经为什么不能把精怪吓跑？近来一切都作兴用口喊的。"

"你这真是放狗屁。"

"就是这样也好。你说的对。这比那些流别人血做官的方法总好一点吧。这是我五羊说的，决不翻悔……哥，你为什么不去做官？你用刀也杀了一些了，杀鸡杀猪和杀人有什么不同。"

"你说无用处的话。"

"什么是有用？我请教。凡是用话来说的不全是无用吗？无用等于有用，论人才就是这种说法；有用等于无用，所以能干的就应当被割。"

"你这是念咒语不是？"

"跟神巫的仆人若会念咒语，那么……"

"你说怎么？"

"我说跟到神巫的仆人是不会咒语的，不然那跟到族总的厨子也应有品级了。"

厨子到这时费思索了，把葫芦摇着，听里面还有多少酒。他倚立在灶边，望到五羊卷成一个球倒在那灰堆上，鼾呼已起了，他知道五羊一定正梦到在酒池里泅水，这时他也想跳下这酒池，就又是一葫芦酒咽嘟嘟喝下。这人不久自然也就醉倒到灶边了。这个地方的灶王脾气照例非常和气，所以眼见到这两个醉鬼如此烂醉，也从不使他们肚痛，若果在别一处，恐怕那可不行，至少也非罚款不能了事的。

五羊这时当真梦到什么了呢？他梦到仍然和主人在一处，同站在昨晚上那女人家门外窗前星光下轻轻的唱歌。天上星子如月明，星光照身上使身上也仿佛放光。主人威仪如神，温和如鹿，而超拔如鹤。身旁仍然是香花。花的香气却近于春兰，又近于玫瑰。主人唱歌厌倦了，要他代替，他不推辞，就开口唱道：

要爱的人，你就爱，你就行，你莫停。
一个人，应当有一个本分，你本分？
你的本分是不让我主人将爱分给他人，
勇敢点，跳下楼，把他抱定，放松可不行。

五羊唱完这体面的歌后，就仿佛听到女人在楼上答道：

跟到凤凰飞的鸦，你上来，你上来，
我将告给你这件事情的黑白。
别人的事你放在心上，不能忘，不能忘，
你自己的女人如今究竟在什么地方？

五羊又俨然答道：

我是神巫的仆人，追随十年，地保作证。
我师傅有了太太，他也将不让我独困。
倘若师傅高兴，送丫头把我，只要一个，
愚蠢的五羊，天气冷也会为老婆捏脚。

女主人于是就把一个丫头掷下来了。丫头白脸长身，而两乳高肿，五羊用手接定，觉得很轻，还不如一箩谷子。五羊把女人所给的丫头，放到草地上，像陈列宝贝，他望到这个女人欢喜极了。他围绕这仿佛是熟睡的女子尽只打转，跳跃欢乐如过年。他想把这人身体各部分望清楚一点，却总是望不清楚。本来望到那高肿的两乳，久望一点却又变成两个馒头了。他另外又望到一个东瓜，又望到一个小杯子，又一望到一碗白炖萝卜，又望到……

奇奇怪怪的，是这行将为他妻女的一身。本来是应当说"用"的，久而久之都变成可吃的东西了。他得在每一件东西上尝尝，或吮一次，或用舌舔舔，一切东西的味道都如平常一切果子，新鲜养人，使人贪馋忘饱。

他在略微知道餍足时候才偷眼望神巫。神巫可完全两样，只一个人孤孑的站在那山茉莉旁边，用手遮了眼睛，不看一切。走过去时神巫也不知。他大声喊也不应。五羊算定是女人不理主人了，就放大喉咙唱道：

若说英雄应当永远孤独，那狮子何处得来小狮子？
若师傅被女人弃而不理，我五羊必阉割终生！

不知如何，他又觉得真是应当在神巫面前阉割的时候了，他有点怕痛，又有点悔，就借故须到前面看看。到了前面他见到厨子，腆着个大肚子，像庙中弥勒佛，心想这人平时吃肉太多了，肚子里至少有了三只猪，就随意在那胖子肚上踢了一脚，看看是不是有小猪跑出。胖子捧了大肚皮在草地上滚，草也滚平了。五羊望到这情形，就只笑，全忘了还应履行自己那件重要责任了。

过不久，梦境又不同了。他似乎同他的师傅向一个洞中走去，师傅伤心伤心的哭着，大约为失了女人。大路上则有无数年青女人用唱歌嘲笑这主仆二人，嘲笑到两人的脸嘴，说是太不高明。五羊就望望神巫同自己，真似乎全都苍老了，胡子硬鬃鬃全很不客气的从嘴边茁出芽来了，他一面偷偷的拔嘴上的胡子，一面低头走路。他经过的地方全是坟堆，且可以看到坟中平卧的人，还有烂了脸装着一副不高兴神气的。他临时记起了避魔咒的全文，这咒语，在平时可是还不能念完一半的。这时念咒语走路，然而仍听得到山茉莉花香气，只不明白这香气应从何处吹来。

…………

在酣醉中，这仆人肆无忌惮的做过了许多怪梦。若非给神巫用一瓢冷水浇到头上，还不知道他尚有几个钟头才能酒醒的。当他能够睁眼望他的主人时，时间已是下午了。面对神巫他想起梦中事情，霍然一惊，余醉全散尽了，站起身来才明白已在柴灰中打了几个滚，全身是灰。他用手摸他的头和脸，莫名其妙脸上颈上会为水淋湿，还以为落雨，因为睡到当天廊下，所以雨把脸湿了，他望到神巫，却向神巫痴笑，不知为什么事而笑。又总觉得好笑不过，所以接着就大笑起来。

神巫说："荒唐东西，你还不清醒吗？"

"师傅，我清醒了，不落雨恐怕还不能就醒！"

"什么雨落到你头上？你一到这里来就像用糟当饭，他日得醉死。"

"醉得人死的酒，为什么不值得喝！"

"来！跟我到后屋来。"

"嘛。"

神巫就先走了。五羊站起了又复坐下，头还是昏昏沉沉，腿脚也很软，走路不大方便。坐下之后，慢慢的把梦中的事归入梦里，把实际归入实际，记起了这时应为主人探听那件事了，就在地下各处寻找那厨子，那一堆肥肉体终于为他发现在碓边了，起来取瓢舀水，也如神巫一样，把水泼到厨子脸上去。厨子先还不醒，到后又给五羊加上一瓢水，水入了鼻孔，打了十来个大嚏。口中含含胡胡说了两句，"出行大吉对我生财"，用肥手抹了一下脸嘴，慢慢的又转身把脸侧向碓下睡着了。

五羊见到这情形，知道无办法使厨子清醒，纵此时马房失火大约他也不会醒了，就拍了拍自己身上灰土，赶到主人住处后屋去。

到了神巫身边，五羊恭敬垂手站立一旁，脚腿发软只想蹲。

"我不知告你多少次了，脾气总不能改。"

"是的，师傅。一个小人的恶德，并不与君子的美德两样；全是自己的事，天生的。"

"我要你做的事怎样了呢？"

"我并不是因为她是笼中的鸟原飞不远疏忽了职务，实在是为了……"

"除了为喝酒我看不出你有理由说谎。"

"一个完人总得说一点谎，我并不是完人，决不至于再来说谎！"

神巫烦恼了，不再看这个仆人。因为神巫发气，一面脚久站了当不来，一面想取媚神巫，请主人宽心，这仆人就乘势蹲到地上了。蹲到地上无话可说，他就用指头在地面上作图画，画一个人两手张开，向天求助情形，又画一个日头，日头作人形，圆圆的脸盘，对世界发笑。

"五羊，你知道我心中极其懊恼的，想法子过一个地方为我探听详细那一件事吧。"

"我刚才还梦到——"

"不要说梦了，我不问你做梦的事。你试往别处去，问清楚我所想知道那一件事。"

"我即刻就去。（他站起来）不过古怪得很，我梦到——"

"我无功夫听你说梦话，要说，留给你那同志酒鬼说吧。"

"我不说我的梦了，然而假使这件事，研究起来，我相信有人感到趣味。我梦到我——"

神巫不让五羊说完，喝住了他，五羊并不消沉，见主人实在不能忍耐，就笑着立正，点头，走出去了。

五羊今天已经把酒喝够了，他走到云石镇上卖糍粑处去，喝老妇人为尊贵体面神巫的仆人特备的蜜茶，吸四川金堂旱烟叶的旧烟斗，快乐如候补的仙人。他坐到一个蒲团上问那老妇人为什么这地方女人如此对神巫倾心，他想把理由得到。卖糍粑的老妇人就说出那道理，平常之至，因为神巫有可以给世人倾心处。

"伯娘，我有不有？"他意思是问有不有使女子倾心的理由。

"为什么不有？能接近神巫的除你以外还无别一个。"

"那我真想哭了。若是一个女人，也只像我那样与我师傅接近，我看不出她会以为幸福的。"

"这时节花帕族年青女人那怕神巫给她们苦吃，也愿意，只是无一个女人能使神巫心中的火把点燃，也无一个女人得到神巫的爱。"

"伯娘，恐怕还有吧，我猜想总有那么一个女人，心与我师傅的心接近，胜过我与我师傅的关系。"

"这不会有的事！女人成群在神巫面前唱歌，神巫全不理会，这骄傲男子，心中的人在天上，那里能对花帕族女人倾心？"

"伯娘，我试那么问一句：这地方，都不会有女人用她的歌声，或眼睛，揪着了我师傅的心么？"

"没有这种好女子，我是分明的。花帕族女子配作皇后的，也许还有人，至于作神巫的妻是床头人，无一个的。"

"我猜想，族总对我师傅的优渥，或者家中有女儿要收神巫作子婿。"

"你想的事并不是别人所敢想的事。"

"伯娘，有了恋爱的人胆子都非常大。"

"就大胆，族总家除两个女小孩以外也只一个哑子寡媳妇，哑子胆大包天，也总不能在神巫面前如一般人说愿意要神巫收了她。"

五羊听到这个话诧异了，哑子媳妇是不是——？他问老妇人说：

"他家有一个哑媳妇么？相貌是……"

"一个人哑了，相貌说不到。"

"我问得是瞎了不瞎？"

"这人有一对大眼睛。"

"有一对眼睛，那就是可以说话的东西了！"

"虽地方上全是那么说，说她的舌头是生在眼睛上，我这蠢人可看不出来。"

"我的天——"

"怎么咧？'天'不是你这人的，应当属于那美壮的神巫。"

"是，应当属于这个人！神的仆人是神巫，神应归他侍奉，我告他去。"

五羊说完就走了，老妇人全不知道这是什么用意。

不过走出了老妇人门的五羊，望到这家门前的胭脂花，又想起一件事来了，他回头又进了门。妇人见到这样子，还以为爱情的火是在这神巫仆人心上熊熊的燃了，就说：

"年青人，什么事使你如水车匆忙打转？"

"伯娘，因为水的事俺儿才像水车……不过我想知道另外在两里路外有峒楼附近住的人家还有些什么人，请你随便指示我一下。"

"那里是族总的亲戚，还有一个哑子，是这一个哑子的妹妹，听说前夜还到道场上请福许愿，你或者见到了。"

"……"五羊点头。

那老妇人就大笑，拍手摇头，她说：

"年青人，在一百匹马中独被你看出了两只有疾病的马，你这相马的伯乐将成为花帕族永远的笑话了。"

"伯娘，若果这真是笑话，那让这笑话留给后人听吧。"

五羊回到神巫身边，不作声。他想这事怎么说才好？还想不出方法。

神巫说："你倒是到外面打听酒价去了。"

五羊不分辩，他依照主人意思说："师傅，的确是探听明白的事正如酒价一样，与主人恋爱无关。"

"你不妨说说我听。"

"主人要听，我不敢隐瞒一个字。只请主人小心，不要生气，不要失望，不要怪仆人无用……！"

"说!"

"幸福是孪生的,仆人探听那女人结果也是如此。"

神巫从椅上跳起来了。五羊望到神巫这样子,更把脸烂的如一个面饼。

"师傅,你慢一点欢喜吧。据人说这两个女人的舌头全在眼睛上,事情不是假的!"

"那应当是真事!我见到她时她真只用眼睛说话的。一个人用眼睛示意,用口接吻,是顶相宜的事了!要言语做什么?"

"……"五羊待要分明说这是哑子,见到神巫高兴情形,可不敢说了。他就只告给神巫,说到神坛中许愿的一个是远处的一个,在近处的却是族总的寡媳,那人的亲姊妹。

因为花帕族的谚语是:"猎虎的人应当猎那不曾受伤的虎,才是年青人本分。"这主仆二人于是决定了今夜的行动。

第三天晚上的事

到晚来,忽然刮风了,落雨了,像天出了主意,不许年青人荒唐。天虽有意也不能阻拦了这神巫主仆二人,正因为天变了卦,凡是逗留在大路上,以及族总门前,镇旁砦门边的女人,知道天落了雨,神巫不至于出门,等候也是枉然,因此无一个人拦路了。既然这类近于绊脚石的女人,不当路,他们反而因为天雨方便许多了。

吃过了晚饭,老族总走过神巫住处来谈天,因为天气忽变,愿意神巫留在云石镇多住几天,神巫还不答应,五羊便说:

"一个对酒有嗜好的人,实在应当在总爷厨中留一年,一个对女人有嗜好的人,至少也应当留半……!"

五羊的话被主人喝住不说了,老族总明白神巫极不欢喜女人,见到神巫情形不好,就说:

"在这里委屈了年青的师傅了,真对不起。花帕族人用不中听的歌声麻烦了神巫,天也厌烦了,所以今天落了雨。"

神巫说："祖父说那里话，一个平凡男子，到这里得到全镇父老姊妹的欢迎，他心里真过意不去！天落雨这罪过是仍然应归在神的仆人头上的，因为他不能牺牲他自己，为人过于自私。不过神可以为我证明，我并不希望今夜落雨啊！"

"自私也是好的，一个人不能爱自己他也就无从爱旁人了。花帕族女人在爱情上若不自私，灭亡的时期就快到了。"

神巫不敢答话，就在旁中打圈走路，用一个勇士的步法，轻捷若猴，沉重若狮子，使老族总见了心中喝彩。

老族总见五羊站在一旁，想起这人的酒量来了，就问道：

"有光荣的朋友，你到底能有多大酒量？"

五羊说："我是吃糟也能沉醉的人，不过有时也可以连喝十大碗。"

"我听说你跟到过龙朱矮仆人学唱歌的，成绩总不很坏吧。"

"可惜人过于蠢笨，凡是那矮人为龙朱尽过力的事我全不曾为主人作到。"

"你自己在吃酒以外，还有什么好故事没有？"

"故事真多啦。大概一个体面人才有体面的事，所以轮到五羊的故事，也都是笑话了。我梦到女主人赏我一个妇人哩，是白天的梦。我如今只好极力把女主人找到，再来请赏。"

老族总听到这话好笑，觉得天真烂漫的五羊，嗜酒也无害其心上天真，就戏说：

"你为你主人做的事也有一点儿'眉目'没有？"

"有'目'不有'眉'。……哈哈，是这样吧，这话应当这样说吧。……天不同意我的心，下了雨！"

"不下雨，你大约可以打火把满村子里去找人，是不是？"老族总说完打哈哈笑了。

"不必这样费神——"五羊极认真的这样说，下面还有话，神巫恐怕这人口上不检，误了事，就喊他拿外廊的马鞍进来，恐怕雨大漂湿了鞍缰。五羊走出去了，老族总向神巫说：

"你这个用人真真不坏。许多人因为爱情把心浸柔软了，他的心却是泡在酒里变天真的。"

神巫不作答，用微笑表示老人话有道理。他仍然在房中来回走着，一面听到外面的风雨撼树的声音，想起另一个地方的山茉莉与胭脂花或者已为风雨毁完了，又想起那把窗推开向天吁气女人的情形，又想起在神坛前流泪女人的情形，忽然心躁起来了，眉毛聚在一处，忘了族总在身边，顿足喊五羊。五羊本是候在门外廊下，听喊声就进来了，问要什么。神巫又无可说了，就顺口问雨有多大，一时会不会止。

五羊看了看老族总，聪明的回答神巫道：

"还是尽这雨落吧，河中水消了，绊脚石就会出现！"

神巫不理会，仍然走动。老族总就说：

"天落雨，是为我留客，明天可不必走了，等候天气晴朗时再说。"

"……"神巫想说一句什么话，老族总已注意到，神巫到后又不说了。

老族总又坐了一会，告辞了，老族总去后不久，神巫便问五羊蓑衣预备好了没有？五羊说天气太早，还不到二更，不合宜。于是主仆二人等候时间，在雨声中消磨了大半天。

出得门时已半夜了。风时来时去。雨还是在头上落。道路已成了小溪，各处岔道全是活活流水。在这样天气下头，善于唱歌夜莺一样的花帕族女人，全敛声息气在家中睡觉了。用蓑衣掩了身体的主仆二人，出了云石镇大砦门，经过无数人家，经过无数田坝，到了他们所要到的地方。

立在雨中望面前房子，神巫望到那灯光，仍然在昨晚上那一处。他知道这一家男子睡了觉，仍然是女子未曾上床。他心子跳动越过那山茉莉的低篱，走到窗下去。五羊仍然蹲在地下，要主人踹踏他的肩，神巫轻轻的就上了五羊的肩头。

今夜窗已关上了，但这窗是薄棉纸所糊，神巫仿照剑客行为，把窗纸用唾液湿透，通了一个小窟窿，就把眼睛向窟窿里张望。

房中无一人，只一盏灯摇摇欲熄。再向床前看去，床边一张大木椅上是一堆白色衣裙，床上蚊帐已放下，人睡了。神巫想轻轻的喊一声，又恐怕惊动了这一家其余的人。他攀了窗边等候了许久，还无变动。女人是已经熟睡，或者已做梦梦到在神巫身上了。神巫眼看到灯已快熄，再过一阵若仍无办法就更不方便了。他缩身下地，把情形告给五羊。五羊以为就是这样翻了窗进去，其余无更好办法。他说请聪明的龙朱来做此事也只有如此，若这一点勇气也缺少，那将永远为花帕族女人笑话了。

神巫应允了，就又蹿到五羊的肩爬到了窗边。然而望到那帐子，又不敢用手开窗了。他不久又跳下了地。

上去下来，上去下来……一连七八次，还无结果。到后一次下了决心，他仍然上到五羊的肩头。他将手从那窗格中伸了进去，摸到了窗上的铁扣，把它轻轻移去，窗开了。窗开后，五羊先是蹲着，这时慢慢的用力站起，于是这忠实的仆人把他的主人送进窗里去了。五羊做毕这事以后，肩头上的泥水也忘记拍去，只站在这窗下淋雨。他望到那窗里的灯光，目不转睛。他耳朵仿佛已扯长到了窗上。他不能想象这时的师傅是什么情形，忽然灯熄了，这仆人几乎喊出声来，忙咬着蓑衣的边沿，走远一点。

为了忘记把窗关上，一阵风来，无油的灯便吹熄了。灯熄了时神巫刚好身到床边，正想用手搏那细白麻布帐子。灯一熄，一切黑暗，神巫茫然了。过了一阵他记起身边有取灯了。他从身上摸出来刮燃，又把灯点上，五羊在外面见了灯光，又几乎喊出声来。灯燃了时他又去搏那帐子，这年青无经验的人在虎身边时还不如此害怕，如今可是全身发抖在那行为上。

还有更使他吃惊的事，在把帐门打开以后，原来这里的姊妹两个，并在一头，神巫疑心今夜的事完全是梦。

…………

…………

一个女剧员的生活

一 后台

办了许多的交涉，××名剧，居然可以从大方剧团在光明戏院上演了。

××没有开始时，一个短剧正在开始，场中八百个座位满是看客，包厢座上人也满了，楼上座人也满了。因为今天所演的是××的名剧，且在大方剧团以外，还加入了许多其他学校团体演剧人材，所以预料到的空前成就，在没有结果以前，还不知道，但从观众情形上看来，已经就很能够使剧团中人乐观了。这时正在开始一个短短谐剧，是为在××演过独幕剧自杀以后的插话而有的，群众拍手欢笑的声音，振动了瓦屋，使台上扮丑角的某君无法继续说话。另外一个女角，则因为还是初次上台，从这种热烈赞美上，心中异常快乐，且带着一点惊眩，把自己故意矜持起来，忘了应当接下的说词。于是下面为这自然的呆像，更觉得开心，就有许多人笑得流出眼泪，许多人大声呼叫，显然的，是剧本上演员所给观众趣味，已经太过分了。

导演人是一个瘦个儿身材的人，是剧艺运动著名的人物，从事演剧已经有十三年了。今晚上的排演，大家的希望，就是从××名剧上给观众一种的做人指示，一点精神的粮食，一付补药，所以这导演忙了半月，布置一切，精神物质皆完全牺牲到这一个剧本上。如今看到××还没有上演，全堂观众为了一个浅显的社会讽刺剧，疯狂的拍掌，热心的欢迎，把这指导人气坏了。他从这事上看出今天台上即或不至于完全失败，但仍然是失败了。台下的观众，还是从南京影戏院溜出的观众，这一群人所要的只是开心，花了钱，没有几个有趣味的故事，回头出场时是要埋怨不该来到这里的。没有使他们取乐的诨科，他们坐两点钟会借着头痛这一类名称，未终场就先行溜走。来到这里的一群观众若不是走错了路，显然这失败又一定不能免了，就非常气闷的在幕后走来走去。

外面的抚掌声音使他烦恼，他到后走到地下化装室去，在第七号门前，用指头很粗暴的叩着门，还没有得到内面的答应以前，就推开了那门撞进去了。这里是他朋友陈白的房中，就是谐剧收场以后开始上演××时的主角。这时这主角正在对着镜子，用一种颜色敷到脸上去，旁边坐得有本剧女主角萝女士。这女子穿了出场时的粗布工人衣服，把头发向后梳去，初初看来恰如一个年青男子。导演望到与平时小姐风度完全两样的萝女士，动人的朴素装扮，默默的点着头，似乎是为了别人正在询问他一句话，他承认了这话那么样子。导演进去以前两个人正为一件事情争持，因为多了一个人，两人就不再说及了。

因为这两个年青人在一处时总是欢喜争辩，士平先生就问："又在说什么了？"陈白说："练习台词。"导演士平就笑，不大相信这台词是用得着在台上说的问题。

"士平先生，今天他们成功了，年青人坐满了戏场，我听宋君说，到后还有许多人来，因为非看不可，宁愿意花钱站两个钟头，照规矩宋君不答应，他们还几几乎打起来了！"这是萝女士说的话语。言语在这年青人口中，变成一种清新悦耳快乐的调子，这调子使导演士平先生在心上起着小小骚乱，又欢喜又忧郁，站到房中游目四瞩，俨然要找到一个根据地才好开口。

"是的，差不多打起来了！"那个导演到后走到男角身后去，一面为男角陈白帮助他作一件事情；一面说，"有八百人！这八百个同志，是来看我们的戏，从各处学校各处地方走来的。对于今天的观众，我们都应当非常满意了。可是你们不听到外面这时的拍掌声音吗？我真是生气了。他们就只要两个人上台去相对说点笑话，扮个鬼脸，也能够很满意回去的。他们来到这里坐两点钟，先得有一个谐剧使他们精神暴长起来，时间只要十分，或者二十分，有了这打哈哈机会，到后才能沉闷的看完我们主要所演的戏。我听到他们这时的拍掌，我觉得今天是又失败了!"

"这是你的意思。你不适宜于这样悲观。在趣剧上拍掌的观众未尝不能在悲剧上流泪，一切还是看我们自己!"

他说:"是的。"像是想到他的导演责任，应当对于演员这话，加以同意才算尽职那种神气，又连说，"是的，是的"。把话说完，两人互相望望，沉默了。

陈白这时可以说话了。这是一个在平时有自信力的男子，他像已经到了台上，用着动人的优美姿势站了起来。"我们不能期望这些人过高。对于他们，能够花了钱，能够在这时候坐到院子里安静的看，我们就应当对这些人致谢了。我们在这时节，并没有什么理由，可以把一切进出电影院去看卓别麟受难为乐事的年青人趣味换一个方向。我们单是演剧太不够。上一些日子，×××的戏不是在完全失败以外，还有欠上一笔债这件事么? ××的刊物还只能印两千，我们的观众如今已经就有八百，这应当是很好的事情了。我是乐观的，士平先生，我即或看到你这忧愁样子，我仍然也是乐观的。"

"我何尝不能乐观? 我知道并不比你为少。可是我听到那掌声仍然使我要忍受不了。我几乎生气，要叫司幕的黄小姐闭幕了。我并不觉得××的趣剧是那么无价值，可是我总觉不出××趣剧那么有价值。"

"趣味的标准是因人不同的。我们常是太疏忽了观众的程度，珍重剧本的完全，所以我们才有去年在××地方的失败。以后我主张俯就观众的多数，不知道……"

萝女士把话止住了，"你这意见顶糟"。

"为什么?"

"你说为什么? 你以为这样一来就可以得多数，是不是?"

"我并不以为这是取得多数的方法，不过我们若果要使工作在效率上找得出什么结果，在观众兴味上注点意也不是有害的主张。"

"我以为是能够在趣剧上发笑的人也能在悲剧上流泪，这是我说过的话。一切失败成就都是我们本身，不是观众! 我心想，在伦敦的大剧场，也仍然是有人在趣剧上发笑不止的。我相信谁都不欢迎无意义的东西，但谁也不会拒绝这无意义的东西在台上出现。因为这是戏场，是戏场，不明白么，这原是戏场！"

"我懂了，是戏场，正因为这样，我们的高尚理想也得穿上一件有趣的衣裳，这是我的意思！"

"你是说大家都浅薄不是？我以为不穿也行，但也让那些衣裳由别的机会别的人穿出来，士平先生以为怎么样？"

士平先生本来有话可说，但这时却不发表什么意见，因为萝女士的意见同自己意见一样，他点了头。可是他相信这两个人说话都有理由，却未必走到台上以后，还能给那本戏成就得比谐剧还大。因为观众的趣味不行，并没有使这两个人十分失望，这事在一个导演地位上来说，他也不应当再说什么话使台上英雄气馁了。他这时仿佛才明白自己的牢骚是一种错误，是年青人在刺激上不好的反应，很不相宜了。他为自己的性情发笑。过了一会，他想说，"大家对于你的美丽是一致倾倒的"，可是并不说出口。

他把门开了一点，就听到又有一种鼓掌声音，摇动着这剧场。他笑了。

"陈白，收拾好了，我们上去。"

"他们在快乐！"陈白说着。

"天气这样热，为什么不快乐一点？"女的有意与男的为难似的也说着。

三个人从化装室走出时，因为在甬道上，那一个美观的白磁灯在楼梯口，美丽与和谐的光线，起了"真是太奢侈了"这种同样感想。

陈白走在前面，手扶着闪光的铜栏干不动了。"这样地方，我们来演我们为思想斗争的问题戏，我觉得是我们的错误。"

"正因为这样好地方被别人占据，我们才要来演我们的戏！因为演我们的戏才有机会把这样地方收为我们所有，这不是很明显的事么？"

"我总觉得不相称。"

"要慢慢的习惯。先是觉得不相称，到后就好了。为什么你一个男子总是承认一切的分野，命定，……"

女角萝话没有说完，从上端跑了一个人，一个配角，艺术专科演剧班的二年级学生，导演士平问他："完了么?"

那学生望到女角萝的装束，一面很无趣的做成幽默的回答："趣剧是不会完的。"说了又像为自己的话双关俏皮，在这美人面前感到害羞，就想要走。

"我们真是糟糕，自杀那么深刻，没有一个人感动，这一幕这样浅薄，大家那样欢迎。"导演士平这话像是同那学生说的，又像为自己而说，学生也看得出这意思了，就不做声，过后又觉得不做声是不对了，就赶忙追认几个"是"字。

大家还站到那梯级前不动。女角萝接续了她要说而不说完的话。

"这剧场将来有一天是应当属于我们的。我相信由我们来管理比别的任何人还相称。我们一定要有这样剧场许多，才能使我们的戏剧运动发达。我们并且能借到这剧场供给他们观众的一切东西，即或是发笑，也总比在别人手上别的绅士剧团一定要多!"

"一定要多! 正是! 可是——"陈白不说下去，因为有一个学生在这里的原故，才忍住了。

"我们要演许多戏，士平先生以为怎么样?"

导演士平笑，那笑意思像是说明了一句话，"这是做梦，"这意思在女角萝即刻也看出了，就问他，"士平先生，你以为这是一个梦么?"

"是梦，可是合理的梦，是你们年青人能够做的。"

"我倒以为最合理。为什么我们就比别人坏许多? 为什么我们演剧就不适宜于用这样一个堂皇富丽的剧场? 刚才同陈白说，化装室分开，在中国任何地方还没有这样设备，他像害羞样子，真是可怜。他不说话，但比说话还要使人难受，就是他那神气总以为我们到这里来演戏是一种奢侈事情。他宁愿意在××借煤油灯演易卜生的《野鸭》，同伯纳萧的《武力与人生》。他以为那是对的，因为这样就安心了。这理由，我可说不出，不过总不外是先服从了一切习惯所成的种种，我相信他要这样主张，还以为为得是良心，因为他自己放在谦卑方面去他就舒适，这是怪可笑的也极通常的男子们的理知，——我还不知要用什么字为相宜呢。哈哈……"

"哈哈哈!"

大家全笑了。

陈白又像在台上背戏的激动样子了，这年纪二十四岁，有一个动人身体动人脸貌的角色，手抓着铜栏，摇着那高贵的头，表示这言语的异议。他为了一种男子的虚荣而否认着。

"萝小姐，你今天是穿上了工人衣服，没有到台上以前，所以就有机会来嘲笑我了。但你用的字并不错，那些就算是男子的理知，或者更刻薄一点，可以说是男子的聪敏。可是许多女人在生活界限上，凭这理知处置自己到原有位置上，是比男子更多的。"

"你说许多，这是什么意思呢? 你并不能指出是谁，我却知道你是这样。"

"你相信你比我更能否认一切习惯么?"

"为什么我不应当相信自己可以这样呢?"

"士平先生懂这个，女人总是说能够相信自己，其实女人照例就只能服从习惯。关于这一点，普希金提到过，其他一个什么剧本也似乎提到过。不过她们照例言语同衣饰一样，总极力去求比本身为美观，这或者也是时髦咧。我是觉得我承认习惯，因为我是个学科学的人，我能在因果中找结论的。"

"可是，你的结论是我们只应当永远到肮脏地方演剧，同时能不怕肮脏来剧场的观众，或习于肮脏来剧场的观众，不是同志就是应超度者，这样一来你就满意了，成功了。你这诗人的梦，离科学却远得很，自己还不承认么?"

"穿工人衣服不一定就算是做工，所以你的话并不能代表你完全处。"陈白的话暗指到另外一件事上去，这话只有两人能够明白，听到这个话后的女角萝，领会到这话的意思，沉默了。

她望了陈白一眼，像是说，"我要你看出我的完全"，就先走上去了。导演士平先生，对陈白做了一个奇怪的笑脸，他懂得到最后那自不说出的话，他说："你是输了理由赢了感情的人，所以我不觉得你是对的。要是问我的地位，我还是站在她那一边。"

陈白笑着，说："我让你们站在她那一边，因为我这一边有我一个人也够了。"说完了他就在心上估计到女人的一切，因为对女角萝的爱情，这年青男子是放在自信中维持下来的。

两个人皆互相会心的笑着，使那个配角学生莫名其妙，只好回头走了。

导演士平同陈白，走到后台幕背，发现了女角萝独坐在一个假造机器边旁，低头若有所思想，陈白赶忙走过去，傍着她，现着亲切的男子的媚态，想用笑话把事情缓和过来，"你莫生气吧，士平先生刚才说过是同你站在一块的，我如今显然是孤立无援了。"

女角萝就摇头，骄傲的笑着，骄傲的说："我可以永远孤立，也不要人站在一个主张下面。"

男角陈白心中说："这话还是为了今天穿得是工人衣服，如果不是这样，情形或者要不同了一点。"

女角萝见陈白没有说话，就以为用话把男子窘倒，自己所取的手段是对了，神气更加骄傲了一点。

事情的确是这样的，因为在平常，男角陈白也是没有今天那么在一种尊贵地位上，自信感情可以得到胜利。这两个人是正在恋爱着，过着年青人羡慕的日子，互相以个性征服敌人，互相又在一种追逐中拒绝到那必然的接近。两人差不多每一天都有机会在言语上争持生气，因为学到近代人的习气，生了气，到稍过一阵，就又可以和好如初，所以在地下室时导演士平先生说的话，使陈白十分快乐。理由说输了，但仍然如平常一样，用他那做男子的习惯，上到戏台背后，又傍在萝一处了。

站了一会两人皆不做声，这美男子陈白照演剧姿势，拿了女子的手想放到嘴边去，萝稍稍把手一挣，就脱开了，于是他略带忧愁的顾盼各处，且在心上嘲弄到自己的行为。这时许多搬取布景道具的人来往不息，另外一个女角发现了女角萝，走了过来。

这时女角萝正在扮着一种愤怒神情，默诵那女工受审的一幕戏。

"你那样子太……"她一时找不到恰当的字，她就笑了。

"为什么太……"

"我说你不像工人。"

"工人难道有样子么？"

"为什么工人就没有工人身分？"

"可是我们是演剧，不得不在群众中抓出一个模范榜样来，你想想，一个被枪毙的女工人，难道不应当像我这样子……"

"可是，被枪毙的工人，不同的第一是知识，第二是机会，神气是无关的。"

"我信你的话，我把神气做俗一点，"她站到那木制假纺纱机横轴上，一面表演着一种不大受教育女子的动作，一面说话，"我这样，我倒以为像极我见到过的一位女工人！"

"你还要改。"

"还要改！这是士平先生的意见！……可是依照你，因为你同她们熟，这样，对了吗？"

陈白的男角位置是一个技师。这时这技师正停在一个假锅炉旁望到这两个女子扮演，感到十分趣味。他看到女角萝对于别人意见的虚心接受，记起这人独对自己就总不相下，从这些事上另外有一种可玩味的幽玄的意义。先是看到两人争持，到后又看到女人容让，自己像从这另外女人把她征服一事上，就报了一种小小的仇，所以等到两人在模仿一种女子动作时，他又说话了。他喊另外那个女子作郁小姐。

"郁小姐，你对于今天剧本有什么意见没有？"

"我不明白你说什么。"

"我说你觉得萝——"

还没有把话说完，萝从那机械上面，轻捷的取着跳跃姿势落下，拉着郁的手走到幕边人多处去了。望到这少女苗条优美的背影，男角陈白感觉到这时两人扮演的是一剧"恋爱之战争"。

导演士平抹着汗从那个通到前台的小门处走来，见到陈白一人在此，就问他："萝小姐往什么地方去了？"萝听到这声音，又走回来了。

她仍然又重新爬到那现地方去坐下，好像是多了一个人就不怕。陈白见了那样子，她因为才从那边过来，听到有人讨论到××第一幕的事，就问士平先生，是不是第一幕要那几个警察，因为大家正讨论到这件事情，若是要警察，当假扮的警察从台下跃上去干涉演讲时，是不是会引起维持剧场的警察干涉？并且这样做戏，当假警察跃上戏台殴打演讲工人时，观众知道了不成其为戏，观众不知道又难免混乱了全场秩序，所以大家皆觉得先前不注意到这点，临时有点为难了。

士平说："我同巡警说好了，我们的假巡警仍然从下面上去。只要他们真巡警不生误会，观众在这事上小有混乱是容易解决的。这样小小意外混乱或者正可以把全剧生动起来，因为这一个剧本是维持在'动'的一点上。"

这时从地下室又另外来了两个男子，是应当在第一幕出场作为被殴打的工人，在衣袋里用胶皮套子装上吸满了红色液体的海绵，其中一个一面走来一面正在处置他的"夹袋"。导演士平见到了，同那个人说："密司忒吴，警察方面我已经交涉好了，他们仍然从台下走来，到了上面，你们揪打时小心一点。这第一幕一定非常生动，因为我告给我们的巡警，先同那真巡警站在一块，到时就从那方面走过来。今天我们的观众秩序不及上次演争斗为好，可是完全是年青人，完全是学生，萝小姐说的大致不错，会在趣剧上打哈哈的也一定能在悲剧上流泪，今天这戏第一幕的混乱是必须的。可惜我们找不出代替手枪发声的东西，我主张买金钱炮，他好像把钱喝杏仁茶去了，说是各处找到了还买不出。我们应当要一点大声音，譬如……好，好，好，我想起来了，我要××去买几个电灯泡来。要他在后面掷，就像枪声了。有血，有声音，有……"

面前有一个配角，匆匆的从南端跑到地下室去，导演见到了，就赶过去拉着那学生，"喊××来，赶快一点"。虽然这样说过，又像还不放心样子，这个人自己即刻走到地下室找人去了。

在那里，陈白问那个行将被殴打的角色，血是用什么东西做的代替。听到说是药水，陈白就笑了。"这个怎么行？应当用真血，猪血或鸡血，不是很方便么?"

另外一个工人装扮的角色，对于这个提议，表示不能接受，在一旁低低的冷笑。这一面是这个人对于主角的轻视，一面还有另外意思在内。这也是一个××剧学院的学生，有着一副用功过度的大学生的苍白色脸庞，配上一个硕长躯干，平素很少说话，在女人面前时，则总显着一种矜持神气。这人自从随了××剧团演剧以来，三个月中暗暗地即对××一剧主角的萝怀着一种热情，因为有种种原因，自己在一个卑贱地位上只能保持到沉默，所以毫不为谁所觉到的。但在团体方面，陈白与女角萝的名字，为众人习惯连在一处提及的已经有了多日，这就是说他们的恋爱已到成了公开的事实。因为这理由，这大学生对于陈白抱了一种敌忾，也就很久了。照着规矩××男主角，应为陈白扮演，萝所扮演女工之一，又即是与技师恋爱，所以在全剧组织上其他工人应为此事愤怒，这时节这男子就已经把所扮的角色身分，装置在自己的灵魂上了。

陈白还在说到关于一切血的事情，听到闭幕的哨子已经发声，几个人才匆匆的向前台走去。

这时大幕已经垂下，外面还零碎的有拍掌声音可以听到。许多人都在前台做事情，搬移一切原有布景，重新布置工场的门外情形。导演士平各处走动，像一头长颈花鹿，供给指挥的学生们很有几个侏儒，常常从他那肩胛下冲过去时，如逃阵的兵卒一样显出可笑的姿态。

两个装扮工人的学生，在布置还未妥当以前，就站到那应当留下的位置上，并且重新去检察身旁夹袋的假血，女角萝因为应当在工人被巡警殴打时候才与另外几个女工出场，所其这时就站在一角看热闹。男角陈白傍到她站了一会，正要说话，又为前台主任请他牵了一根绳子走到另一端去，所以不大高兴的做着这事，一面望到女角萝这一面，年青女人的柔软健康的美，激发到这男子的性欲，动摇到这男子的灵魂。

许多装扮巡警的也在台上走动，一面演习上台扭打姿势，一面笑着。

台上稀乱八糟，身穿各样衣服的演员们，皆毫无阶级的散乱走动，一个律师同一个厂长，正在帮同抬扛大幅背景，一个女工人又正在为资本家女儿整理头上美丽的卷发，另外一个工人却神气泰然坐到边旁一个沙发上，同一个扮演过谐剧中公爵的角色谈天。一切是混杂不分的，一切调子皆与平常世界不同。导演士平各处走动，看到这个情形心中很觉得好笑，但还是皱着眉头。他的头已忙昏了，还没有吃过晚饭！

忙了一会，秩序已经弄好了一点，巡警走了，律师走了，一切人都隐藏到景后去，公爵好奇似的从幕角露出一个头来，台下观众就有人一面大声喊叫公爵一面拍掌，导演士平走过去，一把拉着这公爵，拖到后面去了。

哨子吹出急剧的音，剧场灯光全熄了，两个工人站到预定的木台上，取演讲姿势，面前围了一群人，约二十五个，还没有启幕，面孔都露出笑容，因为许多角色还是初次上台来充第一次配角的男女。女角萝本来已到一旁去了，见到一个听讲女工神气不好，又赶忙走出来为纠正那不恰当的姿态。

第二次哨子响过后，台前大绒幕拉开了，灯光处开始把光配和，映照到台上的木堆上面两个工人用油修饰过的脸孔与下面装扮群众的一些人的神气。

女角萝还一时不及出场，走到较远僻一点的一堆东西方面去坐下了，陈白跟到过来，露出一种亲昵，这亲昵在平时是必须的东西，而且陈白是自觉用这个武器战胜过一切女子的。这时情形却引起了女角萝的心上不安，感到不快。

"萝，还没有轮到我们，我们坐一会。"

"可是也还有没有轮到你技师同女工坐在一块儿的时候！"说了这话，女人就想，"我为什么要说这空话，今天像是这个人特别使我不快乐。"

陈白说："女工是恋爱技师的。"说了，看了女角萝让出了一点地方了，就坐下去，心中想，"不知道为什么忽然不高兴了，一定是为一句话伤了她的自尊心，女子照例是在这方面注意的。"

过了一会，听到前面演戏的工人，那个苍白脸学生高声的演讲，陈白想说话，就说："这个人倒像当真可以做工人运动。"

女角萝记着了"穿工人衣不一定就能做工"那句话，讽刺的说道："谁都不能像你扮技师那样相称。"

"你这意思是说我像资本家的奴隶，还是……"

"我不是说你像……"

"那我是快乐的，因为我只要不像站在资本家一面的人，我是快乐的。"

"不必快乐吧。"她意思是，"不像一个奴隶也并不能证明女工××会爱你！"

男角陈白也想到这点了，特意固持的说："我找不出不快乐的理由。"

"但是，假若……"

陈白勉强的笑了："不必说，我懂你意思。"

"我想那样聪明的人也不会不懂。"

"你还是不忘记报复，好像意思说：你看不起我女人，你以为你同我好是自然的事，那吗，我就偏偏不爱你，且要你感到难过……是不是这样子打算？"

"我知道你自己是顶得意你的聪明的。你正在自己欣喜自己懂女人。你很满意你这一项学问。"

陈白心想："或者是这样的，一个男子无论如何比女子总高明一点。"

因为陈白没有把话答应下去，女角萝就猜想自己的话射中了这男子的心，很痛快的笑了，且同时对于过去一点报复的心也没有了，就抓了陈白的手放到自己另一只手上来，表示这事情已经和平解决了。但这行为却使陈白感到不满，他故意使女角萝难堪，走去了。女角萝喊着："陈白，陈白，转来，不然你莫悔。"听到这个话的他，本来不叫他也要转来的，但听到话后，像是又听出了女子有照例用某种意义来威胁的意味，为了保持男子的尊严与个性，索性装成不曾听到，走过导演士平所站立处去了。

女角萝见到陈白没有回头，就用话安慰到自己："我要你看你自己会悔的事情。"她的自信比男子还大，当她想到将因任性这一类原因，使陈白痛苦，且能激起这男子虚荣与欲望，显出狼狈样子时，她把这时陈白的行为原谅了。

一个学生走过来，怯怯的喊这女角："萝小姐！"喊了，像是还打谅说一句话，因喉咙为爱情所扼，就装成自然，要想走过去。女角萝懂得到这学生是愿意得到一个机会来谈两句话的，一眼就看清楚了对面人的灵魂最深地方。她为了一种猜想感到趣味，她从这年青学生方面得到一些所要的东西，而这东西却又万万不是相熟太久的陈白所能供给，就特别的和气了。她说："密司特王你忙！"

虽然一面说着"忙"又说着"不忙"，可是这年青人心上是忙乱着不知所答的。

女角萝仍然看得这情形极其分明，就说："不忙，你坐坐吧。"当那学生带着一点惶恐，坐到那堆道具上时，女角萝想，"男子就是这样可怜，好笑。"

那学生无话可说，在心上计划："我同她说什么？"

照着一个男子的身分，一种愚蠢的本能，这学生总不忘记另一个人，就说："陈白先生很有趣。"

女角萝说："为什么你们都要同我谈到陈白。"心中就想，"这事你为什么要管为什么不忘记他，我是明白的。"

这人红了脸，一面是知道自己失了言，一面是为到这话语还容得有两面意义："这是笑我愚蠢还是奖励我向前？"为这原因，这人胡涂了，就憨憨的望到女角萝笑。且说，"他们都以为陈白是……"当女角萝不让这话说下，就为把这意思补充，说，"以为我爱他"时，学生显出窘极羞极的神气。又过了一会，就人不知所措的动了动膝头。

"不要太放肆了，愚蠢的人。"女角萝打算着，站起身走了，她知道这种行为要如何激动到这学生青年人的血。她约略又感觉到这种影响及人，是自己一种天赋的财源，也仍然在这行为上有一点儿惆怅。男子一到这些事情上就有蠢呆样子出现，她讨厌这事了，就不再注意这男子，忙走到前面去，看看还有多少时候她才出场。

到前面去时，就又听到那个苍白脸学生扮的角色，大声的说话，非常激昂。她记到这个人平常是从不多说话的，只有这个人似乎没有为她的美所拘束过，不知如何忽然觉得这人似乎很可爱了。这思想的一瞬就过去了，她觉得自己这是一个可笑的抽象，一点有危险性的放肆。仿佛为了要救济这个过失，她把陈白找到，站在陈白身旁不动了。

二　家

女角萝是这样一个人。一个孤儿，小小的时节就由外祖母所养大，到后便随到一个舅父在北京读书，生活在中产阶级的家庭里，受过完全的教育。因为在北京时受时代的影响，这女人便同许多年青女子一样，在学校中养成了演剧的习惯。同时因为生活环境，她有自主的气概，在学校，围绕在面前的总是一群年青男子，为了适应于这女人一切生活的安全与方便，按照女子自私的天赋，这女人把机警就学到了。她懂得一切事情很多，却似乎更能注意到男子的行为。她有点儿天生的骄傲，这骄傲因智慧的生长，融和到世故中，所以平常来往的人皆看不出。她虽具有一个透明理知，因这理知常常不免轻视一切，可是少女的热情也并不缺少。自从离开了北京学校到上海以后，她就住到舅父的家里。舅父恰恰与导演士平先生相识，到后不久她就成为××剧团的要角，同一些年青人以演剧过着日子了。

陈白是在××戏剧学校的教授，是导演士平多年来合作的一个人。这人从演剧经验上学到了许多对于女人的礼貌，又从别的事上学得了许多男子的美德。他认识过许多女人，却在女人中选了又选，按照一个体面男子所有的谨慎处，总是把最好的一个放在手边，又另外同那些不十分中意的女子保持一种最好友谊的亲切。他自己以为这样可以得到许多女子的欢喜，却因此总没有一个女子变成他的唯一情人。过了一些日子，看看一些女人通通从别一个热情的追求中，随到别人走去了，一些新来女子代替了那些从前的人，这美男子就仍然在那原有的地位上，过着并不觉得颓唐的日子。他对于他自己的处置总是非常满意，因为一点天赋的长处，一个美男子的必需种种，在他全不缺少。因为有这美德，所以这个人，就矜持起来，在新的日子中用理知同骄傲很快乐的生活下去。看到一个熟人，同什么人已经定下了契约，来告给他时，自信力极强的男子，自然在心上小小受了打击，感到一点怅惘，一种虚荣的损失，对于自己平时行为稍稍追悔。可是，过一会儿，他就想到一种发笑的机会了，"这样女子是只配同这样男子在一处过活的"！他就笑了。他为自己打算得很好，难受总不会长久占据到自己的心中。"她还懂事，知道尽别人爱她，就嫁给别人，这是好女子。"他把这女子这样嘲笑一会，就又同找别的女子谈话喝茶去了。

不过，这样男子是也不可厚非的。这男子还属于××。他要革命，××并不能拒绝一个这样男子加入，同样正如××不能拒绝另外一些女子加入一样。他做事能干，演戏热心，工作并不比谁懒惰。他有时也很慷慨，能把一些钱用到别人做不了的事上去，只要这事情使他快乐。他有一种侠气，就是看到了不合理的事情，总要去干。一切行为虽都是为的一点自私，一点虚荣，但比起一些即或用虚荣也激不起来的人时，这个人是可爱了很多的。

在士平先生家，这个有傲骨同年青人的血的陈白，遇到了同样也有相似个性的女角萝。第一次晤面时，两人皆在心上作一种打算："这是一个对手，要小心一点。"果然，第二次两人就照到心上的计划，谈了半天。他们谈到一切事情，互相似乎故意学得年青爽利一点；非常的坦白，毫无遮拦的讨论，因为按照习惯要这样才算是直率，但同时两个人是明知道一些坦白的话，说去说来只使人更加胡涂的。不过两人皆不缺少一种吸引对方的外表，两人皆得屈服到这外表上，所以第三次见面，谈了又谈，互相仿佛非常理解，两人就成为最好的朋友了。

女角萝的风貌比灵魂容易为××剧团的一切年轻人认识，因为照例年青人的眼睛是光亮的。自从女角萝一到了大方剧团，一切人皆不用了。原有的女子，在一种小小妒意下过着日子，她们本来不是一道的，这时也忽然亲热起来了。青年男子呢，人人皆有一种野心，同时这些人又为这野心害着羞，把欲望隐藏到衣服底下，人人全是那么处置到自己。这些人，平时对于服饰原是注意的，到后来更极注意，就是因为那野心躲藏的原故。

看到这些情景，陈白同女角萝都知道。不过陈白是因为知道这事情，为了别的男子妒嫉，为了报女子的仇，为了虚荣，为了别的同虚荣不甚相远的一些理由，这男子，做出十分钟情样子，成为女角萝的友谊保护人了。女角萝则很聪明的注意到别人，以及注意到陈白的外表，谈话的趣味，所以在众人注目下，也十分自然的作着陈白的爱人了。可是因为各人在心上都还是有一种偏见，这偏见或者就是两人在谈话中太缺少了节制。因为都太聪明了，一到谈话时，两人都想坦白，又总是觉得对方坦白得好笑，有时还会觉得那是胡涂，而自己又只好同样胡涂，因此这两人实际上还是只能保持到一种较亲切的友谊。不过两人似乎皆因为了旁人，故意仿佛接近了一点，因此这恋爱不承认也不行了。

在大方剧团士平先生的指导下，两个人合演了很有几个剧本，这些剧本自然都是入时的，新鲜而又合乎潮流的。陈白在戏上得到了空前的成功，因为那漂亮身材同漂亮嗓子，一说到问题上的激昂奋发情形，许多年青人都觉得陈白不坏，很有一个名角的风度。至于女角萝，也是同样得到了成功，而又因为本身是女子，所以更受年青人欢迎的。在上海地方大家是都看厌了影戏，另外文明戏又不屑于去看，大家都懂艺术，懂美，年青学生都订过一份良友杂志，有思想的都看过许多小说新书，因此多情美貌的萝，名字不久便为各处学校的口号了。大家都欢喜讨论到这女人应当属谁，大家都悬想在导演士平先生与陈白两人中有一个是女角萝的情人。大家全是那么按照到所知道的一点点事实，即或是有思想的青年，闲着无事，也还是把这个事拿来讨论的。因为政治的沉闷，年轻人原是那么无聊寂寞，那么须要说话，萝便成为一时代的焦点了。

使年青人欢喜，从各处地方买了票来到光明剧场看××，为得是看女角萝的动人表演，女角萝自己是很清楚的。所以当导演士平先生生着气，说是观众不行时，她提出了抗议。其实这一点，导演士平先生知道也许比起女角萝还要多。他明白女角的力量，因为这中年人，每次每次看到她在装扮下显出另外一种女人风度时，就总免不了一点炫目，女角萝的力量，在他个人本身方面就生了一点影响。不过这人是一个绅士，一个懂人情世故太多，变成了非常谨慎的人，他为了安全，就在一个做叔父的情形下，好好的安顿到自己，所以从极其敏感的女角萝那一面看来，是也料不到士平先生会爱她的。

××的戏演过后，第二天，萝正在所住舅父家中客厅里，阅读日报所载昨天演戏的记录。一个与士平相熟的记者，极其夸张的写下了一篇动人的文章，对于××剧本与主角的成就，观众的情形，无不详细记入。这记者并且在附题上，对于巡警真假不分混乱了全场的事情，用着特殊惊人的字样，"巡警竟跃上台上去殴打台上角色"！一切全是费话，一切都近于夸张失实，看到这个，她笑了又笑，到后真是要生气了。但接着展开了那一张印有昨日××名剧主角相片的画报，看到自己那种明艳照人而又不失其为英雄的小影，看到士平先生指挥情形，看到陈白，看到那用红色液汁涂到脸上去的剧艺科学生，昨天的纷乱，重新在眼底现出，她记起台下拍掌声音，记起台下浓浓的空气，记起自己在第三幕时捏了手枪向厂长作欲放姿势，陈白听到枪声跑来情形，她又重新笑了。她看到自己很美丽动人的照相，看了许久，没有离开。

舅父是一个老日本留学生，年纪已经有了四十四岁，因为所学是经济，现在正是海关作一个职员，这时正预备要去办公，走到客厅中来取皮包。

"萝，昨天你的戏演得怎么样？"

"失败了。士平先生满脸是汗，也不能使观众安静一点。"这女子在舅父面前故意这样说着，把画报放到一旁去。

这绅士不即离开客厅，说："那么人是很多了。"

"满了座。下星期四还要演一场，舅父你再去看看好不好？"

"我怕坐那两点钟。我想你一定比上次我看到的好。你太会演戏了，又这样美，你是不是出了三次场？"

"可是在第三次我是已经被人枪毙，抬起来游街的。"

"为什么要演这样戏？"

女角萝听到这个问话，以为是舅父同往日一样，又在挑战了，就说："除了这戏没有别的可演。"

"你同士平先生在一处，近来思想也越不同了。"

"是不好，还是好？"这女子望到绅士，神气又骄又似乎很认真。

那中年绅士笑着不答，看到报纸已经来了，就取了报纸看，看那演剧纪录，先是站到不动，到后，微笑着，坐在一个沙发上去了。

女角萝在舅父面前是早就有了说话习惯的。她看到舅父的生活，感到一种敌视，这敌视若不是为了中年人的秩序生活而引起的反响，就不知从何而起的。她常常故意来同这中年绅士为难，因为有这样一个舅父，她才觉得她是有新思想的人物。她从一些书上，以及所接触的新言行上，找到了一种做人的道德标准，又从舅父这方面，找到了一个辩论攻击的对象。她每每同舅父辩论，一面就在心中嘲弄怜惜这个中年绅士，总以为舅父是可怜悯的。有时她还抱着了一种度世救人伟大的理想，才来同舅父谈文学政治与恋爱，望着舅父摇摆那有教养的头颅，望着那种为固持所形成的微笑，就更加激起了要挽回这绅士新生的欲望。这中年舅父，有时为通融这骄傲而美丽的唯一甥女起见，说了几句调和的话时，她看得出这是舅父有意的作为，却仍然自信这作为也是自己的努力的结果，才能有这点成绩，使他妥协屈服。

为了这时又动了要感化舅舅的愿心，想了一会找着说话的开端，她说："舅父，你还说你是老革命党，为什么就这样……"

那中年人把报纸略略移开一点："你是说我太顽固了，是不是……你看到这纸上的记载没有？他们说你是唯一的好角。他们这样称赞你，我真快乐。"

因为先前的话被舅父支吾到另一件事上去了，女人感到不平。舅父是最欢喜狡遁的，虽然她是欢喜称赞的人，这时可不行！她要在革命题目上说话！她的心是革命的，她的血是革命的。她把声音提高了一点："我说舅父不行。你这样不行。"

"要怎么样才行？"

"你想你年轻时做些什么事情？"

"年青时胡涂一点，做胡涂事。"

"就算是胡涂，要改过来，要重新年青，重新做人，舅父是知道的！"

"改！明天改吧，后天又改吧，这就是年青！重新做人，你要我去上台为你当配角，还是要我去做别的？"

"你当按到你能力去做，使国家才能向上。士平先生年纪不是同你差不多吗？你看他多负责，多可尊敬。舅父，我觉得你那……"

"又是现的，不要说了。士平先生是学戏剧的人，他就做他的艺术运动，舅舅学经济，难道也应当去导演一个戏本么？"

"学经济何尝不可以革命。"

"怎么办？我听你提出问题来。"

"×××也是学经济的人。"

"×××写小说，不错，这是天才，我看你们做戏做运动都要靠一点儿天才。"

"你说到一边去了，故意这样。"

"那你要怎么讲？试告我，舅舅怎么去做一个新人，我当真是也想同你们一样年青一点的，舅舅很愿意学学。"

女角萝想了一会，不做声了。因为平时就只觉得舅父不及士平先生可尊敬，可是除了演戏耐烦以外，士平先生还有什么与舅父不同，要她说来也很为难。若是说舅舅不应当一个人住这样一栋房子，那么自己住到这里也不该，可是这房子实在也似乎比其他地方便利清静许多。若说是舅父不读书，那么这更无理由了，因为这中年人对于关税问题，是国内有数的研究者。（若说舅父不应有绅士习气，则这人也不像比一个缺少绅士礼貌的人有什么更不好。）总而言之，她不满意的，不过是舅父的中年人的守秩序重理知生活态度，与自己对照起来不相称。另外没有什么可言了。因为无话可说，她偷看了一下绅士舅父的脸，舅父仍然阅看报纸等候回答，从容不迫。这中年人虽然是一个完全绅士，可是中国绅士的拘迂完全没有。一切都可以同这甥女谈及，生活与男女，只要甥女欢喜，都毫无忌讳可言，这绅士，实在已经是一个难得的绅士了。

这时想不出什么具体话可言的女角萝，有点害臊，有点生气，因为即或没有什么可说，舅父安详的态度，总给年青人起了一种反感。她见到舅父又在笑了，舅父把画报拿去，看了又看，望到自己甥女工人装束的扮相，觉得很有趣味，半晌还不放手，萝就说："舅舅你学经济，你知道他们纱厂如何虐待女工没有？"问这个话，仿佛就窘倒了这个中年人，所以说过后自己觉得快乐了，见到舅不作声就又说："我为你们害羞，为绅士学者害羞，因为知道许多书，却一点不知道书以外是什么天地！权威在一切有身分人手上，从无一个人注意到那些肮脏人类。我听人说，他们的生活，如何的痛苦，如何的不像人，坐在机器边做十六点钟工，三角钱一天，黄脸瘦脸每一个人都有一种病，肺病死了一个又是一个，……这些那些过了一些悲惨日子都死了，从无一个人为说一句话，从无一个人注意到他们，我以为这应当是你们的羞辱！你们能够帮忙说话都不说话，你们那种安详我以为是可羞的！"

那中年人还是保持到长者身分，温和而平静，微微的含笑，一面听着一面点头。对于这种年轻人的简单责备，他很觉得有趣的。他其所以无从动怒，一则是自己的见解不同，二则还是因为说这个话的是自己同胞姐姐的一个女儿，看到从小孩变成大人，同时还那么美丽纯洁。他以为这是一种很好的见解，就因为这见解是出于自己的一个甥女口中，一个女子这么年纪，仅仅知道人生一点点，能够说出这种天真烂漫同时也是理直气壮的话，实在也很动人。他一面自然有时候也在心上稍稍惊讶过，因为想不到甥女这自信力与热忱，会从那个柔懦无能的姐姐身边培养出来。他看了看画报上相片，又看看坐在那里神气旺盛的甥女样子，为一种青春的清晨的美所骚乱，望到那神气，忖想得出在这问题上，年轻人还有无数的话要说，就取了一个父亲对待小孩子的态度，惊讶似的说道：

"你从什么地方听到这些事情？"

他不说从什么地方会明白这些，她把问题搁在绅士头上："我只问，舅父应不应当知道这种人类可羞的事情？"

这中年男子，心中想就，"人类可羞的事情难道只是这一点？"但他却答得很好："我是也害羞的，因为知道得比你还多。中国的，世界的，都知道一点，不过事情是比害羞还要紧一点的，就是这个是全部经济组织改造问题，而且这也是已经转入国际的问题，不是做慈善事业的赈济可以了事，也不是你们演戏那么，资本家就会如戏上的觉悟与消灭！"

"若是大家起来说话，不会慢慢的转好吗？"

"说话，是的！一个文学家，他是在一个感想上可以解决一种问题，一个社会问题研究者，他怎么能单靠到发挥一点感想，就算是尽职？"

"那你是以为感想是空事了。"

"不是空事。文学或戏剧都不是空事。不过他们只能提出问题来使多数注意，别的什么也不能作。并且解决问题也照例不是那多数的群众做得到的。"

"我顶反对舅父这个话。解决问题是专门人才的事，可是为巩固制度习惯利益而培养成就的专门人材，他们能做出什么为群众打算的事，我可不大相信。"

"你这惑疑精神建设到什么理由上？"

"我看舅父就是他们的一个敌人！"

"你自己呢？"

这个话使女角萝喑哑了，低下头去害羞了。她想说，"我是同志"，但说不出口。这个纯粹小有产阶级的小姐，她沉默了一会，才故意使强调子说："我自然要为他们去牺牲。"绅士听到这个话莞尔而笑了，他说："能够这样子是好的。因为年轻，凡是年轻，一切行为总是可爱的，我并不顽固以为那是胡涂，我承认那个不坏。你怎么样牺牲？是演戏还是别的？"

做着任性的样子，她说："我觉得什么是为他们有益，我就去做那种事。"

"演戏也不错。"

"是呀，我要演许多戏，我相信好戏都能变成一种力量，放到年青人心上去，掀动那些软弱的血同软弱的灵魂。"

绅士想："想这力量不是戏剧，是你的青春。"

女角萝不说什么了，也想："一个顽固的人，是常常用似是而非的理知保护到自己安全的。"但是，另外又不得不想到，"舅父是对的，人到中年了，理知透明，在任何情形下总能有更好的解释为自己生活辩护。"

议论上显然如其他时节一样，还是舅父胜利，表面上，则仍然是舅父到后表示了投降，说了一些文学改造思想的乐观的话像哄小孩子，于是舅父办公去了。绅士走后女角萝重新拿起画报来看了一会，觉得无聊，想到一个熟人家去找一个女友，正想去打一个电话，问问什么时候可以去，到话机边时，铃子却急剧的响了。

拿了耳机问："找谁？"

"……"在那一边不知说了些什么话。

"你找谁？这是吴宅。……是的，是吴宅。……是的，我就是萝！"

"……"那边的人说了许久许久。

"我要到别处去。"

"……"

"也好，我就等你。"

"……"

"怎么，为什么又不来了？"

"……"

"我说也好，难道就说错了吗？"

"……"

"不来也没有什么要紧。你不欢喜来我也不勉强你。天气使你脾气坏得很，你莫非发烧了。昨天睡得不好吗？今天不上课，士平先生也不在学校了么？我本来还想来找你同士平先生，到我这里来吃中饭，既然生了气，就不要来也好……你不看到报纸么？我这里才……怎么，生谁的气？好，我听得出你意思，算了吧。"

像是生了气，不愿再听那一边传来的话，拍的把耳机挂上，过一刻，忽然又把它拿到手上，听了一会，线已经断了，就重新挂上，痴痴的站立到电话旁有好一会。

想到了什么事情，忽然又发笑了，仍然走到原有一个地位上坐下，还仍然打算到那种事情。本来预备为另外一个打电话，这时又不想出门了。走到窗子边去望望外面那片小小的草地，时间是五月初旬，草地四角的玉兰花早过去了，白丁香也过去了。一株怯弱瘦长的石榴，挤在墙角，在树尖一个枝子上缀上了一朵红花。另外夹墙的十姊妹花，零零落落的还有一些残余没有谢尽。在窗边，有四盆天竹，新从花圃买来的，一个用人正在重新搬移位置。时间还只八点钟，因为外面早上太阳似乎尚不过烈，萝便走出到草坪去看用人做事情。

太阳虽已经出了好一会，早上的草地还带着湿气。有些地方草上露珠还闪着五色的光，一个白燕之类的小雀，挂在用人所住那小屋里啾啾唧唧的叫着。远远的什么地方，也听到一个雀子的声音。

在草地上走了一会儿的萝，想到还是要打一个电话，就在草地上叫喊正在二楼揩抹窗户的娘姨，为叫五八八四，××学校，陈白先生说话。娘姨不到一会儿就站到那门口边了，说得是北方口音。

"陈先生出门啦。"

"再叫张公馆，找四小姐，说我问她，什么时候可以到我这里来。我是无事可作的，若是她在家，或者我过她那儿去。"

因为电话接通了，说是就可以去，萝走到楼上卧室去换鞋子，把鞋子换过后，拿了夹子，正想出门，到了楼下客厅，就听到娘姨在后门同一个人说话，声音很熟。娘姨拿了名片进来，知道是陈白了，说请进来，一会儿这美貌男子就来到客厅中了。

他们没有握手，没有说话，等娘姨去拿取烟茶时，两人对望着，陈白就笑说："生我的气！"

萝也笑了："是谁生气？我是……"

早上特别美了一点，这男子这样估计到对面的萝，本来已经坐下了，就重新站起来，想走到萝身边去，娘姨却推了小小有轮子的长方茶几在那门边出现了。陈白就做着要报看的样子，拿了报重新到自己位置上去，望到萝笑。

今天的陈白是一切极其体面的。薄佛兰绒洋服作成浅灰颜色，脸上画着青春的弧号，站起身时矫矫不群，坐下去时又有一种特殊动人风度。望到陈白的萝，心里为一些事所牵制，有一点纠纷不清。她要娘姨又把电话再叫一次，叫张公馆找四小姐说话，娘姨还不明白是为什么意思，萝就自己走到客厅后面去了。陈白听到电话中的言语，知道她要出去，又听到说有客来到不去了，就把刚才在路上时所过虑到的一切问题放下了。等到萝回来时，他就用一种不大诚实也不完全虚伪的态度同萝说：

"既然约好了别人，我们就一同出门也好，为什么又告别人不去？"

"你这话是多说的。"

"我是实在这样想的。"

"你来了，我去做什么？"这样说过话的萝，望到陈白脸上有一种光辉，她明白这男子如何得到了刚才一句话，培养到他自信，心中就想，"你用说谎把自己变成有礼貌懂事，又听着别人的谎语快乐起来，真是聪明不凡。"

陈白说："我只怕你生气，所以赶来认罪。"把话说着，心里只想"这一定不好生气了"。

像是看得清楚陈白的不诚实处，萝说："认罪，或者认错，是男子的——"

"是男子的虚伪处，但毫无可疑的是任何女子皆用得着它。女子没有这个，生存就多悲愤，具歇斯迭里亚病状。"这个话虽在陈白口中，却并没有说出。他只说："这是男子很经过一些计划找出唯一的武器！"

萝不承认的做了一个娇笑。她说出了她要说的话。"这是男子的谦卑，因为谦卑是男子对女人唯一的最好的手段。"

"好像是那样的，但如像你这样人……"

"我不是那种浅薄的人，用得着男子的谦卑，作为生活的食粮。"

"为什么你就在别人说出口以前，先对自己来作一个不公平的估价？我想说出你是不受这抚熨，因为你是不平凡的。但你却先争辩样子，说不是浅薄的人，你这一申明，我倒为难了。"

"为难吗？我看你在任何事情上都不至于为难。"这也是嘲笑也是实情，意思反面是，"只有一个女子，她的柔情，要顾全一切，才会为难"。陈白是明白这意义的。因为这是对于他的间接的一句奖语，身为男子的他，应在女子面前稍稍谦虚一点，才合乎身分，他就选择那最恰当的话语说下去。

他说了，她又照样打算着说下去，说话的态度，比昨晚上演戏时稍稍不同了一点。两人都觉得因这言语，到了一个新的境界里去了。

两个人今天客气了一点，是因为两人皆很清楚，若不虚伪，这昨晚上友谊的裂痕就补不来了。两人到后看看，都明白是平安了，就都放了心，再谈下去，谈到一切的事情，谈到文学，谈到老年与少年。谈到演戏，就拿了当天时报画报作为主题，继续说了大半天，因为两人的相皆登载到上面。

到后陈白走了，萝觉得今天比往天幸福了许多。也觉得这是空的，也觉得自己仍然还在演戏。天气有点闷热，人才会有这样许多空想，为了禁止这情感的扩张，她弹了一会钢琴，看了一会书，又为一个北京朋友写了一封信。

舅父回家午饭时，带了士平先生一块儿回来。士平先生一见到萝就问："看到报上记载的没有？"

"岂止看到，看到还要生气！"

"这是为什么？"

"太说谎了。"

"一个记者说谎是法律许可的。并且说到你的成绩，也是大家公认的。"

"我知道，这因为我是女子，那些男子对女人的话，除了赞美我不明白还有什么别的可说？"

"但也不一定，×××是也那么美貌被人骂过的。"

"那因为是她一定使男子失了望。"

"你难道有过相反情形么？"

"对我这样称扬，总是有一点不好用意。"

"自己虚心！"

"为什么是虚心呢？因为我是女子，我知道男子对于女子所感到的意味！"

"就是这点理由吗，那是不够！"

士平先生今天来也像要挑战了，萝就用着奇怪神气瞅到这瘦长子导演不说话，心中想道："别的理由我还不曾见到。"但她不想说下去了，因为话一说到这些上面，又成为空调的固执，而且自己也显然要失败了。

舅父是不说话的。等到看看萝不说话了，就同士平先生谈近来的政治纠纷，这一点萝是没有分的。但一个是舅父，一个是那么相熟的长辈，她的口还不至于十分疲倦，她就搀进去发挥了许多意见，都是不大有根据却又大胆而聪明的意见，使士平先生同舅父两人都望到她笑。她并没有因为这点理由就不说话，她要说的都说了。她嘲笑一切做官作吏的人，轻视一切政客，辱骂一切权势，她非常认真的指摘到她所知道所见到的一部分社会情形。她痛恨战争，用了许多动人的字句，增加到她说这个问题时的助力。她知道一切并不多，但说到的却并不少。

她的行为是带一点儿任性的，这种情形若只单是同士平先生在一块却不会发生，因为要太客气一点。这时没有人同她作一种辩驳，她的话题越说越使自己兴奋，舅父的长者风度，更恼到这小小灵魂。

"舅父，你以为怎么样？"

"我以为你是对的。说的话很动听，理由也好，我赞成你。"

"这是你把我当小孩子说的谎话。"

"我当真赞成！即或你自己以为是一个大人，我是也不反对的。"

"我不要你赞成！你是同我永远不同意的，我看得很清白。"

"为什么一定要这样说？问问士平先生，是不是这样？我说话，你以为我是为统治者张目，我沉默了，你又以为我在轻视你。不过我实在同你说，你知道的是太少了一点。你只知道罪恶的实况，却并不知道成立这罪恶的理由。你的意见都是根据你自己一点体会而来的，你站到另一个观点上去时，你恐怕还没有轻易像舅父那样承认你自己的主张！"

"你这是说我完全胡闹！"

"不是胡闹，是年轻，太纯洁，太……"

"一定是说太单纯。我懂到舅父要说的话。你不说我也懂得到。你说了，用的是别的字言，我也仍然听得这个意思。舅父我不同你争持，我走了。"

她实在是说够了，装做生气样子，离开了客厅，却并不离开这个温暖的小巢，她上到楼上自己卧室里去了，要到把午饭摆好时，才下楼来吃饭。

两个中年人在萝上楼以后，就谈到这女孩子一切将来的问题。绅士只稍稍知道一点在演戏中同陈白两人要好的情形，却不十分完全知道那内容。士平把他们关系以及平时争持爱好完全说到了，听了这个消息的绅士，摇了一下那个尊贵的头。

"这一定是有趣的。这孩子早上还才说到我老了，不行了，要重新年青才是，那么，我也来学年青人胡涂天真的恋爱，就算做人么？这个小小脑子里，不知从什么地方来得这样多见解，她在努力使我年青这一点上，真还同我争吵了好一会。哈哈，这一时代是有趣味的时代，有这样女子！士平，我们是赶不上这时代了。"

这导演听到说"我们"，心里有点不服，纠正似的说："为什么这样说我们？若是要赶，没有追不上！"

"那你就追上去，我祝福老友一切一切的……"

"我可是不能为你的原故才显英雄本色。"

"就算是为了你的老友也不坏。"

"你看吧。"

"我等着，我还很想知道那方向。"

"慢慢的自然会知道。"

到后两人忘形的笑着，因为这笑声，使在楼上的萝又下楼来了。

"说什么？我听到你们笑！"萝向士平先生望着，却要舅父回答。

绅士就说："不是笑，是吵着。"

"我以为年青人同老年人才会有所争持。"

"当真的争持，是只有两个在同样年龄上的人才会有的。"

"舅父的话是又含得有一点理由，意思就是在我面前没有讨论价值。"

"我不是也同你争辩过问题么?"

"那是舅父先一句话又说错了。"

绅士把眉毛一扬，做出一个诙谐样子，且略把舌头伸出了一下，"嘿，你真利害。这说话本领可不小。舅父此后真要退避逃遁了。"

萝见到这情形，放肆的笑了，她仿佛完全胜利了，舅父的神气使她感觉快乐。她为了表示在士平先生面前的谦卑态度，才说："那因为舅父，我才学得了这样放肆，也因为是士平先生，我才学得了这样口才。"

士平先生笑着把手摇动，也有点儿滑稽，他说："我是不会使你学到同家庭作战的，老朋友他信得过我。"

绅士说："我相信士平告她一定是另外一些的，就是告给她打我。"

说过这笑话，接着就一面按桌上的悬铃，一面喊人把饭摆出来，且望到士平先生那瘦瘦的马脸，觉得老朋友非常有趣。

吃过饭，绅士问士平先生，怎么过这个下午。没有什么可说的他，意思以为若果是主人不赶客，就留到这里不动。绅士问萝要不要出去，萝说天气热不想出去，不让士平先生走去，留他在这里谈戏剧也好。

"我是要办公去了，你不要出去，士平不要走，我回来三个人再过××花园去玩。"

"舅父你办公去，仍然坐到你那写字楼边做半天事好了，士平先生不会告我怎么样反对你的，请你放心。"

"我倒不什么不放心。我预备敌你们两个!"

这绅士，到时就又机器一样的坐了自己小牛牌小汽车走了。看到舅父走后，站到廊下的萝，才叹了一口气，走回客厅里来。她为这绅士的准确守时，像这样叹息机会太多了。她有点儿莫名其妙的忧郁，当到舅父面前时，还可像一个小孩子一样，肆无所忌的来同舅父有所争论，但另一时却想到舅父是寂寞的人了。

当夜里，那绅士正在三楼小书房吃烟时，萝来了。萝与舅父谈话，说到士平先生。舅父问她士平先生说了些什么话。萝说：

"他似乎也很寂寞，这个人今天同我说到许多的话。"

舅父听到这个微微的吃了点惊，像是想起了什么事情，有所憬悟，稍过了一会，忽然问萝：

"我听说那个陈白爱你，你是不是也爱他？"

"舅父为什么要做这种问答？"

"这是我关心你的事情，难道这些事情就不能让舅父知道吗？"

"舅父是自然得知道的，只是问得不好。应当说，你们爱到怎么样了呢？因为舅父是原本知道这件事情的。"

"就照你这样问，同我说说也好。我愿意明白你在你自己这件事情上，有了些什么好计划。我还不大同你谈到这些事，你说你的见解，给舅父听！"

"他愿意我嫁他。"

"这没有什么不合理。"

"可是这是他的意见，这个人爱我是为了他自己。"

"这也是自然的事！"

"自然，爱都应当为自己，可是，我看他却为虚荣才爱我！"

"……"舅父要说什么，似乎认为不说还好，所以又咽下去了。

萝心想："舅父对这件事总是奇怪，因为他不明白年青男子，更不明白年青女人。"

忽然舅父又说："萝，你愿不愿意嫁他？"

"这样爱我的人我还不愿意吗？"

"我听人说你同陈白很要好，虽然这是个人的私事，我不应当搀加多少意见，不过我多知道一点，是很高兴的，所以我要你告我。"

"舅父现在我让你知道了吧，我不同陈白结婚，因为好像大家都爱我。"

"你若是爱陈白，那么大家爱你，这一点理由也不会使你拒绝结婚，因为大家爱你决不是拒绝另一个人的理由！"

"舅父我倒以为这是唯一理由。我应当让每个人都可以在我身上有一种不相当的欲望，都不缺少一点野心，因这样大家才能努力使世界变好一点。"

"怪思想!"

"一点都不奇怪!我不能尽一个为虚荣而爱我的人把我占有,因为我是人,我应当为多数而生存,不能为独自一个人供养与快乐的东西!"

"我不同你说了,你学的是诡辩。恐怕你是会到这诡辩上吃亏的。自然你也可以用这个,把自己永远安置在顺利情形中,可是我真奇怪你为什么会这样打算?"

"我说我爱陈白,舅父一定就快乐了,也原谅我诡辩了。我知道,陈白是那么使年老人欢喜,又如何使年青人佩服的,为什么?因为他是一个戏子!他演戏太多,又天生一个动人的相貌,所以许多有女儿的,为了自私计算,总愿意自己做这人的亲戚。女人呢,又都是为陈白外貌所诱,没有不愿意……可是我不欢喜他,我太明白这个男子了,他爱我的方法用错了,他以为女人全是那么愚蠢。"

"你的议论太多了。"

"因为在舅父面前,我学习一切。"

"可是舅父是沉默的。"

"是!是!虽然沉默,舅父是比别人能够听我的道理的。"

"唉,你这道理真多,今天舅父也听够了,你去了吧。"

走到门边,萝忽然又回身转来,站到门边不动了。

"为什么?"

"舅父,我告你,若是士平先生问到我爱谁,你说我爱陈白。"

舅父笑了起来:"我不懂这意思!说明白点,你先不是说过,不能让一人独占吗?为什么又使一些人知道你是被人独占?"

"我要舅父这样说总不会错。"说完,走去了。

听到匆匆的下楼梯脚步的声音,绅士想起来了:"士平先生一定要学年青人做呆事,为这有纤细神经的少女隐约觉到了。"这想象使绅士生出了一点忧愁,然而当计算到这里时,他却笑了又笑的。

三　一个配角

在××楼上，为了演剧事××剧团于今天聚餐，到会的人数约有五十，士平先生作主席。人数到足后，主席起立报告上次演剧的成绩，以及各界对此的注意。说完了时，又提到下次排演的剧本，应当如何分组进行各种计划。坐在陈白身旁的萝，没有同陈白说话，却望到士平先生，心想起前一些日子在舅父家中所谈的话。

一个女子的神经，在许多事情上显出非常迟钝，同时是又能在另外一种事情上显出非常敏感的。萝是在男子行为估计上感到自己欢喜的一个人。她这种在男子行为上创作估计的趣味，在北平时就养成了。她看清楚一切了，知道自己怎么样去做，就可以使那出于男子的笑话更明白清楚，她就不为自己设想做去。她懂得到这些事都不免有一点儿危险，可是这小小危险她总得冒一下。在舅父面前，她养成了女子用言语解释一切的能力，但在众人广座中却多是沉默如害羞女子。她知道这样处置对于自己更有利益，也知道这样，才能使那些年青人的血沸腾起来，她能够把自己的口嗫闭起来，于是一切男子们，在演剧时任何一个脚本上都是配角的青年们，也都各在心上怀着一种野心，以为导演士平先生不许自己作一次戏上的主角，或者萝将许可自己作一次恋爱主角了。男子们的事她都懂得到，不懂的她也这样猜想得到，她就在这些上面作成每一个日子的意义。

她这时不说话，望到士平先生。士平先生说完时，大家拍着手掌，她也照例拍了一阵。一个扮谐剧小丑的角色，到这时言语神情还仍然有小丑的风度，站起来提议要请女主角萝演说一下，大家不约而同的鼓了一会掌，因为这提议很合众人的兴致。

萝心想："这一群东西，要我说话，也像看戏一样，还欢迎咧。"想起自然有点不耐烦，把眼睛在长长的一列席上，扫过一阵，看得出每个人的情趣所在。她站起来一会儿，又重复坐下了。

全座的手掌又拍着了。士平先生含笑的望到这一面来。

"随便说说，高兴没有？"

"……"摇摇头。她一面就想："我就这样让这些男子笑我好一点。因为一说话，不知不觉要骂到这些穿衣吃肉的东西。我笑他们，骂他们，怜悯他们，不过反而使这些东西更愚蠢。"

另外一个女子，正因为有一种私心，很不乐意萝的出众行为，就提议说请陈白先生演说，看大家怎么样，最先应和这个提议的是座上十一个女子，另外就是几个想讨好女人的学生，大家一赞成，到后陈白笑迷迷的站起来了。

"最先大家请我们剧团这位皇后说话，不高兴说，才轮到我。我要说的，想必一定也是大家心上的意见，就是这次排演××，所得的盛誉，应当为两个人平分，一个是士平先生，一个是萝小姐。……"

大家鼓掌，陈白各处一望，知道话说得好，可是有点疏忽了，就等候掌声略平时，又说："我的话没有说完！我将说，若果没有我，没有各位同学同志，士平先生是不能够照到他的计划做去，萝小姐的天才也毫无用处！所以群众应感谢的是他们两人，这两人却应当感谢我们，大家以为怎么样？"

掌声又起了，如暴风来临，卷走了许多人的不快。陈白的话是同人的外表一样聪明的，萝轻轻的说道："陈白你好聪明，可是你这话真是空话。"

这男子，也轻轻的说道："话无有不是空的，看人说，看时候说。"

萝很不平的样子："你以为你看清楚我欢喜你说的话了么？"

陈白分辩："大家都并不生气，这就难得了。"

"可是我用不着你当到人面前对我献媚。为你计，莫使那些女人恨你，你也不应当说这种蠢话。"

"我会自己挽救自己，你不见到她们快乐么？"

女的就哼了一声，不表示这话是对的，也不否认是不对的。

陈白说："我说错了，我应当尽她们恨我，却能使我更爱你。"

萝说："你的打算是不错的，最合乎一个聪明人的技巧。"

"你太会用字了。你说技巧，是指我说谎而言，还是——"

"自己应当比别人更清楚一点！"

这时陈白正用力切割一片面包，听到这里时手微微发抖，但这个体面青年绅士，仍然极力保持到他绅士的身分，他轻轻的放下那把刀，瞅着萝，做出多情无奈的神气。"我求你莫太苛刻。"他这个话并没有说出口来，只蕴蓄到他那绅士态度中。他以为萝会在这小小的反省中体会得出他的意见。他是等待原谅的，需要原谅的，因为这个人自信有使人原谅的各种理由。

女的像是没有注意到这情形，又说："一个聪明人能够得人欢喜，却——"她意思是虽使人欢喜也不一定使人爱他。陈白并不听清楚这话，他还是有他的哲学。照到他的哲学，这时是沉默一下，他就沉默了。他等候机会，等候散会时邀萝到一个地方去玩。他一切原谅到她，因为他自己觉得自己是一个男子，对于有一点任性的女子，当然有些地方是应当原谅的。他是在爱萝，爱情中牺牲成见是一个最要紧的条件，他就做到了，所以他一切乐观，并不消沉。

上过了一次汤，主席又从那主位上站起来了，一个长长的颈子，一个长长的头，把一双微带近视的眼望到萝，很有趣的把眉一扬，这个外貌虽不美观却有绅士风度的人物，他重新来提议，要萝说几句感想。他的样子是那么正经，而言语又是那么得体，萝不能再拒绝了。

在掌声中这女子站起来了，说话清朗像敲钟，到一切人的心上，都起着各样悦耳的反响。她那先是略见矜持的儿女态度，仿佛说明了她的身分的高贵。她旋即非常谦卑的说到自己如何无能，又说到此后大家应当努力的方向，说完了，各处望望，缓缓的坐回原位。各人皆为这声音和谐所醉了。女人们心中都有所惭恧，用拍掌遮掩了自己的弱点。青年男子一齐皆望到萝这一方来，想喝一杯酒同祝这女人的长寿。陈白明白这个胜利，在这时，他有一种虚荣照耀到心上，他故意把身子倾近身侧的萝，把一个小小高脚玻璃杯接近唇边，"敬祝我们的皇后多福。"萝瞅着陈白行为，心中小有不怿。

陈白呷了一口酒，就说，"话说得真是动人。"

"你以为我是演戏吗？"

"我以为你是天才，不拘演戏或别的事，总是那么使人觉得美妙倾心。"

萝稍稍觉得自己为这个话所征服了，就也呷了一口酒。

陈白又说："士平先生是第一个承认你是天才的。"这个话说的不甚得体，把先前一句话所造成的局面又毁去了。这时萝正想到另外一些事情，她忽然觉得陈白是有酸意的疑心到她了。一个女子在这方面失去了男人信托时，依照了物理的公律，对于男子的反抗总是取最优姿势，就是故意去和那使自己被诬的男子接近，作为小小报复。她这时把杯子拿到手上，做出有意使陈白难堪那种神气，同上手一点的主席士平先生，遥遥的照杯，喝了一点红酒。

坐在一旁的陈白虽在干笑，萝却猜得出这笑里隐藏得是什么成分。她就故意问，"陈白，你快乐呀！"

那人非自然的点点头："我为什么不快乐？你以为男子都是像女子一样，按照她所见到的使她欢喜或忧愁吗？"

萝说："能够像你这样做男子自然很可佩服。"

"但我不要别人佩服。"

"我当然知道你这意思。"

"因为你是聪明女子。"

"大致还不十分聪明吧，你太过奖了。"

"……"

"……"

吃过咖啡，散席了，有两个与萝较好的女子，包围到这个被人目为皇后的人，坐在一个屏风后谈话去了。陈白则同士平先生，与另外出版组几个学生，商量印刷下一次排演的戏券同广告。一些成对的青年男女学生，坐到一角上去，都在低声低气的谈论萝同陈白的爱情，仿佛只有这话是唯一的可说的情话。另外还有一些男女，各人散坐到各个地方，吃饱了，遵照一个肚子有了食物的青年人习惯，来与朋友说到吃饭穿衣女人文学各样事情，都说得有条有理。这些人思想自然都是激进的，人是漂亮的，血是热的，可是，头脑也就免不了是糊涂的。大家看世界都蒙蒙眬眬，因这蒙蒙眬眬，各人就各以生活的偏见，非常健康的到这世界上来过日子了。各人也都有一种悲哀，或者为女人的白眼，或者为金钱的白眼，因为刺激，说话把本来性格也失去了。这其中还有几个孤芳自赏的男子，白白的脸儿，长长的头发，为了补充自己艺术家外观起见，照习气在白的衬衫上配上一个极大的黑色的领结（或者这领结又是朱红颜色），领结为风所吹动，这种男子忧郁如一个失恋的君子，又或者骄傲如一个官吏，一人独来独往的，在那大厅中柔软的地毯上来回走着。几个最能同情而又不大敢在人前放纵的艺术学校一年级女生，就在心上暗暗的让这动人的优雅男子印象，摇撼到自己的芳心，且默记剧本上的故事，到有些地方似乎是与自己心情相合的时候，就在众人不注意的情形中，把身体显出的姿势改正了一下。

到后有人起身走了。有人望到壁上的大钟，赶到北京戏院看《党人魂》的时间到了，就三五不等的离了这聚餐地方。女人们有朋友的被邀去看电影吃冰，没有朋友的也走回学校去了，那个在前一次装扮工人的苍白脸男子，还等待什么神气，一个人坐到一角看报。把小组会议结束了以后的士平先生看看许多人都走了，就到出纳处去知会本天的用费，回来时，走到屏风处去看萝，陈白也跟着走过来。因为先前萝是同士平先生一同来的，士平先生就问萝说：

"回去还是要到别的地方去玩？"

陈白却代替萝说："她答应了我到太和旅馆看日本人的摄影展览会。"

萝因为在士平先生面前，她有一种权利存在，她表示她自己趣味是陈白不能占有的，这时对陈白的话加以否认了。她说："士平先生，我不想去看那个日本画，我要回去。"

"当真吗？"

"我不愿意来说谎话糟蹋时间。"

陈白脸上觉得稍稍有点发烧，但仍然极力镇静到自己，"我陪你去。"萝不假思索就答应："也好。"陈白从语气上有了点不平，又改口说："我不能陪你去。"这个话伤了萝的心，就默了一会儿，向士平先生说："士平先生，你无事情作，就同我家中去坐坐，我们昨天谈到那个故事还没有完，舅父的酒是等待你去才会开瓶的。"

士平先生望到陈白不做声，心想"这是小孩子故意报复"。就说："陈白，你不陪萝去，这是什么意思。"

陈白走开了一点，有一个人不快乐的神气："她并不要我去！"

看到陈白这样子，萝在心上有了打算："陈白你这样，我就做一个事使你难堪。"她同另外几个女子点点头，就走到放衣帽处去为士平先生拿帽子。陈白看得一切很清白，且知道这是故意为使他难堪而有的动作，他也走过去拿帽子，预备走路。这男子是在任何情形下皆不觉得失败的，他看到他们下楼去了，看到那个忧郁的学生，还似乎在看一张报纸，非常用心，忘了离开这大厅，就过去望望。"密司特周，转学校去还是要到别处去？"

那学生看到今天萝是同士平先生在一处走去的，这时陈白来同他说话，在平时所有因某一种威胁而起的恶劣情绪少了一点。陈白是他的教授，所以忙站起来一面整顿自己衣服一面说："我要回去，我要回去。"

"莫回学校去，我们两个人到太和馆看画去，好不好？"

"好。"这样答应着，这人似乎又即刻对自己所说的话有所惑疑了，就望到站在面前健美整齐的陈白，作着一种不知意思所在的微笑。

陈白懂到一点点这人忧郁的理由，忽然发生了一种同情，这种同情是平时所没有的，就拉着这年青学生的手一定要同他去玩一阵。到后，又看到那另个女生要走的样子，就说："小姐们，同志们，一起看画去，一起看画去。"女子们互相望了一会，像是都承认这个事情不能拒绝也无拒绝的理由了，就不约而同的说："好。"

一共到太和馆去的他们有六个人。看了一会日本人的西洋画，几个人又被陈白邀到一家附近咖啡馆去吃冰。陈白走到电话处打了一个电话，问士平先生回了学校没有，从电话中知道士平先生还不回学校，陈白有一点点不快乐，与学生们分了手后，就赶到萝所住的地方去了。

过一礼拜后，××剧团又在光明剧场排演了一个士平先生的创作剧本，名叫《王夫人的悲剧》，主角仍然是女角萝。因为这个剧本须要两个男角作陪衬，陈白是其中一个，另外一个由陈白挑选了那苍白脸的周姓学生充当。在排演期间，陈白从一些旁观中，含着秘密似的侦察到萝的一切，至于萝，则因为那配角默默的不大说话，就常常带了一点好奇、一点挑拨的意味，去与这怯弱的男子接近，在一处练习剧情上的言语与动作。有时在陈白面前，为了特意要激恼这自私男子，为了要使他受一种虐待，且似乎看得出是陈白应当得到的虐待，也会故意把女子所有的温情给予那周姓男子过。其实则这女人完全没有想到这危险游戏，所种下的根是另一面的爆发，她在这一件事上，稍稍把她的聪明误用了。

当这剧本正式上演以前，在预演上就得到了极好的成绩，那周姓学生，不知为什么原故更沉默了，士平先生没有明白这理由，到后方始稍稍注意到他，就问他，为什么这样不快乐。这学生红着脸一句话不说，走了开去，到后又像害怕导演士平对于他的行为有所疑心样子，把这一角另外换一人，所以又写信到士平先生处去，释解这忧郁只是身体不大健康的原因，毫无其他理由。士平先生是对于年青人心情懂得很多的，他相信这个人的诚实，且觉得这个人对于表演艺术与语言天才，都不是其他脚色所赶得上，故特别同他说了许多努力整顿自己的话，使这学生对于士平先生，多了一种信托，只想有机会时，就在这中年人面前来披心沥腹述说一切。

把戏演过后，这学生同士平先生似乎特别熟了，每每走到士平先生房中来时，常见到萝在这里，就非常拘束的坐到一旁，听萝同士平先生谈话。有时独与士平先生在一处，谈到萝同陈白的要好，这年青人露着羡慕可怜的样子，总是这样带点固执的调子，说："他们都说陈白要订婚了，他们都这样说。"

士平先生听到这个话很有许多次数了，有时只是微笑不答，有时检察了对方一下，就也似乎固执的说："这是一定的，这是一定的。"

苍白脸学生听到这个话，就显着稍稍狼狈了一点，沉默不再言语了。或者再过一会，忽然又这样说："他们都说萝好。"听的就问："谁说？"于是又好像不知所答的默然不语了。

在士平先生心中，有对于这学生十分同情的怀抱。

四　新的一幕

××剧团与××戏剧学校有一种谣言发生，是关于陈白与萝恋爱的事。这谣言如一般故事一样，在一些年轻人口中，正如生着小小的翅翼，不久就为许多人所知道了。谣言的来源是有一个学生，夜里到××公园去，当夜天上无月光，这人各处走动，到了一个土山上，听到山下背阴处萝的声音，同一个人像在争持一种问题，非常兴奋。到后这学生转到园门外边去等候，就见到陈白同萝一同走出，一出门，萝跳上一部街车一句话不说，车就拖走了，陈白非常颓唐样子，在门外徘徊了一阵，又一个人走进公园去了。大家把这件事安置到心上，再去观察他们两人的生活，谣言不久就由事实为证明了。

两个人不知为什么原因，把那友谊上的裂痕显到行为表面上以后，那沉默成性不常与人言语的周姓学生，似乎是最后才知道的一个。他听到这个消息，心上起了一种空漠的感想，又像是这消息应当使自己欢喜一点，但实在他却在这消息上更忧郁了。这是一个最会在沉默里检察自己的年轻人，他把这事情，联合到自己的生活上作了许多打算，看不出有快乐的道理。当时他走到士平先生住处去，没有遇到士平先生，返回自己宿舍时就站到廊下看蜻蜓飞。这时已经是六月中旬了，再过一阵因为暑假将使许多人回家，也将使他自己难过。萝常常来到学校，不外有两种理由，其一是因为练习演戏，其一却是拜访士平先生与陈白，暑期天热戏是不会排演了，到了暑假陈白一定要离开这里，士平先生或者也要到一个地方去避暑，所有一点好机会都失去了。这时这大学生，听到了这新的消息，他心里想，"我的灾难是到了。我头上落下了一样东西，我一定逃不去的。我要死了，倘若机会使我死得方便，我将为这件事死了。"他非常悲哀，不能自持，一个同学不知道为什么事情，就来问这个人，有些什么事用得着他，他可以去做。这大学生只是摇头，等到同学走后，他望到窗间的一个女角萝扮演××的照片，就哭了。

陈白同萝是早听到了这谣言的。为了自尊的原因，陈白对于这事自然有点难过。他曾想过了用各样方法，去挽救那种由于言语造成的过失。对于萝，他自己觉得已让步得很多了，可是都无法恢复过去另一时的情形。他知道自己是失败了，却仍不缺少一个绅士的做人态度，当到一切人的面前，从不现出忧戚的颜色。另一面他又照着身分，因此在其他女人得到了一种同情的收入。他先是觉得这件事为人知道了，是他一点耻辱，一点不利于己的过失，过一会，却另有所会心，以为这事对于自己也仍然很有利益了。

萝并不像陈白这样子。她原是一个女人。女人对于恋爱，有一种习惯的贪婪，虽说她同许多女人一样，是在不变的热情中感到厌烦了男子的一个人。她曾有意把陈白的印象贬价估计过，还在男女间故意找寻过友谊的罅隙，极力使之阔大，引为快乐，她曾嘲弄过这恋爱。可是，她在并不否认这恋爱是在习惯上成为离不了的嗜好的。她习惯那相互间的勾心斗角，她习惯那隐藏在客气中的真实，她玩弄自己的心情，又玩弄这使自己忽而聪明忽而愚蠢的旁人一笑一颦。她因为把那一个女人不应当明白的男子种种坏处完全明白，所以她就在一种任性行为下把生活毁了。

当她在有一次同陈白为一种问题争持不下时，看到陈白生气走去了，心里就觉得有一种缺陷，非想法补充不可。那学生看到公园中的两人斗气情形，却就是由于萝的好意，在那天把陈白邀去讲和，结果却更失败，因此她也就只有尽这谣言变成事实，不把责任放在自己身上来图补救了。

因为这友谊分裂了，她感到一点儿沮丧，可是她知道处置自己更好的方法，是学校仍然应当继续过去，戏仍然应当继续学习，同时表面的交谊也仍然应当继续维持。她一切都照这计划做去，她使别人无从在这件事情有把谣言扩张的机会，同时又使陈白知道他的行为并不使她苦恼。她逞强做人，待一切人更和气了一点，使一切人皆变成自己的朋友，却同时便成了陈白的敌人。

萝的处置毫无错处，陈白到后是屈服了，认错了，投降了。但因此一来，她更看不起这个男子了。她并不把这胜利得到以后就恢复了过去的尽陈白独占的友谊，她知道陈白一面屈服一面还是在他那男子的自得情形中生活，貌作热情却毫无真心的进取，因此她故意作出许多机会，使××学校皆知道萝并不是陈白独占的人。

因这原故，有一个晚上，那个苍白脸儿周姓三年级学生，走到士平先生住处做出使士平先生惊讶的故事来了。

当他直言无隐的把爱着萝的事情告给士平先生时，士平先生虽说一面勉持镇静说着"这也非常自然"的话，平定到这学生的心，可是自己终不免为一种纠纷显出努力的神气。他让这学生把所有要说的话说完，他知道这学生是非常相信他能够在这事上有所帮忙，所以才来倾诉这不可告人的隐衷的。他知道这学生的意思以后，仍然用言语鼓励这匍伏到自己脚下的可怜的年青人。

他做了一点伪绅士样子，作为不甚知道陈白与萝的事情，就同那学生说，"好像陈白同她有了一种关系，你不是知道了么?"

那学生说："我所知道的是陈白得不了她。"

那个先生心中就想："陈白都得不了她，你自己有把握做到这事情么?"

因为士平先生没有把话说出，那学生也觉得自己的不济了，就接到说："我也知道我是无分的一个人。我没有陈白的好处。凡是使一个女人倾心的种种我都没有。我的愿心只适宜于同先生说及，因为先生知道人类在某种情形下，有无可奈何的烦乱，苦恼到灵魂同肉体。我并不想这件事有尽她明白的必要，我只是拿来同先生说说。我要走了，因为我忍受不了，我不是伟大的人，我只能做到这一点为止。我因为爱她，变成更柔弱更不成男子了。我每天想到：我怎么样? 我应当怎么样去为这个全人牺牲，还是为我自己打算幸福? 我想不出结果! 我纵可以在黑暗里把我灵魂放大，装作英雄，可是一在太阳下见到了她，我的一切勇敢又毫无用处了。我为什么要这样子? 我不明白，……"

说到后来这青年就小孩子一样在士平先生面前哭了。士平先生没有话可以说，就尽这个人哭了一会，自己抽了一支烟，仿佛想从烟雾中把自己隐藏起来。这学生是那么相信士平先生敬仰士平先生的，把士平先生当成母亲一样毫不隐瞒的倾诉了心上的一切，末了还这样放肆的哭！事情非常显然的，就是这年轻人完全不知道萝为什么同陈白分裂的理由，如果知道一点点，这时就不会这样信仰士平先生了。若果他知道萝同陈白的分裂，即是同士平先生的接近，则这学生知道这情形以后，将悔恨自己的愚蠢，即刻就要自杀了。

士平先生没有作声，望到这学生又愚暗又天真的脸无话可说。等到学生把眼泪擦去，做着小孩子的样子发笑了时，士平先生就轻轻的叹着气，很忧愁的说道：

"密司特周，我很懂得你的意思，我当为你尽点力，想法使萝同你做一个朋友。你应当强硬一点，因为这样软弱对于自己毫无益处。爱情是我们生活一部分的事情，却不是全部分的事情。事实或者可以使你快乐，但想象总只能使你苦恼。你的身体不甚健康，对于许多事容易悲观，这一点，你是因为身体的弱点，变成不能抵抗这件事所给你的担负，因而沉在悲哀里去了。你要在这事情上多用点理知。只有理知可以救济我们感情上的溃决。我听到你说及的话，都很使我感动，因为人事上的纠纷我知道的多了一点，我待说这时代是要我们革命的时代，不应当为恋爱来糟蹋感情，这话说得全是谎话。不过，当真的，若果思想革命向新的方向走去，男女关系能够在各种形式中存在，爱的范围也比较现在这一个时代为宽阔，我相信我一定还能帮你许多忙。你这时要我为你做什么？是不是要我去把这事情告给萝？"

听到士平先生说的话，这年轻人泪眼婆娑的摇了一下头，用着伤心到了极点的人的神气，说，"我不希望这样。"

"那要怎么样？"

"我无论什么希望都没有，我没有敢要求什么，我也并不需要什么，我现在把这件事同先生说到，我似乎就很快乐了。"

"我希望你能够这样。有什么难处时只管同我来说，我当为你解决。"

"我非常感谢先生。在先生面前，我不知不觉就要放肆了。我很惭愧。"

"不必这样。我愿意你听我的话，不要使幻想和忧愁啮伤你的心。人活到世界上是比这个还复杂一点的，应当有勇气去承受一切，不适宜一个人在房中想象一切。我很担心你的身体，你是不是要吃一点药？"

年轻学生又摇摇头，苦笑了一次，走去了。

听到那寂寞鞋声，缓缓的响过甬道，转过西院的长廊下去了，士平先生想到这年轻人所说的一些话，心中觉得不大快乐。他本来先是预备翻译一个供给学生们试演用的短剧，这时也不能再做这件事了。

他想到这件事就是一个剧本的本事，也是一个最好的创作，他记起一个日本人的小说来了，山田花袋的绵被，就在同样意义下苦了那身作教授的某某君。他算幸福的，是并不像把自己放在一旁，来看两个信托他的男女恋爱。但这件事在另一时，如果这信托先生的大学生，知道了自己错误，做先生的能处之安然没有？如果知道所申诉的话，所说及的那女子，即是先生所恋的女人，这学生的痛悔心情，做先生的应不应负一点疚？他有点追悔，是在当时为什么能尽这学生把话说完，说话时他并不去制止，说过后他也不告过那学生什么话，觉得似乎做了一种欺骗事情，不能找寻为自己辩护的理由。

另一个地方，这时的萝正接到一个陈白的信，读了一会，满纸的忏悔，也仍然满纸是男子对于女人的谎话。因为信上的话越写得完全，萝就越不相信，看了一会信，心上有点懊恼，把信撕碎了。她沉默的坐在自己房中打量一切。

这人近来似乎稍稍不同往日了。从舅父方面看来，萝有点变了。舅父把这个说及，作为取笑资料时，萝总没有做声。舅父问，这是为什么？答也不大愿意，只悄悄的溜走了。这样情形使舅父看来，舅父虽然一面笑着一面总有一点儿忧愁。

舅父从士平先生方面，知道了陈白与萝的关系，为了一些小事恶化了。他以为一定就是为这一个理由，使萝感到日子难过，就劝她不要再到××学校去，且说如果不想再在上海住，就回北平去住一阵。这绅士用的还是那安详的绅士头脑，为甥女打算一切，平时辞辩风发的萝，却失去了勇气，同舅父谈到另外一件事了。

士平先生近来较多来到这绅士家中，因为演戏或是谈谈别的，萝与士平先生在一处，这舅父见到总觉得很快乐。士平先生常常在这绅士家中吃晚饭，三个人说话的多少，在平时第一应当为萝，其次是士平先生，最末才轮到绅士。但近来却总是绅士说话特别多。萝忽然变成沉静少言语的女子了，绅士知道了这是陈白的事，影响到了这女子的性格，他仍然如往日一样，还是常常尽萝有机会来攻击他。萝没有什么兴致说话，成天在心上打算什么问题，只士平先生来时才稍稍好了一点，他就每天要士平先生过来用晚饭。吃过饭了，三人有时坐了自己那辆小汽车到公园去散步，又或者到别处去玩，士平先生似乎也稍稍不同了往日一点。

在士平先生走后，这绅士舅父，为了娱悦自己也娱悦萝，常常拿了多年老友士平先生当作话题，说及许多关于这人的故事。有时故意夸张了一点，说到这人如何在年轻时节拘谨，如何把爱人死去以后，转为社会改良运动的人物，如何为艺术运动，牺牲金钱同时间。这样那样皆谈到了，听到这些话语的萝，或者不作声，或者只轻轻在喉中嗡了一声，像是并不欢喜这个话有继续下去的必要。到这些时节，舅父就故意的说士平先生还似乎年轻，一定在戏剧学校方面也爱过什么女子，不然不会那么变化。舅父的意思，只是为使讨论的人得到一种新的问题，新的趣味，毫无别的意义。萝在这些情形下，就有点皱眉，忧郁而带一点孩气，要质问舅父。

"为什么你疑心到这样事上去？"

舅父也似乎是小孩子了，显着顽固的神气，说："为什么吗？我正要知他为什么使我疑心！"

"舅父……"

"怎么又不说了？"

萝就苦笑了一会，"没有，没有。我想起的是别一件事情，所以……"

"什么别样事情？"

"别样就是别样！我不是要你同情才能够活下去的人。"

舅父到这种时节，才好好的估计了对方一下，看看话应当如何说下去才对。望到略带怒容而又勉强笑着的萝的神气，这绅士不再说话了。没有话可说，心中就想，"狮子发怒，是因为失了它的伴侣！"他为自己这巧妙的估想，在脸上荡漾着笑容。他还想，"年青的人，在恋爱上受点打击，可以变成谦虚一点持重一点"。

萝在这样情形下，只应当可怜舅父的愚昧，而且嘲笑这绅士，才合乎这聪明女子的本能。可是现在却只能为自己打算去了。她听到舅父所说及的话，心中非常难受，隐忍到心上没有显示出来。她为自己的处境叹息，正如士平先生在那周姓学生面前一样情景。人家无意说出的话语，恰恰变成触着自己伤处的利器，本来是在某一方便时期，她就想尽舅父知道这事情内容，可是因为舅父那种态度，反而使萝不能不瞒着这绅士下去了。

她想："这时知道了这个，他一定为愤怒破坏了他生活上的平衡。即或完全不是值得愤怒的事，这出乎意外的消息，也是一定要打倒这绅士的。他一定非常不快乐！一定把对于士平先生十年来的友谊也破裂了！一定还要做出一些别的事情来！"

她想象舅父知道了这事一分钟间那种狼狈情形，就把在舅父面前坦白的自诉的勇气完全失去了。

可是这事情隐瞒得能有多久？

陈白的来信时，舅父正坐在屋前草地上数天星子，因为是听到有人在下面等候回信，又听到萝要娘姨说没有回信，等了一会，就要娘姨去问萝小姐，若是没有睡，可不可以下楼来坐坐。先是回说正在写一封信，没有下楼，到后又恐怕舅父不乐，不久也就坐到草坪里一个藤椅上喝冰开水了。舅父找不出最先开口的机会，只说天上的大星很美。萝知道舅父的心情，正在适间那封信上，就说：

"舅父，陈白来了个信。"

"我知道的，怎么说？"

"一个男子，在这些事情上，如何说谎自圆其说，我以为舅父比我知道当较多。"

"你意思是不是指舅父也是男子？"

"不是的。舅父无论如何也想得出。"

"我怎么会知道，你不是说舅父已经腐化了吗？陈白是聪明人，做的事总比我所想象的，还要漂亮一点。"

"实在是的。越漂亮也就越是虚伪。"

"你总说别人虚伪，我有点不平。"

"舅父不知道当然可以不平！"

"我知道呀！你们年青人好时是糖，坏时是毒药。"

"……"

"要说什么？"

"我想知道年老人又怎么样？"

"年老人，像我同士平先生这样年纪的人，是只知道人都是应当亲切一点，无论如何都不至于不原谅人的。"

"那我真是幸福了，有一个舅父，又有一个士平先生。"

"可是我们原谅你，你也要原谅别人，你是不是在回陈白的信？若是写回信，我希望你学宽宏一点。在容让中才有爱情可言。"

"我做不到，因为我不是老太婆有慈善心肠！"

"你不是很爱他吗？"

"谁说？我并不爱他，也不要他爱我。我同他好是过去的事，我看穿了，我学了许多乖，不上这个人的当了。"

"可是你样子不是很痛苦么？我还同士平先生说，要他为你把陈白找来，你这时又说看穿了，明了懂了，我还不知道你说些什么小孩子话。在这些事上任性，好像就是你唯一的权利。我以为你这样做人，未免太苦，很不是事。"

"舅父同士平先生说些什么？"

"就说要他为你设法，使陈白同你的友谊恢复。"

"他怎么说？"

"他说了许多。"

"说许多什么话？"

"说另外一件事，说你将来当怎么样努力，说××剧团当怎么样发展，说关于他戏剧运动的若干长远计划，说了有半天。我看这个人，好像为了主义不大相同，自从你同陈白决裂后，他同陈白也有点隔膜误会了。"

"舅父！"

"他袒护你却攻击到陈白，话虽不说，我是看得出的。"

"舅父，你那眼睛看到的真是可怜。"

"谢谢你的慈悲。颟顸的头脑，还有自己甥女可怜，我是快乐的。"

"我不可怜你，我可怜士平先生。"

"他也应当谢谢你。"

"我不是以为我比你们聪明一点。"

"那是为什么？"

萝不再说了。因为若是再说，必得考虑一下说出以后的结果，应当成什么样子。她这时把自己的脸隐藏到椅背阴影里，不让客厅前廊下的灯光照到自己的颜色。她在黑暗里，却望得很清楚舅父的脸上。她心想，舅父还是这样稳定安详，但只要一句话，就可以见到这绅士惊讶万分跳起来的样子。她这时对于舅父的缺少想象力的中年人心情，感到有点嘲笑了。她想得出当舅父把这些话同士平先生说及时，士平先生支吾其辞情形。士平先生当一面敷衍到这绅士的，一面就有现在此时她的心情，全是为了可怜这绅士，反而不能不说到另外一种事，把本题岔开了。可是这样欺骗舅父，到后来也仍然要知道的，即或是难堪，舅父到底还是舅父。并且她是不是必须要这样瞒着舅父，想去想来都似乎没有什么道理。她正想就是这样告给这个人，舅父先说话了。舅父说：

"萝，你明年去法国读书，为什么又变了计？"

"谁说到我变计？"

"士平先生。"

"他另外不同舅父说到我的什么话吗？"

"你以为他说你坏话吗？你放心，他是在我面前称赞你太多了，若果我们不是老朋友，我真疑心他是在爱你了。"

"舅父，你的猜想不错。"

萝的话本来是一句认真的招供，只要舅父再问一句或沉默一会，萝就再也不能忍受，一定要在舅父面前报告一切了。可是这绅士与萝用说惯了带着一点儿玩笑的谈锋，这时还以为是萝又讥讽了自己，就改正了自己先前的话，说："我可是并不疑心你会同他好。"

萝就又坚实的说："舅父，先是对的，这疑心可错了。"

"本来是错的，因为你们自然是很好的，他是你最好的导演。你是他最好的演员，做戏剧运动，我是相信会有一点儿成绩的。"

"舅父，我倒欢喜士平先生！"

"他也并没有使我恨他的理由。"

"可是有点不同。"

"这样也好。"

"我爱他。"

"那是更好的。"

"舅父，我说得是真话，他也爱我。"

绅士听到这个话，以为这是萝平时的习惯，就纵声的笑了。笑了很久，喝了一口水，咳着笑着，不住的点头。他想检察一下萝的脸色却没有做到，心想，"你这小孩子什么话都可以由口里说出，可是什么事都做不去，真是一个夸大的人物"。他很欢喜自己所作的估计，按照理知，判断一切，准确而又实在，毫无错误。他不说话，以为萝一定还有更有趣味的富于孩子气的话说出，果然萝又说话了。

萝说："我告舅父，舅父还不相信。"

舅父忍着笑，故意装作神气俨然地说："我并不说我惑疑！"其实他还是当成笑话在那里同甥女讨论，因为她说的话不大合乎理知。

萝看看情形，又悔恨自己的失策了。她到这时觉得倒是不要告诉舅父真情实事为方便了。因为事情完全不是舅父所相信，舅父也从不会疑心到这事上来，所以她有点悔恨自己冒失，处置事情不对了。过了一忽看看舅父还不说话，心中计划挽救这局面，仍复回到从前生活上去，就变了意识，找出了解脱的话语。

"舅父，我谎你，你就信了！"

"舅父不是小孩子，才不信你！"

"若是不信，我将来恐怕当真要做出一点证据来的。"

"好，这一切都是你的权利和自由，舅父并不在此等属于个人的私事上表示顽固。我问你正经话，你告给了我学法文，怎么又不学了？"

"我在学。"

"陈白法文是不错的，我听士平先生说到过。这人读书演剧都并不坏，又热心，又热情，我倒欢喜这种人。"

"那舅父就去认识，邀到家中来住一阵也很好。"

"若是你高兴，我为什么不能这样作一个人？"

"舅父可以同他做朋友，领领这人的教，再来下一切判断。"

"我不判断人的好坏，因为照例这件事只有少数的人才有这种勇气。"

"完全不是勇气。"

"你意思是说'明白''理解'这一类字，是不是？一个年青女人是永远不会理解年青男子的。男子也是这样，极力去求理解，仍然还是错误。相爱是包含在误会中，反目也还是这个道理。越客气越把所满意的一面，世故的一面，好的那一面，表现出来，就越得人欢心，两个男女相爱，越隐藏自己弱点隐藏得巧妙，他就越使对方的人倾心。"

因为舅父的说教，使萝忍笑不住，舅父就问：

"话不承认么？这是舅父的真理！"

萝说："承认的，这是舅父的真理，当然只是舅父适用这真理了。"

"你也适用。"

"完全不适用。"

"那告给我一点你的意见。"

"我没有意见可言，我爱谁，就爱他；感觉到不好了，就不爱他。我是不用哲学来支配生活的。我用感觉来支配自己。"

"一个年青人自然可以这样说。任性，冒险，赌博一样同人恋爱，就是年轻人的生活观。这样也好，因为胡涂一点，就觉得活到这世界上多有一些使人惊讶的事情见到，自己也可以做出一些使别人惊讶的行为。"

"舅父不是说过任何事在中年人方面，都失去炫目的光色了吗？"

"可是比舅父年轻的人多哩。"

"那舅父是不会为什么事惊讶了。"

"很不容易。"

萝站了起来，走到舅父身边，在那椅背后伏下身去，在舅父耳边轻轻的说了两句话，就飞快的走进屋中去了，这绅士先是不动，听到萝的跑去，忽然跳起来了。

"萝，萝，我问你，我问你，……"

萝听到了，也没有回答，走上了楼，把门一关，躺到床上闭了眼睛去想刚才一瞬间的一切事情。她为一种惶恐，一种欢喜，混合的情绪所动摇，估计到舅父这时的心情，就在床上滚着。稍过一阵听到有人轻轻的叩门，她知道是舅父，却不答应。等了一会，舅父就柔声的说："萝，萝，我要问你一些话！"舅父的声音虽然仍旧保持了平日的温柔与慈爱，但她明白这中年人心上的狼狈。她笑着，高声的说：

"舅父，我要睡了，明天我们再谈，我还有许多话，也要同舅父说！"

舅父顽固的说："应当就同舅父说！"

房中就问："为什么？"

"为了舅父要明白这件事。"

房中那个又说："要明白的已经明白了。"

门外那个还是顽固的说："还有许多不明白。"

"我不想再谈这些了。"

门外没有声音了，听到向前楼走去的声音。听到按铃。听到娘姨上楼又听到下楼。沉静了一些时候，躺在床上的萝，听到比邻一宅一个波兰籍的人家奏琴，站起来到窗边去立了一会，慢慢的把自己的狂热失去了。慢慢的想起一切当前的事实来了。她猜想舅父一定是非常可怜的坐在那灯边，灵魂为这个新消息所苦恼。她猜想舅父明天见到士平先生时一定也极其狼狈。她猜想种种事情，又好笑又觉有点惭愧。她业已无从追悔挽救这件事了。在三人中间，她再也不能见到舅父那绅士安详态度了。

到十二点了，她第三次开了门看看前楼，灯光还是没有熄灭，还从那门上小窗看得出舅父没有休息的样子，打量了一会，就走到前面去。站到门外边听听里面有什么声响。到后，轻轻的敲着门，里面舅父像是沉在非常忧郁的境界里去，没有做声。又等了一下，舅父来开门了，外貌仍然极其沉定，握着萝的手，要萝坐到桌边去。到了房中，萝才看出舅父是在抄写什么，就问：

"舅父为什么还不睡？"

"我做点别的事情。"

"明天不是还有时间么？"

"不过晚上风凉清静。"

两人说了许多话，都没有提到先前那一件事上去。到后把话说尽了，萝不知要从什么话上继续下去。舅父低低的忧郁而沉重的说道：

"萝，你同我说的话是真的了！"

萝低着头避开了灯光，也低低的答应，说："是真的。"

两人又没有话可说了。

绅士像在萝的话中寻找一些证据，又在自己的话中找寻证据，因为直到这时似乎他才完全相信这事情的真实。他把这事实在脑内转着，要说什么似的又说不出口，就叹了一回气，摇摇头，把视线移到火炉台上一个小小相架方面去了。

萝显着十分软弱的样子，说："舅父，我知道你为这件事会十分难过。"

舅父忽然得到说话勇气了，一面矫情的笑着，一面说："我不难过，我不难过。"过一阵，又说，"我真想不到，我真想不到。"

看到舅父的神气，萝忽然哭了。本来想极力忍耐也忍不下去了，她心想："不论是我被士平先生爱了，或是舅父无理取闹的不平，仍然全是我的错处。"想到这个时心里有点酸楚，在绅士面前，非常悲哀的哭了。

舅父看到这个，并不说话，开始把两只手交换的捏着，发着格格的声音。他慢慢的在卧室中走来走去，像是心中十分焦躁，他尽萝在那里独自哭泣流泪，却没有注意的样子，只是来回走动。

萝到后抬起了头。"舅父，你生我的气了！"

"我生气吗？你以为舅父生气了吗？这事应当我来生气吗？哈哈，小孩子，你把舅父当成顽固的人看待，完全错了。"

"我明白这事情是使你难过的，所以我并不打算就这样告给你。"

"难过也不会很久，这是你的事，你做的私事，我也不应当有意见。"

"我不知道要怎么样同舅父解释这经过。"

"用不着解释，既然熟人，相爱了，何须乎还要解释。人生就是这样，一切都是凑巧，无意中这样，无意中又那样，在一个年轻人的世界里，不适用舅父的逻辑的新事情正多得很，我正在嘲笑我自己的颟顸！"

舅父坐下了，望着泪眼未干的萝，"告给我，什么时候结婚，说定了没有？舅父在这事上还要尽一点力，士平先生的经济状况我是知道的。"

萝摇头不做声，心中还是酸楚。

"既然爱了，难道不打算结婚么？"

"毫没有那种梦想。不过是熟一点亲切一点，我是不能在那些事上着想的。"

"年轻人是自然不想这些的。但士平先生不提到这点吗？"

"他只是爱我！他是没有敢在爱我以外求什么的！"

舅父就笑了："这老孩子，还是这样子！无怪乎他总不同我提及，他还害羞！"

"……"

"不要为他辩护，舅父说实在话，这时有点恨他！"

"舅父恨他也是他所料及的。"

"可是不要以为舅父是一个自私的人，我要你们同我商量，我要帮助这个为我所恨的人，因为他能把我这个好甥女得到！"

"舅父！不会永久得到的。我这样感觉，不会永久！因为我在任何情形下还是我自己所有的人，我有这个权利。"

"你的学说建筑到孩子脾气上。"

"并不是孩子脾气。我不能尽一个人爱我把我完全占有。"

"你这个话，像是为了安慰中年的舅父而说的，好像这样一说，就不至于使舅父此后寂寞了。"

"永不是，永不是。"

"我知道你的见解是真实的感觉，但想象终究应当为事实所毁。"

"决不会的。我还这样想到，任何人也不能占有我比现在舅父那么多。"

"说新鲜话！别人以为你是疯子了！"

"我尽别人说去。我要舅父明白我，舅父就一定对我的行为能原谅了。"

"我从无不原谅你的事！"

"舅父若不原谅，我是不幸福的。"

"我愿意能为你尽一点力使你更幸福。"

萝站起来猛然抱到了舅父的颈项，在舅父颊边吻了一下，跑回自己房中去了。

这绅士，仿佛快乐了一点，仿佛在先一点钟以前还觉得很勉强的事，到现在已看得极其自然了。他为了这件事把纠纷除去了，就坐在原有位置上想这古怪甥女的性情，以及因这性情将来的种种，他看到较远的一方，想到较远的一方，到后还是叹气，眼睛也潮润了。

当他站起身来想要着手把鞋子脱去时，自言自语的说："这世界古怪，这世界古怪。"到后又望到那个火炉台上的小小相架了，那是萝的母亲年青时节在日本所照的一个相片，这妇人是因为生产萝的原因，在产后半年虚弱的死去了。

五　大家皆在分上练习一件事情

萝在夜里做了一个希奇的梦，梦到陈白不知怎么样又同自己和好了，士平先生却革命去了。醒来时，头还发昏，躺在床上，从纱帐内望出去，天气似乎还早。慢慢的想起这梦的前因后果，慢慢的记起了昨晚上同舅父谈到的一切问题，这女人还仍然以为是一个梦。

她心想："我当真爱士平先生吗？士平先生当真离不了我吗？因为互相了解一点，容让一点，也就接近了一点，但因此就必得住在一处成为生活的累赘，这就是人生吗？"

接着，这女子，在心上转了念头："人生是什么？舅父的烦恼，士平先生的体贴，自己的美，合在一起，各以自己的嗜好，顺着自己的私心，选择习惯的生活，或在习惯上追寻新的生活，一些人又在这新的情形下烦恼，另一些人就在这新的变动中心跳红脸，另一些日子，带来的，就是平凡，平凡，一千个无数个平凡……"

她笑了。她在枕上转动着那美丽的小小的头，柔软的短发，散乱的散乱在白的枕头上。她睁着那含情带娇的大眼，望到帐顶，做着对面是一个陌生男子的情形，勇敢的逼着那男子，似乎见到这男子害羞避开了的种种情形，她为自己青春的魅力所迷了。她把一双净白柔和的手臂举起，望到自己那长长的手指，以及小小贝壳一样的指甲，匀匀的缀在指上，手臂关节因微腴而起的小小的凹处同柔和的线，都使她有一种小小惊讶，这一双手到后是落在胸上了，压着，用了一点力，便听到心上生命的跳动，身上健康而清新的血液，在管子里各处流动，似乎有一种极荒谬的憧憬，轻轻的摇撼到青春女子的灵魂。

似乎缺少了什么必需的东西，是最近才发现的，这东西恍惚不定的在眼前旋转着，不能凝目正视，她把眼皮合上了。她低低的叹着气，轻轻的唤着，答着，不久又迷胡的睡去了。

醒来时，还躺在大而柔软的铜床上，尽其自然在脑中把一切事情与一切人物的印象，随意拼合拢来，用作陶冶自己性灵的好游戏。娘姨轻轻的推着门，在那门边现出一个头颅，看看小姐已经起了床没有。萝就在床上问：

"娘姨，什么时候了？"

"八点。"

"先生呢？"

"早就办事去了。"

"报来了吗？"

"来了。"

"拿来我看。"

娘姨走了，萝也起来了，披着一个薄薄的丝质短褂，走到廊下去，坐在一个椅子上，让早风吹身，看到远处××路建筑新屋工程处的一切景致。

绅士昨晚上，到后来仍然是能够好好的睡眠的。早上照例醒来时，问用人知道萝还没有起床，他想得到萝晚上一定没有睡眠，就很怜悯这年轻人，且像是自己昨天已经说了什么不甚得体的话，有点给这女孩难过了，带着忏悔的意思，他打量大清早到士平先生处告给这老友一切。他知道这事士平先生一时不会同他谈到，他知道这事情两人都还得要他同情，要他帮忙，他为了一种责任，这从朋友从长亲而生的责任观念，支配到这绅士感情，他不让萝知道，就要出门到士平先生处去了。

照常的把脸洗过，又对着镜子理了一会头发同胡子，按照一个中年绅士的独身好洁癖习，处置到自己很满意以后，他就坐了自己那个小汽车，到××学校找士平先生。在路上，一面计划这话应当如何说出口，一面迎受着早上的凉风，绅士的心胸廓然无滓，非常快乐。

士平先生是为了那周姓学生耽搁了一些睡眠的。照习惯他起来的很早，一起身来就在住处前面小小亭园中草地上散步，或者练习一种瑞典式的呼吸运动。这人的事业，似乎是完全与海关服务在经济问题财政问题上消磨日子的绅士两样，但生活上的保守秩序以及其余，却完全是一型的。他在草场上散步，就一面走动一面计划剧本同剧场的改良。他在运用身体时总不休息到脑子，所以即或是起居如何守时，这个人总仍然是瘦而不肥。

来到这学校找士平先生的绅士，到了学校，忽然又不想提起那件事了。他像萝一样，以为这事说出来并不对于大家有益，他临时变更了计划，在草坪上晤及士平先生时，士平先生正在那藤花架下作深呼吸，士平先生也没有为客人找取椅子请坐。两人就一同站在那花架下。

士平先生说："你早得很，有什么事吗？"

"就因为天气好，早上凉快得很，又还不是办事时节，所以我想到你这里来看看。"

"怎么不邀她来？"

"还不起身，晚上同我说了一些话，大约有半晚睡不着，所以这时节还在做梦。"绅士说过了，就注意到士平先生，检察了一下是不是这话使听者出奇。士平先生似乎明白这诡计，很庄重的略略的见出笑容。

绅士想："你以为我不知道。"因为这样心上有点不平，就要说一点不适宜于说出口的话了，但他仍然极力忍耐到，看看士平先生要不要这时来开诚布公谈判一切。到后士平先生果然开了口，他说：

"萝似乎近来不同了一点。"

"我看不出别的理由，一定是！"

两个老朋友于是互相皆为这个话所吓着了。互相的对望，皆似乎明白这话还是保留一些日子好一点，士平先生就请绅士到廊下去坐。

坐下来，两人谈别的事情。谈金本位制度利弊，谈海关税率比例，绅士以为这个并不是士平先生所熟习的，把话又移到戏剧运动上来。他们谈日本的戏，谈俄国的戏，士平先生也觉得这不是绅士要明白问题。可是除了这事无话可谈，就仍然谈下去没有改变方法。

绅士到后走了，本来是应当到海关办公，忽然又回到自己家里去了。回家时在客厅外廊下见到萝看报。这绅士带着小小惶恐，像是做了一件不可告人的不名誉事那个样子，走到萝身边去，萝也为昨天的事有所不安，见到舅父来了，就低下了头，轻轻的说：

"舅父，你不是办公去了么？"

"我到士平先生处去了。"

萝略显得一点惊慌，抬起了头："怎么，到××学校了吗？"

"到过了。"

"舅父！"

"我是预备去说那个事的。"

"这时去说，不过使你们两个人受那不必受的窘罢了。"

"我也想到这个，所以并不提起。"

"当真没有提及吗？"

"说不出口，本来是我打算同士平先生说清楚了，我想只要是老朋友同甥女用得我帮忙地方，我好设法去尽力帮点忙。"

"可是我心里想，舅父莫理这事，就算是帮忙了。"

"你说的也很对，我因为也看到了这一点，本来在路上有许多话预备说的，见了他都不说了。"

"那么我感谢舅父！"

"要感谢就感谢，可是舅父做的事并不是为要你感谢而做。舅父是自私，求自己安宁，这样子装扮下去。"

"舅父为什么生我的气？我是看得出的，舅父不快乐，因为我把舅父的一点理想毁灭了。我想我做了错事，自己做的错事本不必悔，可是为舅父的心情上健康着想，我是应当悔恨我处置这事情的不当的。"

萝说到这里，偷偷的望了一下舅父，舅父眼睛红了，萝就忙说："舅父若是恨我，就打我一顿，像小时候摔破了碗碟应当受罚一样，我不会哭，因为我如今是大人了。"

绅士只把头摇摇，显出勉强的苦笑。"你摔坏的是舅父的心，不是打一两下的罪过！"

"但总是无意识做的事，此后我小心一点好了。"

"此后小心，说得好！"

到后两人都笑了，但都像不能如昨天那种有趣味了。在平时，随便的说说，即使常常把舅父陷到难为情的情形上去，舅父总仍然是安安稳稳，在自己生活态度上，保持到一种坦然泰然的沉静。有时舅父也用话把这要强使气的萝窘倒，可是，在舅父面前，因为是从小就眼看到长大的长辈，把理由说输了，生着气来挽救自己的愚顽，一定得舅父认错这样事也有过。但现在是全毁了。一切再也不会存在，一切都因为昨晚那可怕的言语，把两人之间划上一道深沟，心与心自然的接近再也无从做到了。两人从此是更客气了一点，一举一动皆存了一种容让的心，一说话都把眼睛望到对方，但是两人又皆知道这小心谨慎丝毫无补于事实。可怕的事从此将继续下去有若干日，萝是不明白的。什么时候舅父能恢复过去的自然，萝也是不知道的。什么时候能够使士平先生仍然来到这家中，一面同舅父谈大问题，一面来谈男女事，且隐隐袒护到女子那一面，舅父则正因为身边有一个顽皮的甥女，故意来同老友反驳，这事情，永远也不能再见到了。

"莫追悼既往，且打量你那未来！"未来是些什么？未来是舅父的寂寞，是自己的厌倦，是衰老，是病，是社会的混乱。在平时，萝是以未来的光明期待到国家同本身的。她嘲笑过那些追念往昔的人，她痛骂过那些不敢正眼凝视生活的男子，她不欢喜那些吟诗哀叹的男女青年，她最神往一个勇敢而冒险的新生。可是这时她做些什么？她怎么去强壮，怎么去欢迎新来的日子？她将如何去接受新的不习惯的生活，毫无把握可言，她这时来怜悯自己了，因为自己在生活上看不到一些她所料得到的结论，且像许多她所不愿想不能想的事，自从一同舅父昨晚说及那事以后，就在生活上取了包围形势，困着自己的思想了。她在无可自解时，就想这一定是梦，一定是幻景，才如此使人胡涂，头脑昏乱，分解不清。

舅父是理知的，理知到这时，就是把自己更冷静起来，细细的安排安排，细细的打算。他想处置这事使大家皆幸福一点，单是为了两人幸福，忘掉了自己，他是不干的。单为自己，不顾及别人，他也是不干的。在各方面找完全，所以预备同士平先生说的暂时莫说，到这时，办公的时间已到，他不能再在家中久耽搁时间，他又同萝说话了。

"萝，请先相信舅父的意思是好意，完全是为大家着想，若是士平先生来时，你且莫谈到我们昨晚说过的事。我把话说了，能答应我没有？"

"我不大懂呢？"

"为什么不懂？你应当让舅父去想一阵，匀出一点时间思索一下，看看这事情，现在舅父所处的地位，是很可怜的地位。"

"若是说谎是必须的事，我照到舅父意见做去。"

"说谎一定是必须的。你若会说谎，我们眼前就不至于这样狼狈了。"

"我知道了，答应舅父了。"

"答应了是好的。你不必说谎，但请你暂且莫同他谈到我已经知道这件事。这也并不完全是为舅父，也是为你。"

"我明白的。对于舅父因这事所引起的烦乱，全是我的过错。"

"你的过错吗？你这样勇于自责，可是对事情有什么补救？"

萝不作答，心里想的是："我能补救，就是我告你我并不想嫁他，也从不曾想到过。"

舅父见到萝没有话说了，自己就觉得把话苛责到萝是不应当的残酷行为，预备走出去，这时士平先生却在客厅门出现了。士平先生见到了绅士，似乎有点忸怩，绅士也似乎心上不安，两人握了手，绅士就喊萝：

"萝，萝，士平先生来了……"他还想说，"你陪到他坐，我要去办公去了。"可是话不说下去，他把老友让到廊下，一面很细心的望到这两个人的行为，一面自己把身体也投到一个藤椅里去了。

萝把头抬起，望了士平先生一会，又望了舅父一会，感到一种趣味，两个绅士的假扮正经懵懂的神气，使她忍不下去，忽然笑出声来了。

这两个人心上想些什么，打算些什么，萝是完全知道的。她知道舅父的秘密，也知道士平先生的秘密，她看到面前是两个喜剧的角色。

因为那两个人都不及说话，她就说：

"舅父，你忘记你的时间了，你难道还要同士平先生谈戏吗？"

这绅士作为才悟到钟点那件事，去开始注意壁上的挂钟。于是说："士平你到这里谈谈，你们是不是又要演戏了？我的时间到了，我要去了。萝，我告你，记到把我要你做的事做下去，我下午就可以同你商量……"

萝说："舅父你就不要办公，打电话去请半天假，怎么样？"

士平先生说："我也就要走，我是来问问你愿不愿同密司特周——我们那个三年级学生演×××。"这是借故提及的假话，萝心中明白，因为士平先生明明白白是以为绅士已经上了办公室，所以来此的。

舅父又说："你们谈谈，我的时间是金子，我要走了。中年绅士，落伍的人，这是我的甥女给她舅父下的按语，时间是……"这仍然是假话，萝也知道的，因为舅父实在不大愿走，单独留下这个人到这屋中。

士平先生好像特别多疑，今天要避嫌了，就更坚决的说道："我们一起吧，你把车子带我到爱多亚路，我要到××大学找一个人。"

萝就说："士平先生，你说周要同我演×××，那个人不是上次演过××的工人，白脸长身的年青人吗？"

"就是他。"士平先生不甚自然的答应着，因为说得完全是谎话，心中很觉得好笑。

萝因为起了一个新的想象，就说："这个人还不错，演戏热心，样子也诚实可爱，不像另外那几个密司特金，密司特尤，密司特吴。那几个风流自赏的小生，是陈白所得意的门生，还听说要加入什么××，倒是多情的人！大致同密司文，密司杨，已经都在恋爱了，因为都是自作多情的人。"

士平先生听到这话，微微皱了一下眉毛："你觉得那个人诚实可爱吗？"

萝估计了一下士平先生，知道这人的情感为她的话所伤了，一面是为了舅父还在旁边不走，就故意说："是的，我倒很欢喜他。"

舅父在一旁听着，心中匿笑，故意责备似的说道："萝，你的口是太会唱歌了，但一点不适于说话。"

这话显然是舅父为袒护到士平先生而言，萝望到这个说谎的绅士的体面衣服，心中不平，带一点娇嗔问："舅父，什么口适宜于说话？"

"你唱歌的天才我是承认的，你说话的天才我也不否认，只是说话原用不了天才，士平先生以为如何？"

士平先生说："这是一定的。可是用言语的锋刃，随意的砍杀，原是年青人的权利。"

绅士说："这个话我不大同意，若说有棱的言语是他们的权利，那毫无问题，我们这样年纪的人，就只有义务了。"

"舅父的义务倒恐怕是别的。"

绅士听到这话，对萝很严正的估了一眼。先是说要走要走，现在电话也不打，自然而然坐到那里不动了。"我也还有权利，不一定全是义务！"

士平先生显着一点忧郁神色，萝以为是士平先生为妒嫉所伤。她最恨男子这一点脾气，她同陈白分手，也就多少有这样一点理由，所以望到士平先生的样子，她感到一种残酷的快乐。她按照自己的天赋，服从女子役使男子的本能，记起士平先生说的"年青人用有锋刃言语，随意伤害别人原是一种权利"，她把士平先生所不乐于听的话还是故意继续下去。她没有望到士平先生那一方，只把脸向到窗外说道：

"士平先生，你不是说那个很漂亮的学生要想我同他演×××吗？我明天问他去。"

"你要去问他就去问他，不过我已经告他，你怕不什么有空闲时间了。"

"我有时间，我一定要同他演×××。"

那绅士听到这个话很觉得好笑。他想看看这个人言语的胜负所属。他在往天疏忽了这个，今天却用了一种新的趣味来接近了。他装做看报的样子，把眼睛低下去望到当天报纸，听士平先生说些什么话，作为对抗萝的工具。

因为士平先生不做声，于是萝又开了口："我要演×××，没有配角我也要演，不然我下次再不演戏了。我要演×××那个女角，嘲弄她那个自私的情人。我要去爱一个使他们看不起的人，污辱他们，尽那些自私自利的人尊严扫地。我将学到那主角说：喂，你瞧，我同你所看不起的人接吻！他是这样下贱的，但他有这样一个完全的身体，有这样健康的手臂，美丽的头，尊贵而又俨然的仪容，同时，位置却是做你们的用人。他没有灵魂，我就爱他的身体。我要灵魂有什么用处？灵魂在你们身上，是一种装饰。你们说谎，使你们显得高尚完全。你们做卑下的事情，却用了最高尚的理由。这就是你们灵魂的用处。为了羞辱你们，我才去爱那你们所瞧不上眼的人……"她用着正在扮演女角的神气，走来走去，骄傲而又美丽，用着最好的姿势，说着最好的口白，在那廊下自由不拘的表演一切。

士平先生极力把狼狈掩藏起来，用着一个导演者的冷静态度，在萝休息到一个椅子上时，鼓了一会儿巴掌，说："很不错，你可以做成很动人的样子给人感动。"

"我不单做成样子，我自己将来也要当真这样去生活的。"

"那一定使你舅父同那爱你的人难堪。"

"自然的，那戏的后一场不是说：你见到我这样，你装做笑容，想从这从容不迫尊贵绅士态度中挽救你的失败。但我清清楚楚知道我做的事要像钉子一样，紧紧的钉到你的心上，成为致命的创伤……吗？"

士平先生说："你的言语是珠玉。"

萝看得出自己的胜利，得意的笑着："我是一演到这些脚色，就像当真站在我面前的是那爱我而为我所恨的男子！"

士平先生沉默了，有一点小小纠纷了。这中年人，平时的理知，支配一个大剧团的一切，非常自如，一到爱情上，人就变成愚蠢痴呆了。这时知道萝是在那里使着才气凌虐自己，本来可以付之一笑的事，却无论如何不能在同样从容中有所应对了。他要仍然装成往日稳定也不可能，他一面笑着一面望到萝发光的脸同发光的眸子，有一种成人的忧郁说不出话来了。

绅士在一旁像是代替士平先生受了一点窘，看到那情形，心中设想："这恐怕又不可靠了，一个女子，一个年纪轻轻而又不缺少人事机警的女子，用言语与行为掘成的井，是能够使一个有定力的男子跌下去时也爬不起来的。士平先生是一定又要跌下去的。这是一个不幸的命运。"

他在言语上增加了一点讽刺成分："老朋友，你当导演是不容易驾驭这学生的。"

士平先生用同意义回敬了绅士，说道："是的，我知道不容易。你呢，家中有天才，做家长也不甚容易！"

"可是狮子也有家养的，这是谁说的话？我记得是像上次我看你们那个戏上的话。那角色说，狮子也有家养的，一定是这样一句话。"

萝说："下面意思是说家养的狮子并不缺狮子的一切外貌。这个话并不专是讥讽到女子，男子也有分！"

舅父说："还有下文，你们都疏忽了。那下文是我应当为续好的，就是：也会吼，也会攫拿作势，但绝不是山中的狮子！看惯了，我是不怕我家这小狮子的。"

萝不承认这话有趣："舅父的话是以为我就只能说不能行。"

"并不是这样。我是说一个演戏太多的人，他的态度常常要成为他所常常扮演角色的态度，但这个却无害于事。"

"舅父同士平先生俨然站在一块了，这大约是同病相怜。"

"今天你又占了优势了！"

"舅父是不是还想说，因为你是女子，所以让你一点呢？"

士平先生不知为什么，却问起绅士上不上办公处的话来了。绅士说不去也行，但士平先生却说要走。因为绅士见到士平先生要走，就仍然要去办公，要士平先生坐他的车一同到法界再下车。两个人一会儿就走了。两个人出门时，送到门外车旁的萝，见到舅父似乎快乐得很，士平先生却沉默如有心事，就故意使舅父听到的神气，很亲昵的说："士平先生，我下午来学校找你。"舅父望了萝一眼，萝就大声的笑，用着跳跃姿势，跑进屋里去了。

两个老朋友各人皆在这少女闪忽不定行为上，保留一种不甚舒服的印象。两个人都不想提到这事情，极力隐忍下去，车子在平坦的马路用二五哩的速度驶行，过了××路，过了××路，士平先生要把车停顿一下，说是想到××大学去找一个朋友。等到绅士把车开走后，这个人便慢慢沿着马路一旁走去，走了一会，觉得有点热了，又把衣服脱下来拿在手上，还是一直走去。

士平先生的理知，在一种新的纠纷上弄胡涂了。他知道许多事情，经过许多事情，也打量过许多事情，可是一点不适用到这恋爱上。他的执重外表因这一来是更显得执重了一点，可是这种勉强处别的人注意不到，自己却要对于自己加以无慈悲的嘲笑了。他怜悯那学生，他自己的行为却并不比那学生更聪明。他在剧本创作上写了无数悲剧与社会问题戏剧，能够在文章上说出无量动人感情的言语，却不能用那些言语来对付面前的萝，绅士想到的"女子用热情掘好的井，跌进去了的人总不容易直立"。他也照样感觉到了。

他忽然看到自己的前面是灰色，看到自己是小丑，无端悲哀起来了。

六　配角

因为得到一点士平先生的鼓励，那苍白脸的三年级大学生，似乎得了许多勇气，许多光明，生活忽然感到开展，见出炫目的美，灵魂为怜悯与同情所培养，这人从悲哀里爬出，在希望上苏生了。

他觉得只有士平先生，知道他这个无望无助的爱，是如何高尚的爱。他觉得只有士平先生，能明了他的为人。他信仰士平先生，也感谢士平先生，自从同士平先生谈过话后，第二天就在一个私有记事本上写了许多壮观的话语。他以为他从此就活了，他以为从此他要做一个人，而且也能做一个人了。凡是这个神经衰弱的人，平时因自己想象使他软弱，使他在一种近于催眠的情形下，忽然强健坚实起来是很容易的，从所信仰的人一方面，取得了一点信仰，他仍然是继续过着他那想象生活，如不是遇到事实的礁石，则他就仿佛非常幸福了。

这大学生记到士平先生所说的话，第二天，大清早爬起来，做他第一次的晨操，站在那宿舍外边花圃里，想到一切还略略有点害羞。他知道士平先生是起来得很早的，他想经花圃过士平先生那个小院落去，在那边同士平先生谈谈，并且问问他，应当练习某种运动，才合乎身体的需要。走到了角门，看到绅士正在那里同士平先生谈话，因为不认识这个人，就不敢再过去，仍然退回来了。他站在宿舍前吸着早上清新的空气，舞着手臂，又模仿所见到的步兵走路方法，来回的走，其余早起的学生，认识到他的，见到这先前没有的行为，就问他：

"周，怎么样，习体操吗？"

听到这个问话，他好像被人发现了心上秘密，更极害羞了，不能作什么回答，只点点头。同学就说：

"这个不行，谁告你这样运动？"

"我看到士平先生每天这样操练。"

"士平先生越操越瘦！你应当学八段锦！"

"好吧，就学八段锦。你高兴教我没有？"

"等一会儿我们来学习吧！"

那同学到盥洗室去了，这白脸学生，站在一个花畦前看莺草十字形的花，开得十分美丽。因为这带露含蘤的花草，想起看朱湘的诗，就又忘了自己定下的规矩，仍然拿了一本《草莽集》，搬了一个小凳子，坐到花畦边来读诗了。

到了下午两点左右时，萝来到了士平先生住处。士平先生上课去了，她就翻看到一些画册，在那房中等候下来。那周姓学生，因为还想同士平先生谈谈别的问题，来找寻士平先生，在那里见到了萝。这个人脸上发着烧，心儿跳着，不知要如何说话，就想回头走去。

萝见这学生一来又走了，想起士平先生说演戏的话，就喊他：

"密司特周，是不是找士平先生？"

"是的。我不知道他上课去了。"

"就要回来了，你可以等等他。"

"我可以，我可以。"一面结结巴巴的说着，一面回身来到房中，也不敢再举眼去望萝，就背了身看壁上的一幅画，似乎这幅画是最新才挂到壁上，而又能引起他的十分兴味。

萝心想，"这样一个人真是可怜"。她记到士平先生提起他要同她演

×××，还不知道她愿不愿意，就说："密司特周，士平先生早上同我说你那事情，没有什么不可。"

这学生，听到这个话，以为士平先生已经同萝把昨晚的事都向萝说过了，现在又听到萝温和而平静的把这话提出，全身的血皆为这件事激动了。他忙回过头来，望着萝，舌子如打了结，声音带着抖问："士平先生说过了吗？"

萝望到这情形还不甚明白，以为是这个怯弱学生在女子面前当然的激动。她一面欣赏这人的弱点，一面说："是的，他说你要求我同你演×××，是不是？"

这学生完全胡涂了，为什么说演×××他一点不清楚。他不好说没有这事。他以为这一定是士平先生一种计划，这计划就是使他同萝更熟一点，他心中为感激的原因要哭了。可是为什么士平先生要说演×××？他望到萝的脸，不知如何措词，补充他要说及的一切。他的心发抖，口也发抖，到后是又只有回头过去看画去了。一面看画一面他就想："她知道了，她明白了，我一切都完了，我什么都无希望了。"可是虽然这样打算，他是知道事实完全与这个不同的。他隐约看得到他的幸福，看到同情，看到恋爱，看到死亡，——这个人，他总想他是一切无分，应当在爱中把自己牺牲，就算做了一回人的。一个胡涂思想在这年轻人心上扩张放大，他以为这可以死了。他不能说这是欢喜还是忧愁，没有回到宿舍以前，他就只能这样胡涂过着这一分钟两分钟的日子。他想逃走，又想跪到萝身边去，自然全是做不到的事。

萝因为面前的人是这样无用的人，她看到热情使这年轻人软弱如奴如婢，在她心上有一种蛮性的满足。她征服了这个人，虽然，有一点瞧不上眼的意味，可是却不能不以为这是自己一点意外的权利。许多卑湿沼地方，在一个富人看来，原是不值什么钱的，可是却从无一个富人放弃他的无用地方。她也这样把这被征服的人加以注意和同情了，她想应当有一种恩惠，使这年青人略略习惯于那种羁勒，就同这人来商量演剧事情。

她问他对于×××有什么意见，他说了一些空话，言语不甚连贯，思想也极混乱。她又问他,是不是对于那个戏中的女角同情。这年轻人就愁愁的笑,怯怯的低下头去,做出心神不定的样子,迫促而且焦躁,所答全非所问。她极其豪放的笑言,使他在拘谨中如一只受窘的鼠。这些情形在萝眼中看来,皆有另外一种动人的风格存在。她玩味着,欣赏着,毫无本身危险的自觉。不但是不以为这是一件危险的事情,她且故意使这火把向年轻人心上燃着,她用温情助长了这燃烧。她厌倦了其他的恋爱,这新的游戏,使她发生新的兴味了。

士平先生匆匆的走来了,看到两个人正在房中,那学生见了士平先生,露出又感激又害羞的神气,忙站了起来,与萝离远了一点。萝此时,本来是到此补救早上在舅父处所成的过失,可不料新的过失,又在无意中造成了。

萝说:"士平先生,我已经同密司特周说到演×××了。"

士平先生很不自然的一面笑着一面放下书本,走到写字桌边去。"你们演来一定非常之好。若是预备在下次月际戏上出演,就应当开始练习了。"

那学生在士平先生面前,无论何时总是见得拘束,听到谈演戏了,就说:"谁扮绅士?"

萝无心的说,"扮绅士容易,那是配角。"

士平先生就有意的说:"配角自然是容易找寻,你们去试演好了。"

萝从这话上,听得出士平先生的心上愤怒。她知道士平先生是为了一些不甚得体的情绪所烦恼,她有点儿忏悔的意思,就问士平先生,同舅父早间在什么地方分手。士平先生说:"我在××路上下车,还走了一阵,想起许多人事好笑。"

这个话使那年青人以为所指得是自己,脸上即刻发起烧来。萝又以为这话完全是在妒嫉情形下,说到她和那学生了,心上就很不快乐。士平先生则为自己这句话生了感慨,因为他极力在找寻平时的理知,却只发现了苦闷,和各种不能与理知同时存在的悒郁。

萝过了一阵,说道:"人事若是完全看得是好笑,这人就是超人,倒很可佩服!"

"是的，就是明知好笑也仍然有严重的感觉，所以人都是蠢人。"

"可是蠢一点也无妨，太聪明了，是全无用处的。做一切事都是依赖到一点胡涂。用自己起花的眼睛，看一切世界，蒙蒙眬眬，生活的趣味就浓了。要革命，还仍然是大家对那件事蒙蒙眬眬，不甚知道好歹，不甚明白利害，胡涂的做去，到后就成功了。一个眼睛纤毫必见的人，他是什么也做不去的。他喝水，看到水中全是小虫，他吃面包，又看到许多霉点。走到外面去，并排走路的多数是害肺痨病人，住到家里，他还梦到人家所梦不到的种种。他什么都聪明，他什么都不幸福了。"

因为话是像说到那个年轻学生头上去了，他承认他的胡涂是一种艺术。他说："我同意萝这个话。我有时很像清楚，看得周围一切非常分明，我实在苦恼。若果胡涂了一点，一切原有使我苦恼的，就当真又变成幸福了。在将来若是我还能选择我自己的东西，虽然我无理由拒绝苦恼，却愿意拿那胡涂。"

士平先生觉得这学生又好笑又可怜。这学生昨晚上还那么无望无助使生活找不到边际，但一天以来，因为一种无意中的误会，因为一点凑巧，却即刻把灵魂高举，仿佛就抓到了生活的中心，为这真正的胡涂，他对于这学生原来的一点同情完全失去了。他觉得萝也是可怜的，这女子在她那任性行为上，把自己的感情蹂躏了一番，又来找寻自慰的题材，用言语的锋刃刺倒旁人，她就非常快乐了。她想象她因为青春的美，就有了用自己的美去蹂躏旁人感情的权利，因为这一点原故她这时竟让这年轻人来爱她了。她要苦别人作为自己快乐的根据，找了别的女子不会做的事情，她这时正在心中好笑。士平先生带着一点儿讥讽说："萝，你是为你的聪明而感到幸福的。"

萝反向着士平先生："那么，士平先生因聪明而苦恼了。为什么不胡涂一点？为什么一定要这样认真？为什么把那些不知道的也去设法知道，本来不能知道的又强以为知道，就在这上面去受苦受难？"

"这是做人！"

"可是这样做人，是自己选择的没有？"

"你以为是应当选择，或者说，还有机会选择，是不是？"

"我可是选择我自己所要的。"

"还是照到机会分配下来的拿去，在机会以外，人是通通不会有选择的。不但是生活事业，就是朋友，爱情，有些人自以为是选择下来去做，其实他还是取那放在手边最方便的一件。"

"我否认这理论。"

"一句话若是空空洞洞的理论，自然可以否认。若是事实，那否认，是应当在别人或自己生活上找出证据才对的。"

"士平先生，我要给你证据看的，你等候一些日子就是了。"萝说着这个时，用得是同平常抗议声音，那大学生听到，忍不住笑出声了。

士平先生本来不想把话再说下去了，因为看到那大学生在误会中更加放肆，本来先见到这人拘谨为可笑可怜，这时见到这人不再拘谨，反而使士平先生不甚快乐了。"他以为我是在为他努力，虽无一句话可说，那神气，倒是在感激中有帮我忙的意思。他以为说的证据就是爱他。这小子真是在胡涂中得到他的幸福了。"士平先生一面这样想及一面就说："密司特周，你是一定也觉得可以选择你所需要的，是不是?"

那大学生略略见得有点忸怩，喉咙为爱情所扼，女人声气一般答道："我与萝小姐同意。"

"很好的，很对的，你也相信你是选择你所要的，就居然得到了!"士平先生声音有一种嘲笑意味，他还想说："你的话是选择了而说的，你的事却是完全误会的。"可是那学生对于他露出的感激颜色，以及那信仰谦卑样子，仍然把士平先生缓和了，强硬不去了。他只好说："你能信仰你自己的能力，这就是非常幸福的事!"

萝因为不知道他们两人昨天那一次谈话，所以这时同这学生表示亲近，不过是一种虚荣所指使而作的任性行为。为了故意激动士平先生，她所以才说要同周姓学生演戏。为了士平先生的愤怒，对于这愤怒作一度报复，她才说她能够选她所要的东西。不过到后来，看到那学生有一点放纵，还说出了蠢话，士平先生有放弃所有权利意思，她又不大愿意了。她于是把话说到属于自己家中舅父方面去，使学生感觉到于己无分，学生到后就不得不走了。

学生走后，萝带着一点忧愁，向士平先生望着，低低的说道："不要生我的气，我是游戏！"

士平先生把萝的手握着，也似乎为一种悒郁所包围，又稍稍显得这问题疲倦了自己心情的样子："我能生你的气吗？你不是分明知道我说的演×××原是谎话，为什么你这时又来同他谈及？他是在一种误会情形中转到一个不幸上去了，他以为你爱他了！以为你尽他爱你了！你愿意在这误会上生活，我不能说什么也不必说什么。我这时只说明白，尽你做那自己所愿意做的事。"

萝有点儿觉得胡涂："为什么同他这样谈谈话就会有这吓人误解？"

"你不是说过，男子在男女事情上都极浅薄吗？"

"可是这是个忧郁的人。"

"你是说，凡是这种人，都非常知分知足，是不是？"

"我想来应当这样，因为他并不像自作多情的人。"

"完全错误！他昨天晚上，到我这里来，说了许多话，他说如何在爱你，如何知道自己无分。他并不料到你同我的关系，他信托我是他唯一帮忙的人。他说只要把这事告给了我就很快乐了。我能说什么？我除了可怜这个人，什么也不好说出口。我告他，此后我当设法使萝同你做一个朋友。我当尽我所能尽的力，帮助你一下，你也应当好好的生活下去。我当真是这样作到了。这个人得到了我的话，恰恰来这里见到了你，以为你是已经听我学过一切，你说演×××，他一定激动得不能自制。他在一种误会中感谢你也感谢我，他从这误会上得去快乐和忧愁，还以为是自己选取的东西。我并不生气，我却因这事觉得大家都很愚蠢。你是在这事上也因为误会了我的意思，以为我是一个度量窄狭的人。在恋爱上度量窄狭，这也许还是一种美德，不过我是缺少这美德的。实在说，我却在这误会上心中不大快乐。他要我帮忙，信托我，我待要告诉他我的地位，但我在他那种情形前面，要说的话也都说不出口了。我还要告你这事怎么办，谁知这误会先就延长下去。你要爱他，还是不爱他，那全是你自己的事，我是不想说什么的。我若说，这个人不行，你自然会以为我有私心。我若说这个人很好，你又可以疑我是有作用的示惠于人。我不想加什么意见了，你不是说你能够选你要的东西吗？现在机会就来了。你不要以为我爱你就拘束了你，我自己是想不到我会拘束得什么人的。"

萝听到士平先生把话说完了，毫不兴奋，沉静非常，望到士平先生。"我料不到是这件事中容许了这样一个误解。我不能受爱的拘束，当然我就不会因为他那可怜情形变更了自己主张。爱不是施舍，也不是交换，所以我没有对他的义务。可是，士平先生，我现在却这样想：假如我看一切是我的权利，那我是不放弃的。我不能因为这一方面的权利却放弃那一方面的权利。我在这些事上有些近于贪多的毛病，因为这样，一切危险我是顾虑不及的。我要生活自由，我要的或不要的，我有权利放下或拿到！不拘谁想用热情或别的自私，完全占有我，那是妄想，是办不到的一件事。所以现在我来同你说，我愿意你多明白我一点。"

士平先生只用着一个大人听小孩子说话的样子，点头微笑，萝又继续的说："周爱我，我是感到有趣的，因为我想象不到我能够使一个男子这样倾心，带着一点好奇，我此后要同他再好一点，也是当然的。可是今天的误解我可不能让他存在！我不许别人在误会中得到他不当得的幸福，因为这不当得的幸福，要变成我的责任。我尽你爱我，也是我感到这是我的权利，你一在这事上做出年轻人蠢样子，我就有点忍受不来了。你的地位现在是同他一样的，我说这个话或者伤了你的自尊心情，但如果你想得明白一点，你可以得到你的一分好处，若实在要痛苦，那你自己的事，我可不管了。"

把话说完了，萝走了，士平先生没有话说，尽这女子走去。但走到廊下以后，萝却又走回来了。她站到门边，手上拿着那个小伞："士平先生，你这行为是使我发笑的，为什么不送我出去？"

士平先生摇摇他的长长脑袋，叹了一口气，把手摊开："好能干的萝，你的时代生错了。因为这世界全是我们这样的男子，女人也全是为这类男子而预备的。但是你太进步了。你这样处置一切，在你方便不方便，我原不甚清楚，但是男子却要把你当恶魔的。你的聪明使你舅父也投了降。你只是任性做你欢喜做的事，你的敏锐神经作成你不可摸捉的精神。你为你自己的处世方法，一定也非常满意。可是我说你是生错了时代的，因为你这样玩弄一切，你究竟得到的是什么东西？你自然可以说，就是这样，也就得到不少东西了。是的，你得到很多人对你的倾心，你得到一切人为你苦恼的消息，你征服了一个时代的男子。还有一个中年的士平先生，他也为你倾倒，变更了人生态度，学成年轻许多了。你在这方面是所向无敌的。可是你能够永远这样下去没有？你会疲倦没有？……"

"我疲倦时，我就死了。"

"你说的话太动人了。你为你自己的话常常比别人还要激动，因这原故，你说话总是选择那纯粹的字言，有力的符号。你是艺术家。"

"你的意思以为我总永远不像你们所要的女人。男子都是一样，我知道什么是你们所中意的女子。受过中等教育，有一个窈窕的身材，有一颗温柔易惑的心，因为担心男子的妒嫉变成非常贞静，因为善于治家，处置儿女教育很好……女子都是这样子，男子自然就幸福了。你们都怕女人自己有主张，因为这是使你们男子生活秩序崩溃的一种事情，所以即或是你，别的方面思想进步了，这一方面却仍然保留了过去做男子的态度。"

"我完全是那种态度吗？"

"不完全是，可是那种态度使你觉得习惯一点，合式一点。"

"或者是这样吧。"

"若不是这样，那这时就仍然同我到××去，转到我舅父那里吃饭。"

士平先生微微笑着，说："不，我要一个人想想，是我的错误还是别人的错误。我要弄清楚一下，因为这件事使我昏乱了。还有，我要得到我的权利，就是不让你征服。"

萝也微笑的点首，说："这是很对的，士平先生，我们再见。"

"好，再见，再见。"

萝走了，又回身来："士平先生，我希望你不要难受。"

士平先生就忙着跑出来，抓着了萝的手，轻轻的说："放心吧，不要用你的温柔来苦我，你的行为虽是你的权利，可是我不比那个忧郁的周，生活重心维持在你一言一语上。"

萝于是像一只燕子，从廊下消逝了。

在校外她碰到了那三年级学生，这显然是有意等候到这里，又故意作为无意中碰到的。年轻人的狡计，萝看得非常明白，那大学生想说出一些预备在心中有半天了的话。一时还不能出口，萝就说："密司特周，到什么地方去？"

"到 ×× 想去买点东西。"

"那我们同路，我也想到 ×× 去买一本书。"

"士平先生……"

"我同他说了许多话，他是很好的人，是不是？"

"我敬仰他。"

"是的。这种人是值得敬仰的。不过每一个人也都有值得敬仰的地方，或者是道德学问，或者是美，或者是权力，你说是不是？"

"是的。不过——"

"怎么样，你不敬仰美吗？"

"……"这男子，做着最不自然的笑容，解释了自己要说的话语。

两个人，一个是那么自然随便，一个是那么拘束努力，把话谈下来，到后公共汽车来了，两个人又上了车，到 ×× 去了。

下午四点钟左右 ×× 路上的百寿堂雅座内，这密司特周同萝，在一个座位上吃着冰水。

望到那每一开口微微发抖的薄薄嘴唇，望到那畏缩而又勉强做成的恣肆样子，萝觉得有些动摇。这是一个拜倒裙下的奴隶，没有骄傲，没有主张，没有丝毫自我。在一切献纳的情形下，那种惶恐的神气，那种把男性灵魂缩小又复缩小的努力，诱惑到骄傲的萝，使她有再进一点看看一切的暧昧欲望。

她说："密司特周，你不是 ×× 吗？"

那学生，此时上的课是最新的一课，他什么话都不知道说，只是悄悄的去望坐在对面的萝，听到萝问他的话了。就匆遽的答："我不是，我不是。"

萝说："为什么不加入？士平先生是的，你知道吗？你们学校有许多同学也是的。大家来使社会向前，毁去那阻碍我们人性的篱笆，打破习惯，消灭愚蠢，这是只有××可以做到的。大家成群的集中力量来干，一切才会好。"

"萝小姐相信这是做得到的吗？"

"为什么信仰都没有？年青人没有信仰，缺少向不可知找寻追求的野心，怎么能够生活下去？"

"许多人也仍然活着过日子！"这大学生因为见到讨论的人生问题，所以胆量也大起来了。他仍然是那种怯怯的微带口吃的补充了这个话，"他们是快乐的。"

萝声音稍大了一点："是的，那些蠢东西，穿衣吃肉读英文，过日子是舒服而又方便的。我不说到他们，因为那不是我要注意的。我是说有思想的年青人，有感觉的年青人。他们的个人主义是不许其存在的。悲观，幻灭，做伤心的诗，欢喜恋爱小说中的悲剧人物，完全是病。他们活到世界上，自己的灵魂中毒腐烂了，还间接腐烂到他身旁的人。"

"可是我不能信仰什么。"

"那你为什么还信仰演剧？"

"因为是艺术！我欢喜演戏，我欢喜它，也就信仰它。"

"可是艺术也带在那大问题里一起存在的。你欢喜演戏，却不能去到大舞台陪李桂春打筋斗。你还是信仰新的，否认旧的。为甚不去同那更新的接近一下？"

"我不想去。我什么也不想。我看过一些书，什么是应当，什么又不应当，我都懂得一点点。可是我不习惯人多的事情。我自己常常想，世界那么样热闹，好像我都无分，所以就想到死了一定好点。"

"为什么一定要死？"

"为什么一定？我不清楚。可是我并不死去，现在还是活的。我想死了或者清静一点。我厌烦一切，我受不了，没有一个人知道我这平静的外表，隐藏到一个怎样骚乱的心！"

"我知道！若是你真死了，那天下少下一个活人，多了一个蠢鬼。凡是自杀的都是愚蠢傻子。若不是愚蠢，就是害病发疯。生到这时代，从旧的时代由于一切乡村城镇制度道德培养长大的灵魂，拿来混到大都市中去与新的生活作战，苦闷是每一个人都不缺少的东西。抵抗得过这新的一切，消化它，容纳它，他就活下去，且因为对于旧的排斥与新的接近，生存的努力，将使这人灵魂与身体同样坚实起来，那是一定的。至于忍受不了的落后的分子，他不是灭亡也等于亡。并不落后，同时却只因为不习惯这点理由，不能在集群生活中为生存努力，又不能把自己容融到旧的组织里去，这样人便孤独起来，到后来忍受不了，于是便自杀了。"

"他们并不是没有高尚思想！"

"思想有什么用处？他们本身的悲剧就是想象促成的。他们思想高尚，可是实际的人生是平凡的。他们脑中全是诗的和谐，与仙境的完美，可是人间却只有琐碎散文，与生活斗争。他们越不聪明越容易救药，越聪明越无用处了。"

"……"要说什么并没有说出口，因为害怕了，这大学生低下了头去，全身发抖。

萝心想："你这有高尚理想的人，若知道爱人只是平凡的人事时，也不至于苦恼了。"

这大学生也嘲笑他自己这时的情形，自己骂自己："我的高尚用到恋爱上无用处。"

可是他缺少勇气做一个平凡的人。他不敢提到这件事情，不敢尽萝注意到他，他又不愿有所变化。他一面感到这局面下自己的可怜，然而又非常愿意能使这和平的友谊可以继续下去。他这时觉得幸福，稍稍转过念头又看得出自己不幸。因为萝在沉默中皱了一次眉，他疑心自己已经为萝所厌烦，于是就胡胡涂涂的打算："我将为爱她死去的，我尽这人称我傻子，比活到受罪还好。"为什么这就同死连在一处？他是不闻不问的。

萝实在是厌烦了，因为说到做人，说到生活，她想到她自己对于人生怀着诗意去接近的失败，她想到她的行为完全是无意识行为，用美丽激动这人，又用这人激动另一人，过不久这第二人又将代替下去，使第三人从一种不意的机会站到自己的身边。她就轮回的欣赏这人生的各种姿态，那些自私、浅浮、虚伪、卑劣，一一从经验中抽出，看得非常清楚，把日子就打发走了。她过的日子，就仍然是用未来理想保留到人事上的空洞日子，她不能再游戏下去了。

这时坐在对面的大学生，有些地方看出了使她生气的笨处，她且觉得到这里来同这个谈天喝汽水是不很得当的行为了。过了一会她把钞会了，就说还有点事要回去，且说过一些日子可以到学校见到。出得百寿堂时，那学生忽然又用着那十分软弱的调子，低低的说：

"萝小姐，你许可我为你写一个信吗？"

萝说："口上说不是很方便吗？"

"我写出来好一点。"

萝说："好，写给我吧。"一面从皮夹子里取出一个载有通讯处小小卡片，一面为这学生估想那信上说的蠢话决不会比现在所见的神气有所不同，她本来想把手伸出去尽这人握一下，临时又不这样做了。

这学生回到××学校时，吃过晚饭，就走到士平先生住处去，同士平先生谈话，那来意是士平先生一望而知的，但士平先生，却没有料到萝会同这个人下午在一处坐过一阵。

来到房中了，人不开口。士平先生因为有一点不大高兴，也不先就开口。这学生到后才把话说出，问士平先生的戏，问剧本，问布景同灯光。……完全说的是不必说的费话，完全虚伪的支吾，士平先生有点不耐烦了，就说：

"你今天气色像好了一点。"

这学生以为是士平先生的打趣他，这打趣却充满了一种可感的善意，他脸上有点发热，自白的时候到了，就先鼓了勇气，问士平先生：

"士平先生，你把我的话同萝小姐说过了？"

士平先生说："还没有。"

"一定说了。"

"……"

稍稍沉默了一会儿。

"我下午同她同××路百寿堂谈了许久。我感谢先生，不知要怎么样报答。我要照到先生的言语做人，好好的使身体与灵魂同样坚强起来，才能抵抗这一切当然的痛苦！"

"……"

"她是太聪明了！她是太懂事了！她劝我加入××，说先生也在内，同学也多在内。我口上没有答应她，心里却承认这是应当的。"

"……"

"我以为先生至少总隐隐约约的说过一些话了，我就请她许可让我写一个信。她答应我了。她给了我一个有地址的卡片。我打量我在言语上所造成的过失，用文字来挽救，或者不至于十分惨败。"

"……"

"我爱她，使我的血燃焦了。我是无用的人，我自己原很明白。我不能在她面前像陈白先生那么随便。我觉得自己十分可怜，因为极力的挣扎，凡是从我口里说出的话，总还是不如现在到先生面前那么方便自由。我爱她，所以我胡涂得像傻小子，我是不想在先生面前来说谎的。"

"……"

"她不说话，我就又不免要想到'死了死了'，我真是胡涂东西！"

士平先生始终不能说出什么，到这时，因为又听到提及死了死了的话，使他十分愤怒，在心上自言自语的说："你这东西要死就早早可以死去也好，你一点不明白事情，死了原是无足轻重！"

不过到后来，这中年人到底还是中年人，他居然谎着那学生，问了学生许多话，才用一些非本意的话鼓励了这学生一番，打发他睡觉去了。

这学生到后又转到陈白房中去，隐藏了自己的近来事情，同陈白谈了一些话，他从陈白处打听了一些属于萝的事情，他一面问陈白一面还有了一点秘密的自得。陈白是无从料及这年轻人的秘密的，他把话谈了半点钟，离开了陈白，回到宿舍，电灯熄了，点上一支蜡烛，写那给萝的信。

七　一个新角

"萝，今天星期，我去同士平先生商量你的事情。"舅父说这个话时，是星期早上的七点钟。

萝正在喝茶，人坐在客厅廊下，想到另外一件事情。舅父因为见到她不做声，于是又说：

"我计算了一天，还是说明白，省得大家见面用虚伪面孔相对。我不再生士平先生的气了，我想得明白了，我不应当太过于自私。我愿意你们幸福。"

舅父说这个话时，虽然非常诚恳自然，但总不免现出一点忧郁。

萝摇摇头，把眉微皱："舅父，不行了。"

"什么不行？"

"我不能嫁士平先生。"

"你昨天不是还说你们互相恋爱吗？"

"但恋爱同嫁是两件事。"

"没有这种理由，你不要太把这件事的幻想成分加浓了，这于你并不是幸福。"

"我不打算嫁谁！"

"你们又闹了吗？"

"并不闹过。不过这件事昨天也同他说到了。我是不许任何人对我有这无理要求的。士平先生很懂事，当然会了解我这个理由。我现在还不是嫁人的时候。将来或者要同人结婚，也说不定。可是我不会同士平先生结婚。凡是熟人我都不欢喜，我看得出爱我的人弱点，我为了自私，我要独身下去。士平先生我不爱他，因为先前我以为他年纪大一点，一定比陈白实在一点，可是昨天我就醒悟过来了。男子全是一样的，都要不得。"

"当真这就是你的见解吗！"

"我从不想在舅父面前用谎话来自救。"

"你为什么要告我这件事？为什么昨天说的同今天又完全不同了？"

"我是对的，因为我不隐瞒到舅父。至于舅父在这事上失望，可不是我的过失。"

舅父含着愁的眼睛，瞅到萝的脸部，觉得在这年青女子脑内活动的有种种不可解释的神秘。

他不再说什么话，因为要说的话全是无用处的废话。萝还是往日样子，活泼而又明艳，使舅父总永远有点炫目，生出惊讶。舅父为她这件事计划了许久，还以为已经在一种大量情形中，饶恕了甥女的行为，也原谅了士平先生的过失，正想应当如何在经济方面，扣出一笔钱来为这两人成立家庭费用，谁知两天以来一切情形又完全不同了。他在这事上本来不甚赞同，可是到已经决定赞同时，却听到破裂的消息，这绅士，把心上的重心失去，一种固持的思想在脑中成长，他不想再加任何主张任何意见了。

因为舅父的狼狈，萝只是好笑。每一个人的行为动机，都隐藏在自己方便的打算下，悲哀与快乐，也随了这方便与否作为转移。舅父的沉默，使萝看得出自己与舅父冲突处，是些什么事。

她见到舅父那惨然不乐的样子，不能不负一点把空气缓和过来的责任，她说："舅父，这事我要求你莫管倒好一点。你还是仍然做士平先生的老朋友，谈谈戏剧，谈谈经济，两人互相交换趣味是不错的。你不必太为我操心了，凡是我的事，我知道处置我自己！我处置得不好，这苦恼是应当在我名下存在，我处置得好，我自然就幸福！你不要太关切我了，这是无益处的。"

舅父说："是吧，我一切不管了。我尽你去，可是你也不要把你的事拿来同我说。我非这样自私不可，不然我的地位很不容易应付。"

"舅父能够不闻不问是好的。知道了，也处之泰然坦然，保持到你的绅士身分——外表与心情，都维持到安定，若能够这样，我是又愿意舅父每事都知道的。"

"我做不成你所说的完全绅士，我还是不必知道好一点。到什么时候一定要同谁订婚时，再来告我一声，就得了。"

"舅父这话说得好像伤心得很!"

"实在有一点儿伤心，但为了你的原故，我想就是这样办也好。"

"我是不想用自己的行为，烦恼到亲爱的舅父的。"

"你是这一个时代的人，行为使中年人不惯，这错处，一定不是你的错处!"

"士平先生也说到这个了。"

"当然要说到这个。因为士平先生看来虽然可以作为你们演剧运动的领袖，却仍然是同我在一个世界里一种空气中长大的人。我也算定他要失败的，他在这事上不是很苦恼过吗?"

"我不过问，也不想十分清楚，因为我不是为同情这种苦恼而生的人。"

"你怎么样同他说及?"

"我说我永远是我自己的人，不能尽谁热情或温情占去。"

"他怎么说?"

"他笑，很勉强。他使我不快乐，是那样有知识有思想的中年人，也居然保留到一种人类最愚蠢的本能。他见到我同一个学生稍稍接近了一点，就要妒嫉。他虽然极力隐忍到他这弱点，总仍然不能不在言语上态度上轻视到旁人。我因为这样，我把问题向他提出来了。我是因为不承认爱我的男子，用得着妒嫉，使我负一种条约上义务，所以同陈白分手了。现在士平先生最不幸，又为了这点事，把我对他的幻想失去了。"

"那你此后再演戏不演?"

"为什么戏也不演了呢? 恋爱同演戏完全是两件事。我为演戏而同他们去在一处，谁也不能使我难堪。还有，是我因为好奇，我要演戏，才能满足我这好奇的心。"

"萝，你的言语越说越危险了。我担心你的未来日子，我愿意你不要演剧了。"

"舅父的意思又是在为你自己打算了。"

"不是为自己，完全为你——也可以说，完全为其他的人。在这里我不得不说士平先生把你带到不幸方向上去，你慢慢变成剧本上的角色，却不再是往日的你了！"

"因为这样舅父是悲观了。"

"因为这样你成为孤立的人了。"

"我羡慕的就是孤立无援。我希望的就是独行其是。"

"你是一个英雄，可是将来一定跌在平凡的阱里。一个同习惯作战的人，到后来总是免不了粉骨碎身。"

"我不为这个所威胁。我明知用舅父生活作证，是保守得到了胜利。可是我现在应当选择那使我粉骨碎身的事，机会一来，我就非常勇敢跳下阱里去！"

"到那时你想爬起可迟了。"

"我决不这样懦怯！若是说追悔原是人类所有的一种本能，这一定是那些欢喜悲呀愁呀男女所有的本能。"

"你永不追悔吗？"

"因为我认定那是愚蠢事情。"

"人要那么聪明有什么用处？人是应当——"

"我想我应当做的是去生活。我欢喜的就是好的。我要的就去拿来，不要的我就即刻放下。舅父，我正在学做一个好人，道德，正义，都建筑在我生活态度上面。舅父不要以为我还是小孩子了，我要舅父信托我，比要别人爱我还深。因为得到舅父的信托，我才可以不受这一方面的拘束，去勇敢的做人。"

"萝，你的道白的本领是太好了。你说的使我无从反驳。你说的都是对的，我只怕这些只是你的言语，却不是你的思想。你是好像因为说过了才去做，却不是要做的才说出来。我劝你不要演剧了，不去每天演剧本，是因为你可以得到一个机会，运用你的思想比运用你的口为多一点。"

"我相信这是舅父的好意，可仍然不大适合于我的性情。我正想从

413

言语上建设我的真理，我可以求生活同言语一致。"

"你这试验总仍然是危险的，所以我总是觉得不大好，要我说为什么不好也找不出理由，但舅父的顽固是建设到四十多年的生活经验上，这个是你很分明的。"

"舅父，我服从你了！并不是因为你的真理，是因为你的可怜。我应当使你快乐一点，这是我所感觉到的一点点对人的责任。你说的话我再去想想，若想得明白一点时，我一定还能做出使你快乐的事！"

绅士这时记起那个死去的妹子，在临嫁人时也像说过这样一类话语，二十年来的人事浮上了眼底，心中有点凄惶，不想再说什么了，过一会儿就回到自己那小小书房去了。

萝懂得舅父的心情，只要是舅父没有和她说话，她的口没有了用处时，她是就可以体会得到这绅士对于她的注意的。把舅父的意见去考虑，也是一种可能的事，但她知道考虑原是一种愚行，因为凡是事情凭了考虑去应付，不过是可以处置那件事到自己合意一点情形下去罢了。凡事合自己意时就很少同时合别一人的意。所以她认为考虑仍然近于愚蠢，答应了舅父去考虑，其实结果说什么，她在考虑以前也就知道了。

她把话太说多了，都不大有用处，这是她很懂的。她想到沉默，因为沉默便是休息。可是沉默的机会一来，她就寂寞起来了。同一切人说话时，在言语上她看出她自己是一个英雄，抵抗的无不披靡，反驳的全属失败。同一切人在一处时，她也看出她自己是一个英雄，强项的即刻柔软，骄傲的变成谦卑。但把自己安置到无人的境界里去，敌人既然没有，使她气壮神王的一切皆消失在黑暗里，她就恐惧起来了。她于是愈思索愈见得惶恐，但愿意自己十分安分的做一个平常女人，但愿同过去的眼前的离开。……这些心情同时骚扰到这人灵魂，表面上是看不出来的。为了不能那么过着与年龄不相称的反省日子，她心想，她应当是世界上热闹里活下去的人，舅父的劝告，虽一时使她冷静一点，到第二天，她仍然是往日的她，又在一种动的生活中生活了。

舅父上楼半天不下来，萝心上有点不安。舅父为这事情的变化感到难堪，萝则以为一切完全非常自然。年龄的距离使两个人显出争斗冲突，舅父在平时总是输给甥女，今天的情形，有点稍稍不同了。

萝一个人坐在楼下廊前，想到眼前的人事，总觉得好笑。舅父的好管闲事脾气，就永远使她有点难于处置。一时像是非常明白这个中年人，一时又极胡涂，因此对于舅父的行为，萝虽说一面在怜悯原谅，一面总要打算到终究还是离开这中年人好一点。她这时就想到应当如何离开舅父的计划。她想到一个人如何去独立生活。她想到如何在一群男子中过着日子，恋爱，革命，演戏，尽她所欢喜的去做，尽那新的来到身边，尽一些蠢人同聪明人都轮流的在机会中接近自己，要这样才能饱足她对于人类的好奇本能。发现一切，把握一切，又抛弃一切，她才能够对于生存有持久继续的兴味。因为一切所见所闻的生活皆不大合乎自己性情，所以每想到那些生活以外的生活时，她的心，就得到一种安顿了。

舅父的行为她又像是能够原谅的。她怜悯他，她嘲笑他，然而同时也敬重他。在这事情上她留下了永远的矛盾。这时虽计划到如何离开舅父，听到上面娘姨走下楼来。拿取牛奶，就问娘姨，先生在做什么事情。听到说舅父仍然躺在榻上看书，她才放心了。

到后她唱歌，因为她快乐了，即或知道舅父不甚高兴，她仍然唱了许久，且走到舅父书房去，问舅父答应过她的无线电收音机什么时候可以买来。

吃过了午饭，下午约三点钟时节，萝请求舅父向她到××去买一点东西，在××路上，见到士平先生一个人在太阳下走着，舅父把车停在路旁，士平先生于是站到车边了。萝坐在车上，喊士平先生，问他到什么地方去，并且为什么这时在这大太阳下走。

士平先生似乎毫不注意到萝的关心样子，只仿佛同绅士说："因为要到×××路去开会，先应当往××去找一个人，所以走一回，把道路也熟习一点。"

萝看到这神气，以为这是士平先生的谎话，且觉得士平先生的可怜了，就问开得是什么会。士平先生仍然望着绅士，把话说着。

"是关于演戏的发展事情，并且有从日本来的一个宗姓男子，报告一切日本新近戏剧运动的消息。"

"为什么不邀我去？"

这时士平先生才望到萝的脸说：

"你不欢喜开会，你以为开会是说空话，所以我不告给你。"

"往天不欢喜今天我可欢喜，这会应当在什么时候？"

士平先生从袋子里掏出了一个表，检察了一下，"还有四十分钟。"

"我同你在一块去，我要去看看。"

舅父说："当真吗？"

萝说："当真要去！舅父你坐车回去好了。我谢谢你。你若高兴，就去为我买那个盒子，不高兴，就回家去。我现在一定要跟士平先生到会，那里一定有趣味得很。士平先生，我问你，是不是我们还应当请舅父送我们到×××去，省得坐公共汽车？"

"用不着。我看看这一家的门牌，一四八，一五零。"一面说着一面摸出了一个卡片，上面有用铅笔记下的一个人通信地址。"萝，尽××回去，我们走几步就要到那个朋友住处了。他还说过要我引他见见你，这是才从日本回国一个最热心艺术的人，样子平常，可是有些地方很使人觉得合意。"

萝这时已经跳下了车，舅父还没有把车开走，注意到这两个人。

"我去了，是不是？"

"舅父，你去吧，我同士平先生在一块。若是要回家吃晚饭，我回头从电话中告你。"

"好，你同士平先生去吧，你们走左边路上，好像阴凉一点。"

"好，我们过那边走，有风，真是很有趣。我们再见，舅父。"

"再见，再见。"

等到舅父把车开走后，萝才开始问士平先生："当真开会吗？"

士平先生望着萝，点点头，不说什么，先走了两步，萝就追上前去。"朋友住多少门牌号数？"这样问着，是她还以为士平先生还在说谎的原故。

"一七五。"

"在前面很远!"

"快要到了。"

…………

所要找的人不在家，却留下了字条给士平先生，说是至多三点半就可以回来，两人只好在这里等候。因为还有十分钟，士平先生坐在一个椅子上一句话不说，萝心中有点难过。她是不习惯这种情形的，所以就说：

"士平先生，你不同我说话，你一定还是记到上次那傻子的事情。若果就只那一点点理由，使你这样沉默，那你也像一个……"

"我实在是有一点儿傻相的。"

"不是，我说你有一点儿像一个小孩子。因为只有小孩子才在这些事上认真。"

"我认真些什么?"

"你对于那周姓学生放不过。"

"你完全错了。你的聪明很可惜是只能使你想到这些事情上来。我并不是小孩子，我因为你欢喜这样做人，第一天，我实在不大高兴。可是我想去想来，我觉得这只是我自己的不是，所以我就诚心的愿意那个人能够给你快乐，再也不做那愚蠢人的行为了。我沉默，我就是在为那学生设想，怎么样使你对于他兴味可以持久一点，我当然不必要你相信，可是这倒是当真的理由。"

"我信你，我就因为这一点，以为你是一个小孩子。谁需要你这慷慨? 你这宽宏大量自己做来一定还感到伟大的意义，可是这牺牲除了安慰你自己心情，也是糟蹋你自己心情以外，究竟还有什么益处? 我难道会感谢你? 他又难道会感谢你?"

"我并不为感谢而作什么事!"

"我说到了，你不为要谁感谢而作，但求自己伟大。这还不是一样的蠢事吗?"

"那么，我应怎么样才合乎一个为你同意的男子呢?"

"应当忘记别人，只注意到我。正如我在你面前忘记别人一样，因为友谊是一个火炬，如佛经所说佛爷慈悲一样，谁要点燃自己心上的灯，都可以接一个火去，然而接去的人虽多，却并不影响到别一人的需要。"

"你的比喻是好的，可是人的生活是不能用格言作标准的，所以我以为你自己也未必守得住这信仰。"

"你不信仰真理，却信仰由人类自私造成的偏见，苦得使女人好笑。"

"你觉得好笑吗？"

"如是我还有机会在你面前说真话，你的行为使我觉得好笑的地方实在很多。"

"还有很少的是什么？"

"很少的是你可怜。"

"全无对的地方吗？"

"对什么？女人用不着你那些美德，因为这美德是你男子合意的努力造成的东西。女人只要洒脱，方便，自由，凡是男子能爱人又给所爱的人这些那些，这才是好男子。"

"你的话今天我才听明白！"

"那是因为你往天只知道有你自己。"

"我并不是要挽救什么来说这个！"

"就为挽救我们的友谊也并不要紧？为什么你要分辩？在女人面前，是用不着分辩的。凡是要做的，尽管去做，要用的，就拿去用，不在行为上有所解释，尽女人自己来用想象猜出，男子的愚行有时也使女人欢喜。一个男子他是不应当细致小心的。若是做一件事要说明一回，似乎每一个行动都非常有理由，每一个理由都有利于己，一切行为皆合乎法律，不背人情，女子是不会欢喜的。莫里哀的剧本上有个谦卑的情人，对于自己行为每每加上一长串说明，结果只使女人的巴掌打到他的颊上，契诃夫在一篇短篇小说上也嘲笑过这种小心的男子。男子因为用小殷勤得到了女子的最初友谊，就以为占有女子也仍然用得着这一种法术，这是完全可笑的。男子这类行为不可笑，就应可怜了，因为那是愚蠢的估计！"

"还让你说下去。"

"还让我说下去也好。不过我是明白的，你们即或装成很俨然的样子，你们的耳朵还是听你们自己所说的一句话，就是：不要信她。实在你们都能够保持这信仰也是很好的，不过你们男子都以为耳朵不如眼睛，所以女人的行为使你们生气，女人的言语却毫不影响及男子丝毫。但是男子呢？行为上作了坏事，却总赖言语来挽救一切，大致是自己太爱说谎了，所以不注意到女人言语的。"

"再说下去。"

"你使我口渴，以为这是对待女子最好的方法。"

"萝，你太聪明了，我实在为你难过。你少说一点，多想一点，你的见解就不同了。"

"若果见解不过是一个抽象的说明，我是用不着你难过的。"

"我是想到过，你这样说话，究竟对于你对于人有什么用处？"

"我不是找用处来说话！"

"你是任性，抖气……还有近于这类的理由，一说话总不能自休。"

"士平先生，我不说了，我试让你说下去。"

士平先生笑了。说了一阵，两个人皆笑了。

到后主人回来了，见到士平先生，握了手，士平先生为介绍了萝，也握了手。这人名字是宗泽，原是许久以前就听到说过了的。因为萝曾演过一本日本人的剧，便是这人所翻译的东西。人是一个瘦小萎悴的人，黑黑的脸膛，短短的眉，说话声音不大自然，这人的一切，都似乎在一个平凡人中寻找得出。但说话时有一种平常人所缺少的简朴处，望人时，也有一种精悍凌人处，这是萝一见到时就发现了。

这人同士平先生说话，像是没有十分注意到萝的神情。说到国内演剧人材的缺乏，说到对于剧本的意见，仿佛完全不知道萝是同行的人。他要说的都毫不虚饰的说出，他的意见从不因为客气而有所让步。因为时间快要到了，三个人走出了门，到附近汽车行叫了一辆汽车，到××去，在车上这人谈的话仍然似乎不甚注意到萝。

萝在这人面前感到一点威胁，觉得有点不大舒服。因为一个女子正当她的年龄是迷人的青春，且过惯了受人拜倒的生活，一旦遇到一个男子完全疏忽了她的美丽时，这新的境遇是她决不能忍受的。她心想，这是一个怪脾气的人，一个无趣味的男子，一个只知道生活不讲人情的男子。她一面听到士平先生同他谈话，一面就估计这个人平时的生活事业。但照到本能所赋予的力量，她无形中在这男子面前似乎让了步，当宗泽同士平先生不说话时，她就问了许多宗泽的话，她选取一个男子抵当不了的亲切，又诚实又虚心的询问日本演剧情形。她在言语上使这短小精悍男子注了意，她又做为毫不客气的样子，说是下一次一定要请宗泽先生指点关于演了××的第三幕那一场，应当用什么态度去读那一段演说。宗泽样子仍然保持到先前的沉静，萝却以为这人耳朵是注意她的言语的。

士平先生在一旁听着，只是微微的发笑，再不加上意见。他注意到宗泽，却知道萝的骄傲是受了打击的。在士平先生的眼睛中，宗泽因为无意中得到了一种胜利，使萝受了羞辱，士平先生有一种说不分明的快乐。等到下车时，因为宗泽先下去，士平先生有了机会，才轻轻的向萝说："少说一点话，不然全输给别人了！"

萝把脸红了，当士平先生在车边伸手去照扶这女子时，萝把手拂开，一跳就下车了。

××的会一共约二十七个人，陈白也在场，似乎因为感到有用友谊作为示威的必要，萝在宗泽面前，故意同这美男子陈白坐在一处，谈了许多不必谈的话。她一面同陈白说话一面注意到宗泽，宗泽似乎也稍稍有了一点知道，但仍然毫不见出像其他男子的窘迫，当演说时，完全是一个英雄，一个战士。

散会时，陈白因为今天萝似乎特别和平了许多，就邀请萝同士平先生与宗泽到××楼去吃饭，萝没有作答，望到士平先生笑。

士平先生答应了，宗泽也答应了，萝不好意思不答应，所以四个人不久就到××楼吃饭去了。吃过饭后萝要回去，问士平先生同陈白是不是就要转学校。陈白说："还想同士平先生过宗泽住处去谈谈。"萝就像一个小小女孩子的样子，说：

"天气已经晚了，我要回去了，我不玩了。"

她意思以为宗泽必定要说一句话，但宗泽却不开口。士平先生看到这情形了，就说：

"若是同过宗泽先生处去谈谈我就送你到家。"

"我不去了，今天答应用电话告舅父吃晚饭也忘记了。"

"我们到那里谈一会儿就走，好不好？"陈白也这样说着，因为陈白非常愿意一个人送萝回去，这时却不便说出。

宗泽这时才说："萝小姐若是没有什么事，到那里谈谈也好。"

萝带着一点恼懊，望到士平先生，似乎因为士平先生毫不对于她有所帮助，使她为了难，她就要陈白送她回去，说回头再到宗泽先生家也不要紧。陈白欢喜极了，就同士平先生说了两句话，伴同萝走去了。

等到两人走去了时，士平先生望到这两个人的去处，低低叹了一声气，回过头来问宗泽说："宗泽，我们走！"两人上了第一路的公共汽车后，宗泽忽然发问："他们结婚了吗？"士平先生说："除了在戏上配演以外，两个人性格是说不来的。"宗泽听到这话后，就不再说什么了。

在路上，士平先生见到宗泽沉默如佛，想知道萝的印象，在这男子心上保留到什么姿态，就问他："萝这个人还好不好？"宗泽摇头不答，且冷笑了一会。

这人神情的冷落，表示出不可摸捉灵魂的深，使士平先生想起萝在这人面前的拘束处了。他似乎看到了未来的事情，似乎看到陈白与苍白脸大学生，都同自己一样的命运，三个人是全不及宗泽的。他心中想，天地间事情是有凑巧的，悲剧同喜剧的不同，差别处也不过是一句话同一件小事，在凑巧上有所变化罢了。

他在宗泽家中时，就又说了许多关于萝的事情。陈白却来了电话，说恐怕不能再过宗泽家中来了，因为萝的舅父留到他谈话，若是士平先生要回去，也不必等候了。

士平先生因为这个电话，影响到心中，有一点不平，就不知不觉同宗泽谈到萝的舅父是如何有趣味的一个人，邀约了宗泽改天到绅士家去谈谈，宗泽却答应了。

八　配角做的事

××学校三年级大学生周，把信写了又写，还缺少勇气发去。这个为爱情所融化的人，每一次把自己所写的信拿来读及时，总是全身发抖，兴奋到难于支持。他不知道这事情怎么样就可以办得好一点。他不知道他这信究竟应当如何措词。他在那一切用不着留心的文法上，修改了一次又一次，总是好像还是不大完全，搁下来缺少发去的勇气。

他想到应当去同士平先生处谈谈，把信请求士平先生过目一看，还得请求这可信托的人酌斟一下字句，可是没有做到。

他想亲自去递这封信，以便用言语去补足所要说及的一切，他又不敢。

他想到许多利害，越想便越觉得害怕起来，什么事也不作，一天就又过去了。

他的信一共写得有许多封了，还没有一封为萝见到。

把信写来自己一看，第一封是太热情了，没有用处，他留下了。第二封又太不热情了，恐怕萝见到不大明白，也留下了，第三封……

有一天的下午，萝到××学校去，见到了这周姓学生，这人一见到她就红着脸飞跑了，萝在心上还觉得很好笑。

萝是到士平先生处的，同士平先生谈了一会宗泽的性情，陈白也来了，陈白这人聪明有余却缺乏想象，他因为见到萝脾气比较好了一点，就忘了自己的身分，说到许多人的故事。他说宗泽如何爱过他的堂姊，又说过事情在东京如何为中国学生所注意。他又说到别人的各种事情，把萝这几天来对他一点友谊都在无形中浪费了，萝想说："蠢东西。别人的坏处并不能证明你自己的完全！"陈白没有明白，所以这骄矜自得的人，又在自己所掘的阱边跳下去了。

士平先生好像看得出陈白的聪明失败处，在陈白说及宗泽时，就为宗泽说了许多好话。萝听到这个，且注意到士平先生的神情，士平先生的善意从萝眼中看来仍然是一种不得体的行为。"为什么只说别人，却忘了你自己?"士平先生没有注意到这点,所以也失败了。

一个只知道有自己的人来了,先是在窗下,怯怯的望了半天,听到里面的说笑,不敢进来又舍不得走去,到后为士平先生见到了。

"周,怎么样?进来坐呀!"

陈白也说:"周,你来,我同你说……"

这男子,贼一样溜进来了。望到壁的空处,脸上发烧。

萝和士平先生都知道这个人的心事。陈白因为对于这人还不甚明白,就说:"密司特周,他们在大方戏院的演剧批评上,说你有表演情人的天才,这个文章看见了没有?"

"……"他只望到陈白苦笑,意思像是要求陈白不要这样虐待他。

"是悲剧的能手,好像×报记者也说到过。"

那学生抗议似的说:"不,他们说陈白先生是天才!"

陈白望到萝:"那是演戏,因为演戏的天才并不恰于实用,萝以为怎么样?"

萝说:"许多人自己倒相信自己是聪明人。"

"我可缺少这种勇气。可是我相信你是值得自己有这自信的。"

萝说:"陈白,你的口是一支桨,当划的时候才划,对于你有益一点。"

陈白说:"既然是桨,我以为只要划动总能够向前。"

萝笑了,心想:"外表那么整齐,一说话就显得可怜的浅陋了。"

士平先生这时开口了,说:"我们的戏演得不坏,可是萝你好像感到疲倦了。"

"我当真疲倦了,因为从剧上也不容易找出一个懂事的人。"

陈白同士平先生,皆知道这句话思意所指,是"人事上不愉快的角色更多"。两个人在这话上都发了笑。但周姓学生,却听到这个话全身发了抖,因为他记得同萝演×××时,萝在剧本角色身分上,曾说过"只有你是不讨厌的人"。他想要说一句话打动萝的爱情,他想要知道萝这时的心事,因为他曾在早上把一封写给萝的信冒昧付邮了,现在正想知道这结果!

他想了一会，才找出一句自己以为非常得体的话来说道：

"萝小姐，我把×××的临死时那台词也忘记了。"这话的意思，就是说，"你当告我那消息，在我死去以前。"

萝望到这又狡猾又老实的人非常难受："这样简单的设计，可笑的图谋，就是男子在恋爱中做出的事情！这对于一个女子有什么用处？这呆子，忘记了口原只是吃水果接吻用的东西，见到陈白能言善辩，以为每一个人的口也都有说谎的权利，所以应当暗哑却做不到，想把蠢话充实自己，却为蠢话所埋葬了。"她自己在心上把这话说过了，她好笑，因为这话并不为第二个人听到。

士平先生也明白这个男子的失策处了，把话移了方向，问这学生是不是做得有文章。这学生这时不大高兴同士平先生来讨论这些事情，只是摇头，并且说："我什么也不想做，什么也不能做，近来简直不像生活……"

陈白取笑似的问："密司特周，为什么通通不干了呢？"

这学生因为陈白的问话，含得有恶意，无法对抗，就作为曾听到的神气，把脸转到萝的那一方去，做了一个忧愁的表情。

萝说："陈白，密司特周是不是同密司郁是两个好朋友？"

陈白说："应当很好的，两个人都是那么年青，那么体面，可是我听说密司郁下学期要回家去了，不知密司特周知道是为什么意思没有？"

士平先生说："周，你为什么不把你的暴徒一剧写成？"

萝说："赶快写成我们就可以试演一次。"

那学生向萝看着，慢慢的低下头去了："士平先生，你知道我近来的情形！"

士平先生听到这个话，是要他帮忙的意思，他不好再把话说下去了，他只说："密司特周，人事是复杂得很的，你神经衰弱，所以受不了波折。"说过后，又向萝说道："萝，你是快乐的！"

萝知道士平先生的意思所在，她不能不否认："我并不快乐，士平先生！我常常觉得生活到这世界上很好笑，因为大家都像为一只不可见的手拖来拖去。人都是不自主的，即或是每一个人皆想要做自己的事，并不缺少私心，可是私心一到人事上，就为利害打算变成另外一件东西了。"

士平先生说："你的话同前次论调有了矛盾，不记得了吧。"

"记得之至。可是为什么一定要记到许久以前的事情？"

"你不能今天这样明天又那样。"

"谁能加上这限制？"

"自己应当加上去，因为才见得出忠实。"

"让这限制在女子同一些浅薄的男子生活上生出一种影响也好，我并不反对别人的事。"

"你自己用不着吗？"

"我用不着。"

陈白加上了点意见，说："因为图方便起见，矛盾是聪明人必需要的。"

萝说："不是这样！我是因为不图在你们方面这样男子得那方便，才每日每时都在矛盾中躲避！"

士平先生为这句话得意的笑了。他另外有所会心，望到陈白。因为这几天来陈白在萝友谊方面，又似乎取了进步样子，使士平先生不免小小不怿。他几天来都不曾听到萝的锋芒四逼的言语了，这时却见到陈白躺下而且沉默了，他不作声，且看陈白还有什么手段可以恢复那心上的损失。陈白貌如平时，用一个有教养有身分的人微笑的态度，把自己援救出来了。他对到士平先生笑：

"士平先生，好利害！"

士平先生说："风是只吹那白杨的。"他意思所在，以为这句话嘲笑到陈白，却只有萝能够懂它。果然萝也笑了。她愿意士平先生明白陈白是一败涂地了的。因为昨天在舅父家中，在宗泽的面前，陈白乘到一个不意而来的机会，得到了些于分不当的便利。士平先生那时看得分明，这时节，所以一定要士平先生见到，她才快乐。还有她要在那个周姓学生面前，使那怯懦的男子血燃烧起来，也必需使陈白受点窘。她这时却同那学生来说话了，她把一个戏剧作为讨论理由，尽这怯弱的心慢慢的接近到自己身边来，她一面欣赏到这男子为情欲而胡涂的姿态，一面又激动到士平先生。

为什么要激动士平先生？那是无理而又必需的游戏。因为这三天来萝皆同到这几个人在一处，萝在宗泽面前的沉默，是士平先生所知道的。士平先生的安详，说明了这人的恶意。他没有一句话嘲笑到萝，可是那沉默，却更明确的在解释到"一切皆知"的意思。

这一点她恨了士平先生，要报复才能快意。因为陈白为人虽然又骄傲又虚伪，如一只孔雀，可是他只知道炫耀自己，却不甚注意旁人。士平先生的谦虚里有理知的眼睛，看到的是人的一切丑处坏处，她的骄傲使她在士平先生受了损失，所以她在这时特别同那学生亲近。

这学生，在萝身上做的梦，是人类所不许可的夸张好梦。因为他早上给萝的信，以为已经为萝见到了，这时的萝就是为了答复那个信所施的行为。他想到一些荒唐事情，就全身颤栗不止。

到后，萝觉得把这几个男子各人分上应得的灾难和幸福已做到，她走了。她回到家里去时，见到宗泽坐在客厅里，想到先一时的事情，不觉脸红了。宗泽正拿着她一个照相在手里看得出神，还不知道萝已回家。

萝站在门边："宗泽先生，对不起，我到××学校去了。"

宗泽回过头来时手还没有把那个相放下，也不觉得难过，却说："这相照得真美，我看痴了，不知道萝小姐回来了。"

"来多久了吗？"

"大约有一点钟了。我特意来看你，因为你好像有使人不能离开你的力量。"

"当真吗？"

"你自己也早就相信这力量了。"

萝觉得有点不大好意思了："我实在缺少这自信。"

宗泽说："不应当缺少这自信。美是值得骄傲的，因为时间并不长久。"

"世间也还有比美更可贵的东西。"

"那是当然的。不过世界上并没有同样的美，所以一个人若是知道了自己的好处，却在浪费情形中糟蹋了它，那是罪过。"

…………

萝一面同宗泽说话，一面把从各处寄来的信裁看，北京两封，广东一封，本埠陈白一封，那周姓学生一封。先是不知道这信是谁寄来的，裁开后才明白就是那大学生的信，上面说了许多空话。许多越说越见胡涂的话，充满了忧郁，杂乱无章的引证了若干典故，又总是蒙眬不清。把信看过了，这被那学生在信上有五个不闻称呼的萝，欲笑也笑不下去。宗泽好像是不注意到这个的，竟似乎完全没有见到。萝心想，我应当要你注意一下，就把信递过去，说道：

"宗泽先生你看年青人做的事情。我真是为这种人难过。"

把信略略一看，就似乎完全明白了内容的宗泽，仍然是没有笑容。只静静的说："这是自然的，男子多数就在自己这类行为上做出蠢事。"

"你以为是蠢事吗？"萝虽然这样抗议，却又像是仅仅为得说这个话的也是男子的原故，不然是不会这说的。

"当然，也有些女人是承认这个并不是蠢事的！或者多数女人就正要这东西！不过现在的你，我却知道决不会以为他是聪明，这是我看得出的。"

"宗泽先生，你估计是不对的。"

"也许会有错误，就因为你是个好高的人，只为我说过了，才偏要去同情他。"

"……"萝没有话可话了，就笑着，表示这个话说中了。

宗泽又拿起那个信来，看那上面的典故，轻轻的读着。萝就代为解释的样子说道：

"全是读书太多了，一点不知道人情。"

"这不是知不知道的问题。"

"那你说是什么？"

"蠢的永远是蠢的，正如一块石头永远是石头一样。"

"宗泽先生，你这话我不大同意！"

"我们说话原本不是求人同意而说的。"

"可是我也这样说过了的。"

"那一定是的，因为说话是代表各人兴味。我相信有时你是用得着这一句话的。因为同你接近的人，都是善于说话的人。"

"你是说用这句话表示自己趣味的独在不是?"

"是挽救自己的错误!"

"那你也承认有错误了。"

"那是没有办法的。因为在你面前，一切人皆不免失去他的人格上的重心，所不同的，不过是这人教养年龄种种不同，所以程度也两样罢了。"

"宗泽先生，我想你这句话是一句笑话。"

"你并不以为是笑话。便听到我说这个，这时节即或以为是笑话，过后也仍然能够使你快乐。"

"我听过许多人的阿谀了。"

"你以为一个女人听过许多人的奉承，就会拒绝一句新的阿谀么?"

萝只把头摇晃，一时找不出话否认，她心想，"这是厉害的诡辩，又单纯，又深入，在这些人面前，装哑子倒有利益。"所以到后就干笑，让宗泽先生说话。

宗泽也沉默了。这个人，他知道萝是怯于在言语上有所争斗的，他过了一会，就问萝，预备什么时候离开这里到法国去。

萝说:"法国我也不想去，这里我也不愿留。"

"你是厌倦了生活才说这个话。"

"包围到我身边的全是平常，琐碎，世故，虚伪，使我如何不厌倦?"

"但是你也欢喜从这种生活中，吸取你所需要的人生。"

"欢喜，欢喜，你以为你对我作的估计是很不错的，是不是?"

"不是。我并不估计过谁。我只观察，用言语说明我所见而已。"

"你以为我是平常任性使气的女子。"

"不是。"

"你以为我缺少男子的殷勤就不快乐。"

"不是。"

"你以为我……"

"疑心多，怎么会不厌倦生活？"

"宗泽先生，男子的疑心是比女子更大的！"

"但是男子他会自解。"

"这是聪明处。"

"可是若果这称赞中缺少恶意，我想我是无分受这称赞的。"

"你觉得你不同别的男子，是不是？"

"我自己是早就觉得了的，现在我倒想问你哩。"

"你比他们单纯一点。"

"这个批评是不错的。我就是因为单纯，做人感觉到许多方便。"

"可是也看人来。"

"可是在你面前，我看得出我的单纯很合用！"

"你能够这样清楚运用你的理知，真是可佩服的人。"

"有些人受人敬佩是并不快乐的，因为照例这是有一点儿讥笑意思。"

"也是的，我就不欢喜人对我加上不相称的尊敬。"

"但你是因为先知道了隐藏在尊敬后面，有阴谋存在的原故，你才拒绝它。"

"那你呢？不是一样么？"

"男子不会与女人一样，你分别得很清楚。昨晚上令舅父也谈到这个了。我有许多地方与令舅意见相合。我知道你是欢喜同舅父争持的，那因为一种习惯，却并不是主张。"

"舅父的见解若同宗泽先生完全相同，那我觉得是好笑的。"

"你的意见要改的。即或有意坚持，也不适用。"

"我不知道宗泽先生指的是革命还是别的意见？"

"革命吗？什么是革命？你以为陈白是革命吗？士平先生也是革命吗？……"

"我并不说这个话。可是舅父总还是绅士，不如他们……"

"这是你自己也缺少自信的话，因为你不愿意在这些人心情上综合分析一下，却不缺少兴味，把每一个人思想行为按照自己趣味分派到前进或落后方面去。你自己，则更少这勇气检察自己。"

"你是舅父一党了。"

"因为你舅父说你的长处同短处极对。"

…………

绅士回来了，见到宗泽很表示欢迎。三个人把话继续谈下去，宗泽在绅士面前又如在士平先生等面前一样，对于萝，仿佛离得很远很远了。

当晚上，萝与舅父谈话，宗泽先生的为人，是舅父有兴味谈到的一件事，萝告给舅父，说宗泽先生是舅父一党时，舅父似乎非常快乐。

萝回到卧室灯下，预备回一个信给那周姓学生，不知为甚原因，写了许久也没有把信写好。她只记起宗泽先生的一些言语，而这些言语，平时又像全是为自己生活一种工具，只有在那人面前时，才被他把这工具夺去，使自己显得空虚的。她检察她自己，为什么在此人面前始终是软弱的理由，才知道是这人并不像一般人的爱她，所以在被凌逼情形下，她是已经看到自己败在这人面前了。

九　一个不合理的败仗

宗泽在早上写来了一个信，是专人送来的，萝接到这个信时，还没有把信裁开，看到外面写的一个宗字，手就微微发抖。她似乎就知道这信里有些事情，是崭新的事情。她且不即看这个信的内容，先来从想象上找出宗泽留在印象里的一切。但没有结果，即刻她就嘲笑自己的错了。信是那么薄薄的，几乎只有半张信笺写成的东西，她因此把信裁开了。信是不出所料的，里面有这样一些话。

　　萝，我爱了你。一切话是空的，一切话皆有人同你说到，所以我不必再说。

当我觉得我爱了你时，我就想，我应当告你，我不怕唐突你，且应当说："我觉得你得嫁我。"因为这事情如此下去，是你和我的幸福。

你若把我当成其他男子一般，我后天就要走了。

你笑过说是莽汉的宗泽

真是一个希奇的信！信中还是那么单纯，那么粗卤到不近人情！可是第一次把信看过后，萝好像还不甚明白这意思，又重新看过一次，仍然不明白，到后她又看了一次。他要她嫁他，而且说得那样简单，比其他任何男子都勇迈直前。看过了这信好几次，先是大笑，再过一会，她沉在思索里去了。来信的一种不可抵抗的力，同这人留给萝的印象混合在一处，变成更逼人的情形了。

怎么回这个人的信呢？对面的男子是那么一个男子，完全不同别的男子性情相似，平时把热情蕴蓄在冷静里，到时又毫不显得柔弱畏缩，平素来最善于在男子弱点上把男子嘲笑的萝，到这时，才知道男子也有难于对付的时候。信是什么费话也不说，一个空字也不写，就说到一件士平先生永远不敢提出，陈白也怕谈到的问题上来的。她并不爱他，可是他那言语逼得她不能说出口了。她自从一见到他，就似乎为这男子的一种魔力所征服，她强力振作也总是逃不了这个人了。她平时极其骄傲，在一切男子面前，她都有一种权利，使一切人皆低眉敛目。她在男子中，永远皆像有一种为天所赋给的特权，选择她所要的种种，却同时用近于恩惠的情形同那些人接近。可是从这个人方面她得到了些什么呢？先是冷淡如陌生，话也不欲多说，凡是一个男子在热情中必然的种种愚暗行为都没有见到。只三天，四天，却忽然提出了这问题！

她想到许多事情，许多人的脸孔同行为都在印象上一一复活起来。

她记起几日来所受的委屈，她想到这时是复仇的时候了。

她回了信，说得非常简单，说：

宗泽先生，你的希望失败了。要走你明天就可以走了吧。

她把信即刻就派人送到附近邮筒里去，事情做过后，她像是放心了，就躺到床上睡了。

…………

晚上陈白到宗泽处去，却看到萝在宗泽客厅里。陈白心中明白，力持镇静，做了一个微笑，望到萝，轻轻的说：

"萝，风吹了白杨以后，想不到走到这里来了。"

萝对陈白脸上搜索了一会，忽然说道：

"陈白，我告你一件事情，我明天要同一个人订婚了。"

陈白望到宗泽："宗泽，你知道这个人是谁？"

宗泽说："你当然知道是我，还故意装什么痴？"

陈白就极不自然的打着哈哈，走去握宗泽的手，且走到萝身边去，大声的笑着："好极了，好极了，真是想不到的好事！"

萝摆脱了陈白，走到宗泽身边去，轻轻的说："我说过知道他要这样，就真是这样！"两个人就也同样的笑了。

…………

"士平先生同那周姓学生，听到这消息时，怎么样？"陈白一面走进××学校的校门时，一面就这样打算。他极狼狈出了宗泽的住处，渐渐的恢复了自己的本来意识，他这时却为了带着这消息，给士平先生，因为想到士平先生的神气发笑了。

编后记

凌　宇

　　1924年，沈从文从湘西到北京一年后，开始文学创作。到1927年，是他初学用笔阶段。以1928年8月《柏子》的问世为标识，创作进入向成熟期的过渡。本卷收录了截至1930年包括早期和过渡期的二十余篇小说，从中可以看到沈从文在艺术上行进的足迹。

　　苏雪林曾将沈从文早期小说概括为四种类型："一、军队生活；二、湘西民族和苗族生活；三、普通社会事件；四、童话及旧传说的改作。"①这个阶段创作题材看似庞杂，实则简单，因为这四种类型的小说创作，均可分别归入乡土的回忆与都市体验。在本卷未能收入的早期以都市为题材的小说中，包括了自我抒情与都市讽刺两个基本类型。前者通过小说主人公的都市际遇，抒发作者对都市陌生、孤独、惶惑、冷漠的情感体验，带有郁达夫"自叙传"小说影响的明显印痕；后者则是对都市病态人生的暴露与讽刺。在以乡土回忆为主轴的湘西题材创作中，一方面，是偏处一隅的湘西各样风情，字里行间流动着温馨的情感细流；另一方面，文字的粗疏使描写流于表象，缺乏典型化的提炼，带一种自然主义的、印象式的特征，如《雪》《连长》《山鬼》一类作品。但仍有少数作品显示出一定的社会意义，收入本卷的《在别一个国度里》(后来更名为《男子须知》)、《学吹箫的二哥》(即《入伍后》)、《上城里来的人》(即《老魏的梦》)，不同程度地透露出作者反世俗观念的倾向——在道德领域内替那些被统治者视为罪恶化身的具有反抗精神的下层人民翻案。但过于直露的主题和较单薄的内容又限制了这一倾向的深

---

　　① 苏雪林《沈从文论》，《沈从文研究资料》上册，刘洪涛、杨瑞仁编，天津人民出版社，2006年，第182～184页。

度、广度和力度。

> 我爱悦的一切还是存在，它们使我灵魂安宁，我的身体，却为都市生活揪着，不能挣扎。两面的认识给我大量的苦恼，这冲突，这不调和的生命，使我永远同幸福分手了。……坐在房间里，我耳朵永远响的是拉船人的声音，狗叫声，牛角声音。①

这饱受煎熬的心灵自白，内在地契合着沈从文早期的整体创作心理。沿着这条温情脉脉的情感细流，在忆往里捕捉都市人生中无从寻觅的静谧与宁和，面对孤独并进而坚守，深化了沈从文敏感的体悟力，并进而凝练成一种自觉的人生探索。《牛》《菜园》以及同期的《柏子》《阿金》等小说，显示出沈从文从早期乡土追忆的印象式书写向现实主义深入刻画的转变。不同的故事重复一个相同话题——偶然事变完全改变生命进程，由此萌芽了沈从文对人生的哲学思考。对偶然、必然的思考，起始于他的早期创作，并一直延伸到他成熟期的创作。面对偶然的不同人物，层出不穷地散见在作者的文学世界里，他们既无法更改过去也不能把握未来，生命堕入注定的悲剧。

一开始就沉浸在两个世界的相互疏离又相互接触中，其张力对抗随着沈从文多样手法试验告一段落，定型为一种两极人生情状的比照。在沈从文小说向成熟过渡时期，其题材迅速朝两个方向聚拢：都市上流社会和乡村下层人民各种生命形式的叙写。《有学问的人》《绅士的太太》等作品，结束了沈从文早期都市讽刺的浅露，显示出沈从文小说世态讽刺的独有特征。从对都市上流社会的病态讽刺出发，发展为对上流社会一部分人的人性发掘。如中篇《一个女剧员的生活》，与收入《边城》卷的《都市一妇人》《如蕤》一起，组连成同一母题的姐妹篇，既暴露都市上流社会的虚伪、自私、怯懦与肮脏，也试图还原黑暗中人性的挣

---

① 沈从文《生命的沫·题记》,《沈从文文集》第11卷（文论）第9页,花城出版社，1984年版。

扎与自立的人生图景。对乡村世界的描摹延续着早期对"乡下人"的道德与人性的考察。《雨后》《龙朱》《媚金·豹子·与那羊》《神巫之爱》等同类型作品构成沈从文对生命原初态的浪漫想象：原始的生命形式拥有较充分的自由，意味着爱的人性本质与永恒，就如他自己所说，"我的故事就是《龙朱》同《菜园》，在那上面我解释到我生命的爱憎"，[①]以苗族习俗为依据加以想象，通过爱情、婚姻和两性关系的聚焦，完成对人性探索。

然而，原始遗存的人性在现代风雨的侵蚀下，却显得脆弱并逐渐变质。《柏子》、《萧萧》和《丈夫》等作品，凝聚着沈从文对现代时空条件下，"乡下人"人性守常与流变的悲剧的思考。这三篇小说分别初成于1928年、1929年和1930年，后来又经作者重新修改并再次发表。这与沈从文1934年重返湘西有着直接联系。距1923年离开湘西已有10年，而湘西下层人民的人生境遇及其生命形态都一如既往，依旧延续着其悲剧命运。这一认知与强烈的情感冲击融入了改写后的作品里。同时，属于下层人民的原始生命的勤劳、善良与纯朴，在现代时空条件下，已成为"乡下人"理性觉醒的精神障碍。包括《会明》《灯》《夫妇》在内的小说创作，从不同角度，再现了乡村世界的内部精神守常与外部环境变异的矛盾。

以原始自然形态为源头展开一个延伸得很远的人生视野，去关注自在形态和自为形态的衍生和嬗变，沈从文按照对人生和艺术的理解，在小说中有目的地、循序地建造自己的艺术人生世界。对人物悲剧命运的撰写忠实历史流变的真相，更为执着的，是叙写他所希望的生命形式的重塑与回归。然而可以提供的途径却只在《丈夫》中一闪而过：尊重生命——从生命内部调整自己抵抗外部的压力，在做人意识上真正像个人。这样的选择虽然十分有限，却显示出沈从文对民族精神重造特有的清醒。

---

① 沈从文《生命的沫·题记》，《沈从文文集》第11卷（文论）第8页，花城出版社，1984年版。

正是这样生命的体验和思索，贯注在沈从文早期和过渡期一脉相承的"人性"书写中，引导着乡村世界和都市人生的直觉感应，指向了成熟期关于"城—乡"文化以及两种生存方式的人生思考，同时完成了创作其巅峰时期小说《边城》和《长河》的情感积累和理性认识准备。

为了尊重并保持沈从文作品文字的原貌和风格，只要不是明显的错漏，这套文集一律不作改动，特此说明。

出版说明

为尊重并保持沈从文作品文字的原貌和风格，只要不是明显的错漏，本书一律不作改动，特此说明。

图书在版编目 (CIP) 数据

萧萧 / 沈从文著. —— 北京 ：北京十月文艺出版社，
2024. 11
（沈从文集）
ISBN 978-7-5302-2398-7

Ⅰ. ①萧… Ⅱ. ①沈… Ⅲ. ①短篇小说—小说集—中
国—现代 Ⅳ. ① I246.7

中国国家版本馆 CIP 数据核字 (2024) 第 087929 号

萧萧
XIAOXIAO
沈从文　著

出　　版　北 京 出 版 集 团
　　　　　北京十月文艺出版社
地　　址　北京北三环中路 6 号
邮　　编　100120
网　　址　www.bph.com.cn
发　　行　新经典发行有限公司
　　　　　电话 010-68423599
经　　销　新华书店
印　　刷　北京盛通印刷股份有限公司
版　　次　2024 年 11 月第 1 版
印　　次　2024 年 11 月第 1 次印刷
开　　本　880 毫米 ×1230 毫米 1/32
印　　张　14
字　　数　390 千字
书　　号　ISBN 978-7-5302-2398-7
定　　价　49.80 元
如有印装质量问题，由本社负责调换
质量监督电话　010-58572393